川原有加

『指輪物語』と『ナルニア国年代記物語』における色彩表現

かんよう出版

カバー写真
アウグスティーナ修道院のステンドグラス（エアフルト　撮影／堀木一男）

『指輪物語』と『ナルニア国年代記物語』における色彩表現

目　　次

序 ……………………………………………………………………… 13

第1章 ファンタジー ……………………………………………… 21

 第1節 J. R. R. トルキーンと『ホビットの冒険』………………… 21
 第2節 J. R. R. トルキーンとC. S. ルイスのファンタジー論 ……… 26

第2章 色彩 ………………………………………………………… 37

 第1節 色彩とは？ ………………………………………………… 37
 第2節 色彩の感じ方と分類 ……………………………………… 39
 第3節 色彩感覚と象徴 …………………………………………… 41
 第4節 色彩感覚の表現 …………………………………………… 43
 第5節 色彩に関する諸研究 ……………………………………… 46

第3章 『指輪物語』における色彩表現 ………………………… 47

 第1節 プロットと物語技法 ……………………………………… 47
 （1）『旅の仲間』（*The Fellowship of the Ring*）……………… 47
 （2）『二つの塔』（*The Two Towers*）………………………… 49
 （3）『王の帰還』（*The Return of the King*）………………… 51

 第2節 登場人物 …………………………………………………… 54
 （1）ホビット（the Hobbits）………………………………… 54
 （2）ガンダルフ（Gandalf）………………………………… 58
 （3）サルマン（Saruman）…………………………………… 64
 （4）トム・ボンバディル（Tom Bombadil）……………… 66
 （5）ゴールドベリ（Goldberry）…………………………… 66
 （6）アラゴルン（Aragorn）………………………………… 67
 （7）黒の乗手（the Black Riders）………………………… 69
 （8）グロールフィンデル（Glorfindel）…………………… 71
 （9）エルロンド（Elrond）…………………………………… 73
 （10）アルウェン（Arwen）…………………………………… 74
 （11）ギムリ（Gimli）とレゴラス（Legolas）……………… 75

(12) ボロミア（Boromir） ……………………………………………… 75
(13) オーク（Orcs）・ウルク（Uglúk）・バルログ（Balrog） ……… 76
(14) エルフ（the Elves） ……………………………………………… 79
(15) ガラドリエル（Galadriel）とケレボルン（Celeborn） ………… 81
(16) ゴラム（Gollum） ………………………………………………… 82
(17) エオメル（Éomer） ……………………………………………… 85
(18) ファンゴルン（Fangorn）とエントたち（the Ents） …………… 86
(19) セオデン（Théoden） …………………………………………… 88
(20) エオウィン（Éowyn） …………………………………………… 90
(21) グリマ（Gríma） ………………………………………………… 92
(22) ファラミア（Faramir）とその一行 ……………………………… 93
(23) シェロブ（Shelob） ……………………………………………… 94
(24) デネソール（Denethor） ………………………………………… 95
(25) サウロン（Sauron） ……………………………………………… 96

第3節　風景・自然 ………………………………………………………… 98
　（1）ホビット庄（the Shire） ……………………………………… 98
　（2）古森（the Old Forest）と塚山丘陵（the Barrow-Downs） ……… 100
　（3）躍る小馬亭（*The Prancing Pony*） …………………………… 105
　（4）風見が丘（Weathertop） ……………………………………… 106
　（5）「最後の憩」館（the Last Homely House） ………………… 108
　（6）柊郷（Hollin） ………………………………………………… 109
　（7）モリア（Moria） ……………………………………………… 110
　（8）ロスロリアン（Lothlórien） ………………………………… 111
　（9）大河（the Great River） ……………………………………… 114
　（10）エミン・ムイル（Emyn Muil） ……………………………… 115
　（11）ファンゴルンの森（the Fangorn forest） …………………… 118
　（12）黄金館（the Golden Hall） …………………………………… 121
　（13）魔法使の谷（the Wizard's Vale） …………………………… 123
　（14）アイゼンガルド（Isengard） ………………………………… 123
　（15）イシリアン（Ithilien） ……………………………………… 124
　（16）キリス・ウンゴルの階段（the Stairs of Cirith Ungol） …… 127
　（17）シェロブの棲処（Shelob's Lair） …………………………… 128
　（18）ミナス・ティリス（Minas Tirith） ………………………… 129

（19）療病院（the Houses of Healing）……………………… 129
　　（20）黒門（the Black Gate）………………………………… 130
　　（21）キリス・ウンゴルの塔（the Tower of Cirith Ungol）……… 131
　　（22）滅びの山（Mount Doom）……………………………… 132
　　（23）帰路 ……………………………………………………… 134
　　（24）灰色港（the Grey Havens）…………………………… 135

　第4節　色彩表現の特質 ……………………………………………… 137

第4章　『ナルニア国年代記物語』における色彩表現 ……………… 143

　第1節　プロットと物語技法 ………………………………………… 143
　　（1）『ライオンと魔女』（*The Lion, the Witch and the Wardrobe*）…… 144
　　（2）『カスピアン王子のつのぶえ』（*The Prince Caspian*）……… 146
　　（3）『朝びらき丸　東の海へ』（*The Voyage of the 'Dawn Treader'*）… 148
　　（4）『銀のいす』（*The Silver Chair*）……………………………… 151
　　（5）『馬と少年』（*The Horse and His Boy*）…………………… 154
　　（6）『魔術師のおい』（*The Magician's Nephew*）……………… 156
　　（7）『さいごの戦い』（*The Last Battle*）………………………… 159

　第2節　登場人物 …………………………………………………… 162
　　（1）子どもたち ……………………………………………… 162
　　（2）教授（the Professor）…………………………………… 166
　　（3）タムナス（Tumunus）…………………………………… 168
　　（4）魔女（the Witch）……………………………………… 168
　　（5）ファーザー・クリスマス（Father Christmas）………… 174
　　（6）アスラン（Aslan）……………………………………… 175
　　（7）コルネリウス博士（Doctor Cornelius）………………… 179
　　（8）黒小人（the Black Dwarf）と赤小人（the Red Dwarf）…… 180
　　（9）リーピチープ（Reepicheep）…………………………… 180
　　（10）カロールメン人（the Calormenes）…………………… 181
　　（11）ラマンドゥ（Ramandu）………………………………… 184
　　（12）カスピアン王（King Caspian）………………………… 184
　　（13）パドルグラム（Puddlrglum）…………………………… 185

（14）アンドリュー（Andrew） ……………………………… 186
　　（15）パズル（Puzzle）とシフト（Shift） ………………… 187
　　（16）動物・鳥 …………………………………………………… 188

　第3節　風景・自然 ……………………………………………… 190
　　（1）ナルニア国の入口 ………………………………………… 190
　　（2）ナルニア国の自然 ………………………………………… 191
　　（3）異国の街 …………………………………………………… 199
　　（4）夜見の国 …………………………………………………… 201
　　（5）ナルニア国の誕生 ………………………………………… 202
　　（6）ナルニア国の終焉 ………………………………………… 206
　　（7）まことのナルニア ………………………………………… 208

　第4節　色彩表現の特質 ………………………………………… 212

第5章 『指輪物語』と『ナルニア国年代記物語』における色彩表現の対比
　…………………………………………………………………… 223
　第1節　「戦い」・「指輪」・「食事」をめぐって ……………… 223
　第2節　色彩語の使用と描写の特徴 …………………………… 253

第6章　キリスト教観と色彩表現 ………………………………… 263

　第1節　サクラメント …………………………………………… 263
　　（1）洗礼 ………………………………………………………… 263
　　（2）聖餐 ………………………………………………………… 264
　第2節　罪と赦し ………………………………………………… 266
　第3節　死と再生 ………………………………………………… 269
　第4節　奇跡 ……………………………………………………… 274
　第5節　光と闇 …………………………………………………… 278
　第6節　聖人崇敬 ………………………………………………… 288
　第7節　キリスト教観の表現方法 ……………………………… 294

結論 …………………………………………………………………… 297

目次

注 ……………………………………………………… 301
使用テキスト ………………………………………… 311
参考文献一覧 ………………………………………… 313

あとがき ……………………………………………… 325

索引 …………………………………………………… 327

資料（色彩語データ）
『指輪物語』………………………………………… 資料5
『ナルニア国年代記物語』………………………… 資料79

『指輪物語』と『ナルニア国年代記物語』における色彩表現

序

　20世紀を代表するファンタジー文学であるJ. R. R. トルキーン[1]（John Ronald Reuel Tolkien, 1892-1973）の『指輪物語』（*The Lord of the Rings*, 1954-1955）とC. S. ルイス（Clive Staples Lewis, 1898-1963）の『ナルニア国年代記物語』（*The Chronicles of Narnia*, 1950-1956）は、数多くの言語に翻訳されたり、映画化もされ、初版から半世紀以上経つ今もなおその人気は衰えていない。

　トルキーンとルイスは、ともにオクスフォード大学の教員で、友人でもあり、両者は互いに刺激を受け合いながら数々の作品を書き残した。『指輪物語』は、1954年から1955年に出版された三巻本である。一方、『ナルニア国年代記物語』は、1950年から1956年にかけて一年に一巻ずつ刊行された計七巻より成る作品である。

　両作品が多くの人々に読まれている主たる理由は、両作品に見られる興味深い様々な登場人物や風景の見事な描出のみならず、それぞれの物語世界がそれ自体の法則を持った堅固な別世界として構築されているからでもあると考えられる。だが、そればかりではない。作品を読み進めていくと、様々な色彩がいろいろなところで、しかも重要な場面で多用され、直接的あるいは間接的に物語の主題に関連していることが分かるからである。ところが、これまでのトルキーンとルイスに関する先行研究においては色彩表現に焦点をあてた詳細な研究はほとんど見られない。それは、色彩表現が重要ではないというわけではなく、色彩表現という切り口から作品を読み取るということにこれまであまり注目することがなかったということである。そこで本研究では、色彩表現が『指輪物語』と『ナルニア国年代記物語』において物語の背景や舞台、物語展開、登場人物などとどのように関連しているかを詳細に検証していくことにする。

　トルキーンに関する先行研究は、作家論もしくは『指輪物語』の前編となる『ホビットの冒険』（*The Hobbit*, 1937）や『指輪物語』を中心とした作品論が大半である。1960年代の学術的な『指輪物語』研究の集大成となるネイル・D. イサクとローズ・A. ジンバード編（Neil D. Issacs and Rose A. Zimbardo eds.）の *Tolkien and the Critics: Essays on J. R. R. Tolkien's The Lord of* the Rings (1968) を皮切りに、クライド・S. キルビー（Clyde S. Kilby）の Tolkien and the Silmarillion (1977) や『指輪物語』の舞台となる中つ国の神話体系の包括的な研究となる T. A. シッピー（T. A. Shippey）の The Road to Middle-earth（1st 1982, 2nd 2003）や J. R. R. Tolkien: Author of the Century (2000)、キリスト教信仰の教義を基準に『指輪物語』の主題を読み解いたラルフ・C. ウッド（Ralph C. Wood）The Gospel According to Tolkien: Visions of the Kingdom in Middle-earth (2003)［竹野一雄訳『トールキンによる福音書——中つ国における〈神の国〉のヴィジョン』、2006年］、『ホビットの冒険』の登場人物や物語の主題を綿密に読み解き、『指輪物語』のさらなる検証につながるコリー・オルセン（Corey Olsen）の Exploring J. R. R. Tolkien's Hobbit (2012)［川上純子訳『トールキンの「ホビット」を探して』、2014年］などがある。作家論を代表する研究書は、ハンフリー・カーペンター（Humphrey Carpenter）の J. R. R. Tolkien: A Biography (1977)［菅原啓州訳『J. R. R. トールキン：或る伝記』、1982年初版、2002年再版］である。また、トールキンの画家としての側面の研究書としてウェイン・G. ハモンドとクリスティナ・スカル（Wayne G. Hammond and Christina Scull）の J. R. R. Tolkien: Artist and Illustrator (1995)［井辻朱美訳『トールキンによる「指輪物語」の図像世界』、2002年］などがある。トールキン研究に関するわが国で刊行されている研究書は比較的少なく、単行本としてはトールキンの諸作品の主題などを論じた赤井敏夫『トールキン神話の世界』(1994)、『指輪物語』の新しい読み方を追求した成瀬俊一編著『指輪物語』(2007) などがある。

　一方、ルイスに関する先行研究は、キリスト教弁証家としての研究が先行してのち、作家論や作品論が現れる。『ナルニア国年代記物語』が出版される前、1949年にチャド・ウォルシュ（Chad Walsh）がルイス関連の最初の研究書 C. S. Lewis: Apostle to the Skeptics を発表する。この研究書はルイスの宗教的側面を強調したものである。1964年、クライド・S. キルビーが、The Christian World of C. S. Lewis を著し、ルイス研究の基盤を据えた。やがて、ルイス研究はキリスト教弁証家としての研究からルイスの物語世界の研究へと移行していく。マーサー・C. サモンズ（Martha C. Sammons）の A Guide Through Narnia（1st 1979, 2nd 2004）は、『ナルニア国年代記物語』を総合的に論じた研究書である。1979年発表のチャド・ウォルシュの The Literary Legacy of C. S. Lewis は、これまでのキリスト教弁証家としてのルイス研究

から物語作家としてのルイス研究に力点を置いたものであり、ルイス研究の新たな方向性を示したものである。そして、特筆すべき名著であるウォルター・フーパー（Walter Hooper）の *C. S. Lewis: A Companion and Guide* (1996)［山形和美監訳『C. S. ルイス文学案内事典』、1998 年］は、これまでのルイス研究の集大成である。わが国で刊行されているルイス研究に関する研究書もトルキーン研究同様それほど多くない。1983 年の山形和美編著『C. S. ルイスの世界』はわが国でのルイスの総合的な研究書の先駆けとなり、柳生直行『お伽の国の神学──C. S. ルイスの人と作品』(1984)、Setsuko Nakao: *Surprised by Joy──The Theme of Salvation in the Fiction of C. S. Lewis* (1986)、本多峰子『天国と真理──C. S. ルイスの見た実在世界』(1995)、竹野一雄『C. S. ルイスの世界──永遠の知恵と美──』(1999)、小林眞知子『C.S.ルイス：霊の創作世界』(2010)、そして、ルイスの「別世界物語」すべてに等しく光を当て、詳細に検証している竹野一雄『C. S. ルイス　歓びの扉──信仰と想像力の文学世界』(2012) へと続く。また、『ナルニア国年代記物語』を中心とした研究書は、山形和美、竹野一雄編『C. S. ルイス「ナルニア国年代記」読本』(1995) や安藤聡『ナルニア国物語解読　C. S. ルイスが創造した世界』(2006) などがある。

　また、トルキーンとルイス両作家を取り上げた研究は僅少で、トルキーンとルイスの作品世界の神話体系を対比研究した本多英明『トールキンと C. S. ルイス』(1985 年初版、2006 年再版) などが挙げられる。

　さて、色彩と文学作品に関する研究について注目すると、1910 年代より作家の作品の中に現われた言葉を統計的に整理して、それからいろいろの創作心理学的結論を引き出すことが試みられていた。しかし、当時ではあまり明確なものが得られず、作家の感覚の質よりもむしろ、作家の表わしたいと思う感情の質を示すものであろうと考えられた。そのためしばらく中断していたが、1930 年代以降、この種の研究が再び始まる。単に統計的に作家の色彩語が集められても、それがどんな意味をもっているかが分からなければ、研究としての意味はないことが明らかになり、直観像の研究およびそれから結果した類型学的研究は、この従来説明がつかなかった現象にいちおう説明をあたえうるようになった[2]。

　波多野完治は、「文章の性格学」[3] の中で、久米正雄と室生犀星の作品に関して、色彩語を抽出し、その使用を分析し、自己が「感じる」世界を描くタイプと、

「見た」世界をありのままに描くタイプとの対立を解した。さらに発展させたのが、「作家と文章心理学」[4]である。田山花袋、島崎藤村、夏目漱石、志賀直哉、谷崎潤一郎、川端康成、堀辰夫、井上靖など男性作家たちと野上弥生子、岡本かの子、林芙美子、宇野千代、宮本百合子など女性作家たちの作品を対象に色彩語の出現頻度を集計し、色彩語の使用内容を分析・対比した研究である。結論として、波多野は、色彩語を最も多用しているのは林芙美子で、男性作家で最も多用している田山花袋よりはるかに多いこと、取り上げた女性作家には、色彩語の使用頻度が極度に少ない作家は見られず、男性作家よりも個人差がないということを指摘した。

1971年、遠藤敏雄が色彩の概要と色彩語ごとに英米文学と日本文学作品から例示した研究書『英文学に現れた色彩』[5]を出版する。遠藤は、文学における色彩の世界はすなわち環境であり、昔から作品に取り入れられた色彩表現は、周囲の自然描写や人物描写、環境の描出に必然的に付随するものが多く、主として心理作用に結びつくことが特色であるから、色彩学や光学、生理学の分野まで考慮に入れなければ、鑑賞者に訴える力をもたない絵画に比して自由であり、作品の部分的強調に役立つだけでなく、作品の全体的効果にも及ぶので、軽視することは出来ない、と結論づけた。1991年には三浦敏明が『英語副詞の研究——副詞の多様性——』[6]において副詞の表現価値における研究の一連でアメリカの作家ジョン・スタインベックとアーネスト・ヘミングウェイ、イギリスの作家サマセット・モームの作品を対象に色彩語の使用頻度をまとめてその使用法を検証している。

その後のコンピュータの普及は色彩と文学の研究に新風を吹き込むことになる。1999年に出版された上村和美『文学作品にみる色彩表現分析　芥川龍之介作品への適用』[7]はデータベースを使用して芥川の全作品の色彩表現研究を行い、作品ごとの色彩語別使用頻度を示し、色彩ごとに具体例を挙げて分析した研究書である。2004年には石川慎一郎が、"A Corpus-Based Approach to Basic Colour Terms in the Novels of D. H. Lawrence"においてコーパスの立場からイギリスの作家D. H. ロレンスの作品における色彩語の研究を行う。また、2009年に発表された劉菲の博士論文「魯迅作品における色彩表現」[8]は魯迅作品における色彩表現の研究である。劉菲は、魯迅作品の主人公たちが告白を一切せずに、ただ顔色だけを変化させ、その変化を表わすのに色彩表現が巧みに用いられていること、自然物の色彩表現に特色があることを導き出した。

また、魯迅の翻訳家の側面にも注目し、魯迅の翻訳した作品における色彩表現の分析を行う。たとえば、中国語と日本語の色彩表現の機能用法にはずれが生じているが、その原因の一つに語順の相違を挙げている。

　これまでの先行研究を総括すると、トルキーン、ルイスの他の作品を含めた作品論としての個別的な研究などが大半であり、また色彩表現に焦点を当てた詳細な研究やファンタジー作品における詳細な色彩表現研究、さらにファンタジー作品の色彩表現における対比研究についてはまだほとんどなされていないと言える。本研究では、トルキーンとルイスに等しく光を当て、彼らのファンタジー論や一般的な色彩論を踏まえながら、作品から抜粋した色彩語のデータに基づき、作品の文脈との関連性を重視した色彩表現研究を試みる。ただし、本研究はあくまでもそれぞれの色彩語が読み手にどのようなものとして知覚されているかではなく、色彩語が作品中でどのように用いられているかを考察していく色彩表現の研究であることを目的とする。

　本研究の方法として、まず、両作品から色彩に関する語を作品から抽出し、色彩別に分類し、さらに使用されている内容別に整理する。色彩表現の抽出に関しては、コンピュータの普及により、手作業での抽出から色彩別の正確かつ効率的なデータの取得が可能となった。しかし、データベースだけでは色彩表現とその文脈との関連を検証していく上で不具合が生じることが考慮され、前述した劉菲の場合も文脈を意識した色彩表現研究を目的としたため、色彩語の抽出を手作業で行っている。両者の問題点を勘案した結果、本研究では手作業でのデータ抽出とデータベースの使用を併用させていくことにする。そのうえで、色彩表現分析を文脈との関連性を重視して行い、両作品世界を解読していく。

　色彩語のデータの作成方法は次の通りである。まず、両作品の中から色彩語を文脈単位で抽出し、データ表を作成する。次に、それを基にして色彩語別に分類し、さらに使用されている内容ごとに分類していく。分類する項目としては、まず、①人物、②動植物、③風景、④光・闇・天候、⑤事物などに分類した後、それぞれの項目についてさらに詳細に分類する。たとえば、人物の場合であれば、髪の毛、目、肌、衣類など、動植物であれば、動物、植物、鳥など、風景であれば、山や森林、川や海、建物などに分類する。そのデータを利用して、物語のプロットに即した色彩表現の分析はもとより、色彩語別の使用状況や項目別の使用状況などについて詳細な検証を行っていく。

以下に章構成を簡潔に提示しておく。
　序では、本研究の目的、先行研究の総括、研究方法、構成について略述する。
　第1章では、『指輪物語』と『ナルニア国年代記物語』に多大な影響をもたらしたと考えられるトルキーンの最初のファンタジー作品『ホビットの冒険』（*The Hobbit*, 1937）との関連性を考察し、両者のファンタジー論に依拠しながら、『指輪物語』と『ナルニア国年代記物語』の執筆の経緯を探る。
　第2章においては、色彩表現に焦点を当てた検証を行っていくに際して、色彩に関する基本的事項を確認していく。まず、色彩研究の歴史をたどりながら、色彩とは何か、色彩の感じ方、色彩の分類、色彩の伝達方法、色彩感覚とイメージや象徴性の関係などを要約提示する。また、色彩感覚の表現方法である絵画と文章の色彩表現においてその類似点と相違点を挙げる。さらに、今日の色彩関連の諸研究についても簡潔に触れる。
　第3章は、『指輪物語』全三巻に関してそれぞれのプロットと物語の構成や物語技法について述べ、登場人物描写と風景・自然描写に関する色彩表現を例示しながら綿密に検証し、作品全体の色彩表現の特色を明らかにする。
　第4章は、第3章と同様に、『ナルニア国年代記物語』の全七巻に関してそれぞれのプロットと物語の構成や物語技法について述べ、登場人物描写と風景・自然描写に関する色彩表現を例示しながら綿密に検証し、作品全体の色彩表現の特色を明らかにする。『ナルニア国年代記物語』の場合、作品の出版順と物語の舞台であるナルニア国の歴史順とが異なり、二通りの読み方が提示されているが、本稿では出版順を重視しながら検証を行い、加えてナルニア国の歴史順で読んだ場合の影響も考察する。
　第5章では、『指輪物語』と『ナルニア国年代記物語』に関して様々な角度から色彩表現の対比を行う。第1節では登場人物や風景・自然描写に関して両作品の重要な素材である「戦い」、「指輪」、「食事」に関する色彩表現を対比し、第2節では両作品における色彩語の使用と描写の特徴を再確認する。まず、両作品に使用されている色彩語と使用されていない色彩語に関して整理した後、登場人物、風景・自然に関する描写や作品の中心的主題である善と悪に関してその使用方法を整理し、最後に色彩表現と物語の構成・語りとの関連性から考察し、両作品全体の色彩表現の特色を対比しながら総括する。
　第6章では、トルキーン、ルイス両者の根源となっているキリスト教観と両作品の色彩表現の関係を検証していく。トルキーンとルイスは異なる宗派に属

序

し、作品にはそれぞれのキリスト教観が反映され、色彩表現もその一要素である。本章では両作品において特に際立ったキリスト教的要素について見ていく。まず、神とキリスト教の共同体との関係に印を押す（保証する）ことを意味する[9]「サクラメント」から両者の宗派に共通する「洗礼」と「聖餐」を取り上げる。次に、主要なキリスト教的主題である「罪と赦し」、「死と再生」、「奇跡」、そして、「光と闇」に関する色彩表現の分析および対比を行う。さらに、両作品の色彩表現の特色が最も明確に表れている「聖人崇敬」に注目して検証する。最後に、彼らのキリスト教観の相違とその描写に関する色彩表現を中心に記述する。

　以上のように様々な角度から検証してきた『指輪物語』と『ナルニア国年代記物語』における色彩表現の特色を再確認することで結論とする。

　トルキーンとルイスの物語技法としての色彩表現は、形式美の創造に比肩する両者の美意識の基盤である。芸術美の創造作用の一つの結実である『指輪物語』と『ナルニア国年代記物語』の色彩表現こそが彼らのファンタジー文学世界の魅力の主要素でもあることが首尾良く検証できれば、両作家のファンタジー文学研究を一歩進めることに貢献できるのではなかろうか。

第1章　ファンタジー

　本章では J. R. R. トルキーンの『指輪物語』と C. S. ルイスの『ナルニア国年代記物語』の色彩表現の検証に先だって、ファンタジーの概念、両作品誕生と関連する『ホビットの冒険』、さらに両作家のファンタジー論について簡潔に述べておく。
　ファンタジーの語源について見てみると、「想像、幻想、幻想曲」などの意味をもつ fantasy（英）、Phantasie（独）、fantaisie（仏）は、ギリシャ語の「ファンタシア」（phantasiā）にさかのぼる[1]。また、『最新　文学批評用語辞典』ではファンタジーを次のように定義している。

　　原義は幻想、空想。一般にファンタジーの文学として使われ、現実世界の
　　写実的再現を第一目的にしない虚構作品。さまざまなサブ・ジャンルを含
　　み、妖精、こびと、巨人、超自然現象を題材にしたドリーム・ヴィジョン
　　（夢に見た話）、寓話、おとぎ話（メルヘン）、ロマンス、サイエンス・フ
　　ィクションなどがある[2]。

　筆者は上記のファンタジーについての概念規定を基本的に受け入れ、トルキーンとルイスそれぞれの代表作である『指輪物語』ならびに『ナルニア国年代記物語』が、先に出版されたトルキーンのファンタジー作品『ホビットの冒険』とどのような関わりがあるかについて考察する。

第1節　J. R. R. トルキーン『ホビットの冒険』

　『ホビットの冒険』はトルキーンが自分の子どもたちに聞かせた物語が基になった子ども向けの最初のファンタジー作品である。
　物語は、ホビット小人のビルボ（Bilbo）が竜に略奪されたドワーフの財宝を取り戻すために旅立ち、様々な敵と戦い、最後は無事帰還するという旅物語であり、全19章で構成されている。『ホビットの冒険』には数多くの物語技法が駆使されている。たとえば、物語は "In a hole in the ground there lived a

hobbit.[3]"で始まり、昔話のような語りで進み、最後、ビルボは無事に家に戻り、"he remained very happy to the end of his days,[4]"と記されて完結する。道中、登場人物たちは多くの障害を乗り越え、敵と遭遇して戦いを繰り返していく展開は、サスペンスに満ちている。また、5章で登場する指輪は、『指輪物語』において邪悪な指輪として登場し、物語の伏線的役割を果たしている。

　昔話的な語りの中、敵と戦っていく中世騎士物語の様相を呈している『ホビットの冒険』であるが、トルキーンは、『ホビットの冒険』を一方において昔話から神話の縁にたどりつくもの[5]と位置づけている。本多英明は次のように指摘している。

> 彼が言う昔話とは子ども向けのフェアリー・テールということである。それが、神話や伝説の重みを取り戻してくるのである。神話・伝説の形態に近づきながらも一方ではそれを支える小さい人の眼がある。内面的・受動的な性格のまさに小さい人の世界が隠されながらもしっかりと根をおろすようになるのである。小さい人が物語る小さい世界。……神話や伝説の縁にたどりつこうとする方向性への反面、それを内側から支える現代的な語法としての小説への傾斜が胚胎し始めたのである[6]。

　トルキーンは『ホビットの冒険』において、姿は小さいが大人の能力を備えた人間らしさを感じさせる「ホビット」という生物を中心に据えることによって、小さい人が物語る小さい世界という小説的傾向を取り込みながらも神話ないし伝説的形態を目指したのである。『ホビットの冒険』の出版後、トルキーンは続編として『指輪物語』の執筆にとりかかるが、『指輪物語』の出版までには十七年かかっている。その理由として、途中の第二次世界大戦による執筆および出版の遅れも考えられるが、それだけではない。『ホビットの冒険』の出版以後、子ども向けの作品で出版されたのは、中世騎士物語の様相を呈している『農夫ジャイルの冒険』(*Famer Giles of Ham*, 1949)と妖精物語の様相を呈している最後の作品で鍛冶屋やケーキ職人の師弟が登場する物語『星をのんだかじや』(*Smith of Wooden Major*, 1967)だけであり、子ども向けに書かれた作品の多くはトルキーンの死後に出版されている。たとえば『ホビットの冒険』と同様、自分の子どもたちに聞かせた物語が基となって書かれた『仔犬のローヴァーの冒険』(*Roverandom*, 1992)やトルキーンと所有していた車に

第1章　ファンタジー

関わる出来事がきっかけとなった物語で全ページにトルキーンの挿絵が入っている『ブリスさん』（*Mr. Bliss*, 1982）も『ホビットの冒険』より以前に原稿は仕上がっていたものの、死後の出版である。トルキーンは『ホビットの冒険』の続編において、誰のためにどのような作品を書きたいかという問題に改めて直面するのである。それは、子どもでも理解できる作品を創作することだけに比重を置くのではなく、神話や伝説を基盤とした作品を大人にも楽しめる形で提供することであった。

他方、『ナルニア国年代記物語』は『ホビットの冒険』同様、子どものために書かれた物語である。1939 年、第二次世界大戦が始まり、ルイスの家に子どもたちが疎開してくる。そのことがきっかけとなってルイスは『ナルニア国年代記物語』を書き始める。ルイスの他の作品を見ると、明らかに子どもを対象とした作品は『ナルニア国年代記物語』のみである。一躍人気が出た『ホビットの冒険』出版の二年後に『ナルニア国年代記物語』の執筆が開始されたことは、トルキーンとルイスがインクリングズという文学サークルで執筆中の作品を互いに読みあい批評しあっていたことを考慮にいれると、『ホビットの冒険』の影響がないとは言い難い。

トルキーンは、後述するファンタジー論をまとめたエッセイ「妖精物語とは何か」（'On Fairy-Stories,' 1947）において、よくない児童文学の例に動物が言葉を話す作品を挙げている。これは、トルキーンが『ナルニア国年代記物語』を評価しなかった理由の一つであると考えられる。しかし、トルキーンの作品を見てみると、『ホビットの冒険』では、ビルボと竜や人間とツグミの会話の場面があり、『仔犬のローヴァーの冒険』では、言葉を話す犬が主要登場人物であり、動物が人間と言葉を交わすのである。この点について T. A. シッピーは次のように述べている。

> トルキーンは古代文学において唯一有名な人間と竜の会話を熟知しており、その会話が引き起こす冷たく、狡猾で、超人的な知性の感触、トルキーンの完全に現代的な専門語を用いれば、「圧倒的な個性」の感触を高く評価していたとしか言えないであろう。しかしながら、しばしばトルキーンはそれとなく気づいていたが、それらを改良できると感じていた[7]。

『ホビットの冒険』と『指輪物語』の物語の舞台の中つ国では人間以外の生物、

架空の生物たちが人間たちと同じ世界で生きている。両作品はホビットたちの旅の記録が英訳されたものであるという体裁をとっており、それぞれの種族の系統、国、言葉などが明確に区別されているのである。このような状況で『ホビットの冒険』を出版したものの、トルキーンの中では葛藤が続いていく。

他方、ルイスは『ホビットの冒険』と『指輪物語』に対して次のように述べている。

> 『ホビットの冒険』は、著者の壮大な神話から切り取られ、子供向けに脚色された断片にすぎなかった。そのため、脚色により何かが失われることは避けられなかったのである。『旅の仲間』は、ついにその神話の全貌を、「実物に近い真の規模」で私たちに提供してくれた[8]。

『ホビットの冒険』には、トルキーンが描きたかったこと、すなわちトルキーンが子どもたちに伝えようとした伝説的、神話的世界を十分に描くことができなかった。それは、子どものために描いた作品であったため、どうしても制限されるものがあったのである。物語冒頭に掲げられた旅の目的が、物語中盤で達成され、当時の構想とは異なる展開とせざるを得なかったのはトルキーンの迷いの表れである。しかし、『指輪物語』の第1巻『旅の仲間』では、その垣根は取り除かれ、自由に真の神話の世界を描くことを可能にしたのである。トルキーンは、『指輪物語』の出版直前に『ホビットの冒険』の改定を行うが、『指輪物語』の前史という『ホビットの冒険』の新たな位置づけを明らかにする。

逆に、ルイスは『ホビットの冒険』の出版から二年後には子ども向けの作品『ナルニア国年代記物語』の原型となるものを書いている。ルイスは自らの言いたいことを適切に表現する手段としてファンタジー形式を選ぶ。ルイスの場合、自らのキリスト教的世界観を作品に反映させ、どのように人々に伝えるかということが人間として、作家として、キリスト教徒としての首尾一貫した姿勢である。ルイスは、『ナルニア国年代記物語』の出版以前に精神的遍歴をアレゴリー[9]形式で作品化した『天路退行』(*The Pilgrim's Regress*, 1933)、書簡体形式の作品『悪魔の手紙』(*The Screwtape Letters*, 1942)、夢物語の枠組みを用いた『天国と地獄の離婚』(*The Great Divorce*, 1946) など様々な作品形態で表現してきたが、五十歳を過ぎ、子どもにも分かるような形式において作品を描くことの重要性を悟る。竹野一雄は、ルイスの憧れを喚起させる究極

的実在への強い関心こそが彼の採用する文学形式を決定する要因となり、非現実の世界を舞台とする別世界物語を産み出した[10]と指摘している。ルイスは、『ホビットの冒険』と『旅の仲間』に対する批評で、『ホビットの冒険』の神話的要素が活かされていない理由の一つとして子ども向けの作品であったことを挙げているが、ルイス自身はその批評に逆行するような形で『ナルニア国年代記物語』を描く。しかし、彼は『ホビットの冒険』のように中世騎士物語や北欧神話的な物語の題材を基盤にするもののそれをそのまま取り入れていない。ルイスの場合、神話的要素を重要視しながらも、キリスト教的世界観を表現することに重点を置き、それを子どもでも分かるような物語形式で描くことを目指したのである。

　さらに、トルキーンとルイスの作品に大きな影を落としているのは、二つの世界大戦である。第一次世界大戦には両者とも出兵し、その残虐さを体感する。その後、二人は知り合い、お互いの作品を語り合う機会を持つ。そんな折『ホビットの冒険』は出版されるが、間もなく第二次世界大戦に突入し、彼らは再び戦争の悲惨さを体験する。『指輪物語』と『ナルニア国年代記物語』には『ホビットの冒険』以上に善悪の闘争という物語の中心的主題がより明確に表れているのである。

　以上のように『ホビットの冒険』は、のちに執筆、出版される『指輪物語』と『ナルニア国年代記物語』と関連性が深いことが言える。

　『ホビットの冒険』は、トルキーン自らの子どもたちのために創作した物語がきっかけとなり誕生した作品であり、子どもたちに伝えたいことを分かりやすい形で提示することが目的であった。苦闘の末、『ホビットの冒険』にはトルキーンが憧れる中世時代や北欧神話の世界を反映させることが出来た。しかし、続編として書き始めた『指輪物語』には、登場人物や指輪など共通の事物が用いられるものもあるが、物語構成や展開、色彩表現などにかなりの相違が見られる。それは、トルキーンが『ホビットの冒険』で表現できる範囲に限界を感じたからである。『指輪物語』においては『ホビットの冒険』のように、対象者を子どもたちに設定せず、大人でも楽しめるファンタジー作品を目指し、『ホビットの冒険』では成し得なかった神話的世界観を余すことなく提示したのである。

　一方、ルイスは、自らの言いたいこと、つまり彼のキリスト教的世界観を子どもにでも分かる形で表現することに重要性を見出す。そしてそれを実現した

のが『ナルニア国年代記物語』である。作品には中世時代や北欧への憧れを背景に、物語構成・技法、中世の伝統的な物語の題材などを工夫して取り入れたのである。

『ホビットの冒険』は、続編『指輪物語』を執筆したトルキーンにも、子ども向けの作品『ナルニア国年代記物語』を執筆したルイスにも多大な影響を及ぼした作品であり、『ホビットの冒険』がなければ、二人の代表作となった『指輪物語』および『ナルニア国年代記物語』は誕生していなかったかもしれない。

第2節　J. R. R. トルキーンとC. S. ルイスのファンタジー論

『ホビットの冒険』を出版したものの、トルキーンは様々な葛藤を経験することになる。『ホビットの冒険』出版の翌年、トルキーンがセント・アンドリュー大学で行った記念講演は、ファンタジー論である「妖精物語とは何か」の基となり、ファンタジーに対する彼の考えを強固とすることになったと考えられる。

「妖精物語とは何か」は、記念講演の内容を少し増補して1947年に出版された『チャールズ・ウィリアムズ記念論文集』に掲載されている。さらには、1947年に「ダブリン・リビュー」に掲載されたトルキーンには珍しいアレゴリー的な短編の物語「ニグルの木の葉」('Leaf by Niggle,' 1945)とあわせて、1964年、『木と木の葉』(*Tree and Leaf*, 1964)として出版されることになる。「妖精物語とは何か」は木を、「ニグルの木の葉」は葉を象徴している。

「妖精物語とは何か」の構成は、妖精物語、起源、空想、回復・逃避・慰め、結び、付記である。そこで「妖精物語とは何か」を項目ごとに要点を整理[11]しながら、トルキーンが求める「妖精物語」の真髄を探っていく。

〔妖精物語〕
冒頭でトルキーンは、'fairy-story'（妖精物語／フェアリー・ストーリー）の定義を行おうとしているが、オックスフォード大辞典で'fairy'と'story'の結び付きには触れていない。しかし、1750年以降のオックスフォード大辞典増補版には'fairy-tale'（妖精物語／フェアリー・テイル）という言葉は採録されており、①妖精についての物語、一般的には妖精伝説、②非現実な、信じがたい物語、③まやかしもの、と説明されている。妖精は極小の超自然的存在

第 1 章　ファンタジー

であり、一般には魔力を持ち、人間に影響を与えて、よいことをさせたり、あるいは悪いことをさせたりするものと信じられている。しかし、トルキーンが考える妖精とは妖精の国の住人で、人間よりはるかに自然的なものなのであり、妖精物語とは、「ひとつの国、あるいは状態をあらわす物語のことで、妖精以外にも様々なものが存在し、妖精の国の持つ性質に基づき、諷刺、冒険、道徳、空想など妖精の国に触れ、それを扱うものであり、驚異的な出来事が起こる物語」[12] と定義している。

　さらにトルキーンは、「妖精物語」として取り除かなければいけないものを三つ挙げている。第一に『リリパットへの航海』（*A Voyage to Lilliput*）[13] のような旅行物語である。理由としてこれらは諷刺の表現手段であり、この種類の物語には多くの驚異的出来事が現れるが、それは、人間世界のなかに、我々の時間、空間のうちに存在するどこかの場所で見出せる種類のものであり、距離だけがそれらを隠しているにすぎないからとしている。第二にルイス・キャロル（Lewis Carroll, 1832-1898）の『不思議の国のアリス』（*Alice's Adventures in Wonderland*, 1865）や『鏡の国のアリス』（*Through the Looking-Glass, and What Alice Found There*, 1871）などのような「夢」を物語の趣向とした物語である。これらは夢のなかにはっきりとあらわれるふしぎな出来事を、実際に人間が眠っている時に見る夢であるとして説明しようとするものであり、心のなかで想像された驚異の実現（根源的願望）とそれを想像する精神とは別だからである。第三に動物寓話である。理由としては、動物らが人間のように口をきくことは別の発展をとげ、根源的願望とは関わりをもたず、人間が動物や木々のもつ特有の言葉を理解するほうが妖精国の目的に近いからである。しかし、ビアトリクス・ポター（Beatrix Potter,1866-1943）のピーター・ラビットの物語は、強い道徳的要素が内在しているため、例外としている。実は、『ピーター・ラビット』シリーズの一つ『りすのナトキン』（*The Tale of Squirrel Nutkin*, 1903）はルイスの憧れの源泉となった作品である。

　加えて、妖精物語における妖精の国の魔法は、それ自体が価値なのではなく、それが持っている働きに真価があり、たとえば時間、空間の深みを探ることや他の生きものと交わりたいなど人間の持つ根源的願望を満足させる働きである。

〔起源〕
　「妖精物語」の起源とは、妖精に関する諸要素の起源であり、また、物語の

起源をたずねることは（それがどんな種類の物語であろうとも）、言語の起源と精神の起源とをたずねることである。物語の起源としてトルキーンは次の三つの説を挙げている。

(1) 独立発明説……最も重要、根本的かつ神秘的であり、それぞれ似かよった物語は別個に進化したというよりはむしろ発明されたもの。
(2) 継承説…………共通の祖先から継承されたもの。
(3) 分派説…………異なる時期にひとつ、あるいは多数の中心点から分かれ出たもの。

　また、妖精の国のもつ本質的な力は「空想（ファンタジー）」の働きが思い描くところのものを、空想能力をもつ人間の意志によって、ただちに現実化する力である。人間が準創造者となって妖精の国は始まるのである。
　「民話」や「神話」については自然神話を起源にもつという考えが支配的であった。それによると、オリンポスの神々は太陽、暁、夜などの「擬人化」で、神々に語られた物語は、自然の大きな変化や移行について語られたものを意味し、それらがメルヘンや妖精物語など子ども向きの物語になりかわったということが言われてきたが、この見解にトルキーンは異論を唱える。それは、神々は、彼らの色彩や美を高貴な、壮大な自然から取り出すことはできるが、それらを太陽や、月、雲などから抽象して神々に与えたのは人間であり、神々の神格は、直接、人間の人格から得ているからである。

〔子どもたち〕
　トルキーンは子どもたちと妖精物語の関係を整理しながら、妖精物語が現在においてもつ価値と役割は何かを考察している。それは、妖精物語は子どもたちに触れる機会が多いからである。しかし、子どもと妖精物語の結びつきは、歴史上偶然事である。子どもたちは人間であり、妖精物語は人間のもつ自然な好みなのである。トルキーンは妖精物語を「子どものもの」として分類してきたのは、両親や保護者たちであると指摘する。
　子どもたちは、自分の前にある文学がいかなる種類のものであるかを疑問視する。世界について子どもの持っている知識は、しばしばあまりに浅く、即座

に、助けなしでは識別できない。子どもたちは種類の違いを認めるし、すべてを同じように好むこともありうる。しかし、このことは子どもについてだけ言えることではないのである。

　物語作家は、人々の精神が入っていくことのできる第二の世界を作る。その世界の内部では物語ることは「本当」であり、物語られることはその世界を支配する法則に従っている。だから、その世界の内部にいる間、人は、それをそれと信じられる。それは、物語作家が、「準創造者」であることに成功したか否かの証明となる。事実と虚構の区別すること自体が、健全な人間の精神にとって、また妖精物語にとっては、根本的に大切なことなのである。妖精物語は実際にあったこと、起こりうることを本質とするものではなく、願望を問題にするものである。願望とは多くの要素の複合体であり、あるものは普遍的、現代人に特有のものである。ある種の人間だけしかもっていないものも含まれる。また、空想（ファンタジー）とは、すなわち別世界を創造したり、あるいは眺めたりすることであり、つまり妖精の国を知りたいという願望の真髄なのである。

　もし、大人が文学の正当な一領域として妖精物語を読むならば、それは文学としての価値以外の何物でもなく、他の文学の諸形式が与えるものと共通である。しかし、妖精物語はこの文学的価値と同様に、それ独自の程度と様態のなかで空想、回復、逃避、慰めなどを与えてくれる。子どもはすでにそれらをもっており、大人ほどに必要とすることが少ないのである。

　〔空想〕
　トルキーンは空想（ファンタジー）と空想的（ファンタスティック）の違いを提示している。空想とは、主として形をもつ空想を指し、高等な芸術形式であり、最も純粋に近い、最も強力なものである。人間の自然な活動であるが、本質的弱点は、完成への到達が難しいことである。そのため、しばしば未発達のままに終わってしまうことがある。一方、空想的とは、「実際に存在しない」ばかりでなく、我々の住む第一の世界のどこにも発見されないもの、あるいは、その世界には見出されないもの、一般的に信じられているものの心象のことである。また、想像力（イマジネーション）とは、現実に存在しないものについて心象を形成する力で、精神に具わる諸能力のひとつである。

　しかし、妖精物語や空想は必ずしも人間中心的なものである必要はない。多

くの場合、妖精と人間とは同等の立場で存在し、興味の真の対象は妖精なのである。空想と妖精との関係として、空想がめざすのは、妖精の技であるところの「魅惑」であり、人間の「空想」の中心に存在する欲求の志向とは何であるかを学ぶことができるのは、妖精たちからである。そして、妖精の技を正しく表現するために言葉が必要なのである。

妖精物語が主に取り扱うのは、「空想」によって変形されない、単純で、基本的なものなのである。

トルキーンは空想について次のようにまとめる。

> 「空想」は人間の権利のひとつである。我々はその能力に応じて、周囲の世界から観念をうる方法に従って創造行為をなす。それは私たち自身が創られたものだからである。そして、創られたばかりではなく、創造主の姿に似せて創られているからなのである [14]。

〔回復、逃避、慰め〕

回復とは（健康の回復と再生とを含めて）とりもどすことであり、曇りのない視野をとりもどすことである。

逃避とは妖精物語のもつ機能の主なものの一つである。最も深い願望に「死からの逃避」がある。妖精物語ではこれに関して、多くの例や方法を教えてくれる。しかし、ほかの種類の物語や学問によっても知ることが出来る。妖精物語は、妖精によって創られるものではなくて、人間の創るものだからであり、妖精について人間が創った物語には「不死からの逃避」が多く見受けられることは当然である。はっきり示されている教訓は、この種の不死の重荷、というよりは際限もなく続く生の重荷であって、逃走者たちは、その点にひきつけられる。それは昔も今も妖精物語はこのようなことを教えるのにふさわしいものだからである。これは、トルキーンとルイスの両者が影響を受けたスコットランドの小説家ジョージ・マクドナルド（George MacDonald, 1824-1905）の主題となる。

慰めとは「幸せな結末（ハッピー・エンディング）の慰め」を指す。妖精物語の与える慰めは、幸福な結末をもたらす喜びであり、完全な妖精物語はすべてそれをもたなければならず、この「幸せな大詰め」をもつ物語こそ、妖精物語の真の姿であり、その最高の機能を具現するものである。しかし「幸せな大

第 1 章　ファンタジー

詰め」は、突然の、奇跡的な恩恵として妖精物語のなかにあらわれるものであり、再びそれが起こることをあてにしてはならない。また、「幸せな大詰め」は救われることの喜びに必要であり、神の「福音」、真の「喜び」を垣間見せている。神の「福音」、真の「喜び」は、質が高く、完全に近いものであるほどはっきりと持っているのである。

〔結び〕
　トルキーンは、自らも一人の「第二の世界」、「空想」の世界を創造する作家、つまり「準創造者」として次のような願望を提示する。

　　「第二の世界」、「空想」の世界を創造する作家、つまり「準創造者」は、ある程度本物の創造者になりたい、と願うか、さもなければ、自分は現実に迫っているのだと希望するだろう。「第二の世界」のもっている独自の性質は、(たとえ細部のすべてにわたってそうであるとはいえないまでも)「現実」に源を発するものでありたい、あるいは「現実」に向って流れ込んでいくものでありたい、と創る者は願っているのである[15]。

　トルキーンは、「幸せな大詰め」からキリストの物語に近づくことで結びにしている。
　福音書は、妖精物語の真髄を包含するような偉大な物語を含んでおり、なかには多くの驚異が、特に芸術的なものが、美しく、感動的なものが含まれ、それは完全な、自己充足的意味における「神話的」なものである。そしてこれらの驚異のなかには、思いつくかぎりにおいて、最も偉大な、完全な「幸せな大詰め」が見られる。キリストの誕生は、「人間」の歴史の「幸せな大詰め」であり、キリストの復活は、「神のキリストにおける顕現」の物語の「幸せな大詰め」であり、喜びに始まり、喜びに終わるのである。また神は、天使の、人間の、そして妖精の主なのである。人間は実際に神の「創造」の葉をひろげ、その豊かさを増すことを手伝うことができる準創造者なのである。
　本当の妖精物語は、子どもだけのものではなく、大人は子どもがすでに持っている空想、回復、逃避、慰めなどを与えてくれるものである。トルキーンは準創造者として妖精物語の持つ力を発揮させるような執筆を試みる。『指輪物語』は長編のファンタジー作品であり、作品構成も各部それぞれ異なるなど複

雑であり、決して子ども向けではない。加えて、物語技法である色彩表現の方法や、竜や指輪などの物語の題材の使用にも最初のファンタジー作品である『ホビットの冒険』とは相違点が見られる。『指輪物語』は大人でも文学の一領域として読むことが出来る妖精物語として完全な「幸せな大詰め」を追究して創作されたのである。

一方、C. S. ルイスも『別世界にて』(*Of Other Worlds*, 1966) の中に収められている数篇のエッセイや『批評における一つの実験』(*An Experience in Criticism*, 1961) の中でファンタジー論を展開している。ルイスによれば、ファンタジーとは文学用語であると同時に心理学用語でもあるが、文学用語としてのファンタジーとは「起こりえないことや超自然なことを扱った物語」を意味している[16]。

ルイスはさまざまな形式の作品を執筆しているが、『ナルニア国年代記物語』は子ども向けに書かれた唯一のファンタジー作品である。ルイスは、ファンタジーが子どもの本が自分のいわずにいられないことを表現する最良の芸術形式であるとし、『ナルニア国年代記物語』にファンタジー形式を用いたのである。

ルイスは、「子ども向けの作品の書き方」について以下の三点を挙げている[17]。

(1) 子どもは特殊な大衆だから、彼らが何を好むかを見つけだし、たとえ自分自身が好まなくてもそれを与える。
(2) ある特定の子どもにおそらく即興で、じかに話して聞かせたものがもとになっている。二人の人間が相対する場合には、互いに影響をおよぼしあうもの……一つのつながり、いわば綜合的人格といったものがつくられ、物語もまた、そこから生れでる。
(3) こうした書きかきかたをする人間は、子どもの本が自分のいわずにいられないことを表現する最良の芸術形式だからという理由で、子どもの本を書く。

ルイスは、上記の(1)を特に批判し、自分は(3)の方法で『ナルニア国年代記物語』を書いたとしている。(1)は、純粋に子どもの心をとらえたものでもなく、単なる大人の、作家の勝手な思いこみで作品が書かれることを意味している。

(2)は、ある特定の子どもが対象になるため、その子どもが好むものを与えようとしているところがある。この例にトルキーンが挙がっている。ルイスの場合、ルイスは幼いころから多くの本を読んできた中で、自分が子どもだったころに大喜びで読んだと思われるもの、また、五十歳代になった今も好んで読むようなものを子ども向けの物語として書いたのである。そして、ルイスのその思いとルイスが言わずにはいられないことを表現する形式として、自分にぴったり合ったファンタジー、広い意味でのフェアリー・テイルを使うことになる。

　ルイスは、ファンタジーに対する弁護の中で、大人の概念を述べているが、ルイスがいう大人になることは、体が大きくなり、知識量が豊富になることを喜ぶことだけではなく、子どもの頃に抱いた心や経験を忘れることなく、成長していくこと[18]なのである。近年、大人として成長することだけを喜び、小人、巨人、ものいう動物、魔女などに対する親しみを忘れている大人が多く、五十三歳になってもまだ小人や、巨人、ものいう動物や魔女が好きだという男は永遠の若さを讃えられるどころか、成長の止った人間として軽蔑され、憐れまれるのがおち[19]とルイスは懸念している。人は成長することにより、子どもの頃に抱いていた憧れや想像力や考え方などを失ったり、新たな知識や視野によって複雑にとらえがちである。成長について誤った理解をしている人々は、それを成長に対する代価であると混同してしまう。しかし成長は、子どもの頃から培ってきたことも共に保持していくことなのであり、何ら失うことはなく、それまで以上に新しいものを加えることである。ルイスはファンタジーを読むことによって、想像力を養い、憧れの心を持ちながら、楽しんで本を読み、成長してきたのであろう。成長して作家となったルイスは、子どもの頃より培ってきた感覚や抱いてきた憧れを適切な形で表現することを試みたのである。

　ルイスは、子どものころよりはるかに楽しんでフェアリー・テイルを読み、大人になったいまでは、子どものころより多くのものをその中に注ぎ入れることができるので、しぜん、より多くをそこから取り出すことができる[20]ことを指摘している。ファンタジーは、現実世界から逃避するものであるという考え方がされる場合がある。しかし、ファンタジーが与える逃避とは現実を新しく受け取る新鮮な眼を与える価値ある逃避なのである[21]。読者は、ファンタジーの世界に触れ、その後、現実世界を見つめ直しても、現実世界がファンタジーの世界であるとは思わない。ファンタジーを読むことは、現実世界について新しい観点から見ることができる視座を得ることなのである。

ルイスによれば、ファンタジー形式は、簡潔で、描写に対する抑制があり、柔軟ながらも伝統を踏まえ、分析、脱線、省察、無駄話と言ったものへの敵意があり、題材に恋愛的要素や細かい心理描写が必要ない[22]とし、それがファンタジー形式で作品を書く魅力であるとしている。ルイスにとってファンタジーという形式で表現することは、それまで培ってきた作家としての技術や技法を駆使し、想像力を最大限に用いて書くことであり、自らを満足させる最も適した文学形式だったのである。またそれは、ルイスにとって作家としてだけでなくキリスト教徒としての理由が重要視されている。
　竹野一雄は、ルイスがファンタジーを書いた理由を以下のように説明している[23]。

　　キリスト教徒としての理由
　　（1）ファンタジーはキリスト教徒としてルイスが言わずにいられないことを表すのにもっとも適した形式であったということ
　　（2）ファンタジーは大人が子どもに対して人間対人間として相対することのできる文学形式であったということ
　　（3）世俗的主義的なものの考え方あるいは自然主義的なものの見方にとらわれている人間の魂を現実世界から別世界へ解放できる文学形式がファンタジーであったということ
　　作家としての理由
　　（1）ファンタジーはルイスが幼少のころから好んだ形式であったこと
　　（2）作家として想像力を他の文学形式以上に発揮することが要請されたということ
　　（3）表現のリアリズムに依存する文学形式の復権を試みようとしたこと

　キリスト教徒としてのルイスにとって、ファンタジーはルイスの信仰や思いを自由に分かりやすい形で表現することが可能であり、子どもに対して一人の人間として対等の立場に立ち、人間の魂を現実世界から別世界へ誘うことができる形式なのである。一方、作家としてのルイスにとって、ファンタジーはルイスが幼いころから親しみ、憧れ、好意を持ってきた形式であり、技術や技法を活かし、表現のリアリズムに依存しながら、ルイスの想像力を十分に発揮していくことができる形式なのである。ファンタジーは私たちに驚異と不思議の

世界に遊ぶ歓びをもたらし、真の休息を与え、今、ここで再び新しく生きる力を与えてくれる[24]のである。『ナルニア国年代記物語』は、作家として、キリスト教徒として、ルイスの世界観が細やかに注ぎ込まれたファンタジー作品である。読者はそれに触れることによって、別世界の扉を自然に開くことができ、安らぎと心地よさを感じながら、生きる活力を得ることが可能なのである。

　ファンタジーや神話は、ある読者にとってはあらゆる年齢において読むに堪える形式であるが、ある読者にとっては幼いときも、大人になってからも興味のないものなのである。また、ファンタジーは逃避文学であると言われるが、すべての読書は逃避文学であり、問題はいかなる逃避を読者に提供するかということである。ファンタジーの世界への憧れは、自我執着から解き放ち、自己自身を越えることを可能にさせる。この旅から帰還するとき、現実世界を新たな眼で見つめ直すことができるようになるのである。

　このように『指輪物語』と『ナルニア国年代記物語』は、トルキーンとルイスが共に円熟期を迎えた五十歳代で、同時期に出版された彼らの集大成の作品であり、それぞれの作家として技量と、人間としての信念がファンタジー形式を用いて表現されている。両作品の魅力の要因はいろいろあるが、筆者としては、両作家の色彩表現こそ、今もなお多くの人々に読み継がれている理由であると考えている。このことの具体的な検証は第3章以降で行っていく。

第 2 章　色彩

　本稿の目的は色彩表現の研究であり、作品世界に見られる色彩語が読み手にどのようなものとして知覚されているかを研究することではなく、色彩語が作品中でどのように用いられているかを綿密に検証することである。本章では、次章以降で行う色彩表現に関する検証に先立ち、色彩の本質を追究し、色彩の正体やこれまでの色彩研究などについて基本的事項を種々の文献に依拠[1]しながら整理し確認する。

　人間が初めて色を使用したのは氷河時代のことである[2]と言われ、色彩は、人類の歴史とともに、そして文明や文化の発展とともに、常に人間の傍らに存在し、文字通りわれわれの生活を彩ると同時に、ときにはシンボルやシグナルとして非言語コミュニケーションの一翼を担ってきた[3]のであり、ある特定のメッセージを伝えるツール（道具）なのである。色彩の存在はあまりにも大きく、色彩に関する関心は古代より高かったことはいうまでもない。

第 1 節　色彩とは？

　色彩に関してはギリシャ時代から当時の哲学者たちによって論じられ、プラトン（前 427-前 347）にも色彩に関する論文があり、アリストテレス（前 384-前 322）も色彩研究の冊子を残している[4]。アリストテレスは世界を構成する根本的な四つの元素——火、空気、水、土に対応する単一色があると考え、それらの混合によって多種多様な中間色が生まれると考えた。その後時代の進むについて、色彩の本質についての研究よりも、むしろその応用面の発展により、ローマ時代のモザイク様式、中世時代のキリスト教壁画、さらにルネサンス時代の絵画など、いずれも色彩の文化的価値を高めた[5]のである。色彩は赤、橙、黄、緑など色みがあるすべての色を指す有彩色（chromatic color）と白、灰、黒など色みがない色を指す無彩色（achromatic color）に分かれるが、すべての有彩色は白と黒の間にあると考え、白、黄、赤、緑、青、紫、黒の七色の配列としたのである。これが色彩論の基礎となり、イングランドの自然哲学者、

数学者であったアイザック・ニュートン（Isaac Newton,1642-1727）に受け継がれていく。1704 年、ニュートンは著書『光学』（Opticks）において光線には色がついていないことを検証し、無色透明な光（発行色）が、赤や青などといった単色光の複合体であることを解明し、赤く見える光と緑色に見える光を混合すると黄色に見えるという、光のうちの一部を混合すると別の色に見える混色（color mixture）の現象を発見する。色は色そのものとして存在しているのではなく、実は光だということなのである。また、ニュートンは円盤を半径で分割し、それぞれに虹の七色を塗るという色相環を考案する。

　ニュートンと同様、色彩の研究に多大な影響をもたらしたのは、ドイツの詩人、小説家、哲学者、自然科学者など多彩な顔をもつヨハン・ヴォルフガング・フォン・ゲーテ（Johann Wolfgang von Goethe, 1749-1832）である。ゲーテは 1810 年に『色彩論』（Zur Farbenlehre）を発表する。『色彩論』は、教示篇・論争篇・歴史篇の三部構成からなり、教示篇では色彩に関する基礎的な理論を展開し、論争篇ではニュートンの色彩論を批判し、歴史篇では古代ギリシャから 18 世紀後半までの色彩論の歴史をたどっている。ゲーテは色を円形に並べる色相環を考えつく。色相環は、'red'、'green'、'purple'、'yellow'、'blue'、'orange' の六つの色相から成り、'red' と 'green'、'purple' と 'yellow'、'blue' と 'orange' は補色の関係にあり、色相環の対向位置に配置され、その補色どうしは互いに呼び合い調和すると考えた。ある色を見たときに起こる残像現象を人間の視覚的特性とし、眼の特性である補色残像を色相環の中心に据え、配色論を説いたのはゲーテが最初である[6]。しかし、ニュートンの場合、色相環は色相の順序に並べた"科学的"なものであるのに対してゲーテの場合はゲーテの独断によって並べたものであった[7]。

　その後、対比や同化の現象に関して立体的色空間を前提に展開させた色彩調和論をまとめたフランスの化学者ミシェル＝ウジェーヌ・シュヴルール（Michel-Eugène Chevreul, 1786-1889）は、実務的な調和理論として欧米で広く支持を得るとともに、ドラクロワ、ピサロ、モネ、スーラなど印象派の画家たちにも多大な影響を与える[8]。また、ドイツの化学者フリードリヒ・ヴィルヘルム・オストワルト（Friedrich Wilhelm Ostwald, 1853-1932）は、調和論を客観的に秩序づけて論じる。スイスの画家・美術教育者ヨハネス・イッテン（Johannes Itten, 1888-1967）の『色彩の芸術』（1961）は、対比現象における視覚の生理学的な現象を調べ、ある色とその補色残像色を混合すると、人間の

視覚が要求する平衡状態としての無彩色になることに着目する。二色またはそれ以上の色を混色した場合に無彩色が得られるならば、それらの色は互いに調和するとして、色料混合による色彩調和論を展開するのである[9]。

第2節　色彩の感じ方と分類

〔色彩の感じ取る仕組み〕

　たとえば、「赤いリンゴ」を例にとると、私たちがそれを「赤く」感じるのは、リンゴに当たった光（すべての色を含む光）のうち、赤い光だけが反射して私たちの目に届くのである。ほかの色の光は、リンゴ（の表面）に吸収されてしまう。つまり、物体の色というのは、全部の色を含んだ光のうち吸収されずに反射したものなのである。リンゴの表面を反射した赤い光は、人間の目の「網膜」に当たり、その網膜のなかの「錐体」という器官によって電気信号に換えられ、脳に伝わり、はじめて、私たちはそれを「赤く」感じるのである[10]。錐体にはred（赤）、green（緑）、blue（青）の光をそれぞれ受け取るセンサーがあり、この三つの比率を感じ取るのである。これを光の三原色と呼び、この三つの光の色の組み合わせによって世の中のすべての色を表現することができるのである。しかし、これらの色光は他の色光の混合によっても作ることができないし、またさらに分解することができない。そして混ぜれば混ぜるだけ明るくなる。これを加法混色（additive mixture）の三原色と呼ぶ。また、混色によってできる色の範囲が広いのはmagenta（赤紫）、yellow（黄）、cyan（青緑）であり、混ぜれば混ぜるだけ暗くなる。これを減法混色（subtractive mixture）と呼ぶ。色彩を「作る光」と、色彩を「知覚する脳」との間に、光によって「変化する何か」を考え、光という刺激と、それを知覚する脳との間にセンサーという感覚器官があることを考えたのが、イギリス人の医師であり物理学者でありエジプトの聖刻文字の解読も行ったトマス・ヤング（Thomas Young, 1773-1829）である[11]。そして、イギリスの理論物理学者ジェームス・クラーク・マックスウェル（James Clerk Maxwell, 1831-1879）は、単色光の複合体である光は、電磁波の一種であることを提唱するのである[12]。

〔色彩の三属性〕

　色は光であり、光は電磁波である。そして光は光の物理的性質ではなく、電

磁波である光が人の目に入り、網膜の視神経を刺激して、それが大脳に伝わって初めて生じる感覚である[13]。色の力は電磁波としての力であり、すなわち素粒子である。色（素粒子）には三つの力、つまりエネルギー、時間、波長がある。さらに、色み、明るさ、鮮やかさを色相（Hue）、明度（Value）、彩度（Chroma）とし、色彩の三属性（three attributes of color）または色の三要素と呼ぶ。

　色相とは色みの違いのことである。電磁波である色には波長の違いによって段階がある。有彩色では赤、橙、黄緑、緑、青緑、青、青紫、紫、赤紫などに分けられた色相の数は、色を分類・整理してその色を正確に表示するために作られた色彩体系によって異なる。

　明度とは色の明るさのことであり、光の反射率に関係する。反射率の高い色彩は明るい色彩であり、反射率の低い色彩は暗い色彩である。明度が最もよく分かるのは無彩色である。つまり最も明度の高いのは白、最も明度の低いのは黒になる。

　彩度とは色の鮮やかさの度合いを区分したものである。色のエネルギーが強ければその色味は強まり（純色に近づき）、エネルギーが弱ければその色味は薄れる（無彩色に近づく）のである。

　色彩はエネルギーと時間と波長という三要素によって決まる。つまり、色彩を表現するということは、すなわち、赤か青かという色の色相、明るいか暗いかという明度、鮮やかかくすんでいるかという彩度、この三つの要素を表現できなければならない[14]のである。

〔色彩の伝達〕
　色は感覚の一種であり、主観的な心理現象である。このため色感覚を客観的に他者に伝達する方法が必要である。

　第一に、色彩体系である。これは色を数値や記号で表すシステムのことで、色相、明度、彩度の属性別に表示記号が設定されている。基本的な構造は共通しているが、色相の分け方、明度、彩度の段階設定、属性の呼び方とその記号化の方法などは色彩体系によって異なる。色彩体系は二種類に大別される。一つは、色を見たままに知覚的等歩度で整理・分類して、色感覚を数値化して表わす顕色系である。アルバート・ヘンリー・マンセル（Albert Henry Munsell, 1858-1918）のマンセル色彩体系、NCS（Natural Colour System）がある。もう一つは色という感覚を生じる光の量を記述する混色系であり、XYZ表色系

などがある。なお、オストワルトのオルトワルト色彩体系は顕色系にも混色系にも属する。

　第二に、色名である。人間が識別できる色数は条件さえよければ七百万とも一千万ともいわれている[15]。それらを誰かに伝えようとするとき、色に名称を付ける必要性が生じる。これが色名である。1969年、アメリカの文化人類学者ブレント・バーリン（Brent Berlin）と言語学者ポール・ケイ（Paul Kay）が二百五十以上の言語から色彩に関する言語を収集・分析し、十一個の基本色名（basic color terms）があることを明らかにした。基本色名とは、white（白）、black（黒）、red（赤）、green（緑）、yellow（黄）、blue（青）、brown（茶）、orange（橙）、purple（紫）、pink（桃）、gray（灰）である。この研究は現代の色彩研究の基盤となっている。基本色名は次のように定義できる[16]。①すべての人の語彙に含まれていること、②人によらず、使うときによらず、安定して用いられていること、③その語意が他の単語に含まれないこと、④特定の対象物にしか用いられることがないこと、である。基本色名は、物理的な連続量である光の波長をどこで切り分けていくか文化や言語の関わりが大きいと言える。基本色名は七段階に分かれる。

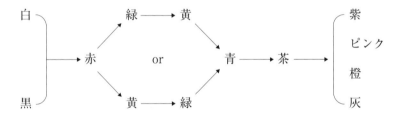

　白と黒が最初に登場するが、これは人間にとっては周囲が明るいか暗いかの区別が重要であることを表わしている。白と黒の二色に赤が加わり、さらに緑と黄が加わりと、文化の水準により色の呼び名が複雑になっていく。

第3節　色彩感覚と象徴

〔色彩感覚とイメージ〕
　視覚を通して情報を得た脳では、主に三つの側面からの反応が複雑にからみあうのである。それは、①生理的な反応、②記憶的な反応、③知識的な反応で

ある。①生理的な反応とは、その色からくる反応のことで、色を見ることによって脳内で起こる刺激である。これは原始の時代に人間が種として進化していく過程で体験された生きるために必要な判断情報でもある。②記憶的な反応とは、見たものに関する特徴的な思い出が脳の中で蘇ることである。かつて体験した色にまつわる思い出は、その色を見るとよみがえってくる。これには法則がなく、それぞれが個々の体験において独自のイメージを持つことになり、それを把握することは困難である。③知識的な反応とは、色に民族や文化が特別に意味をもたせたものであり、国籍や文化などによって異なる。地域性が高く、時代や文化によって積み重ねられ、受け継がれてきた要素である。一つの色に様々な象徴性があるのは、このような背景があるからであり、ある一つの色に対してある種の共通認識がありながらもその人のその人におけるイメージが構築され、人によって異なるのである。人間の脳ではこれら三つの反応が瞬時に起き、それが統合して、結果として具体的な反応（行動）に結び付く。これらは大脳の前頭葉で処理され、視覚野にてイメージとなる[17]。

既に確認したように、色そのものには色彩はなく、光がただ私たちの感覚器官に作用して特異的な信号を発信させるだけであり、感覚器官に刺激を与えているだけにすぎない。したがって、同じ光をどのような色彩として感じているかは人によって異なっている可能性があり、その異同を厳密に検証する手段はない[18]。色のイメージは、その色が人類にとってどのような意味を持っていたのか、どのように使われていたのか、ということと強く結び付いているのである。

千々岩英彰は、われわれの色彩感情は、もともと自然界の色彩によって培われたものであるから、自然界の色彩が大きく変わるか消滅しないかぎり、色彩に対する人間の基本的感情は変わらない[19]としている。また、大庭三郎は、色彩が持つ感情やイメージは、時代の流れ、民族性、個人の生活環境、教養、性格、性別、職業、年齢等によって多少の差はあるものの、根本的な共通性を持っている[20]と指摘している。これは、色彩感覚の普遍性を示しているのである。だが、このように千々岩と大庭は色彩に対する人間の基本的感情は誰であれあまり変わらないとしているが、ある一つの色に対してある種の共通認識がありながらもその人その人によって異なると考えるべきであろう。

〔色彩の象徴性〕
　色彩感情とともに重視されるのは色の連想である。それは色を見た場合、その色に関係のあるものを思い浮かべ、その色に結び付けて表現しようとする心理作用のことである。色の連想がある程度共通性を持ち一般化されると、色の象徴として一つの伝統を形作ることになる。これは世界的に共通なものもあれば、民族的風習によって異なるものもあり、また時代によって相違する場合もある[21]。
　象徴としての色彩に関して、小町谷朝生は次のように述べている。

> 象徴とは、本来、任意で偶然的な結合によって成り立つものではないのだろう。一定の形や色彩が象徴としての機能を果たすためには、それがその意味を背負う内的必然性が予め存在していなければなるまい。……もしわれわれが、色彩の語りかけを深部感覚として捉えているのでなければ、色彩と人間との間には本当の意味での交流は無いだろう。それが無ければ、色彩は単に記号として提示されているだけに過ぎないだろう。その場合の色彩は、人間の内発的感作と係わるところの無い、外的存在物であるだけであろう[22]。

　色彩と人間の心理は必然的な結合を果たすことで象徴へと結びつく。
　色彩は私たちの周りにさまざまな役割を持って登場し、伝承や歴史の中でその一つ一つが心に訴えるイメージの象徴性へとつながり、心身に深く関与する[23]。

> 色はもっとも心身的に作用しうるものであり、その性質によって本来的に象徴性を備えているものであり、その点においてもっともふさわしい象徴作用のための道具でありうる[24]。

　このように長い歴史と伝統の中で育まれてきた色彩の象徴作用は、私たちが様々な事柄を表現するために有効なのである。

第4節　色彩感覚の表現

　色彩感覚の表現方法にはいくつかあるが、ここでは絵画と文章の場合につい

て検証する。それは、本研究の対象としている作家トルキーンとルイスにおいて文章はもちろんのこと、絵画との関連性も考えられるからである。トルキーンは自らの作品の表紙絵や挿絵を書いたり、死後には息子によって画集も出版されるほど画家としての才能をも併せ持っていた。また、短編「ニグルの木の葉」の主人公は画家であるが、それはトルキーンの自画像である。一方、ルイスにとって、絵は『ナルニア国年代記物語』の源となるものであった。『別世界にて』所収の「すべては絵ではじまった」に記されているとおり、はじめは物語などではなく、単にいくつかの絵を思い浮かべるところから始まった[25]のである。

遠藤敏雄は、絵画と文章の色彩感覚の表現方法に関して類似点・相違点をまとめている[26]。まず、絵画と文章の類似点としては、第一に、色の連想については鑑賞者、読者それぞれほぼ共通なものを持っていること、第二に、色彩表現はそれぞれ独自性があり、人の個性に左右されることが挙げられる。

絵画における色彩表現の特色として次のようなものがある。

（1）絵具という色料によって表現。
（2）直接的であり、鑑賞者も色彩の感覚を直接受け入れるので、その知覚作用は概して直結的。
（3）色の対比効果や調和は重要な要素。
（4）色彩の光学的、生理学的および心理学的性質の全体について考慮しなければ、表現の効果が期待できず、平面の絵画に三次元の世界を生かすことにより、その技法においても色彩感覚と結びつく問題を伴う。
（5）あくまで瞬間的把握の再現であって、時間的推移をその中に取り入れることが困難。
（6）描出しようとする対象を、自己の判断に基づいて色を選択。どういう色を使用して、どのように配色するかは、画家個人の主観的な判断によるのであって、その行為は個性的であるが故に、画家それぞれに色の使い分けには独自性がある。
（7）まず形を設定して、その上で着色するという順序を辿らなければならない。

次に、文章における色彩表現の特色として次のようなものがある。

第 2 章　色彩

（1）言語において表現。
（2）読者は言語感覚を通じて、色彩表現を味わい、言語を媒介とする関係上間接的。
（3）色の対比や調和はおのおの読者の内的判断によって効果的となる。
（4）言語的な制約はあるとしても、主として心理的作用が表現の効果を左右する。
（5）時間的経過を同時に再現し得る。
（6）詩においても散文においても、色彩表現は不可欠なものではない。
（7）色彩はある環境を描写する際に、それを鮮明にする効果をもつものであるから当然の必要から色彩語を使用しなければならない場合もある。色彩に触れられなくても環境の抽出が可能である場合は、作家によっては色彩の表現よりもむしろ色彩の奥に潜むものを重視することもある。
（8）作家はどこまでも受身である。

ところで、文学における色彩表現について見ると、19世紀ごろまでは作品に取り入れられたものは周囲の自然の描写や人物の描写やあるいは環境の抽出に必然的に付随するものが多く、使用された色彩語も、19世紀以降、色彩も単なる純色にとどまらず、いろいろの中間色の抽出にも見られるようになる[27]。しかし、文学的表現の対象となる色彩は、物体に即した表面色が主であることは変わりないのである。

絵画における色彩表現の場合、直接的であるが、時間的推移を取り入れることが困難である。まず画家が形を設定し、色彩の配色、対比、調和を重視しながら画家の主観的判断によって色彩が選択される。

文章における色彩表現の場合、言語を通して間接的に表わし、また、時間的推移を提示することが可能である。しかし、言語を媒体として捉えるため、読者の感覚や心理的状況によって色彩に対する印象、役割、効果が左右され、読者それぞれの色彩世界が形成される。また、作家が用いた色彩表現によって、加えて色彩が使用されている対象物に対して読者の印象をある程度を固定させてしまう懸念がある。どの部分をどのように生かすかによって、全体的な把握にも関係するし、また表現素材としての言語にもある程度の制約を受けることになる。作家は自己の感覚を、そのままの具象性において表現できるとは限ら

ない。しかし、読者はそれを加味しながら読み進めることで、さらなる想像力の活性化へとつなげていくのである。

このように絵画と文章の色彩表現には大きな相違がある。しかし、トルキーンとルイスは、文章的要素の色彩表現だけでなく、絵画的要素を踏まえた色彩表現を行っていると考えられるのである。

第5節　色彩に関する諸研究

これまで見てきたとおり色彩に関する研究は長い間様々な角度から研究が進められており、まだその途上にあると言える。ごく一例を挙げても、①色彩語の研究としては、色彩語の認識の研究や基本色名の意味を再検証する研究、②色彩と感覚、さらに色彩という視覚的な感覚と他の感覚との共感覚の研究としては、色彩と視覚・聴覚・触覚・嗅覚・味覚の五感の情報と脳内処理の研究、③身体的関係の研究としては、脳や目と色が見える仕組みの研究、④文化的研究としては、ある民族における色彩研究、⑤人間だけでなく他の動物における色彩研究、⑥絵画における色彩研究、⑦文学作品における色彩研究、などがあり、科学、医学、社会学、心理学、文学、芸術など実に多方面にわたる。

色彩と文学作品に関する研究は、作品中での色彩語の使用頻度の把握を初めとして使用内容、使用目的、作者の意図など様々な面から研究が進められてきた。そして、一つの大きな壁となっていた作品内からの色彩語の抽出は、コンピュータの普及により、色彩語の使用状況におけるデータが迅速かつ正確に得ることができるようになったのである。今後、多種多様な作品に関して研究が行われることが予測できる。しかし、色彩と文学作品の研究の本来の目的は、色彩語の使用状況の把握だけではなく、作者がどのような意味でその箇所に色彩語を配しているか、さらに色彩語を使用していない場合にはどのような意図があるのかを作品の中から読み取っていくことが重要なのである。そのためには、これまで解明されてきた色彩の特色などを踏まえ、また継続している様々な分野における色彩研究の結果を取り入れながら研究していかなければならないのである。

第3章　『指輪物語』における色彩表現

第1節　プロットと物語技法

　『指輪物語』は、第1巻『旅の仲間』（*The Fellowship of the Rings*, 1954）、第2巻『二つの塔』（*The Two Towers*, 1955）、第3巻『王の帰還』（*The Return of the King*, 1955）の三巻本である。各巻はそれぞれ二つの部から構成されている。

（1）『旅の仲間』（*The Fellowship of the Rings*）
　ホビット（hobitt）のビルボの誕生日の祝会が開かれる。ビルボはこの日を機に旅に出ることを決意していた。彼の甥で養子のフロド（Frodo）はビルボが残していった指輪を譲り受ける。フロドは、魔法使ガンダルフ（Gandalf）から指輪についての話を聞く。その指輪は、ビルボが昔、旅に出かけたときに沼に住むゴラム（Gollum）＝スメアゴル（Sméagol）となぞなぞ対決で勝利し獲得したものであった。だが、その指輪は邪悪な指輪であることが分かり、フロドは滅びの山の亀裂へその指輪を投げ込みに行く決意をする。
　しかし、その指輪を鍛造した邪悪な冥王サウロン（Sauron）とその配下の者たちが狙っていた。フロドはホビットのサム（Sam）、メリー（Merry）、ピピン（Pippin）とともに指輪を持って旅に出る。途中、黒の乗手たち（the Black Riders）の気配を感じながら、恐ろしい古森（the Old Forest）や塚山丘陵（the Barrow-Downs）を超えていく。古森の柳の木の下で休んでいたメリーとピピンは柳じいさん（the Old Man Willow）に捉えられるが、通りかかったトム・ボンバディル（Tom Bombadil）に助けられる。フロドたちはトムの家に案内され、一緒に住んでいる川の娘ゴールドベリ（Goldberry）とともにもてなされ、静養する。トムは宿屋の「躍る小馬亭」（*the Prancing Pony*）に行くことを勧める。「躍る小馬亭」では、アラゴルン（Aragorn）がホビットたちを観察していた。フロドたちはガンダルフが残していた手紙でアラゴルンのことを知り、彼と一緒に旅をすることになる。一行は、裂け谷にあ

るエルロンド（Elrond）の「最後の憩」館（the Last Homely House）を目指して旅を続けて行くが、途中、フロドが黒の乗手に襲われ、負傷する。その後、風見が丘（Weathertop）で出会ったエルフのグロールフィンデル（Glorfindel）に案内され、トロルの岩屋を通過し、「最後の憩」館に到着する。そこでフロドは傷の手当てを受け、旅に出ていたビルボやガンダルフに再会したり、美しいエルロンドの娘アルウェン（Arwen）に出会う。また、指輪に関する会議が開かれ、九人の〈旅の仲間〉が結成される。〈旅の仲間〉のメンバーは、フロド、サム、メリー、ピピンに加え、人間のアラゴルンとボロミア（Boromir）、ドワーフのギムリ（Gimli）、エルフのレゴラス（Legolas）、そしてガンダルフである。彼らは滅びの山に向かうために出発する。その後、柊郷（Hollin）を通り、モリア（Moria）の坑道において、ガンダルフが怪獣バルログ（Balrog）と戦っているうちに橋から転落する。ガンダルフを失った一行は、エルフの国ロスロリアン（Lothlórien）において、王ケレボルン（Celeborn）や女王ガラドリエル（Galadriel）に面会し、ロスロリアンにしばらく滞在することになる。あるとき、フロドとサムはガラドリエルの銀の水盤を覗き込む。それは、過去、現在、未来を映し出す水盤であり、二人はガンダルフを思い起こさせる白い衣を着た人物の姿を見たような気がする。ロスロリアンを出発する際、ガラドリエルは〈旅の仲間〉の各人に贈り物を渡す。一行が再び旅を続けていると、何かに見張られている気配を感じ、ゴラムであると皆は推測する。やがて〈旅の仲間〉は進む道の選択を迫られる。フロドが今後の進路を考えていたところ、ボロミアがフロドの持っている指輪を奪おうと襲いかかってくる。指輪はボロミアの手に渡らなかったが、フロドは危険を感じ、一人で滅びの山への旅を続けることにする。フロドがいないことに気づいたサムは、フロドを捜し、見つけ、フロドと一緒に旅をしていくことを懇願する。

第1巻『旅の仲間』は『指輪物語』の最初の巻として重要な位置を占めている。物語技法としては、たとえば、指輪はビルボがゴラムから手に入れたという遡及的記述による前作『ホビットの冒険』との連続性の確立、ゴラムの気配の記述、『二つの塔』で明示されるガラドリエルの贈り物の提示、『王の帰還』でアラゴルンと結婚するアルウェンへの言及などは物語の伏線である。また、黒の乗手たちの追跡や襲撃、不吉な場所と言われる古森や塚山丘陵に入って行く場面、ガンダルフの行方などのサスペンス的要素やボロミアがフロドの所持

している指輪を奪おうとするが、それまでのボロミアの視線はフロドに不安を与え、読者だけがそのことに気づいているという劇的アイロニーなども見られる。さらに、『旅の仲間』における物語の引き立て役として最も重要な人物はトム・ボンバディルである。彼は森の中で生き、指輪の力にも影響されることがない人物である。特に歌が好きなトム・ボンバディルが登場する場面に数多く挿入されている詩歌は、リズミカルで構成的にも少し違った雰囲気を醸し出している。

(2) 『二つの塔』（*The Two Towers*）

　フロドとサムがいないのに気づいた他の〈旅の仲間〉たちは、アラゴルンとギムリとレゴラス、メリーとピピンの二手に分かれてフロドとサムを捜すことにする。

　アラゴルンたちは角笛の音を聞き、駆けつけるとボロミアが倒れている。ボロミアはオーク（Orc）に襲われていたメリーとピピンを助けるためにオークと戦ったが、やがて力尽きたのである。アラゴルンたちはボロミアを弔い、亡骸を船に乗せて川に流す。アラゴルンたちはホビットたちを捜索しながら厳しい旅を続けていると、ローハン国のエオメル（Éomer）に出会う。エオメルの軍はオークに勝利していたのである。その後アラゴルンたちは森の中に入り、休んでいたとき、老人の姿を見かけるが一瞬で消えてしまう。

　一方、メリーとピピンはオークに連れ去られていたが、脱出することに成功し、森に迷い込む。そこで、二人は〈木の鬚〉と呼ばれる森の守護者エントのファンゴルン（Fangorn）に出会い、助けられる。二人はファンゴルンからエントたちの話を聞く。エントたちの森を破壊した魔法使サルマン（Saruman）と戦うために、メリーとピピンはファンゴルンと共にアイゼンガルド（Isengard）の塔に向かう。

　アラゴルンたちがファンゴルンの森の奥へ進んでいくと、一瞬で消えた老人を再び目にする。それは橋から転落したガンダルフで、白い衣を着て現れたのであった。アラゴルンたちとガンダルフは、ローハン国の王セオデン（Théoden）に会うために宮殿に向かう。セオデンは最初、相談役グリマ（Gríma）の意見を聞いていたが、グリマのたくらみをガンダルフが見破り、セオデンはアイゼンガルドへの出陣を決める。アラゴルンは宮殿でセオデン王の姪であり、エオメルの妹エオウィン（Éowyn）と出会う。

アイゼンガルドに到着したアラゴルンたちは、門でメリーとピピンに再会する。合流した一行はオルサンクの塔に入り、サルマンに対面する。ガンダルフはサルマンの賢人団追放を宣言する。サルマンが逃げていくとき、グリマが一行に向かって珠を投げ落とす。その珠はガンダルフが保管することになるが、その珠に興味を示したピピンは、夜中、珠を持ち出す。ピピンは珠を見つめると、珠から目が離せなくなり、やがて気絶する。その珠は遠隔の地を見ることができるパランティアの石であった。ガンダルフはアラゴルンにその石の管理を依頼し、一行はミナス・ティリス（Minas Tirith）へ向かう。

　他方、〈旅の仲間〉から離れて旅を続けていたフロドとサムは何かの気配を感じる。捕らえてみるとそれはゴラムであった。サムはゴラムを信用しないが、フロドは道案内することを条件にゴラムを助ける。やがて、イシリアン（Ithilien）の林でボロミアの弟ファラミア（Faramir）と出会う。彼はボロミアの亡骸を乗せた船を発見したことをフロドたちに話す。フロドたちはファラミアの隠れ家に案内され、休息をとる。ファラミアはゴラムを信用しないようにフロドに忠告するが、フロドはゴラムをそのまま道案内役として旅を続ける。

　フロドたちはミナス・モルグル（Minas Morgul）の塔へと続く道に入り、キリス・ウンゴル（Cirith Ungol）の階段を上って行き、やがて洞穴の中に導かれる。そこは、蜘蛛女シェロブ（Shelob）の棲処であった。気がつくとゴラムは消え、暗闇の中でサムはエルフの国ロスロリアンの女王ガラドリエルから星の玻璃瓶をもらったことを思い出し、その光を頼りに進んでいく。やがてシェロブが現れ、フロドたちは戦う。最後に、フロドは力尽きる。サムは玻璃瓶の光をシェロブに向け、シェロブを倒す。サムはフロドが持っていた指輪を引き継ぎ、一人で旅を続けていく決心をする。サムが指輪をはめたとき、オークの話し声が聞こえ、フロドが生きていることが分かる。しかし、フロドは連れ去られ、サムも気を失ってしまう。

　『二つの塔』の大きな特色はその物語構成にあると言える。『二つの塔』は、第1巻『旅の仲間』に引き続いた物語で『旅の仲間』同様、第1部と第2部で構成されているが、それぞれは独立した物語となっている。

　『旅の仲間』の最後で〈旅の仲間〉が離散し、三グループに分かれる。前半の第1部は、フロドとサム以外の〈旅の仲間〉の二つのグループの物語である。アラゴルン、ギムリ、レゴラスがメリーとピピンの足取りを追っていくことで

第3章 『指輪物語』における色彩表現

物語が展開していくが、物語の描写の順序はアラゴルン、ギムリ、レゴラスの物語が先に、メリーとピピンの物語が後となっており、実際のグループの進捗と逆転している。また、彼らが再会するまでそれぞれの物語が数章単位で交互に記され、劇的アイロニーが見事に設えられている。一方、後半の第2部は、フロドとサムに加え、『指輪物語』の前作『ホビットの冒険』において指輪に大きく関与していたゴラムが登場し、伏線的展開となっている。第1部と第2部は同時間の物語であり、それぞれの登場人物が作品中で交わる箇所はない。しかし、両部に共通して描かれている登場人物は人間のボロミアである。ボロミアは、『旅の仲間』の最後で指輪の誘惑に負け、指輪を持っていたフロドに襲いかかる。これにより、〈旅の仲間〉は離散し、『二つの塔』の物語へと続く。第1部ではまず、アラゴルンたちの物語によってボロミアが力尽きる場面が描かれ、次にメリーとピピンたちの物語によってボロミアの最期に至る経緯が明らかとなる。第2部では、ボロミアの亡骸を発見した様子と指輪を狙って襲いかかったボロミアの出来事が語られ、ボロミアが第1部と第2部の連結者となっているのである。

（3）『王の帰還』（*The Return of the King*）

　第3巻『王の帰還』も『旅の仲間』、『二つの塔』同様、2部構成となっている。
　第1部は『二つの塔』第1部の続きで、アイゼンガルトの戦いで勝利を収めた一行が、再びガンダルフとピピン、アラゴルンとレゴラスとギムリとメリーに分かれたところから始まる。ガンダルフとピピンはミナス・ティリスに向かい、途中で亡くなったボロミアとその弟ファラミアの父デネソール (Denethor) に面会する。デネソールはボロミアの死を薄々感じとっていたが、はっきりしたことは聞いておらず、ボロミアとファラミアの安否を気にしていたのである。ピピンがボロミアの最期について知っていることが分かると、ガンダルフとピピンは手厚い歓迎を受け、ピピンはボロミアのことをデネソールに話すことになる。デネソールはボロミアの死を悼み嘆く。またデネソールは、邪悪な指輪をホビットが持っていることに不安を感じ、極秘に隠しておくべきであると言う。それを聞いたガンダルフは次第にデネソールを信頼できなくなる。そして、ガンダルフはファラミアとともに出陣し、ピピンはデネソールに仕えることになる。しかし、ファラミアが瀕死の重傷を負って戻って来る。デネソールはファラミアのそばにいるようになる。ある時、デネソールが寝ているファラミア

を連れ出し、葬儀のときにしか使わない入口の脇の家に運び込み、その中にある台座の上にファラミアを寝かせ、デネソールも台座の上に乗る。それを目撃したピピンはガンダルフに助けを求める。ガンダルフが駆けつけ、デネソールを説得するが、デネソールはガンダルフに従うことを嫌い、さらに戦争に対する空しさや自尊心と絶望のため侍従に火をつけさせる。ガンダルフはファラミアだけを何とか助け出すことになる。

一方、アラゴルンたちはセオデン、エオメルたちと共に進軍していく。アラゴルン、レゴラス、ギムリたちは危険な道である「死者の道」を通り、ミナス・ティリスに向かう。また、メリーはセオデンに仕えることになり、ミナス・ティリスを目指す。セオデンが出陣する際、エオウィンも参戦を望むが、女性であるために認められない。しかし、エオウィンは男性の騎士に扮して参戦する。エオウィンたちは敵ナズグル (Nazgûl) たちの首領が乗った怪鳥と戦うことになり、エオウィンとメリーは重傷を負いながらも助かるが、セオデンは最期を遂げる。

助け出されたファラミアはガンダルフとピピンによって療病院に運ばれ、また負傷したエオウィンとメリー、セオデンの亡骸も療病院に運ばれる。そこにアラゴルンとエオメルも到着し、別れていた一同は再会する。アラゴルンは療病院において負傷者に手を当てると、傷を癒すことができ、大勢の人々を救う。ファラミア、エオウィン、メリーも次第に回復していく。また、レゴラスやギムリは「死者の道」の旅の壮絶さを皆に語る。

ガンダルフ、アラゴルン、エオメルたちは戦略会議を開き、彼らは敵が狙っている指輪の保持者ではないが、敵の目を向けさせるためにも戦っていくことを決議する。ミナス・ティリスを出発し、黒門 (the Black Gate) に到着した一行は、中から出てきた暗黒の塔 (the Dark Tower) の軍使サウロンの口 (the Mouth of Sauron) に会う。彼はフロドとサムの持ち物を持っており、サウロンを攻撃しないなどの交換条件を出してくるが、ガンダルフは拒否し、戦闘が始まる。

第2部は第2巻『二つの塔』第2部からの続きの物語である。瀕死の重傷を負ったフロドはオークに連れて行かれ、その様子を目にした後、サムは気絶するが、しばらくして気がつき、フロドの救出に向かうところから始まる。キリス・ウンゴルの塔でサムはオークと戦い、無事フロドを助け出すと、二人はオークの装いをして塔を脱出する。二人は、滅びの山へ向かって再び旅を始める

第3章 『指輪物語』における色彩表現

が、疲労困憊の上、負傷しているフロドは心身ともに限界に達していた。サムは、フロドの負担を軽減しながらフロドを支え旅を続けていると、目の前にゴラムが再び姿を見せる。サムがゴラムと戦っているうちにフロドは滅びの山の火口に向けて進んでいく。フロドは火口に到着し、指輪を捨てようとするが、結局、フロドは指輪を捨てることをやめてしまう。そしてフロドは指輪を嵌め、姿が見えなくなる。その時再びゴラムが現れ、指輪を狙ってフロドに襲いかかり、ゴラムはフロドが指輪を嵌めている指を噛みちぎり、指輪を奪う。しかし、ゴラムは平衡を失い、指輪を持ったまま火口に落ちて行く。

　フロドとサムは責務を果たし、滅びの山から下山しているとき、二人の前にオオワシが迫って来て、運ばれていく。気がつくと二人はベッドの上に寝ており、目の前にガンダルフがいる。また、療病院で療養していたファラミアとエオウィンは結婚することになる。アラゴルンは王位に就き、アルウェンと結婚する。フロドたちはホビット庄に向けて帰路に着く。彼らは往路で訪れた場所を再訪し、そこで出会った人々にも再会する。フロドたちはホビット庄に無事到着するが、ホビット庄はシャーキー（Sharkey）に支配されており、以前とは様変わりしていた。ホビット庄を取り戻すため、メリー、ピピン、サムはシャーキーとの戦いに向かうが、フロドは戦場には赴いているものの剣を抜くことはなかった。戦いはホビットたちが勝利し、平和なホビット庄に戻る。しかし、次第にフロドは病気がちになっていく。フロドはこれまでの旅の軌跡を赤表紙本にまとめ、完成した赤表紙本はサムに託される。そのとき、どこからか歌声が聞こえ、フロドとサムの前に旅人たちの一行がやって来る。旅人たちの一行とは、エルフの女王ガラドリエル、裂け谷のエルロンド、ビルボであった。フロドはビルボに灰色港に行く誘いを受けて承諾するが、サムは断る。灰色港ではガンダルフが待っていた。一行はサム、メリー、ピピンが見守る中、灰色港より出航する。

　『王の帰還』は、各グループの物語が交互に描写されている点では『二つの塔』と類似しているが、途中から別れていた登場人物たちが一同に集い、再び一つの物語となる点では『二つの塔』とも『旅の仲間』とも異なる。

　第1部1章から3章の始まりの部分は1942年ごろ執筆した、ということをトルキーンは1966年の新版の冒頭で書いている[1]。この部分は指輪戦争に向かって行く場面であり、『指輪物語』全体でも比較的初期の執筆であることが推

測できる。第一次世界大戦体験者のトルキーンが、第二次世界大戦の世の中を案じていたとも考えられる。一同が集うのは傷ついた者が収容され、荒れ果てた街の中で唯一緑の庭が存在する療病院である。この場面は、争いや暗闇での旅などが多い『王の帰還』において登場人物だけでなく、読者にも安らぎと癒しを与える。

　第2部第1章から3章は『指輪物語』の最も重要な場面である。『指輪物語』における長旅は、本来「邪悪な指輪を棄却する」という目的から始まる。途中〈旅の仲間〉が結成されるが、指輪の力の誘惑に負けた者が現れたことをきっかけに〈旅の仲間〉は離散する。その後、彼らは様々な敵と戦いながらそれぞれの旅を続けていく。所持した指輪を棄却するという主たる旅は、指輪所持者としての責務を担っていたフロドと彼に忠実に仕えるサムによって守り続けられ、彼らは苦難の末、滅びの山の火口へ到達する。長く厳しい指輪棄却の旅は、フロドとゴラムの行動に見られるように、これまでの物語展開から予想がつかない結末が待っているが、指輪を棄却するという目的は達成されることになる。

　しかし、物語はここで終わるわけではなく、その後のことが『王の帰還』第2部4章から描かれている。『王の帰還』の題名の由来とも関連しているアラゴルンの戴冠式、登場人物たちの結婚、フロドたちのホビット庄までの帰還、そしてシャーキーに支配されたホビット庄を取り戻すための戦いが再び起こる。この戦いに勝利し、ホビット庄には平和が戻り、これまでの旅の記録がまとめられた後、フロドたちが灰色港から旅立つまで物語は続いていく。

　『王の帰還』に見られる物語技法では、たとえば、同時に進行している出来事が交互に描写されているため、劇的アイロニーや物語の伏線が数多く見られる。また『王の帰還』でのアラゴルンの存在は一際目立つようになる。アラゴルンは仲間たちと戦い、勝利し、最後は王となるが、王位に就くまでには様々な引き立て役が存在する。さらに焼身自殺を遂げるデネソールの経緯、フロドとサムの指輪棄却の旅の結末、さらに支配されていたホビット庄の行く末などサスペンス的要素も多数盛り込まれている。

第2節　登場人物

（1）ホビット（the Hobbits）
　物語の主要登場人物はホビットであるが、『旅の仲間』において、物語の中

第 3 章　『指輪物語』における色彩表現

心的な登場人物となるホビットのフロド、サム、メリー、ピピンの登場場面には詳細な色彩描写は見られない。しかし、ホビットの容姿に関しては、『指輪物語』の前作『ホビットの冒険』と『旅の仲間』の序章「ホビットについて」に記述がある。

> They are inclined to be fat in the stomach; they dress in bright colours (chiefly green and yellow); wear no shoes, because their feet grow natural leathery soles and thick warm brown hair like the stuff on their heads (which is curly); have long clever brown fingers ....[2]

また、『指輪物語』序章「ホビットについて」には次のように記されている。

> They dressed in bright colours, being notably fond of yellow and green; but they seldom wore shoes, since their feet had tough leathery soles and were clad in a thick curling hair, much like the hair of their heads, which was commonly brown. ...Their faces were as a rule good-natured rather than beautiful, broad, bright-eyed, red-cheeked, with mouths apt to laughter, and to eating and drinking. (*FR*, p.11)[3]

『ホビットの冒険』において、トルキーンが創作した生物「ホビット」が初めて登場する。まずは、最初に衣服の色を描き、その後、ホビットの特色である足に関する描写がある。ホビットは足の裏が硬いため、靴をはかないが、それは、ホビットの世界の大地が美しく安全であることを暗示している。続いて、髪の毛、指の描写となる。ホビットの身体に関わる色彩的特色を見てみると、衣服は明るい色彩のもので、'yellow' と 'green' を好んでいる。'green' は『指輪物語』だけでなく、トルキーンの他の作品の登場人物の衣服の色としても使用され、トルキーンが特別な思いを示していた樹木を連想させる色である。'green' には当時、樹木が破壊されていたことを嘆いていたトルキーンのメッセージが込められているとも考えられる。彼らの髪の毛や頬の色は人間と同じで、これは、ホビットが読者にとって身近な存在となるようにしているのである。

『旅の仲間』においてホビットたちの登場場面に色彩表現が見られない理由

は、ホビットの姿が『旅の仲間』の序章で提示されているので、すでに読者に了解され、身体の色彩的な特色が人間により近い生物であることが明確であり、敢えて描写の必要がなかったからであると考えられる。

『二つの塔』第1部8章では、ガンダルフたち一行はオルサンクの塔の瓦礫の山の上に寝そべっているメリーとピピンを見つける。

> ... and suddenly they were aware of two small figures lying on it at their ease, grey-clad, hardly to be seen among the stones.　... One seemed asleep; the other, with crossed legs and arms behind his head, leaned back against a broken rock and sent from his mouth long wisps and little rings of thin blue smoke.（*TT*, pp.161-162）

この二人が着ていたエルフからもらった服の色は'grey'であり、石の色とほとんど見分けがつかない。周りの色と同化して敵の目から欺くことを目的とした服の色として役割を果たしていることが分かる。

さらにセオデンとエオメルの一行はこの二人を見つめる。二人の捲き毛は'brown'であり、身を包んでいるのはガンダルフ一行が来たときに着ていたのと同じ色、同じ形の旅に汚れたマントであった。マントの色は具体的には描写されていないが、その前の描写やこれまでの描写によって'grey'であることを容易に想定できる。

『二つの塔』第2部冒頭では、フロドは突然、暗い穴の中に落ちてしまう。穴の中でのフロドの姿は'grey'で表わされている。また彼らの衣装で描写されているのは灰色の頭巾である。これはロスロリアンでエルフからもらった頭巾であり、頭巾の色'grey'は敵の目を欺く機能を備えているだけでなく、善の象徴であるガンダルフのマントの色であることから信頼性を兼ね備えている。

また、『二つの塔』第2部5章では、ファラミアとフロドがボロミアについて話をする。しかし、フロドはボロミアに指輪を奪われそうになったという本当のことを明らかにしない。その様子を見ていたサムが、我慢できなくなり口をはさむ。ファラミアはサムに主人であるフロドを差し置いて話すことを控えるように忠告するが、そのときのサムの顔は'red'で表わされている。フロドへの強い忠誠心を持っているサムにとって、事実が明らかにならずにフロド

第 3 章　『指輪物語』における色彩表現

が劣勢になっていくことに対して屈辱感を覚えたのである。しかし、ファラミアの言葉によってサムはふと我に返る。顔色はそのことを表徴しているのである。

さらにサムは、『王の帰還』第 2 部 1 章でオークたちに監禁されているフロドを助け出し、オークの装いをして脱出することを思いつく。脱出は成功し、二人はオークの目を逃れながらしばらく旅を続ける。しかし、滅びの山が近づくにつれ、フロドの肉体的・精神的疲労はさらに増し、小さな指輪でも持っていることに苦痛を感じるようになる。サムは身につけているものを置いていくことを提案する。二人はオークの盾、胄を投げ捨て、むし取られたぼろぼろのマントはばらばらになって散らばる。マントの色 'black' は、『指輪物語』における敵を象徴する色彩である。フロドは "I'll be an orc no more"（*RK*, p.214）、そして "I'll bear no weapon, fair or foul. Let them take me, if they will!"（*RK*, p.214）と叫ぶ。フロドが悪の象徴であるオークのマントを脱ぎ捨てたことを強調し、オークからの解放と自分はオークではないというフロドの自己主張の現れである。また、武器など戦いに関わるものを持たないことで反戦的な意味も込められている。これは、邪悪な指輪の棄却に向かうという悪から善への行動を提示している。しかし、火口の前でフロドは指輪を棄却するのをやめてしまう。フロドの行動は読者にとって驚くべき予想外のことであり、悪から善への変化ではなく、悪と善の並置という展開となったのである。フロドの行動について、トルキーンは手紙で次のように書いている。

> ……しかし、プロットの論理に従えば、フロドの失敗は、出来事として、明らかに必然でした。それにフロドの失敗は主人公が不屈で終わるたんなる〈妖精物語〉よりもずっと意義深く真の出来事であるのは確かではないでしょうか。善人はもとより、聖者すらも、彼ら自体で打ち勝つにはあまりにも強大な悪の力に屈することはあり得るのです。この場合、（〈主人公〉でなく）大義が勝利をおさめたのです。憐れみと慈愛の行使、それに損傷の赦しのゆえに、すべてが正され、大惨事を避ける状況が生じたのです[4]。

滅びの山でのフロドの行動は、誰でもが屈する可能性がある悪の力の巨大さを明らかにし、トルキーンにとって英雄の不屈性が表徴された結末よりも重大であり、『指輪物語』の主軸の展開に直結していると言える。

フロドはホビット庄へ戻るとき、アルウェンから別れ際に彼女が頸にかけていた宝石をとって頸にかけてもらう。それは、銀の鎖の星のような白い宝石がついたものである。ホビット庄に戻ったフロドとサムは、必要があって長い灰色のマントを着る以外は普段の服装に戻っていた。その服装はどのようなものかは明記されていないが、これは『指輪物語』に彼らが登場するときと同じである。

　袋小路屋敷に戻ったフロドは、病気がちになり、心身ともに衰弱していく。フロドは頻繁にアルウェンからもらった宝石を触ることで心を落ち着かせる。この宝石のついた鎖の'silver'さらにアラゴルンの冠に使用されている色彩でもある宝石の'white'など『王の帰還』において神聖さを表わす色彩であり、最終的にフロドは、後述するガンダルフやアラゴルンを象徴する色彩である'white'の宝石を身につけることになる。フロドが宝石を触る回数に従い、'white'は何度も使用されている。これは、フロドの精神状態の悪化を意味し、美しさの象徴から死の象徴へと次第に変化していると考えられる'white'の用例である。そして、フロドはこの世界を去ることを決意する。フロドは自分が登場する場面を終わらせることによって最も高潔な役割を果たすことになる[5]のである。

（2）ガンダルフ（Gandalf）

　ガンダルフは、『旅の仲間』第1部1章より登場するが、登場したときからその装いで彼を連想することができるような描写となっている。ガンダルフもホビット同様、トルキーン作品の初めての登場は『ホビットの冒険』においてである。

> All that the unsuspecting Bilbo saw that morning was an old man with a staff. He had a tall pointed blue hat, a long grey cloak, a silver scarf over which his long white beard hung down below his waist, and immense black boots.[6]

　『ホビットの冒険』でのガンダルフの様子は、帽子の色や形、マントの色や長さ、スカーフの色、長い白鬚など『旅の仲間』でのガンダルフの姿と全く同じである。これは、『旅の仲間』が『ホビットの冒険』の続編であることを明

確にする。一つ異なる点は、大きな長靴をはいている描写があることである。長靴の色 'black' は『旅の仲間』の場合、黒の乗手を象徴する色彩であるために、ガンダルフの色彩として使用することを避けたと考えられる。

> He wore a tall pointed blue hat, a long grey cloak, and a silver scarf. He had a long white beard and bushy eyebrows that stuck out beyond the brim of his hat. Small hobbit-children ran after the cart all through Hobbiton and right up the hill. It had cargo of fireworks, as they rightly guessed. (*FR*, p.33)

　ガンダルフは灰色の長いマントを着て子供たちの前に現れる。マントの色である 'grey' は、ガンダルフが老人であることを連想させ、何か弱々しい印象をかもし出している。しかし、読者はこのガンダルフを追いかけていく子どもたちやホビット庄の人々が楽しみにしている久々の花火の荷物についている大きな赤いGの文字とエルフのルーン文字のラベルからどことなく明るい印象を受ける。また、描写の順序を見ると、最初に老人の服装、そして容姿を描き、その老人の特徴となる荷物に付いているしるしに注目させた後、最後に〈魔法使ガンダルフ〉という名前が提示されている。この方法によって、服装や容姿と名前両者の印象が強調される。その後、ガンダルフという名前が明らかになる。彼は〈灰色のガンダルフ〉と呼ばれるが、その由来は、ガンダルフが着用しているマントの色と、年長者としての威厳によるのである。聖書[7]では、灰色に関連する色彩はそれほど使用されておらず、白髪を表わしている場合が多い。たとえば、「箴言」20章29節では、「力は若者の栄光。白髪は老人の尊厳」とある。ガンダルフは物語の初段階の登場人物として描写されることで、彼の尊厳は物語全体に及び、'grey' はガンダルフを象徴する色彩となっていく。ガンダルフは『旅の仲間』で最初に登場したときから、装いによって彼を連想させるように企図され、中でもマントの色である 'grey' を最も関連深い色にしている。

　'grey' は、この後二度続けてガンダルフに関係する色彩として使用される。二箇所目は、誕生日の祝会の場所から突然姿を消し、屋敷に戻ったビルボをガンダルフが訪ねてくる場面である。ガンダルフはフロドの手元にある邪悪な指輪をめぐってフロドと言い争いになる。

'It will be my turn to get angry soon,' he said. 'If you say that again, I shall. Then you will see Gandalf the Grey uncloaked.' He took a step towards the hobbit, and he seemed to grow tall and menacing; his shadow filled the little room. (*FR*, p.42)

　この場面でのガンダルフは、子供たちの注目を浴びている人気者の老人ガンダルフの面影はない。部屋いっぱいに広がるほどの大きくて恐ろしい威厳のあるガンダルフの姿である。ガンダルフは灰色の衣を脱いで自らの怒りと力を示そうとしている。ガンダルフにとって灰色のマントは重要なものであることがこの場面からも読み取れる。ここでは、'Gandalf the Grey'（灰色のガンダルフ）という呼び名で使用され、'grey' がガンダルフを象徴する色彩としてより強くなっており、この後、作品中ではこの呼び名が何度も使われる。この場面では、'grey' 以外の色は使用されず、ガンダルフの衣以外についても触れられていない。'grey' とガンダルフの結びつきを際だたせる措置と言える。
　三箇所目は、二箇所目から続く場面で、ビルボはゴラムから指輪を盗んだのではなく、自分で見つけて手に入れたものであり、自分の指輪であることをガンダルフに主張している。それを聞いてガンダルフは次のように言う。

'I have never called you one,' Gandalf answered. 'And I am not one either. I am not trying to rob you, but to help you. I wish you would trust me, as you used.' He turned away, and the shadow passed. He seemed to dwindle again to an old grey man, bent and troubled.
　Bilbo drew his hand over his eyes. 'I am sorry,' he said. (*FR*, p.43)

　ビルボは指輪が持つ力の一つである意志の強制力により、指輪を所持したいという力に支配されている。ビルボに指輪の力が働いていることをガンダルフは気づく。ガンダルフはビルボに自分を信じるように言い、腰が曲がり、やつれた老人の姿にもどる。その姿は、二箇所目の 'grey' が使用されている場面のように威厳があり、力強く、恐ろしいガンダルフの姿とは対照的である。この場面の 'grey' は「灰色のマントを着た」ガンダルフの年老いた姿を強調している。その姿を見て、ビルボは昔のガンダルフの姿とは違う印象を受けるが、ガンダルフが年老いた今でも自分を助け、信頼できる人物であることに

第 3 章　『指輪物語』における色彩表現

変わりがないことを悟り、我に返るのである。これらの場面ではガンダルフの名前は明示されていない。しかし、読者は描かれている人物の様子、風貌、言葉、前後の場面設定、そして'grey'の連続使用によってガンダルフであることが分かる。このように'grey'はガンダルフを象徴する色彩として定着を図っているのである。

『旅の仲間』第 2 部 1 章のエルロンドの「最後の憩」館の大広間に集まっているとき、エルロンドの横に座っているガンダルフの姿はフロドの目に次のように映る。

> Gandalf was shorter in stature than the other two; but his long white hair, his sweeping silver beard, and his broad shoulders, made him look like some wise king of ancient legend. In his aged face under great snowy brows his dark eyes were set like coals that could leap suddenly into fire. (*FR*, p.239)

この場面では、'grey'は使用されていないが、白い髪と銀の顎鬚、年輪を刻んだ顔はガンダルフが最初登場した時同様、威厳を帯びている。

しかし、『旅の仲間』第 2 部 5 章のモリアの坑道で橋から落ちて〈旅の仲間〉から脱落する直前のガンダルフの様子は、力強さや威厳がなく、弱々しい老人の姿である。

> ... but still Gandalf could be seen, glimmering in the gloom; he seemed small, and altogether alone: grey and bent, like a wizened tree before the onset of a storm. (*FR*, p.345)

ガンダルフの姿は暗闇の中の微かな光の中にいる小さく弱々しい老人である。これは、その後よくない出来事が起こる前触れの描写であると考えられる。その後、ガンダルフは敵と戦い、橋から転落するのである。

しかし、『旅の仲間』第 2 部 7 章においてフロドはガラドリエルの水盤を覗くとそこに白い衣をまとい、白い杖を持ったガンダルフらしき姿を見る。

> Suddenly Frodo realized that it reminded him of Gandalf. He almost

called aloud the wizard's name, and then he saw that the figure was clothed not in grey but in white, in a white that shone faintly in the dusk; and in its hand there was a white staff. (*FR*, p.379)

　これまでの〈灰色のガンダルフ〉ではなく、白い衣装を身につけ、白い杖を持つガンダルフの姿は、彼の不死性を暗示し、'white' がガンダルフに関連する色彩であることを提示し、『二つの塔』で再登場する〈白のガンダルフ〉の伏線となっている。
　『二つの塔』第2部2章の最後、ある夜、アラゴルンとギムリとレゴラスが、木の下で野宿をしていた時、老人と対面するが、その老人は何も言わず姿を消す。

... and they saw a figure standing at the rail, looking down upon them : an old man, swathed in a great cloak the colour of which was not easy to tell, for if changed if they moved their eyes or if he stirred. (*TT*, p.183)

　この場面ではマントの色が重要視されている。マントの色が何色か分からないため老人の正体が分からず、「大きなマントにくるまった老人」としてとらえている語りである。やがてこの老人はガンダルフであることが分かるが、読者は、これまでの物語展開を踏まえると、この老人はガンダルフであることを推測することも可能である。マントの色はガンダルフの最初の登場場面をはじめ、〈旅の仲間〉たちのマント、エントや黒の乗手などのマントなど非常に重要な装いの一つである。マントは身を覆うものであり、中身は明確ではない。そこでマントの色を工夫することにより、その色のシンボリズムを踏まえながら、その中身はもとより、特色、行動、背景、状況などを明らかにすることを目的としている。3章、4章は〈旅の仲間〉の一員であるメリーとピピンの物語が挿入され、2章からの余韻を残して5章に続いていき、重大な出来事であることを予期させるような構成となっている。
　5章で老人を再び目にしたアラゴルンは、帽子の間から灰色の顎鬚、光る鋭い目を感じ取る。すると、老人の灰色のマントが二つに割れ、白く輝く衣を着たガンダルフが輝かしい姿で立ち現れる。この場面では 'grey' と 'white'

が繰り返し使用され、灰色のガンダルフが白のガンダルフとなって再び皆の前に姿を現わす様子が詳細に描写されている。『旅の仲間』のときのガンダルフと『二つの塔』で再登場するガンダルフの大きな違いは、装いの色が変わっていることである。ガンダルフの衣の色が物語を読み進めていく上の鍵となっていることが再認識できる。

再び姿を現わしたガンダルフをメリーとピピンが目撃する。『二つの塔』第1部9章で、メリーとピピンがファンゴルンの森でガンダルフを見かけたときの様子をピピンが次のように語る。

> Suddenly a great horse came striding up, like a flash of silver. It was already dark, but I could see the rider's face clearly: it seemed to shine, and all his clothes were white. (*TT*, p.175)

ピピンは驚愕し、大声で叫ぼうとしたが声が出なかったのである。馬に乗って現れた姿は銀と同じ炎のように輝き、さらに衣の色は白一色であり、ただならぬ人物が登場したことを察知する。

そして、第1部10章でガンダルフが灰色から白に変化して人々の前で自らの立場を明らかにする。

> 'Behold, I am not Gandalf the Grey, whom you betrayed. I am Gandalf the White who has returned from death. You have no colour now, and I cast you form the order and from the Council.' (*TT*, pp.188-189)

ガンダルフは灰色のガンダルフとは違う白のガンダルフになり、一方、サルマンは白い衣を身にまとった邪悪な人物であることが明らかになる。'grey' は『旅の仲間』でのガンダルフやエルフのマントの色であり、善を象徴している。また、'white' はこれまではサルマンの色となっていたが、『二つの塔』ではガンダルフの色として使用され、賢人団の最高位であるサルマンの色彩であったことから、'white' は高位で、善なる存在の、神聖な色であることを表わしている。サルマンは悪へ傾斜していったために、白色のマントを身につけるのにはふさわしくなく、白色の賢人としての地位を剥奪される。ガンダルフはサルマンに「今では色を持っていない」と言うが、「色を持つ」ことは、そ

の人物の存在証明であり、その色彩はその色にふさわしい内実が備わったことを表わしているのである。その意味でガンダルフは、これまで以上の力を得て、白色にふさわしいガンダルフの姿となって再登場するのである。

　ガンダルフとピピンは、『王の帰還』第1部1章でデネソールに面会する。彼らが登場する箇所においては 'white' の使用が多い。たとえば、デネソールの拠点である白い塔を始めとして、その庭の木、石、ガンダルフたちに出された菓子、ファラミアが食するパンの色などがある。しかしこれらは君主デネソールが直接関わっているわけではなく、ガンダルフが登場する場面において使用されており、ガンダルフとの関連が深い色彩となっていることを裏付けている。最終的にデネソールを助け出せることが出来なかったことでガンダルフは沈痛な思いであった。ガンダルフは城壁に登り、辺りを眺め渡す。その姿はまるで白い石に彫った彫像のようで、新しい日の光の中に立っていたのである。白い石に彫った彫像に例えられた姿は、パランティアの石を取り出したときのデネソールの顔の黒い影と対照的であり、'white' は未来に向かう新しい日の光の輝きとガンダルフの衣の輝きの両方を表わしている。

　ところで、帰路についたホビットたちが再びブリー村を訪れる場面が『王の帰還』第2部7章に描かれている。そこで彼らはガンダルフに出会うことになる。

　　And Gandalf, too, was now riding on his tall grey horse, all clad in white with a great mantle of blue and silver over all, and the long sword Glamdring at his side.（*RK*, p.272）

　戦いが続いていたため、鎧や兜を身に付け、武具を持っていることが当たり前になっていたホビットたちであったが、それは場違いであることをガンダルフの姿から感じ取る。ガンダルフは、全身を 'white' の衣で包み、'blue' と 'silver' のマントを羽織り、そして 'grey' の馬に乗っていた姿であった。ガンダルフが物語の最初に登場するときに使用されている色彩と同じであり、皆が無事帰還したことを暗示している。

（3）サルマン（Saruman）
　サルマンは、『旅の仲間』においては 'Gandalf the Grey'〈灰色のガンダルフ〉

第 3 章　『指輪物語』における色彩表現

のように 'Saruman the White'〈白のサルマン〉と呼ばれた賢人団の魔法使いの一人である。ガンダルフを象徴する色彩 'grey' より明るく高貴さをもたらす 'white' はサルマンを象徴する色彩であった。しかし、『二つの塔』第 1 部 10 章のアイゼンガルドにおいてガンダルフたち一行は一人の老人と対面する。それは変わり果てたサルマンであり、以前の面影はなくなっている。

> ... an old man, swathed in a great cloak, the colour of which was not easy to tell, for it changed if they moved their eyes or if he stirred. ... His hair and beard were white, but strands of black still showed about his lips and ears. (*TT*, p.183)

　髪と顎鬚の 'white' は、老年の様相を呈している。『指輪物語』ではマントの色彩が重大な要素となっているが、サルマンの場合、目の動きや身動きにおいて疑念が見られ、マントの色彩は何色か分からない。『旅の仲間』でサルマンが登場したときのマントの色は 'white' であった。ところが、彼は悪に手を染めてしまったため、今のマントの色ははっきりしない状態であり、明確な色彩表現ができない。さらにガンダルフと話しているうちに、サルマンの目には怒りの焔が燃える。怒りの焔は 'red' で表現されているが、赤い目は敵のオークの旗印でもあり、オークを連想させる。色彩表現が用いられたサルマンとガンダルフの描写は、悪に屈したサルマンの存在、善の象徴としてのガンダルフの存在を明確にし、善悪の対比を露にしている。
　そして『王の帰還』第 2 部 8 章では、ホビットたちと戦う敵としてサルマンが登場する。彼の見る目の色として 'black' が使われ、敵意を持つホビット庄の村人たちを見るのである。サルマンが賢人団の魔法使のときは彼を表わす色には 'white' が用いられていたが、フロドたちが帰還の途中で出会ったときの衣は 'grey' であり、ホビット庄の村人と戦うことを示したときの目の色は 'black' である。サルマンを表わす色彩の変化は無彩色で描写され、それは明から暗、つまり善から悪への変化となっている。サルマンの最期はグリマに殺され、サルマンの亡骸の周りには靄が立ち込める。その靄の色は 'grey' である。再び 'grey' という 'white' と 'black' の混色が使用されていることで、死んだことによる罪の浄化の意味も込められているのである。

（4）トム・ボンバディル（Tom Bombadil）

フロドたち一行はやがて暗がりから抜け出すが、『旅の仲間』第1部6章でピピンとメリーが柳じいさんに襲われる。その彼らを助けたのがトム・ボンバディルである。トム・ボンバディルの登場場面にも多くの色彩表現が見られる。

> ... and then suddenly, hopping and dancing along the path, there appeared above the reeds and old battered hat with a tall crown and a long blue feather stuck in the band. ... stumping along with great yellow boots on his thick legs, and charging through grass and rushes like a cow going down to drink. He had a blue coat and a long brown beard; his eyes were blue and bright, and his face was red as a ripe apple, but creased into a hundred wrinkles of laughter. (*FR*, pp.130-131)

トム・ボンバディルの描写には、彼の姿を際立たせ、存在を強調するために細やかな色彩表現が見られる。衣服や身につけているもの、身体の状況の描写方法はガンダルフの登場場面に酷似しており、たとえば、青い帽子をかぶっての登場はガンダルフと同じである。陽の光やトム・ボンバディルの靴、彼の家のカーテンの色である'yellow'はトム・ボンバディルを象徴する色彩として多用されている。'yellow'は『旅の仲間』全体では決して多く使用されていないが、連続的に使用されることによって彼の陽気で明るい性格を表わす色として読者に印象づけている。また、'yellow'はホビットが好む色であり、彼らがトム・ボンバディルを自分の味方として受け入れることに読者が抵抗感を抱かないようにしていると考えられる。

（5）ゴールドベリ（Goldberry）

トム・ボンバディルはフロドたちを家に招く。すると部屋の奥に川の娘であり彼の妻のゴールドベリが座っている。

> Her long yellow hair rippled down her shoulders; her gown was green, green as young reeds, shot with silver like beads of dew; and her belt was of gold, shaped like a chain of flag-lilies set with the pale-blue eyes of forget-me-nots. About her feet in wide vessels of green and brown

earthenware, white water-lilies were floating, so that she seemed to be enthroned in the midst of a pool. (*FR*, p.134)

　ゴールドベリの髪の色 'yellow' はトム・ボンバディルの長靴と同じ色である。また、長衣の 'green' は萌え出たばかりの芦の色であり、森の木々を連想させ、川の娘として自然に囲まれた森の中で住んでいることと合致している。また、トム・ボンバディルたちの家の装飾は、'yellow' と 'green' が多く、森をこよなく愛する彼らを象徴する色彩である。既述したが、両色はホビットの好きな色である。ゴールドベリはトム・ボンバディルの家でホビットたちのために食事の用意をし、ホビットたちはそれらを食し、ゆっくりと休息をする。彼女の様相もトム・ボンバディルと同じく、ホビットたちに安心感をもたらしている。さらに、彼女は足許に白いスイレンを浮かばせたいくつかの大きな水盤に取り囲まれて座っている。スイレンの色 'white' は彼女の無垢を象徴している。

(6) アラゴルン (Aragorn)

　トム・ボンバディルに紹介された宿屋に到着したフロドたちは、『旅の仲間』第1部9章において彼らを観察しているアラゴルンに出会う。

Presently, with a wave of his hand and a nod, he invited Frodo to come over and sit by him. As Frodo drew near he threw back his hood, showing a shaggy head of dark hair flecked with grey, and in a pale stern face a pair of keen grey eyes. (*FR*, p.169)

　アラゴルンは灰色のもしゃもしゃの髪の毛で、灰色の鋭い目をしており、血の気のない顔つきをしている。その姿から、彼の活気のなさや何か心配ごとをかかえているような様子を連想するのと同時に、何かはっきりしない人物である印象を受ける。アラゴルンは一行のことを知っているようであったが、一行はアラゴルンのことを全く知らない。フロドはアラゴルンの威厳を感じ取り、アラゴルンのそばに近づく。その威厳はガンダルフの姿と通ずるところがある。サムはアラゴルンのことを信用できるかどうか分からないと言うが、フロドはアラゴルンのことを知らないものの、彼を全く信用できないとは思わない。そ

れは、フロドがアラゴルンの姿や様子からアラゴルンの本性を捉えることができたからである。髪の毛と目の色に使用されている'grey'はこの場面の中で唯一使用されている色彩であり、ガンダルフとの関連性を暗示している。そして、アラゴルンに対するフロドの予感は間違っていなかったのである。アラゴルンについては宿屋に残してあったガンダルフの手紙において彼の詳細が紹介され、その後フロドたちと共に旅を続け、フロドたちを助ける存在となる。

『二つの塔』第1部6章においてセオデン王と対面したアラゴルンの衣装は'grey'である。セオデンの相談役グリマは、アラゴルンの服のぼろさを色彩語を使用し、強調しながらののしるが、この服はエルフからもらったものであり、この服を着ていたからこそ大きな危険をくぐりぬけてきたことをそばにいたガンダルフは主張する。そのとき対面したエオウィンはアラゴルンの内に秘めた力を感じ取る。

アラゴルンの英雄的な姿は『王の帰還』においてこれまで以上に強調される。アラゴルンの死者の道に進む前の姿は、黒っぽい灰色のマントに身を包み、宝石や金のきらめきや紋章などもつけておらず、唯一銀のブローチで留めているだけである。マントの'grey'、ブローチの'silver'はエルフのものと同じであり、プラス・イメージが強いが、アラゴルンの顔は厳しく、土気色で疲労感がにじみ出ていたのである。これまでの旅の疲労と、これからへの不安感が募っている。しかし、アラゴルンの統率力と機知に富む行動により指輪戦争は無事勝利を収め、彼は王となるのである。

アラゴルンの戴冠式が行われるミナス・ティリスの広場には大勢の人が集まる。

> A hush fell upon all as out from the host stepped the Dúnedain in silver and grey; and before them came walking slow the Lord Aragorn. He was clad in black mail girt with silver, and he wore a long mantle of pure white clasped at the throat with a great jewel of green that shone from afar; but his head was bare save for a star upon his forehead bound by a slender fillet of silver. With him were Éomer of Rohan, and the Prince Imrahil, Gandalf robed all in white, and four small figures that many men marvelled to see. (*RK*, p.244)

アラゴルンは 'the Lord Aragorn' と描写され、王になったことが明確になっている。アラゴルンは銀の帯で巻いた黒の鎖かたびらをまとい、皆の前に現われる。帯の 'silver' はミナス・ティリスを象徴する色であり、マントの色 'white' は、直後に描写されているガンダルフと同じである。しかし、衣の色が描写されているのはガンダルフのみであり、特別な意味を持っていると考えられる。さらにこの場面以降、'white' が特に多用されている。例えば、ガンダルフの杖、街路の大理石、塔、花などである。さらにアラゴルンの頭にかぶせられた王冠や白い花の葉の色には 'silver' も使用している。これらはアラゴルンに関わるものを示している。これまでの 'white' は、再び登場したガンダルフの衣の色など、神聖さを象徴し、さらにマントについている宝石の色 'green' は、ロスロリアンでもらったマントに着いていたブローチの色、人々を癒したときに用いた石の色であり、神聖さを強固にしている。

『王の帰還』第2部6章で エルフの王ケレボルンと女王ガラドリエルがアラゴルンと別れて振り返ると、沈んでいく夕日がアラゴルンを照らしている光景を目にする。

> ... and the falling Sun shone upon them and made all their harness to gleam like red gold, and the white mantle of Aragorn was turned to a flame. Then Aragorn took the green stone and held it up, and there came a green fire from his hand. (*RK*, p.260)

アラゴルンを照らす夕日は 'red gold' として表わされ、力強い輝きを帯びている。そして、アラゴルンのマントは、ガンダルフと同様の 'white' である。さらに、アラゴルンを象徴していた緑の石が燃えてしまうことにより、役目を終えたことを示唆している。これらは、アラゴルンが王として神聖たる座に就いたことを示している。

(7) 黒の乗手 (the Black Riders)

指輪を持っているフロドたちを狙っているのが黒の乗手である。

最初にフロドが異変を感じたのは、『旅の仲間』第1部3章の袋小路屋敷の場面である。フロドは馬に乗って来る者の視界から身を隠したいという気持ちになる。

> Round the corner came a black horse, no hobbit-pony but a full-sized horse; and on it sat a large man, who seemed to crouch in the saddle, wrapped in a great black cloak and hood, ... (*FR,* p.84)

　黒い馬に乗り、黒いマントと頭巾を身につけている姿を見て、フロドは恐怖感に襲われる。このような場面が、その後『旅の仲間』では何度も描かれている。フロドたちは途中、何か気配を感じ、恐怖にまとわりつかれ、逃れようとする。この場面での馬、マント、頭巾のすべての色が'black'であり、何者かよく分からない、敵を象徴する色として用いられている。
　宿屋に到着したフロドたちは、黒っぽい姿が門を越えて入ってきたのを見る。しばらくして、黒の乗手らしき者がフロドたちを訪ねてくる。

> 'These Black men,' said the landlord lowering his voice. 'They're looking for *Baggins,* and if they mean well, then I'm a hobbit. It was on Monday, and all the dogs were yammering and the geese screaming Uncanny, I called it. Nob, he came and told me that two black men were at the door asking for a hobbit called Baggins. Nob's hair was all stood on end. I bid the black fellows be off, and slammed the door on them; .... (*FR,* p.180)

　宿屋の主人も従業員も訪ねてきた者について'black'を用いて表現している。彼らの様子は薄気味悪く、恐怖感を与えるのである。メリーが黒の乗手を見たことを皆に話し、皆はさらに恐怖感に襲われる。そして、戸外が暗闇に包まれたころ、フロドらが宿屋で寝る支度をしているときに、黒の乗手の気配を感じる。

> Fatty Bolger opened the door cautiously and peered out. A feeling of fear had been growing on him all day, and he was unable to rest or go to bed: there was a brooding threat in the breathless night-air. As he stared out into the gloom, a black shadow moved under the trees; the gate seemed to open of its own accord and close again without a sound. Terror seized him. (*FR,* p.188)

第 3 章 『指輪物語』における色彩表現

　次第に黒の乗手が近づき、何かが起こるのを感じるようになる。その予感は周りの風景や人々の精神的面も支配し、実際目にしていなくても恐怖感を感じるまでになる。とうとう影が動いているのを見る。さらに夜がふけていき、黒の乗手が迫ってくる。

> There came the soft sound of horses led with stealth along the lane. Outside the gate they stopped, and three black figures entered, like shades of night creeping across the ground. (*FR*, p.188)

　彼らは足音も夜の陰が地をなくはうようにして入ってくる。三人の黒い人影が確認できる。宿屋の従業員が騒ぎ立てて、彼らが侵入してきたことを皆に知らせたため、彼らは逃げていく。

> Soon there could be no doubt: three or four tall black figures were standing there on the slope, looking down on them. So black were they that they seemed like black holes in the deep shade behind them.
> … Immediately, though everything else remained as before, dim and dark, the shapes became terribly clear. He was able to see beneath their black wrappings. … In their white faces burned keen and merciless eyes; under their mantles were long grey robes; upon their grey hairs were helms of silver; … (*FR*, pp.207-208)

　この場面で、フロドらは黒の乗手をはっきり目にしたことで、彼らの存在が疑いのないものとなる。このように、黒の乗手を表わすのに 'black' を多用することによって、恐怖感を増幅させていき、色彩表現を用いたサスペンス的な物語技法となっている。しかし、彼らの黒いマントの下に着ている長衣も髪の毛の色も 'grey' である。'grey' は、ガンダルフを象徴する色彩であり、フロドらを助けるアラゴルンの目の色などにも用いられているが、敵である黒の乗手に関する 'grey' の使用は、ガンダルフやアラゴルンの使用とは正反対である。要は、ガンダルフとアラゴルンにおける善が、黒の乗手とその背後にある冥王サウロンにおいては歪められた善の力の行使であることを 'grey' に両義性を帯びさせることで象徴しているのである。

風見が丘でエルフのグロールフィンデルが登場した後、フロドたちがずっと気配を感じていた黒の乗手が襲ってくる。

> He could see them clearly now: they appeared to have cast aside their hoods and black cloaks, and they were robed in white and grey. Swords were naked in their pale hands; .... (*FR*, p.226)

グロールフィンデルは白い馬に乗っているのに対し、黒の乗手は黒い馬に乗っており、善と悪の象徴となっている。黒の乗手は黒いマントを脱ぎ捨て、黒の不気味な印象から白と灰色の長衣に変わる。黒の乗手と戦い、負傷し、苦しんでいるフロドに黒の乗手は容赦なく襲ってくる。その時、白い馬に乗った白い乗手が現れ、最後は、黒の乗手は川に沈んでいき、姿を消すことになる。'white' もまた 'grey' 同様に、善と歪められた善の両方を象徴する色として用いられているのである。

(8) グロールフィンデル (Glorfindel)

エルフのグロールフィンデルとは、フロドたち一行がアラゴルンと一緒に宿屋から出発してまもなく風見が丘で出会う。

> The light faded, and the leaves on the bushes rustled softly. Clearer and nearer now the bells jingled, and *clippety-clip* came the quick trotting feet. Suddenly into view below came a white horse, gleaming in the shadows, running swiftly. ...The riders cloak streamed behind him, and his hood was thrown back; his golden hair flowed shimmering in the wind of his speed, To Frodo it appeared that a white light was shining through the form and raiment of the rider, as if through a thin veil. (*FR*, p.221)

最初、フロドは音が聞こえてきて馬の姿を見る。その後、薄暗がりの中、グロールフィンデルが徐々に姿を表わす。グロールフィンデルは、白い馬に乗り、白い姿をし、白い光に照らされており、すべて 'white' であるため、妖精エルフとしての清らかさが現れている。またグロールフィンデルの金髪は辺りの

第3章 『指輪物語』における色彩表現

白に映え、さらなる美しさを増し、高貴な印象も付加している。
　フロドたちはグロールフィンデルの案内で、裂け谷にある「最後の憩」館に到着し、そこで開かれた会議によって今後の彼らの旅の目的が明確になる。「最後の憩」館の大広間に大勢の人が集まる場面で、一段高いところに館の主人のエルロンド、その両隣にグロールフィンデルとガンダルフが座っている。まず、ガンダルフの描写の後、もう一方の側にいたグロールフィンデルの描写となる。

> Glorfindel was tall and straight; his hair was of shining gold, his face fair and young and fearless and full of joy; .... (*FR*, p.239)

　グロールフィンデルの顔は、年輪を刻んだガンダルフの顔とは対照的に若々しくて美しい。髪の色は彼が最初登場したときに印象的であった金髪である。これもガンダルフの白い髪に比べて輝きがあり、若々しさが溢れ、不死なる存在であることを象徴している。

（9）エルロンド（Elrond）
「最後の憩」館で、一行は館の主人である半エルフのエルロンドと対面する。

> His hair was dark as the shadows of twilight, and upon it was set a circlet of silver; his eyes were grey as a clear evening, and in them was a light like the light of stars. (*FR*, p.239)

　まず、髪の毛の様子が、次に目の様子が描写されている。夕闇の影のような黒髪に、目は晴れた夕暮れのようで、また星の光の輝きのような明るさを印象づける灰色である。どちらからも夕暮れを連想させるが、暗い夜を迎えるような夕暮れではなく、明るく美しい夕暮れを表わしている。目の色'grey'はアラゴルンと同様で、またガンダルフを連想させる色彩でもあり、威厳と信頼性を裏付けている。
　『王の帰還』第2部9章では、フロドとサムがエルフのガラドリエルと一緒にやってきたエルロンドに出会う。

> Elrond wore a mantle of grey and had a star upon his forehead, and a silver harp was in his hand, and upon his finger was a ring of gold with a great blue stone, Vilya, mightiest of the Three. (*RK*, p.308)

　エルロンドのマントの色である'grey'はガンダルフのマントやエルフのマントの色としてこれまでにも頻繁に描写されており、物語では善の象徴となっている。また、エルロンドは'silver'の竪琴を持ち、大きな'blue'の石のついた金の指輪をはめている。'grey'、'silver'、'blue'はガンダルフの装いの描写にも使用されている色彩であり、高貴さを象徴している。

(10) アルウェン（Arwen）
　「最後の憩」館の大広間には様々な人物が集うが、最後に登場したのは、エルロンドの娘アルウェンである。

> Young she was and yet not so. The braids of her dark hair were touched by no frost; her white arms and clear face were flawless and smooth, and the light of stars was in her bright eyes, grey as a cloudless night; yet queenly she looked, and thought and knowledge were in her glance, as of one who has known many things that the years bring. Above her brow her head was covered with a cap of silver lace netted with small gems, glittering white; but her soft grey raiment had no ornament save a girdle of leaves wrought in silver. (*FR*, p.239)

　アルウェンの描写は、他の登場人物と比して、丁寧で、色彩表現も細やかである。フロドは今まで見たことがないような彼女の美しさに感激する。彼女の描写の特色としては、無彩色である'grey'や'white'が頻繁に使われている点である。アルウェンの場合もエルロンドの場合と同様、まず黒い髪の描写がある。彼女の髪には一筋も白いものがなく、若々しく見える裏付けとなっている。さらに腕の色'white'は、彼女の晴れやかな顔の様子とともに彼女の若さと美しさと清楚さを象徴している。また、灰色の目もエルロンドの目と酷似し、雲のない夜のようであり、明るく、星の光が宿った、混じり気のない美しい目である。また、彼女の衣装はやわらかで、飾り気がない。彼女のけばけ

ばしくなく、素朴な様子は'grey'を使って表現している。第1巻『旅の仲間』でアルウェンが登場するのはこの場面のみで、彼女は言葉を話すこともない。しかし、色彩表現を交えた細かな描写によってアルウェンを強く印象づけている。彼女は第3巻『王の帰還』でアラゴルンと結婚する人物であり、この場面は物語の伏線的な役割を担っているのである。

(11) ギムリ（Gimli）とレゴラス（Legolas）

エルロンドは「最後の憩」館でこれまでフロドが会ったことがない人たちを順番に紹介していくが、ここで後に〈旅の仲間〉の一員となるドワーフのギムリとレゴラスに出会う。まず、ギムリが紹介されるが、ギムリに関する詳細な描写はされていない。それは彼が重要な登場人物でないからというわけではない。ドワーフは『ホビットの冒険』においては主となる登場人物であり、『ホビットの冒険』に登場するドワーフとは異なるが、ホビットたちやガンダルフ同様、ドワーフに対する読者の印象がすでにある程度固まっているからであるとも考えられる。

その次に紹介されるのが闇の森のエルフのレゴラスで、緑と茶色の服を着た風変わりなエルフとして登場する。'green'と'brown'は木々を連想させ、エルフの住む森を象徴している。『二つの塔』第1部ではガンダルフがレゴラスのことを'Legolas Greenleaf'（緑葉のレゴラス）と表わしており、緑の木々を象徴する人物であることが分かる。

(12) ボロミア（Boromir）

ボロミアは、『旅の仲間』第2部1章において「最後の憩」館で指輪に関する会議が開かれたときにエルロンドからフロドに紹介される。

> And seated a little apart was a tall man with a fair and noble face, dark-haired and grey-eyed, proud and stern of glance. (*FR,* p.253)

ボロミアの灰色の目の誇り高さときびしい光には、男性的な強さと威厳が表れており、アラゴルンの目に類似している。アラゴルンとボロミアは、やがて〈旅の仲間〉の一員としてフロドたちとともに指輪を捨てるための旅に同行し、フロドらを導いていく。

さらにボロミアの姿の描写が続く。

> He was cloaked and booted as if for a journey on horseback; and indeed though his garments were rich, and his cloak was lined with fur, they were stained with long travel. He had a collar of silver in which a single white stone was set; his locks were shorn about his shoulders. On a baldric he wore a great horn tipped with silver that now was laid upon his knees. (*FR*, p.253)

　ボロミアの装いは長旅のために汚れていたが、その部分の描写には色彩は使用されていない。しかし、彼の装いの特色となる白い石のはまった銀の襟かざりや銀の口金のついた大きな角笛に関しては、色彩を使用して詳細に描写されている。特に角笛は、この後、フロドとサムが敵のオークに襲われているのをボロミアが見つけ、アラゴルンたちに助けを求めるときに吹かれ、物語の伏線的役割をするものとなる。また、ボロミアが現われたのは、'grey morning'（夜が明けきらないころ）であり、ボロミアと 'grey' との関連性が見られる。

　同じ人間であるアラゴルンとの姿の描写に共通しているのは、目の色が灰色であること、その目の描写の前に髪の毛の色 'dark' に関する描写がされていることである。彼らは人間を代表する人物として登場し、〈旅の仲間〉の一員となり、他の仲間を率いていく。特に赤角山での吹雪の場面では、彼らは力を合わせて体の小さいホビットを守ろうと奮起する。しかし、最終的に二人の運命は全く別の一途をたどる。フロドとサムが旅の仲間の前から姿を消した後、アラゴルンは先頭に立ってフロドを捜して旅を続け、『王の帰還』では、フロドが指輪を棄却した後、アルウェンと結婚する。一方、ボロミアは指輪の持つ力の誘惑に負け、フロドから指輪を奪おうとする。寸前のところで我に返るが、自分が行ったことを後悔したボロミアは、姿を消したフロドとサムを守るために彼らを捜索する。そして、『二つの塔』第1部1章でメリーとピピンが襲われているのを発見し、彼らを助けるために勇敢に立ち向かって最期を遂げる。彼らの目の色である 'grey' は、彼らの心の状態と運命を象徴している。

(13) オーク（Orcs）・ウルク（Uglúk）・バルログ（Balrog）
　『旅の仲間』第2部4章のモリアの坑道で、迫ってくる敵はオークであり、

第3章 『指輪物語』における色彩表現

中には凶悪な黒いウルクもいる。彼らは緑の苔をはやした黒っぽい皮膚をしており、フロドが剣を突き刺すと黒い血がしたたり落ちてくる。オークやウルクに関する描写に'black'が使用されているが、これは、前述した黒の乗手のように悪の象徴となっている。そして、一行は大きなオークの姿を目にする。

> But even as they retreated, and before Pippin and Merry had reached the stair outside, a huge cor-chieftain, almost man-high, clad in black mail from head to foot, leaped into the chamber; behind him his followers clustered in the doorway. His broad flat face was swart, his eyes were like coals, and his tongue was red; he wielded a great spear. (*FR*, p.339)

　彼らの全身が黒に覆われている様子は、これまでの彼らに関する描写からも連想でき、この場面でさらに強調されている。そして、あらゆるものが黒い中、舌の'red'だけが目立っている。そしてその真ん中に黒い姿が現れ、黒い煙が立ち込めて来る。一行は、バルログであることに気づく。そしてバルログとガンダルフが戦い、ガンダルフが橋から転落して旅の仲間から離脱することになる。

　さらに、『二つの塔』第1部3章では、メリーとピピンが捕らえていたオークの盾の印として一個の赤い目'the Red Eye'が描かれていることが明らかになる。'red'はその後何度も描写され、'black'だけでなくオークとの関連性が深い悪を象徴する色彩となっていく。'red'は戦いや血を連想させる色彩であり、敵として戦うことになるオークに関連する色彩として使用され、悪しき出来事を予示する役割を担っていくようになる。

　フロドたちはキリス・ウンゴルに入り、ますます暗闇が増してくるが、ミナス・モルグルの塔だけは光で照らされている。しかし、その光は月の光ではなく、おぼろげで、嫌な臭いを放つ腐敗物の光であり、死屍の燐光のようにゆらぎ、何をも照らさない光である。

　暗闇も深まり、疲労困憊のフロドにはさらに指輪を所持する負担も加わってくる。休息を求めるフロドであるが、サムとゴラムはそこで滞在することに反対する。フロドは仕方なく進むことにするが、その時、岩が揺れ動き、赤い閃光が当たる。その後、黒い装束に身を包んだ軍勢が現れる。ここでの赤い閃光は悪しきことが起こることを予示している。

黒い姿の軍勢との戦いが終わり、フロドとサムは階段を登っているうちに赤い光が次第に強くなっていることを感じる。

> Dimly the hobbits could discern tall piers and jagged pinnacles of stone on either side, between which were great crevices and fissures blacker than the night, where forgotten winters had gnawed and carved the sunless stone. And now the red light in the sky seemed stronger; ... (*TT*, p.319)

　黒々とした割れ目の中に赤い光がさらに強く当たり、東の空を陰気な赤さにし、強く照り返している。

> The horn upon the left was tall and slender; and in it burned a red light, or else the red light in the land beyond was shining through a hole. He saw now: it was a black tower poised above the outer pass. (*TT*, p.319)

　この光がやがて塔の中からのものであることが分かる。光の赤さと塔の黒さは明暗の対照的な色彩であり、不気味な情景が広がっている。
　『二つの塔』第2部10章でサムは小道を進んでいくが、塔はサムの真上にあって、威圧するように黒々と聳え、赤い目のような塔の光が燃えている。突然足音が聞こえて来る。

> Tramping feet and shouts behind. He wheeled round. He saw small red lights, torches, winking away below there as they issued from the tunnel. At last the hunt was up. The red eye of the tower had not been blind. He was caught. (*TT*, p.343)

　重い足音と罵りあう声が聞こえ、小さな赤い明かりが目に入る。それらは次々と連続して現れ、サムを探しはじめる。やがてサムは見つかってしまう。塔から照らし出す光は 'the red eye' として表現され、第1部でのオークの盾の目の印と結びつく。
　このように『二つの塔』第2部で見られる赤い光は、オークがいる塔の光で

ある。それは、第2部前半から描かれているが、最後にやっと正体が分かり、『二つの塔』第1部3章の〈赤い目〉の悪印象から通じている箇所が多い。フロドとサムは、暗闇の中で不気味な赤い光を目にしながら敵に近づいていく。つまり悪の中核へ向かっていくことを意味しているのである。

続く『王の帰還』第2部では、サムは、気絶し連れて行かれたフロドの救出に向かい、オークと戦うことになる。引き続き赤い光の描写が多く、'red' が多用されている。そして、オークたちに立ち向かう。

'... No, you won't! I'll put red maggot-holes in your belly first.'
Out of the turret-door the smaller orc came flying. Behind him came Shagrat, a large orc with long arms that, as he ran crouching, reached to the ground. But one arm hung limp and semmed to be bleeding; the other hugged a large black bundle. In the red glare Sam, cowering behind the stair-door, caught a glimpse of his evil face as it passed; ....
(*RK*, p.182)

様々なオークが飛び出してくる。サムの目に入って来たオークに関連する色彩として 'red' と 'black' が用いられている。その後、サムは右手に長いナイフを持ってオークと戦うことになるが、そのナイフの色が 'red' である。それは、サムが悪に打ち勝つことを暗示しているのである。

『旅の仲間』では、オークを表わす色彩としては 'black' が主であるが、『二つの塔』や『王の帰還』では旗印や塔からの光として 'red' もオークを象徴する色彩として加わり、登場人物たちにも読者にもさらなる恐怖感を与えることになる。

(14) エルフ (the Elves)

フロドたち一行はエルフの領土ロスロリアンに入って行く。『旅の仲間』第2部6章においてエルフの世界に到着した一行の目の前にはロスロリアンの雄大な景色が広がり、そしてエルフの姿を目にする。

... and out of a thicket of young trees and Elf stepped, clad in grey, but with his hood thrown back; his glinted like gold in the morning sun. (*FR*, p.361)

　エルフたちは、影のように定かではない灰色の装束に身を包んでいる。彼らの装束の色 'grey' は木々の幹などロスロリアンの景色の色彩と類似している。周りの景色と同化することは、エルフの存在が目立つことなく安全な状態となれることを意味している。『指輪物語』において、'grey' は『旅の仲間』の冒頭より魔法使のガンダルフと結びついて読者に好意的な印象をもたらすが、ガンダルフ同様、エルフの装束も 'grey' とすることで、エルフがガンダルフと類似した好意的な存在であることを暗示している。また、頭巾をずらしたときに見えるエルフの髪の毛の色は、朝日を受けて金色に輝き、高貴さを帯びている。そして、エルフの女王ガラドリエルと王のケレボルンの近くには三人のエルフがいる。

> Beside it a broad white ladder stood, and at its foot three Elves were seated. They sprang up as the travellers approached, and Frodo saw that they were tall and clad in grey mail, and from their shoulders hung long white cloaks. (*FR*, p.369)

　彼らの鎖かたびらの色も 'grey' であり、ロスロリアンの景色の色と同様である。さらに彼らは長いマントを羽織っているが、その色は 'white' であり、彼らが護衛しているガラドリエルとケレボルンの装いの色と同じである。護衛しているエルフの地位の高さを示唆しているのである。
　ロスロリアンを去る時に、〈旅の仲間〉たちはエルフからマントと頭巾をもらう。

> It was hard to say of what colour they were: grey with the hue of twilight under the trees they seemed to be; and yet if they were moved, or set in another light, they were green as shadowed leaves, or brown as fallow fields by night, dusk-silver as water under the stars. Each cloak was fastened about the neck with a brooch like green leaf veined with silver. (*FR*, p.386)

第3章　『指輪物語』における色彩表現

　マントと頭巾ははっきり何色かを言うことができない様々な色に見える不思議なものであるが、その中でも最初に知覚した色彩は'grey'あり、何色かが分からない状態を'grey'と関連させて表現している。これは、ロスロリアンの樹木とエルフの装束が一体化していることをさらに裏付ける。エルフはこの美しい衣装を愛し、誇りに思っている。それは樹木や水など、長い歴史の中で培われてきた自然のなかにあるロスロリアンで作られたものだからである。また、エルフの装束はマントや頭巾であり、鎧ではない。これはロスロリアンの平和な世界を表徴するとともにトルキーンの反戦意識を暗示していると考えられる。

(15) ガラドリエル（Galadriel）とケレボルン（Celeborn）
　エルフの女王ガラドリエルは、王ケレボルンとともに登場する。

> Very tall they were, and the Lady no less tall than the Lord; and they were grave and beautiful. They were clad wholly in white; and the hair of the Lady was of deep gold, and the hair of the Lord Celeborn was of silver long and bright; .... (*FR*, p.369)

　ガラドリエルとケレボルンの装いは二人とも白ずくめであり、エルフの清純さを印象づける。彼らの異なる点は髪の色の違いである。ガラドリエルが金色であるのに対し、ケレボルンが銀色である。また、その後、彼女の登場のときは、丈の高さ、白い衣装、金髪の描写がなされている。
　『王の帰還』第2部9章でフロドとサムは、目の前にエルロンドとガラドリエルたちの一行がやってくるのに気付く。

> But Galadriel sat upon a white palfrey and was robed all in glimmering white, like clouds about the Moon; for she herself seemed to shine with a soft light. On her finger was Nenya, the ring wrought of *mithril*, that bore a single white stone flickering like a frosty star. (*RK*, p.308)

　この場面では、フロドたちがロスロリアンでガラドリエルに初めて出会ったときのように色彩表現が巧みである。ここでもガラドリエルの描写には

'white' が多用されている。'white' を連続的に使用することにより、永続的な彼女の純粋さを強調しているのである。さらに、ガラドリエルの長衣のかすかな光は、彼女自身が放っているようなやわらかい光のように輝いている。また、彼女の指にはめられている指輪には、ちかちかと光を明滅する白い石がついており、この箇所の直前に描写されているエルロンドがはめている指輪の力強さと対比されることで、ガラドリエルに関する光は優しい光になっている。この場面での 'white' は、ガラドリエルに関わる事物の色彩を表わすだけでなく、光の明るさをも表わしている。また、光を表わす語は 'glimmer'、'soft light'、'flicker' とすべて異なり、光の微妙な違いを表現している。

(16) ゴラム (Gollum)

『旅の仲間』ではゴラムがはっきりと姿を見せることはないが、〈旅の仲間〉の人々は何か気配を感じるのである。最初、アラゴルンはゴラムを捕まえたことがあることを話す。そのときのゴラムは、ぬるぬるする緑色のものでおおわれていた姿だったのである。

『旅の仲間』第2部9章では、大河の中の小さな島に野宿していたとき、サムが横になり、一方フロドは眠気と戦いながら起きていると何かの姿が目に入る。

> Frodo was just yielding to the temptation to lie down again when a dark shape, hardly visible, floated close to one of the moored boats. A long whitish hand could be dimly seen as it shot out and grabbed the gunwale; two pale lamplike eyes shone coldly as they peered inside, ... Immediately their light was shut off. There was another hiss and a splash, and the dark long shape shot away downstream into the night. (*FR*, p.400)

『旅の仲間』においてゴラムは、姿を見せるわけでない。そのため表現する言葉にも明確な色彩表現はなく、'dark' や 'pale' を使用することで「黒っぽさ」や「青っぽさ」など、はっきりしない印象をもたらす。ゴラムは『ホビットの冒険』でビルボとのなぞなぞ対決に負け、指輪を手放した生物であり、『二つの塔』以降では、フロドらの前に姿を現わして多大な影響を及ぼす生物

となる。そのため、『旅の仲間』におけるゴラムは物語の伏線的な役割を担う存在となっている。

　ゴラムがはっきりと姿を現わすのは、『二つの塔』第2部1章である。エミン・ムイルの険しい景色の中での夜は、冷えびえとした青白い灰色の世界のようであった。フロドが向こうの崖に青白い月の光に照らされて、壁を這っているいやらしい蜘蛛のような小さな黒い姿を見つけ、青白い二つの小さな光がちらちらしているのを察知する。月の光が照らし出している周りの暗い状況と小さな黒い姿と青白い二つの光から読者は何かよからぬことが起こると予感する。次第に青白い目が半眼に開かれていることが分かり、スースーという音とともに、ゴラムが姿を見せる。暗いところを好んでいることを裏付けるかのように夜が更けたところでゴラムは登場し、暗闇の中へ飛び込んでいく。ゴラムの姿の描写にはほとんどに‘black’が使用され、さらに目の光の色彩表現が詳細である。目の光の描写で使用されているのは、‘green’と‘pale’であり、ゴラムの不気味さを示唆している。それぞれの語が単独で使用されている場面もあるが、‘pale’と‘green’の両方が併用されていることもある。第2部2章で、フロドがゴラムに空腹を聞いた時のゴラムの目の光は薄青い目に緑っぽい光である。その後、ゴラムはどこかに行くが、真っ黒い泥に汚れ、涎が垂れ、クチャクチャと何かを嚙んでいる音を鳴らして戻って来る。また、少し休息をしていたフロドが目覚めたとき、目は薄青い光と緑の光が交互に現れる。さらに、第2部8章においてフロドとサムを導き、キリス・ウンゴルに到着したゴラムの目は緑がかった白い光を放っていたのである。悪臭と冴えない気分の中で感じ取るゴラムの目の光は、フロドとサムの不安と恐怖感を投影し、その後の不吉な出来事を予示している。

　フロドとサムはミナス・モルグルの塔への厳しい道のりに疲労と苦痛で困憊していたが、休息できるところにくる。『二つの塔』第2部4章において、ゴラムはフロドとサムが安心感に満たされた顔で休んでいる姿を見る。

　A strange expression passed over his lean hungry face. The gleam faded from his eyes, and they went dim and grey, old and tired. (*TT*, p.324)

　フロドとサムが休んでいる姿を見たゴラムは、目の輝きを失い、老けこんだ

様相となり、疲労感に見舞われる。ゴラムの目はフロドが持っている指輪を狙っている目であった。しかし、二人が安らかに休んでいる様子からゴラムの本来の姿を露呈したのである。ゴラムは、『指輪物語』の前作である『ホビットの冒険』でフロドの叔父であるビルボと対決をした生物であり、この時はもう高齢であると推測できる。また、今はフロドとサムと一緒に厳しい情況の中を旅しているため、疲労困憊している。ゴラムの目の光はゴラムの私欲から発せられたものなのである。ゴラムはフロドの手に触れたくなるが、目を覚ましたサムに見られてしまい、こそこそといなくなる。しかし、しばらくするとゴラムは戻って来る。サムはゴラムが何かしようとしているのではないかと疑う。

> Gollum withdrew himself, and a green glint flickered under his heavy lids. Almost spider-like he looked now, crouched back on his bent limbs, with his protruding eyes. (*TT*, p.324)

ゴラムは我に返り、彼の目の緑の光が再び輝く。彼は開き直って、こそこそしていたことを認める。ゴラムの目は光り続ける。その目の光は緑色であることが何度も描写されている。フロドとサムの安らいだ姿を見て、ゴラムは目の光を一度は失うが、再び現れるのである。これは、フロドたちを待ち受けるゴラムの企みの予兆と考えられる。さらにこのときのゴラムは蜘蛛に例えられているが、これもゴラムがフロドたちを導き、戦うことになる蜘蛛女シェロブの登場の前触れである。

ゴラムはシェロブの棲処にフロドとサムを導いていき、シェロブの側についてフロドとサムと戦った後、姿を消していたが、『王の帰還』第2部3章において再び登場する。フロドとサムは、オークの旗印の赤い目を連想させる赤い光に恐怖感を抱きながら進んでいく。そのとき、サムは岩山から何かが落ちて来るのを見る。それは一個の黒い小さな石のようなものだったが、ゴラムであることが分かる。その姿は敵を象徴する色彩'black'で描写されているが、これまでと、さらにその後の彼の行動を暗示している。ゴラムは、追いかけていたフロドと指輪を争奪することになり、フロドの指を噛み切る。ゴラムは指輪を奪うが、平衡を失い、火口に落ちる。物語のクライマックスであるこの場面には、色彩表現はなされていない。それは、色彩を形容せずに出来事を描くことで、その出来事に焦点を当てるトルキーンの配慮によるものであると考え

第3章 『指輪物語』における色彩表現

られる。

(17) エオメル (Éomer)

『二つの塔』第1部2章において、フロドとサムを捜索しながら旅を続けているアラゴルン、レゴラス、ギムリの前にエオメルが率いる騎士団が姿を現わす。彼らの髪の色は'yellow'であり、槍の輝きが表現されているが、この場面で彼らに関する色彩表現が用いられているのはこの箇所のみである。彼らの髪の色'yellow'を強調するとともに、輝きを放っている槍や髪の毛にも輝きが加わっているかのようである。また、彼らの馬の毛は'grey'であり、つやつやと光っている。ここでの'grey'もプラス・イメージをもたらすものである。騎士団の中から馬を進めてきたエオメルがアラゴルンたちと対面する。

エオメルは背の高い騎士団の騎士の中でも背が高い人物であり、エオメルの馬は他の騎士たちと違い'white'である。アラゴルンはガンダルフ、フロドやサムなどのホビットについて、さらにこれまでの旅の経緯をエオメルに話す。アラゴルンはホビットたちの特色として装いの色が'grey'であることを挙げている。'grey'は騎士団の馬の色でもあり、エオメルに信頼感を抱かせている。騎士たちの中にはアラゴルンたちに疑わしい視線を向ける者もいたが、エオメルはアラゴルンたちを信用し、彼らに馬を貸すことにする。アラゴルンの馬の色も黒っぽい'grey'である。この場面においてエオメルに関わる直接的な色彩表現は彼が乗っている馬の色のみである。騎士の姿を強調するとともに、馬の'white'は騎士団の指揮者として高貴さを表わしている。また、この場面で頻出している'grey'は『旅の仲間』でのガンダルフやエルフやアラゴルンに関する事物に使用されている場合と同様、信頼性を象徴する色彩となっている。

伯父のセオデン王の亡き後、エオメルは指揮を執るようになり、彼は緑の小山に馬で駆けていく。

> So he rode to a green hillock and there set his banner, and the White Horse ran rippling in the wind. (*RK*, p.122)

エオメルは緑の小山にセオデンを象徴する白馬と緑の旗印を立てる。その旗紋が'the White Horse'と大文字で表記されているところから、指揮者とな

ったエオメルの威厳が示されるとともに、セオデンに対する敬意と哀悼の意が込められている。

(18) ファンゴルン（Fangorn）とエントたち（the Ents）

『二つの塔』第1部4章でメリーとピピンはオークたちから逃げ出し、ファンゴルンの森に迷い込む。奥に進むほど森の輝きが増大していく中、彼らはファンゴルンに出会う。ファンゴルンは珍しい顔で、大きな人間の姿をしている。その大きさは北欧神話に出てくるトロルのようであると例えており、トルキーンの北欧神話への関心が読み取れる。そして、ファンゴルンの姿の詳細な描写が続く。

> Whether it was clad in stuff like green and grey bark, or whether that was its hide, was difficult to say. At any rate the arms, at a short distance from the trunk, were not wrinkled, but covered with a brown smooth skin. The large feet had seven toes each. The lower part of the long face was covered with a sweeping grey beard, bushy almost twiggy at the roots, thin and mossy at the ends. (*TT*, p.66)

ファンゴルンは森の守護者であるが、それは彼の姿に対する詳細な色彩表現から推測できる。体をまとっている木の皮のようなものの色は'green and grey'である。これは、樹木の色である'green'、とピピンとメリーがファンゴルンの森の色として表現している'grey'である。また、皺が寄っていない滑らかな肌の色である'brown'とともに、樹木が生い茂る森の主として木本来の姿を表徴している。ここで用いられている色彩は、後述するファンゴルンの森の風景描写に使用されている色彩と同じである。さらに、ツリービヤード（Treebeard）という別名の由来と考えられる特徴ある顎鬚は'grey'である。'grey'はファンゴルンの森を象徴する色彩の一つであるだけでなく、ファンゴルンがガンダルフのような年長者として信頼できる存在であることが連想できる。

メリーとピピンは、最初ファンゴルンの目には気に留めていなかったが、やがて二人をゆっくり眺めまわしていることに気づく。

第 3 章 『指輪物語』における色彩表現

But at the moment the hobbits noted little but the eyes. These deep eyes were now surveying them, slow and solemn, but very penetrating. They were brown, shot with a green light. (*TT*, p.66)

　メリーとピピンはファンゴルンの姿の中で彼の目に引かれる。目の色は茶色で、見ようによっては緑の光を湛えていたのである。これは、後にピピンがこの目から受けた第一印象として語っている表現である。目の色 'brown' は彼の肌の色と同じであり、目の光の色である 'green' と同様、森に住んでいる彼に適した色であり、樹木に関連する登場人物であることを強調している。メリーとピピンは、ファンゴルンの目から彼に対する信頼と安心を感じ取る。
　『二つの塔』では、緑色の目の光を持つ登場人物としてゴラムが挙げられる。しかし、ファンゴルンとゴラムの光とは全く異なる。ファンゴルンの場合は、森の緑の木を象徴し、森を守るものとしての威厳と強さを兼ね備えた目なのである。一方、ゴラムの場合は、フロドが持っている指輪を狙い、またフロドとサムを敵であるシェロブの棲処に導いていき、シェロブと戦ったフロドは瀕死の重傷を負う。ゴラムはマイナス・イメージを抱かせる登場人物である。ファンゴルンとゴラムの目の光の色彩は、色彩の両義性が活かされ、善悪を暗示し、登場人物の心理的状況を表わしたり、他の登場人物にも影響をもたらすことになる。
　ファンゴルンもエント族に属しているが、ファンゴルン以外のエントたちも姿を見せる。メリーとピピンはエントたちから橅の木や樫の木を思い浮かべるが、中には栗の木を連想させる肌の色が 'brown' のエントやトネリコを思わせる背の高い灰色のエントたちがいる。また、エントたちに共通しているのは目の光の色が 'green' であることである。メリーとピピンは自分たちホビット族も皆が同じ目をしていることを思い浮かべる。目の色はファンゴルンやファンゴルンの森の描写に用いられている色彩である。
　メリーとピピンは、せっかちなエントといわれているブレガラド (Bregalad) を紹介される。

He was tall, and seemed to be one of the younger Ents; he had smooth shining skin on his arms and legs; his lips were ruddy, and his hair was grey-green. (*TT*, p.86)

髪の毛の色は灰色がかった緑色であり、ファンゴルンの森を象徴する色彩‘grey’と‘green’が見られる。さらに唇の‘red’は若々しさと生命力に溢れているようであり、年長者であるファンゴルンの顎鬚の‘grey’とは対照的である。
　また、『二つの塔』第1部8章においてファンゴルンがガンダルフたちの前に姿を現わす。

> As tall as trolls they were, twelve feet or more in height; their strong bodies, stout as young trees, seemed to be clad with raiment or with hide of close-fitting grey and brown. Their limbs were long, and their hands had many fingers; their hair was stiff, and their beards grey-green as moss. (*TT*, p.154)

　皆は少し警戒するが、ガンダルフは彼らが敵ではないことを主張する。彼らの衣装は‘grey’と‘brown’であり、ガンダルフを象徴する色彩であった‘grey’と若い樹皮の色である‘brown’が用いられている。さらに彼の特長である顎鬚の色は‘grey-green’であり、衣装の色とともに彼の姿には彼を象徴する色彩が見られる。ファンゴルンは、若木のような強さと苔のような豊かな顎鬚が生えた年長者としての信頼を兼ね備えている存在であることが色彩表現から裏付けられている。

(19) セオデン（Théoden）
　金色に輝く黄金館の王セオデンは、『二つの塔』第1部6章においてガンダルフ、アラゴルン、ギムリ、レゴラスの前に姿を現わす。

> Upon it sat a man so bent with age that he seemed almost a dwarf; but his white hair was long and thick and fell in great braids from beneath a thin golden circlet set upon his brow. In the centre upon his forehead shone a single white diamond. (*TT*, p.116)

　椅子に座っているセオデンの様子からもセオデンの老齢化は読み取れるが、さらに髪の色‘white’も老齢であることを強調している。また、額の上の輝

第 3 章　『指輪物語』における色彩表現

いている一つのダイヤモンドの色は'white'であり、セオデンを象徴する色彩となっており、加えてダイヤモンドと王冠の輝きは王としての権力を表している。最初、セオデンはガンダルフを理解することができなかったが、ガンダルフと話すうちに目を覚まし、ガンダルフに対する信頼感を抱くようになる。セオデンは背をまっすぐして立ち、背丈は高く堂々となり、雲の切れ始めた空をじっと見る目は青く澄んでいたのである。雲の切れ始めた空は、空自体が青く変化していくことも示唆し、セオデンの心情の変化を暗示している。

　セオデンはアイゼンガルトの戦いで勝利した後、再び参戦していく。『王の帰還』第1部ではセオデンの参戦から戦死までが描写されている。セオデンたちは翌日に出発するはずだったが、戦いが開始されたことを察し、出発を早める。セオデンと一緒に出陣することになったメリーは、エオウェンから白い馬の紋章が付いている盾をもらう。白い馬の旗印は『王の帰還』で何度も描写されている。馬の色'white'はガンダルフやエルフなどに使用されている善の象徴となる色彩であり、戦いの勝利を予期している。また、白い馬とそれに乗って戦う君主の姿は「ヨハネの黙示録」19章を連想させる。

　セオデンは敵に向かい、敵の旗印の黒い蛇が地にまみれているのを見る。これは敵に勝ったことを意味しているが、直後、セオデンの周りに暗闇が立ち込め変化が起こる。突然、その黄金の盾の光がにぶり、黒い矢が雪の鬣を貫き、さらに黒いマントに、真っ黒の矛を持った敵ナズグル（Nazgûl）たちの首領が乗った怪鳥が現れる。セオデンの盾の色'gold'の光のにぶさに加え、敵の旗印の蛇やナズグルたちの首領の様子など敵を表わす色彩として'black'が多用されることでセオデンの行く末が暗示されている。そしてその予感は的中し、やがてセオデンは力尽きる。

　セオデンの亡骸は療病院に運ばれる。

> And the hangings of the bed were of green and white, but upon the king was laid the great cloth of gold up to his breast, ... The light of the torches shimmered in his white hair like sun in the spray of a fountain, but his face was fair and young, save that a peace lay on it beyond the reach of youth; and it seemed that he slept. (*RK*, pp.137-138)

　掛け布の緑と白は、白馬と緑野の王旗を連想させ、また亡骸に掛けられてい

る大きな布の色は'gold'であり、セオデンの偉大さと勇敢さを称えている。炬火の光はセオデンの白い髪に照り返し、セオデンの老いと死を象徴するかのようにかすかである。しかし、彼の顔は美しく若者のようであり、眠っているように穏やかだったのである。

(20) エオウィン (Éowyn)

エオウィンはセオデンの姪であり、エオメルの妹である。セオデンと一緒に姿を見せたエオウィンの衣装は'white'である。これは、エルロンドの娘アルウェンが登場する場面を想起させ、エオウィンの純粋さと美しさを表徴している。

エオウィンがその場を立ち去るとき、一行は明るい外の光で彼女の姿を見る。

> Very fair was her face, and her long hair was like a river of gold. Slender and tall she was in her white robe girt with silver; .... Thus Aragorn for the first time in the full light of day beheld Éowyn, lady of Rohan, and thought her fair, fair and cold, like a morning of pale spring that is not yet come to womanhood. (*TT*, p.119)

彼女の美しさは髪や衣装の様子からも明確になる。川のように滑らかで長い髪の色は'gold'で表現され、輝きとともに王家の娘としての格調高さが表れている。また帯の色'silver'や長衣の色'white'も'gold'同様、高貴な印象を受ける。特に'white'はアルウェンやガラドリエルなど他の女性の登場人物にも使用されている。しかし、彼女の美しさは早春の朝のような冷ややかさが感じ取れる。彼女の姿は弱々しくなく強固さが備わっている。彼女の帯の色として'silver'が特記されていることにより騎士のような印象を与えるからである。エオウィンの姿は『王の帰還』において彼女が男性に扮し、参戦する物語展開を予示しているのである。

エオウィンは男性同様に参戦することを望むが、女性であるがために参戦を許されない。しかし、彼女は諦めきれず、男性に扮して参戦する。困難を克服して最後までやり遂げようとする芯の強さと勇気は、物語に活力とを与えていると言える。

『王の帰還』第1部6章において、メリーは、暗闇が晴れたとき、敵のそば

第 3 章 『指輪物語』における色彩表現

にエオウィンが立っているのを見る。

> But the helm of her secrecy had fallen from her, and her bright hair, released from its bounds, gleamed with pale gold upon her shoulder. Her eyes grey as the sea were hard and fell, and yet tears were on her cheek. (*RK*, p.116)

　男性に扮していたエオウィンの正体が明らかとなる。兜の下に隠れていた髪の色は'gold'で、輝きも加わる。さらに、目の色は'grey'で、厳しさが感じられる。これはアラゴルンなどを始め『指輪物語』の登場人物にはよく見られる目の様子である。
　その後、エオウィンは怪鳥を倒すが負傷する。エオメルは他に討ち死にした者を確認しているとき、死人のように顔色が白くなっているエオウィンを発見する。これは、彼女が全力で戦った姿と負傷の大きさの表れであり、エオウィンの顔色'white'は、この後彼女が静養する療病院の場面で何度も描写される。
　療病院ではアラゴルンがエオウィンのもとに来て、彼女を初めて見た時の印象をエオメルに語る。彼女は白い花が真っ直ぐに誇り高く、ユリのように姿よく立っているが、その花が鋼から作られたかのように堅く、霜に侵されているようであった。エオウィンの姿を例えている花の色に'white'が用いられ、彼女の誇り高さを暗示した善き象徴となっている。しかし、その花は堅く、アラゴルンは冷たそうな否定的な印象を抱き、再度、彼女の顔を見ても同じ印象を受ける。この場面でもエオウィンの顔色をユリの花の白さにたとえている。アラゴルンが彼女に呼び掛けると、体は動かないが、麻の掛け布の下で彼女の胸が上下したことが分かる。麻の掛け布の色も'white'である。このようにエオウィンに関する色彩表現は'white'が主であり、男性に扮した力強さではなく女性としての純粋さと美しさを象徴している。
　エオウィンが同じく療病院で静養していたファラミアと運命的な出会いをするのは、『王の帰還』第 2 部 5 章においてエオウィンが療病院の庭を散歩していたときである。その翌日の朝、ファラミアはエオウィンが城壁にたたずんでいるのを見る。

> ... she was clad all in white and gleamed in the sun. ... and they walked

on the grass or sat under a green tree together, now in silence, now in speech.（*RK*, p.239）

　陽光に美しくきらめくエオウィンの衣は'white'であり、彼女を象徴する色彩として強固なものとなっている。次第に二人は惹かれていく。ファラミアはエオウィンのことをローハンの白い姫（White Lady of Rohan）と呼ぶようになり、エオウィンはファラミアとの結婚を決意する。ファラミアを受け入れたエオウィンには、幸せな大詰めを可能にする超越的な反応や、神による希望の実現の意味が含まれ、エオウィンの回復、すなわち本来の自分自身への回帰は、国土が再びすこやかになる姿と重なっている[8]のである。

(21) グリマ（Gríma）

　グリマは、黄金館にてセオデンとエオウィンの足許に青白い顔に瞼の重くかぶさる目をして腰を下ろしている。顔の青白さは'pale'を用いて表現され、目は'dark'で形容されており、悪意にあふれている。グリマの登場場面では明確な色彩は使用されていない。

　セオデンはガンダルフによって我に返ることができたが、グリマはセオデンに仕えることを誓い、セオデンもグリマをそばに置くという。しかし、グリマは自分を取り巻く敵の輪の中に隙間がないものかと探している追いつめられた獣のような表情となり、色の薄い長い舌で唇を舐める。グリマは皆から信用されないことを悟ると、目をぎらぎらと光らせ、敵意を浮かべ、歯を剥き出してシューと息を押し出すようにしながら、王の足許に唾を吐いて去っていく。シューと息を吐きながら去っていくグリマの様子は、ゴラムと類似している。『二つの塔』第1部11章のアイゼンガルドでの場面では、ガンダルフをめがけてパランティアの石を投げ落す。この場面もグリマははっきり姿を現わすわけではなく、色彩表現も行われていないが、ゴラムと同じような不気味さが漂う。

　ところが、全ての戦いを終えたフロドたちの前にグリマがサルマンとともに登場する。その場面である『王の帰還』第2部8章では彼の様子の描写として、血走った目の色 "A look of wild hatred came into Wormtongue's red eyes."（*RK*, p.299）が描かれている。唯一使用されている色彩は'red'であり、グリマの切羽詰まった様子を表徴し、さらに敵のオークをも連想させ、悪を象徴する色彩となっている。

(22) ファラミア（Faramir）とその一行

　『二つの塔』第2部4章ではサムは食事の道具を洗いに行った帰りに何かの音を聞く。サムはそのままフロドのところに戻り、そのことを話す。しばらくするとフロドも声が聞こえたような気がする。やがて四人の背の高い男がやってくる。

> Two had spears in their hands with broad bright heads. Two had great bows, almost of their own height, and great quivers of long green-feathered arrows. All had swords at their sides, and were clad in green and brown of varied hues, as if the better to walk unseen in the glades of Ithilien. Green gauntlets covered their hands, and their faces were hooded and masked with green, except for their eyes, which were very keen and bright.（*TT,* p.265）

　大きな矢筒についた長い羽根、籠手の色は'green'である。また衣装は'brown'であるが、色合いが様々に変わる緑がかった色をしている。樹木が生い茂るイシリアンの森を歩くのに樹木を連想させる'green'と'brown'の衣装を身につけ、敵などの目を欺く迷彩の役割を果たしている。これは、エルフの衣装が'grey'であることの理由と類似している。さらに、'green'と'brown'は、森の守護者であるファンゴルンを象徴する色彩でもある。また、フロドは時折、ファラミアたちが覆面を外したところから皮膚の色の薄さ、黒っぽい髪の毛、灰色の目と悲しげで誇り高いりっぱな顔立ちを垣間見るのである。目の色'grey'や悲しげであるが誇り高い顔は、『旅の仲間』で描写されているアラゴルンやボロミアの様子と重なる。

　最初、ファラミアの目はフロドのことを疑惑の目で見つめていたが、次第にフロドが重大なことを隠していることに気づく。ファラミアは小舟で流されてきたボロミアの亡骸を発見したときの話を始める。ファラミアがその小舟で唯一知らなかったものは、木の葉をつなぎ合わせた美しいベルトであった。その美しさは'gold'で描写されているが、このベルトはロスロリアンにおいてガラドリエルからもらったものであり、高貴さが表れている。さらにフロドたちは'grey'の衣装もロスロリアンでもらったものであることをファラミアに告げ、また、フロドが留めているブローチもファラミアに示す。その葉のブロ

ーチは 'green' と 'silver' が用いられ、エルフから贈られた品物であることが分かる。特徴的な事物に関して色彩表現が用いられ、ファラミアは川を流れてきた人物がボロミアであることを確認する。

また、ファラミアはガンダルフのことも知っていたことが分かる。ファラミアはガンダルフを、灰色の放浪者（the Grey Pilgrim）と呼び、それがガンダルフを指すことをフロドはすぐに理解する。フロドは呼び名に 'grey' が用いられていることから判明できたのである。灰色の象徴性が活かされていると言える。

(23) シェロブ（Shelob）

シェロブは洞穴を棲処とする巨大な蜘蛛女である。『二つの塔』第2部8章ではフロドとサムはゴラムに案内されて悪臭が漂うキリス・ウンゴルに入る。その後、フロドとサムはシェロブの棲処に導かれていく。暗闇に覆われた洞穴では巨大な灰色の蜘蛛の巣が張られている。やがてシェロブが姿を現わす。

> Great horns she had, and behind her short stalk-like neck was her huge swollen body, a vast bloated bag, swaying and sagging between her legs; its great bulk was black, blotched with livid marks, but the belly underneath was pale and luminous and gave forth a stench. Her legs were bent, with great knobbed joints high above her back, and hair that stuck out like steel spines, and at each leg's end there was a claw. (*TT*, p.334)

このようにシェロブの姿に関する描写は詳細であり、色彩表現も見られ、これまで登場した他の女性の登場人物と同じである。しかし、シェロブの登場場面ではこれまでの女性たちに使用されているような 'white' や 'silver' など清楚さを連想させたり、輝きを放つような色彩ではなく、'black' や 'dark' など暗い色彩が多い。また、彼女が発する 'green-yellow' の混色の粘液はシェロブの不気味さ表わしている。シェロブは蜘蛛であり、蜘蛛はトールキンが嫌いだった生物であると言われている。『ホビットの冒険』でも蜘蛛はビルボたちに立ちはだかる生物として描かれている。シェロブは女性であるが、トールキンの嫌いな蜘蛛の形の敵として登場させているのである。

第 3 章　『指輪物語』における色彩表現

(24) デネソール（Denethor）
　デネソールはボロミアとファラミアの父であり、ミナス・ティリスの執政として国を治めている。
　デネソールがいる白い塔の警護をしている家来たちの服装は'black'と'silver'である。'black'は『指輪物語』ではサウロンやオークなど敵を表わす色であるが、'silver'が加わることで敵との相違を表わしている。彼らの装いは戦いに向かうときと同じであり、デネソールのゴンドール軍を象徴する色彩となっている。デネソールはファラミアの安否が分からないとき、黒いマントの下には鎖かたびらを着込み、長剣を所持して自らも参戦の準備をしていたのである。長剣の鞘はミナス・ティリスの兵の制服と同じ'black'と'silver'であり、執政としての強い使命感と誇りが見られる。また、ゴンドールの紋章は黒地に城塞の庭に生える白い木と七つの星である。七つの星は「ヨハネの黙示録」1 章 20 節[9]を連想させる。
　やがて指輪の存在とそれをめぐる戦争によりデネソールの人生は大きく変化していく。戦局が激しくなっていく中、ファラミアも瀕死の重傷を負って白の塔に戻ってくる。負傷したファラミアを部屋で寝かすようにさせたデネソールは、一人で塔の頂の下の部屋に行く。その部屋の狭い窓から薄青い光が見える。この光はファラミアの傷の深さだけではなく、今後のファラミアの苦境を暗示している。部屋から出てきたデネソールは、ファラミアより死の形相を帯びていたのである。ここではデネソールが何をしたのかは具体的に書かれていないが、光の青白さやデネソールの顔色の悪さからも悪しき予感が漂っている。
　そして、デネソールの様子に大きな変化が起こる。デネソールは寝ているファラミアを運び出すように命じ、白い塔から出て暗闇の中に歩いていく。垂れ込めた雲が、ちらちらと明滅するどんよりした赤い火に下から照らされている。赤い火については、『二つの塔』第 2 部で敵のオークが燃やしていた火の色として、また、『王の帰還』第 2 部での滅びの山へ向かうときにフロドとサムが目にする火の色として特筆され、『指輪物語』では悪と恐怖の象徴であり、この場面でも関連性が見られる。
　焼身自殺を図ろうとするデネソールをガンダルフは説得する。そのときデネソールは未来を見ることができるパランティアの石を取り出す。

　And as he held it up, it seemed to those that looked on that the globe

95

began to glow with as inner flame, so that the lean face of the Lord was lit as with a red fire, and it seemed cut out of hard stone, sharp with black shadows, noble, proud, and terrible. (*RK,* p.129)

　珠の輝きは炎を連想させる 'red' で表わされ、デネソールの顔を赤い火が照らしているように映り、彼が焼身自殺を図るために白い塔を出たときに照らしていた赤い火を連想させる。デネソールの顔は、年老いた大侯として堅い石を刻んで彫り出したように黒い影を帯びて強固で、気品に溢れ、誇り高く、勢いがあり、一見、理想的経験の原型[10]の姿である。しかし、顔色は 'black' という敵を象徴する色彩を用いて影として描写されているため、悪しき出来事を連想させる。また「黒い影」とは、療病院で流行っていた癒されない病の名前であり、デネソールも「黒い影」に侵されたかのように引き返すことができない状態を暗示している。
　結局、デネソールはガンダルフの説得に応じることなく焼身自殺を遂げる。『指輪物語』における人物描写では詳細な色彩表現の例が見られるが、デネソールの登場場面や彼自身に関しては色彩表現が少ないと言える。それは、狂気の果てに自ら死を選んだデネソールに多彩で美しい色彩表現も醜悪な色彩表現も似つかわしくないということであろう。
　デネソールは焼身自殺という悲劇的な最期を遂げることになる。彼は、ファラミアより頼りにしていたボロミアの死を聞き、ジレンマに陥っていた。戦局が激しくなる中、セオデンに助けを求めたり、さらにファラミアの参戦を強いるものの、ファラミアは瀕死の重傷を負って戻って来る。ファラミアの死を確信し、戦争が続く変わり果てた世の中でデネソールは苦しみ、絶望してファラミアを道連れに焼身自殺を図る。デネソールの場合、未来を見ることができるパランティアの石によって肉体的・精神的・道徳的にサウロンの悪に蝕まれていき、悪を取り込み、誘惑に負けてしまったことはリーランド・ライケンが定義している人の共感をさそわないキリスト教的悲劇のパターン[11]に当てはまると言える。

(25) サウロン (Sauron)
　サウロンは他の登場人物と異なり、表立って姿を現わすわけではないが、唯一はっきりとした容貌が描かれているのは眼である。その眼は巨大な単眼であ

第 3 章 『指輪物語』における色彩表現

り、全容が見えないその存在はサウロンに抗う登場人物に恐怖感を与えていくことになる。サムとフロドはサウロンの様子を垣間見る。

『旅の仲間』第 2 部 7 章では、フロドがガラドリエルの鏡を見ていると突然真っ暗になる。

> But suddenly the Mirror went altogether dark, as dark as if a hole had opened in the world of sight, and Frodo looked into emptiness. In the black abyss there appeared a single Eye that slowly grew, until it filled nearly all the Mirror. So terrible was it that Frodo stood rooted, unable to cry out or to withdraw his gaze. The Eye was rimmed with fire, but was itself glazed, yellow as a cat's watchful and Intent, and the black slit of its pupil opened on a pit, a window into nothing. (*FR*, p. 379)

フロドが鏡を覗き込み、そのとき見たものについて克明に描写している。突然、暗闇の中から眼がゆっくりと現われ出るのである。真っ暗な状態は'dark'と'black'を用いて表わされている。暗闇には突然に包まれるが、眼はゆっくりと現われ、不気味さを募らせる。その後、眼の詳細な描写に移る。眼の色には'yellow'と'black'の二色が見られる。'black'は底知れぬ奥深さ、眼が細長く開いた様子は未知の広がりを暗示している。ネコの眼のような色'yellow'は暗闇の中で鋭い光なって現われ恐怖感を増幅させる。この場面ではサウロンは姿を現わしていないし、サウロンの眼であることは書かれていないが、前後の物語展開から読者はこの眼はサウロンの眼であると推察できるのである。サウロンの眼の色である'black'は、『指輪物語』における敵の象徴である色彩として提示されているからである。これまで見てきたように『指輪物語』では登場人物の目の描写が詳細に行われているが、姿を現わさないサウロンに関しても色彩表現を用いて眼の様子を描いていることでトルキーンが目を重要視していたことが理解できる。

『王の帰還』第 2 部 3 章での滅びの山にある中つ国最大の溶鉱炉は、サウロン王国の心臓部であり、そこから不気味な赤い光が発せられているが、その光をサムが感じ取る。ここでの光の色'red'であるが、これは'black'同様、敵のオークを象徴する色彩である。サウロンに対してフロドは'black'の面を、フロドと共に旅をするサムは'red'の面を目撃したことになる。

こうしてサウロンははっきり姿を現わすことはなく、形をとらない霊として背後に存在しているので、その姿は最終的には読者の想像力にゆだねられている。

以上のように『指輪物語』には実に多くの登場人物が現われる。そして彼らの登場する場面においては、その姿が色彩表現を交えて実に詳細に描写され、登場人物の特色を的確に表わしている。特に目の色彩表現は徹底されている。また、無彩色に関してはヒエラルキーが確立され、巧みに使用されている。たとえばガンダルフやアラゴルン、サルマンに関する立場の変化は無彩色を使い分けることで表現されている。『指輪物語』の登場人物に関しては、色彩表現は欠くことができない物語技法であると言える。

第3節　風景・自然

(1) ホビット庄 (the Shire)

『指輪物語』はホビット族が住むホビット庄の場面から始まる。しかし、ホビット庄に関する色彩表現、ひいてはホビット庄に関する風景・自然描写は少ない。それは、登場人物と同様にホビット庄も前作『ホビットの冒険』の場面から始まり、『指輪物語』が『ホビットの冒険』の続編であることが意識されているからであると考えられる。

トルキーンは、『ホビットの冒険』の挿絵としてホビット庄の風景を描いている。「お山──川のむこうのホビット庄」と題された絵は、実際にそこで何か起きているかを示すというよりは、その場所がどんなところかを示す[12]ものであり、トルキーンは読者が自分の頭の中で、テキストにもとづいた、しかし特定のイメージに束縛されない自由な想像画をくりひろげることのできる背景を提供した[13]のである。「お山──川のむこうのホビット庄」は、青空の下、川の向こうには〈お山〉と呼ばれる丘が配し、その周りは豊かな自然が広がっているのどかなホビット庄の田園風景が詳細に描かれた水彩画である。一度描いていたものを修正し、カラーにすることにこだわり、水彩画として色とりどりの色彩を用いて再度描き直したこの絵は、トルキーンが人物描写より風景描写が得意だったことだけでなくこの風景画が他の絵以上の技術と愛情が注ぎ込まれていることも見て取れる。田園風景が広がる田舎で過ごした少年時代は、

第3章　『指輪物語』における色彩表現

トルキーン自らの人間形成に最も力のあった時期であり[14]、ホビット庄の田園風景は、トルキーンの理想の風景だからである。

　『指輪物語』の最初の舞台となるホビット庄の風景も『ホビットの冒険』の時代設定から年月は流れているが、この絵の風景と変化がないことを強調しているのである。トルキーンはこの絵を含む『ホビットの冒険』の挿絵以降、水彩画を描かなくなる[15]。理由は定かではないが、トルキーンは自らの理想とする色彩美豊かな風景を描き切ることができたのではないだろうか。絵を見ることによって、ホビット庄の風景に対して絵画の色彩表現の特色である瞬間的把握を体感することができる。トルキーンはホビット庄の風景を文章として書くだけでなく、瞬時に伝達することが出来る手段として絵画という形で表現したのである。それは、近代化による自然破壊や世界大戦によるトルキーンの怒りをも含意したホビット庄の風景に対するトルキーンの思いの強さの現われであろう。

　こうして『指輪物語』では、ホビット庄全体の詳細な描写はされていないが、ホビット庄の風景が変わらず美しいことは『旅の仲間』の冒頭でのビルボとガンダルフの会話から読み取れる。

　ビルボを訪ねてきたガンダルフがビルボの家である袋小路屋敷の庭を眺めている。

> The late afternoon was bright and peaceful. The flowers glowed red and golden: snap-dragons and sunflowers, and nasturtiums trailing all over the turf walls and peeping in at the round windows!
> 'How bright your garden looks!' said Gandalf.
> 'Yes,' said Bilbo. 'I am very fond indeed of it, and of all the dear old Shire; ....' (*FR*, p.33)

　庭は輝かしい光に包まれた平和で自然豊かな風景である。昼下がりの庭には、眩しい光が注ぎ込み、たくさんの花々の色 'red' と 'golden' として映っているのである。美しく輝いている庭は、ガンダルフもビルボも、そしてトルキーン自身もこよなく愛しているものであると考えられる。

(2) 古森 (the Old Forest) と塚山丘陵 (the Barrow-Downs)

　フロドたちは黒の乗手たちからひとまずのがれ、黒の乗手が見張る街道を避けることにし、古森に入っていく。さらに古森の先を進んでいくと、謎めいた塚山丘陵が広がっている。『旅の仲間』第1部6章から8章にかけての古森から塚山丘陵の場面では、多く使用されている色彩は 'grey' であり、主に、①露や雨など水滴に関するもの、②柳に関するもの、③ 'green' との併用が見られる。

　①の露や雨など水滴に関連するものは、まず、フロドたちが古森に入っていく場面で使用されている。

> The leaves of trees were glistening, and every twig was dripping; the grass was grey with cold dew. Everything was still, and far-away noises seemed near and clear: ... (*FR*, p.120)

　フロドたちが古森に向けて出発する場面での周囲の様子である。草の露は冷たく、その露を帯びた草は薄暗さを連想させる 'grey' が用いられ、早朝であることが分かる。さらに、あたりが静かで遠くの物音が聞こえる様子は、早朝の澄み切った情景を思い浮かべる。この場面で具体的に色彩が提示されているのは 'grey' だけである。それは、まだ薄暗い早朝の様子を表すとともに、不吉な森と言われている古森への一行の不安を予示している。

　しかしその後、フロドたちは古森で出会ったトム・ボンバディルの家に招かれ、休息する。そこで滞在しているときに降ってくる雨の色として 'grey' が用いられている。

> The room looked westward over the mist-clouded valley, and the window was open. Water dripped down from the thatched eaves above. Before they had finished breakfast the clouds had joined into an unbroken roof, and a straight grey rain came softly and steadily down. Behind its deep curtain the Forest was completely veiled. (*FR*, p.140)

　家の外のここかしこで歌声が聞こえてくる中、真っ直な雨が静かにしとしとと降り出す。雨は響き渡るトム・ボンバディルの歌声と同じように小止みなく

第 3 章　『指輪物語』における色彩表現

連続的に降っている。しかし、歌声はあちこちから楽しそうに聞こえるのに対し、雨は切れ切れの雲が寄り集まり、静かに降っている。雨の色が 'grey' として表現できるほど、雨は真っ直ぐに降り続いている。やがて、雨雲は森を厚いカーテンのように覆い隠してしまう。また、歌声が聞こえてくる方角は西側である。西は『指輪物語』においては良い方角を指している傾向が強く、この場面でも、西に見える谷間の靄は晴れ、広々した明るい印象を与える。しかし、降り出した雨は森を覆い隠し、辺りは徐々に暗くなり、視界も狭くなる。
　第 1 部 7 章でフロドがトム・ボンバディルの家から塚山丘陵へ向かう朝、どこからともなく歌声が聞こえてくる。

> That night they heard no noises. But either in his dreams of out of them, he could not tell which, Frodo heard a sweet singing running in his mind: a song that seemed to come like a pale light behind a grey rain-curtain, and growing stronger to turn the veil all to glass and silver, until at last it was rolled back, and a far green country opened before him under a swift sunrise. (*FR*, p.146)

　フロドはどこからか流れてくる快い歌声を聞く。その歌声は灰色の雨の帳の背後から射す淡い光のような状態からだんだんと大きくなり、ぼんやりした帳からガラスと銀のような美しさと強さが感じられるようになる。「灰色の雨の帳」は前述の「真っ直ぐな灰色の雨」を受けていると考えられる。真っ直ぐな灰色の雨が降り出したとき、外から聞こえてきた歌声の美しさとそのときの情景がフロドの心の中に強く残っていたのである。周りの物音はしていないが、歌声の響きは、フロドの眼前に広がる土地の色 'green' と呼応している。
　しかし、フロドたちの心が落ち着いたのはつかの間で、塚山丘陵はフロドたちにとって険しく、厳しい場所であった。

> When they reached the bottom it was so cold that they halted and got out cloaks and hoods, which soon became bedewed with grey drops. Then, mounting their ponies, they went slowly on again, feeling their way by the rise and fall of the ground. (*FR*, p.149)

フロドたちは深い霧の中を道がはっきり分からない状態で不安を抱えながら進んでいる。霧が露のような灰色の水滴となり、彼らのマントや頭巾を一瞬にして濡らし、寒さに苦しんでいる彼らにさらなる苦痛を与える。ここでの灰色の水滴は、フロドたちが古森へ入る朝に草に帯びていた冷たい露を連想させ、不吉な旅の継続と一行の恐怖感を暗示している。

　露や雨など水滴に関する‘grey’は、静けさ、弱さ、曖昧さとともにフロドたちの大きな不安と今後の不吉さを予示している。水滴の色‘grey’の描写だけでなく、周りの情景に対する丁寧な色彩表現も見られ、小さなものから全体に至るまでの描写が行なわれている。また、連続的に滴る水滴を‘grey’として色彩表現することで水滴がはっきりと見える形となり、存在感を増している。

　②の柳に関する使用は、古森に入ったフロドたちが、暗がりから眼前に光が溢れている明るい場所で柳を目にする場面に見られる。

> A golden afternoon of late sunshine lay warm and drowsy upon the hidden land between. In the midst of it there wound lazily a dark river of brown water, bordered with ancient willows, and flecked with thousands of faded willow-leaves. The air was thick with them, fluttering yellow from the branches; for there was a warm and gentle breeze blowing softly in the valley, and the reeds were rustling, and the willow-boughs were creaking. (*FR*, p.126)

　フロドたちは暖かい陽の光が当たる中、川を流れている古い柳、倒れた柳を目にし、道に迷っていた彼らはその柳の様子から現在の居場所が分かる。柳と川は柳の語源からも関連性が深いもので、柳の属名 *salix* は、「ヤナギ」を意味するラテン語で、「水の近く」を意味するケルト語の2つの単語 sal と lis に基づいている[16]。一行が最初に柳を目にするのが川を流れている柳であることに、言語学者でありケルト世界にも深い関心があったトルキーンの意向が伺える。

　フロドたちは柳の枝に差し出している木陰を通ると、激しい睡魔に襲われる。メリーとピピンは柳の木の下で一休みすることにする。

第 3 章　『指輪物語』における色彩表現

> They looked up at the grey and yellow leaves, moving softly against the light, and singing. ... They gave themselves up to the spell and fell fast asleep at the foot of the great grey willow. (*FR*, p.128)

　灰色がかった黄色の柳の葉が静かにそよぎ、歌を歌っているように聞こえてくる。彼らを眠気に誘う不思議な力が働いている。メリーとピピンは心地よさを感じ、眠ってしまう。その後、灰色の柳の柳じいさんは寝ている二人を捉えるが、二人は通りかかったトム・ボンバディルに助けられる。柳じいさんは恐ろしく奇怪で、すべての小道が彼のところに通じており、古森を代表する生物である。柳じいさんは話すことはなく、具体的な名前もつけられていないが、それは、最終的に灰色の柳の姿に対して読者が様々な想像をめぐらすことができるようにしているのである。
　③の 'grey' と 'green' が併用された描写では、フロドたちが古森の奥に進んでいると、幹の群れを覆っているシダ類や衰退の一途を辿っている自然の変化の様子が表現されている。
　たとえば、フロドたちは日が高く昇った正午ごろ、次のような風景を目にする。

> They sat on the green edge and looked out over the woods below them, while they ate their mid-day meal. As the sun rose and passed noon they glimpsed far off in the east the grey-green lines of the Downs that lay beyond the Old Forest on that side. (*FR, 161*)

　フロドたちは、はるかかなたの塚山丘陵の灰色がかった緑の線を見る。それは古森の場面で多用されている、一見、不気味さを感じさせる 'grey' でありながら木々の生命力を連想させる 'green' の線なのである。さらに時刻は日が高く昇った正午であることもあり、その光景は一行を元気づけ、理想的経験の原型となっている。しかし塚山丘陵は、ホビットの伝説の中では古森と同じぐらい不吉な場所であったので非理想的経験の原型でもあり両義性を帯びていると言える。
　塚山丘陵の土地の色は 'grey and green and pale earth-colours' (*FR, p.188*) であり、草木が豊かな 'green' と植物が繁殖していない 'grey' と 'pale

earth-colours' という薄い土色という複雑な色彩である。このことは、昔のような山の緑色や土らしい色ではなくなりつつある土地の変化の様子を表わしているのである。

このように草木や山の尾根の 'green' を明確にしながら、同様に 'grey' を使って描くことによって、古森や塚山丘陵に対する不吉さを象徴するとともに、森や山の緑が灰色に変化している様子を強調している。森や山の変化は、フロドたちを助けたトム・ボンバディルが語る古森や灰色の柳についての話に見て取れ、トム・ボンバディルの話は、木々の心情を露わにしており、木々の破壊者と強奪者への怒りに満ちている。

> It was not called the Old Forest without reason, for it was indeed ancient, a survivor of vast forgotten woods; and in it there lived yet, ageing no quicker than the hills, the fathers of the fathers of trees, remembering times when they were lords. The countless years had filled them with pride and rooted wisdom, and with malice. But none were more dangerous than the Great Willow: his heart was rotten, but his strength was green; and he was cunning, and a master of winds, and his song and thought ran through the woods on both sides of the river. His grey thirsty spirit drew power out of the earth and spread like fine root-threads in the ground, and invisible twig-fingers in the air, till it had under its dominion nearly all the trees of the Forest from the Hedge to the Downs. (*FR*, p.141)

古森は実に広大な古い森であり、そこに生えている柳ももちろん非常に古い。ところが、先祖が生き続けている伝統的な古森に変化が起こったのである。古森と柳の色として使用されている 'grey' は柳本体の色だけでなく、柳じいさんの乾いた心の中を表徴した色となっている。また、トルキーンの木々に対する愛情と自然に対する歴史の尊重は、柳じいさんを描いた絵のエピソードにも表れている。

柳じいさんの絵は、中つ国の誕生からの物語や年代記が綴られた『シルマリルの物語』(*The Silmarrillion*, 1976) のために書かれた[17]絵である。『シルマリルの物語』は、トルキーンが1910年代から友人に語り始めていたが最終的

には死後に出版されることになったトルキーンの生涯をかけた大作である。年を経た柳が絵の中心にあり、その幹には「顔」が見て取れる。ホビットたちは、詳細な色彩表現が見られる穏やかな場面に登場し、柳じいさんに出会うことになる。トルキーンの絵では柳じいさんの存在感の大きさが浮き彫りになっている。トルキーンの息子であるジョン・トルキーンは、オクスフォード近くのチャーウェルの土手に生えていた一本だけ刈り込まれていなかった柳の大木からヒントを得た[18]と推測している。一本だけ生えているその柳にたくましさと好意を持ったのである。古森の光景や灰色の柳の様子は、トルキーンの自然への愛情と近代化による自然破壊への怒りが露になっているのではないだろうか。

　古森から塚山丘陵の場面において多数見られる 'grey' については、次のようにまとめることが出来る。①の露や雨など水滴に関わる場面での使用では、歌や物音など音に関係する状況も併せて描写されている箇所が多い。②の柳に関する 'grey' の使用では、古森に長年生息してきた柳の存在感と時代の流れとともに変わってしまった森への悲痛感が表わされている。③の 'grey' と 'green' との併用では、'green' は主として古森の木々や目の前に広がる山脈の風景を描くときに使われているが、'green' と 'grey' を併用することによって、自然豊かな木々や山脈の色が変化していることも示唆している。これら三通りの 'grey' の使用例は、露や水滴など自然に満ちた様子から変化しつつある風景を描き、最後に変化してしまった果ての姿を映し出している。'grey' の使用順序として、水滴など小さいもの、さらに静寂な場面で多用され、'grey' と 'green' の二つの色彩を持つ世界が広がっていく。そして、大きく恐ろしい灰色の柳に関する使用で核心部分に迫る。その後、再び 'grey' と 'green' を用いて、水滴に関する場面の描写があり、森や丘陵に入り、奥に進み、出口に向かっていくのである。古森と塚山丘陵での 'grey' は、非理想的経験の原型として、場所の特色を強調し、木を愛していたトルキーンの自然への心情を示唆している。

（3）躍る小馬亭（*The Prancing Pony*）

　フロドたち一行は、トム・ボンバディルに紹介された宿屋「躍る小馬亭」に到着する。宿屋の情景に関しては、詳細な色彩表現は微少であるが、宿屋で歌われる歌の歌詞から宿屋の周辺の景色が読み取れる。

　『旅の仲間』第1部9章において、フロドたちが宿屋で食事をしているとき、

フロドがみんなの前で歌を歌う。

> There is an inn, a merry old inn
>   beneath an old grey hill,
> And there they brew a beer so brown
> That the Man in the Moon himself came down
>   one night to drink his fill. (FR, p.170)

　この歌については「宿屋の歌」としか書かれていないが、歌の中の灰色の山は位置的な面から考えてフロドたちが旅してきた塚山丘陵であり、灰色の山の麓の宿屋はフロドたちがいるこの宿屋であることが推測できる。山の情景はこの歌からは分からないが、宿屋の楽しく愉快な情景が感じ取れる。この宿屋と月の男が降りてきたこととは、高いところから低いところへの移動と呼応する。この歌はフロドの養父ビルボの好きな歌であり、その歌をフロドが歌うことは歴史的継承の表れである。

　（4）風見が丘（Weathertop）
　宿屋でであったアラゴルンとともに旅を続けることになったフロドたちは、宿屋から出発し、『旅の仲間』第1部11章の風見が丘において次のような光景を目にする。

> It was already mid-day when they drew near the southern end of the path, and saw before them, in the pale clear light of the October sun, a grey-green bank, leading up like a bridge on to the northward slope of the hill. (FR, p.198)

　目の前に広がる土手は、真昼の淡く澄んだ太陽の光を浴びて、橋を架けたように丘の北の斜面を上っている。この場面でも古森や塚山丘陵の場面で見られるような 'grey' と 'green' との併用が見られるが、ここでは太陽の明るい光や上向きの土手などプラス・イメージとなっている。
　さらに東に進んでいくと霜ふり山脈を目にする。

第 3 章　『指輪物語』における色彩表現

> Following its line eastward with their eyes they saw the Mountains: the nearer foothills were brown and sombre; behind them stood taller shapes of grey, and behind those again were high white peaks glimmering among the clouds. (*FR*, p.199)

　連なっている山々の色彩は、順に 'brown'、'grey'、'white' であり、それぞれの景色の相違と濃い色彩から薄い色彩への描写によって遠近感を出している。
　一行は黒の乗手の気配を感じながらの旅を続けているが、身を隠せそうな谷間に行き着く。

> The cold increased as darkness came on. Peering out from the edge of the dell they could see nothing but a grey land now vanishing quickly into shadow. The sky above had cleared again and was slowly filled with twinkling stars. (*FR*, p.203)

　地面の 'grey' は塚山丘陵でも描かれているが、この場面では、明暗がより鮮明になっている。暗闇と寒さが続く中で灰色の地面だけが見える。しかしその後、情景が変化する。晴れ間が広がり、星が瞬き出し、灰色の地面と対照的な光景となり、フロドたちに希望を与える。しかし、一行にも旅の疲れが見られるようになる。それと呼応するように周りの風景は次のように彼らの目に映る。

> The land before them sloped away southwards, but it was wild and pathless; bushes and stunted trees grew in dense patches with wide barren spaces in between. The grass was scanty, coarse, and grey; and the leaves in the thickets were faded and falling. It was a cheerless land, and their journey was slow and gloomy. (*FR*, pp.211-212)

　彼らは下りに向かって進んでいくと、荒れ地が広がり、植物も乏しく、色褪せている。これは非理想的経験の原型の典型的な例であり、草の色として 'grey' が使用されているのは塚山丘陵の場面でもみられ、不吉な場所である

塚山丘陵を連想させる色彩としての'grey'と同様の役割をこの場面でも果たしている。
　アラゴルンは、エルフについて知りたがるサムの申し出に応えるとともに、厳しい旅路が続くフロドたちの活力になることを願い、美しいエルフの歌を歌う。

> Long was the way that fate them bore,
> 　O'er stony mountains cold and grey,
> Through halls of iron and darkling doors,
> 　And woods of nightshade morrowless.
> The Sundering Seas between them lay,
> 　And yet at last they met once more,
> And long ago they passed away
> 　In the forest singing sorrowless. (FR, p.205)

　この歌は、エルフが恋人である人間の死により自らも永遠の命を捨てることを決意したことで、二人は再会を果たすことができたことを歌ったエルフと人間の恋の歌である。この歌のことについて話すアラゴルンはとても熱心である。先の宿屋の歌の場合との相違は、'stone'と'cold'を付加していることにより、灰色の山の状況が明確なところである。この歌の灰色の山は塚山丘陵であるかどうかは定かではないが、「冷たい灰色の石の山」という歌詞から塚山丘陵を連想することもできる。前半部分は宿屋の歌とは対照的に暗く悲しい内容である。後半部分は出会った二人が再会でき、一緒に歌いながら森へ去っていくことができたという喜びが表れている。

(5)「最後の憩」館 (the Last Homely House)
　フロドは目覚めるとベッドに寝ていたのであるが、そこはエルロンドの「最後の憩」館であった。

> But the ceiling looked strange: it was flat, and it had dark beams richly carved. He lay a little while longer looking at patches of sunlight on the wall, and listening to the sound of a waterfall. (FR, p. 231)

第3章 『指輪物語』における色彩表現

　フロドは、平らで彫物がしてある黒い梁がある見られない天井を目にする。また、フロドはしばらく壁の日射しの影を眺めたり、滝の音を聞きながら横になっている。フロドの目に入って来た光景、状況を忠実に描写している。色彩表現としては天井の梁の色のみであり、トルキーンには珍しく色彩表現が少ない。それは、フロドが気を失っていて目を覚ましたばかりで、まだ鮮明な色彩が把握できない状態であり、最初に目に入って来た天井の梁の色のみを描写していると考えられる。そして、フロドは日射しの影や音など他の五感を働かせながら回復していくのである。

　「最後の憩」館は、邪悪な指輪について語られ、指輪を棄却するための〈旅の仲間〉が結成され、指輪棄却の旅の起点となる物語の重要な舞台の一つであるが、「最後の憩」館に関する色彩表現はない。しかし、今後の物語展開を左右する登場人物が多数登場し、彼らに関する色彩表現は詳細になされている。これは、登場人物の色彩表現を際立たせるために、敢えて背景となる「最後の憩」館自体の色彩表現を控えていると考えられる。

（6）柊郷（Hollin）
　〈旅の仲間〉は指輪棄却のためエルロンドの館を出発して二週間が経つ。一行は谷間や崖を歩き続けている。

> The travellers reached a low ridge crowned with ancient holly-trees whose grey-green trunks seemed to have been built out of the very stone of the hills. Their dark leaves shone and their berried glowed red in the light of the rising sun.（*FR*, p.295）

　古森の場面にも見られたが、幹は古さや恐怖感を象徴する‘grey’と平和を象徴する‘green’と対照的な色彩で表され、幹に微妙な色彩を帯びさせると同時に旅の不吉さと木々の変化を暗示している。しかし、上る太陽の光はその木の葉と木の実を輝かせており、上昇的な印象をもたらしている。木の実の色として上る太陽の光の力強さが木の実に生命力を与えているかのように‘red’が使用されている。

（7）モリア（Moria）
一行は、『旅の仲間』第2部4章においてモリアの坑道の入口に到着する。

> The Moon now shone upon the grey face of the rock; but they could see nothing else for a while. Then slowly on the surface, where the wizard's hands the passed, faint lines appeared, like slender veins of silver running in the stone. At first they were no more than pale gossamer-threads, ...（FR, p. 318）

　岩の'grey'はガンダルフを象徴する色である。そして、ガンダルフが触れると、かすかな線が現われる。それは細い静脈に例えられている。しかし、最初のうちは白っぽい細い蜘蛛の糸を連想し、輝きがある色彩'silver'で形容しているが、やがてその線ははっきりしていくのである。線の色彩は'pale'から'silver'へ、ぼんやりした青白さから輝きがある色彩へと徐々に変化している様子を表わしているのである。
　一行はさらに奥に進んでいく。ところが、フロドが何かに足首をつかまれるのを感じ、声をあげて倒れる。さらに水の中から長い触手がはい出て来る。

> Out from the water a long sinuous tentacle had crawled; it was pale-green and luminous and wet.... The dark water boiled, and there was a hideous stench.（FR, p. 322）

　水の中から出てきた触手の色が色彩表現を用いて表わされている。直後、フロドが水の中に引き入れられようとする。'pale-green'という曖昧な色彩は何か不気味で不穏さを漂わせているが、それが直後にフロドが水の中に引きこまれようとしたことで現実となる。さらに、その暗い水面からは恐ろしくなるような悪臭が広がっており、さらなる苦難が待っていることを暗示している。
　その後、モリアの坑道の場面では暗闇の描写が多くなり、それに呼応したようにオークなどの敵たちが姿を現わす。その姿の描写には'black'が多用されている。そして、ガンダルフが橋から転落するという衝撃的な物語展開を迎えるのである。

（8）ロスロリアン（Lothlórien）

　フロドたちはエルフの世界であるロスロリアンに到着する。『旅の仲間』第2部6章から8章にかけて描かれているエルフの世界ロスロリアンは妖精物語の創作に力を注いだトルキーンの憧れの世界である。ロスロリアンの場面では古森や塚山丘陵の場面とは一転して、'grey' を多用することでプラス・イメージを帯びさせている。

　たとえば、ロスロリアンの樹木の色彩表現には 'grey' が使用されている。ロスロリアンは森に囲まれた世界であり、樹木はロスロリアンの世界を象徴するものである。様々な登場人物がこのエルフの世界への憧憬を示していることは、樹木をこよなく愛したトルキーンの理想の世界であるロスロリアンへの思いの強い表れであろう。

　ロスロリアンに入る前、〈旅の仲間〉たちがロスロリアンの世界を想像する。

> 'There lie the woods of Lothlorien!' said Legolas. 'That is the fairest of all the dwellings of my people. There are no trees like the trees of that land. For in the autumn their leaves fall not, but turn to gold. Not till the spring comes and the new green opens do they fall, and then the boughs are laden with yellow flowers; and the floor of the wood is golden, and golden is the roof, and its pillars are of silver, for the bark of the trees is smooth and grey. ...'（*FR,* p.349）

　ロスロリアンの樹木は他の世界の樹木とは違う。秋になっても葉は落ちず、金色に変わるだけであり、春になり新緑が萌え出したあとでその葉は落ち、枝は黄色の花でいっぱいになる。樹木に葉や花が絶える季節がなく、木々の様子は生命の永遠性を暗示している。この光景はいくつかのエルフの歌の歌詞にも登場する。樹木の樹皮の色として 'grey' が用いられ、威厳と高貴を備えた樹木の葉の色 'gold' と併せて木々の輝きを表わしている。トルキーンはロスロリアンの樹木の春の風景を描いているが[19]、トルキーンにとっては強い憧憬に満ちた風景であると考えられる。

　とうとうフロドはロスロリアンの世界を目にする。

> To the left stood a great mound, covered with a sward of grass as green

> as Spring-time in the Elder days. Upon it, as a double crown, grew two circles of trees: the outer had bark of snowy white, and were leafless but beautiful in their shapely nakedness; the inner were mallorn-trees of great height, still arrayed in pale gold. High amid the branches of a towering tree that stood in the centre of all there gleamed a white flet. At the feet of the trees, and all about the green hillsides, the grass was studded with small golden flowers shaped like stars. Among them, nodding on slender stalks, were other flowers, white and palest green: the glimmered as a mist amid the rich hue of the grass. Over all the sky was blue, and the sun of afternoon glowed upon the hill and cast long green shadows beneath the trees. (*FR*, pp.364-365)

　フロドの目の前に広がるロスロリアンの木々の様子が、色彩表現を交えながら詳細に描写されている。木々と花々の色彩には'white'と'gold'が使用され、輝きが加わった美しさと高貴さを表徴している。草地の色には'green'が使われているが、それは何度も用いられることで草地の色としての'green'が強調されており、自然豊かな様子が読み取れる。
　フロドは感嘆のあまりしばらく茫然として立ちつくす。ロスロリアンは昔から変わることがない世界であり、その有様はとても新鮮に感じられるのである。

> All that he saw was shapely, but the shapes seemed at once clear cut, as if they had been first conceived and drawn at the uncovering of his eyes, and ancient as if they had endured for ever. He saw no colour but those he knew, gold and white and blue and green, but they were fresh and poignant, as it he had at that moment first perceived them and made for them names new and wonderful. (*FR*, p.365)

　フロドの目に入ってくるその光景の色彩は、'gold'、'white'、'blue'、'green'であり、どれも特に目新しい色ではない。しかし、ロスロリアンでは、それらの色彩も新鮮で輝いているように映る。'gold'、'white'、'green'はロスロリアンの場面において多用され、プラス・イメージとして用いられている。この点において、古き良き時代を重んじているトルキーンの姿勢がロスロリアン

第3章 『指輪物語』における色彩表現

への憧憬として描かれている。

その後、〈旅の仲間〉の一行はロスロリアンに入っていき、エルフの王ケレボルンと女王ガラドリエルが住む木を見る。

> Upon the south side of the lawn there stood the mightiest of all the trees; its great smooth bole gleamed like grey silk, and up it towered, ...
> (*FR*, p.369)

旅の仲間は思い描いていたとおり、ロスロリアンの木々は灰色で絹のような光沢を放っていることを確信する。樹木は巨大であり、その存在の大きさに圧倒される。

ロスロリアンは、妖精エルフの世界として伝統的で神話的な世界であるが、樹木の色彩'grey'は、「古びている」や「老いている」という意味合いで使用されているわけではない。ロスロリアンの樹木の'grey'は、伝統や歴史の重要性を重んじているトルキーンの思いが込められた色彩であり、すべすべで、光っている'grey'の樹木は理想的経験の原型の一例である。

ロスロリアンを去る前に、サムはガラドリエルから小さな箱をもらう。その箱は特に飾り気もない'grey'の木でできている。箱にはロスロリアンの土が入っているが、その土は不毛の地でも美しい花を咲かせることができるのである。'grey'の木はロスロリアンを象徴するものであり、ロスロリアンのような自然の美しさを永遠に保ちたいというトルキーンの願いも込められていると考えられる。

『旅の仲間』の第1部、第2部それぞれの6章に描かれている古森とロスロリアンは同じように木々に囲まれた世界としては共通しており、その重要性はトルキーンの木々に対する捉え方に関係している。

> トルキーンにとっての木は、単に環境という観点で捉えられるものではなく、むしろ人間と世界の神話的な関わり方を示すものの一つと考えたほうがよいだろう。一本の大木が人間の寿命をはるかに超えた年月生育するのと同じように、大森林は人間やエルフの「種族」の記憶すら超える太古から地上に根を張っている。つまり木々は他の何よりも「この世界」に属するものである[20]。

しかし、古森とロスロリアンは正反対な様子を見せている。古森は、古い柳の木や土地の色など不気味な気配が漂っている。一方、ロスロリアンは、森に囲まれた美しい世界である。エルフの領土として王ケレボルンや女王ガラドリエルによって統治された伝統を重んじ、閉鎖的な国ロスロリアンは、『指輪物語』に登場する数多くの国でも最も特殊な場所である。

> ロスロリアンは、ローハンやゴンドールの戦争の混乱に対して、昔の日々の思い出が残っている中つ国の中心地である。……トルキーンは、隔たりと孤独さを強調する方法としてこの趣向に変化を添えている。……その趣向は、登場人物の直接的努力と彼の最終的なヴィジョン間の対照を含むために、さらに、だが、論理的に拡大されている[21]。

トルキーンのロスロリアンに対する強い思いは、ロスロリアンの風景・自然描写に関する多彩かつ的確な色彩表現に現われている。ロスロリアンの生活、風景などは独特で、登場人物の憧れ、そして敬意を表している地である。ロスロリアンの美しい木々の描写には'green'が使用されており、古森の場面で多く見られる'grey'とは異なる。たとえば、エルフらがまとっているマントは、目立たない色として'grey'が用いられている。古森とロスロリアンの自然描写は、古代からの自然美の存続に関して対照的な姿が描写されている。トルキーンは、'green'の用い方を工夫し、木々の緑の美しさや大切さを提示しながら、歴史的継承の重要性を明確にしているのである。

(9) 大河（the Great River）

〈旅の仲間〉の一行はロスロリアンを出発し、大河沿いに旅を続けていく。目の前に広がる荒れ果てた風景はロスロリアンの風景とは違い、厳しい旅路であった。この場面でも'grey'が多用されているが、岩、崖、丘陵地帯、川の水、風、雲、空など旅の途中で見た景色に関する使用が目立ち、非理想的経験の原型と考えられるイメージに伴う場合がほとんどである。

たとえば、『旅の仲間』第2部9章において〈旅の仲間〉たちは、以前の指輪の所持者であったゴクリの気配を感じ、しばらくゴラムを警戒することになる。そのとき、次のような情景を目にする。

第 3 章　『指輪物語』における色彩表現

> The weather was still grey and wind from the East, but as evening drew into night the sky away westward cleared, and pools of faint light, yellow and pale green, opened under the grey shores of cloud. ... Behind the stood low crumbling cliffs, and chimneys of grey weathered stone dark with ivy; and beyond these again there rose high ridges crowned with wind-writhen firs. They were drawing near to the grey hill-country of the Emyn Muil, the southern march of Wilderland. (*FR*, pp.400-401)

　辺りはゴラムが現われる不安に呼応したような景色である。灰色の空模様の中、『指輪物語』では不吉な方角となっている東からの風が吹いている。そして、灰色に風化した岩や荒れ地の果てにある灰色の丘陵地帯の存在は、厳しく辛い旅の様子を示唆している。また、これは、やがて迎える〈旅の仲間〉の離散を予示しているかのようである。

(10)　エミン・ムイル（Emyn Muil）
　『旅の仲間』の最終章になる第2部10章は〈旅の仲間〉の一人であるボロミアがフロドが所有している指輪を狙って襲い掛かるという事件が起こる。この場面では風景に関する色彩描写はさほど多くはない。第2部10章の最後で〈旅の仲間〉は離散し、フロドとサムは一緒に旅を続けることになる。二人が越えて行く丘陵地帯は'grey'を用いて描写されている。

> Then shouldering their burdens, they set off, seeking a path that would bring them over the grey hills of the Emyn Muil, and down into the Land of Shadow. (*FR*, p.423)

　丘陵地帯の色'grey'は不吉な場所を連想させるが、それを二人で乗り越えていくことによりプラス・イメージを抱かせる。しかしその後、影の国に下りて行く道を求めていくことは決して理想的経験の原型というわけではなく、厳しい旅がさらに続いていくかのようである。これは第1部『旅の仲間』の最後の一文である。
　これまで見てきたように『旅の仲間』の色彩表現は人物描写だけでなく、風景描写においても'grey'が多用され、『旅の仲間』の鍵となる色彩語である

と言える。そのことを象徴しているかのように 'grey' によって『旅の仲間』の色彩表現として締めくくられている。

続く『二つの塔』第1部2章では、アラゴルン、ギムリ、レゴラスは、離ればなれになったメリーとピピンを探す。東の空からは白々とした朝の光が射してくる。白みがかった光がゆっくりと辺りに広がり、明るくなっていく情景が描かれ、地面を濡らしているオークの血の黒さとは対照的である。明るい情景を裏付けるように、その後、アラゴルンたちは探していたメリーとピピンの足跡を発見する。三人は一晩休んだかのように元気が出る。この朝の光はアラゴルンたちに精気をもたらす光であるのと同時に、物語展開において重大な事柄を迎える予兆となっている。そして、彼らは足跡らしきものを見つける。

本格的に夜が明け、朝へと移り変わっていく。

> The red rim of the sun rose over the shoulders of the dark land. Before them in the West the world lay still, formless and grey; but even as they looked, the shadows of night melted, the colours of the waking earth returned: green flowed over the wide meads of Rohan; the white mists shimmered in the watervales; and far off the left, thirty leagues or more, blue and purple stood the White Mountains, rising into peaks of jet, tipped with glimmering snows, flushed with the rose of morning. (*TT*, p.24)

暗闇から色彩あふれる大地が現れる。暗から明への変化が、様々な色彩語を用いて描写されている。朝日の光の色 'red'、草原の色 'green'、燃えるように輝いている山脈の色 'blue'、'purple'、'white' から明るくなっていく朝の様子が読み取れる。また、水の流れる谷間の白い靄の美しくきらめく様は、トルキーンが池から上がっている靄に本当の光を見た[22]という逸話を連想させる。この場面は朝の幻想的な雰囲気を醸し出している。夜が明け、朝日の光が大地に射しこんできて、辺りの光景がはっきり見渡せるようになる。まず目につくのが、草原の色 'green' である。その他は靄の色、山脈の色が 'white' で表されている。それらは、光が当たったことによって色彩が明確になり、'blue'、'purple'、そしてばら色と徐々に明るい色彩へ変化していく。特に草原の緑豊かな光景はアラゴルンたちの目に強く焼きつく。広大な緑の草原は、

第3章 『指輪物語』における色彩表現

一行にこれまでの厳しい戦いからの解放感をもたらし、安らぎを与えている。さらに広大な草原が広がっている。

> At the bottom they came with a strange suddenness on the grass of Rohan. It swelled like a green sea up to the very foot of the Emyn Muil. The falling stream vanished into a deep growth of cresses and water-plants, and they could hear it tinkling away in green tunnels, down long gentle slopes towards the fens of Entwash Vale far away. (*TT*, p. 26)

広大で豊かな草原の緑はまるで海のようにうねり、躍動感が感じられる。崖から流れ落ちる水は緑の草原の上を流れていき、遥かかなたにまで続いているようであり、自然の壮大さを示している。しかし、行く手の方角の光景の描写は曖昧な色である 'grey' が使用されているように、旅人たちの今後の旅の不安も覗かせているが、その不安は的中する。メリーとピピンの足跡をたどっていくことは困難を極め、アラゴルンたちは疲労感に苦しむことになる。

一方、〈旅の仲間〉から離散したフロドとサムは、モルドールを目指してエミン・ムイルを東に進む。しかし、険しく厳しい景色が続いている。

> A chill wind blew from the East. Night was gathering over the shapeless lands before them; the sickly green of them was fading to a sullen brown. Far away to the right the Anduin, that had gleamed fitfully in sun-breaks during the day, was now hidden in shadow. ... South and east they stared to where, at the edge of the oncoming night, a dark line hung, like distant mountains of motionless smoke. Every now and again a tiny red gleam far away flickered upwards on the rim of earth and sky. (*TT*, p.209)

彼らが進む方角である東から冷たい風が吹いてくる。その土地の緑は色褪せ、茶色に変化してきている。『二つの塔』第1部においてファンゴルンの森での樹木を象徴する色彩として多用されている 'green' と 'brown' は第2部の冒頭で、土地が陰気な景色に移り変わりを表わす色彩として使用され、マイナス・イメージをもたらしている。

さらに腐臭が澱んだ暗い沼地を見る。

> The only green was the scum of livid weed on the dark greasy surfaces of the sullen waters. ... Far above the rot and vapours of the world the Sun was riding high and golden now in a serene country with floors of dazzling foam, but only a passing ghost of her could they see below, bleared, pale, giving no colour and no warmth. (*TT*, p.233)

緑が見えるのは、暗い水面に浮かんだ青黒い水草くらいである。太陽の光だけは輝きがあり、'gold' を用いて強調されている。白っぽい霞が広がっているが、この様子は、「色も暖かさもない」と表現されている。色がないぼんやりしたような白さが広がり、暖かさが見られない。またサムは鳥もいない景色に悲しむ。鳥はホビットにとっても豊かな自然を象徴する生物だからである。

ゴラムと旅を続けて五日目の朝になっても険しい景色が続いている。モルドールの前に横たわる廃虚に到達する。大山脈は黒く、池は息も出来ない程の悪臭が漂い、泥が胸の悪くなるような白と灰色となり、山々がその内臓の中の汚物を周りに吐き出したかのようである。暗く、恐ろしく不気味な廃虚の様子は無彩色を使用して表現している。

(11) ファンゴルンの森 (the Fangorn forest)

『二つの塔』第1部4章に描かれているファンゴルンの森は、メリーとピピンがオークたちから脱出して迷い込んだ森である。2章においてアラゴルンたちは前方北西に広がる暗く不気味なファンゴルンの森の様子を目にする。この段階では、読者にもファンゴルンの森に対するマイナス・イメージを抱かせる。アラゴルンたちはファンゴルンの森の外れに到着し、焚火をする。その森の危険性を聞いたことがあったアラゴルンは木を切って焚火をすることに警戒心を示し、枯れ木を用いる。するとその燃えている木が喜んでいるように感じる。

> ... the brown leaves now stood out stiff, and rubbed together like many cold cracked hands taking comfort in the warmth. (*TT*, p.44)

焚火によって一行に暖かさがもたらされるが、葉の色の 'brown' は枯れ木

第３章　『指輪物語』における色彩表現

の葉と森の不気味さを表徴する。ファンゴルンの森が、古森に類似していることをアラゴルンは語る。警戒しているアラゴルンであったが、焚火の明かりの外れに背中の曲がった老人の姿を目にする。老人は一瞬で見えなくなってしまうが、アラゴルンはその老人が頭巾ではなく帽子をかぶっていたことが気になる。この老人はのちに皆の前に再び姿を表わすガンダルフであるが、この段階ではアラゴルンたちはまだ何も分からないため、警戒心を持ち続けている。しかし、この焚火が老人の出現を予示しているのである。

　一方、メリーとピピンが逃げ込んだファンゴルンの森は、最初は薄暗かったが、次第に黄色っぽい光が射し込み、日の光が注ぎ込んでいることが分かる。

> Where all had looked so shabby and grey before, the wood now gleamed with rich browns, and with the smooth black-greys of bark like polished leather. The boles of the trees glowed with soft green like young grass: ....（*TT*, p.65）

メリーとピピンは森の色の変化に気づく。むさ苦しい 'grey' から 'brown'、さらに輝く 'black-greys' への変化は、二人に活力をもたらす。彼らはさらに奥まで進んでいき、ファンゴルンに出会う。日の光が注ぎ込んだことによる森の変化は、色彩を多用して詳細に描写され、力強さを強調している。メリーとピピンはこの美しさに魅了され、岩を登っていく。

　また、メリーはファンゴルンの森からこの先向かうローハンの平原を目にする。

> Long tree-clad slopes rose from the lip of the dingle, and away beyond them, above the fir-trees of the furthest ridge there rose, sharp and white, the peak of a high mountains, Southwards to their left they could see the forest falling away down into the grey distance. There far away there was a pale green glimmer....（*TT*, pp.84-85）

楡の林の上にくっきりと見える山の頂は 'white'、であり、一方、森が下って行った先はかすんだ景色が広がる。かすんだ様子は 'grey' で表現され、ここではメリーとピピンがファンゴルンの森の入口で眼前に捉えた不安さを抱

かせる色彩である。

　メリーとピピンは、エント族の一人ブレガラドからオークたちに攻め込まれた森とエント族の様子を聞く。攻め込まれる前の森は白い花が咲き、生い茂った木々の影は緑の広間に見えるほどであり、秋になると赤い木の実が多く実り、鳥たちが群がっていたのである。しかし、オークたちの侵入によって森の様子が一変する。昔の美しい森の情景は色彩表現を交えて表わされ、森の変化を強調している。オークたちが森へ侵入したことによる森林破壊は、当時のイギリスの環境破壊を示唆していると考えられる。

　メリーとピピンを捜索しているアラゴルンたちは、第1部5章でメリーとピピンの痕跡を見つける。色褪せて茶色っぽいが金色の色合いを帯びた色の薄い大きな葉が落ちていたのである。この葉は色が‘gold’であることからもロスロリアンの木の葉と同じであり、単に色褪せた色‘brown’とは違う。金色の葉はロスロリアンの永遠性が表れており、メリーとピピンの無事を予示しているのである。

　ファンゴルンの森の場面で使用されている‘brown’は樹木に関係する色彩として二通り見られる。一つは健全な樹皮の色彩として、もう一つは枯葉の色彩としてである。両者は異なる象徴性を持ち、枯葉の場合はマイナス・イメージが強い。しかし、枯葉で焚火をすることによって暖をとるだけでなく、再登場のガンダルフに遭遇したり、メリーとピピンの痕跡を発見することにもなる。この場面での枯葉の‘brown’は、単に枯葉の色彩だけでなく、物語展開に関わる重要な事物を表わす色彩となっている。さらに川のそばにホビットの足跡を発見し、アラゴルンたちは先に進んでいく。最初、ファンゴルンの森は不気味な森として映っていたが、今やさみしげにも感じなくなっている。『指輪物語』では、森の暗さや不気味さを表わすのに‘grey’が用いられている場合も見られるが、ファンゴルンの森の‘grey’は、登場人物たちが以前感じていたような森の色とは異なっていることを言及している。

　また、ファンゴルンの森でメリーとピピンの疲労回復の原動力になったのは水である。水はエントの世界では重要であり、すべてのエント小屋にある。水のしぶきは一粒一粒が火花のように光っている。‘red’や‘green’で描写されているその光は二人に活力を与える。彼らはファンゴルンに助けられ、傷が癒され、心身ともに回復することができる。

　メリーとピピンはファンゴルンから水が入った大きな器を受け取る。

第 3 章 『指輪物語』における色彩表現

They seemed to be filled with water; but he held his hands over them, and immediately they began to glow, one with a golden and the other with a rich green light; and the blending of the two lights lit the bay, as if the sun of summer was shining through a roof of young leaves. Looking back, the hobbits saw that the trees in the court had also begun to glow, faintly at first, but steadily quickening, until every leaf was edged with light: some green, some gold, some red as copper; while the tree-trunks looked like pillars moulded out of luminous stone.（*TT*, pp.73-74）

　ファンゴルンが手をかざすと、器から光が放ち始める。その光は、'gold' と 'green' である。二つの光は太陽の光ではないが、「若葉の屋根を通して射し込む夏の太陽の輝き」と例えられている。太陽の光のようなまぶしくて美しい 'gold' と、生い茂っている葉のような 'green' の混じり合った輝きは、力強さや精気をもたらし、疲れ切っていたメリーとピピンに活力を与える。また、前庭の木々も光を放ち始める。光は次第に明るさを増していき、'green'、'gold'、'red' に輝く。ファンゴルンは周りの景色に光を与えることによって、メリーとピピンを癒したのである。

(12) 黄金館 (the Golden Hall)
　アラゴルンたちはガンダルフとともにセオデン王と対面するために黄金館に向かう。夜が明け、一行の目の前に白雪を頂き、黒いすじをつけた山脈がそそり立つ。さらに丘の麓の谷から流れ出た水が銀の糸のように流れている。また丘の山の端には、朝日にきらめく金色の光るものが見られる。夜が明け、事物の色彩やその様子が明らかになる。山脈の頂きの雪の色 'white' と山の輪郭を表わす 'black' は相対する色彩である。ここでは、山の表面を表わす 'black' によって山脈の全景が明確化されている。また川の水の色 'silver' は光輝く水の様子を連想させる。
　一行の目の前には黄金館の光景が広がる。レゴラスは次のように説明する。

'I see a white stream that comes down from the snows,' he said. 'Where it issues form the shadow of the vale a green hill rises upon the east. A dike and mighty wall and thorny fence encircle it. Within there rise the roofs of houses; and in the midst, set upon a green terrace, there stands aloft a great hall of Men. And it seemed to my eyes that it is thatched with gold. The light of it shines far over the land. Golden, too, are the posts of its doors. ....'（*TT*, p.111）

　光輝く黄金館の様相を‘gold’で表している。東に見える丘とその中にある段地の色彩として樹木を象徴する‘green’の色彩表現があり、黄金館の美しさを引き立てている。
　城門の扉が開けられ、一行は奥へと入っていく。緑の段地の上には高い台地がある。その段地には高くて幅の広い石の階段がついており、そこにいる衛士たちは金髪で、肩の上で編まれ、陽光にきらめく緑の盾を持っている。段地の‘green’は二度使用され、衛士の持つ盾と同色である。‘green’はセオデンの軍を象徴する色彩として『王の帰還』でも多用されている。また盾の輝きは衛士の髪の輝きと呼応し、黄金館の輝きと類似している。
　館の壁に飾っている布には古い伝説上の人物が描かれている。

Many woven cloths were hung upon the walls, and over their wide spaces marched figures of ancient legend, some dim with years, some darkling in the shade. But upon one for, the sunlight fell: a young man upon a white horse. He was blowing a great horn, and his yellow hair was flying in the wind. The horse's head was lifted, and its nostrils were wide and red as it neighed, smelling battle afar. Foaming water, green and white, rushed and curled about its knees.（*TT*, p.116）

　壁に掛けられている布に描かれている古い伝説上の人物に日の光が当たっている。彼らが乗っている馬はガンダルフやエオウィンたちの馬と同じ‘white’であり、高貴な印象を受ける。また、馬の膝のあたりに見られる水泡は‘green’や‘white’である。この色は『王の帰還』にも描かれているセオデン王が率いるローハン軍の旗印の色であり、複雑な水の流れと戦局の状況とを表わしている。
　ガンダルフたちは、館の高い段地の上から台地を眺めたときにローハンの草

原の広がりが見える。驟雨が銀のようにきらめき、はるか遠くの川は光る鏡のように輝いている。遠くにかすみ、どこまでも広がっている景色の描写にはセオデンを訪問している四人の衣装と呼応するように同じ色彩'grey'が用いられている。しかし、一行は浅瀬へ進んでいき、ローハン谷のほうを見渡すと、空は赤く、その下をたくさんの黒い翼の鳥が旋回している。敵の旗印の色'red'、鳥の翼の色は敵を象徴する'black'であり、先行きの不安感を募らせる。さらに一行はいつもと違う川の様子を感じ取る。川は乾きかけて、砂利がむきだしになっており、川の砂の色には'grey'が用いられている。この川は前述の鏡のように光る川の様子とは異なることは書かれているが、色彩表現の観点から見るとその前に旗印や鳥の翼の色として敵を象徴する色彩である'red'や'black'を用いた色彩表現が行われていることからも異なる印象を受けることが考えられる。

(13) 魔法使の谷 (the Wizard's Vale)

一行が到着した魔法使の谷間は、闇に包まれ、煙と水蒸気が星空を覆い、かすかに光りながら広がっているが、その様子は'black'と'silver'を用いて表現されている。一行は見たことがない光景には不吉な予感を覚える。この谷間は、昔は美しい場所であり、色彩語は'green'のみが使用され、緑豊さが強調されている。また川の水も豊富で、肥沃な土地であった。しかし、サルマンの侵入により、風景が変化したのである。地下に明かりが照らされるが、その明かりの色は'red'、'blue'そして毒々しい'green'である。月の光の色は全く違い、'green'も美しさはない。現代社会にも問題となっている環境破壊の姿を浮き彫りしている。

(14) アイゼンガルド (Isengard)

アイゼンガルドには、昔からの美しい緑豊かな谷間があったが、サルマンがやってくるまでは緑が青々とし、渓流の水が流れ込む美しい場所であった。やがてサルマンの時代も後半になると、緑が根絶やしになる。武器庫、鍛冶工場、大きな炉が作られ、鉄の歯車が絶えず回転し、重い槌音が響いている。

> At night plumes of vapour steamed from the vents, lit from beneath with red light, or blue, or venomous green. (*TT*, p.160)

美しい緑がサルマンの征服によって荒れてしまい、昔のような緑豊かな風景から変化してしまったのである。地下の明かりに照らされている緑は、毒々しい緑であり、以前の美しい緑とは異なっていることが明確に表現されている。武器庫、鍛冶工場、炉などは、戦いを思い起こさせ、自然が破壊され、近代的建物が立ち並んでしまったこの変化は、当時のイギリスの環境破壊の様子を連想させる。木々を愛し、緑を好んでいたトルキーンにとって、木々の伐採等による自然環境破壊は憎むべきものだったのである。その光景の変化が垣間見られる場面である。
　一行はアイゼンガルドにあるサルマンの城塞のオルサンクに入っていく。

　They came now to the foot of Orthanc. It was black, and the rock gleamed as if it were wet. The many faces of the stone had sharp edges as though they had been newly chiseled. ... Up to the threshold of the door there mounted a flight of twenty-seven broad stairs, hewn by some unknown art of the same black stone. (*TT*, p.182)

　岩や岩壁などの色彩表現がなされているが、その色彩はすべて敵を象徴する'black'である。またアイゼンガルドの川や池も黒くなっており、戦いに向かっていく不気味さを暗示している。その後、戦いが本格化していく場面になると色彩表現は減少する。それは、色彩表現によって表わすことができる美しい場面はなく、戦いの事実を描写することが中心となっているからである。

（15）イシリアン（Ithilien）
　『二つの塔』第2部4章で、荒地を旅するフロド、サム、ゴラムは赤い光の目がじっと見つめているように感じる。オークを連想させる赤い光の色として'red'が何度も使用され、強調されている。せばまってきた道がやがて曲がりくねっていない道になり、彼らはイシリアンという美しい場所にたどり着く。進んでいくと空気の香ばしさが強まってくる。それに伴い、ゴラムは喘ぐようになる。空は明るくなり、珍しい樹脂が多い林、林の中にある広い空地、そしていい匂いがする香り草がふんだんに生え、花々が咲き、小鳥が歌っている。イシリアンの美しさは色彩を用いて詳細に表現されている。落葉松や芝生の'green'、セージの花の色は'blue'と'red'と'pale-green'であり、種類

は多い。サムはいい香りがする香草を使って食事を作る。フロドとサムはサムの作った食事と美しい風景に心が和む。一方、ゴラムは明るく美しい風景と香草のいい匂いに気分は優れない。周りの風景の変化はゴラムには適さない。
　食事を終えたサムが小川まで道具を洗いに行った帰り、太陽が昇って来るのを見る。

> At that moment he saw the sun rise out of the reek, or haze, or dark shadow, or whatever it was, that lay ever to the east, and it sent its golden beams down upon the trees and glades about him. Then he noticed a thin spiral of blue-grey smoke, plain to see as it caught the sunlight, rising from a thicket above him. (*TT*, p.264)

　東から太陽が昇り、フロドとサムのいる林や空地に光を注ぎ込む。彼らは休息をし、食事をとり、さらに二人の周りの景色が暖かく明るくなってくる。フロドたちは心身ともに回復することができたのである。太陽の光には 'beam' が、光の色には 'gold' が使われている。この光は力がみなぎる強い光であり、何か善きことが起こりそうな印象を受ける。青みがかった灰色の煙が立ち昇っているのに気づいたサムは、煙を消そうと茂みに近づく。煙の色は 'blue-grey' であり、'blue' は好天の空の色を、'grey' はフロドたちが険しい断崖を降りるために使ったエルフの綱を連想させる。サムは口笛の音色や話し声を聞く。その声はファラミアたちであった。彼らはフロドとサムに安らぎの場を提供し、さらに第3巻の『王の帰還』において物語展開に影響を及ぼす登場人物である。金色に輝いた太陽の光は明るい印象であるが、立ち昇っている灰色の煙は一瞬暗い印象を与える。しかし、太陽の光を受けた煙からは決して暗い印象を受けない。それは、この煙はファラミアとの出会いに導く重要な役割を果たしているからである。
　フロドとサムはファラミアと出会い、しばらくイシリアンの森を歩く。

> They walked on in silence for a while, passing like grey and green shadows under the old trees, their feet making no sound; above them many birds sang, and the sun glistened on the polished roof of dark leaves in the evergreen woods of Ithilien. (*TT*, p.280)

年取った木々の色として 'grey' が用いられている。また、鳥の歌が聞こえ、森の美しさと森の深緑は 'green' で表わされている。'green' は、ファラミアたちの衣装やフロドたちを隠れ家に連れて行く際に使用した目隠しの色などとして用いられ、ファラミアを象徴する色彩となっている。

あるときフロドはイシリアンの高い岩の上から次のような光景を目にする。

> Far off in the West the full moon was sinking, round and white. Pale mists shimmered in the great vale below: a wide gulf of silver fume, beneath which rolled the cool night-waters of the Anduin. A black darkness loomed beyond, and in it glinted, here and there, cold, sharp, remote, white as the teeth of ghosts, the peaks of Ered Nimrais, the White Mountains of the Realm of Gondor, tipped with everlasting snow. (*TT*, p.293)

陽の光に輝いたイシリアンの森の暖かい美しさとは対照的に、冷え冷えとした夜の暗闇の風景が広がっている。フロドたちの厳しい旅が続いていくことを暗示している。使用されている色彩は冷たい夜の情景を表わす 'white'、'silver'、'pale' であり、夜の暗闇を表わす 'black' や 'darkness' が使用されている。

やがて、フロドたちはファラミアの隠れ家で休息を得て、再び旅を始める。数日後にたどりついた森の中で、フロドは次のような光景を目にする。

> Great ilexes of huge girth stood dark and solemn in wide glades with here and there among them hoary ash-trees, and giant oaks just putting out their brown-green buds. About them lay long launds of green grass dappled with celandine and anemones, white and blue, now folded for sleep; and there were acres populous with the leaves of woodland hyacinths: already their sleek bell-stems were thrusting through the mould. (*TT*, p.305)

森には存在感のある幹の太い大木、古い木々もあれば芽を出したばかりの若木もあり、さらに花々が生い茂っている。若木の色彩には 'green' と 'brown'

が使用され、芽吹いた木々の生命力が表現されている。また、花々は'white'と'blue'で表され、眠っているような静寂した様子を印象付ける。フロドとサムは回復するが、ゴラムはこの場所を怖がり嫌う。それはこの場所が、イシリアンの森と同様に自然があふれた美しい場所だからであり、善悪を表徴している場面である。

(16) キリス・ウンゴルの階段（the Stairs of Cirith Ungol）
『二つの塔』第2部8章でフロドとサムはゴラムの道案内でキリス・ウンゴルに到着し、城塞の門に向かってのぼっていく。

> So they came slowly to the white bridge. Here the road, gleaming faintly, passed over the stream in the midst of the valley, and went on, winding deviously up towards the city's gate: a black mouth opening in the outer circle of the northward walls. Wide flats lay on either bank, shadowy meads filled with pale white flowers. Luminous these were too, beautiful and yet horrible of shape, like the demented forms in an uneasy dream; and they gave forth a faint sickening charnel-smell; an odour of rottenness filled the air. (*TT*, p.313)

橋や花々の色はかすかな光を発して美しい。それを明確にしているのが'white'の使用である。しかし、花々は恐ろしい形をしており、胸の悪くなるような悪臭を放っているのである。これまでプラス・イメージと結びついている'white'であるが、ここでは決して良き印象を抱かせる色彩ではないことを、形の悪さと悪臭とを付加しながら提示している。これは、その後の暗闇の景色、さらに敵との戦いを暗示しているのである。彼ら三人はさらに進んでいき、キリス・ウンゴルの景色がイシリアンの美しい景色とは一変したことを悟る。暗闇の中、悪臭が漂い、フロドとサムは恐怖感と威圧感に襲われる。色彩表現もイシリアンの森の場面で使用されている'green'や'brown'に変わり、'black'や暗闇を形容する'dark'などの使用が目立つ。

やがて彼らは長い階段を上って行く。平らな場所に出るが、山脈の小さな裂け目の底にある危険な道筋を通って行く。

Dimly the hobbits could discern tall piers and jagged pinnacle of stone on either side, between which were great crevices and fissures blacker than the night where forgotten winters had gnawed and carved the sunless stone. And now the red light in the sky seemed stronger; .... Against the sullen redness of the eastern sky a cleft was outlined in the topmost ridge, narrow, deep-cloven between two black shoulders; and on either shoulder was a horn of stone. ... The horn upon the left was tall and slender; and in it burned a red light, or else the red light in the land beyond was shining through a hole. He saw now: it was a black tower poised above the outer pass. (*TT*, p.319)

二つの山の間の深い割れ目の 'black' と、辺りに射す光の 'red' のみの色彩表現が続き、光の 'red' を繰り返し使用することで光がだんだん強くなっていることを示唆している。サムは高い柱や尖塔のような岩と思っていたものが、実は黒い塔であることを知る。敵を象徴する 'black' と 'red' の連続的な使用、そして、最後にはサムが塔の色を 'black' と認知することは、不吉な行く末を予示しているのである。

(17) シェロブの棲処 (Shelob's Lair)
フロドとサムはキリス・ウンゴルをさらに奥へ進んでいく。暗さは少しましになったが、目の前には大きな灰色の壁がある。その壁は膨大な隆起がそそり立ち、視界を遮る。間もなく、これまで以上の悪臭が流れて来て、次第に強くなってくる。やがて洞穴に到着する。洞穴は暗闇が広がり、一寸先も全く見えなくなる。そこは蜘蛛女シェロブの棲処だったのである。

They walked as it were in a black vapour wrought of veritable darkness itself that. (*TT*, p.327)

真っ暗闇が作り出した暗い霧の中を歩いているように暗闇であり、目の前もはっきりと見えないようなところなのである。暗闇がどこまで続いているか分からない恐怖感を与える。そしてフロドとサムは暗闇の中でシェロブと戦い、勝利はするもののフロドはオークに連れ去られ、サムは気絶する。

(18) ミナス・ティリス（Minas Tirith）
ガンダルフは馬に乗ってデネソールの塔のあるミナス・ティリスに向かう。

> You may see the first glimmer of dawn upon the golden roof of the house of Eorl. And in two days thence you shall see the purple shadow of Mount Mindolluin and the walls of the tower of Denethor white in the morning. (*TT,* p.206)

　金色に光輝くエオル王家の屋根は権力の象徴である。さらに風景の美しさも描写されている。山の影は'purple'であるが、'purple'は『指輪物語』全体でも3箇所しか使用されていない色彩であり、'purple'を用いて山と朝日が当たったデネソールの塔の城壁の輝きの貴重な美しさを表徴している。
　ガンダルフとピピンはミナス・ティリスに到着する。『王の帰還』第1部1章において噴水の前で目にした光景は、ピピンを物寂しいものにする。

> Quickly Gandalf strode across the white-paved court. A sweet fountain played there in the morning sun, and a sward of bright green lay about it; but in the midst, drooping over the pool, stood a dead tree, and the falling drops dripped sadly from its barren and broken branches back into the clear water. (*RK,* p.25)

　前庭の敷石の色'white'は、噴水の前の木やその木に咲く花を思わせる。また噴水に射す朝日がきらめき、さらに、その周りを取り囲む芝生の色'green'が美しい。この光景はガンダルフとピピンの到来を歓迎しているようである。しかし、ガンダルフがその前庭を足早に通り過ぎていく様子は、白い敷石に目を留めている状況でないことが分かる。それを予感させるように、その噴水の近くの庭の真ん中にある木は、葉も花もない枯れ木であり、水の滴も侘しく滴り落ちている。この木は、護衛兵の服に縫い取られていた花の木であると考えられることから、庭、そして街の変化を暗示している。

(19) 療病院（the Houses of Healing）
療病院は、戦いで傷ついた者や瀕死の者を看護する建物である。

> They stood not far from the Citadel-gate, in the sixth circle, nigh to its southward wall, and about them was a garden and a greensward with trees, the only such place in the City. (*RK*, p.131)

　この建物の周囲には庭園と樹木の植わった緑の芝生がある。ミナス・ティリスでもこのような場所はほかにはない。色彩表現は芝生の色 'green' のみで、強調の役割を果たしている。療病院には、ファラミアやエオウィンやメリーが運ばれた場所で、彼らはここで傷ついた体を癒し、回復する。その意味で、この建物の周囲の景色の緑は生命力の象徴であると言える。

(20) 黒門 (the Black Gate)
　『王の帰還』第1部10章では、最後の戦いに向かってミナス・ティリスを出発したガンダルフたち一行は、途中オークたちが住んでいた都の光景を目にする。

> Yet the air of the valley was heavy with fear and enmity. Then they broke the evil bridge and set red flames in the noisome fields and departed. (*RK*, p.161)

　谷間の空気が恐怖と敵意で澱み、いやな匂いで充満しているのを感じたガンダルフは火を放って野原を焼く。火の炎は辺りに漂う悪しき情景を一掃する。その火の炎は 'red' で表現されているが、これまで使用されてきたようなオークを連想させる悪しき印象ではなく、ガンダルフたち一行の力強さを表し、善を表徴している。
　この場面では、まず一行は情景を〈恐怖〉と〈敵意〉という心理的部分、さらに〈いやな匂い〉という臭覚的部分を感知する。その結果炎を放つという行動を起こし、その炎の詳細な描写として次に別の感覚である視覚的部分から炎の色彩 'red' が描かれている。炎の 'red' は炎自体を強調しているだけでなく、周りの光景の変化も強調している。しかし、この場面以降での 'red' の使用はほとんどが悪しき印象を受ける。
　進軍を続けるガンダルフたち一行は、城門から現れた男に出会う。彼はサウロンを崇拝し、自らを〈サウロンの口〉 'the Mouth of Sauron' と名乗り、オ

ークの邪悪な目が描かれた真っ黒な旗印を持って現れる。描かれている目の色は'red'であるが、これは『二つの塔』においてメリーとピピンが捕らえられていたオークの盾の印である一個の赤い目（the Red Eye）を連想させる。

また、一行の道中には依然として陰気な光が照らされている。その光の色彩として'red'が用いられているが、光に照らされている登場人物だけでなく、読者にもさらなる恐怖心を募らせる。

『王の帰還』第1部10章の最後では次のような陰気な光に関する描写がある。

> ... but the sun now climbing towards the South was veiled in the reeks of Mordor, and through a threatening haze it gleamed, remote, a sullen red, as if it were the ending of the day, or the end maybe of all the world of light.（*RK,* p.168）

太陽の光は、輝いた力強さがある明るい光ではなく、靄がたちこめ、雲間からもれている弱々しいかすかで陰気な光なのである。それは、日暮れや光るある世界の終焉という暗い印象を与えている。この陰気な光を'red'を用いて表現することにより、一行がこれから立ち向かおうとしている戦いを予示させるのである。

(21) キリス・ウンゴルの塔（the Tower of Cirith Ungol）
『王の帰還』第2部1章に次のような一節がある。

> The vast vapours that arose in Mordor and went streaming westward passed low overhead, a great welter of cloud and smoke now lit again beneath with a sullen glow of red.
>
> Sam looked up towards the orc-tower, and suddenly from its narrow windows lights stared out like small red eyes. He wondered if they were some signal. His fear of the orcs, forgotten for a while in his wrath and desperation, now returned.（*RK,* p.174）

この場面は、『王の帰還』第1部から続いているのではなく、『二つの塔』第

2部から続くサムとフロドの物語の一場面である。しかし、この場面は『王の帰還』第1部の最後に描かれている場面と類似している。場面は異なっているが、別々に展開している物語のそれぞれの登場人物が同じような光景を目にしていると考えられる。二つの物語が光の描写によって一つに結び付けられている。そしてその光の色は 'red' である。サムは塔の狭い窓からの小さな赤い目のような明かりを見る。サムが目にしたこの赤い目のような明かりについて『二つの塔』においても描かれている。赤い目はオークの盾やサウロンの口の旗印を連想させ、もう一つの物語との結びつきが見られる。そして、その後サムが目にしたオークの制服の模様が赤い目の印であることが描写されている。
　フロドを救出しようとしていたサムの目の前に次のような光景が広がっている。

> Eastward Sam could see the plain of Mordor vast and dark below, and the burning mountain far away. A fresh turmoil was surging in its deep wells, and the rivers of fire blazed so fiercely that even at this distance of many miles the light of them lit the tower-top with a red glare. (*RK*, p.181)

　遥か向こうに見える山は燃えており、その噴出孔からは幾筋もの火の川が流れ出し、その川の光が何マイルも離れているのにも関わらず赤くぎらぎらと塔の頂を照らしている。塔を照らす光は遥か向こうに見える山の火の川から反射されているものであることが分かる。'red' は火の強さと塔の光と両者を表わしていると言える。この山は指輪を棄却するために目指してきた滅びの山のことである。ここでの 'red' は単にこれまでの塔の光の色を表わすだけでなく、滅びの山にも関連する色彩であることが分かる。
　サムは赤いぎらぎらした光の中を通りすぎながらフロドを救出する。彼らは塔を出て再び滅びの山を目指す。

(22) 滅びの山 (Mount Doom)
　オークに連れ去られたフロドをサムは救出し、二人は再び指輪棄却の旅を続ける。しかし、フロドは、厳しく険しい光景の中、これまでの数多くの敵との戦いや指輪所持者としての重圧など肉体的にも精神的にも疲労困憊の状態とな

第3章　『指輪物語』における色彩表現

っていたのである。サムはフロドを力強く支えながら滅びの山を目指していく。行く手には依然としてオークの旗印として使われている赤い目を連想させるような赤い光が見られる。敵の姿を連想させる色である 'black' に加え、不気味な光の色である 'red' も彼らの精神的苦痛の要因となり、フロドとサムの恐怖感も募る一方であった。

　『王の帰還』第2部3章ではフロドとサムはとうとう滅びの山の火口に到達する。ここはサウロン王国の心臓部であり、中つ国の最大の溶鉱炉である。サムは火口に向かって進んでみる。

> ... all other powers were here subdued. Fearfully he took a few uncertain steps in the dark, and then all at once there came a flash of red that leaped upward, and smote the high black roof. Then Sam saw that he was in a long cave or tunnel that bored into the Mountain's smoking cone. But only a short way ahead its floor and the walls on either side were cloven by a great fissure, out of which the red glare came, ... (*RK*, p.222)

　光の色彩は 'red' で表わされ、その色によってサムは今いる場所を察知する。そしてこれまでの見てきた赤い光の発生源が分かる。赤い光はサムの旅路を表わしているかのようである。ここでの光はぎらぎらするような光であり、さらに 'red' を使用することにより、サウロン王国の心臓部である場所であることから連想される恐ろしいほどの力強さを強調し、生命を象徴している。フロドも火口に向かうが、寸前のところで指輪を棄却することをやめてしまう。そのときサムは背後から何かに激しくぶつかられたサムは倒れこんでしまう。やがて起き上がるとゴラムが現れる。そのとき、サムはまた赤い光を感じる。

> The fires below awoke in anger, the red light blazed, and all the cavern was filled with a great glare and heat. Suddenly Sam saw Gollum's long hands draw upwards to his mouth; his white fangs gleamed, and then snapped as they bit. (*RK*, p.224)

　赤い光が炎を上げて燃え立ち、辺りは強烈な輝きと熱気が漂う。光の 'red'

はこれまでの場面と同様、力強さと熱気による暑さをも連想させる。そして、その光の輝きによって、サムはゴラムがフロドの指を噛みつこうとしているのに気付くのである。ぎらぎらした力強さを感じさせる炎の光の‛red'は、かすかにきらっとしたゴラムの牙の色‛white'を明確にし、二つの光の交わりは、物語のクライマックスを支える一つの要素として効果的である。

(23) 帰路

フロドたちはホビット庄に向かって再び旅立つ。その帰路では、彼らはこれまで旅をしてきた場所に立ち寄り、以前に会った人々と再会する。

裂け谷ではエルロンドやフロドの父であり養父のビルボと再会し、しばらく滞在するが、やがて出発するときを迎える。そのとき、エルロンドは良い旅路を祈り、フロドにだけに次のように言う。

> 'I think, Frodo, that maybe you will not need to come back, unless you come very soon. For about this time of the year, when the leaves are gold before they fall, look for Bilbo in the woods of the Shire. I shall be with him.' (*RK*, p.224)

この言葉からフロドが裂け谷の館の再訪はないこと、ビルボとエルロンドがホビット庄の森に現れることを示している。この場面も灰色港の場面を予示していると言えるが、その日は具体的には述べられていない。しかし、木々の葉が落葉前に金色に色づくころということで、秋の日であることが推測できる。また、木々の葉の金色は高貴さを象徴しており、この場面以降の描写に‛gold'が頻出する。

裂け谷を去り、痛みと不安感に襲われていたフロドは再び快活になり、その後の旅も、美しい林に足を止めながら順調に進んでいく。秋の陽光が当たった葉は赤く黄色く輝き、フロドだけでなく読者の心をも和ませ、活力を与える美しい光景である。ここでの葉の色‛red'は自然の陽光によるものであり、これまで恐怖感を抱かせていた敵のオークの目の旗印の‛red'とは異なる。

ホビットたちはマントの下に身につけている鎧などを場違いに感じるようになる。ガンダルフの姿も全身を白に包み、青と銀色の大きなマントを羽織った姿は以前のガンダルフの姿と同じであり、戦いが終わり、平和なときが訪れた

ことを示唆している。

(24) 灰色港 (the Grey Havens)

『王の帰還』だけでなく、『指輪物語』全体のクライマックスとなるのが灰色港の場面である。主たる登場人物が灰色港から出航していく。灰色港の名が最初に現れるのは、『旅の仲間』第1部2章の "The ancient East-West Road ran through the Shire to its end at the Grey Havens, ..."（*FR*, p.52）である。港の名前に使用されている 'grey' は、『指輪物語』における四箇所目の使用になる。その前の三回の使用は『旅の仲間』第1部1章に見られるが、善い印象を与えているガンダルフに関して用いられ、この箇所での使用も同様の印象をもたらす。また、街道の終着地である灰色港の方角である西は、『指輪物語』では善い方角であり、この時からトルキーンは灰色港が物語の終着点と決めていたのかもしれない。

フロドとサムは出発することになる。日付は9月21日と明確に書かれており、エルロンドが予告していた初秋の時期である。そのことはその日の朝の光景の 'gold' からも結び付けることができる。その美しさは明るい未来が広がる印象を受ける。

エルロンドとガラドリエル、フロドとサムとビルボは長い入江にある灰色港に到着するとそこにはガンダルフの姿があった。

> ... and there was a white ship lying , and upon the quay beside a great grey horse stood a figure robed all in white awaiting them. As he turned and came towards them Frodo saw that Gandalf now wore openly it was on his hand the Third Ring, Narya the Great, and the stone upon it was red as fire. (*RK*, p.310)

この場面でも 'white' や 'grey' などが使用されている。一行を待って立っている人の名前は表記されていないが、馬の 'grey' と全身の長衣の色 'white' からガンダルフを連想するのは容易である。

そしてフロドたちはサム、メリー、ピピンに見送られて灰色港を出航する。

> ... and slowly the ship slipped away down the long grey firth; and the

light of the glass of Galadriel that Frodo bore glimmered and was lost. And the ship went out into the High Sea and passed on into the West, until at last on a night of rain Frodo smelled a sweet fragrance on the air and heard the sound of singing that came over the water. And then it seemed to him that as in his dream in the house of Bombadil, the grey rain-curtain turned all to silver glass and was rolled back, and he beheld white shores and beyond them a far green country under a swift sunrise.（*RK*, p.310）

　'grey' は『指輪物語』において最も重要な色彩であり、物語を締めくくるのに最も適した使用であると言える。船は進み、入江から遠ざかる。その入江は 'grey' で表現されており、物語が繰り広げられていた中つ国の世界との決別を意味している。ある夜、フロドは雨の帳の変化を目にする。それは、'grey'、'silver'、'white'、'green' の四色の色彩の変化で表わされている。トム・ボンバディルの家で見たような夢の中での灰色の雨の帳は、銀色のガラスのように変化し、白い岸辺、さらにその先にある緑の地をフロドは見る。'green' は『指輪物語』の中でも山や森や林など木々に関する色彩として多用されている。この場面でははるかに続いている緑の土地を表わし、これまで同様の自然に関わる色彩の使用である。これは、当時加速していた自然破壊に対するトールキンの嫌悪感を暗示しながら、緑の土地の永遠性を表わしている。目の前の光景は自然をこよなく愛し、二つの世界大戦の体験者として戦後の平和を望んでいたトールキンの理想の光景であると言える。この光景は昇ろうとしている朝日の下に広がっており、新しい日の訪れと共に理想の世界の始まりを告げている。

　このようにこれまで登場してきた主要登場人物たちが灰色港より出航していく。しかし、彼らの行き先は書かれておらず、この先彼らはどこに行き、どうなるかは最終的に読者の想像にゆだねられている。

　ところが、灰色港の場面が『指輪物語』の最終場面ではなく、フロドたちを見送ったサムが妻や子どもが待つ家に帰宅する描写で締めくくられている。

And he went on, and there was yellow light, and fire within; and the evening meal was ready, and he was expected.（*RK*, p.311）

家の明かりを表わす色彩 'yellow' が『指輪物語』の最後の色彩表現である。家の中の黄色い明かりは暖かさを連想させ、灰色港での別れの悲しみを慰めるかのように何かほっとした印象をもたらし、幸せな結末となっていると言える。さらに物語の最後を締めくくる登場人物が『指輪物語』の邪悪な力に屈することなく、幾度の危機を乗り越えてきたホビットのサムであることは、この物語におけるサムの役割の重要性を示唆しているが、最後に使用されている色彩がホビットの普段の衣服の色であり、ホビットの好きな色 'yellow' であることはトルキーンにとって必然的な色彩の選択だったのである。

このように『指輪物語』は旅物語として様々な場所が描かれているが、色彩表現はその場所の特色を端的に表現する手段の一つとなっていると言える。特にロスロリアンなどを初めとする森林の場面での描写は詳細であり、その美しさと魅力は色彩語を巧みに用いることで表現されており、トルキーンの憧れの風景であることも容易に推測できる。また、風景・自然描写における色彩表現は、登場人物の心理的・精神的状況を露にしたり、物語展開を予示する働きを担っている場合も見られ、物語を支えている重要な要素である。

第4節　色彩表現の特質

〔『旅の仲間』〕

『旅の仲間』第1部1章から5章においては、登場人物に関する色彩表現が見られるが、風景描写に関する色彩表現は少なく、全体として色彩表現はあまり多くない。数少ない色彩表現の例としては、魔法使ガンダルフの登場場面における彼の装い、彼が打ち上げた花火の色、指輪の色 'gold'、敵の黒の乗手を表す 'black' などである。特に指輪の色 'gold' と黒の乗手の色 'black' は、この二つの対象を象徴する色彩として読者に定着させる狙いがあると考えられる。

第1部の中盤6章と7章の古森から塚山丘陵の場面にかけて風景描写に関する色彩表現が一気に増加する。特に 'green' や 'grey' の使用が多くなる。また、この場面で登場し、フロドたちを助ける重要な人物トム・ボンバディルに関係する色彩表現は多彩である。

しかし、第1部8章以降では、第1部前半のように登場人物に関する色彩表

現は多少みられるが、風景描写に関するものは少なくなる。
　第2部1章「最後の憩」館は、裂け谷にあるエルロンドの館で指輪のことが話し合われる指輪会議が開かれ、〈旅の仲間〉が結成される場面であり、『旅の仲間』ひいては『指輪物語』の中でも重要な場所である。この場面では登場人物も多く、登場人物の色彩表現は詳細になされているが、建物の中での会議の場面であるため、風景描写は多くない。第2部3章から〈旅の仲間〉の旅が始まり、風景描写が増えるようになると、色彩語が固有名詞的に使用されているものが特に多く見られるようになる。第1部2章の灰色港（the Grey Havens）や緑竜館（the Green Dragon）に加え、緑道（the Greenway）、灰色川（the Grey-flood）、銀筋川（the Silverlode）、赤角口（the Redhorn Gate）などがある。色彩語を使用することによって、読者が対象を連想しやすい仕掛けとなっている。
　第2部6章から8章のロスロリアンの場面においては様々な色彩が使用されている。特に6章の色彩表現が120箇所と群を抜いて多く、'gold'、'silver'、'white' の多さが目立つ。'green' も多用されているが、'green' は樹木の象徴である色彩であり、樹木を愛していたトルキーンが好んでいた色である。トルキーンは様々な色彩を多く使用することによりロスロリアンの色彩美を醸し出している。
　一行がロスロリアンを旅立った第2部9章や10章にも色彩表現が見られるが、使用箇所が減少し、10章は20箇所と極端に少なくなる。これは、道中の厳しさや周りの風景の険しさを表現し、さらにこの先の旅の不吉さ、やがて訪れる〈旅の仲間〉の離散の暗示となっている。そして、10章ではボロミアが指輪を狙ってフロドに襲いかかり、〈旅の仲間〉の離散という『旅の仲間』のクライマックスを迎える。出来事に焦点を当てるために色彩表現が差し控えられていることが考えられる。
　『旅の仲間』では色彩表現が多い章と少ない章が交互に表れるが、全体をとおして前半より後半のほうが色彩表現の数は多い。加えて『旅の仲間』は人物が物語上に最初に登場する場面が多いこともあり、人物描写における色彩表現は詳細に行われている一方、風景描写においては、色彩表現が多い箇所、少ない箇所が明確である。色彩表現が多い場面は、第1部では6章から8章にかけての古森や塚山丘陵の場面、第2部では6章から8章のロスロリアンの場面である。また、風景描写における色彩表現が多い章が第1部、第2部とも6章か

第3章 『指輪物語』における色彩表現

ら8章であり、物語の構成的面で類似している。

　色彩語別で見ると'black'、'grey'、'white'の無彩色が多用されているが、プラス・イメージ、マイナス・イメージ両方の意味で多用されているのは'grey'である。'grey'は第1部1章より、ガンダルフを象徴する色彩としてプラス・イメージで使用されている。その後、アラゴルンの目の色、エルフのマントの色なども同様の印象を与える。一方、第1部6章から8章の古森や塚山丘陵の場面でも'grey'が多用されているが、それは、緑多き自然から変化した様子を表徴したり、古森や塚山丘陵へ向かう一行の不安感を暗示する色彩としてマイナス・イメージで使用されていることが多い。『旅の仲間』で最も多く使用されているのは176箇所使用されている'black'であるが、174箇所使用されている'white'とはほぼ同数である。'black'は黒の乗手など敵を表わす色彩として連続的に使用され、敵の存在を強調するとともに読者にも恐怖感をもたらす。それとは対照的に、'white'が高貴さや純粋さを象徴する色として多用されている。また、'grey'は136箇所、'green'は131箇所であり、ほぼ同数である。他方、『旅の仲間』ではフロドの視点からの描写が多くなっているのも特色である。

〔『二つの塔』〕
　『二つの塔』全体をとおしての色彩表現の特色として全三巻の中で最も多い70箇所で使用されている'red'が挙げられる。'red'は、敵の旗印である'the Red eye'として使用され、さらにそれに関連するものやそれを連想させるものにも用いられている。

　第1部は奇数章の色彩表現が少なく、偶数章の色彩表現が多い。第1部6章は『二つの塔』の中で最も色彩表現が多い章である。ガンダルフたち一行がセオデン王の宮殿に赴き、相談役グリマに騙されていたセオデン王を説得し、アイゼンガルドへ出陣を決定するという第1部の最終場面につながる重要な場面であるからと考えられる。また、'dark'が多いのは、光と闇の描写が詳細であり、特に暗闇の情景の不気味で曖昧な様子を表現するためである。一方、'gold'や'silver'の金属系の色彩の使用が見られない章もある。

　『旅の仲間』では'grey'が多く用いられ、その中でもガンダルフを象徴する色彩として用いられているが、第1部5章でガンダルフが再登場したときのガンダルフに関する色彩は'white'であり、その後ガンダルフを象徴する色

彩として 'white' の使用が多くなる。しかし、『二つの塔』全体における 'grey' の使用は、風景描写やエルフのマントをつけた登場人物の描写などに見られ、『旅の仲間』同様に多い。'black' に関しては、『旅の仲間』で登場した黒の乗手が登場しなくなり、黒門に関して使用されているものの、『旅の仲間』での使用頻度に比べて減少している。なお2章と4章で多用されている 'green' は、2章での草原の色を表わす使用、4章での森林の様子を表わす使用ともに主として自然と関連している。4章では同様に 'brown' も併用されている。

　第2部は第1部とは異なり、章ごとの色彩表現の数に大差はない。また、'white' は第1部で使用されているが、第2部ではそれほど多く使用されていない。その理由として、ガンダルフの登場場面がないこと、暗闇の中を旅していく場面が多いことが考えられる。その特色は 'black' にも見られる。4章と5章は森で休息をとる場面であり、'black' の使用は少ないが、8章ではゴラムに導かれ、キリス・ウンゴルの暗闇の中を進んでいく場面となり、使用は多い。

〔『王の帰還』〕
　『王の帰還』の色彩表現の特色としては、『旅の仲間』や『二つの塔』に比べると全体的に色彩表現は少ないと言えることである。それは、『王の帰還』が敵との戦い、デネソールの衝撃的な最期、指輪の棄却という出来事の描写が大半であり、出来事を色彩表現によって修飾することなく端的に描いているからである。また、『旅の仲間』、『二つの塔』と同様、『王の帰還』も無彩色の使用が多く、灰色の一行（the Grey Company）、黒の大将（the Black Captain）、黒門（the Black Gate）、白い塔（the White Towers）など固有名詞的に使用されている例も見られる。一方、森林の中の場面が微少であることからこれまで多く使用されてきた 'green' はほとんど使用されていない。また、'yellow' や 'brown' の使用が他の二作品に比べて極端に少ない。

　第1部では、1章のミナス・ティリスの場面で、ミナス・ティリスの内外の風景描写には色彩表現が詳細で多くなっている。そして、1章には『指輪物語』では唯一の 'ivory' の使用が見られる。また、1章から3章にかけて 'grey' の使用が多い。'black' について見てみると、使用が多い章、少ない章と交互に現われるが、10章での多用は、ガンダルフ一行が黒門に到着し、サウロンの使者との対面の場面であるからである。

第 3 章　『指輪物語』における色彩表現

　第 2 部においても 1 章での色彩表現が多い。その中でも特に際立つのは 72 箇所に使用されている 'red' である。1 章での使用は全三巻の中で最も多い。光や焔の色、敵オークに関連する色として見られる。'black' の多用は第 1 部の最終章 10 章より指輪の棄却について書かれている第 2 部 3 章まで続く。4 章より『王の帰還』のこれまでの章だけでなく、『旅の仲間』や『二つの塔』でも多用されてきた 'dark' の使用が減少する。ホビット庄への帰路の場面となる 6 章から最終章の 9 章にかけては特に少ない。それは、これまでのような厳しく過酷な旅ではないことが考えられる。9 章はフロドたちが灰色港より旅立っていく物語の結末を迎える。'grey'、'white'、'blue'、'green'、'gold'、'silver' など様々な色彩が用いられ、詳細に描写されている。そして、『指輪物語』最後の色彩表現は、サムの家の明かりの色を表わした 'yellow' である。

　『指輪物語』には実に多くの色彩表現が用いられ、様々な対象を形容している。特に black'、'grey'、'white' の無彩色の使用が効果的である。それは、中心的主題である善悪の闘争を明確にしているが、特に悪に関する色彩表現でその効果が十分に発揮されている。最も多く使用されているのは 'dark' であり、作品全体の色彩表現の箇所の三分の一近くを占め、作品の雰囲気を構築する重要な役割を担っている。
　第 1 巻『旅の仲間』において表現されている色彩は、第三者の視点ではなく、主要登場人物であるフロドの視点からのもの、そして写実的な色彩表現が多い。それによって、読者はフロドと同じ目線から物語を読み進めていくことができるのである。第 2 巻『二つの塔』や第 3 巻『王の帰還』では第三者の視点も増加する。その理由は、いくつかのグループに分かれて物語が進んでいくという構成によるものである。『二つの塔』では、心理的葛藤に関わる色彩表現も多数見られ、旅の厳しさの状況を色彩表現からも読み取れる。『王の帰還』は写実的、心理的両方に関する色彩表現が見られ、最終巻として集大成の作品となっている。色彩の使用は善を象徴する色彩 'grey'、悪を象徴する色彩 'black' が明確に現われるが、やがて善を象徴する色彩として 'white' が、悪を象徴する色彩として 'red' が追加される。また、最初と最後は同じ色彩が用いられているなど旅立ち、無事旅から帰還したという物語展開にも即している場合もある。再生したガンダルフ、王となったアラゴルン、女性の登場人物、また黒の乗手、オーク、悪に染まり変貌していったサルマンなど 'white'、'grey'、

'black'の無彩色の使用は、無彩色のヒエラルキーが構築されていると言える。それは、明と暗、つまり光と闇の世界を露にし、物語の中心的主題である善と悪との問題にも通底しているのである。しかし、このヒエラルキーの頂点に立つ色彩'white'を連想させる登場人物は一人ではなく、唯一絶対的な登場人物はいない。一方、ホビット庄でのホビット、トム・ボンバディル、ファンゴルンなどの象徴する色彩は無彩色ではない。それは、無彩色のヒエラルキーに属すことなく自由に生きている姿を表わしていると言える。また、有彩色である'red'は無彩色の'black'だけでなく、途中から悪の象徴であるオークを連想させる色彩となり、無彩色の有彩色への侵略、つまり形が露になり、悪の力の増幅を暗示しているのである。

風景・自然描写ではトルキーンの色彩表現の写実性がより露になっている。特にロスロリアンなどの自然豊かな美しい場面の描写は実に繊細であり、詳細な色彩表現が行われている箇所が何場面も続いていく。一方、暗闇の場面も多数登場し、'black'や'dark'などが多用されている。それらは荒涼で不気味な風景の様子を強調するとともに旅の厳しさや登場人物の疲労感をも示唆している。

『指輪物語』の色彩表現は、一つの色彩である特定の事物を表わしているわけではなく、一対一の対応関係にはないのでシンボリズム的であると言える。そして、登場人物も風景・自然描写に関しても詳細であり、ある一場面を順番にくまなく、色彩表現を用いながら表現している場面が多く、まるで絵画を見ているような印象を与える。その芸術的特性を兼ね備えた緻密な色彩表現は、作家としてだけでなく画家としてのトルキーンの特質である。

第4章 『ナルニア国年代記物語』における色彩表現

第1節　プロットと物語技法

　『ナルニア国年代記物語』の特色の一つは、物語の出版順と物語の舞台となるナルニア国の歴史順とが異なることである。『ナルニア国年代記物語』全七巻は、『ライオンと魔女』(*The Lion, the Witch and the Wardrobe*, 1950) を筆頭に『カスピアン王子のつのぶえ』(*The Prince Caspian*, 1951)、『朝びらき丸　東の海へ』(*The Voyage of the 'Dawn Treader'*, 1952)、『銀のいす』(*The Silver Chair*, 1953)、『馬と少年』(*The Horse and His Boy*, 1954)、『魔術師のおい』(*The Magician's Nephew*, 1955)、そして最終巻の『さいごの戦い』(*The Last Battle*, 1956) まで一年に一冊ずつ出版されている。しかし、ナルニア国の歴史順で見ると六番目に出版された『魔術師のおい』が最も古い時代の物語となっており、最終巻が『さいごの戦い』である以外は出版順と歴史順は異なっている。ルイスは歴史順で読むことを勧めているものの、読者は出版順と歴史順の二通りで物語を味わうことができる。

　『ナルニア国年代記物語』はそれぞれの巻が独立した物語でありながら全体として一つの統一された物語となっているのは、物語の中心的登場人物であるライオンのアスランの存在と物語の舞台である別世界ナルニア国の描写による。アスランは、全巻に登場する唯一の登場人物として物語の基軸となり、不変的で絶対的存在としてすべての物語を結び付ける役割を担っている。また、物語の舞台であるナルニア国は、作品によって様々な風貌を見せるが、アスランに出会うことができる世界として、登場人物ひいては読者に常に憧れを抱かせる場所である。このような物語設定により、ルイスは自ら言いたいこと、つまりルイスのキリスト教的世界観を子どもでも分かるように、様々な物語技法を駆使しながら、ファンタジー形式を用いることで実現している。とりわけ色彩表現は、ナルニア国を堅固な別世界として成立させている主要な技法の一つであると言える。

（1）『ライオンと魔女』（*The Lion, the Witch and the Wardrobe*）

ペヴェンシー家の四人の子どもたち、ピーター（Peter）、スーザン（Susan）、エドマンド（Edmund）、ルーシィ（Lucy）は、第二次世界大戦中の空襲を避けるため、ロンドンからカーク（Kirke）教授の屋敷に疎開してくる。ある日、ルーシィが空き部屋にある衣装ダンスを見つける。衣装ダンスには外套がつるしてあったが、ルーシィはそれをかき分けて奥へと入っていく。気がつくと、ルーシィは雪が降っている森の中に立っていた。ルーシィは歩いてきたフォーンのタムナス（Tumunus）に出会い、彼の家に行く。タムナスからここはナルニア国で、今は魔女が支配していて、永遠に冬になっていることを聞く。タムナスは、人間の子どもを誘拐するように魔女に命じられていたが、ルーシィと話しているうちに、どうしても誘拐することが出来ず、別れ際に白いハンカチをもらい、ルーシィを現実世界に返す。

ルーシィはナルニアでの話を他の三人にするが、信じてもらえない。ところが、エドマンドが衣装ダンスに入り、ナルニアに行くことになる。そこで、橇に乗って現れた白い魔女（the White Witch）と出会う。魔女は、エドマンドに暖かい飲み物と彼の好物のターキッシュ・ディライトを与え、エドマンドに兄姉妹を連れてくるように命じる。

エドマンドはナルニアから戻ったが、ナルニアの存在を否定する。ピーターとスーザンは、ルーシィのことが心配になり、カーク教授に相談する。教授はルーシィのことを信じるように諭す。やがて、四人がナルニアに入ることになる。彼らはタムナスの家に向かうが、タムナスは魔女の手下に捕らえられたことが分かる。ルーシィは、自分のためにタムナスが捕らえられたことを知り、タムナスを助けることを決心する。四人は駒鳥の導きでビーバー夫妻に出会う。そこで彼らは、初めてアスランのことを聞く。アスランが久々にナルニアに戻ってきたという知らせが届き、子どもたちと石舞台で会うことを希望していることを伝える。しかし、ビーバー夫婦と話をしている間に、エドマンドがいなくなる。

ルーシィたちはアスランに会うために石舞台へ向かう。途中、ベルの音が聞こえてきて、ファーザー・クリスマス（Father Christmas）がやってくる。ファーザー・クリスマスから、ピーターは剣と盾を、スーザンは弓矢とつのぶえを、ルーシィは短剣と魔法の薬瓶をもらう。しばらくすると、ナルニア国の冬は終わり、春が訪れる。

第4章 『ナルニア国年代記物語』における色彩表現

　エドマンドは、一人で魔女の館に向かい、魔女と再会する。そこでエドマンドは、魔女の正体を知る。魔女は、子どもたちがアスランと会うことを阻止するために出かけるが、辺りの雪が解け出し、冬の終わりと春の訪れを知る。
　ルーシィらは丘の上でアスランと対面する。アスランはエドマンドを助けるために最善を尽くすと言う。しばらくすると、魔女の手下の狼が襲ってくる。ピーターは勇敢に戦い、アスランに騎士の称号を授けられる。アスランに命じられた一団が、魔女に殺されそうになっていたエドマンドを助けてくる。エドマンドはアスランと対面し、話をする。その後エドマンドは、これまでのことを反省して、みんなに謝る。そのとき、魔女がアスランとの面会を希望していることを伝える魔女の手下がやってくる。
　アスランと会った魔女は、裏切り者のエドマンドが自分のものであるとアスランに詰め寄る。それは、海のかなたの大帝が初めにナルニアに定めた掟により、はるか昔の魔法として、裏切り者に魔女は死を与える権利があるという理由からである。アスランと魔女は話し合い、ある取り決めをする。その夜、眠れないルーシィとスーザンは、アスランが石舞台に向かい、魔女やその手下たちに抵抗することなく、石のナイフで殺されるところを目撃する。
　魔女が立ち去り、二人はアスランのそばに近寄る。ネズミたちはアスランが縛られていた縄を噛み切るが、アスランは動かない。しかし、太陽が昇ってくると、丘のほうから大きな音が聞こえる。ルーシィとスーザンが駆けつけると石舞台が真二つに割れ、アスランの姿がないことに気づく。しかし、二人の背後からアスランの声が聞こえる。二人は喜び、アスランと戯れる。アスランは背中に二人を乗せ、魔女の館へ行き、石に変えられていたすべてのものに息を吹きかけ、甦らせる。四人の子どもたちとアスランに味方をするナルニア人たちは、アスランと共に魔女とその一味と戦い、勝利し、ナルニアに平和が訪れる。
　その後、四人の兄弟姉妹は、ナルニアの王、女王としてナルニアを治めることになる。あるとき、タムナスから白い鹿が現れた話を聞く。四人は白い鹿を追って森の中に入ると、古びた街灯を見つける。彼らは何か胸騒ぎを覚える。彼らはさらにしげみの奥へと進んで行くと、外套の中を通っていて、次の瞬間、衣装ダンスから転がり出てもとの世界に戻ったことに気づく。四人が戻ったのは、衣装ダンスに入った同日、同時刻であった。

『ライオンと魔女』は『ナルニア国年代記物語』全七作品の中で最初に出版された作品であり、読者にとって『ナルニア国年代記物語』の舞台であるナルニア国を初めて知り、主要登場人物に最初に出会う機会となる。『ライオンと魔女』に登場するペヴェンシー一家の四人の子どもたちはごく普通の兄弟姉妹であり、様々な読者が作品に感情移入しやすくなっている。また、ナルニア国に最初に入るのが一番年下のルーシィであることも読者の好奇心を奮い立たせる。

物語は「むかしむかし」で始まり、三回の繰り返しなど昔話の手法が随所に見られる。また、全作品を通して基本的には全知的視点であるが、所々に物語の中に作者が介入してくる語りもある。これは、作者と読者の距離を縮める効果がある。物語の前半から用いられているのが劇的アイロニーである。たとえば、ルーシィやエドマンドがナルニア国へ入り、ナルニア国で起こったことは他の子どもたちは知らないのである。またそれは物語のサスペンス的要素を高めている。数多く見られるシンボリズムについては、アスランに関わるものと白い魔女に関わるものが対照的に用いられ、善悪の抗争を表わしている。

(2)『カスピアン王子のつのぶえ』(The Prince Caspian)

『ライオンと魔女』の冒険から一年経ったある日、ピーター、スーザン、エドマンド、ルーシィは、学校へ向かうために駅で列車を待っていると、突然、何かに強く引きずりこまれる。気がつくと、四人は手をにぎり、木のしげみに立っている。そこは島であることが分かり、リンゴの木と古い壁を発見する。そこはケア・パラベルの城跡で、その木は彼らがナルニアの王、女王のときに植えたものであった。ナルニアでは、彼らがもとの世界に戻ってから何百年もの時が流れていたのである。四人は、兵隊に捕らえられていた王子カスピアン (Caspian) の使者の小人のトランプキン (Trumpkin) を助ける。今、ナルニア国はテルマール人が治めていることを知る。

カスピアンの両親は幼いころに亡くなり、叔父である現王のミラース (Miraz) と王妃プルナプリスミア (Prunaprismia) に育てられる。カスピアンは彼らをそれほど好きではなく、養育してくれた乳母を慕っている。カスピアンは乳母から昔のナルニアの話や、アスランの話などを聞き、古きナルニアに憧れを抱く。ある時、カスピアンが、古きナルニアのことについてミラースに話したところ、ミラースは怒り、乳母を追放してまう。その後、カスピアン

第4章 『ナルニア国年代記物語』における色彩表現

は、乳母の代わりにやってきたコルネリウス博士（Doctor Cornelius）に教育を受ける。カスピアンは、コルネリウス博士の話を聞いて、ますます古きナルニアに憧れを抱くようになり、博士からさまざまなことを教わる。ある夜、コルネリウス博士からミラースはカスピアン九世から王座を奪い、王に忠実だった七人の卿は東方で新しい島を発見するようにそそのかされ、航海に出たが、戻らないことを聞く。そのとき王妃が世継ぎを出産する。ミラースがカスピアンの命を狙うことを察知したコルネリウス博士は、カスピアンを城から逃がす。

　森の中を馬で走り続けていたカスピアンは、ひたいに何かが当たり気を失う。気がつくと、そこは洞穴の中で、目の前にナルニア人の小人トランプキンとアナグマ、そして邪悪なニカブリク（Nikabrik）がいる。カスピアンは森でネズミのリーピチープ（Reepicheep）やものいう動物たちに出会う。また、コルネリウス博士も合流する。カスピアンはナルニア人を助けるために、ミラースとの戦いを決意し、コルネリウス博士の忠告で、アスラン塚へ向かう。カスピアンはスーザンのつのぶえを吹いて助けを求める。子どもたちがナルニアに呼び寄せられたのは、カスピアンがつのぶえを吹いたからであることが分かる。四人の子どもたちとトランプキンは、カスピアンを助けるためにアスラン塚へ向かう。途中、ルーシィはアスランの気配を感じ、アスランの導く方へ進むように提案するが、みんなに信じてもらえず、結局、別の方向に進み、道に迷ってしまう。やがて、アスランがみんなの前に姿を現わし、アスランの導きでアスラン塚へ到着する。

　一方、ニカブリクはアスランのことを信じることが出来ず、昔の魔女を魔術で呼び出す。カスピアンたちは、ニカブリクやその仲間を滅ぼす。その後、ピーターはミラースに一騎打ちを申しこむ。しかし、ミラースはすきを狙っていた側近に殺され、ナルニアに平和が訪れる。アスランと子どもたちは辺りを駆け回り、カスピアンの乳母だった老女と面会する。

　テルマール人は南太平洋の島々の人間で、島にある穴からナルニアに攻め入ってきたのであった。カスピアンは自分の先祖や血筋を知り、衝撃を受けるが、アスランはカスピアンに誇りを持って生きることを諭す。カスピアンは王位につく。アスランは門を作らせ、テルマール人たちにその門をくぐってもとの世界に帰るか、ナルニアの世で生きていくかの選択を迫る。その門をくぐると、二度とナルニアの世界には戻ることが出来ない。アスランのことを信じているテルマール人たちは、その門をくぐるが、一部の人々はナルニアに残る。四人

の子どもたちもその門をくぐってもとの世界に帰ることになる。ピーターとスーザンは、大きくなってしまったために二度とナルニアへは戻れないことをアスランから告げられる。彼らは門をくぐり、気がつくと駅のベンチに座っていた。

『カスピアン王子のつのぶえ』はナルニアの歴史順から見ると四番目の作品である。物語の舞台は『ライオンと魔女』の時代から数百年以上経ったナルニア国の物語となるが、冒頭より『ライオンと魔女』のことが述べられ、『ライオンと魔女』で登場したペヴェンシー家の四人の子どもたちが登場するため、『ライオンと魔女』から続いた物語であることが強く印象づけられる。1章から3章はペヴェンシー家の子どもたちに関する物語、4章から7章まではカスピアンの物語であり、8章から11章は再びペヴェンシー家の子どもたちの物語となり、そして二つのグループは12章で合流する。そのため劇的アイロニーが効果的に働いている。『カスピアン王子のつのぶえ』も『ライオンと魔女』同様、「むかし」での始まり、カスピアン王子の生い立ちなどは昔話の技法が用いられ、『カスピアン王子のつのぶえ』の主題の一つである伝統を重んじた過去との連続性に関連している。作品はペヴェンシーの子どもたち側からもカスピアン王子側からも冒険物語の要素が強く現われており、サスペンス的場面も多い。また、ピーターやカスピアンが旅を続け、やがてミラースたちと戦う展開は中世騎士物語を連想させる。

(3) 『朝びらき丸　東の海へ』(*The Voyage of the 'Dawn Treader'*)

夏休み、エドマンドとルーシィはいとこのユースタス・スクラブ（Eustace Scrubb）の家で過ごしている。ある時、三人が家の寝室にある船の絵を見ていると、絵の中の船が動き出し、三人は引き込まれ、気がつくと、船の上にいる。エドマンドとルーシィはナルニアの船であることを確信する。その船には、ナルニアの王となったカスピアンやねずみのリーピチープが乗っている。一行は、カスピアンの叔父のミラースによって追放された七人の卿を捜すこと、またアスランの国を見つけることを目的として、東を目指して航海していたのである。エドマンド、ルーシィ、ユースタスも彼らの航海に加わるが、ユースタスは、ひねくれた態度をとり、カスピアンとけんかをするなどなかなかみんなになじめない。

第4章 『ナルニア国年代記物語』における色彩表現

　十日間以上の大嵐が続き、ある島に上陸する。ユースタスは抜け出して、山のほうに向っていくが、道に迷った末、洞穴を見つける。そこには年老いた竜がいたが、まもなく死んでしまう。ユースタスがその洞穴に入ると、宝物があり、彼は金の腕輪をはめて、欲深い考えを起こしながら、金貨の上で寝てしまう。気がつくと、ユースタスは竜に変身していたのである。ユースタスは今までの自分を反省し、みんなのために働く。ある夜、ユースタスのもとにライオンが現れ、ユースタスの竜の皮をはがし、ユースタスはもとの姿に戻る。エドマンドは、そのライオンをアスランと確信する。
　一行は再び航海を続ける。やがて、大きな海蛇が襲ってくるが、ユースタスとリーピチープが勇敢に立ち向かう。その後、上陸した島には、湖の中に入れたものはすべて金になる湖があり、金水島(Goldwater Island)と名づけられる。また、声の島では、姿の見えない生き物に出会う。彼らは外国から女の子が来て、魔法の本に書いてある呪文を唱えることで、彼らの魔法を解いてくれるのを待っている。彼らはルーシィにその役目を頼み、彼女は魔法の本に書いてある呪文を探しに行く。彼女が魔法の本を見つけ読んでいるとアスランが現れる。アスランは彼女を魔法使いのところへ連れて行き、魔法使いは彼女をもてなす。彼女が呪文を唱えたため、姿の見えない生き物が目に見える一本足の生き物に戻る。一行はその島を離れ、しばらくおだやかな航海が続いたが、暗闇に入ってしまい、抜け出すことができない。そのとき、ルーシィはアスランの声を聞く。すると光が見えてきて、暗闇から脱出することができる。
　一行はある島に上陸する。崩れた建物の跡を見つけ、中に入ってみると、長いテーブルがあり、その上にはごちそうがたくさんある。さらに、テーブルの奥と両側に捜してい三人の卿を見つける。一行はテーブルに着いて待っていると、一人の乙女があかりを照らしてやってくる。そのあかりによって、テーブルの上にアスランが石舞台で魔女に殺されたときに使われた石のナイフが置いてあることに気づく。そして、そのテーブルもアスランの命によって備えられていることが分かる。彼らは三人の卿の魔法を解こうとするが、魔法の解き方は乙女の父しか分からない。やがて、一人の老人が姿を現わす。彼は乙女の父であり、隠居した星のラマンドゥ(Ramandu)であった。東の空からナルニアでも見たことがないような大きく輝く朝日が昇ってくる。ここはこの世の果てが始まる場所である。彼によると、魔法を解くためには出来る限り東へ進み、そこに少なくとも一人を残して戻ってこなければならないという。一行はさら

に東を目指して航海を続けることになる。また、カスピアンは乙女との再会を約束して航海に出る。

　東へ進んでいくと、海の水が真水となる。さらに、白いスイレンの花が咲きほこる銀色の海へとさしかかり、船が進めなくなるほどの浅瀬となり、ボートに乗り換えないと進むことができなくなる。カスピアンはボートに乗って東へ行くことを望むが、ナルニア国の王として、引き返すことになる。リーピチープ、エドマンド、ルーシィ、ユースタスはボートに乗って漕ぎ出していく。彼らはさらに東へ進んでいくが、眠気や食欲を感じなくなる。三日目の朝日が昇ったとき、彼らはその先の東の方、太陽のかなたに一つの大山脈を見る。この山脈は、かなり高くて頂上は見えず、この世の外にあり、アスランの国に通じていることを彼らは確信する。一方、リーピチープは、皮ばり舟に乗ってアスランの国を目指して山脈の方に進んでいく。エドマンド、ルーシィ、ユースタスはボートから降りて歩いていくと、平原となり、その大地とそれに続いている空がつながっていることを知る。彼らは一匹の子羊に出会い、アスランの国へ行く道を尋ねる。子羊はアスランの国への道はすべての世界から通じていると答え、アスランの姿となる。アスランは、エドマンドとルーシィに、もうナルニアへ来ることができないと告げ、三人は瞬時に船の絵があった寝室に戻る。三人の卿は魔法が解け、長い眠りから覚める。また、カスピアンは乙女と結婚し、一緒にナルニアへ帰る。

　『朝びらき丸　東の海へ』は、『ナルニア国年代記物語』で唯一の航海の物語である。この作品では『カスピアン王子のつのぶえ』からの伏線が見られる。登場人物は、『カスピアン王子のつのぶえ』の最後で再びナルニア国に入れないとアスランに忠告されたピーターとスーザンを除くエドマンドとルーシィである。加えて、ピーターとスーザンの代わりに四人のいとこのユースタスが登場する。しかし、エドマンドとルーシィも『朝びらき丸　東の海へ』の最後でピーターとスーザン同様、ナルニア国に入れないことをアスランから告げられる。ユースタスは『朝びらき丸　東の海へ』の次に出版された『銀のいす』の主要登場人物となり、『銀のいす』への伏線となっている。シンボリズムとして代表的なものは竜である。たとえば、一行が航海する船には前方には竜がかたどられていることが冒頭より描写され、船の力強さを象徴している。一方、6章ではユースタスが竜の姿になったことで、これまでの行為を反省し、回心

第4章　『ナルニア国年代記物語』における色彩表現

するという物語の中心的モチーフに関与している。引き立て役の一人であるリーピチープも『カスピアン王子のつのぶえ』から引き続き登場する生物である。東の果てにある憧れの国であるアスランの国を目指して勇敢に立ち向かうリーピチープの姿は騎士を連想させる。また、船の壁のライオンの絵や暗闇の中で方向を見失ったときに現れたアホウドリなどアスランは直接登場していないが、アスランを暗示している。

（4）『銀のいす』（*The Silver Chair*）

　ある秋の日、新教育実験学校の生徒ジル（Jill）が体育館の裏で泣いていると、同級生のユースタスに出会い、ナルニアの話を聞く。最初、ジルはその話を信じられなかったが、やがて信じるようになる。二人はナルニアに行けるように「アスラン、アスラン、アスラン」と唱えていると、目の前に戸が現れる。彼らがその戸をくぐって進んでいくと別の世界が広がり、二人の前に大きな崖が見えてくる。ジルが崖の先端まで進んでいったので、ユースタスは止める。二人はもみあいになり、ユースタスが崖から落ちてしまう。ジルは何かに息を吹きかけられたような感じがしながら倒れ込む。彼女は落ちていったユースタスのことを考えてしばらく泣くが、耳を澄ますと、小川のせせらぎの音が聞こえてくる。ジルが音のするほうへ行ってみると、目の前にライオンが座っていたのである。

　ライオンは重々しい声でジルに話しかけ、ジルとユースタスにある仕事を与えるために呼び寄せたことを話す。ジルはユースタスがライオンによってナルニアに吹き下ろされていることを知る。二人が与えられた仕事とは、行方不明になっているナルニアの王カスピアン十世の息子である王子リリアン（Rilian）を捜すことである。ジルはライオンから四つのしるべを教わり、ユースタスと再会してリリアンの捜索を始める。ジルが出会ったライオンはアスランであることを二人は悟る。

　ジルとユースタスは船が出航する場面に出会う。その船には年老いた王が乗っていた。そのとき、二人の前に白いフクロウが現れ、船に乗っていた王がカスピアン十世であることを聞き、ユースタスは一つ目のしるべが果たせなかったことを知る。というのも、ユースタスがカスピアン十世と一緒に〈朝びらき丸〉で航海をしたときからナルニアでは数十年が過ぎていたので、年老いたカスピアン十世が分からなかったのである。さらに、二人は白いフクロウとその

仲間たちからリリアンの行方不明のいきさつを聞く。
　リリアンが母である女王とナルニアの北部に馬で出かけていたときのこと、女王は眠くなったので休んでいると、蛇が現れ、女王の手に噛み付いたのである。女王は手当てのかいもなく亡くなる。リリアンは女王のかたきを討とうと、北に向かって出かける。ある時、リリアンと一緒に行ったドリニアン（Drinian）卿が、女王の亡くなった泉のほとりで緑の衣を着た女性を見かける。ドリニアンはその女性を悪い魔物だと思い、リリアンには話さないでおく。しかし翌日、リリアンは一人で馬に乗って出かけたまま戻らないのである。
　ジルとユースタスは、四つのしるべに従って北の巨人族の都の跡を目指す。二人はフクロウから沼人のパドルグラム（Puddlrglum）を紹介され、一緒に旅をすることになる。途中、彼らは緑の衣を着た貴婦人と黒い騎士に出会い、彼女からハルファンの館へ行くように教えてもらう。ハルファンの館への道のりは険しく、一行はなかなか到着できず、さらに寒さも増し、ジルはしるべを繰り返し唱えることをやめてしまう。
　彼らはようやく館に辿り着き、手厚くもてなされる。ある夜、ジルのベッドの頭部にライオンが現れて、ジルにしるべの言葉を繰り返すように言う。ジルはその言葉をすっかり忘れており、彼らは三つ目のしるべも果たせなかったことに気づく。また、自分たちが巨人の秋祭りのご馳走として食べられることを察知し、館を逃げ出す。彼らは穴の中に入り追っ手から逃れるが、暗闇から声が聞こえてくる。それは、地下の国の国境の見張り役の声であり、そこに夜見の国があることを知る。さらに洞穴の奥へと進んでいくと城のようなものが見え、その中には黒い服を着た若者がいた。ジルは、その若者が以前会った黒い騎士であること、その城の女王が緑の衣を着た貴婦人であることが分かる。彼らは騎士に女王の正体を話すが、騎士は彼女を信用している。それは、女王である魔女ののろいのためであった。騎士は暴れるため、銀のいすに縛り付けられる。ジルたちが騎士を見ていると、彼は叫び出し、ジルたちに向かって話し出す。しかし、騎士は夜になると正気に戻るが、銀のいすに縛り付けられているので逃れることが出来ない。やがて騎士は苦しみ、「アスラン」というしるべの言葉を叫ぶ。三人は四つ目のしるべを実行するため、騎士を縛り付けているひもを切る。そして、騎士は剣をとり、銀のいすに振り下ろす。銀のいすは崩れ、悪臭がたちのぼる。騎士ののろいは解け、騎士は自分がリリアンであることを思い出す。

第4章 『ナルニア国年代記物語』における色彩表現

　やがて魔女が来て、何が起こったかを知る。魔女が音楽を奏でると、眠くなるようなにおいが漂ってくる。彼らは魔法にかかり、地上のナルニアの世界やアスランの存在までも信じられないほどになる。その時、パドルグラムがはだしの足で暖炉の燃えている火をもみ消し、魔法を打ち破る。すると、魔女は蛇に変身し、リリアンに襲いかかってくるが、リリアンは蛇を退治する。リリアンたちはナルニアに帰るために地上への出口を捜す。途中、一行は魔女に支配されてきた地下の人々に出会い、まことの奥底があることを知る。しかし、彼らはナルニアへの道を急ぎ、無事帰還する。

　彼らの到着を待っていたかのように、カスピアン十世に最期が訪れる。ジルもユースタスも悲しみに沈んでいたとき、アスランが現れる。二人はもとの世界に帰りたいとアスランに言う。アスランは二人に息を吹きかけると、二人はアスランの山の上にいた。そこで、ユースタスはアスランから足の裏にいばらを打ち込むよう命じられる。アスランの足からしたたり落ちた血は、カスピアン十世の亡骸の上に流れ、彼は若々しい姿で甦る。カスピアン十世はジルとユースタスの世界に行くことを希望し、少しの間だけ許される。ジルとユースタスは、カスピアンとアスランと共にもとの世界に戻ってくる。彼らが戻ってきたところは、ジルとユースタスの学校で、ライオンが現れたことにより、いじめっ子や先生は驚き、またこの学校の悪いところも露になる。

　『銀のいす』の主要登場人物は『朝びらき丸　東の海へ』でも登場したユースタスである。登場する子どもたちを見ると『ライオンと魔女』、『カスピアン王子のつのぶえ』、『朝びらき丸　東の海へ』、『銀のいす』は登場人物の世代交代という形で連続性を帯びている。『銀のいす』での引き立て役の代表的な生物はパドルグラムである。彼はジルとユースタスと一緒に旅を続けていき、彼らの支えとなり、ジルとユースタスは無事にリリアンを救出することが出来るのである。物語の前半でジルがアスランから言われた四つのしるべは、劇的アイロニーとして物語の後半まで効果的に用いられている。『銀のいす』では、登場人物たちは様々な場所を旅する。北方の巨人の国への旅は北欧神話を連想させ、地上の世界と地下の世界の上下の相対する場所が舞台となる。また、色彩的側面から見ると、主要登場人物である緑の貴婦人を象徴する色彩である緑は、彼女に関わる事物で使用され、象徴的役割を帯びさせているが、彼女が乗っている馬の色や最終的には表れる顔色の白さは、『ライオンと魔女』の白い

魔女との関与を読み取ることが出来る。

(5)『馬と少年』(*The Horse and His Boy*)
　カロールメン国に住む少年シャスタ（Shasta）は漁師に育てられている。しかし、その漁師は、彼の本当の父親ではなかった。彼はその父親のような人々が住む南の方角ではなく、ずっと北の方角に強い憧れを持っている。ある時、父親に、シャスタを奴隷として売る話が持ち込まれる。それを知ったシャスタは自分の出生について考えていると、ナルニア国のもの言う馬ブレー（Bree）に出会う。シャスタはブレーから北にあるナルニア国の話を聞き、北の方角にさらなる憧れを抱くようになり、ナルニア国を目指して旅立つ決意をする。シャスタはブレーからナルニア国のことを聞き、ますます北の方角に憧れる。ブレーもシャスタと話していて、シャスタはカロールメン人ではなく、北にあるアーケン国かナルニア国の人ではないかと思うようになる。シャスタは、ブレーから乗馬を習い、一緒に北にあるナルニア国に向かって進んでいく。
　シャスタとブレーの前に馬のフィン（Hwin）と少女アラビス（Aravis）が現れる。フィンはナルニア国から奴隷としてカロールメン国に連れて来られた馬である。アラビスはカロールメン国の貴族の娘で、親の決めたカロールメン人の大臣との結婚が気に入らず、逃げ出し、ナルニア国を目指していたのである。ブレー、シャスタ、フィン、アラビスは一緒にナルニア国への旅を続けていくことになる。
　カロールメン国の首都タシバーン（Tashbaan）で、シャスタたちはナルニア国の貴族の行列に出会う。その行列を見ているシャスタに金髪のナルニア人が近づいてきて、シャスタは取り押さえられ、宮殿に連れて行かれる。周囲の人々の話からシャスタはアーケン国の王子コーリン（Corin）と間違えられていることが分かる。宮殿には女王スーザンと王エドマンドがいる。スーザンはラバダシ（Rabadash）王子に求婚されている。ラバダシがナルニア国へ来たときは、礼儀正しく、男らしい人であったが、次第に彼の本性が明らかになる。スーザンとエドマンドが逃げ出そうとしていることをシャスタは知る。シャスタが寝ていると窓ガラスが割れる音がする。見ると自分とそっくりな少年がいる。彼こそがコーリンである。シャスタはコーリンと交代して宮殿の外に出て、待ち合わせ場所である墓場に向かう。しかし、ブレー、アラビス、フィンとは出会えず、夜を迎える。気がつくと、そばに一匹の大きな猫がいる。シャスタ

第 4 章　『ナルニア国年代記物語』における色彩表現

はその猫と一緒に寝ていると、ライオンの吠える声が聞こえる。あたりを見回したが、ライオンの姿はなかった。翌日、向こうからブレーとフィンが馬丁に連れられてやってくるが、アラビスの姿はなかった。

　アラビスは、友人のラサラリーン（Lasaraleen）の乗っている輿に出会う。アラビスは輿に乗せてもらい、ラサラリーンの家に一緒に行き、ラサラリーンに事情を話す。アラビスは墓場に急ごうとする。そこに王ティスロック（Tisroc）、ラバダシたちが入ってくる。ラバダシはスーザンやエドマンドたちが逃げ出したことを怒り、ナルニア国とアーケン国を攻め、また、スーザンを手に入れようという計画を話す。ティスロックはナルニア国が魔術の力によって支配されている国というのが理由でナルニア国とアーケン国を攻めることに最初は反対する。最後にはラバダシに同意するが、援助などは当てにしないように忠告する。一方、ブレーとフィンは、馬丁によって墓場へ連れられる。

　アラビスは、ラバダシの計画を恐れながら、屋敷を脱出し、墓場へ向かう。墓場ですでに来ていた二頭の馬とシャスタと合流する。アラビスはみんなにラバダシの計画を話す。一行はそのことを知らせるため、北を目指して急ぐ。ラバダシ軍の接近を察知しながら、一行は砂漠を越えていく。そのとき、ライオンのうなり声が聞こえ、近づいてくる。アラビスが遅れていたのでシャスタはアラビスを助けようと引返す。しかし、ライオンに追いつかれ、ライオンはアラビスの肩を引き裂く。シャスタはライオンに向かっていくが、ライオンは向きをかえて飛び去っていく。その目の前に門があり、南の国境の仙人が現われ、彼らを迎え入れる。仙人はシャスタに先を急ぐように忠告する。傷を負ったアラビスは仙人の手当てを受け、快方に向かう。

　シャスタはリューン（Lune）王の一行と出会い、ラバダシ軍の襲撃を伝える。シャスタと王は城へ向かうが、途中、霧によって王の一行を見失う。一人になったシャスタは、悲しくなって涙を流す。そのとき、ライオンが現れる。そのライオンこそアスランであった。アスランはシャスタに目的があって姿を現していたことや、墓場で出会った猫やアラビスを襲ったのは自分であること、そして、舟に乗せられて流された赤ん坊のシャスタを、浜辺に出ていた男に渡すようにしたことも告げる。

　シャスタはナルニア国へ進んでいく。途中、動物に出会ったり、小人の家に招かれ、休むことが出来る。やがて、戦いが始まり、ラバダシ軍は敗北する。参戦していたコーリンはシャスタをリューンのところに連れて行く。シャスタ

はコーリンと双子の兄弟の王子コル（Cor）だったのである。
　一方、アラビスは仙人のところにある池で映し出された戦いの様子を見ている。アラビスのところにもアスランがやってきて、正体を明らかにする。やがて、戦いを終えたシャスタが戻ってくる。アラビスは自らを反省したことをシャスタに示し、シャスタは彼女に自分の出生について話す。コル、アラビス、二頭の馬はアーケン国の城に向かい、リューンはシャスタを迎える。ラバダシはアスランによって何度かチャンスを与えられたが、反省の色が見られず、とうとうロバの姿に変えられ、戒められる。その後、秋の大祭のときに、ラバダシはみんなの目の前で再び人間の姿に戻ることが出来る。やがて、ティスロックが亡くなった後、ラバダシが王となるが、カロールメンではいまだかつてないほどの平和好きな王となる。コル王子は双子の兄となるため、法の定めにより、リューンが亡くなった後、アーケン国の王となる。そして、コルはアラビスと結婚し、ブレーとフィンはナルニア国に帰り、それぞれ違う相手と結婚して楽しい生涯を送る。

　『馬と少年』は他の六作品と大きな相違がある。それは、現実世界からナルニアの世界への移動が伴うのに対し、『馬と少年』では物語全体がナルニア国やその周辺地域の物語であり、現実世界との行き来の移動がないことである。少年が憧れを抱きながら旅をし、敵と戦い勝利を収めるという物語の枠組みは、『カスピアン王子のつのぶえ』と類似している。それは、この作品においても劇的アイロニーが効果的に用いられていることでも言える。たとえば、シャスタがコーリン王子と間違えられたことは読者しか分からない。また、この点はシャスタがコル王子であることの伏線となっているのである。また、馬が題名にも付され、主要登場人物になっていることも珍しい。加えて、乗馬の仕方など馬に関する事項が詳細に書かれていることも特色である。

　（6）『魔術師のおい』（*The Magician's Nephew*）
　シャーロック・ホームズがベーカー街に住んでおり、バスタブル家の子どもたちがルウィシャム通りで宝探しをしていた1900年頃の夏休みが始まって間もないとき、ディゴリー（Digory）は、ロンドンに住む叔父と叔母のケタリー（Ketterley）兄妹のところにやって来る。ディゴリーの父は仕事でインドに行っており、母が重い病気のためである。ある日、ケタリー兄妹の家の近く

第4章 『ナルニア国年代記物語』における色彩表現

に住んでいるポリー（Polly）と友達になる。

　雨の日が多く、ディゴリーとポリーは外で遊ばずに、屋根裏部屋を探険していると、叔母レティ（Letty）から入ることを止められていた叔父アンドリュー（Andrew）の屋根裏部屋の書斎に偶然入ってしまう。部屋にいたアンドリューは、ポリーに黄色の指輪を触れさせる。ポリーが指輪に触れると、その場所から消えてしまう。実は、アンドリューは妖精の血をひくルフェイ（Lefay）おばあさんから自分が死んだら燃やすように言われていた箱の中に入っていた土で指輪を作り、それをモルモットにつけ、別世界に送り込む実験を行っており、ディゴリーとポリーを利用することを考えていたのである。ディゴリーは連れ戻す力があるという緑色の指輪を持って、ポリーを助けに向かう。

　気がつくと、ディゴリーは静かな林の中の池のそばにいる。近くにいたポリーに無事出会う。しかし、二人はすぐにもとの世界に戻ろうとはせず、緑色の指輪の効力を試した後、一つの池に飛び込む。着いたところは人気のない廃墟チャーンの都であった。二人は大宮殿のいすに座っている多数の像を発見する。その中の最後の像は、どの像よりも恐ろしい女性の顔である。さらに、二人は部屋の真ん中に鐘があるのに気づく。ポリーが反対するなかディゴリーはその鐘を鳴らす。美しい音色が響き渡るが、やがて部屋の屋根が崩れ、チャーンの都の最後の女王である魔女ジェイディス（Jadis）が目を覚ます。ジェイディスは姉から王位を奪うために戦い、「ほろびの言葉」を発することで都を荒廃させ、その後、強い魔法をかけて眠っていたのである。ディゴリーとポリーは指輪を使って逃げようとするが、ジェイディスは二人に触れていたので、一緒にアンドリューの書斎に来てしまう。アンドリューは自分の魔法によるものと思い、ジェイディスにのぼせあがる。

　ジェイディスはこの世界の征服を計画し、アンドリューに命じて馬車を用意させ、ロンドンに出かけて大暴れをする。ディゴリーとポリーはジェイディスをチャーンの都に戻そうとする。二人は黄色の指輪を使ってジェイディスを引っ張りこむが、アンドリュー、馬車屋のフランク（Frank）、馬のストロベリー（Strawberry）も一緒に連れて来てしまう。着いたところは真夜中で何もない世界である。馬車屋は讃美歌を歌い始め、やがてディゴリーとポリーも一緒に歌うが、ジェイディスとアンドリューは加わらない。讃美歌が終わると、闇の中から美しい歌声が聞こえてくる。その歌は闇から現れた星によるものであった。しばらくすると東から太陽が昇り始め、大地に立つライオンのアスラ

ンを目にする。

　アスランの歌声が流れる中、木々や花などの植物が芽を出し、大地から様々な動物が一つがいずつ誕生する。ジェイディスはアスランに憎悪し、鉄の棒を投げつけるが、アスランは傷つかず、ジェイディスは北の果てに逃げていく。アンドリューもアスランの歌声を嫌い、アスランから離れる。アスランは選んだ動物たちに息を吹きかけ、もの言う動物にする。馬のストロベリーは天馬に変わり、フレッジ（Fledge）という名が与えられる。

　ディゴリーは、若さの国にある果物によって母の病気が治ると聞いたことがあった。ディゴリーはアスランならそのことを知っているのではないかと思い、フレッジに乗ってアスランのところに向かう。アスランはアスランが選んだ動物たちとナルニアに入り込んだ悪について話し合いをしている。そこへディゴリーが到着する。ディゴリーは若さの国についてアスランに尋ねると、アスランは魔女が入り込んだことについてディゴリーに問いただす。ディゴリーはアスランに果物がある場所を教えてもらうように懇願する。するとアスランの目に大粒の涙が浮かんでいるのを見て、アスランも心を痛めていることを知る。ディゴリーは、アスランから西にある丘の頂上の園に行き、そこにあるリンゴを採ってくるように命じられる。ディゴリーはポリーと一緒にフレッジに乗って西の園に向かう。

　丘の頂上に着くと、真東に向かって黄金の門が立っている。ディゴリーが門に向かって進むと閉じていた門が開く。ディゴリーはリンゴの木を見つけ、リンゴを一つ採る。あまりにもいい香りのため、ディゴリーはリンゴを食べたくなるが、思いとどまる。そのときジェイディスはリンゴを食べ、芯を捨てるところであった。ディゴリーはジェイディスにリンゴを食べるように勧められ、魔女の誘惑に揺れ動く。しかし、ジェイディスが「ポリーを連れて帰る必要はない」と言ったことで、ディゴリーは我に返る。ディゴリーは自分の選択に不安を感じるが、アスランの涙を思い出し、自分の選択が正しかったことを確信する。ディゴリーは採ってきたリンゴをアスランに渡すが、そのリンゴを川のそばに投げるように言われる。その後、フランクは妻ヘレン（Helen）と再会し、戴冠式が行われる。その間に投げられたリンゴは成長する。アスランはディゴリーにそのリンゴの木からリンゴを採ってもよいと言う。ディゴリー、ポリー、アンドリューはもとの世界に戻る。

　早速、ディゴリーは母にリンゴを食べさせると母の病気は奇蹟的に回復し、

第 4 章 『ナルニア国年代記物語』における色彩表現

医者も驚く。ディゴリーは、母が食べたリンゴの芯を裏庭に埋める。やがて、リンゴの木は大きくなるが、大嵐が起こり、倒れてしまう。教授となったディゴリーはその木で衣装ダンスを作り、田舎の屋敷に置いたのである。

　『魔術師のおい』は1900年代という具体的な年代やそれを裏付ける描写から始まる。『ライオンと魔女』も戦争のため疎開をしてきた様子から時代背景を推測できるが、明確に表現しているのは『魔術師のおい』のみであると考えられる。それは、歴史順で最初の作品に位置するからである。全15章からなる『魔術師のおい』は、中盤の8章を境に物語の雰囲気が二分されている。この境目に起こる出来事は『ナルニア国年代記物語』を通しての最大の出来事であるナルニア国の誕生である。前半は様々な世界への移動、廃虚チャーンの都の様子、魔女ジェイディスの登場、暗闇の世界への到着など暗い印象へと向かっていき、ナルニア国が誕生し、アスランが登場することで徐々に明るい印象へと変化していく。

　出版順で読んだ場合、歴史順で『魔術師のおい』の次にくる『ライオンと魔女』における謎解きと作品レベルでの劇的アイロニーを味わうことになる。

　『魔術師のおい』では引き立て役の存在が重要である。まず、馬車屋フランクである。ナルニア国が誕生するのは、暗闇の中で彼が讃美歌を歌った後であり、重大な場面への展開のきっかけとなる。そして、彼はナルニア国最初の王となる。一方、アンドリューはディゴリーとポリーが別世界を行き来するきっかけとなる指輪を作り、結局、二人はナルニア国誕生の世界へと入って行く。しかし、アンドリューは良くないことをたくらんで指輪を作っていたのであり、魔女ジェイディスにも魅了され、フランクと共に讃美歌も歌わない。そして、誕生したナルニア国ではもの言う動物の言葉を理解できないのである。フランクとアンドリューは相対する引き立て役となっている。

（7）『さいごの戦い』（*The Last Battle*）

　アスランの姿がナルニアで見られなくなってから二百年経った頃、猿のシフト（Shift）が、大釜池で流れてきたライオンの毛皮を見つける。シフトは奴隷のように扱っていたロバのパズル（Puzzle）にその毛皮を着せ、アスランに仕立てる。パズルはシフトと険悪な関係になるのを恐れ、言いなりになる。

　ナルニア国最後の王ティリアン（Tirian）と親友の一角獣ジュエル（Jewel）

は、もの言う動物やカロールメンの商人からアスランの来訪を耳にする。ティリアンたちはアスランの訪れに期待するが、セントール（Centaurs）はアスランの到来を信じてはいけないと警告する。その時、木の精ドリアード（Dryads）が、誰かが森の木を切り倒していると助けを求めてやってくる。ティリアンとジュエルが駆けつけると、二人のカロールメン人が切った木を運ばせている。それを見てティリアンとジュエルは、その二人のカロールメン人を殺してしまう。ティリアンとジュエルは、一度その場を去ったが、罪の意識に駆られ、アスランの裁きを受けるために戻り、カロールメン人に捕らえられる。夜になると、ティリアンとジュエルは、厩のような小屋の戸口の周りにナルニア人たちが集まっているのを見る。そこにはシフトが座っていて、ライオンの毛皮を着たパズルを厩から連れ出す。シフトは赤いジャケットを着て、紙の冠のようなものをかぶり、自分はアスランの口利きのあることをナルニアの人々に示している。ティリアンは厩の中からライオンらしきものが出てくるのを見る。皆はそのライオンを「アスラン」と呼んでいるが、ティリアンはそれがどうしてもアスランだと信じることが出来ず、アスランの名前を呼び、助けを求める。すると目の前に七人のナルニアの友が現れる。だが彼らは何も言わずに消える。

　しかし間もなく、ティリアンの目の前に二人の子どもたち、ユースタスとジルが現れる。二人は、ティリアンを助け出し、ジュエルの救出に向かう。ジルは厩にジュエルとパズルを連れ出してくる。彼らはシフトの悪巧みを明らかにしようとする。しかし、小人たちもポギン（Poggin）以外、アスランを信じられなくなっている。そのようなとき、鳥が死んだようなにおいが漂ってきて、タシの神が現れる。タシはナルニアの中心部に向かう。ティリアンたちは、鷲からケア・パラベルには死んだナルニア人があふれ、カロールメン人によってケア・パラベルは征服されたこと、セントールが殺されたことを聞かされる。これを聞いて、一行はカロールメン人やシフトらとの戦いを決意する。

　厩のわきに行くと、リシダ・タルカーン（Rishda Tarkaan）やシフト、猫のジンジャー（Ginger）がナルニア人の前に立っている。シフトが、厩にはアスランとタシであるタシランがいると言う。ジンジャーが厩に入ると言い出して、厩に入っていく。入るとすごい悲鳴が聞こえ、飛び出してくるが、ジンジャーはもの言う動物ではなくなっていた。その後、カロールメン人の兵士エーメス（Emeth）が厩に入ることをタルカーンに申し出る。タルカーンは反対す

第4章 『ナルニア国年代記物語』における色彩表現

るが、エーメスはそれを振り切り厩の中に入る。しばらくして、厩の中からカロールメンの鎧をつけたエーメスとは別の男が出てきて倒れ込む。ティリアンは、シフトを厩へ放り込み、やがて、ティリアンたちとタルカーンたちとの戦いが始まる。ティリアン軍の劣勢が続き、とうとうユースタスが厩に投げ込まれる。一行は厩に入らないことを願っていたが、ジュエルは厩がアスランの国への戸口であるかもしれないと言う。戦いはさらに激しくなり、ティリアンとタルカーンは一緒に厩に入ってしまう。タルカーンは、厩の中でタシの神に遭遇する。タシの神はタルカーンを腕に抱いて消え去る。他方、ティリアンの目の前には七人の王、女王たちが現れる。七人の王の一人ピーターによってティリアンは一つの粗末な木で出来た戸が立っているのを見る。ティリアンは、戸の穴に目を当てて向こうを見る。そこから最後の戦いの光景を目にする。厩の戸を通ってきた小人たちは、依然としてアスランやティリアンを信じられずにいたが、そこにアスランが現れる。アスランはティリアンをねぎらい、小人たちにごちそうをふるまう。しかし、小人たちはアスランを信じず、自分たちで守っていこうとする。アスランが戸のところに進んでいき叫ぶと、戸が開く。

　この世の終わる日に目を覚ますという時の翁（Father Time）が現れ、角笛を吹くと、美しい音楽が流れ、空には流れ星がいっぱいになる。やがて星が空から落ち、暗闇となる。あらゆる動物たちがアスランの立っている戸口に向かってくるが、アスランのところまでいくと二手に分かれる。アスランの左側に行ったものは、それまでもの言う動物であったが、もの言わない動物となる。また右側に行ったものは、アスランを愛するものである。その後、竜や大トカゲたちがナルニアを荒らし、ナルニアは崩壊していく。アスランの命により、ピーターが戸を閉める。

　ナルニアの様子を見てみんなが悲しんでいるとき、木の下にエーメスが座っている。エーメスはタシの神のことを信じ、厩に入っていくが、そこにアスランが現れる。タシの神に対するエーメスの信心は、アスランに通ずるものであり、アスランはエーメスを受け入れたのである。ピーターは、二度とナルニアに入れないはずだったのにナルニアにいることを不思議に思うが、彼らがいるところはまことのナルニアの影の国であることが分かる。一行はさらに奥へと進むと、大きな黄金の門がある。角笛の大きな音が聞こえ、門は開く。門の向こうで懐かしい人物や動物に出会う。さらに奥へ行くと、まことのイギリスが見える。光がさしてきて、アスランが近づいてくる。まず、アスランはパズル

に呼びかけ、そして一行に話しかける。ルーシィは再び人間界へ返されると思っていたが、その心配はなかった。列車事故が起こり、みんな死の川を越えて、この世界に来たのであった。

『さいごの戦い』は出版順でもナルニア国の歴史順でも最後に当たる。アスランの歌声に合わせて創造されたナルニアの世界がアスランによって終止符が打たれ、アスランを愛し、アスランに従うものが永遠に滅びることがない天上のナルニアへ招き入れられるという結末を迎える。『さいごの戦い』は、『ナルニア国年代記物語』の最終巻として特殊な作品であり、これまで以上の工夫が凝らされている。ナルニアの変わり果てた姿の描写は、冒頭より反復的に提示されることで、これまでの作品との様相の相違を読者に浸透させていく。そのような背景のなかで善と悪の抗争が繰り広げられ、登場人物たちも二手に分かれて物語は進行する。キリスト教的要素は他の作品以上に盛り込まれ、聖書の最後である「ヨハネの黙示録」を連想させるだけでなく、数多くの教義を読み取ることができ、『ナルニア国年代記物語』の集大成の作品となっている。また、他の六作品でも機能を発揮してきた劇的アイロニーは、たとえば、偽アスランのことや、タシの神がナルニアへ向かって行くことなど複数箇所で用いられている。

第2節　登場人物

(1) 子どもたち

　『ナルニア国年代記物語』には全作品に様々な子どもたちが登場するが、全作品を通して登場する子どもはいない。それは、年代記としての歴史的な物語背景を備えているからである。登場する子どもたちは少年も少女も両方で、大半が身近にいそうな子どもたちである。たとえば、出版順で読み始めて読者が最初に出会う登場人物は、『ライオンと魔女』におけるペヴェンシー一家の四人の子どもたちである。彼らはごく普通の家庭の兄弟姉妹で、兄弟姉妹の順序も長男、長女、次男、次女と男女交互であり、あらゆる読者自身が自己投入しやすくなっている。また、ナルニア国の歴史順で読み始めて読者が最初に出会う登場人物は、『魔術師のおい』におけるディゴリーとポリーである。彼らもごく普通の家庭の子どもたちある。特筆すべきことは、彼らの登場場面には色

第4章　『ナルニア国年代記物語』における色彩表現

彩表現はほとんど見られないことである。これは、色彩表現を明確にすることで彼らの印象が固定されてしまう懸念を作者ルイスが意図的に回避したのであり、詳細な色彩表現を行わないことで、読者は四人の子どもたちに自らを当てはめながら自由にその身なりを想い描いて読み進めることができるのである。さらに、各作品に登場する子どもたちは、性別の偏りがなく、必ず男女の両方が登場している。これもあらゆる子どもたちの読者に親しみを持つことができることへのルイスの配慮であるとともに、「創世記」1章の神のこの世における男と女の創造を意識してのこととも考えられる。

　装いなど子どもたちの姿に関する色彩表現は極端に少ないが、子どもたちの顔色に関して言えば、色彩表現が使用されている箇所が多数見られる。その場合、ほとんどが青白さを示す'pale'であるが、別の色彩が用いられている場合もある。

　たとえば、『ライオンと魔女』15章では、スーザンとルーシィは、ネズミがアスランの縛られている縄を噛み切っているのを目にする。

> It was quite definitely lighter by now. Each of the girls noticed for the first time the white face of the other. (*LWW*, p.160)[1]

　その時、東の空から陽が射し、二人の顔にも光が当たり、明るくなったことでお互いの顔色が'white'として描写されている。これは、明るくなってきた辺りの景色との呼応とも考えられるが、魔女の顔色の'white'をも連想させ、アスランが死んだと思っているスーザンとルーシィのアスランの死に対する悲痛感も帯びさせているのである。

　『カスピアン王子のつのぶえ』9章では、ルーシィがアスランの気配を感じたことを皆に言うが、誰にも信じてもらえない。

> Lucy turned crimson and I think she would have flown at Trumpkin, if Peter had not laid his hand on her arm. (*PC*, p.133)

　ルーシィの必死さが顔色の変化に見られる。'crimson'に変わった顔色は、アスランを信じていたルーシィの失望感と誰にも信じてもらえないことに対する孤立感の表れである。ルーシィの態度は、「拒絶された女性」として古くか

ら知られている原型のぎこちない表われである[2]。ルーシィは皆に押し切られ、一行は進んでいくが、道に迷うことになる。

また、『朝びらき丸　東の海へ』では、1章でルーシィ、エドマンド、ユースタスは海に浮かぶ船の絵をとおしてナルニア国に入っていく。気がつくとルーシィたちは海の中にいてそばにいた船に助けられる。

> Edmund and the stranger were fastening ropes round her. After that followed what seemed a very long delay during which her face got blue and her teeth began chattering.（*VDT*, p.12)

ルーシィは、誰か分からない人に助けられたため恐怖に襲われる。その顔色は'blue'として特記されている。顔色の'blue'は、この場面以外では『銀のいす』で巨人の国の門番の顔色と、ジルの顔色のみである。'white'ではなく、海の青さと呼応し、'white'との微妙な相違を出している。

また、2章ではユースタスが船酔いをしていることが顔色に表れる。'Eustace, very green in the face'（*VDT*, p.26)は未熟さ、若さの象徴であり、航海が始まり間もないことを暗示するとともに、ユースタスの人間性の未熟さを表徴している。

ユースタスの顔色は、『銀のいす』においても何度も描写されている。まず、1章ではユースタスが体育館の裏で出会ったジルにナルニアの話をしている場面である。

> "Well, don't let's bother about worlds then. Supposing I told you I'd been in a place where animals can talk and where there are—er—enchantments and dragons—and—well, all the sorts of things you have in fairy-tales." Scrubb felt terribly awkward as he said this and got red in the face. (*SC*, p.7)

たとえば、ナルニアの話をしているとあまりにも非現実的な話であることを悟り、顔を赤らめることになる。それは、上述した『カスピアン王子のつのぶえ』のルーシィの場合と類似している。信じ難いことを話しているときの一種の恥ずかしさが交錯している心境の表れである。

第4章 『ナルニア国年代記物語』における色彩表現

　その後、体育館の裏に突然現われた戸を開け、進んでいったユースタスとジルであったが、気がつくと林を抜けて崖のはしに立っていたユースタスの顔色に変化が見られる。

> She didn't mind in the least standing on the edge of a precipice. She was rather annoyed with Scrubb for pulling her back— "just as if I was a kid," she said—and she wrenched her hand out of his. When she saw how very white he had turned, she despised him.
> ... She now realized that Scrubb had some excuse for looking white, for no cliff in our world is to be compared with this. Imagine yourself at the top of the very highest cliff you know. (*SC,* p.15)

　最初、崖の高さに脅えるユースタスの顔色を見て、ジルは軽蔑するが、ジルも崖に行って下を見ると、あまりにも高い崖であり、ユースタスの顔色が変わったことを納得する。想像を絶するような高い崖であることをユースタスの顔色からも読み取ることができるのである。
　ユースタスの顔色について、5章でもジルが巨人の国に向かっている話をしたとき、ユースタスの顔色が変わる。

> She had never liked giants even in books, and she had once met one in a nightmare. Then she saw Scrubb's face, which had turned rather green, and thought to herself, "I bet he's in a worse funk than I am." That made her feel braver. (*SC,* p.74)

　ユースタスの顔色は 'green' で表わされている。この顔色を見たジルは、ユースタスが自分より脅えていることを察し、勇気が湧く。崖の場面と同様、ジルはユースタスの顔色によって彼の弱さを感じ、蔑んでいるようであり、ジルの傲慢な感情を浮き彫りにしている。これらの場面では、色彩表現がなされている部分は顔色のみである。顔色の色彩表現はユースタスの心情を明確にし、読者だけでなく、それを見たジルの心情をも露にしているのである。顔色の 'green' は『ライオンと魔女』でエドマンドが戦いの後に見せた血の気のない顔色を表わしている場合以外は、上記のユースタスの二例のみである。『ナ

ルニア国年代記物語』における顔色の'green'は、ユースタスの未熟さを表わすアレゴリー的色彩となっている。

他方、王子の姿に関しては顔色だけでなく多少の色彩表現が見られる。

たとえば、『馬と少年』14章では、実はコル王子であったシャスタが、アラビスの前に姿を現わす。

> He was bare-headed and his fair hair was encircled with a very thin band of gold, hardly thicker than a wire. His upper tunic was of white cambric, as fine as a handkerchief, so that the bright red tunic beneath it showed through. (*HHB*, p.203)

アラビスの目に髪につけている輪の色'gold'、上着の'white'と'red'が際立って映り、王子の力強さが感じ取れる。そしてアラビスはその王子がシャスタであることが分かると、シャスタの顔は照れて真っ赤になるが、その顔色は'red'で描写されている。

また、『朝びらき丸 東の海へ』1章では、カスピアン王子の髪の毛の色として'golden'が描写され、ルーシィは助けてくれたのはカスピアン王子であることを確信する。

以上のように、子どもたちの姿に対して色彩表現はほとんどなされていない。しかし、子どもたちの顔色に関しては色彩表現が見られる。顔色の色彩表現がなされている箇所は、悪しき状態、また何か後ろめたいことがある状態、さらにその顔色を見たほうの心理までも表わしている。顔は外のものが体のなかに入ってくる関門であり、自己にとって許容できることか拒否すべきことかを選択反応する器官であり、これらを監視する感覚器官と選択反応するための筋肉が備わっている[3]のである。顔色の色彩表現を詳細に行うことにより、その場面での子どもたちの感情、特に心理的変化を的確に表現し、道徳的な意味合いをも含意していると言える。

(2) 教授 (the Professor)

『ナルニア国年代記物語』では、各巻に様々な子どもたちが登場するのと同様、様々な年配者も登場する。年配者たちは子どもたちを助け、導き、物語展開にも影響をもたらしている。

第4章　『ナルニア国年代記物語』における色彩表現

　年配者のうち最初に登場し、色彩表現が用いられているのは、『ライオンと魔女』の冒頭のディゴリー教授に関する描写である。

> He himself was a very old man with shaggy white hair which grew over most of his face as well as on his head, and they liked him almost at once, ... (*LWW*, p.2)

　彼はとても年をとり、顔も白髪で覆われている人物である。ロンドンより疎開でやってきたペヴェンシー一家の子どもたちに心強さと興味を湧かせ、彼らは一目で彼のことを好きになる。ペヴェンシー一家の子どもたちの名前は冒頭に描写されており、これはもちろん重要なことである。しかし、教授は紹介されているが、名前は表記されず、職業的な肩書で代用されている[4]。これは、『魔術師のおい』のディゴリーと同一人物であることの明確性を避け、謎解きの要素となっている。歴史順で最初の作品となる『魔術師のおい』でもディゴリーの少年時代が書かれた作品であり、物語構成上の工夫が見られる。

　また、『さいごの戦い』において、ディゴリー教授の顔を覆っている鬚の色彩表現が4箇所ある。12章ではナルニア国の七人の王と女王が現われたときティリアンの目には、まずディゴリーの鬚が入って来る。その鬚の色は'golden'である。また、続く13章ではディゴリーはひげに木の実がついているのをふき取りながら、ナルニア国に来るきっかけとなる列車に乗っていた出来事を話すが、そのときの鬚の色も'golden'が使用されている。そして、15章ではひげの色の変化が明確に描写されている。

> It was so exactly like the sort of thing they had heard him say long ago in that other world where his beard was gray instead of golden. (*LB* p.195)

　ディゴリーの鬚の色は'gray'から'golden'に変わる。年老いた印象を抱く色彩'gray'から輝いた若々しい色彩'golden'へ変化したことを示している。13章の場面ではディゴリーは年をとったという感じがしなかったことを語っている。15章はまことのナルニアの場面であり、鬚の変化による若返りを裏付けている。また'gold'はアスランの色彩表現に使用されている色

彩であり、ディゴリーもアスランのような威厳のある存在であることを示している。

（3）タムナス（Tumunus）
出版順で『ライオンと魔女』から読み始めた時、最初に出会うナルニア国の生物はフォーンのタムナスである。

> He was only a little taller than Lucy herself and he carried over his head an umbrella, white with snow. From the waist upward he was like a man, but his legs were shaped like a goat's (the hair on them was glossy black) and instead of feet he had goat's hoofs. ... He had a red woolen muffler round his neck and his skin was reddish too. ... One of his hands, as I have said, held the umbrella: in the other arm he carried several brown-paper parcels. (*LWW*, pp. 8-9)

　読者がナルニア国のことがまだ分からないときに出会うタムナスは、別世界ナルニア国にルーシィだけでなく読者をも導いていく。雪降る森で傘と包みを持って現われるフォーンのタムナスの姿は、ルイスが十六歳のときに心にあったものであり、四十歳のある日にその絵を物語に書いてみたいと思った[5]のであり、『ナルニア国年代記物語』が誕生することになった重要な登場人物である。雪が積もった傘は'white'で、雪が降っている前の場面を想起させる。その色に相対するように足に生えている'black'とマフラーと体の色'red'が用いられている。手に持つ荷物に'brown'の色彩表現をしていることで、読者に荷物の存在を注目させる。しかし、具体的に何の荷物かは明記されず、ナルニア国に入って間もない場面での読者の想像力をかき立てる。彼は『ライオンと魔女』最終章や『馬と少年』ではエドマンドとスーザンに同行してカロールメン国に行ったり、『さいごの戦い』最終章のまことのナルニアでも出会う。これらの場面では色彩表現は施されていないが、最初の登場場面で色彩表現が行われていることは、彼の存在を強調する働きを担っている。

（4）魔女（the Witch）
『ナルニア国年代記物語』の重要な登場人物である魔女は、アスランと対極

第4章　『ナルニア国年代記物語』における色彩表現

的な存在として全作品に直接的もしくは間接的に登場する。ここでは、魔女が直接登場する『ライオンと魔女』、『銀のいす』、『魔術師のおい』における魔女とその色彩表現を中心に考察する。

『ライオンと魔女』3章で白い魔女が登場する。まず、魔女が乗っているそりのトナカイとそれを操る小人に関する色彩表現が見られる。トナカイは雪もおよばないほど体の色が白く、体につけている手綱や腹帯らはすべて緋色の革であり、小人は長い金色のふさ飾りをぶら下げた赤い頭巾をかぶっている。そして、魔女が姿を現わす。

> She also was covered in white fur up to her throat and held a long straight golden wand in her right hand and wore a golden crown on her head. Her face was white—not merely pale, but white like snow or paper or icing-sugar, except for her very red mouth. (*LWW*, p. 31)

魔女は、喉元まで白い毛皮のマントを着て、金の杖を持ち、金の冠をかぶっている。喉元まである白いマントは、彼女の体全体を覆っているかのようである。また、顔色も真っ白であり、マントや顔色などの色彩'white'が彼女を象徴する色彩として読者に定着していく。黒とともに最初に認識され命名されたと考えられている「白」は、昼間の光や明るさをあらわし、「白」を指すラテン語の「candirus」やサンスクリット語の「candra」、英語の「white」も光に関連し、光の色であることから古くから世界的に崇高な色として尊ばれた[6]のである。'white'は、『朝びらき丸　東の海へ』のアスランの世界に通ずる世界の果ての入口に咲いているスイレンや『銀のいす』のジルたちを導くフクロウ、『ライオンと魔女』の森で道に迷ったときに見かけたシカなどプラス・イメージで使用されている場合が見られる。それは、純粋さや神聖さの象徴としての使用である。

色彩の象徴性について次のような説明がある。

> 色は一般に二つの相反する事柄について象徴する。色（あるいは色名、以下同じ）の象徴作用は原則的に二極性である、と言ってよいほどに、色ははっきりした二極分化の表意をもって使われてきた。その点が、形のもつ指示機能性と根本的に異なるところであろう。逆に、色は、二分化する多

義機能性によって象徴的含意能力に富む、とも言えるであろう[7]。

　『ナルニア国年代記物語』における'white'は、色彩の二極性である象徴作用が明確に表れている色であると言える。出版順で最初となる『ライオンと魔女』において魔女に関する色彩に'white'が多用されていることは、その後の作品においても'white'が魔女を連想させる色彩であることを強固にしている。光を象徴し、プラス・イメージを担うことが多い'white'が悪の象徴である魔女と関連した色彩であるのは、白は色がないことから亡霊や死の色として、さらに恐怖や不安の色ともされている[8]というマイナス・イメージが前景化しているからである。また、魔女は唇だけが真っ赤である。これは『指輪物語』の『旅の仲間』第2部5章に登場する敵のオークの「あらゆるものが黒い中で舌の色だけが真っ赤」という状態と類似しており、ある一箇所の色彩'red'の強調的な使用によって恐怖感を増幅させている。15世紀の紋章官シシルは、赤色は白と黒の中間にあり、いずれからも同じぐらい遠いが、この色は光るから、火の性質に属するこの光ゆえに黒よりもむしろ白に合致する[9]と述べている。しかし、'red'は神前に流された血の儀式によって分かるように、神々の食事となるものの色であるが、魔女や死者のための色だとも考えられてきた[10]のである。'white'と'red'は類似した象徴性を持つ色彩として、さらにそれぞれの色彩を強調して魔女の支配の苛烈さを際立たせている。魔女の王冠と杖は'gold'であり、魔女が行使するナルニア国の冬の時代の女王としての権力を象徴している。しかし、王冠と杖の'gold'はその後登場するアスランを連想させる色彩である。魔女の場合、持ち物が'gold'であり、アスランを象徴する'gold'の意味合いとは明らかに異なる。この場面はアスランの登場場面より前であり、この時点では'gold'は魔女に関する色彩の一部であるが、のちに'gold'の姿のアスランが登場する。竹野一雄が指摘するように、魔女はナルニア世界を冬に変えて色彩を奪った〈色〉の略奪者であり、正当な所有者から盗んだ[11]のである。しかし、その後アスランが登場し、'gold'の象徴性は魔女からアスランへと戻っていく。それは、悪に対する善の勝利を意味しているのである。

　『ライオンと魔女』13章では、アスランが白い魔女と対面し、話し合う場面で、アスランの顔色と白い魔女の顔色が描写されている。

第4章　『ナルニア国年代記物語』における色彩表現

> It was the oddest thing to see those two faces—the golden face and the dead-white face—so close together. (*LWW*, p.154)

アスランの顔色もたてがみの色彩表現と同様、'golden'で表わされ、'gold'がアスランを象徴する色彩としてより強調されていることが分かる。一方、『ライオンと魔女』における重要な登場人物である白い魔女の顔色は死んでいるような'white'で表わされ、アスランの顔色と魔女のそれとは、善と悪の対比を表徴している。

『銀のいす』4章では、魔女は緑の衣を着た貴婦人（the Green Lady）として登場する。

> And she was tall and great, shining, and wrapped in a thin garment as green as poison. And the Prince stared at her like a man out of his wits. But suddenly the lady was gone, Drinian knew not where; and they two returned to Cair Paravel. It stuck in Drinian's mind that this shining green woman was evil. (*SC*, p.60)

リリアンの母は、緑色のヘビにかみつかれて亡くなる。そのヘビを退治するために入って行った森で、リリアンと親しい貴族ドリニアン卿は、緑の衣を着た女性に出会う。リリアンは彼女の美しさにすっかり魅了されるが、年長のドリニアンはその女性の様子に疑いを持つ。ドリニアンは、彼女の衣の色を〈毒のような緑色〉として認識し、邪悪な人物であるとの印象を抱く。読者もドリニアン同様、その場面の前に登場する緑のヘビと関連づけて受け止める。'green'に関しては、13世紀以降は悪魔の色として、否定的な意味をもつ[12]としている。貴婦人の衣の色'green'は、貴婦人の正体が悪の象徴である魔女を暗示していると考えられる。彼女の〈緑〉は草や生きているものの色合いではなく、毒の色である。毒とは彼女そのものであり、彼女の行為である[13]。彼女は結局、リリアンの母を殺し、リリアンを略奪したのである。彼女が自らの毒によってリリアンの母を殺すのはヘビの姿になってからであった。それは、おそらくリリアンの愛情に対するこの対抗者の〈妬み〉である[14]。その後、リリアンは行方不明となり、事のいきさつを話したフクロウやそれを聞いていたジルもヘビとこの女性が同一と考えていることが明らかになる。これは、彼女

の正体についての読者の推測を強固にするためで、万が一、彼女の正体を見破ることができなくても、読者はフクロウとジルとの会話でそのことに気付くのである。この場面での 'green' は、単に貴婦人の装いの色彩だけでなく、物語展開の伏線的役割を果たす色彩となっている。

ジルたち一行が緑の貴婦人に出会うのは、『銀のいす』6章である。

> His armor and his horse were black; there was no device on his shield and no banneret on his spear. The other was a lady on a white horse, a horse so lovely that you wanted to kiss its nose and give it a lump of sugar at once. But the lady, who rode side-saddle and wore a long, fluttering dress of dazzling green, was lovelier still. (*SC*, pp.87-88)

この場面では、一緒に現れた騎士の鎧と馬の 'black' と貴婦人の馬の 'white' が対照的である。騎士の馬の色は不吉な印象をもたらす 'black' であり、逆に貴婦人の馬の色は純粋さと愛らしさが感じられる 'white' である。一行の一人パドルグラムは、緑の貴婦人に少し疑念を抱き、読者もこの貴婦人がリリアンと関わる女性と同一であることを衣の色 'green' から推測出来る。しかし、ジルとユースタスは彼女の美しさと気品のよさに惑わされて正体を見破ることができない。結局、ジルたちは貴婦人を信用してしまい、巨人の国で捕らえられる。一行は無事に脱出するが、その後11章で地下の世界である夜見の国に監禁されているリリアンと出会い、12章で緑の貴婦人の正体を知ることとなる。

> She turned very white; but Jill thought it was the sort of whiteness that comes over some people's faces not when they are frightened but when they are angry. (*SC* p.171)

緑の貴婦人の顔色は 'white' で、『ライオンと魔女』の白い魔女や後述する『魔術師のおい』のジェイディスの顔色とも酷似している。実は、6章で緑の貴婦人が騎士とともに馬に乗って登場するとき、彼女の馬の色は 'white' であるが、最初の愛らしい印象から白い魔女を連想させる悪の印象へと一変する。ジルは、貴婦人の顔色から恐怖感に襲われる。貴婦人は元の魔女の姿に戻る。

> The long green train of her skirt thickened and grew solid, and seemed to be all one piece with the writhing green pillar of her interlocked legs. And that writhing green pillar was curving and swaying as if it had no joins, or else were all joints.... Witch had become, green as poison, thick as Jill's waist, had flung two or three coils of its loathsome body round the Prince's legs. (SC, p.183)

　ここまで読み進めてきた読者は、'green' が多用されていること、さらに顔色の 'white' への変化からこの貴婦人が白い魔女であることが推定できるのである。
　『魔術師のおい』13章では、ディゴリーが西の園で魔女のジェイディスと出会う。彼女は食べ終えたリンゴの芯を投げ捨てようとしている。

> The juice was darker than you would expect and had made a horrid stain round her mouth.... For the Witch looked stronger and prouder than ever, and even, in a way, triumphant; but her face was deadly white, white as salt. (MN, p.174)

　ジェイディスの顔色は塩のような死の白さである。'white' の連続的使用は、彼女の顔色を強調している。『魔術師のおい』から読み始めた場合は、この場面で魔女を象徴する色彩として 'white' を定着させ、『ライオンと魔女』から読み始めた場合は、白い魔女を連想することができる。この場面は「創世記」3章のエデンの園での物語が根底にあると考えられる。ディゴリーはアスランからリンゴを食べてはいけないと言われる。彼は誘惑と戦いながらアスランの忠告の遵守に努めるが、ジェイディスはリンゴを食べている。しかし、「創世記」との相違は、イブを連想させる魔女がその実を食べたことで勝ち誇った姿が顕わになるところである。また、ジェイディスは背負った罪を暗示しているかのようにその汁で口の周りがしみのように黒ずんでいるが、彼女は特に辱めを感じていない。結局、ディゴリーが魔女の誘惑に屈することなく打ち勝ち、魔女は西の園から退散する。
　このように『ナルニア国年代記物語』では様々な形で魔女が登場するが、魔女を表わす色彩としては 'white' が基盤となっている。魔女は必ずしも同じ

姿で登場するわけではない。しかし、共通した色彩として折々に'white'で表象することによって、姿が違う場合でも同一人物であると推定できるのである。『ライオンと魔女』、『銀のいす』、それに『魔術師のおい』での悪の力を代表する魔女は、厳粛なイメージで描かれ、このような厳粛さは、悪の根元である「傲慢」というイメージにつながる[15]。また、白い魔女に関しては、『ナルニア国年代記物語』の各物語の中で登場人物たちによってナルニア国の歴史話の中で語られ、魔女が間接的に登場する場面もある。それは、魔女が全作品に登場するアスランの対極的な立場の登場人物であるだけでなく、悪の支配の歴史を忘れることなく、後世に語り継ぐという歴史的継承の重要性も込められているのである。

（5）ファーザー・クリスマス（Father Christmas）

　『ライオンと魔女』10章に現われるファーザー・クリスマスは、『ライオンと魔女』の二場面だけのみの登場であるが、重要な人物の一人である。彼は皆に贈り物を渡す。その贈り物は、その後も物語に欠かすことができないものである。ファーザー・クリスマスの登場は、クリスマスの到来の喜びを表わしているが、クリスマスはイエス・キリストの誕生の喜びの訪れであり、『ナルニア国年代記物語』ではアスランの到来の喜びの訪れである。これは、ナルニア国のイエス・キリストのような存在であるアスランの到来の喜びをも含意しているのである。

　ファーザー・クリスマスがそりに乗ってやってくる。

> It *was* a sledge, and it *was* reindeer with bells on their harness. But they were far bigger than the Witch's reindeer, and they were not white but brown. And on the sledge sat a person whom everyone knew the moment they set eyes on him. He was a huge man in a bright red robe (bright as hollyberries) with a hood that had fur inside it and a great white beard that fell like a foamy waterfall over his chest. (*LWW*, p.106)

　ファーザー・クリスマスは、魔女と同じようにそりに乗って登場するが、魔女の場合とは全く異なることが色彩表現によって読み取れる。トナカイの毛の

色は魔女を象徴する色彩である 'white' ではなく 'brown' であり、上着も 'white' ではなく、'red' であり、魔女と対比させて表現している。'red' は生命力を感じるとともに、『ライオンと魔女』12章で石舞台のアスランの軍勢に掲げられている旗印のライオンの色でもある。立派な鬚の 'white' も魔女を象徴する 'white' とは違い、長老の彼を象徴した色彩である。

(6) アスラン (Aslan)
　アスランは全作品に姿を現わす唯一の登場人物である。登場の仕方や頻度は作品によって異なるが、物語の冒頭から姿を現わすことはなく、『銀のいす』で2章に登場する以外は物語の中盤以降での登場になる。ただし、姿を現わす前にアスランのことは話題に上り、読者はアスランが姿を見せる前からアスランを認識する。読者は徐々にアスランに対する興味を募らせていき、想像力を喚起させることになる。そして、実際、アスランが姿を現わした時の衝撃は大きなものとなり、ルイスの物語技法の巧みさが際立つのである。
　アスランの存在が明らかになるのは、出版順で最初の作品『ライオンと魔女』7章でビーバーの夫婦がペヴェンシー一家の子どもたちのピーター、スーザン、エドマンド、ルーシィにアスランの話をする場面である。ここでは、アスランは姿を見せないが、アスランの存在が告げられることで読者もアスランを意識していく。アスランが姿を見せるのは12章である。子どもたちは、野原の片隅に張られた素敵なテントを目にする。

> A wonderful pavilion it was—and especially now when the light of the setting sun fell upon it—with sides of what looked like yellow silk and cords of crimson and tent-pegs of ivory: and high above it on a pole a banner which bore a red rampant lion fluttering in the breeze which was blowing in their faces from the far-off sea. (*LWW*, p.125)

　テントの紐の色 'crimson' は厳かさを象徴している。テントの色 'yellow' は機械的に測定してみれば、光学的特性は高貴さを象徴する 'gold' と変わりはない[16]色である。そして、旗印のライオンの色 'red' は、高貴さと力強さの象徴である。また同様の旗印は『馬と少年』でも登場する。色彩表現は旗印を強調しているとともに物語の統一性を維持している。ライオンの紋章は、権

力や戦いにおける美徳の体現としているため、すでに中世から紋章の図案として多用されてきた[17]。勢獅子（ランパントライオン）とは、ライオンが後足で立ち上がったさまを表わし、中世の再現であり、子どもたちは優美で壮麗な中世の世界に足を踏みいれた[18]のである。テントや幟の色彩、ライオンの紋章など視覚的側面を通して、子どもたちは味方であるアスランの存在を確信するのである。やがて音楽が聞こえ、子どもたちはアスランと対面する。

> For when they tried to look at Aslan's face they just caught a glimpse of the golden mane and the great, royal, solemn, overwhelming eyes; and then they found they couldn't look at him and went all trembly. (*LWW*, p.126)

　子どもたちが見ることが出来たのは、アスランのたてがみと威厳のある王者の目だけで、子どもたちに震えがおこる。たてがみの色 'golden' は、子どもたちに強く印象づけられ、アスランの威厳と存在を確信し、アスランを象徴する色彩となっていく。'gold' は色をあわせて作ることができない、永遠の輝きをもつ高貴で不変的属性を有する色彩[19]であり、その色彩的特徴からもアスランを象徴する色彩に適していると考えられる。
　15章では、魔女に殺されて死んだアスランが甦り、スーザンの方に近づいてくる。

> Aslan stooped his golden head and licked her forehead. The warmth of his breath and a rich sort of smell that seemed to hang about his hair came all over her. (*LWW*, p.162)

　まず、スーザンはアスランの頭部の色 'golden' が最初に出会ったときと同じであることを察知する。そして、アスランはスーザンの額をなめる。その時スーザンは、アスランの息の暖かさと香り深さに包まれ、アスランを認識する。彼女は、アスランの存在をまず 'gold' として視覚的に受け止め、さらに嗅覚、触覚と他の感覚でも体感していく。
　こうして『ライオンと魔女』では、アスランの姿全体を 'gold' を用いて次々に表現されている。これは、出版順で最初にあたる『ライオンと魔女』から 'gold'

第4章 『ナルニア国年代記物語』における色彩表現

をアスランの色彩として定着させるだけでなく、アスランの姿の様々な箇所を少しずつかつ一度だけ描写することによって、読者にアスランの偉大さを徐々に浸透させていくのである。

　一方、ルイスが勧めるナルニア国の歴史順で読み始めた場合、読者がアスランと最初に出会うのは、『魔術師のおい』のナルニアの誕生場面の8章であるが、『ライオンと魔女』でビーバーの夫婦の話によってアスランの詳細が明らかになるのも同じ8章であることは偶然であろうか。歌声が聞こえ、周りが変化していく中、ナルニア国が誕生し、ライオンが現れる。このライオンはアスランであるが、この場面ではまだ明示されていない。しかしその後、アスランの名が明らかになり、さらにアスランの姿やアスランを連想させる門や木々の色に‘gold’が用いられ、‘gold’がアスランを象徴する色彩として定着していく。

　このように『ナルニア国年代記物語』では、アスランの姿や存在を暗示する場面において常に‘gold’が用いられている。たとえば、『ライオンと魔女』と『カスピアン王子のつのぶえ』の15章で子どもたちがアスランの背中に乗って野原を駆け巡る。そのときのアスランの背中は‘golden back’と記されている。また『朝びらき丸　東の海へ』1章では、船のドアの欄間壁の模様のライオンは‘gold’である。また10章に登場する魔法の本に一頭のライオンの絵が現われるが、その絵のライオンは‘gold’であり、ルーシィはアスランが眺めているように感じる。『銀のいす』2章では、ジルは崖から落ちた時に聞こえた重々しい黄金の声の主はアスランである。『馬と少年』11章では、シャスタが対面したアスランの姿は‘gold’で、霧深い森の中で不安感に襲われていた彼に安心感をもたらす。

　とりわけ、『さいごの戦い』15章では、エーメスが見たアスランの姿は、アスランの威厳と高貴さが最もよく表れている。

> The speed of him was like the ostrich, and his size was an elephant's; his hair was like pure gold and the brightness of his eyes like gold that is liquid in the furnace.... But the Glorious One bent down his golden head and touched my forehead with his tongue and said, Son, thou art welcome. (*LB*, p.188)

エーメスが厩に入ると芳しい香りが漂い、さらに先に進むとライオンが立っ

ている姿を見る。ライオンのたてがみ、目の輝き、頭の色がすべて 'gold' であり、読者もアスランであることを察知する。『ナルニア国年代記物語』の終盤のこの場面では、アスランの威厳と高貴と美はこれまで以上に強く印象づけられる。アスランはエーメスの額をなめ、歓迎の言葉を述べながらエーメスを受け入れ、エーメスは歓びに包まれる。この場面は聖書的背景が読み取れる。この場所は厩であるが、厩はイエス・キリストが誕生した場所である。アスランは偉大で威厳を帯び、美しく輝かしい姿で、他の神を信仰していたエーメスを無条件に受け入れる。語り手は 'gold' という視覚的側面のみならず、嗅覚、触角、聴覚などの感覚に訴える描写によってアスランがナルニアのキリストであるという理解へと読者を誘うのである。

しかし、アスランが直接登場しない場面もある。たとえば、『さいごの戦い』最終章16章では、まことのナルニアの門や木の実の色などに 'gold' が使用されている。しかし、この場面にはアスランが登場しているわけではないが、その場にいる登場人物や読者は、アスランとの関連を予示することができる。それは、これまで 'gold' がアスランを表わす色彩として何度も使用されてきたことでアスランを表わすアレゴリー的色彩として読者に定着しているからである。

他方、アスランが姿を変えて登場している場合もある。『朝びらき丸 東の海へ』16章では、この世の果ての越えた先にあるアスランの国でルーシィたちは次のような光景を目にする。

> But between them and the foot of the sky there was something so white on the green grass that even with their eagles' eyes they could hardly look at it. They came on and saw that it was a Lamb….
> "There is a way into my country from all the worlds," said the Lamb; but as he spoke his snowy white flushed into tawny gold and his size changed and he was Aslan himself, towering above them and scattering light from his mane.（*VDT*, pp.245-246）

次第に緑の草原の上に白いものが見えて来る。最初は何であるかは誰も分からない。そのあいまいさが、皆を白いものに近づかせるようにしていると考えられる。近づいていくと白いものは子ヒツジであることが分かる。子ヒツジは

すぐに雪のような'white'から'tawny gold'へと色彩が変化し、そしてアスランの姿へと変わるのである。ここでは、色彩の変化において、アスランの姿の変化を表徴している。最初の姿が白い子ヒツジであるのは、世界の果ての国の清らかさを連想させる。

また、『馬と少年』6章では、墓場で夜を過ごすことになったシャスタはライオンの気配を感じるが、気づくとライオンではなく、大きな目のネコが横たわっている。そのネコの目は'green'である。ネコの体の温もりがシャスタに安心感を与える。シャスタは以前ネコをいじめたことを悔い、これからはネコを大切にしようと思った矢先、ネコに引っかかれる。しかし、シャスタは知らない間に眠ってしまい、朝になるとネコの姿は消えていたのである。このネコがアスランであることはアスランの口からのちほど告白される。

このようにアスランに関する色彩表現の場合、'gold'の使用がほとんどである。形容されている部分は様々であるが、'gold'によってアスランの威厳と高貴と美を示している点は共通している。それゆえ、たとえ各作品によってアスランの登場の仕方が異なっても、読者はそれぞれの作品を読み進めながらアスランのイメージを徐々にかつ確実に形成していくことができるのである。

(7) コルネリウス博士 (Doctor Cornelius)
『カスピアン王子のつのぶえ』では、カスピアン王子の先生としてコルネリウス博士が登場する。

> He had a long, silvery, pointed beard which came down to his waist, and his face, which was brown and covered with wrinkles, looked very wise, very ugly, and very kind. (*PC*, p.46)

コルネリウス博士の場合もディゴリー教授やファーザー・クリスマスのように鬚には色彩表現がなされている。その色'silver'は彼の年老いた様子、鬚の長さと苦労が感じ取れる顔の色'brown'は長老の象徴となっている。また、顔色の'brown'に関しては、後述するようにナルニア人のような'white'やカロールメン人のような'dark'とは異なる半ドワーフであることを暗示しているとも考えられる。

(8) 黒小人（the Black Dwarf）と赤小人（the Red Dwarf）
　色彩語が明示された登場人物として『カスピアン王子のつのぶえ』に登場する黒小人と赤小人がいる。

> The Dwarf who had wanted to kill Caspian was a sour Black Dwarf (that is, his hair and beard were black, and thick and hard like horsehair). His name was Nikabrik. The other Dwarf was a Red Dwarf with hair rather like a Fox's and he was called Trumpkin. (*PC*, p.67)

　両者ともそれぞれの色が示す特色が簡単に述べられている。しかし、この場面以降、彼らの姿が色彩表現を用いて表わされている場面はほとんどない。この場面は、黒小人、もしくは赤小人としての特色を一言で述べ、名前を紹介することにより、彼らの特色を分かりやすし、印象に残りやすい描写となっている。

(9) リーピチープ（Reepicheep）
　ネズミのリーピチープは、『カスピアン王子のつのぶえ』の後半と『朝びらき丸　東の海へ』に登場する。『朝びらき丸　東の海へ』ではリーピチープの姿が詳細に描写されている。

> A thin band of gold passed round its head under one ear and over the other and in this was stuck a long crimson feather. (As the Mouse's fur was very dark, almost black, the effect was bold and striking.) (*VDT*, p.15)

　ベルトの色 'gold' はアスランを象徴する色彩として勇敢で強そうな騎士の印象をもたらす。毛の色は黒に近い濃い色であり、長い羽根飾りの色 'crimson' と対照的である。『カスピアン王子のつのぶえ』では、リーピチープに関する色彩表現を交えた詳細な描写は見られず、『朝びらき丸　東の海へ』において見られるのは、『朝びらき丸　東の海へ』でのリーピチープの重要度を示していると考えられる。彼は、ずっと東の方角、アスランの国に憧れを抱き、『朝びらき丸　東の海へ』の最後にはアスランの国を目指して勇気を持って旅立っ

第4章 『ナルニア国年代記物語』における色彩表現

ていくのである。

(10) カロールメン人 (the Calormenes)

ナルニア人と対照的な人物として描かれているのがカロールメン人である。カロールメン人は、ナルニア国より南に住んでいる民族である。『朝びらき丸 東の海へ』では奴隷売買をしているカロールメン人が登場する。

> The Calormen have dark faces and long beards. They wear flowing robes and orange-colored turbans, and they are a wise wealthy, courteous, cruel and ancient people. (*VDT*, p.62)

カロールメン人の顔色は、'dark'が用いられ、浅黒さが現われている。頭に巻いているターバンの色は'orange'である。『ナルニア国年代記物語』での'orange'の使用はこの場面以外にあと1箇所あるのみである。つまり特徴的であり、注目すべき色彩であることが分かる。

『馬と少年』では、カロールメン人とナルニア人の特色が色彩表現によって明確に対比されている。

カロールメン人に関する描写は次のようである。

> He rode upon a strong dappled horse with flowing mane and tail and his stirrups and bridle were inlaid with silver. The spike of a helmet projected from the middle of his silken turban and he wore a shirt of chain mail. … His face was dark, but this did not surprise Shasta because all the people of Calormen are like that ;…
> (*HHB*, p. 5)

馬具に使用されている'silver'と、顔の色の'dark'が見られる。顔色の'dark'は『朝びらき丸 東の海へ』での描写と同様である。

一方、ナルニア人の姿に関しては、4章においてカロールメン国の都タシバーンを訪れたエドマンドとスーザンの一行の様子から見て取れる。

> And there was no litter; everyone was on foot. … For one thing, they

were all as fair-skinned as himself, and most of them fair hair. And they were not dressed like men of Calormen. Most of them had legs bare to the knee. Their tunics were of fine, bright, hardy colors—woodland green, or gay yellow, or fresh blue. Instead of turbans they wore steel or silver caps, some of them set with jewels, and one with little wings on each side.　… They swords at their sides were long and straight, not curved like Calormene scimitars. (*HHB*, pp. 57-58)

　まず、肌の色の違いが目に入る。カロールメン人は肌の色は浅黒く、馬に乗って登場する。それに対してナルニア人は、白っぽい肌で金髪である。エドマンドは「白い野蛮な国の王様」(the White Barbarian King) と呼ばれており、肌の白さが明確である。この場面では 'white' は用いられていないが、この呼び名によって読み手もエドマンドの姿を容易に認識できるのである。
　装いは、'green'、'yellow'、'blue' など明快な色彩である。また、頭はターバンの代わりに宝石や羽根飾りのついた帽子をかぶっているが、その帽子に 'silver' が使用され、馬具に使用しているカロールメン人との相違が明確になる。また、馬に乗って登場するカロールメン人に対して、ナルニア人は歩いて登場し、シャスタは親しみを感じる。実は、シャスタの肌の色は 'white' であり、カロールメン人と違うことが1章で明示されている。物語は始まったばかりであるが、肌の色の違いがその後の物語で何らかの出来事に関わることを暗示している。また、刀に注目してみると、カロールメン人は三日月形を持っているのに対し、ナルニア人は長くてまっすぐな西洋の剣を保持しているのである。
　この場面以外にもエドマンドがスーザンに向かって、ラバダシと結婚するかどうかを質問したときのカロールメン人のラバダシの顔の色の表現は 'dark' で用いている。これはカロールメン人に対する差別的な発言である。
　また、『さいごの戦い』でもカロールメンの男の顔について、色が浅黒く、鬚をはやしている描写がされている。彼らのその姿から中東地域の民族を連想させ、物語における彼らの行動などから、彼らは邪悪な人々としての印象を受ける。
　加えて、『さいごの戦い』では、ナルニア軍とカロールメン軍の戦いが描かれているが、ナルニア側かカロールメン側かの区別をする意味での色彩表現が

第4章 『ナルニア国年代記物語』における色彩表現

見られる。

　たとえば、5章でティリアンが身の危険を察知し、隠れ家にジルたちを案内してカロールメン人のように変装するように勧める。

> "...In this there is a juice which, when we have rubbed it on our hands and faces, will make us brown as Calormenes."
> …"After this has hardened on us," he said, "we may wash in water and it will not change. Nothing but oil and ashes will make us white Narnians again...." (*LB*, pp.62-64)

　この場面はナルニア人の白い肌とカロールメン人の肌の色の対比となっている。カロールメン人の肌の色としては'dark'が用いられているが、ティリアンたちがカロールメン人に変装するのに'brown'の汁を使用する。これは、カロールメン人の本当の肌の色とは区別し、あくまでも変装であることを示唆している。しかし、ナルニア人の肌の白さに戻るのは困難なことであることから、ナルニア人とカロールメン人との肌の色の相違を強調している。またその後、ジルたちの砦となる岩の色彩のみで'white'を連続的に使用している。これは、ナルニア人の白さと呼応させている。ティリアンは兜の上に白いターバンを巻き、ティリアンとユースタスはカロールメンの三日月刀と丸い楯を持つことになり、カロールメン人への変装を完了する。また、11章と12章において小人たちがカロールメン人の兵士たちのことを'Darkies'と何度も呼び、蔑視している。

　このようにカロールメン人の様相は、中東地域の民族の姿や装いに近い。カロールメン（Calormen）とは、ラテン語で"暑さ、暖かさ"を意味する'calor'と英語の'men'、つまり、'暑い土地の人'という意味から名づけられている[20]。カロールメン人の特徴は、「かしこくて、金持ちであり、由緒ある民族」と挙げられているが、中東地域に目を向けてみると合致している点が見られる。中東地域は、砂漠地帯であり、そこに住む人々はさまざまな工夫をして生活をしている。また、この地域は石油産出国が多く、世界的な金持ちが多く存在している。そして、歴史的にも古く、由緒がある民族である。カロールメン人は中東地域の民族を想定していることは明らかである。

(11) ラマンドゥ（Ramandu）
『朝びらき丸　東の海へ』14章では、東から白い光が射してきた中、この世の果ての始まりの島にいるラマンドゥが現われる。

> His silver beard came down to his bare feet in front and his silver hair bung down to his heels behind and his robe appeared to be made from the fleece of silver sheep.（*VDT*, p.221)

不思議さが漂う周りの情景の中で、ラマンドゥの鬚や髪の毛の色は 'silver' を連続的に使用することで、高貴な印象をもたらしている。さらにひげは裸足の足もとまで垂れており、長寿と歴史の長さを表わしている。それは、ラマンドゥとともに現われるそばを飛ぶ大きな鳥の色 'white' によっても裏付けられている。

(12) カスピアン王（King Caspian）
『銀のいす』3章では、船出する年老いたカスピアン王の姿が詳細に描写されている。

> He wore a rich mantle of scarlet which opened in front to show his silver mail-shirt. There was a thin circlet of gold on his head. His beard, white as wool, fell nearly to his waist.（*SC*, p.33)

彼もこれまで例に挙げた年配の登場人物と同様、鬚は長く、年配者の風格を感じさせる。特にマントの 'scarlet'、冠の 'gold' は高位を表徴し、羊毛のような長い鬚の 'white' は長寿の証だけでなく、優しさも感じ取れる。
しかし、カスピアン王は航海途中で亡くなり、リリアン王子が王の亡骸を迎える。

> All the court were once more assembled on the green between the castle and the quay to welcome King Caspian home again. Rilian, who had changed his black clothes and was now dressed in a scarlet cloak over silver mail, stood close to the water's edge, bare-headed, to receive

第 4 章　『ナルニア国年代記物語』における色彩表現

his father; ....（SC, p.234）

　リリアンは魔女に捕らえられていたとき、黒い服を着ていたが、その服を脱ぎ捨て、銀のくさりかたびらに赤いマントをはおって王を迎える。この場面の色彩表現は、リリアンの衣装の色 'black'、カスピアン王が旅立ったときの同じ衣装の色 'scarlet'、'silver' とこれまでに彼らの描写がに使用されていた色彩であり、カスピアンの後継者としてのリリアンの存在を明確にしている。

(13) パドルグラム（Puddlrglum）

　『銀のいす』でジルとユースタスは沼人のパドルグラムに出会う。彼はジルとユースタスとともに旅をし、一行の危機的状況を救うのである。パドルグラムは『銀のいす』以外の作品には登場しないが、アスランを信じている心の強さ、ユーモアあふれる姿は親近感を湧かせ、『銀のいす』、ひいては『ナルニア国年代記物語』において欠くことができない印象深い登場人物である。そのことを裏付けるように、彼が登場する場面は次のような詳細な描写となっている。

> As they drew nearer, the figure turned its head and showed them a long thin face with rather sunken cheeks, a tightly shut mouth, a sharp nose, and no beard. He was wearing a high, pointed hat like a steeple, with an enormously wide flat brim. The hair, if it could be called hair, which hung over his large ears was greeny-gray, and each lock was flat rather than round, so that they were like tiny reeds. His expression was solemn, his complexion muddy, and you could see at once that he took a serious view of life.（SC, p.68）

　ここでの色彩表現は、彼の特色である大きな耳の色の 'greeny-gray' である。二色が混ざり合った色彩語の使用は『ナルニア国年代記物語』の全体でも 17 箇所しかなく、さらに人物描写で使用されている例は極少であり、パドルグラムの特性に似つかわしい。
　ジルとユースタスはあいさつをして、パドルグラムに近づいて行く。彼の容姿の詳細がさらに明らかになる。

185

> They now saw that he had very long legs and arms, so that although his body was not much bigger than a dwarf's, he would be taller than most men when he stood up. The fingers of his hand were webbed like a frog's, and so were his bare feet which dangled in the muddy water. He was dressed in earth-colored clothes that hung loose about him. (*SC*, p.69)

　この場面での色彩表現は 'earth-colored clothes' のみであるが、この色は沼人が自然に密着した存在であることが含意されている。なお、パドルグラムに関する色彩表現は少ないが、'long'、'big'、'tall' など形状を表わす語が用いられ、さらに比較級においてそれらが誇張されており、彼の特色が明示され、存在感が強調されている。

(14) アンドリュー (Andrew)
　これまで例示してきた年配者は敬意に値する存在であるとの印象を受けるが、『魔術師のおい』に登場するアンドリューの場合はやや異なる。

> Uncle Andrew was tall and very thin. He had a long clean-shaven face with a sharply-pointed nose and extremely bright eyes and a great tousled mop of gray hair. (*MN*, p.14)

　アンドリューの背格好の描写につづき、唯一、色彩表現がされているのは彼の髪の毛の色 'gray' の描写である。白と黒が混じっている色彩である 'gray' は、アンドリューの不気味さを醸し出している。さらに、彼の指の色彩表現もある。

> Then he rubbed his hands and made his knuckles crack. He had very long, beautifully white, fingers. (*MN*, p.15)

　彼の指の色は 'white' であり、男性らしい力強さは感じられず、全身が白で覆われている白い魔女を連想させ、悪の印象と結びつく要素となっている。そして、このあと登場するジェイディスの手の色も 'white' であり、白い魔

第4章 『ナルニア国年代記物語』における色彩表現

女とジェイディスが関連していることを予示している。
　アンドリューは、魔女のジェイディスを見て、彼女の美しさにみとれてめかし込む。

> He put on a white waistcoat with a pattern on it and arranged his gold watch chain across the front. ... He took his eye-glass, with the thick black ribbon, and screwed it into his eye; then he looked at himself in the mirror. (*MN*, p.82)

　衣裳であるチョッキの色 'white' や宝飾品である時計のくさりの 'gold' によって、この場面でも『ライオンと魔女』の白い魔女の登場場面を連想することができる。また、めがねのひもの色 'black' はマイナス・イメージをもたらす。これらのことから、アンドリューと魔女は邪悪な登場人物であることがより明確になるのである。
　このように年配者に関しては、鬚や髪の毛などの色彩表現が多く、使用されている色彩は、無彩色の 'gray' や 'white'、高貴さと輝きが付加される 'silver' などであり、彼らの姿の特徴的部分に関する色彩表現のほとんどは、彼らの老いを明確にするとともに、彼らに対する敬いを表わすものである。アンドリューの描写にも 'gray' や 'white' が使用されているが、他の人物たちと形容している物が異なり、例外となっている。子どもの読者が数多く見込まれる『ナルニア国年代記物語』にとって、年配者の登場は、物語を引き締める役割を果たしているが、悪との結びつきが強いアンドリューの登場は、物語の中心的主題である善と悪について対照的に読み取ることができるのである。

(15) パズル (Puzzle) とシフト (Shift)
　『さいごの戦い』で登場するロバのパズルとサルのシフトの装いはそれぞれ印象的な色彩表現となっている。
　偽アスランを装うことになったパズルには、'yellow' が用いられている。滝から落ちてきたライオンの皮は、「あの黄色いもの」と表わされている。パズルは、シフトにその皮を着せられ、アスランに仕立てられる。

> ...but he could see that it was yellow and hairy. ... The Ape put his

> head close up to the yellow thing's head as if he were listening to something it was whispering to him. ... Then the yellow thing turned clumsily round and walked—you might almost say, waddled—back into the stable and the Ape shut the door behind it. (*LB*, pp.47-48)

　パズルのつけているライオンの皮の色は'yellow'である。これは、アスランの姿の色'gold'と対比させている。パズルはアスランと同じようにライオンの皮を身につけているが、それはアスランのような偉大なライオンのものではなく、'gold'ではない。パズルがアスランでないこと、アスランになることができないことを明示しているのである。パズルの様子を見たティリアンは、それがアスランであるとは信じることができない。それは、パズルにアスランのような堂々した姿を感じられないからである。ライオンの皮の色'yellow'は、偽アスランに対するアスランへの裏切りや嫌悪の行為を暗示している。
　一方、偽アスランを仕立てたサルのシフトは、真っ赤なジャケットを着ている。

> He was wearing a scarlet jacket which did not fit him very well, having been made for a dwarf. ... And he also kept on pulling up the scarlet jacket to scratch himself. (*LB*, p.32)

　そのジャケットは、似合っていない小人の真っ赤なジャケットである。ジャケットの色'scarlet'は、高位を象徴する場合もあるが、アメリカの作家ナサニエル・ホーソン（Nathaniel Hawthorne, 1804-1864）の代表作『緋文字』(*The Scarlet Letter*, 1850)にもあるような姦淫の印として胸に付けたAの字の色[21]や「ヨハネの黙示録」17章1-4節「バビロンの売春婦」の乗る獣の色[22]など罪悪、情欲を表す罪の色の象徴[23]となることもある。偽アスランを仕立てたシフトの場合、'scarlet'は、アスランに対する反抗心とアスランと戦う姿勢を表徴している。

(16) 動物・鳥

　『ナルニア国年代記物語』には動物や鳥に色彩表現を用いている場合が多い。たとえば、『ライオンと魔女』では、ペヴェンシー一家の四人の子どもたちを

第4章 『ナルニア国年代記物語』における色彩表現

ナルニア国の奥へと導いていく赤い胸のコマドリ、子どもたちをナルニア国から現実世界に戻るように導いて行く白いシカ、『銀のいす』では、リリアンの話をする白いフクロウなどである。これらは、登場人物たちに影響をもたらす生物であり、色彩表現によってその存在を強調する働きがある。

『さいごの戦い』では、10章で悪いネコで評判のジンジャーが厩に入ろうとして群れから出てくる。

> And the Cat got up and came out of its place in the crowd, walking primly and daintily, with its tail in the air, not one hair on its sleek cast out of place. It came on till it had passed the fire and was so close that Tirian, from where he stood with his shoulder against the end-wall of the stable, could look right into its face. Its big green eyes never blinked. (*LB*, p.122)

みんなが恐れている厩に怯えることもなく入っていくジンジャーの自信にあふれた様子が詳細に描写されている。その中でも瞬きをしないという特徴を'green'で色彩表現を行うことによって強調している。

しかし、厩に入って行った後、恐ろしいようなわめき声が聞こえ、ジンジャーが厩から飛び出してくる。そのときの様子は次のようである。

> His tail was bristled out till it was nearly as thick as his whole body: his eyes were like saucers of green fire: along his back every single hair stood on end. (*LB*, p.123)

厩に入る前と入った後のジンジャーの姿の違いが対照的に描写されている。唯一、色彩表現が用いられている'green'の目の様子からもその変化を端的に読み取ることができる。厩の中の描写はなく、読者はどのような場所かをジンジャーの変化から想像することになる。『ナルニア国年代記物語』における登場人物描写の場合、目の色の描写は『さいごの戦い』2章のティリアン王の目の色'blue'が描かれているぐらいで珍しいことである。目の光の色の'green'といえば、『指輪物語』に登場する悪の象徴であり、不気味な存在であるゴラムを想起させる。

このように『ナルニア国年代記物語』には人間から、動物、年配者、架空の生物まで様々な登場人物が全巻に渡って登場する。色彩表現の観点から見ると、アスラン自身やアスランに関わるものには'gold'が、一方、魔女自身や彼女に関わるものには'white'が使用されるなどある特定の色が明確に使用され、象徴的役割を帯びさせている。また、年配者には詳細な色彩表現が見られるが、架空の生物に関しては色彩表現が多用されているわけではない。しかし、ある色彩のみを使用することによって対象の特色を強調している場合もある。

第3節　風景・自然

(1) ナルニア国への入口
　『ナルニア国年代記物語』では、子どもたちが様々な形でナルニア国へと入っていく。
　『ライオンと魔女』では、登場する子どもたちだけでなく世の読者も初めてナルニア国へ入ることになる。その入口となるのは、疎開先の片田舎にある教授の家の衣装ダンスである。この場面で唯一色彩表現が用いられているのは、ピーター、スーザン、エドマンド、ルーシィが屋敷を探検しているときに見つけた部屋の中のぐるりと張っている壁紙の色'green'である。この部屋では特に何もなく、子どもたちは通り過ぎて行くが、壁紙の色彩が特記されていることで、何か起こりそうな雰囲気を醸し出している。その直後、衣装ダンスのある部屋に行き、衣装ダンスに興味を示したルーシィがその衣装ダンスからナルニア国へ入って行くことになるのである。
　ルーシィが目にした最初のナルニア国の風景は、雪が積もり、なお降っている真夜中の森の中の風景である。衣装ダンスに入って行くルーシィの様子、またルーシィが到着したナルニア国の風景に関しては詳細な描写が見られるものの色彩表現は見られない。しかし、聴覚や触覚などの感覚に訴える描写が実に詳細である。衣装ダンスから転がって出てきたしょうのう玉の音、衣装ダンスを通っているときに足で踏みしめたときの音と感触、顔と手に当たった木の枝の感触、そして雪を踏みしめたときの音と感触など、ルーシィは様々な体感を通して現実世界から別世界のナルニア国へ入って行く。色彩表現が見られないのは、現実世界とナルニア国との境界線は曖昧であり、視覚的に明確に表わすことができないからである。また、ルーシィの目の前に広がるナルニア国は、

第4章 『ナルニア国年代記物語』における色彩表現

雪が降り積もる風景であり、雪の描写は色彩表現をしなくても読み手はある程度の光景を想像でき、敢えて色彩表現を行っていないと考えられる。さらにこの場面で色彩表現を行われないことで、その次の場面に登場するタムナスの姿の詳細な色彩表現が強烈な印象をもたらすのである。

(2) ナルニア国の自然
『ナルニア国年代記物語』ではナルニア国の様々な自然の風景が見られる。ここでは、山・森林・草原、海、川、砂漠の風景を中心に見ていくことにする。

〔山・森林・草原〕
出版順で読んでいくと、最初に目にするナルニア国の風景は、雪に覆われた冬の森である。それは白い魔女の支配によってもたらされた風景であった。
ところが、『ライオンと魔女』11章において、アスランの到来の知らせが届き、辺りの風景に冬から春への季節の変化が起こる。エドマンドはそれまで魔女が支配していた冬の季節から少しずつ春に変化していくことを感じ始める。

> And now the snow was really melting in earnest and patches of green grass were beginning to appear in every direction. Unless you have looked at a world of snow as long as Edmund had been looking at it, you will hardly be able to imagine what a relief those green patches were after the endless white. (*LWW*, p.119)

この場面では、白い雪が次第に溶けていき、緑の草がだんだん見え始めた様子が描かれている。一面に広がっている'white'の中に'green'が点々と姿を見せる様子は、変化が少しずつ起こっていることを表わしている。語り手はその風景の色彩の変化からエドマンドに安堵感が生じたことを記述する。さらに辺りの変化は続く。

> Every moment the patches of green grew bigger and the patches of snow grew smaller. Every moment more and more of the trees shook off their robes of snow. Soon, wherever you looked, instead of white shapes you saw the dark green of firs or the black prickly branches of

bare oaks and beeches and elms. Then the mist turned from white to gold and presently cleared away altogether. Shafts of delicious sunlight struck down onto the forest floor and overhead you could see a blue sky between the tree tops. (*LWW*, p.120)

　冬から春への森の変化の様子がさらに様々な色彩語を用いて詳細に描かれている。木々の枝々は‘white’から変化し、さらに霧も‘white’から‘gold’へと変化して、春の到来の明るさと喜びが表れている。『ライオンと魔女』では、この場面までに白い魔女を象徴する色彩として‘white’が多用されているが、‘white’から‘gold’への霧の色彩変化は、白い魔女の支配が終わり、魔女と相反するアスランの世界への変化を暗示している。しかし、このときはまだアスランは姿を表わしていないが、ビーバー夫婦の話からアスランの存在を知っている読者は、色彩とその変化の様子からアスランの到来と関連していることを連想できるのである。また、水の音の大きさの変化も風景の変化を増幅している。この場面は、色彩の変化によって風景の変化を描写している『ナルニア国年代記物語』の風景・自然描写の特色が最も顕著に表れている場面である。
　また、『馬と少年』においては、森林の中での霧の変化の描写がある。シャスタがアスランに出会った時、彼は何かとても安心した気持ちになり、これまで知らなかったおののきが全身に伝わってくる。そのとき、周りを覆っていた霧に変化が起こる。

The mist was turning from black to gray and from gray to white. ... Now, the whiteness around him became a shining whiteness; his eyes began to blink. Somewhere ahead he could hear birds singing. He knew the night was over at last. He could see the mane and ears and head of his horse quite easily now. A golden light fell on them from the left. (*HHB*, pp.165-166)

　道に迷って不安な状態のシャスタの前に霧が発生したことで、シャスタはさらなる不安が募る。シャスタの気持ちは、霧を表わす色彩の最初に使用されている‘black’からも読み取れる。霧は‘black’から‘gray’、‘white’へ、無彩色の暗から明への変化となっている。最後は輝きが加わり、それまでの恐

第4章　『ナルニア国年代記物語』における色彩表現

怖感にあふれていたシャスタの心理的状況も回復する。さらに鳥の鳴き声が聞こえ、ますます明るさが増し、朝日が射してくる。霧が晴れていくのと同時にシャスタの気持ちも何か落ち着いてくる。そして、霧の変化によって夜明けが分かるのである。左手から射してくる朝日の光は'golden'であり、『ライオンと魔女』や『魔術師のおい』における夜明け後の東にある世界の果てにいるアスランの到来場面を連想させる。このように霧の色彩の変化や朝日の光や方角によって、この場面の後のアスランの登場を予示し、そして、この後すぐにアスランが登場するのである。

このように色彩変化が起こっている場面では、その変化の前後にアスランが登場し、善の現存を印象づけ、さらに色彩という視覚的な面だけでなく、音という聴覚的な面も付加され、アスランが体現する善を読者に感得させようとしているのである。

他方、『馬と少年』10章においては、アーケン国とナルニア国の国境で、シャスタやアラビスたちは想像していたよりも緑が濃く、いきいきした様子を目にする。彼らの目の前に広がっていた光景は、これまでに目にしたことがない緑豊かな光景であり、彼らはその視覚的要素から活力を得ることができる。さらに、馬のブレーもナルニア国が〈緑の国〉である印象を持っていることを口にする。彼らにとって'green'は憧れのナルニア国を象徴する色彩なのである。

その後、シャスタたちは軍勢の接近を感じ、全速力で逃げるが、目の前に壁が立ちはだかる。しかし、その中央には開かれた門があり、シャスタたちは向かっていく。そのとき、門の前でアラビスが後ろからライオンに襲われる。負傷したアラビスは、門の向こうにいた南の国境の仙人のもとで傷を癒す。

The weather had changed and the whole of that green enclosure was filled, like a great green cup, with sunlight. It was a very peaceful place, lonely and quiet. (*HHB*, p.149)

門をくぐった先の場所は、'a high wall of green turf'で覆われた広く丸い囲いのようなところである。そしてその緑の囲いの中には日の光が射している。その光は、単に明るい日の光だけでなく、囲いの色'green'が生命力を注ぎ込んでいるようである。シャスタはアーケン国に向かうために、アラビスを残して旅立つ。アラビスはシャスタが行ってしまったことで寂しい気持ちになる

が、この場所はとても静かで平和であり、アラビスは心身ともに回復する。'green' はナルニアの自然を象徴する色彩として彼女に安らぎと生きる力を与えるのである。

　このように山、森、林、草原などの色彩は、別世界ナルニア国であっても現実世界と同じ 'green' で表わされている。これは、ルイスの故郷アイルランドあるいはイングランドの田園風景を思わせるものであり、ルイスの憧れの原点の風景の色彩である。ナルニア国の風景には、ルイスが憧れた自然豊かなアイルランドやイングランドの風景への望郷の念と同時に近代化によってその自然が破壊されていることへの社会批判の念が込められていると言える。

〔海〕
　ナルニア国の東側には海が広がっている。ルイスは、自分は海が好きであることを手紙に書いており[24]、ルイスにとって海はお気に入りの風景だったと考えられる。
　『カスピアン王子のつのぶえ』にて、ペヴェンシー一家の子どもたちがナルニア国に入ったとき最初に目にする光景は、目がくらむほどの海の青さであった。また、『朝びらき丸　東の海へ』は、東を目指してナルニア国の外海を航海する物語である。物語の冒頭、ユースタス、エドマンド、ルーシィが部屋にある船の絵を見ていたとき、波にさらわれるようにナルニア国に入っていく。そのときの波の色として 'blue' が使用されている。気がつくと航海中の船の上にいたユースタスは、船の舷側に走り寄り、次のような景色を目にする。

>　What he saw was blue waves flecked with foam, and paler blue sky, both spreading without a break to the horizon.（*VDT*, pp.13-14）

　この場面では波の色だけでなく、空の色も 'blue' が用いられているが、'paler' を使用することによって波と空の色の微妙な違いを提示し、目の前の光景をより鮮明に表わしている。水平線のかなたまで続いている波と空の風景は、広がる青空の下にある穏やかな青い海を連想させる。しかし、ユースタスはこの穏やかで永続的な景色とは対照的に自分の置かれている状況がよく理解できず、不安感が募っている。美しい海の景色の様子を好印象にとらえていないユースタスの視点を通した描写からルイスの巧妙さが読み取れる。

第4章 『ナルニア国年代記物語』における色彩表現

　その後、航海途中に見える海の色彩表現として 'blue' が用いられている箇所は、3章での 'the sea very dark blue with little white caps of foam' (*VDT*, p.36)、12章での 'For a few feet in front of their bows they could see the swell of the bright greenish-blue water' (*VDT*, p. 177) や 'the gilded stern, the blue sea, and the sky, were all in broad daylight' (*VDT*, p.180) などであり、それほど頻出していない。最も詳細に描写されているのは、上記にも例示している12章である。この章では、航海中で最も危険と不安につつまれる暗闇の中へと入ってしまう。やっと暗闇を抜け出した一行の目の前には次のような光景が広がる。

In a few moments the darkness turned into a grayness ahead, and then, almost before they dared to begin hoping they had shot out into the sunlight and were in the warm, blue world again. And all at once everybody realized that there was nothing to be afraid of and never had been. (*VDT*, p.187)

　暗闇から明るい情景へ次第に変化していく様子は、まず 'grayness' を用いて描写され、やがて暗闇から完全に抜け出して到達したところを 'blue world' を用いて表わしている。'blue world' は一行に安心感をもたらす、もとの穏やかな明るい青い海が広がる世界であると思わせるからである。これまでの物語の背景および展開から、読者は容易に連想できる。
　そして、一同は後ろを振り返り、改めて周りの景色を確認する。

They all looked. But they saw only bright blue sea and bright blue sky. The Dark Island and the darkness had vanished for ever. (*VDT*, p.188)

　海と空の色として 'blue' が明確に使用されていることで、'blue world' が青い空と海が広がる世界を指していることを確信することができ、一同だけでなく、読者にも安堵感を与える。これまでの波や空の色彩表現から穏やかな航海の様子が連想され、'sea' を用いたり、さらに直接 'blue' で形容しなくても青い海の色を連想できる。また、ルイスは海の場面での色彩表現には山などの場面ではあまり用いられていない 'dark' や 'bright' など明暗を表わす

語を併用することによって、色彩表現に幅をもたせ、情景をより鮮明に表現している。

その海の色に変化が起こる。その兆候は、14章でのこの世の果ての入口におけるラマンドゥとその娘の登場場面に見られる。

> And as they sang, the gray clouds lifted from the eastern sky and the white patches grew bigger and bigger till it was all white, and the sea began to shine like silver. And long afterward (but those two sang all the time) the east began to turn red and at last, unclouded, the sun came up out of the sea and its long level ray shot down the length of the table on the gold and silver and on the Stone Knife. (*VDT*, p.205)

まず、東の空の雲が切れ、そこから射してきた光が次第に広がり、海も輝き始める。空から海へと視点を移動させながら、雲の'gray'から'white'へ、さらに輝きが加わる'silver'への色彩の変化を表している。さらに、東の空から昇ってきた朝日を'red'を用いることで強調している。その朝日はこれまでの中で最も激しく輝いているものであり、アスランを連想させる。一方、この'red'は朝日の光があたる石のナイフに読者の視点を向けさせる。この石のナイフは、『ライオンと魔女』において白い魔女がアスランを殺したときに使ったものであり、物語の一貫性が保たれていることを示唆している。

先に進んで行くと、辺りの風景にさらなる変化が起こり始める。

> And when, after some consultation, the *Dawn Treader* turned back into the current and began to glide eastward through the Lily Lake or the Silver Sea (they tried both these names but it was the Silver Sea that stuck and is now on Caspian's map) the strangest part of their travels began. Very soon the open sea which they were leaving was only a thin rim of blue on the western horizon. Whiteness, shot with faintest color of gold, spread round them on every side, except just astern where their passage had thrust the lilies apart and left an open lane of water that shone like dark green glass. (*VDT*, p.236)

第４章　『ナルニア国年代記物語』における色彩表現

　海の色はこれまでの'blue'から'silver'になり、水平線の細長い筋のみが'blue'である。そしてスイレンの花の色は'white'ではなく、'gold'をまじえた色彩であり、高貴な輝きが加わっている。航路の色として'dark green'を用い、より丁寧に描写している。『朝びらき丸　東の海へ』の終盤を迎え、これまでの航海での景色とは異なった色彩表現の変化の描写によって、物語展開の変化を明確に示唆している。そして一行は、アスランの国に入っていく。ルイスはナルニア国の創造に現代世界だけでなく、中世の時間や空間の概念を取り入れている[25]。ナルニア国と中世の地理と比較して最も意味深いのは、アスランの国の位置である。これまでにも指摘されているように、『朝びらき丸　東の海へ』では、アスランの国はこの世の果ての東にあるが、そこは中世の原型ではこの世の楽園があったところ[26]である。つまり、アスランの国は楽園であり、そしてルイスの理想の世界なのである。

〔川〕
　ナルニア国の川に関して見ると、描写されている箇所はそれほど多くなく、色彩表現が直接使用されているものはさらに少ない。
　『魔術師のおい』では、ディゴリーとポリーはアスランの忠告に従い、緑のある谷を頼りに西の園の果樹園を目指す。やがて雪が積もった大きな山々が高くそびえ、そのはるか下の景色に目を奪われる。

> The valleys, far beneath them, were so green, and all the streams which tumbled down from the glaciers into the main river were so blue, that it was like flying over gigantic pieces of jewelry. (*MN*, p.168)

　はるか下のほうに見える谷間の色は'green'、そこを流れる川の色は'blue'で表わされている。その色彩の交わりの美しさは、大きな宝石に例えられている。さらに、えも言われぬ香が漂い、その香は暖かく、一行は黄金色に感じるのである。その香の色彩表現である'golden'はアスランを連想させ、西の園の果樹園に向かってアスランが創造したナルニアの世界を順調に旅を続けていることが分かる。
　また、『銀のいす』最終章16章において、ジルとユースタスはセントールに乗せてもらいながらナルニアの森の中にある川を下っていく。

They came down to the river, following bright and blue in winter sunshine, far below the last bridge (which is at the snug, red-roofed little town of Beruna) and were ferried across in a flat barge by the ferryman; ....(*SC*, p.234)

きらきらと輝く青く美しい冬の川の色彩には、『魔術師のおい』の場面と同様に、'blue' が用いられている。またその周りの風景では、川岸の家の屋根の色として 'red' のみが使用され、明るく住み心地がいい家々の様子を表わしている。それと同時に、川の最後の橋がかかる町の家の屋根ということ、その色彩が 'red' であることからその後に知ることになるカスピアン王の死を暗示しているとも考えられる。

そして、ジルとユースタスはカスピアン王が亡くなり、弔っている場面を目にする。気がつくと二人は天上にいて、目の前にアスランが現れる。二人は先ほどとは違う川の光景を見る。

Then Aslan stopped, and the children looked into the stream. And there, on the golden gravel of the bed of the stream, lay King Caspian, dead, with the water flowing over him like liquid glass. His long white beard swayed in it like water-weed. (*SC*, p.238)

ガラスのように美しい水が流れている川の姿が描写されているが、川の色は具体的に表記されていない。しかし、川底の砂利の色 'gold' とその上を水草のようにそよぐ王の長い鬚の色 'white' が川の様子を表わしている。砂利の色 'gold' はアスランを象徴する色彩であり、この場面の神聖さが伝わる。

〔砂漠〕
砂漠の風景は、『ナルニア国年代記物語』でも『馬と少年』のみに見られる風景である。6章で、シャスタは宮殿を脱出し、斜面が続く景色を越え、その先の川を渡っていくと見たことがない景色が広がっているのを目にする。

But beyond that again there was something he had never seen the like of—a great yellowish-gray thing, flat as a calm sea, and stretching for miles. On the far side of it were huge blue things, lumpy but with jagged edges, and some of them with white tops. (*HHB*, p.82)

'yellowish- gray' という混色において土地の広大さと奥深さを表わしている。その先に見える巨大なものは、色が 'blue' で、その縁は先が 'white' になっているものもあり、目の前に広がっているものとは異なる。そして、広大な砂漠のその先に巨大な山脈がそびえている。まず、色彩表現において風景の様子を描写したのち、最後にその正体を明らかにするという周りから中心部に迫っていく描写技法を用いている。

このようにナルニア国は豊かな自然に囲まれた国であることが読み取れる。しかし、色彩表現が使用されている箇所はそれほど多くないが、描写されている部分は作品展開に大きく関与している箇所が多い。ナルニア国の自然は、現実世界でありふれた風景が中心であり、そこに描写されている色彩も現実世界で目にするものと同じである。同時に、この世の果ての世界や天上の世界など非現実の世界の風景は、普段見られないような色彩やその変化が伴う。どちらの風景の色彩にもナルニア国の風景の創造者であり、ナルニア国の色彩の創造者であるアスラン[27]が深く関与し、物語を支えているのである。

(3) 異国の街

『ナルニア国年代記物語』では、ナルニア国の街の風景は描かれておらず、街が存在するかどうかは明確ではない。しかし、『馬と少年』4章では、カロールメン人の国の風景が見られる。

シャスタとブレーはカロールメン人の国のタシバーンの街に到着し、その風景を目にする。

And when at last the sun rose out of the sea and the great silver-plated dome of the temple flashed back its light, he was almost dazzled. (*HHB*, pp.51-52)

一つの島のような街に朝日が海から昇り、その光が寺院の円屋根に反射している。その屋根の板の色を 'silver' と明示することにより、光の輝きの強さ

を表わすとともに、円屋根を持つ寺院に注目させている。カロールメン人の国にある円屋根の寺院ということから、この建物はイスラム教のモスクを連想させる。

シャスタたちはさらに進んでいく。

> The river banks on either side of the valley were such a mass of gardens that they looked at first like forest, until you got closer and saw the white walls of innumerable houses peeping out from beneath the trees. Soon after that, Shasta noticed a delicious smell of flowers and fruit. About fifteen minutes later they were down among them, plodding on a level road with white walls on each side and trees bending over the walls.（*HHB*, p.52）

シャスタは、森と思って近づいていくと無数の家々が立ち並び、花と果物の甘い香りが漂っている。長く続いている家の壁の色として'white'が二度描写されている。同じ色彩の連続的な使用はその対象物を強調する。

その後、シャスタはコーリン王子と間違えられ宮殿の中へ連れて行かれる。

> The strangers led him—held tightly by both hands –along a narrow street and down a flight of shallow stairs and then up another to a wide doorway in a white wall with two tall, dark cypress trees, one on each side of it…. Orange trees grew round it out of smooth grass, and the four white walls which surrounded the lawn were covered with climbing roses…. He was led rapidly across the garden and then into a dark doorway.（*HHB*, pp.60-61）

この場面でも壁の色が'white'と描写されている。シャスタの目に強烈な印象をもたらしていることが明確である。これは、'white'に対するシャスタの憧れも含意されているとも考えられる。無数の家々に長く続く壁、さらにその色'white'から考えると、この場面は地中海地方の風景を想起させる。

（4）夜見の国

　『銀のいす』において三分の一に当たる10章から14章までは、地下の風景が広がる夜見の国の場面である。夜見の国はリリアンが魔女に監禁されている場所である。ジルたち一行は、巨人の国から脱出するときに穴に落ちたことで地下の世界に入ることになる。その後、リリアンと出会い、魔女を退治する。その後、ジルたちはリリアンと共に進み、洞穴までたどり着く。

　10章では、一行が穴に落ちて入って行った地下の世界は暗闇が広がり、それからの旅路にも不安が募る。周りの様子として用いられている色彩 'black' や 'dark' は、周りの情景を表わし、不気味さを増幅させている。

> ...the gnomes still rowing, the ship still gliding on, still dead blackness ahead....And the worst thing about it was that you began to feel as if you had always lived on that ship, in that darkness, and to wonder whether sun and blue skies and wind and birds had not been only a dream.（*SC*, p.148）

　行く先は暗闇が続いている。あまりにも真っ暗なため、地上で過ごしてきたのが夢であるような錯覚に襲われる。また、次の11章に登場するリリアンの騎士の装いの色である 'black' を暗示させる。魔女との戦いが終わり、地上へ向かうことになるが、13章と14章では魔女がいなくなった地下の世界の変容が色彩を用いて表わされている。

　一方、ナルニア国の誕生を描いている『魔術師のおい』8章において、ナルニア国の誕生以前の様子が暗闇であったことが分かる。ディゴリーとポリーはロンドンから移動してくるが、気がつくと暗闇の中にいたのである。それから東の空に変化が現れ、空の色はだんだん明るくなっていき、ナルニア国の誕生の場面へと通ずる。また、『さいごの戦い』におけるナルニア国の終焉の場面も闇に包まれた情景の描写となっている。ナルニア国の誕生の場面と同様、登場人物たちが気がつくと夜の暗闇にいることが分かる。その情景は 'black' や 'dark' を用いられている。最後は黒ずんだ赤い光を放つ太陽や月が昇ってきたかと思うと、真っ暗闇に包まれナルニア国は終焉を迎えるのである。このように『ナルニア国年代記物語』においては、ナルニア国の誕生および終焉には闇が大きく関与していることが分かる。ナルニア国は闇から始まり、闇で

終わったのである。『ナルニア国年代記物語』全体を通して、明るい光に関する色彩表現より、暗闇に関する色彩表現のほうが多くなっているのも、闇がナルニア国の歴史と関わりがあることが関係しているのかもしれない。

（5）ナルニア国の誕生

　物語の舞台となるナルニア国の誕生の場面は、『魔術師のおい』中盤の8章に描かれている。出版順から読み始めた読者にとって、これまで様々なナルニア国の風景を見てきた上でのナルニア国の誕生の場面はより興味深く接することが出来る。ディゴリーが指輪を使ってロンドンの街中から移動しようとする。気がつくと一同は暗闇の中にいて、恐怖感に襲われるが、一緒についてきた馬車屋が気晴らしに讃美歌を歌い始める。歌は終わるが、どこからかどんな音よりも美しい歌声が聞こえて来る。しばらくすると星が光り輝き、歌い出す。さらに地上の歌声もますます強いものとなっていく。やがて星の声はだんだん小さくなっていくが、はるか遠く地平線の近くで空の色に変化が起こる。

> The eastern sky changed from white to pink and from pink to gold. The Voice rose and rose, till all the air was shaking with it. And just as it swelled to the mightiest and most glorious sound it had yet produced, the sun arose. (*MN*, p.109)

　空の色は、無彩色の 'white' から次第に朝日の赤い光が当たっていくことで 'pink' へと変化し、さらに明るく輝きを増して 'gold' へと変化していく。それに合わせて歌声もだんだん大きくなり、最後には太陽が昇り、暗闇から解放され、夜明けとともにナルニア国が誕生したことが明らかになる。
　空の色の 'gold' への変化は、アスランを連想させる。それは、アスランの頭、たてがみ、背中などアスランの姿の描写には 'gold' が使用されているからである。そしてその直後、アスランが姿を見せ、歌声の主もアスランであることが判明する。東は「輝く」が原義で、太陽が昇る方角として古代から人類にとって大切な方角とされ、さらにキリスト教ではエデンの園がある聖なる方角とされている[28]。この場面はただ空の色の移り変わりを描写しているだけでなく、ナルニアのキリストのような存在であるアスランの到来を予示させる働きを担っている。

第4章 『ナルニア国年代記物語』における色彩表現

　『魔術師のおい』に描かれているナルニア国の誕生場面は、「創世記」に呼応していることはこれまでの先行研究においても言われているが、色彩表現の面から見ると聖書との関連性はさほどないように考えられる。その理由は「創世記」には色彩の明示的描写は全くないが、ナルニア国の誕生場面には詳細な色彩表現が見られるからである。しかし、ルイスはナルニア国の誕生場面のすべての部分に色彩表現を用いているわけではなく、重要視している箇所に色彩表現を使用している。この場面のように暗闇から明るい光が射してくる様子は、「創世記」においても最初の場面であり、重要である。『ナルニア国年代記物語』に描かれているナルニア国の誕生の過程は、「創世記」の始原の物語冒頭の記述内容を逸脱することなく、ルイスが想像力を駆使して描いた世界であり、ルイスは色彩表現によって聖書の内容の豊かさを、そして自分の言いたいことを誰もが理解できるように意図しているのではないかと考えられる。

　また、この空の変化は、『ライオンと魔女』において殺されたアスランが再び姿を見せる時の空の色の変化と酷似している。『ライオンと魔女』15章では、白い魔女に殺されたアスランの近くに居合わせたルーシィとスーザンが、体を暖めるために歩いていたとき、空の色に変化が起こる。

> The country all looked dark gray, but beyond, at the very end of the world, the sea showed pale. The sky began to turn red....the red turned to gold along the line where the sea and the sky met and very slowly up came the edge of the sun. (*LWW*, pp. 160-161)

　夜明けが近づき、東の空が'dark gray'から'red'へ、さらに'red'から'gold'へと変化し、朝日が昇ってくる。この色彩の変化は、「アスランが殺された」という暗く悲しい状況とは相反し、何か明るい方向へ向かっていく印象を与える。水平線が'red'から'gold'に変化し、東の空に朝日の先が姿を現わす様子は、アスランの登場を予示している。そしてその直後、アスランが甦るという展開となる。

　出版順により『ライオンと魔女』から読み始めた読者は、東の空の色彩変化から、アスランとの結びつきを予期し、物語はアスランが再び登場する場面へと続いていく。一方、ナルニア国の歴史順により『魔術師のおい』から読み始めた読者は、この場面にはまだアスランは登場していないが、東の空の色彩変

化と最終的に'gold'に変化したことに対して何か起こりそうな予感を抱く。そしてその直後、この場所にアスランがいることがはっきり明記され、アスランと出会うことになる。したがって、出版順、歴史順どちらの順序で読んでも読者は色彩表現を通してアスランの出現を察知しながら、物語展開の重大な局面を迎えることになるのである。

　ナルニア国の誕生の直後、ディゴリーたちは自分たちのいる場所の風景をアスランの歌声とともに昇って来た陽光によって知ることになる。

> It was a valley through which a broad, swift river wound its way, flowing eastward toward the sun. Southward there were mountains, northward there were lower hills. But it was a valley of mere earth, rock and water; there was not a tree, nor a bush, not a blade of grass to be seen. The earth was of many colors; they were fresh, hot and vivid. (*MN*, pp.109-110)

　東のほうに向かって川が流れ、南には高い山、北にはそれより低い山が連なっており、西の方角以外の風景を知ることができる。その谷間は土と岩と水ばかりで木もなく、草も生えていない。しかし、大地は様々な色で覆われており、新鮮で熱くて生き生きしている。大地の色彩は様々な色があふれているが、具体的な色彩表現はなされていない。どのような色彩であるかは読者の想像力にゆだねられている。

　さて、『魔術師のおい』9章では、アスランが新しい歌を歌いながらナルニア国の自然を創造していく。その歌は星々や太陽を呼び出した歌に比べて優しく、かろやかで、穏やかなさざなみのような音楽である。

> And as he walked and sang the valley grew green with grass. ... Soon there were other things besides grass. The higher slopes grew dark with heather. Patches of rougher and more bristling green appeared in the valley. ... It was a little, spiky thing that threw out dozens of arms and covered these arms with green. ... When they were nearly as tall as himself he saw what they were. "Trees!" he exclaimed. (*MN*, pp. 112-113)

第 4 章　『ナルニア国年代記物語』における色彩表現

　まず、アスランは谷間に草を、次に木を生やす。草と木が生え、次々と生命が宿っていく様子は、'green' を用いた描写によってより鮮明になっている。しかし、草・木それぞれの描写方法にはやや相違がある。草の場合、歌声とともに草が広がって生えていく様子が描かれ、'green' は次々に生えていく草の色として用いられている。一方、木の場合、最初は〈木〉であることは具体的に描かれず、その色 'green' を用い、何かの成長の様子としてとらえ、最後にそれが木であることがディゴリーの発言によって明らかになる。木の誕生のほうが強調された描写となっており、ルイスは木のほうを重要視していたのではないか。木への愛着はこの後に誕生する金と銀の木の描写からも推測できる。このように草と木にはともに 'green' が用いられて描かれているが、ルイスの巧妙な色彩描写によって同じ色彩であっても異なる印象と効果を発揮している。

　さらに、12 章では、ディゴリーとポリーはアスランの命によって西の方角にある果樹園にリンゴを採りに向かうことになり、アスランから果樹園までの道順を教わることになる。

> Now the land of Narnia ends where the waterfall comes down, and once you have reached the top of the cliffs you will be out of Narnia and into the Western Wild. You must journey through those mountains till you find a green valley with a blue lake in it, walled round by mountains of ice. At the end of the lake there is a steep, green hill. On the top of that hill there is a garden. (*MN*, p.155)

　ここで西の方角の風景が明らかとなる。彼らがいる場所から目的地をはっきり見ることはできないが、アスランの話から滝、崖、荒野、山々、丘など厳しく変化に富んだ景色が続いていることが分かる。アスランは、その中でも湖の色 'blue' や谷間の色 'green' など目印になる風景を色彩を用いて的確に説明している。それはディゴリーの理解を助け、ディゴリーたちは無事に西の果樹園に到着する。

　このように、読者はナルニア国が誕生し、さらにアスランによって創造されていくナルニア国の自然豊かな風景の全貌を徐々に知ることになるのである。

(6) ナルニア国の終焉

　ナルニア国は最終巻『さいごの戦い』において終焉を迎える。『さいごの戦い』冒頭よりナルニア国の終焉を予示している。たとえば、金と銀の木についてである。
　金と銀の木の誕生の様子は、ナルニア国の誕生の場面が描かれている『魔術師のおい』14章において描写されている。

> And now the children could see that it did not merely look golden but was of real, soft gold. It had of course sprung up from the half-sovereigns which had fallen out of Uncle Andrew's pocket when he was turned upside down; just as the silver had grown up from the half-crowns. (*MN*, p.186)

　この木からは、ナルニア国の最初の王と女王となった馬車屋のフランクと妻ヘレンの王冠が作られたのであるが、『さいごの戦い』では、金と銀の木が生えていた風景に変化が見られる。

> Right through the middle of that ancient forest—that forest where the trees of gold and of silver had once grown and where a child from out world had once planted the Tree of Protection—a broad lane had already been opened. (*LB*, p.26)

　昔生えていた金と銀の木はもうなく、一筋の幅広い道が切り開かれている。この金と銀の木は色彩面からも『魔術師のおい』で描かれていた金と銀の木であることが分かる。ナルニア国の誕生の象徴であった金と銀の木がなくなったことで、ナルニア国の終焉を暗示していると同時に、近代化のため森林破壊が進んでいる当時のイギリスの自然破壊の状況の投影とも言える。
　『さいごの戦い』14章において、ナルニア国は終焉の時を迎える。『魔術師のおい』のナルニア国の誕生時と同様、アスランが登場する。
　さらに地上はどこも真っ暗になり、大男が姿を現わす。

> On the earth all was blackness: in fact you could not have told that you

were looking into a wood if you had not seen where the dark shapes of the trees ended and the stars began. But when Aslan had roared yet again, out on their left they saw another black shape. (*LB*, p.171)

　美しい角笛の音色が聞こえる中、やがて空は流れ星でいっぱいになったかと思うと、星が降り出し、辺りは真っ黒になる。

At any rate, there were no stars there: just blackness. And then the starless patch began to grow, spreading further and further out from the center of the sky. And presently a quarter of the whole sky was black, and then a half, and at last the rain of shooting stars was going on only low down near the horizon. (*LB*, p.172)

　星がなくなり、辺り一面が真っ暗になってしまった様子は、'black' の連続的使用によって強調されている。またそれは、辺りの暗さを表わすだけでなく、登場人物にも読者にも恐怖感をもたらす。
　広がっていた暗闇は雲でなく、何もなくからっぽな空であることに一同は気づく。

With a thrill of wonder (and there was some terror in it too) they all suddenly realized what was happening. The spreading blackness was nor a cloud at all: it was simply emptiness. The black part of the sky was the part in which there were no stars left. (*LB*, pp.172-173)

　一同は不思議な情景に恐怖感を感じながらも何らかの変化が始まったことに気づく。アスランが星々を元に戻したため、空に星はなくなり、真っ暗になったのである。ナルニア国の終焉を象徴するように、明るい色彩は一切使用されず、ほとんどが 'black' である。周りの真っ黒さが 'black' の連続的な使用でさらに強調されており、ナルニア国が終焉に向かっていることをも裏付けている。
　しかし、辺り一面に広がっていた暗闇に強い光が射し込んで来る。

Now that there were no stars in the sky, everything would have been completely dark and you could have seen nothing. As it was, the crowd of stars behind them cast a fierce, white light over their shoulders. ... Every bush and almost every blade of grass had its black shadow behind it. (*LB*, p.173)

　空には星の輝きはなく、真っ暗であったが、一同の後ろから星人たちの群れが強烈な光を放っていたのである。光の 'white' は、光の強さを表わしている。その光は一同の影を作り出すが、その中で一番大きかった影はアスランであった。あらゆる生物がアスランのほうを目指してやってくる。あらゆる生物はアスランのところに行くと、戸口に立ち、アスランの右か左どちらかの方向に進むことになる。
　その後、大きな太陽が昇り、月も昇るが、アスランの "Now make an end." (*LB*, p.180) という言葉で再び暗闇に包まれる。そして、ピーターが戸を閉めることになる。

Peter, shivering with cold, leaned out into the darkness and pulled the Door to. It scraped over ice as he pulled it. Then, rather clumsily (For even in that moment his hands had gone numb and blue) he took out a golden key and locked it. (*LB*, p. 181)

　'darkness' により暗さが、ピーターのかじかんだ指の色 'blue' により寒さが表わされている。ナルニアの終焉によって何もない世界になったのである。ピーターが戸を閉める鍵の色は 'gold' であり、ナルニア国に関しては終焉までアスランが関与していることが明白である。

(7) まことのナルニア
　一同は、ナルニア国の終焉を目にした後、アスランに導かれ奥の方へ進んでいく。ユースタスは、何か見たことがないような景色を目にする。

"I bet there isn't a country like this anywhere in *our* world. Look at the colors! You couldn't get a blue like the blue on those mountains in our

第4章 『ナルニア国年代記物語』における色彩表現

world." (*LB*, p.192)

　ユースタスは、山脈の色 'blue' があまりにもすばらしく、見たことがない景色であることを確信する。それは、ナルニア国の山の色がこれまでに主として用いられてきた 'green' ではなく、'blue' であることからも分かる。'Look at the color!' と色彩に注目させる発言の後、さらに山脈の色 'blue' を連続して使用し、これまでに目にしてきた色よりさらに美しい色であることを強調している。

　みんなも辺りを見回し、その光景がナルニアの南の国境の山々に似ていることに気付く。しかし、ルーシィはやがて目の前の光景のほうが、ずっと色どりがあるようにも感じる。そして、まことのナルニアの国であり、これまでのナルニア国はまことのナルニア国の影かうつしの国であることをディゴリー卿から教えられる。

　一同はさらに高く、さらに奥へと進んでいく。

> And they went through winding valley after winding valley and up the steep sides of hills and, faster than ever, down the other side, following the river and sometimes crossing it and skimming across mountain lakes as if they were living speedboats, till at last at the far end of one long lake which looked as blue as a turquoise, they saw a smooth green hill. Its sides were as steep as the sides of a pyramid and round the very top it ran a green wall: but above the wall rose the branches of trees whose leaves looked like silver and their fruit like gold. (*LB*, pp.201-202)

　谷、山腹、丘などの起伏のある地形に、川や湖があり、これまでのナルニア国の風景と酷似している。色彩表現から見ても、丘は 'green'、湖の水は 'blue' である。さらに頂上の周りを取り囲む築地の色も 'green' である。そこから葉の色が 'silver'、実の色が 'gold' の木々が伸びている。この場面は「ヨハネの黙示録」22章に呼応し[29]、木々の色 'silver' と 'gold' はナルニア国誕生の時に出来た二つの木を連想させる。

　一同は頂上に到着する。そこには正面に大きな門がたちふさがっている。その門の色は 'gold' である。これは、『魔術師のおい』における西の園の果樹

園の入口の門の色と同じであり、この場所がまことのナルニアであること、さらに門の大きさから考えるとアスランの登場を予示している。しかし、この場面の直後にアスランは姿を見せない。一同はさらに先へと進んでいく。

> ...—and a great, bright procession it was—up toward mountains higher than you could see in this world even if they were there to be seen. But there was no snow on those mountains: there were forests and green slopes and sweet orchards and flashing waterfalls, one above the others, going up forever. And the land they were walking on grew narrower all the time, with a deep valley on each side:..... (*LB*, p.209)

　高い山々、果樹林とほとばしる滝、深い谷は、『魔術師のおい』での描写をはじめとするこれまでのナルニア国の景色と類似している。ここで注目すべき光景は、山に雪がないことと斜面の色'green'である。雪がないことは、『ライオンと魔女』において白い魔女が支配していたような悪の印象をもたらす冬の世界ではないことが明らかである。また、斜面の'green'はこの場面で唯一使用されている色彩として強調され、これまでのようにナルニア国の自然を象徴する色彩としてより明確化されている。
そして、ルーシィは次のような光景を目にする。

> The light ahead was growing stronger. Lucy saw that a great series of many-colored cliffs led up in front of them like a giant's staircase. And then she forgot everything else, because Aslan himself was coming, ... (*LB*, p.209)

　光がひときわ強くなり、さまざまな色をした崖が巨人の階段のように高くなっている。そしてアスランがルーシィに近づいてくる。光の強さや階段の大きさは、これまで同様アスランを連想させる。崖の色彩は特定の色彩ではなく、様々な色をしている。これは、まことのナルニア国の色彩美を表現しているとともに、最終的にどのような色彩であるかは読者の想像力にゆだねているのである。

第4章　『ナルニア国年代記物語』における色彩表現

安藤聡はルイスの愛した風景について次のように述べている。

> ルイスが愛した土地はいずれも、古き良き時代（より具体的にいえば中世・ルネサンス時代）との「連続性」を保持する、変化に富んだ美しい風景を特徴とする場所であった。変化・多様性は自然、自由、生命力、多産性といった善のイメージを暗示する。ベルファースト郊外に関しては街とその背景としての丘、あるいは丘と海といった対象が一望できる点で、サリー州について言えば複雑な地形とその変化に富んだ構成要素（丘陵、渓谷、雑木林など）、あるいはオクスフォードのように長年の歴史のなかで形成された多様なコレッジや教会とそれらによって構成される不規則な街並み、ルイスが好む風景には対照と多様性が不可欠な要素であると考えてよい[30]。

　ナルニア国の風景は、ルイスが幼いころ子供部屋の窓から見た田園風景への憧れに始まり、『ナルニア国年代記物語』を執筆・出版するまでのルイスの人生の中で好んできた風景の歴史と言っても過言ではない。ルイスの最初の散文作品『天路退行』に描写されている変化のある山、丘、水多き渓谷は、心の願望、楽園、まことのナルニア、天国の象徴であり[31]、ルイスは憧れ、ずっと心に描いてきた理想の風景を五十歳を過ぎて公刊することになった『ナルニア国年代記物語』に見事に描き出したのである。『ナルニア国年代記物語』は、山、丘、渓谷など起伏があり変化がある地形に加え、空や霧などの空間的な変化も色彩表現によって余すことなく丁寧に描写されている。そしてその変化は、楽園のイメージへとつながっている。

　ナルニア国の風景はまさにありふれたものと非現実なものとの強い対照によって成立している[32]と言える。別世界であるナルニア国にも現実世界と同じような色彩表現がみられることで、読者はナルニア国の存在を身近に感じることができる。一方、非現実的な世界の描写は、登場人物だけでなく読者にも期待と不安を与える。しかし、どちらにおいても読者は自ら生きている現実世界を冷静に見つめ直すことができる機会を得るのである。そしてナルニア国の風景を彩る色彩は、物語の中心的登場人物であるアスランを主軸にしながら、様々な表現方法で描写され、ナルニア国の色彩美を作り出している。色彩表現はそれを読者の想像力に強く働きかけ、ルイスの世界観が盛り込まれた理想的風景

を最も的確に表わす手段となっているである。

第4節　色彩表現の特質

〔『ライオンと魔女』〕
　『ライオンと魔女』では、ナルニア国の風景や登場人物の描写に色彩表現が用いられている場合が多くなっている。色彩表現が多い章は2章から3章、10章から12章、15章から17章であり、色彩表現が多い部分と少ない部分が交互に現われる。2章はタムナスにより白い魔女のことがルーシィに語られ、3章では白い魔女が登場する。10章はアスランの到来により次第にナルニア国が変化していき、ピーター、スーザン、ルーシィはアスランに会うために石舞台に向かうことになり、次第にナルニア国にも変化が起こる。そして、12章で子どもたちはアスランと対面する。15章から17章はアスランが再び甦り、さらに石に変えられていた生物も甦る。また、魔女たちの軍と再び戦って勝利し、平和なナルニア国が訪れる。最も長い11章は、白い魔女の支配によって冬だったナルニア国に春が訪れる重要な場面の一つであり、ナルニア国の風景の季節の変化が詳細に描写されている。アスランがやってきて白い魔女が支配していた長い冬が終わり、春が来たことで、草木が芽吹き、花が咲き始めるが、地面の草木や花に関する色彩表現だけでなく、空の青さや白い雲や霧の色の変化まで詳細に描かれている。これはアスランと勝利を鮮やかに表象している。色彩表現が多い部分と少ない部分を検証してみると、この作品の主要人物であるアスランと白い魔女に関する場面においての色彩表現が多い。しかし、白い魔女の場面の風景描写等には色彩表現は少ない。アスランの登場する場面やアスランによって変化がもたらされる場面は、多彩で、色彩語が連続的に使用されている。さらに場面変化の最初の色彩は、白い魔女によってマイナス・イメージである'white'や'white'より暗さが加わる'gray'であり、'red'、'gold'、'green'など前半ではマイナス・イメージであったものもプラス・イメージへと変化していく。場面変化は色彩変化によって表現され、さらにマイナス・イメージからプラス・イメージの変化も行われている。
　色彩語別に特色を見ると、まず'white'の多用が挙げられる。'white'は『ライオンと魔女』の全色彩表現数199箇所のうち、60箇所で使用されているが、最も多いのは『ライオンと魔女』の主要な登場人物であり、さらに他の作品に

第4章 『ナルニア国年代記物語』における色彩表現

おいても直接的、もしくは間接的に登場する白い魔女に関する場合であり、36箇所と半数以上を占める。白い魔女は、悪の象徴として描かれ、単に〈魔女〉と描写するだけでなく、〈白い魔女〉と表現することで、白の印象に関連している雪の冷やかさを帯びさせ、冬の世界を支配している白い魔女の印象を強調している。それに対してアスランに関する色彩表現には 'gold' が多用されている。これは、『ナルニア国年代記物語』において 'gold' がアスランを象徴する色彩であることを定着させていく役割を果たしている。また、'red' も使用箇所は22箇所と比較的多い。しかし、単に 'red' として使用されるだけでなく、1章のタムナスの体の毛の色 'reddish' や6章のペヴェンシー一家の子どもたちを導いて行くコマドリの胸の色 'redder' など他の色彩に比べて様々な語形も見られる。

〔『カスピアン王子のつのぶえ』〕
　『カスピアン王子のつのぶえ』における色彩表現は146箇所であり、他の6作品に比べると少ない。最終章である15章以外は使用されている色彩語の数に偏りはなく、突出して使用されている色彩語はない。15章での色彩語の数が多いのは、戦いが終わった後、アスランが振る舞った食事の中の色とりどりの酒に関する詳細な描写によるものである。作品全体において多用されているのは 'black' と 'red' であり、両色で全体の約三分の一になる。物語の引き立て役とも言える黒小人（the Black Dwarf）や赤小人（the Red Dwarf）の登場によるものである。この他に、'gold' や 'silver' は1章のケア・パラヴェルの城跡で発見した宝物の色など宝飾物を表しているものも多い。『カスピアン王子のつのぶえ』では、ナルニア国の過去の歴史の語りの中で間接的に白い魔女が何度か登場するが、直接的に姿を見せることはない。しかし、『カスピアン王子のつのぶえ』は『ライオンと魔女』の次に出版された作品であり、『ライオンと魔女』のつながりを意識しての使用であると考えられ、出版順から読み進めた場合、『ナルニア国年代記物語』における白い魔女の存在の重要性が裏付けられる。また、全体的に海や川、山や森などの風景描写において色彩表現が使用されている部分も多く見られ、カスピアンが旅に出る5章から色彩表現が増加するのはその一例である。

〔『朝びらき丸　東の海へ』〕

　『朝びらき丸　東の海へ』は、『ナルニア国年代記物語』の中で最も長編で色彩表現も多い。航海の物語であることから、航海をしている上で目にする海や空に関する描写が多く、それに関連して‘blue’が多用されていることが特色である。

　作品全体では‘gold’が37箇所と多用されている色彩となっているが、8章の金水島での出来事に関連している場面の使用が最も多い。ここでの‘gold’は色彩としてだけではなく、鉱物の金そのものを表わしている。この島には何でも金に変える湖があり、それを知った一行は金の欲に目がくらみそうになるが、寸前のところで振り切ることができるのである。一行が欲に打ち勝っていく様子を‘gold’を多用することによって鮮明に描写している。

　最後の二章、すなわち15章と16章では多くの色彩表現がみられる。これらの章は一行がこの世の果てに向かって進んでいく場面であり、特に銀色に変化した海とそこに咲く白いスイレンの姿に関する描写が多くなっている。銀の海（the Silver Sea）は‘Silver’も‘Sea’も大文字で表記されていることから特別な場所であることが分かる。それまでの海の変化は様々な色彩を使って描写されてきたが、ここで‘the Silver Sea’として最後の変化が見られ、高貴な印象を与えている。また、白いスイレンに関しては、この世の果ての入口の場面から詳細に描かれている。その発端は、"I see whiteness."という一行の一人の一言から始まる。この時はまだそれが何であるかは誰にも分からず、読者の想像力を駆り立てている。やがて、それがスイレンであることが分かる。その後、その花の色、咲いている様子、美しさなどの細部の描写が続き、白いスイレンの花がどこまで行っても絶えないことを示唆している。ここでの色彩表現の多用、さらに‘white’や‘silver’など同じ色彩語の多用は、別世界の情景、特にアスランの国に近い神聖な場所を表わすためのルイスの表現技法の一つであると考えられる。

　他方、色彩を表わす語として、オレンジやレモンの色など果物の色に例えている箇所も見られる。原色だけでなく、果物という身近なものの色に例えているのは、対象をイメージしやすくしている。

　加えて、この作品では一文中に複数の色彩語の使用が多く見られる。つまり、作品における色彩の使用頻度としては高いが、使用されている箇所としては色彩の使用頻度と比較してそれほど多いわけではない。複数の色彩語が用いられ

第4章　『ナルニア国年代記物語』における色彩表現

ていることは、一つの色彩語が用いられている場合より、その対象についてより明確かつ詳細に表わすことができる。それはこの作品が航海の物語であり、海上の世界は、ルイスにとって現実世界に存在するものの、魅惑的な世界だったのではないかと考えられるからである。ルイスの自由な想像と細やかな配慮が見られる技法の一つなのである。また、'blackness'、'grayness'、'whiteness' など名詞形として使用されている場合が多いのも特色である。ある事物の形容ではなく、場所やその状況などを抽象的にとらえていると言える。

〔『銀のいす』〕
　『銀のいす』では14章から16章で使用されている色彩が他の章に比べて多い。それは、14章は地下の世界、15章は地上の世界、16章は天上の世界と物語の舞台が下から上への移動を伴いながら変化していき、作品の最高潮の場面に向かっていくからであると考えられる。そして、最後の場面は、アスランがジルとユースタスが通っている学校に現れ、ジルをいじめていた子どもたちに罰を与えるという『ナルニア国年代記物語』全作品を通してアスランが現実世界に登場する唯一の場面である。しかし、色彩表現はアスランを表わす 'gold' のみでほとんど見られない。これは、現実世界がナルニアの世界などの別世界とは異なる世界であることを明確にしながらも、実はアスランが現実世界の読者の身近にいる存在であることを示唆し、強調しているのである。
　最も多く使用されている色彩語は 'black' で、39箇所での使用である。'black' は暗闇の地下の世界やリリアンの騎士の姿を表わすのに用いられている。作品全体の半数以上が地下世界の場面での使用である。'black' を多用することによって、地下の世界の暗さや恐ろしさを強調している。また、26箇所に使用されている 'green' の際立った使用は、緑の衣の貴婦人に関するものである。彼女はリリアンの母を殺し、リリアンを誘惑して地下の国で監禁する人物である。この作品では最初に使用されている 'green' は、ジルがナルニア国におり立ったときの芝生の美しさを示しているものであり、ここでの 'green' の使用はプラス・イメージである。しかしその後、リリアンの行方不明のいきさつが語られる場面では、緑の衣の貴婦人に関してドリニアンは悪い魔物を推案する。ドリニアンの予感は、その後の物語展開の伏線となっている。読者にとって、'green' が美しいプラス・イメージから悪の魔物のマイナス・イメージに変わるきっかけとなる場面である。しばらくして緑の衣の貴婦人が登場し、

彼女の美しさに一同は魅了される。その様子からは読者も彼女が悪の象徴としての存在であることを感じ取りにくい。しかし、一同はドリニアンの予感を思い起こすことで、緑の衣の貴婦人を完全にプラス・イメージとしてとらえることができない。その後、彼女自身、または彼女に関するものに'green'が使用され、最後に、緑の衣の貴婦人の正体が魔女であることが分かったとき、'green'が悪の象徴としてより強固なものとなる。『銀のいす』での'green'は悪を表象する色彩としてマイナス・イメージでとらえられる。

　また、'pale'が多く使われているのもこの作品の特色となっている。'pale'は、〈薄暗い〉という意味だけでなく、〈青白い〉や〈白っぽい〉のように'white'に類似した意味で使用されており、使用されているのは地下の世界の場面がほとんどである。この場合も'black'同様、地下の世界の不気味さを表象している。暗闇の世界にともなう'dark'、青白さを表わす'pale'、'black'、'green'も魔女に関係する色彩として使用されており、全体的にマイナス・イメージでの色彩表現が多いと言える。

　この作品は作品名に色彩語が使用されているが、全七作品において色彩語が作品名に使われているのは『銀のいす』だけである。〈銀のいす〉＝'the silver chair'は、リリアンが魔女である緑の衣の貴婦人に監禁されている地下で夜に座らされていた魔法のいすである。いすの色である'silver'は金に比べて金属的な性質や色合いから、女性的で魔術的な印象を兼ね備え、女性的なるものと結びつけられてきた[33]色彩であり、魔女である緑の衣の貴婦人の椅子としての印象を抱かせる。リリアン王子はこのいすに座った時、正気を失っていた。しかし、ジル、ユースタス、パドルグラムの助けによって、リリアンは〈銀のいす〉に剣をふりおろし、破壊する。しかし、作品内で〈銀のいす〉が登場するのはこの場面のみであって、全体的に使用されているわけではない。〈銀のいす〉は、破壊したリリアンの行動の重大さを強調する役割を担っているのである。これは、人物・事物などの対象にその象徴となる一つの色彩語を付加し、物語上で重要な役割を担わすという『ナルニア国年代記物語』における色彩表現の特色の一例である。

〔『馬と少年』〕
　『馬と少年』の色彩の使用を見ると'dark'が40箇所で最も多くなっているが、その他の色では特別多く使用されているものはなく、使用箇所も全体

第４章　『ナルニア国年代記物語』における色彩表現

に少ない。また、『ライオンと魔女』の'white'や後述する『魔術師のおい』の'green'や'yellow'のように目立って多く使用されている色彩もない。色彩表現の多い章と少ない章が交互に現われる特色がある。9章から12章は色彩表現が多い章が続くが、その中で11章が22箇所と最も多い。11章はシャスタが憧れのナルニア国に入り、最後にアスランと対面する物語の重要な章である。

　また、無彩色での対比が多い。たとえば、タシバーンの都の建物の壁は白色で明るく、一方、砂地にある墓は黒く不気味である。無彩色の色彩変化を表している最も印象的な場面は11章のシャスタが霧の中でアスランと対面する場面である。目の前にかかっていた霧が次第に晴れていく様子の色彩変化が際立っている。"The mist was turning from black to gray to white."（*HHB*, p.165）と、霧の色が黒っぽい色から灰色になり、白に変化していく。『馬と少年』ではアスランを表わす'gold lion'と白い魔女を表わす'the White Witch'という呼称がみられないのは、他の六作品と異なる点である。ただし、『馬と少年』では'gold lion'ではなく、旗に描かれている'red lion'として言及されている。これは、戦いに向かうナルニア国の旗として『ライオンと魔女』にも出てくる。'red'も'gold'同様にアスランの力強さを象徴しているが、戦いに向かう場面で登場する旗に描かれているものであることから、戦いで流される無惨な血のみならずエドマンドやナルニアを救うためにアスランが流す贖いの血潮をも象徴していると考えられる。

〔『魔術師のおい』〕
　『魔術師のおい』の場合、作品の長さから考慮すると、作品全体の色彩表現は多いと言える。前半のほうが多くなっているのは、この作品の前半の重要な出来事である現実世界とナルニア国ならびにその他の別世界とを行き来するための手段として使われる二つの指輪の色として'green'と'yellow'が多用されているからであり、'green'が58箇所、'yellow'が31箇所での使用となっている。この二色が多いのは他の作品では例を見ない。ディゴリーとポリーは、この指輪を使って現実世界と別世界を行き来することによって、悪の種である魔女ジェイディスを目覚めさせたり、ナルニア国誕生の場面を目にすることになる。『魔術師のおい』は、『ナルニア国年代記物語』全七作品の中でナルニア国の時系列で見ると最初の作品にあたる。つまり、これらの指輪は『魔

術師のおい』だけでなく、『ナルニア国年代記物語』全体に大きな意味をもつ指輪なのである。二つの指輪はそれぞれの役割によって色彩で分けられている。作品中において指輪を表わす場合には代名詞が用いられていることは少なく、'green' と 'yellow' が使用され、二つの区別が読者に分かりやすく、定着しやすくする効果があると考えられる。また、'green' と 'yellow' が『魔術師のおい』の中心となる色彩であることを表わしている例として、"...even Aslan himself was only a bright yellow spot on the grass." (*MN*, p.159) という描写がある。'grass' が緑色であるなら、アスランに対してもここでは 'green' と 'yellow' を併用して表現している。加えて、『魔術師のおい』での 'green' は、指輪の色だけでなく、暖かい光や草木の色として肯定的な意味で用いられているのが多いのも特色である。

指輪の色に関する色彩表現を除くと13章での使用が最も多く、最終章の15章が4箇所と極端に少なく、ディゴリーとポリーがもとの世界に戻る時に見えた色彩 'gold' とディゴリーの母に関する色彩のみの使用である。この章はディゴリーの母の病気が奇跡的に回復するという物語のクライマックスを迎え、この場面が数少ない色彩表現の使用の箇所となっているのはこの場面の重要度の表れである。

〔『さいごの戦い』〕

『さいごの戦い』での色彩表現の箇所は、14章が最も多い30箇所であるが、それ以外は20数箇所、10数箇所、10箇所未満の大きく三つのグループに分けられ、目立って多く使われている色彩はない。

特色としては、まず、色彩語の使用は12章からの後半に多いことが挙げられる。後半には、ナルニア国の崩壊やまことのナルニア国の場面が描写されているが、使用されている色彩にも特色がみられる。14章のナルニア国の崩壊の場面では 'black' の使用が27箇所と多い。その後、15章と16章のまことのナルニア国の場面では、'black' の使用はない。これは、まことのナルニア国が 'black' から連想される暗さや恐ろしさが払拭された世界と関係している。また、同じ色彩語が連続して使用されているのも後半に多い。連続して使用されている色彩にはそれほど偏りがなく、14章では 'black' が、15章や16章では、'gold' や 'green' の連続的な使用が見られる。

このように、『さいごの戦い』を全体として支配する色彩は、'gold' と 'black'

第4章　『ナルニア国年代記物語』における色彩表現

であると考えられる。'gold' はアスランのたてがみ、姿、目の輝き、門、鍵などアスランの登場以後は特にアスランに関連しているものの色彩としての使用が多い。また、この作品ではアスランの 'gold' に対比して使用されているのが、'yellow' である。シフトがパズルをアスランに仕立て、パズルは黄色のライオンの皮をかぶることになるが、明らかにアスランの色と違う。さらに、'black' はタシの神がいる場所で使用され、物語全体においても重要な部分の一つ、ナルニアの崩壊の場面で多く使用されている。このほか、'dark' も 'black' 同様、黒色を表わすために使用されている場面もみられる。しかし、'dark' のほうが闇のような暗さの意味も付加されている場合もある。また、カロールメン人の姿の描写において、肌の色を 'dark' を用いて表わしているが、この色彩語は『朝びらき丸　東の海へ』や『馬と少年』にも使用されている。

　『ナルニア国年代記物語』における色彩の重要性を象徴するような場面が、最終章である16章でのルーシィの言葉に表れている。ルーシィらはまことのナルニア国に入る。前方には巨人の階段のように高いさまざまの色のついた崖があり、そこを越えて行く。まことのナルニアには様々な色彩があふれ、美しい情景を醸し出しているのである。しかし、崖の様々な色彩は具体的には書かれていない。読者がそれぞれ自由に様々な色を想像することができる機会をもたらす。それがファンタジー文学の魅力なのである。

　これまで見てきたとおり、『ナルニア国年代記物語』における登場人物に関する色彩表現では、物語の中心的登場人物であるアスランを表わす色彩としての 'gold' の使用が最も重要な役割を果たしている。出版順で最初の作品『ライオンと魔女』において、アスランの姿の描写に 'gold' を使用することにより、'gold' がアスランに関連している色彩であることを定着させ、'gold' が持つ高貴で威厳のある印象をもたらす。また、ナルニア国の歴史順で最初の作品『魔術師のおい』では、空の色の変化の 'gold' は、物語展開の重大な局面を支える色彩となり、のちに登場するアスランに直結している。また、魔女に関する描写では、彼女の姿や様子などそれぞれの場面によって全く異なるため様々な色彩表現が使用されている。しかし、最終的には 'white' を通して同一人物であることが予示できる。一方、子どもたちに関しては、特殊な場面を除き、色彩表現は行われておらず、そのことが逆に各作品を通して徹底している。色彩表現が行われていないことは、登場する子どもたちの特色を色彩によ

って固定することを避け、読者の誰でもが物語の子どもたちに自分自身を自由に投影しながら読み進めることができる。ただし、子どもたちに関しては顔色の色彩表現が詳細を究めている。また、その顔色の色彩表現は、悪しき行為、感情に関するものが多い傾向にある。それは、子どもたちの感情、特に心の変化を適切に表現するとともに、悪しき行為を明現しようとしているのである。

また、『ナルニア国年代記物語』の風景・自然描写における色彩表現は、物語構成や物語展開と密接に関連している。

まず、同じ色彩の連続的使用による物語の統一性である。現実世界で見られるありふれた風景・自然描写における色彩は各巻で見られる。同じ色彩の連続的な使用は、その対象物と色彩を強調させる。読者は別の場面で描かれていても関連性があることを予示することができる。これは、『ナルニア国年代記物語』がナルニア国の歴史的一貫性を色彩表現の整合性においても保ち、統一された物語となっている所以である。

次に、色彩の変化の妙味である。季節の移り変わりやアスランの登場前後の辺りの風景は、色彩の変化を用いて詳細に描写されている。その変化は、物語展開に多大な影響を及ぼす暗から明への変化がほとんどであり、これは、ルイスが好んだ変化のある美しい風景と酷似している。またそのような場面は、アスランを連想させる色彩である'gold'が使用されている場合が多く、それによってアスランの登場を予期したり、アスランとの関連を強固にしたり、善のヴィジョンへと結びついていく。

さらに、読者の想像力の活性化を促す点である。詳細な色彩表現は読者の想像力の助けとなり、ありふれた世界であっても、非現実な世界であっても読者にその光景を容易にかつ具体的に想像させ、その場面の色彩的な印象を固定することなく、最終的には読者の自由な想像力にゆだねているのであり、ルイスが色彩表現に細心の配慮をしていたことが理解できるのである。

そしてこれらをすべてに関与しているのが、様々な感覚との併用である。作品には色彩という視覚的側面だけでなく、聴覚、嗅覚、触覚など様々な感覚を伴って色彩表現がよりよく活かされている。それは、単にその色彩を表現するだけでなく、相乗効果をもたらし、登場人物だけでなく読者も複合的な感覚でその場面と向き合うことができる。

『ナルニア国年代記物語』の色彩表現に多大な影響をもたらしているのは、絶対的な存在であるアスランである。アスランを象徴する色彩'gold'は、ア

第4章　『ナルニア国年代記物語』における色彩表現

スランと直接的あるいは間接的に関与する事物に使用されている。たとえば、アスランの登場する前、もしくは登場している時の暗い色から明るい色への移行は、悪い状態から良い状態への変化であり、そして、その場面は作品展開上、重要である場合がほとんどである。同時に、この場面の直後にアスランの登場を予示する色彩変化となっている。また、アスラン自身に変化が見られ、周りの状況に影響をもたらしたり、他の色彩もアスランとの関わりによって決定している場合もある。それに対しているのが魔女を象徴する'white'である。アスランと魔女の色彩表現での関係は'gold'と'white'の対立とも言える。'gold'も'white'も光に近い色彩であるが、'gold'は威厳のある強い輝きがあり、色彩の光学的特性は有彩色の'yellow'と同じであるのに対し、'white'は無彩色であり、「色がない」のである。しかし、'white'は魔女の描写以外に、たとえば年配者の描写などに多用されている場合もあるが、その際は'silver'などの輝きを持つ色が付加されていたり、他の様々な色彩も用いられていることが多く、アスランとの関与を予示させるように仕向けられている。総括すると、『ナルニア国年代記物語』の色彩表現はアレゴリー的であると言える。

　ルイスは作家として、またキリスト教徒として自分の言わずにいられないことを表わすためにファンタジー形式で『ナルニア国年代記物語』を執筆した。特にアスラン、魔女、子どもたちに関する色彩表現は、物語としての統一を保持し、善悪の闘争のテーマを暗示する上で、重要である。また、ルイスはありふれた風景と非現実的な風景を兼ね備えた世界として、自らが好んだ変化に富んだ美しい風景を基盤とし、物語の舞台である別世界ナルニア国を表現している。『ナルニア国年代記物語』における繊細で巧みな色彩表現は、ルイスの絶妙な物語技法であり、その色彩表現は読者の想像力を飛翔させ焦点化させる。それが壮大な物語としてのナルニア国を支え、美しく憧れと歓びに満ちたナルニア国の風景を作り上げているのである。

第5章　『指輪物語』と『ナルニア国年代記物語』における色彩表現の対比

第1節　「戦い」・「指輪」・「食事」をめぐって

　『指輪物語』と『ナルニア国年代記物語』では、様々な事物に色彩表現が用いられているが、両作品ともに重大な素材である「戦い」、「指輪」、「食事」を取り上げ、その色彩表現と両作品の類似・相違点を検証していく。

(1)「戦い」

　『指輪物語』にも『ナルニア国年代記物語』にも戦いの場面が描かれている。戦いは物語の中心的主題である善悪の葛藤が表立った形である。両作品に描かれている戦いの要因は、主として物理的、精神的、心理的、道徳的要因に区別できるが、それぞれの戦いの要因と両作品の戦いの場面の色彩表現との関連性を具体例を挙げながら見ていくことにする。

〔『指輪物語』〕
　『指輪物語』の場合、全編を通して数多くの戦いが見られるが、その発端となっているのが「邪悪な指輪をめぐる戦い」である。邪悪な指輪を手にして世界征服をたくらんでいるサウロンや私欲を肥やすために指輪を狙うゴラムが登場し、登場人物たちは戦っていく。つまり「邪悪な指輪」という物理的要因を基盤に、善悪の抗争という道徳的要因、登場人物たちの恐怖感や疲労感による精神的、心理的な戦いが結び付いていく。色彩表現は、その微妙な状況を巧みに描く助けとなっている。
　①まず、『旅の仲間』第1部4章から5章のモリアの坑道の場面は、結成された〈旅の仲間〉が旅を始めて最初の敵と遭遇する場面である。モリアの坑道に入る前、〈旅の仲間〉が進む方向をめぐって意見が分かれるが、ガンダルフとアラゴルンの意見の一致から、危険を承知しながらもモリアの坑道を通るこ

とになる。ガンダルフとアラゴルンに対する仲間の信頼は篤い。二人の共通点は、彼らの姿を表わす色彩として 'grey' が使用されていることである。恐怖感や嫌悪感を抱かせる敵の象徴としての 'black' とは異なり、'grey' は信頼感をもたらす色彩となっている。モリアの坑道の暗い洞穴の中、一行が暗闇の恐怖感とも戦いながら奥へ進んでいくと、敵であるオークやバルログが現れる。彼ら敵たちの描写には 'black' が用いられ、モリアの坑道の暗闇と合致した色彩となっている。ガンダルフは敵たちとの戦いの末、橋から転落する。ガンダルフは〈旅の仲間〉の要となる登場人物であり、彼を失った痛手は大きい。ガンダルフがこの場面で姿を消すのは、物語展開としてはサスペンスが設えられ、読者に衝撃を与える。その後、ガンダルフを失った一行の先頭にアラゴルンが立ち、残った〈旅の仲間〉を先導していく。

　②『旅の仲間』の最終場面で離散した〈旅の仲間〉は三つのグループに分かれ、それぞれ様々な戦いを繰り返しながら旅を続けていくことになる。フロドとサム以外の〈旅の仲間〉は、『二つの塔』第1部10章のアイゼンガルドの場面においてサルマンと対面した後、一戦を交えることになり、メリーとピピンは森の変化に怒りを覚えていたファンゴルンとともに参戦する。〈白のガンダルフ〉として再び登場したガンダルフが、サルマンの前で彼の賢人団追放を宣言して終戦する。この場面での色彩表現は、戦いが城塞など屋外で繰り広げられることもあり、モリアの坑道などのような暗さはない。また岩壁や石に 'black' が使用されているが、これまでのような敵を表わす色彩としての 'black' の使用はほとんど見られず、他の色彩表現も少ない。それは、周りの風景描写よりも登場人物たちの動きの描写が中心となっているからであると考えられる。

　③『二つの塔』では人間が戦争に向かう姿と戦いが終わった兵士の姿が詳細に描写されている。

　『二つの塔』第2部3章において、フロド、サム、ゴラムが潜んでいる窪地に明るい朝が訪れ、サムは黒っぽい鳥のようなものを目にする。皆はしばらく恐怖感に襲われるが、少し落ち着いたものの今度は歌声と耳障りな喚声が聞こえて来る。その様子を見たゴラムは次のように話す。

　　Dark faces. We have not seen Men like these before, no, Sméagol has not. They are fierce. They have black eyes, and long black hair, and gold

第5章　『指輪物語』と『ナルニア国年代記物語』における色彩表現の対比

rings in their ears; yes, lots of beautiful gold. And some have red paint on their cheeks, and red cloaks; and their flags are red, and the tips of their spears; and they have round shields, yellow and black with big spikes. (*TT*, p.254)

　容姿の描写のほとんどに色彩表現が見られる。目、髪の毛の‘black’、耳につけている輪の‘gold’、頬、マント、旗、槍の先の‘red’、鋲の‘yellow’と‘black’などである。頬の色‘red’は血色がよさそうで良き印象を受けるが、実は人工的に塗られたものの色であり、耳についている金色の美しい輪は権力の象徴である。多用されている‘black’や‘red’に関してはゴラムも発言しているように敵のオークを象徴する色彩であり、マイナス・イメージを与えている。ゴラムによると目の前を歩いているのは戦争に向かっている人間なのである。人間の姿を詳細な色彩表現を行うことによって、その様子を強調している。サムはゴラムの話から、戦闘用に用いられていた象に似ている大型の動物の〈じゅう〉(Oliphant)を連想し、ホビット庄に伝わる詩を朗読し始める。しかし、ゴラムは〈じゅう〉の存在を信じることができないのである。
　④続く4章ではサムは初めて人間と人間が戦うのを目にする。

For a moment he caught a glimpse of swarthy men in red running down the slope some way off with green-clad warriors leaping after them, hewing them down as they fled. ... Then suddenly straight over the rim of their sheltering bank, a man fell, crashing through the slender trees, nearly on top of them. He came to rest in the fern a few feet away, face downward, green arrow-feathers sticking from his neck below a golden collar. His scarlet robes were tattered, his corslet of overlapping brazen plates was rent and hewn, his black plaits of hair braided with gold were drenched with blood. His brown hand still clutched the hilt of a broken sword. (*TT*, p.269)

　サムが見た人間たちの姿は詳細に描写され、装いの‘red’と‘green’によって敵か味方かが区別できる。味方の兵士の‘green’は森の中では迷彩色である。長衣の‘scarlet’、髪の毛の‘black’、首当てや髪の毛を結っていた

ものの色である 'gold'、手の色 'brown' など、戦いの後の無惨な兵士の様子が色彩表現を用いることで強調されている。
　この光景を目にした直後、サムは大きさが家ほどもある灰色の皮を着た動く小山のような生物を見る。

> ...his great legs like trees, enormous sail-like ears spread out, long snout upraised like a huge serpent about to strike, his small red eyes raging. His upturned hornlike tusks were bound with bands of gold and dripped with blood. His trappings of scarlet and gold flapped about him in wild tatters. (*TT*, pp.269-270)

　まず、巨大さが様々な角度から描写され、驚きが強調されている。次に色彩表現を交えながら容姿の特色が述べられる。怒り狂った目の色 'red' はオークの旗印の色彩として悪の象徴となっている。牙の色 'gold' は権力を暗示し、さらにその口からは血が滴り落ちている。それらには色彩表現はされていないが、血の色としての 'red' を連想することができる。この生物を見た両陣営の人間は逃げるが、押しつぶされる。〈じゅう〉の存在を信じていたサムは、信じていたものが現れたことに対しては喜びの気持ちが起こるが、実際目にすると圧倒される。サムは戦い、特に人間の恐ろしさと残虐さを改めて体験するのである。戦っている人間を押しつぶすという〈じゅう〉の行為は、無謀な戦争を繰り返す人間に対するトルキーンの憎悪の表れであると考えられる。
　⑤『二つの塔』第2部においてフロドとサムが遭遇した最も大きな敵との戦いは、9章から10章にかけて描かれている巨大な蜘蛛女シェロブとの戦いである。
　フロドとサムは不気味さを感じながらも、ゴラムに導かれてミナス・モルグルへ入っていくと、城門から軍勢が現れる。黒の乗手と同じく、全員が夜の闇のように黒い装束を身につけ、隊列は黒々としており、さらに際立つ大きさの黒ずくめの一人の乗手がいる。これまで敵を象徴してきた色彩 'black' は、この場面でも多用され、'black' の象徴の意味合いがより強くなり、その後に向かうことになるさらなる暗闇と悪臭が漂うシェロブの棲処への恐怖感を募らせる。そして、フロドとサムはシェロブと戦うことになる。劣勢だったフロドとサムであったが、ガラドリエルからもらった玻璃瓶によってシェロブに勝利

第5章　『指輪物語』と『ナルニア国年代記物語』における色彩表現の対比

する。

⑥一方、『王の帰還』では世界を狙う敵との戦いと邪悪な指輪をめぐる戦いが本格化する。

第1部1章では、ミナス・ティリスに到着したガンダルフとピピンが、城塞の中へ入っていくとき、次のような光景を目にする。

> The guards of the gate were robed in black, and their helms were of strange shape, high-crowned, with long guards were set the white wings of sea-birds; but the helms gleamed with a flame of silver, for they were indeed wrought of *mithril*, heirlooms from the glory of old days. Upon the black surcoats were embroidered in white a tree blossoming like snow beneath a silver crown and many pointed stars. (*RK*, p.25)

護衛兵の服、陣羽織の色は'black'であり、強固さの表れである。一方、頬当てに施されている海鳥の翼の色、陣羽織の雪のような花をつけた木の刺繍の色は'white'であり、純潔な印象を受ける。また、兜の炎のような輝きや陣羽織の色は'silver'で表わされ、美しさと高貴さが感じられる。特に、兜は古い時代から伝わった宝物であり、古き良き時代の象徴としての輝きを発している。この制服は、かつて白い木が生えていたミナス・ティリスの象徴となっている噴水の前に立つ城塞の護衛兵にのみ着用が許されていた由緒あるものである。

ピピンはミナス・ティリスの近衛兵のベレゴンド（Beregond）から黒の乗手が攻めてきたことを聞く。それを聞いたピピンは、以前襲われた黒の乗手に対する恐怖感が甦って来る。ベレゴンドは自分が見たものは真っ黒だったことをピピンに話しただけであるが、特に詳細な説明をしなくてもピピンも読者もこれまでの'black'の使用状況から黒の乗手のことであると察知できる。

⑦『王の帰還』第1部では二人の老君主セオデンとデネソールの物語が交互に描写されている。彼らは戦いによって最期を大きく左右された人物である。セオデンとデネソールの最期は対照的な一途をたどって行くが、彼らが3章において間接的に関わる箇所がある。デネソールからセオデンに救援を求めた赤い矢が届く場面である。ボロミアに似ている使者の様子は、詳細な色彩表現がなされ、目の色'grey'はボロミアと同じであり、兜の前に付いている小さ

な星の色 'silver' はゴンドール軍を象徴している。セオデンは事態の重大さを察し、デネソールからの矢を震えながら手にとる。矢の色 'red' はオークの旗印の目の色であり、『指輪物語』における 'red' は、不吉さを暗示している場合が多く見られ、赤い矢は戦争の激しさを連想させるだけでなく、何か悪しき出来事が起こることを予示している。結局、デネソールは徐々に精神的に困惑した状態に追い込まれた結果、自ら命を絶つ選択をするのに対し、セオデンは勇敢に戦いながら最期を迎える。そして、彼らの最期への転機の場面に使用されている色彩表現は異なる。デネソールが関わる場面では 'black' や 'red' の使用が多く、'white' は使用されてはいるがデネソールに直接関わる対象への色彩として使用されてはいない。一方、セオデンの場合は 'white'、'green'、'gold' が使用されている。色彩表現は、悲劇的最期を遂げたデネソールと英雄的最期を遂げたセオデンの対照的な結末を暗示し、表象していると言える。

⑧『王の帰還』第1部7章では、ピピンが戦いの軍勢の一員となり制服を受け取る。

> ...and Pippin soon found himself arrayed in strange garments, all of black and silver, He had a small hauberk, its rings forged of steel, maybe, yet black as jet; and a high-crowned helm with small raven-wings on either side, set with a silver star in the centre of the circlet. Above the mail was short surcoat of black, but broidered on the breast in silver with the token of the Tree. His old clothes were folded and put away, but he was permitted to keep the grey cloak of Lórien, though not to wear it when on duty. (*RK*, p.80)

制服の様子が色彩を用いて写実的に描写されている。鋼でできた鎖かたびらは、'black' であり、力強さと戦争の残虐さが現れた色である。この制服に使用されている鎖かたびらと陣羽織には 'black'、兜鉢の中央についている星と紋章には 'silver' が使用されている。紋章の起源は、相手と自分、敵と味方を識別するためのメディアの機能から生まれ[1]、彩色されているヨーロッパの紋章は、識字能力のない人びとが多数を占めていた中世社会において、視覚に訴える効果的な支配の方法として発達した[2]のである。『指輪物語』ではこの場面以外でも紋章についての記述が多く、さらに色彩表現が用いられており、

第5章 『指輪物語』と『ナルニア国年代記物語』における色彩表現の対比

紋章の重要性が読み取れる。また、'black'と'silver'を用いて制服の描写が何度も見られ、戦いの前景化と規律性を象徴している。'black'だけであればこれまでの印象から敵を連想させるが、'silver'を使用しているため、敵とは区別されている。ピピンは、これまでロスロリアンでもらった灰色のマントを着ていたが、制服を着用しなければならないため、マントを脱がなければならなくなる。この制服は、ガンダルフと一緒にミナス・ティリスの城塞の門を守る護衛兵の服装と同じであり、誰でも着用できるものではなく、王に使える職業的な戦士の階級に属していた中世の騎士[3]を連想させる。しかし、ピピンはこの制服になじめず、脱いでしまう。エルフのマントはこれまで彼らの道中を守ってきたマントであり、愛着もある。これは、ピピンの道徳的見解からくる反戦の意識とともに、伝統的なものを継承していこうとする心の表れとも考えられる。

⑨ペレンノール野での戦いを前に、敵の指揮官がセオデンの王旗を見て、部下を率いて向かってくる。

Then he was filled with a red wrath and shouted aloud, and displaying his standard, black serpent upon scarlet, he came against the white horse and the green with great press of men. (*RK*, p.114)

まず、王旗に向かって行く指揮官の怒りが'red'で表わされ、本格的な戦いの開始を告げている。敵の旗印は緋色の地に黒の蛇が描かれている。'scarlet'は『指輪物語』全体でも9箇所しか使用がなく、高貴の身分や聖職の象徴である一方、罪悪を表徴する色である。旗に描かれているのは黒い蛇（black serpent）であり、悪の象徴となっている。それに対してセオデンの王旗は白馬と緑野である。これは、馬の'white'によりセオデンの高貴さを象徴しているだけでなく、緑野に白馬の描写は、緑豊かな自然の中にいる美しい白馬を連想させ、トルキーンの自然への愛情が込められていると考えられる。

⑩他方、『王の帰還』では特に戦闘の場面が多いが、芝生や草などを'green'を用いて描写している箇所が見られる。

第1部3章において戦いが激しくなっていく中、エオウィンがセオデン王に何も変わりがないかと聞かれ、彼女は変わりがないと答える。しかし、メリーは彼女の言葉に偽りを見て取る。

'All is well. It was a weary road for the people to take, torn suddenly from their homes. There were hard words, for it is long since war has driven us from the green fields; but there have been no evil deeds. All is now ordered, as you see....' (*RK*, p.68)

　実は民たちは変化していたのである。エオウィンは戦争のために住み慣れた緑の野から追われてしまった民たちに悲痛な思いを抱いている。ここで使用されている色彩は野の'green'であり、野の緑と戦争の犠牲が結びつけられている。
　⑪アラゴルン、レゴラス、ギムリは、戦いの話をしながら森の奥の方に進んでいると道路脇にある戦死者の塚を通り過ぎる。その塚には緑色の芝生が生えている。それは、戦死者に対する敬意と哀悼の念を含意していると考えられる。そして、彼らが目にしたのはセオデン王の愛馬である雪のたてがみ (Snowmane) のために作られた塚であった。

Green and long grew the grass on Snowmane's Howe, but ever black and bare was the ground where the beast was burned. (*RK*, p.120)

　青々と緑の草が茂り、雪のたてがみの名誉が後世にまで伝承していくような永続的な情景である。一方、獣が焼かれた地面は不毛地となり、もう草木が生えない。雪のたてがみの塚に生える草の色'green'と敵の獣が焼かれた地面の色'black'の色彩表現は、善と悪の対立を表象している。
　⑫戦いもますます激しくなっていく。敵が攻撃してきたときに、ピピンはふと次のように感じる。

'...Well, I'll smite some of this beastly brood before the end. I wish I could see cool sunlight and green grass again!' (*RK*, p.168)

　死を覚悟したピピンは、涼しい陽の光と緑の草をもう一度見ることを望むが、この場所では緑の草を見ることができない。緑の草はホビットのピピンにとって懐かしく、心癒されるものなのである。
　⑬一方、フロドはシェロブとの戦いで負傷し、オークに連れ去られたが、サ

第5章 『指輪物語』と『ナルニア国年代記物語』における色彩表現の対比

ムによって救出され、再び指輪棄却の旅を続ける。しかし、敵が迫ってくる恐怖、指輪所持者としての重圧、旅の疲労、これまで一緒に旅を続けてきたサムをも信じられない信頼感の喪失などあらゆる事柄が重荷となり、フロドは精神的にも肉体的にも限界に達し、自らと戦っていくことになる。サムはそんなフロドを支えながら滅びの山を目指していく。しかし、行く先の塔から漏れる赤い光は、敵を連想させるオークの旗印として使われている赤い目を連想させ、サムの恐怖感は一層増していたのである。敵の姿を連想させる'black'だけでなく、不気味な光の'red'も精神的戦いの要因となっている。

『王の帰還』第2部3章でフロドとサムは滅びの山の火口に到達する。ここはサウロン王国の心臓部であり、物語の舞台となる中つ国の最大の溶鉱炉である。サムは火口に向かって進む。

> ...all other powers were here subdued. Fearfully he took a few uncertain steps in the dark, and then all at once there came a flash of red that leaped upward, and smote the high black roof. Then Sam saw that he was in a long cave or tunnel that bored into the Mountain's smoking cone. But only a short way ahead its floor and the walls on either side were cloven by a great fissure, out of which the red glare came, ... (*RK*, p.222)

光の色彩として'red'が用いられ、その色によってサムは現在地を把握し、これまでに見てきた赤い光の発生源が分かる。'red'を使用することにより、赤い光がサウロン王国の心臓部を連想させる恐ろしい破壊力と呪縛力を備えていることを強調している。フロドもサムも心理的、精神的にますます追い詰められていく。

フロドは火口に向かうが、寸前のところで指輪を棄却することをやめてしまうのである。そのとき背後から何かに激しくぶつかられたサムは倒れこんでしまう。やがて起き上がるとゴラムが現前し、そのとき、サムはまた赤い光を見る。

> The fires below awoke in anger, the red light blazed, and all the cavern was filled with a great glare and heat. Suddenly Sam saw Gollum's long

hands draw upwards to his mouth; his white fangs gleamed, and then snapped as they bit. (*RK*, p.224)

　赤い光が炎を上げて燃え立ち、辺りは強烈な輝きと熱気が漂う。光の 'red' はこれまでの場面同様、力強さと熱気による暑さをも連想させる。そして、その光の輝きによってサムはゴラムがフロドの指を噛みつこうとしているのに気付く。ぎらぎらした炎の光の 'red' は、かすかにきらっとしたゴラムの牙の色 'white' をより明確にし、二つの光の交差は、物語のクライマックスを設える一要素である。ゴラムは武器を使わず、フロドの指を噛み切るという原始的で本能的な方法で指輪を強奪するが、フロドとサムは無為のままなすすべもない。その直後、ゴラムは指輪を持って火口へと転落していき、指輪の棄却は結末を迎え、邪悪な指輪をめぐる戦いが終わりを告げるのである。指輪の棄却への戦いは『二つの塔』と『王の帰還』ではフロドとサムが中心となる。戦いの要因は、物理的要因よりも恐怖感との心理的要因、お互いを信頼して愛しているもののために戦う精神的要因が強い。最後は、邪悪な指輪を棄却するか否かという最大の道徳的戦いに直面するのである。

　⑭アラゴルンたちは、指輪を所持して滅びの山に向かっているフロドとサムから敵の目をそらすため、軍勢を集結させるが、指輪の棄却が終わると敵たちは姿を消し、目の前に立ちはだかっていた黒門は大音響とともに崩壊する。世界征服を狙っていたサウロンとの戦いも指輪の棄却に対する戦いも無事終結したが、これは、指導者や英雄によってだけでなく、無力で小さなホビットや、エルフやドワーフ、魔法使ではあれ老人のガンダルフや女性のエオウィンの勇気ある戦いによって成就された[4]のである。

　⑮指輪の棄却の責務から解放されたフロドとサムは、『王の帰還』第２部４章にて分かれていた〈旅の仲間〉のメンバーと再会し、ようやく落ち着いた時を迎える。

They stepped out of the beech-grove in which they had lain, and passed on to a long green lawn, glowing in sunshine, bordered by stately dark-leaved trees laden with scarlet blossom. Behind them they could hear the sound of falling water, and a stream ran down before them between flowering banks, until it came to a greenwood at the lawn's foot and

第5章 『指輪物語』と『ナルニア国年代記物語』における色彩表現の対比

passed then on under an archway of trees, ... (*RK*, p. 231)

　フロドとサムは木々のアーチをくぐりぬけ、広い緑地に到着し、歓迎を受ける。戦いは無事終わり、美しく広がる草地で二人は平和な時を迎える。草地の緑は陽光で輝き、ここでは高位を象徴する‛scarlet’の色をした花も咲き、小川が草地より先の緑の林まで流れていく光景は、フロドとサムが久々に目にした清明さであった。この場面の描写において多用されている‛green’は、草地や林の色彩をより強調させている。

　⑯フロド、サム、メリー、ピピンがホビット庄に戻ると、ホビット庄は独裁者シャーキーに支配され、旅立つ前のホビット庄とは変化していた。美しい景色が失われ、人々は独裁者の下で重苦しい生活を強いられていたのである。フロドたちの前にサルマンとグリマが姿を現わし、再び戦うことになる。ピピンはペレンノールの戦いで着用していた黒と銀の制服を着用し、戦いに向かおうとする。これは、ペレンノールの戦いに参加し、勝利したことへのピピンの誇り高さを表わしている。フロドは戦うことになかなか賛成できないが、最後は、フロドもホビット族として自らの故郷ホビット庄を守るために戦い、勝利し、長かった戦いの旅がようやく終わりを迎える。この場面の風景描写に色彩表現がほとんど見られない。それは、以前の美しい景色のホビット庄とは異なり、変わり果てた廃墟のようなホビット庄を表わしているのである。

　『指輪物語』での戦いは、物語構成に工夫が見て取れる。指輪戦争に至る大規模な戦いはフロドとサム以外の〈旅の仲間〉たちが遭遇し、その様子は『二つの塔』ならびに『王の帰還』第1部に描かれている。一方、フロドとサムとの戦いは邪悪な指輪をめぐる戦いが主となり、国との戦いのような大規模な外面的な戦いは少なく、オークやシェロブとのある特定の敵との戦いや疲労感や恐怖感などの内面的な戦いも増加する。しかし、『王の帰還』第2部8章において帰還したフロドたちがシャーキーに支配され、変わり果てた姿になっていたホビット庄を取り戻す戦いは、失われた故郷のための戦いとして意味深い。これは、平和を望み、美しい故郷を取り戻すための重要な戦いなのである。『指輪物語』では物語の中に大小数々の戦いが描かれ、登場人物たちはそれらの戦いを繰り返しながら進んでいく。その際、登場人物たちの肉体的・精神的疲労は極限に達するが、それを経験した登場人物の成長とそれに伴う変化が見られ

る。また、『指輪物語』ではアラゴルンなどの王家の家系である人物の英雄的な活躍によって物語が良き方向へと展開し、クライマックスを迎える。

　このように『指輪物語』における「戦い」に関する色彩表現は、敵や登場人物の姿を象徴したり、周りの情景の変化を表わしたり、外面的かつ内面的な「戦い」の状況をより明確にしている。戦いの要因としては、邪悪な指輪を狙うという物理的な要因が根底にあり、そこに登場人物たちの様々な状況が絡み合う。『二つの塔』の冒頭において三つのグループに分かれて物語は進行していくが、そのとき、フロドが指輪を所持して旅を続けていくため、実際、指輪をめぐる戦いは、『二つの塔』以降、フロドとサムたちが中心となる。フロドたちはシェロブやオークやゴラムなど目に見える敵との物理的要因での戦いだけでなく、長旅を続けながら指輪を所持していることに対する精神的苦痛や心理的葛藤との戦いも多くなる。一方、フロドとサム以外の〈旅の仲間〉たちは指輪本体に関して敵から狙われることがなくなるが、世界征服を狙うサウロン軍との戦いが繰り返されていく。物語全体としては、それぞれ登場人物の精神的、心理的、道徳的要因が絡み合った戦いが描かれていると言える。敵を連想させる‘black’や‘red’などの色彩表現が見られるもののそれほど多いというわけではない。それは、「戦い」という出来事に焦点が充てられているからであると考えられる。

　また、『指輪物語』において木々や草地の色として多く用いられている‘green’に注目して見ていくと、戦いにおける様々な状況を反映していることが分かる。‘green’は、天の青と地獄の赤、それらから等距離にあることで中間的価値を持ち、寒暑、冷熱、低高の仲介であり、安心感を与え、リフレッシュさせる「人間的」な色[5]である。この点では、旅人たちがロスロリアン、ファンゴルンの森、イシリアンなどの肉体的、精神的回復を図ることができる場所において、‘green’はより強固な色彩語となっているが、一方では、‘green’は命と同様に死をもたらす色[6]の側面もある。自然の‘green’を特に描写することにより、回復の‘green’と‘green’の喪失の危険性とそれに対する怒りという‘green’の相対する象徴性を「戦い」を通して表しているのである。

　第一次世界大戦に兵士として参戦したトルキーンにとって、戦争はやはり悲劇的な出来事であった。トルキーンは原因不明の熱病で入院し、戦線離脱することになる。このときに、彼は言語学者としての基礎固めを築いていくことになるが[7]、一方で多くの仲間を失う悲痛な経験もする。『指輪物語』は、邪悪な

第5章　『指輪物語』と『ナルニア国年代記物語』における色彩表現の対比

指輪をめぐって物語が始まり、物語が進むに従い大規模な戦闘の様相が濃くなる。トールキーンは二つの世界大戦の体験者として、時が経つにつれ、戦争が巨大になり無惨になっていく有様を描き出したのである。

> トールキンは、身をもって戦争という巨大な悪を体験したわけで、『指輪物語』にもこの戦争体験が落とした影を見てとることができる。それは何よりも、この物語が一つの時代が終わる前に最終戦争の物語として書かれていることに表れているし、その大きな戦争のなかで、自分たちがいわば将棋の駒にすぎないという感覚をアラゴルンのような英雄さえもが持つことには、トールキン自身の体験が色濃く反映しているのではないだろうか[8]。

また、ルイスは『指輪物語』に関して全般的に言える二つの長所の一つとしてリアリズムを挙げ、次のように解説している。

> ここで描かれた戦争は、まさに私たちの世代が経験した戦争の性質を備えている。ここにはそのすべてがある。果てしなく続き、理解に苦しむ作戦行動、「準備万端」整ったときの前線の不吉な静けさ。逃げまどう民、生き生きとして真に迫る友情、絶望らしき背景と楽しげな前景。破壊の跡から見つかった秘蔵の高級タバコのような、天からの賜物など。著者は別の場所で、彼のおとぎ話への嗜好は、実際の軍務のよって呼び醒まされ、成熟していった[9]。

『指輪物語』では果てしなく起こる様々な戦いを克明に描写している。また、戦いの場面と対比するようにロスロリアンやファンゴルンの森や緑豊かな風景など心休まる場面が描かれ、暗い情景と明るい情景が交互に登場する物語構成となっている部分がある。しかし、心休まる場所の静寂さからその後の戦いを予示するようにどことなく不気味な雰囲気を漂わせている場合もある。他方、物語の登場人物は、架空の登場人物ホビットを始め、人間、ドワーフ、エルフ、魔法使など異なる種族が一同に登場し、戦いの只中にあって、喜怒哀楽をともにしていく。このように『指輪物語』はトールキーンの戦時体験が盛り込まれていると言えるが、「戦い」が悪を描くためだけの素材となっているわけではない。

トルキーンは戦争という形で悪を描いたとは言えない。戦士ベーオウルフの怪物や竜との戦いを描いた叙事詩『ベーオウルフ』の研究家であるトールキンにとって、戦いは悪ではなかった。……無論『ベーオウルフ』の場合も、『指輪物語』の場合も、プラスの価値をもつととらえられているのは、防御のための戦いであり、職業軍人同士とまで言えなくても、互いに自分の命をかけることを納得したものだけが戦闘に従事するという戦いである[10]。

『指輪物語』の中では戦争＝悪の図式が必ずしも成り立つわけではない。『指輪物語』には、各人の目の前に現れる直接的、そして自己の内面的な敵に勇敢に立ち向かっていく登場人物の姿が描かれ、色彩表現はそれぞれの「戦い」の軌跡を辿ることが出来る手段となっているのである。

〔『ナルニア国年代記物語』〕
一方、『ナルニア国年代記物語』の全七巻すべてにも戦いの場面が描かれている。しかし、戦い、そしてその要因も様々であり、全巻にちりばめられ、物語展開に直接影響を与える戦いもあればそうでないものもある。ほぼすべての戦いがその巻で終結を迎え、分かりやすい形で言及されている。
① 物理的要因に挙げられる主たる戦いは、領地争いとなる国と国との戦いである。
『カスピアン王子のつのぶえ』では、カスピアン王子が伯父ミラースに奪われたナルニア国を取り戻すことを主なる戦いとして物語が展開していく。14章でピーターとカスピアンはミラースと戦うことになるが、戦いの場面では色彩表現はなされていない。唯一、色彩表現されているのは、戦いを見守っているカスピアンとエドマンドの顔色と、戦いに臨んでいるピーターの顔色である。まず、ピーターが劣勢になりかけたとき、"Caspian and Edmund grew white with sickening anxiety."（*PC*, p.191）と、カスピアンとエドマンドは心配のあまり顔色が失われていくのである。しかし、ピーターは、"They ran down to the lists and Peter came outside the ropes to meet them, his face red and sweaty, his chest heaving."（*PC*, p.192）と、傷を負いながらも勇敢に戦っている。カスピアンとエドマンドの顔色の'white'と勢いを増したピーターの顔色の'red'が対照的に描写されている。

第5章　『指輪物語』と『ナルニア国年代記物語』における色彩表現の対比

②『馬と少年』ではカロールメン国とナルニア国、アーケン国との戦いの物語が描かれる。12章でシャスタはナルニア国に入った時に、エドマンド王やルーシィ女王の一行と出会う。彼らは旗を掲げているが、その旗は、"a bay horse carrying the great banner of Narnia——a red lion on a green ground."（*HHB*, p.175）である。彼らが掲げている旗印は、緑地に赤いライオンである。この旗印は、仙人が鏡から戦局を見ているときの目印になっている。13章はアンバードの戦いの場面である。まず、戦いを知らせるかのように青空の中、ワシが飛んでいるのを見かける。戦いの前に鳥が飛ぶ風景は、『さいごの戦い』や『指輪物語』でも見られる。それは戦いの合図となっている。そのときの空の色は'blue'で描かれ、さらにシャスタはアーケン国の広大さも空と同様に'blue'で表現している。その後、シャスタの目から見た戦いの様子は書かないことを〈語り手〉が語り、その代わりに南の国境の仙人の魔法の池から見た戦いの状況が描かれていく。魔法の池を使って間接的に情景を提示する技法は、少し距離を置いたところから戦いを見つめることができ、作者ルイスの考えも自由に介入することを可能にしている。

仙人が魔法の池を眺めている様子は次のようである。

> Something up by Stormness has scared the birds. They're coming out in masses. And wait again … I can't see yet … ah! Now I can. The whole ridge, up on the east, is black with horsemen. If only the wind would catch that standard and spread it out. They're over the ridge now, whoever they are. Aha! I've seen the banner now. Narnia, Narnia! It's the red lion. (*HHB*, pp.188-189)

これは、アンバードの戦いに関して唯一色彩表現がなされている場面である。兵士の様子を表わす色彩'black'は、兵士の多さを表徴し、反戦的な意味が込められている。また、旗のライオンの色として'red'が使用され、ナルニア軍の存在が明確になり、仙人も旗印によりナルニア軍を認識している。この旗は、上述したようにシャスタがナルニア国に入って見た旗と同様であり、ナルニア国の象徴的な事物となっている。このように戦いの場面では色彩表現は僅少である。それは、修飾的な色彩表現を避けることによって「戦い」という出来事の描写に力が注がれているからである。

③『さいごの戦い』では、カロールメン軍とナルニア軍との戦いが主となる。他の作品でも国同士の戦いが見られるが、『さいごの戦い』での戦いは最大である。ナルニア国には長い間アスランが訪れず、すっかり様相が変わってしまっている。森の木々は切り倒されて売られ、ものを言うよいけもの特権も崩れてしまい、ナルニア国の人々は偽アスランに騙されている。憧れの世界であったナルニア国の変貌は読者にとっても衝撃的である。これまでの六作品で描かれてきた自然豊かな美しいナルニアの風景は見られず、風景に関する色彩表現もほとんどされていない。
　戦いが本格的に始まり、ユースタスは兵士を目にする。

> He had never seen anything (though he had seen both a dragon and a sea-serpent) that made his blood run so cold as that line of dark-faced bright-eyed men. (*LB*, p.134)

　ユースタスはこれまでにも数多くの戦いに遭遇している。ここで取り上げられている竜と海蛇との戦いは『朝びらき丸　東の海へ』での出来事であるが、ユースタスはそれまでの自分を振り返り、心を入れ替え、その後の航海では苦難にも勇敢に立ち向かっていき、彼にとっては印象深いものである。読者もこの場面で回顧できる。兵士たちの顔色に用いられている色彩表現'dark'からカロールメン人の兵士の様子を描写したことが分かる。兵士の戦列は、ユースタスがこれまで見たことがないほどの恐怖感を漂わせている。
　とりわけ『さいごの戦い』での戦いの場面では色彩表現が少ないが、白岩 (the white rock) が頻出している。この岩はジルたちの砦となる岩であり、ナルニア人の肌の色と同色であることから、敵の目を欺くことができ、読者にとっても目安としてその場面の状況を把握することができる。岩はアラム語で「ケファ」であり、イエスよりケファと呼ばれていたイエスの十二人の弟子の代表的な一人であるペトロを連想させる[11]。また、戦いの場所が厩の前であることも重視しなければならない。厩はキリストが誕生したと言われる場所であり、神聖な場所を背景にして無惨な戦いが起こっている皮肉な情景の描写は、戦争への批判を暗示している。
　国と国との戦いも根源をたどると、領地争いの私利私欲が原因となり、戦いへと発展している。これは七つの悪の一つであり、ルイスが最大の悪と考えて

第5章　『指輪物語』と『ナルニア国年代記物語』における色彩表現の対比

いる傲慢[12]の表れであり、戦いの要因に心理的・精神的部分も大きく関与していると言える。これらの大規模な戦いは、二つの世界大戦を連想させ、二つの世界大戦の体験者であるルイスの思いが込められていると考えられる。

④『朝びらき丸　東の海へ』では、外面的および内面的両方の戦いが描かれている。

物語は、ルーシィとエドマンドとユースタスがカスピアン王子とともに行方不明になった七人の卿を捜すために航海の途中、様々な出来事と遭遇する。たとえば海蛇の襲撃やいつまでたっても抜け出せない暗闇のときなどである。行く手が見えず暗闇が続く場面の12章では、'blackness' や 'darkness' が多用され、厳しい航海の上に周りの景色の状況から登場人物たちは心理的に追い詰められていく。

⑤『ライオンと魔女』での最大の戦いは、ライオンのアスランとナルニア国を支配してきた悪の象徴である魔女との戦いである。

12章でペヴェンシー一家の子どもたちがビーバー夫妻に導かれ、丘の上でアスランと対面する。丘にはアスランの陣営が構えられていた。陣営では黄色の幕と赤いライオンの絵を描いた旗がはためいている。しばらくするとオオカミが襲ってくるが、ピーターが勇敢に退治する。アスランは夢中で初陣を終えたピーターに声をかけ、ピーターは我に返る。オオカミの毛と血がついた剣を見てピーターは自分の行為を悟る。ピーター、スーザン、ルーシィは戦いが近づいていることを意識する。

13章ではお菓子の誘惑に負け、魔女側にいたエドマンドをアスランと魔女との話し合いにおいて無事救出することができる。しかし、14章ではエドマンドを助けた代わりにアスランが魔女のほうに向かって行き、犠牲になる。アスランは、何の抵抗もせず魔女とその仲間に殺されてしまう。アスランが殺される場面、さらに殺されたアスランの姿に関しては色彩表現はなされていない。しかし、その場面の描写から血まみれになっているアスランを想像することができる。詳細な描写をしていないことは、残虐さのゆえに明確にするのを敢えて避けているとともに、その場面の様子を読者の想像力にゆだねているのである。続く15章でアスランは甦り、再び魔女たちと戦うことになる。人間、動物を初め、あらゆる生物が参戦し、大規模な戦いになっていく。皆で力をあわせてアスラン軍は勝利する。この戦いは、魔女に支配されていたナルニア国を取り戻す戦いであるのと同時に、最初、魔女の誘惑に負けて魔女側につくが、

やがて自らの行為を反省し、魔女軍に勇敢に立ち向かって行くようになるエドマンドの心理的な戦いも含まれている。

⑥『銀のいす』では、魔法の力に打ち勝つことができた戦いが描かれている。魔女によって地下に監禁されている黒い騎士は、魔法にかけられて正気と見えるときと乱心と見えるときがあり、そのときに黒い騎士を座らされているいすから救出しなければならない。救出することに騎士だけでなく、自分たちの身にも危険が及ぶことが考えられ、最初、ジルたちは戸惑う。しかし、アスランから聞いたしるべの言葉を発することにより、騎士を無事に助け出すことができ、騎士は正気に戻る。そして座らされていた銀のいすに剣を振り下ろし、いすを破壊するのである。このいすは作品の題名にもなっているいすのことであり、いすの色'silver'は、前章で検証したとおり魔女を象徴する色彩として用いられている。いすを破壊することで魔法を解くことに成功したが、そこに魔女が現れ、戦うことになる。魔女は6章で緑の貴婦人として姿を現わす人物である。まず、魔女は緑の粉を暖炉の火に入れる。甘い香りが立ち込めてきた中で魔女が音楽を奏で始める。すると次第にジルたちは正気を失い、これまでのことが全て夢だったような気分となり、すっかり魔法にかかってしまう。しかし、パドルグラムが勇気を出して暖炉に足を入れ、火をもみ消したことで魔法を断ち切ることができる。彼の勇気を支えていたのは、アスランを信じる心である。そして、彼女が緑の大蛇に変わっていく様子は、彼女を象徴する色彩'green'によって読み取ることができる。

⑦同じく魔女との戦いを描いた『魔術師のおい』では、13章において西の園での魔女とディゴリーの戦いが主である。魔女との対決というより、ディゴリーの心の葛藤、さらに悪への勝利を描いた場面である。『魔術師のおい』では、西の園でのリンゴをめぐる葛藤がディゴリーを襲う。西の園では食べてはいけないとアスランに言われていたリンゴを魔女が食べており、さらに魔女からリンゴを食べるように勧められ、ディゴリーは誘惑と戦うことになるが、ポリーのことを思い出し、誘惑に打ち勝ち、克服するのである。そのときのリンゴの色は'silver'である。これは『銀のいす』に登場する魔女を連想させる。

『魔術師のおい』の場合、物語の中では国政に関係するような大規模ではない戦いは起こらないが、4章から5章に描かれているチャーンの都の様子は、戦いが終わった後の無残さが克明に描写されている。4章では、ディゴリーとポリーが魔法の指輪を使っていて迷い込み、鈍い光が照る廃虚に来てしまう。

第5章 『指輪物語』と『ナルニア国年代記物語』における色彩表現の対比

5章では、二人はジェイディスに出会い、チャーンの都のことを知る。三人は高台から眼下に広がるチャーンの都の景色を見る。

> Low down and near the horizon hung a great, red sun, far bigger than our sun. Digory felt at once that it was also older than ours; a sun near the end of its life, weary of looking down upon that world. ... Those were the only two things to be seen in the dark sky; they made a dismal group. And on the earth, in every direction, as far as the eye could reach, there spread a vast city in which there was no living thing to be seen. And all the temple, towers, palaces, pyramids, and bridges cast long, disastrous-looking shadows in the light of that withered sun. Once a great river had flowed through the city, but the water had long since vanished, and it was now only a wide ditch of gray dust. (*MN*, pp.64-65)

まず目に入って来るのは大きな太陽であるが、その色は'red'である。太陽は寿命の尽きかけた様相である。太陽の色'red'は血や戦争を連想させるが、それは、太陽が悲惨な戦いが終わった場所を照らしているその描写でさらに印象づけられる。太陽の上に一つだけしか星はなく、空は暗い。また、そこには生きているものはなく、あらゆる建物はその太陽の光を受けている。太陽の様子からも分かるように、建物は不穏な影を落としている。大きな川には水は流れず、溝しか残っていない。その溝の色として'gray'が用いられ、今は涸れ果ててしまった川の様子を表わしている。

ジェイディスは、以前のチャーンの都の景色について話し始める。

> "It is silent now. But I have stood here when the whole air was full of the noises of Charn; the trampling of feet, the creaking of wheels, the cracking of the whips and the groaning of slaves, the thunder of chariots, and the sacrificial drums beating in the temples. I have stood here (but that was near the end) when the roar of battle went up from every street and the river of Charn ran red." (*MN*, p.65)

ジェイディスが語るのは、戦いの最中の状況であった。足音、車の音、鞭の

音、奴隷の叫び、戦車の音、太鼓の音など、今は聞こえない様々な音を挙げて、昔を振り返っている。しかし、どれも非理想的経験の原型にあてはまるものである。最後の川の様子は色彩表現を用いている。周囲の様々な聴覚的感覚の描写の後、ある一点の視覚的感覚の描写によってその視覚的感覚に対してより核心に迫ることができる。川の色は‘red’である。‘red’は、今、彼らを照らしている大きな太陽を連想させることはもちろん、‘red’から川に流れているものは戦いで流された血であることも容易に理解できる。昔の川の色‘red’と今の涸れ果てた川の溝の色‘gray’とは有彩色と無彩色の対比的な変化を表わし、周りの景色の変化とも呼応している。これらの場面では、まず今の変わり果てた風景が、次に今に至るまでの様子が描写され、時間の流れは描写の順序とは逆である。五感的な面から捉えると、太陽の色‘red’で衝撃的な印象を与えた後、暗い景色であり、生きたものはなく、川の流れなどの音のない静的な風景の様子が描写される。そして、聴覚的表現によって動的な描写が続いた後、最後に視覚的表現として川の色‘red’が描写され、聴覚と視覚の感覚に訴えている。冒頭と最後に色彩表現として血や戦争を連想させる‘red’が用いられることによって戦争の無残さを強固なものとしている。チャーンの廃虚の様子は、ルイスが経験した世界大戦の様子を投影しているのである。

このように『ナルニア国年代記物語』における戦いは、全巻に用いられている素材であり、戦いの相手や背景など様々な戦いが存在し、個人の戦いから国同士の戦いまで様々で、どれも善悪の戦いを表徴化している。

戦いに勝利を収めるときは、ほとんどの場合、個人的な力だけではなく、人間、動物、架空上の生物も含む皆で勝利し、最終的は『さいごの戦い』において国同士の大戦で幕を閉じる。正義を守るために繰り返される戦いは、平和と善の回復を目指す戦いとなる。戦いに至る要因には、物理的、心理的、精神的、道徳的と様々であり、これらの要因が混合している。また、子どもたちの心の葛藤が引き金になっている場合も多い。それらは人間の、特に子どもたちの誤った選択、悪への誘惑に屈したことによる結果であり、道徳的要因が根底にあると言える。様々な戦いの様相が各巻にわたって描かれ、戦いに至る原因のあらゆる事例が提示されることによって、特に子どもたちが生きていくための指針のような働きを担っていると言えるが、色彩表現の観点から見ると『指輪物語』同様、戦いの場面における色彩表現は少ない。それは戦いの場面を色彩美で表わすことができないというルイスの信念ゆえである。

第5章 『指輪物語』と『ナルニア国年代記物語』における色彩表現の対比

『馬と少年』では、戦いに関する直接的な語りを避けている記述がある。安藤聡は、この年代紀には痛ましい戦闘の場面が繰り返されるが、これらもみな「善と悪の闘争」を描いているゆえに、その痛ましさそれ自体に意味があり、善と悪の「最終的な」闘争を描いた『さいごの戦い』においては、その関係がこれまで以上に痛ましいものになることは避けられない[13]と述べている。戦いの原因は様々であるが、全ての戦いにおいて戦いが終息し、解決を迎えるためには絶対的存在であるアスランが関与しているのが『ナルニア国年代記物語』の大きな特色であり、魅力となっている。

「戦い」に関しては、『指輪物語』も『ナルニア国年代記物語』も色彩表現はそれほど多くない。それは「戦い」という事柄を色彩で形容することなく、的確に描写することで「戦い」の無残さを露にするためである。それでもなお『指輪物語』では、兵士の装い、乗っている馬、旗印などには詳細な色彩表現が行われており、その情景は中世時代の騎士像を想起させる。また、自然の木や草を連想させる色彩 'green' は、戦争による大地の変化を表わすだけでなく、戦う人々を癒す働きをしていることが分かる。『ナルニア国年代記物語』では、ライオン以外の旗印は登場せず、戦う者の装いの詳細な色彩表現はほとんど見られない。戦いを素材とすることは、トルキーン、ルイスともに二つの大戦の体験者として戦争の無残さを示しながら、物語の重大なテーマである善悪の闘争を明確にし、悪からの克服の過程を描写する手段の一つとして用いていると考えられる。『指輪物語』の場合、根底には善の勝利が流れているものの仲間たちで力をあわせて勝利を掴み取ることにも光が当てられている。一方、『ナルニア国年代記物語』の場合、神の善への導きが前景化していると言える。「戦い」は、トルキーン、ルイスともに物語を支え、形作る素材として重要視していたことは相違ないのである。

（2）「指輪」

『指輪物語』においても『ナルニア国年代記物語』においても物語展開を左右する重要なものに指輪がある。

『指輪物語』は邪悪な指輪を棄却する物語が主筋であるが、その指輪が最初に登場するのが『ホビットの冒険』の5章である。ビルボがゴラムの指輪を拾う。ゴラムはビルボから指輪を取り戻そうとしてなぞなぞ対決をするが、勝っ

たビルボが指輪を手に入れるのである。その後、ビルボは旅の途中で指輪を有効に使い、難を逃れる。『ホビットの冒険』では、指輪は危機を救うものとして良き印象をもたらしている場合もあるが、指輪それ自体はそれほど重要視されていない。しかし、赤井敏夫は、この指輪だけが語り終えられた物語と新たに生まれ出ようとする物語をつなぐ、唯一の鍵である[14]とし、さらに次のように述べている。

> 新たな物語の冒頭で指輪はビルボとともにふたたび物語——ずっと以前に扉を閉じてしまったこれとは別の物語——の中に消えてしまうことなく、却ってこの物語の主人公の手に唯一の遺産として譲り渡されているのだ。いわば指輪を通じて物語が——あるいは物語のもつ魔力が——継承されたかのように。この相続は結果的に、読むという行為を通して新たな物語を生きるよう定められたわれわれにまで及ぶこととなる。なぜなら魔法の指輪を得ることによってのみ、この新たな物語ははじめてわれわれの前に扉を開くことになるのだから[15]。

トルキーンは指輪をきっかけとして新しい物語の扉を開くことになる。『指輪物語』の指輪は、物語の中で重要な位置を占めるが、『ホビットの冒険』のように危機を救う良きものというより、邪悪な指輪として存在する。『指輪物語』では、『ホビットの冒険』同様、フロドが敵に襲われたときに姿が見えなくなることで敵の目をくらますことができるのであるが、その指輪をめぐり世界支配を狙うサウロンとの戦いが繰り広げられることになる。『ホビットの冒険』では「姿隠しの指輪」にすぎなかったのが、『指輪物語』においては悪の本質を具体化する事物として存在する。

> 執筆の過程で、単なる姿隠しの指輪の重要性を「絶大なる力を秘めている」ところに求めたとき、トールキンにとっての「悪」の本質が指輪に凝集しはじめた。かくて、一つの指輪は邪悪の「根源」としては描かれることがなかった。その力がおのおのの眼前に開く権力の可能性ゆえに、一つの指輪はすべて邪悪が像をむすぶ「焦点」として、象徴的に機能しているのである[16]。

第5章 『指輪物語』と『ナルニア国年代記物語』における色彩表現の対比

　これは『ホビットの冒険』と『指輪物語』では指輪の役割が大きく異なるということを意味している。『ホビットの冒険』の場合、指輪は姿が見えなくなる道具として敵との戦いにも使用され、事が優位に運ぶこともある。しかし『指輪物語』の場合は、指輪の力を手離すために旅に出る。この違いは、両作品の物語展開に裏付けられている。『ホビットの冒険』は、竜からの財宝を取り戻す旅という正の探索行であるが、『指輪物語』は指輪の棄却の旅という負の探索行である。両作品はおどろくほど用意のいい（必然的な）対応関係が成り立つ[17]のである。

　『旅の仲間』では、フロドたちの旅のきっかけとなった邪悪な指輪に関しては'gold'であることが何度も描写されている。しかし、『二つの塔』や『王の帰還』ではこの指輪に関する色彩表現はほとんどない。それは、『二つの塔』や『王の帰還』においては、指輪の'gold'は、邪悪な指輪としての巨大な力と権力の象徴となっているからである。

　一方、『ナルニア国年代記物語』においても物語の中に様々な指輪が登場するが、最も印象深く、物語展開に大きく関与する指輪は『魔術師のおい』における二つの指輪である。二つの指輪はディゴリーの伯父アンドリューが作り出した魔法の指輪で、'green'と'yellow'がある。この指輪はそれぞれ役割が異なり、'green'はその場所から外に出ようとする力を、'yellow'はもとの場所に戻ろうとする力を持ち、時空間を越え、別世界と現実世界を行き来することができる。アンドリューは、屋根裏部屋で実験を重ね、二つの魔法の指輪を作り出し、指輪の威力を試すためにディゴリーとポリーを利用したのである。異空間を移動することは、読者にとって憧れの出来事として好奇心を呼び起こし、別世界を舞台とするファンタジー作品の重大な要素でもあるが、魔術師を夢見て作り出した指輪に関する実験を求めるアンドリューの行為は、目まぐるしく進歩する科学技術に対しての危機感を暗示している。移動する場所は、深緑に囲まれた世界と世界の間の林、悪を目覚めさせる廃虚チャーンの都、そしてナルニア国が誕生する場面である。しかし、この指輪は元々、アンドリューの欲望から生まれた邪悪な指輪であり、最後には使用しないように庭に埋められる。

　さらに最終巻の『さいごの戦い』でも指輪の話が登場する。現実世界にいたジルたちが、ナルニア国のティリアン王が危機的状況にあることを感じる。彼らはナルニア国に入る手段として指輪を使うことを思いつく。庭から掘り出し

たピーターから指輪を受け取ろうとユースタスとジルは列車に乗るが、列車事故に遭う。それがきっかけとなって彼らはナルニア国に入ることになる。『ナルニア国年代記物語』における指輪は、別世界への移動のための道具であり、移動手段や姿が見えなくなる役割は、姿が確認出来なくなる点では『指輪物語』の指輪と類似しているが、『指輪物語』の場合、指輪を使って別世界に移動することはなく、世界を支配し、不死やさらなる悪を手にする邪悪な指輪の様相が強い。

〔『ニーベルングの指輪』との関連〕

トルキーンとルイスの両者に多大な影響を及ぼしていると考えられるのは、リヒャルト・ワーグナー（Richard Wagner, 1813-1883）の四部作から成る楽劇『ニーベルングの指輪』（'Der Ring des Nibelungen', 1848-1876）[18]であろう。

『指輪物語』の指輪と『ニーベルンゲンの歌』（Nibelungenlied）[19]で登場する指輪との類似をオクスフォードの学生だったレイナー・アルウィンは評するが、トルキーンは、『ニーベルンゲンの歌』やワーグナーと比較されることに対し、「二つの指輪はともに円い、そしてそこで類似性は終わる」[20]と応じる。つまり『ニーベルングの指輪』と『指輪物語』は、指輪の円いという形状以外には類似性はないということである。レイナー・アルウィンも指摘しているが、このトルキーンの答えは、トルキーンがアレゴリー的な要素を嫌ったことによるものと考えられる[21]。指輪の形である円は、永遠と循環のシンボルであったり[22]、神聖な創造の根源的なものとされ、「完全、成就、継続」のシンボル[23]であり、古代から人びとは、神聖な権威や創造の根源を見いだし、その形状にかれらの世界観を託してきたのである[24]。トルキーンが指輪の形状の類似だけを認めたのは、指輪が持つ象徴性を重要視していたからと考えられるが、様々な点において『ニーベルングの指輪』との類似性は否めない。

最大の類似点は、物語の重要かつ象徴的な事物として指輪が取り上げられていることである。『ニーベルングの指輪』の指輪は黄金色であり、手にしたものは不死の力を得ることができ、人間の望みうる最高のものである権力と愛の象徴となっている。浜本隆志によると、この指輪を求めて、人間の内奥に渦巻く欲望を満たそうとする者は、争いを引き起こし、没落していかなければならず、ワーグナーは黄金や指輪が内包する魅力的かつ危険な本質を十分見抜いていたとし、指輪に象徴される人間の内奥の欲望と破滅という二律背反の問題を

第5章 『指輪物語』と『ナルニア国年代記物語』における色彩表現の対比

えぐり出した[25]のである。一方、『指輪物語』の指輪は、トルキーンが認めるように形が円いという形状的側面だけでなく、特に『旅の仲間』では何度か'gold'であるという色彩的側面も描写されている。さらに指輪が持つ不死の力も『ニーベルングの指輪』と同様である。また、『指輪物語』においても『ニーベルングの指輪』と同じく頭巾も用いられる。頭巾は重大な役割を果たし、色彩表現も詳細になされているが、姿を隠したり、変身させる力を持つ『ニーベルングの指輪』の頭巾とはやや相違が見られる。『指輪物語』の場合、姿を隠すことができる力が指輪に備わっている。『指輪物語』でのエルフの頭巾は、森の木々と同化させる色彩として'grey'が用られ、フロドたち旅人は、エルフからその頭巾をもらい、着用して旅を続ける。また、『ニーベルングの指輪』は黄金などの財宝の争奪をめぐって展開していくのに対して、『指輪物語』ではモリアの坑道の奥で金銀の財宝を発見する場面はあるが、物語展開には直接関与していない。

　登場人物は、『ニーベルングの指輪』、『指輪物語』それぞれに、様々な人種の生物が立ち現れる。たとえば、小人に関して見ると、『ニーベルングの指輪』では、主たる登場人物の中に地下に住むニーベルング族の小人たちがいる。一方、『指輪物語』の中心的登場人物はホビット庄に住む小人のホビットたちである。しかし、『指輪物語』では神々は登場しないが、『ニーベルングの指輪』における登場人物の一人である神ヴォータン（Wotan）に関する色彩表現の場面は興味深い。第一日『ヴァルキューレ』の第1幕第3場で灰色の衣装の老人ヴォータンが入って来る。その後、ヴォータンがさすらい人として登場する第二日『ジークフリート』第1幕第2場では、衣装は紺色として表現されている。神話のヴォータンの衣装は元来紺色であるが、『ヴァルキューレ』では、頭韻のために灰色が用いられている。劇である『ニーベルングの指輪』では、色彩よりも台詞に直結する詩の形を重視している。『指輪物語』のように色彩において登場人物を象徴する使用とは異なるが、この場面は衣装の変化から『指輪物語』におけるガンダルフの姿を想起させる。衣装の色彩によって登場人物を連想させる働きを担う点は共通していると言える。

　一方、ルイスはワーグナーに非常に感銘を受けたことを自叙伝『喜びのおとずれ』（*Surprised by Joy,* 1955）において詳述している。まず、ルイスの心を捉えたのは、『ジークフリートと神々の黄昏』に描かれていた挿絵である。この時のルイスは、ワーグナーのことやジークフリートのこと、神々の黄昏の意

味も知らなかったが、この絵によって北欧への憧れが強くなっていった[26]としている。その後、父から蓄音器をもらったり、雑誌において『ニーベルングの指輪』に触れる機会を得る。さらに、ルイスはイギリスの詩人アレキサンダー・ポープ（Alexander Pope,1688-1744）が翻訳した『オデュッセイア』（Odysseia）の詩型[27]を手本にして詩を創作するが、このときルイスが初めて詩らしい詩を作ろうと思ったときであった。ルイスは『ニーベルングの指輪』やワーグナーにますます興味を抱くようになり、英雄詩だけでなく、音楽にも関心を示し、さらに北欧への思いも強くなる。

ルイスは自らの人生に及ぼした意味について次のように説明をしている。第一に今までに経験したどんなものよりも「北欧」がキリスト教に対する懐疑よりも重要なことに思っていたのである。「北欧」に崇拝の念に似たものを感じたからである。第二に大自然の素晴らしさに気づくようになったことである。第三に古代スカンジナビアの神話に関する書物に関心が移ったことである。第四に秘かな想像の生活が大きな意味を持ち、外面的な日常の生活と遊離してしまい、別箇の二つの物語を同時に記さなければならなくなったことである[28]。これらの点は『ナルニア国年代記物語』の作品の随所に読み取ることができる。それは、幼いころより目にしていた自然豊かな北アイルランドの風景の魅力に強い憧れの念を抱き、ナルニア国の風景として表徴化させ、また、物語の素材として取り入れているからである。

『ナルニア国年代記物語』にも『ニーベルングの指輪』と共通するものが数多く見られる。たとえば、小人や巨人の登場人物、他の生物との戦い、人間が鳥の声を理解できること、指輪の存在、地下の世界の描写などである。しかし、『ナルニア国年代記物語』の中では『ニーベルングの指輪』との類似性は『指輪物語』ほど見られない。

小人や巨人は『ナルニア国年代記物語』においても登場するが、主要な登場人物ではない。また、『ニーベルングの指輪』での大蛇との戦いは、『朝びらき丸　東の海へ』における大きな海蛇との戦いを連想させる。『ニーベルングの指輪』の場合、大蛇の血を浴びたジークフリートは鳥の声の意味が理解できる新たな力を得る。『ナルニア国年代記物語』の場合、海蛇は一行の航海を妨げる生物であり、海蛇への勝利は、勇気と航海の平安をもたらす。他方、『ナルニア国年代記物語』ではよいけものは特権として言葉を話すことができ、人間の登場人物たちはその力によって助けられるなど重要な役割を果たしている。

第 5 章　『指輪物語』と『ナルニア国年代記物語』における色彩表現の対比

　そして、『ナルニア国年代記物語』では、歴史順で最初の作品『魔術師のおい』に登場する二つの指輪の色は 'green' と 'yellow' であり、役割が分けられている。指輪の力に関しては『ニーベルングの指輪』では不死の力が備わっているが、『魔術師のおい』の場合、異なった世界間の移動の道具として用いられる。その指輪を使ってディゴリーたちはナルニア国が誕生する世界へと入ることになる。

　このように『ニーベルングの指輪』をめぐってトルキーンは自らの作品と『ニーベルングの指輪』との類似性に対して反論し、指輪の形状のみ類似していることを明確に述べているが、小人や巨人の登場、指輪の存在やその力など物語の素材は作品に工夫して取り入れている。それは『ニーベルングの指輪』に似せたのではなく、トルキーンが自らの作品に取り入れたかった物語の素材が『ニーベルングの指輪』に見られる素材と合致していただけなのである。『ニーベルングの指輪』は北欧神話やサガなどが基になっているが、その壮大なる世界への強い憧れは、トルキーンの物語創作の原動力となっているのである。一方、『ナルニア国年代記物語』には『ニーベルングの指輪』で見られる物語の素材が使用されているが、役割などにはかなりの相違がある。ルイスは、北欧世界への憧れや『ニーベルングの指輪』への絶賛から『ニーベルングの指輪』に見られる物語の素材を使用しているが、その役割を似せず、むしろ違った形で使用することによって『ナルニア国年代記物語』としての特色を保持しているのである。

（3）「食事」
　食事の場面は『指輪物語』においても『ナルニア国年代記物語』においても物語の随所に見られ、登場人物のそれまでの労がねぎらわれたり、登場人物に力を与える。
　『指輪物語』の前書きにもホビットたちの食生活について特記されているように、ホビットたちは食事を重視している。彼らは、一日に六度の食事を楽しみ、その時を大切にしているのである。特にメリーやピピンは、時々空腹を訴え、食事を取ることを懇願する様子が見られる。また、『指輪物語』の第 1 巻『旅の仲間』はビルボの誕生日の宴の場面から始まり、宿屋「躍る小馬亭」の場面でもホビットたちは歌を歌いながら楽しい食卓を囲むのである。このような食事の場面は、理想的経験の原型であると言える。加えて、旅人たちは道中、様々

な場所を訪れ、手厚くもてなされる。たとえば、『旅の仲間』第1部7章では、トム・ボンバディルがフロドたちホビットを食事に招く。そのとき、トム・ボンバディルは自分の家の食卓に載っているクリームの色 'yellow' とパンの色 'white' を思い浮かべながら話して彼らを誘う。それを聞いたホビットたちもその食卓の場面を連想し、招きを受け入れる。そして、トム・ボンバディルの家で用意されている食事は、彼が話していたとおりであった。

> Is the table laden? I see yellow cream and honeycomb, and white bread, and butter; milk, cheese, and green herbs and ripe berries gathered. Is that enough for us? (*FR*, p.135)

実際、ホビットたちが食することになった食事にもクリームの色 'yellow' とパンの色 'white'、さらに野草の色 'green' の色彩表現が見られる。その色彩は、食生活にとってバランスがよく、食欲増進につながる重要な役割を果たすという一般的には赤、白、黒、黄、緑の食の五原色と呼ばれる五つの食材の色[29]に一部が合致しており、理想に近い食卓となっている。厳しい旅を続けてきて、空腹だったホビットたちは食べられるだけ食べるが食べ物は不足することはないのである。また、大きな杯に入った透明の水のような飲み物を飲むと、ブドウ酒を飲んだときのような酔い心地になり、ホビットたちはおじけることなく声が出せるようになり、愉快な気分になる。同席したトムとゴールドベリの楽しい食事は、ホビットたちにとって彼らの心を癒すひとときとなっているが、同時に読者にも安心感をもたらしている。

さらに『二つの塔』第2部5章においては、フロドとサムはイシリアンの森で出会ったファラミアの隠れ家に案内され、久々に落ち着いた食事のときを過ごす。

> After so long journeying and camping, and days spent in the lonely wild, the evening meal seemed a feast to the hobbits: to drink pale yellow wine, cool and fragrant, and eat bread and butter, and salted meats, and dried fruits, and good red cheese, with clean hands and clean knives and plates. ... The wine coursed in their veins and tired limbs, and they felt glad and easy of heart as they had not done since they left the land of

第5章　『指輪物語』と『ナルニア国年代記物語』における色彩表現の対比

　　　Lórien.（*TT*, p.285）

　その食事は質素なものであるが、上等なチーズの色が強調されて'red'が用いられている。ここでいいにおいがするワイン、つまりブドウ酒を飲む。その色は'pale yellow'と描写され、白ワインを連想させるが、『指輪物語』において唯一色彩表現がなされているブドウ酒である。フロドとサムの体にブドウ酒が全身の血管を駆け巡り、彼らは疲れた身体を癒すことが出来る。

　とりわけ、『二つの塔』第2部4章の森の中で、サムが食事を作り、フロドにも振る舞う場面は、サムが食材を用意するところから調理し、フロドとともに食事をして満足感を得るところまで実に詳細な描写が見られる。フロドは疲れ切って眠っていたが、やがておいしい温かい家庭料理を切望する。サムは、香り草入りのウサギのシチューを作ってフロドと一緒に食する。しかし、ゴラムは香り草の匂いに耐えられず、食べることができないのである。この場面に関して色彩表現はされていないが、食事を作ったときのたき火の煙に光が注ぎ込む様子に色彩表現が見られ、その火の煙はその後のファラミアたちとの出会いへのきっかけとなる。

　だが、満足な食事の時ばかりではない。たとえば、『王の帰還』での食事の場面は、ピピンは戦いの最中、十分な食料もなく、楽しく落ち着いた食事を取ることができない場合もある。その情景は周囲の切迫した状況を露にし、非理想的経験の原型とも取れる。

　『指輪物語』での食事の場面では、色彩表現はさほど多くはない。しかし、食事の場面は随所に見られ、その状況は詳細に描写されており、読者は想像力を働かせながら読み進めることができるのである。『指輪物語』での食事は、登場人物の心を癒し、登場人物は肉体的にも精神的にも回復し、理想的経験の原型の場面のほうが多いと言えるが、戦い途中の食事の場面では、食事によって物語の情景を把握する手段となっている場合もある。

　また、『ナルニア国年代記物語』でも実に多くの食事の場面が描かれている。食事の内容、食事をする場所、食事をする人々は様々である。

　『馬と少年』では、シャスタはカロールメン風とナルニア風の食事を口にする。5章では、コーリン王子と間違えられたシャスタはタシバーンでカロールメン風の食事をすることになる。その食事は大変豪華で、様々な種類の料理が並んでいる。その中で唯一色彩表現がなされているのがブドウ酒である。"There was also a little flagon of the sort of wine that is called "white" though it is really yellow."(*HBB*, p.76)とブドウ酒の色について本当は「黄色い」くせに、「白」と呼ばれているのである。また12章では、ナルニア国に入ったシャスタは小人たちの朝食に招かれる。それはカロールメン人の食事とは違い、バターを塗ったトーストを初めて目にするが、それが'yellow'で示されている。同様の場面が、『ライオンと魔女』でも見られる。この食事の場面は、英国風の朝食を連想させる。さらに『ライオンと魔女』の場合は、対照的な食事として描かれている。7章ではペヴェンシー一家の子どもたちは、ビーバー夫婦にもてなされる。いろいろな飲食物がテーブルに置かれているが、真ん中に置かれたバターの濃い'yellow'のみ色彩表現がなされている。穴の中での場面であり、真ん中に輝くバターの色はみんなで食事を集うことの喜びをも含意している。一方、11章では、一人抜け出し魔女の館に行ったエドマンドが魔女との約束を守らなかったために魔女から与えられた食事は古いかさかさのパンである。この場面においては色彩表現はなされていない。対照的な両場面は、理想的原型と非理想的原型の表徴と言える。

　しかし、『ナルニア国年代記物語』の場合、食事に関して色彩表現がほとんど見られない場合も多い。

　たとえば、『カスピアン王子のつのぶえ』では、気を失ったカスピアンはアナグマから暖かい飲み物をもらって落ち着く。カスピアンにはアナグマの姿'dark'と顔の特色である縦のすじの色'white'の二色が目に入り、幻を見ているように感じる。しかし、ナルニア国の存在を信じていたカスピアンにとってアナグマの行為は抵抗なく受け入れることができたのである。

　また『銀のいす』では、食事に関する場面が多数登場するが、特に色彩表現がなされているわけではない。たとえば、5章では沼人パドルグラムがジルたちに朝食を振る舞う。パドルグラムの姿に関しては色彩表現がなされているが、食事そのものには特に色彩表現はない。しかし、パドルグラムが振る舞う変わったウナギ料理の朝食については詳述されている。また、9章の巨人の国での料理本には食材について詳細な記述がある。さらに、最終章16章では、洞穴での楽しい宴会での食事や朝食の内容が描写されている。色彩表現が行なわれないことは、読者の自由な想像力を呼び起こすことになる。しかし、食物に関しては読者にもある程度の共通の認識があり、食事の内容を詳細に描くことで読者はその光景を思い描くことができることをルイスはあらかじめ予測し、色

第5章 『指輪物語』と『ナルニア国年代記物語』における色彩表現の対比

彩表現による過度な形容を控えているのである。

このように『指輪物語』でも『ナルニア国年代記物語』の食事の場面では、必要以上に色彩表現が行われていないと言える。その中でもパンとブドウ酒に関しては色彩表現が見られることが多い。パンとブドウ酒は、イエスが十字架刑の前夜の夕食である最後の晩餐の食卓に並べられていたのである。食事をすることにより、登場人物たちの心は癒され、活力が備わるのである。『ナルニア国年代記物語』では、食事にまつわる出来事は物語を軽快にしたり、善悪の対比を表徴している場合もある。みんなで食事を楽しむことはトルキーンやルイスの憧れと喜びと感謝を表わしているとともに、次章で検証するキリスト教的要素である聖餐とも関連性があると考えられる。

第2節　色彩語の使用と描写の特徴

これまで見てきたとおり『指輪物語』と『ナルニア国年代記物語』には多くの色彩表現が見られ、物語設定や展開などに多大な影響を与えている。

まず、使用されている色彩に関してまとめると、『指輪物語』、『ナルニア国年代記物語』ともほぼ同じような色彩が使用されている。有彩色では 'red'、'green'、'blue' など光の三原色の色彩が多く使われていることが特色である。一方、'white'、'grey' = 'gray'、'black' の無彩色は、特定の登場人物の象徴的役割を果たしたり、明暗を表わすのに使用されている。また、'pink' などの混色は、『指輪物語』ではほとんど見られず、『ナルニア国年代記物語』においても多用されていない。両作品に使用されている色彩は、誰でもが明確に分かる色彩語が多く使われている傾向にある。そして、全体的に使用している色彩の種類には大差はない。

しかし、色彩語の使用方法には違いがある。『指輪物語』の場合、無彩色、つまり 'white'、'grey'、'black' が各人の立場や状況によって使い分けられ、善悪を暗示している場合もある。また有彩色に関しては 'red' のように敵を象徴する色彩、'green' や 'blue' などのように自然美豊かな時に用いられるものなど様々である。一方、『ナルニア国年代記物語』では、アスランを象徴する色彩として 'gold' を配し、相対して悪の象徴である魔女を象徴する色彩語として 'white' を用いている。他の色彩語は対象を的確に表現したり、場面変化と呼応させて用いられているのである。

続いて以下では、使用されている対象、色彩表現の描写の方法、色彩表現と物語の構成・語りとの関連性について両作品を対比しながらさらに詳細に考察していく。
　まず、色彩語が使用されている対象別に対比する。

〔登場人物〕
　登場人物に関しては、『指輪物語』の場合、多数の登場人物が存在するが、それぞれの生い立ちや家系など実に緻密な背景が備わっており、それらも含意して登場人物の描写がされている。登場人物の全身の描写は詳細で、特色がある部分には色彩表現を交えながら示し、また、使用される色彩語も複数にわたる場合がある。描写の順序としては、登場人物たちの衣装が描かれた後、全身を上から順番に描写している場合が多い。特に身につけている衣、頭巾やマント、軍勢の制服などの装いの描写が重視されている。たとえば、ガンダルフは最初‘grey’のマントで登場するが、再生したときは‘white’の衣に変わったことが強調されている。また、エルフの頭巾とマントは敵の目を欺くために‘grey’が用いられ、ピピンは参戦するために‘black’の鎖かたびらと陣羽織、‘silver’の星と紋章がついた兜の制服が貸与される。滅びの山に近づいたフロドは、脱出する際の変装に使った‘black’のオークの武具を脱ぎ捨て、精神的苦痛に耐えながら最後の力を振り絞る。装いの色彩表現によって、その登場人物の外面的および内面的状況を読み取る手掛かりとなっている。
　『指輪物語』の際立った特色としては、登場人物の目の色が描写されていることである。目の描写には多くの色が見られ、様々な人種が存在し、人種的問題をも含意している。登場人物の目の色によってその登場人物、さらにその目の色を見る登場人物の心理を表わす働きを担っている場合もある。たとえば、ホビットたちと共に旅を続ける〈旅の仲間〉のメンバー、人間のアラゴルンとボロミアの目の色は‘grey’である。この色はガンダルフのマントの色と同じであることから、登場人物に対する信頼感が得られたり、逆に恐怖感が掻きたてられたり、他の登場人物の心情は大きく左右され、ひいては物語展開に影響を及ぼしている箇所もある。‘grey’は‘black’と‘white’の間の曖昧な色彩であるが、人間の目の色を‘grey’とすることで、人間は善悪の選択の機会が与えられていることを暗示している。そのことを『指輪物語』では、最終的に全く別の道を辿ることになるアラゴルンとボロミアの行く末を表徴して

第5章 『指輪物語』と『ナルニア国年代記物語』における色彩表現の対比

いる。また、目の色が'brown'として描かれているのが庭師のサムと森の守護者ファンゴルンである。サムはホビットの中でも目の色が書かれている珍しい例であり、ファンゴルンの場合、見れば'green'に見える神秘的な目をしているが、'brown'、'green'ともにそれぞれが愛している木を連想させる。さらに両者は、物語の中で忠誠心を兼ね備え守っていくものがある点で共通している。

『ナルニア国年代記物語』にも各巻を通して多くの登場人物が登場するが、一話完結の形をとっていること、年代記であることから全ての巻を通して姿を表わすのはライオンのアスランだけである。しかし、魔女は直接的もしくは間接的に各巻に登場し、少年少女も各巻に必ず登場し、物語の中心的登場人物となっている。『ナルニア国年代記物語』は、『指輪物語』に比べると登場人物の詳細な色彩表現が少ないと言える。アスランを象徴する色彩としての'gold'や魔女を象徴する色彩としての'white'など、ある一つの色彩を用いて、全身の一部分のみを描写していることも多い。アスランの場合、作り出すことができない金属系の色彩である'gold'という色の特性を活かして、ゆるぎない存在としてアスランの威厳、高貴、美、偉大さを表徴している。たとえ各作品によってアスランの登場の仕方が異なり、形容されている部分は様々であるが、読者は表現が鮮烈である各作品を読み進めながらアスランのイメージを徐々にかつ確実に形成していくことができるのである。魔女の場合は、ナルニア国に初めて姿を現わした『ライオンと魔女』での特色が象徴する色彩となっている。冷たい冬の世界の支配者という背景が大きく関与し、肌と顔の色の'white'は生命力のなさ、死を連想させ、強烈な印象をもたらしながら恐怖の象徴として用いられている。その他の作品にも魔女は登場し、'white'が用いられている。『ライオンと魔女』によって魔女の特色が確立され、'white'は魔女を象徴する色彩として他の作品にも波及していく。

また、子どもたちも全七巻に登場する重要な登場人物であるが、子どもたちの顔色に関する色彩表現は見られるものの、装いなどに関する色彩表現は極端に少ない。これは登場人物の装いに詳細な色彩表現を用いている『指輪物語』との大きな相違点である。『指輪物語』にはフロドたちのような小人のホビットは登場するが、彼らは体が小さいだけで大人であり、主要登場人物に子どもたちは見られない。『ナルニア国年代記物語』の場合、色彩表現を用いることによって子どもたちの姿の印象を固定するのではなく、読者自身が自己投入し

やすく、読者の自由な想像力にゆだねているのである。一方、多く登場する年配者の姿の描写は詳細な傾向にある。長老を象徴するように鬚や髪の毛などに'gray'や'white'が用いられている。年配者の場合、物語展開に影響を与えている登場人物が多いが、一話しか登場しない人物がほとんどである。彼らの登場した時の印象を強調するために色彩表現が詳細になされ、それと同時にアスランと関与している年配者が多く、その存在の重さを表徴している。複数巻に、さらに明確な血族関係を背景にして登場する『指輪物語』の年配者との相違があるが、色彩表現が見られる点は共通している。

　また、『ナルニア国年代記物語』では黒小人（the Black Dwarf）や赤小人（the Red Dwarf）などの相対する立場の登場人物を表わすのに色彩語を使用しているだけでなく、白い魔女（the White Witch）や緑の貴婦人（the Green Lady）など異なる色彩語で同一人物を表わす場合がある。魔女の場合、出版順で最初の『ライオンと魔女』でも、ナルニア国の歴史順で最初の『魔術師のおい』の両作品で登場し、どちらから読み始めても、読者は最初の巻で出会うことになる。

〔風景・自然〕

　風景・自然描写に関与する物語の舞台は、『指輪物語』の中つ国も、『ナルニア国年代記物語』のナルニア国も非現実の別世界である。しかし、二つの世界に関して類似点もあれば相違点もある。

　『指輪物語』にも『ナルニア国年代記物語』にも人間は登場し、架空上の生物も登場する。しかし、中つ国は現実世界とは完全に切り離された世界である。一方、ナルニア国は人間の子どもたちが現実世界からナルニア国に入って行き、さらにナルニア国から、もといた現実世界に戻って来るのである。ナルニア国のほうが身近に入ることができる世界である印象が強い。

　両作家の描く別世界の風景は類似している。山、森林、川など自然に囲まれた風景が多く、その美しい光景の描写には木々を象徴する'green'をはじめ、色彩表現が隈なく使用されている。たとえば、『指輪物語』のロスロリアンの場面では、フロドたちが目にするのは'gold'、'white'、'green'、'blue'と多彩であり、ごく身近にある色彩で知らない色はないが、新鮮な印象を受ける。ロスロリアンの色彩は色鮮やかさと美しさで視覚的な衝撃をもたらす。『ナルニア国年代記物語』では、『ライオンと魔女』11章の季節が冬から春に変わる

第5章　『指輪物語』と『ナルニア国年代記物語』における色彩表現の対比

森の風景は、'green'、'white'、'gold' など様々な色彩表現を用いて草木や花、空の色など鮮明に描かれ、自然美が最もよく現れている場面である。美しい景色の描写には特に自然美あふれた森林の場面が多く、色彩語を巧みに使用している。

それに対する暗闇の場面も両作品ともに描写されている。『ナルニア国年代記物語』のどの巻にも必ず暗闇の場面はあるが、全体に占める割合は少なく、『指輪物語』の場合は明暗の場面が交互に描写され、『ナルニア国年代記物語』に比べ多くなっている。その場面で用いられている色彩語は 'black' と 'dark' が大多数である。

さらに『指輪物語』の場合、滅びの山を目指す旅物語であるため、旅の厳しさおよび自然の情景の厳しさと長旅における登場人物の苦闘や疲労感が呼応しており、風景・自然描写からも登場人物の心理状態を推測することが可能である。

〔善と悪〕

両作品の中心的主題である善悪と色彩表現に関してまとめてみる。善を象徴する色彩については、登場人物に関する描写では、『指輪物語』の場合、『ナルニア国年代記物語』のアスランのように絶対的な地位にある特定の登場人物はいないが、ガンダルフやアラゴルンを象徴する色彩は 'grey' から 'white' へと変わり、また女性の登場人物には 'white' が多用されている。そして、第3章でも述べたとおり無彩色のヒエラルキーが確立しており、輝きが強く、色の原点である 'white' は最高位の色彩となっている。また、『ナルニア国年代記物語』では 'gold' はアスランを表わし、連想させる色彩として善を象徴している。風景・自然に関する描写においては、両作品とも美しい景色には詳細な色彩表現が見られる。特に、'green' が用いられている森林の場面ではプラス・イメージを抱かせている。『ナルニア国年代記物語』の場合は、情景の色彩の変化によって暗から明へ、つまり悪から善への変化を表わしている。

一方、敵であり悪を象徴する登場人物を表している色彩については、『指輪物語』の場合、黒の乗手やオークなどの姿や気配、登場時の背景を表わす色として 'black' が、旗印の目の色として 'red' が用いられている。明度が低い色彩 'black' と 'red' は、悪に対する重量感をも含意している。また、最初は 'white' で象徴されていたのが、'grey'、最後には 'black' と色彩が変化

していったサルマンの場合は、善から悪へと堕落した様子が色彩表現によって表わされている。『ナルニア国年代記物語』の魔女も悪の象徴であるが、魔女を象徴する色彩 'white' は、特に 'black' とは相対する色彩であり、色がない色彩としての意味合いが強い。しかし、カロールメン人の肌の色は 'dark' が用いられている。風景・自然に関する描写においては、両作品とも悪を象徴する登場人物と関連して 'black' が使用されている場合が多いと言える。

　次に色彩表現の描写の方法を見ると、『指輪物語』のほうが色彩語を用いて事物を写実的に描写していると言える。トルキーンは、ある一つの場面の風景やその場面に登場する登場人物などについてできるだけ広範囲まで目を向けて、複数の色彩語を使用しながら細かく丁寧に描写し、静止画的であるといえる。たとえば、古森、ロスロリアン、ファンゴルンの森など森林の場面では、森林の木々の色はもちろん、他の植物の色、射し込む太陽の光の色、水の色、その場面に登場する登場人物などが克明に描写されている。

　『ナルニア国年代記物語』では、『魔術師のおい』でのナルニア国の誕生の場面や『ライオンと魔女』でのアスランが甦る前の周りの情景などは写実的に描写されているが、全体的には少ない。しかし、光景の移り変わりを複数の色彩を用いて表している場合が多く、動画的であると言える。そしてその変化は、物語展開を左右し、直接的もしくは間接的にアスランの到来を予示する場面となっている。

　加えて、ある対象を表わすためにその対象を象徴する一つの色彩語が固有名詞的に用いられている例も見られる。たとえば、『指輪物語』では、黒の乗手（the Black Riders）や白の乗手（the White Riders）などがあり、相対する登場人物を表わしている。また、色彩を事物の名称に用いているものも多く、銀筋川（the Silverlode）、緑山丘陵（the Green Hills）、赤角口（the Redhorn Gate）、などがある。また、魔法使ガンダルフのように着ているマントの色から灰色のガンダルフ（Gandalf the Grey）と呼ばれたり、他の魔法使にも名前プラス色彩語を用いている例が見られる。『ナルニア国年代記物語』の場合、白い魔女、緑の貴婦人以外にも、赤小人、黒小人などがあるが、『指輪物語』のように地名等を表しているものはない。このような使用は、色彩の象徴性が十分に活かされ、読者はその事物に関してより明確に連想することができる。

　さらに両作品の色彩表現をより引き立てているのが、色彩表現と関与してい

第 5 章　『指輪物語』と『ナルニア国年代記物語』における色彩表現の対比

る視覚に加え、嗅覚、触覚、聴覚、味覚など他の感覚との併用である。たとえば、『指輪物語』ではゴラムの息づかいに関しては、特に、暗闇の中において目の光とともに不気味さを醸し出している。また、『二つの塔』のシェロブの棲処や『王の帰還』のキリス・ウンゴルの塔の場面では、その特色がよく表れている。シェロブの棲処では暗闇の中、悪臭がだんだん強くなっていく。最初は物音もしなかったが、エルフの音楽のようなものが聞こえ、玻璃瓶の光によってシェロブを退治することができる。そのとき、サムの聴力が鋭くなるが、それに反して目に映る事物が薄くぼんやりになる。悪臭がさらに強くなり、不快感と恐怖感が募る。暗闇の色、玻璃瓶の光に色とりどりの色彩が用いられているが、聴覚の鋭さの変化に反比例するように目の前がぼんやりするようになり、色彩表現の減少の理由が明確になっている。『ナルニア国年代記物語』の場合は、『ライオンと魔女』ではスーザンが、『さいごの戦い』ではエームスがアスランと対面するとき、アスランの芳しい香りに包まれた中、アスランが登場し、彼らの額を舐める。彼らはアスランの存在を視覚だけでなく、触覚や嗅覚でも察知するのである。他方、ナルニア国の誕生と終焉の場面では、響き渡る音楽とともに周りの光景が変化していく。また、『ライオンと魔女』での冬から春への変化の描写では水の音も次第に大きくなっていく中、複数の色彩の変化において季節の変化を表わしていることはより躍動的である。

　最後に両作品の色彩表現と物語の構成・語りとの関連性について述べる。
　『指輪物語』は全三巻から成り、それぞれの章の長さには違いはあるが、章の数は三巻ともほぼ同じである。『指輪物語』の語りは、登場人物やその周りの状況、背景などを詳細に描写している三人称の語りである。語りの順序としては、まず名前が明らかにされ、登場人物の視点をとおして登場人物の進行方向、また登場人物の目に入って来た順序に従って色彩表現を行っていることが多い。しかし、一部例外として周りの状況や背景を語った後、名前や立場などを明らかにし、核心に迫るという描写をしている場合がある。その例にはガンダルフ、アラゴルン、アルウェンなどが挙げられるが、彼らに共通しているのは高貴な登場人物であることである。彼らの姿の詳細を色彩表現した後に名前を明らかにすることは、彼らの存在を強調させる効果がより強くなる。『指輪物語』は直接的であり、自然な流れに従った語りである。
　『指輪物語』の場合、特に登場人物における色彩では無彩色である 'white'、

'grey'、'black' が中心となる無彩色のヒエラルキーが形成されている。しかし、最高位にあたる人物はガンダルフ、アラゴルンなど複数存在する。一方、本来の姿のホビット族、トム・ボンバディル、ファンゴルンなどは有彩色が結びつき、階層にとらわれない自由奔放な生物であることが分かる。第1巻『旅の仲間』では、色彩表現においてフロドの視点からのものも多くなっているが、フロド一人の視点を通して色彩表現を行うことによって、色彩の持つ印象や意味合いを固定する効果を狙ったものであり、『指輪物語』の最後で明らかとなるこの旅の出来事が、フロドによって本にまとめてられるという設定を踏まえてのことであると考えられる。しかし、第2巻『二つの塔』と第3巻『王の帰還』では、いくつかのグループごとに物語が進行していく。そのため、フロドが全く登場しない箇所があったり、物語全体では第三者の語りの様相が濃くなり、劇的アイロニーが十分に活かされている。さらに、個々の感性に関与する色彩表現も増加し、心理的要因を反映している場合も多くなっている。風景・自然描写で見ると、美しい景色には惜しみないほど詳細かつ丁寧な描写を行っている。しかし、戦いの場面が中心になると色彩表現が減少するのは、風景・自然描写に力を注いでいるのと同時に、色彩語のように形容する語を避けて、戦いの様子をありのままに表現することに重きを置いているのである。

　一方、『ナルニア国年代記物語』全七巻はどの巻も同じぐらいの長さであり、各巻の章の数および長さも大差はなく、一話完結の物語である。全巻の構成が同じようになっていることで、読者は理解しやすくなる。構成的な面から見ても、物語が大きく展開する章、物語のクライマックを迎える章なども全作品とも大体似通っている。それは、色彩表現の面からも裏づけができる。色彩表現の個数について見ると、最初、ほぼ同じぐらいの個数であるが、その後、偶数章、奇数章で多少が繰り返され、10章から15章の後半で色彩表現が多くなる。また、物語展開がある場面では、色彩表現が詳細であったり、色彩の変化を用いていることが多い。『ナルニア国年代記物語』の場合、周りの状況、背景が語られた後、中心的事柄・核心部分を明らかにしていく手法が取られている。そして、その中心部分にはアスランが関与しているのである。たとえば、『ライオンと魔女』の8章はペヴェンシー一家の子どもたち、さらに読者もアスランの存在を知る場面である。また、『魔術師のおい』の8章ではナルニア国の誕生、そしてアスランが姿を見せる場面であり、歴史順から読み始めた場合、読者はアスランと対面する最初の場面となる。そして、周りの状況や背景の語

第5章 『指輪物語』と『ナルニア国年代記物語』における色彩表現の対比

りに色彩の変化を用いて強調させながら、最後には核心部分に迫っていくのは間接的であり、ルイスの巧みな構成の特色である。

物語は第三者の語りであるが、アスランを中心に据えて物語が構築されているため、全知的視点による語りであると言える。しかし、随所に語り手としてルイスの名前は明らかにせずに、ルイス自らの考えや意見が語りとして率直に鋭く現われている場合がある。『ナルニア国年代記物語』の語りについて次のような論証がある。

> 全知的視点の語りを破って物語の中に作者が直接侵入してくるこの語りの効果は、物語の流れも、別世界に遊ぶ読者の想像力の飛翔をも中断させず、また読者に現実世界を意識させることもせず、作者と読者の距離を縮めて読者が進んで物語の語り手を信頼するように仕向けることである[30]。

このような語りは読者を自然な形で別世界へ誘い、読者も身近なものとして作者を信用して受け入れることが出来るのである。このような全知的視点の語りと色彩表現によって物語の核心部分にあるアスランの存在を強固としているのである。

以上のようにトールキンとルイスは、色彩表現によって作品のテーマとなる善悪の闘争を表現しようとしている点は共通しているが、色彩語の使用方法やその際に使用している色彩語に相違が見られる。『指輪物語』は 'white' や 'grey' や 'white' など一つの色彩語に対して、複数の登場人物や風景や自然の描写に用いられ、象徴的意味合いを発揮し、シンボリズム的である。『ナルニア国年代記物語』では、絶対的存在であるアスランを中心に物語が組み立てられている。アスランを象徴する色彩 'gold' は、登場人物だけでなく、風景・自然描写にも多大な影響をもたらしている。一方、アスランに相対する存在である魔女を象徴する色彩として 'white' の使用が見られる。読者は色彩表現からアスランの偉大さ、絶対性を容易に理解することが出来る。'gold' が直接的もしくは間接的にアスランを表わす色彩として用いられ、アレゴリー的であると言える。

次章では、トールキンとルイスの作家として、人間としての根底を支えている彼らのキリスト教観について作品における色彩表現を糸口として論証を進め

ていくことにする。

第6章　キリスト教観と色彩表現

　トルキーンとルイスは共にキリスト教徒である。トルキーンは母の影響でカトリック教徒として育てられる。一方、ルイスは一旦キリスト教の信仰から離れるが、1929年、再び神の存在を受け入れる。それは当時友人であり、同僚であったトルキーンの影響が大きいと考えられる。しかし、ルイスは英国国教会の信徒となったのである。『指輪物語』にも『ナルニア国年代記物語』にも彼らのキリスト教的世界観は反映されているが、彼らの宗派の相違が見られる。そこで、『指輪物語』と『ナルニア国年代記物語』におけるキリスト教的要素と色彩表現との関係を検証していく。

第1節　サクラメント

　隠れた神秘を示す感覚的しるし[1]を意味するサクラメントは、狭義で固有な意味では礼・祭儀的しるし[2]のことである。カトリックにおけるサクラメントは、洗礼、堅信、赦し（告解）、聖餐、叙階、結婚、病者の塗油の七種であるが、英国国教会では洗礼と聖餐のみである。

（1）洗礼
　洗礼（バプテスマ）とは、キリスト教の入信の儀礼であり、水の注ぎを受けるという象徴によってキリストの死と復活に参与し、キリスト者の共同体に加入することを表明する[3]ことであることから、水、さらにイエスが洗礼を受けた場所である川との関連性がある。
　『指輪物語』では特に川が重要視されている。たとえば、『旅の仲間』の最終章である第2部11章のフロドとサムの様子は、その後の物語展開を大きく左右する重要な場面である。サムは一隻の船が川に出て行くのに気づき、夢中で追いかけて船を掴もうとするが、掴み損ねて川でおぼれそうになる。その船に乗っていたフロドはサムを助ける。フロドもサムも全身ずぶぬれになりながら川岸にたどり着く。そのときフロドは指輪をはずす。
　おぼれそうになったサムの目には恐怖心が現れている。この場面での色彩表

現はサムの丸い目の色‘brown’のみで、サムの存在と彼の恐怖心を強調している。それはおぼれそうになったことに対する恐怖心と共に邪悪な指輪をはめ、一人旅立とうとしていたフロドに対する恐怖心でもある。サムはフロドの必死の助けにより、無事に川岸に戻ってくる。一方、フロドはサムの行動から、サムと一緒に旅を続けていくことを決意するのである。また、フロドは邪悪な指輪をはずすことで、悪との決別を暗示している。川の水を全身から浴び、川岸に戻ったときの彼らは、それまでの彼らとは変化していると推測できる。この場面において、フロドへのサムの忠誠心が明示され、フロドとサムはそれぞれお互いを信頼し、邪悪な指輪の棄却のための旅を続けていくことになる。この場面は、川で全身に水を浴びたフロドとサムがお互いの存在を確かめ合う二人の新しい旅路の出発点でもあり、洗礼を象徴していると考えられる。

　これらの場面以外にも『指輪物語』において川のほとんどの名前が明確に提示され、灰色川（the Greyflood）や銀筋川（the Silverlode）など色彩を用いた名前も見られる。川は登場人物たちの旅の道しるべとなり、登場人物たちに力を与える。また、〈旅の仲間〉の一人であるボロミアは、オークとの戦いで力尽きて最期を遂げるが、彼の亡骸は『二つの塔』第1部において川に流され、第2部で彼の弟ファラミアによって発見される。一つの川が物語を連結する働きを担い、ファラミアを新たな人へと変容させる契機になっている。

　一方、『ナルニア国年代記物語』では『指輪物語』のように洗礼に類似していないが、『朝びらき丸　東の海へ』7章で竜の姿になったユースタスがアスランから竜の皮をはがされ、井戸に投げ込まれる場面がある。

　竜の姿になったことでこれまでの自分のあり方を反省したユースタスは、竜の皮をはがされることで、新しいユースタスへと生まれ変わるのである。この場面で使用されている色彩に関連している語は、アスランによってはがされたユースタスの竜の皮の色‘darker’のみで、暗さからの解放を強調し、ユースタスがこれまでとは異なる存在になったことを示唆している。

（2）聖餐

　聖餐とは、キリスト者がパンとブドウ酒をもって象徴的に食事を共にすることによってキリストの死と復活を想起する儀礼[4]のことであり、「マタイによる福音書」26章26-29節、「マルコによる福音書」14章22-25節、「ルカによる福音書」22章14-22節などイエスの死が間近に迫ったとき、弟子たちと食事を

第6章　キリスト教観と色彩表現

した〈最後の晩餐〉に依拠している。パンは人々のために与えられたキリストの体を、ブドウ酒は罪の赦しのために流されたキリストの血、契約の血を表わす。

　パンとブドウ酒は〈最後の晩餐〉に現われる前からもキリスト教との関連が深い。神の賜物であるパンは、人間にとり、力の源泉であり（「詩篇」104章14-15節）、生活の手段である。これにこと欠くことはあらゆるものの欠乏に等しい。イエス・キリストが弟子たちに教えた祈りのなかでも、パンは人間生活に必要なすべての賜物を集約しているように思われる（「ルカによる福音書」11章3節）。その上パンは、神の最大の賜物を表わす徴としても使われ（「マルコによる福音書」14章22節）[5]、またブドウ酒は人の心を喜ばせる特性を持つ（「詩篇」104章15節）。聖餐のときに、十字架の死によって示されたキリストの愛という源泉から喜びをくみ取るのである[6]。

　『指輪物語』では、フロドとサムがエルフの食べ物でパンのようなレンバスを所持して旅をしている。彼らはこれを分けながら食べ、空腹を満たして旅を続けていくことができる。しかし、ゴラムはレンバスを息の詰まる食べ物として嫌うのである。レンバスはキリストの聖餅を象徴し、フロドとサムにとっては感謝と喜びに満ちた食物であるが、ゴラムにとっては苦痛を感じさせるものがあり、両者に正反対の影響を及ぼす。

　そして、前章の第1節でも検証した『旅の仲間』第1部7章のトムの家での食事と『二つの塔』第2部5章のファラミアの隠れ家での食事は、単に活力や癒しをもたらしているだけではない。まず、色彩表現が用いられているのは、クリームの色 'yellow' とパンの色 'white'、ブドウ酒で唯一色彩表現が行われている 'pale-yellow' などパンやブドウ酒に関するものである。そして、食卓に向かう人々は清潔な姿で食事を取るのである。フロドたちはトム・ボンバディルの家に到着すると食事の準備は整っていたが、まず、ホビットたちは体の汚れを洗い落とすようにトムから言われる。ホビットたちは汚れた手や顔を洗い、泥だらけのマントを脱ぎ、髪も整え、さっぱりした姿でテーブルに着く。また、ファラミアの隠れ家での食事もフロドとサムの手と食器の清潔さが特記されている。食事は神が命を支え救うために臨在し給うことを祝う儀式[7]であり、食事は神が人を受け入れ和解されることの具体的・客観的な証明であり、来るべき日に神との交わりがもたらす豊かな祝福の前触れであった[8]。キリスト教的側面から見ても、食事は重要な出来事として物語の中に導入されている

ことが考えられる。色彩表現が行われているのがパンやブドウ酒であり、身なりを整え、清潔な環境で食事をすることは、食事への神聖さを表わしている。

しかし、『指輪物語』においては食材や食事に向かう姿勢などからは聖餐を連想することができるが、〈最後の晩餐〉の意味合いでの聖餐とは多少異なると言える。それはパンとブドウ酒を単にキリストの体と血のシンボルとは考えず、実際にキリストの体と血そのものである[9]というカトリックの教えにより、カトリック教徒であるトルキーンは詳細を書くことが出来なかったのではないだろうか。

『ナルニア国年代記物語』の場合、全巻において様々な食事の場面が見られる。『ナルニア国年代記物語』での食事は、アスランが振る舞う場合も多数あり、キリストの体を連想させるパンと、キリストの血を連想させるブドウ酒があり、食卓に並ぶパンとブドウ酒は重要なサクラメントである聖餐との関連が深いと言える。しかし、その食事は戦いの後などにみんなで楽しく行われることが多い。他方、『ナルニア国年代記物語』では、パンやブドウ酒だけでなく、イエスが十字架刑に処せられるという苦難の前の食事という意味での最後の晩餐を連想させる場面がある。

『ライオンと魔女』13章では、アスランが魔女との戦いに向かう前夜に皆で食事をする場面があるが、これまでの食事とは違い、しめっぽく何かの終わりを感じさせる食事であることが記され、色彩表現がなされてない。それは色彩表現を行わないことで色どりがなく暗く寂しい情景を増幅させている。また、『朝びらき丸　東の海へ』13章では、この世の果ての島にある広い長四角の一台のテーブルの上に豪華な食事が並べられている。色彩表現としては酒瓶の色 'gold' と 'silver' が見られる。そして、登場した乙女との出会い、そのテーブルの意味を知ったリーピチープがそこにあるブドウ酒を飲もうとする。このテーブルには『ライオンと魔女』でアスランが殺されるのに使われたナイフが置かれていた。これは物語の連続性を示唆しているとともに、食事が用意されているこの長い一つのテーブルに置かれているブドウ酒とアスランが殺されたナイフを加味すると、この場面も最後の晩餐を思い起こさせる。

第2節　罪と赦し

カトリックにおける罪、そして赦しは、サクラメントの一つである告解に関

第6章　キリスト教観と色彩表現

与している。その事例が『指輪物語』におけるボロミアに見て取れる。彼は『旅の仲間』第2部11章においてフロドが所持している指輪を奪おうとする。結局、ボロミアは指輪を奪うことが出来なかったが、それがきっかけとなり、フロドは〈旅の仲間〉から離れ、サムと旅を続けることになる。その後、『二つの塔』第1部1章においてボロミアはオークに襲われていたメリーとピピンを助けるが、力尽きて最期を遂げる。最期を迎える前にボロミアは指輪を奪おうとしたことをアラゴルンに話す。これは告解の表徴であると言える。アラゴルンに問い詰められたボロミアは、最初は本当のことを話さなかったが、次第に自らの行為を反省し、勇敢にオークへと立ち向かっていき、オークに襲われていたメリーとピピンを助けるのである。この場面での色彩表現はなされていない。

　『ナルニア国年代記物語』では、子どもたちが悪の誘惑に負けてしまう出来事が多く起こる。たとえば『ライオンと魔女』4章ではエドマンドが緑のリボンをかけた箱の中に入っていたお菓子ターキッシュ・ディライト（Turkish Delight）のおいしさに負け、白い魔女に従うようになる。ここでの色彩表現はまずエドマンドの目に入った箱のリボンの色 'green' のみで、何かが起こる予兆的な効果を狙っている。ターキッシュ・ディライトについての色彩を書かないことで読者は自由に想像力を膨らませることが出来る。しかし、ターキッシュ・ディライトの白、赤、黄、青など氷のかけらのような外観は、宝石を思わせる[10]砂糖菓子である。ターキッシュ・ディライトの色彩表現はないが、様々な色をした魔力的なお菓子であることを暗示している。瀬田貞二による日本語訳では、ターキッシュ・ディライトは「プリン」[11]となっている。それは、日本の（特に子どもたちの）読者にとって子どもたちの好物のお菓子としてターキッシュ・ディライトよりも「プリン」のほうが連想しやすいとの配慮と考えられるが、ターキッシュ・ディライトの色彩的特色から見ても「プリン」との相違感は否めない。また、「トルコの喜び」と言う名は、魔法の菓子にふさわしい、異教的で蠱惑的な響き[12]をもたらす。エドマンドがターキッシュ・ディライトを夢中で食べている様子が次のように記されている。

His face had become very red and his mouth and fingers were sticky. He did not look either clever or handsome whatever the Queen might say. (*LWW*, p.39)

エドマンドの顔色は'red'で、ターキッシュ・ディライトを食べることに夢中になっている姿が強調され、キリスト教の七つの大罪の一つ「貪食」を表わしている。エドマンドの姿は美しい姿ではない。さらに、彼は魔女の誘惑に負け、他の子どもたちを魔女のところに連れて来る約束をさせられる。結局、エドマンドは他の子どもたちを連れて行くことが出来ず、一人で魔女のところに行って褒美をもらおうとするが、魔女に捕らえられる。13章でエドマンドは魔女から助け出され、アスランと対面し、自らの行為を反省する。そのときのアスランの威厳はエドマンドを我に返らせる。アスランとエドマンドは話し合うが、その内容は具体的に書かれていない。色彩表現を含めた詳細な描写を敢えて避けることによって読者それぞれの解釈に任せているのである。
　『魔術師のおい』4章では、ディゴリーが鳴らしてはいけない鐘を鳴らし、魔女ジェイディスを目覚めさせ、ナルニア国に悪をもたらすことになる。5章で、ディゴリーはジェイディスに彼の住んでいる世界に行きたいと言われるが、彼は連れて行きたくはない。"Digory got very red in the face and stammered."(*MN*, p.69)は、ディゴリーの心情が顔色の'red'となって表れ、うまく話せない様子の描写であり、彼の正直さが顔色に、さらに行動に反映している。一方、11章のディゴリーがアスランに鳴らしてはいけない鐘を鳴らしたときのことを話す場面では、ディゴリーの顔色が'white'に急変し、罪の意識に苛まれる。ディゴリーの顔色は、血の気がない'white'であり、悪の象徴である魔女の顔色を連想させる。そのときのアスランの大きく、美しく、まぶしいほどの'gold'と魔女を目覚めさせたことを問い詰められたディゴリーの顔色'white'は対照的である。
　『馬と少年』では、政略結婚をさせられそうになっていたアラビスは、自分の侍女に薬を飲ませて逃亡してきたのである。南の国境の仙人の家の前でアラビスはライオンに襲われ、怪我をし、そのときに痛みを知ることになる。のちに彼女はアスランが近づいてくるのを感じる。仙人の家のつい地の'green'のみの色彩表現がされている中、普通のライオンよりも明るい色'yellow'が目に入って来る。これまで見たどのライオンより大きく、美しく、人を恐れさせるような姿であり、音一つ立てずに近づいてきたのである。ライオンの色は'yellow'で表わされ、普通のライオンと違う色であり、'gold'ではないが、その明るさからアスランであることが察知できる。『ナルニア国年代記物語』の登場人物たちは自らの罪を認め、反省し、悔い改めて生きていく。その過程

は作品の中で明示され、彼らが罪を自覚する場面には色彩表現は少なく、アスランに関係する色彩表現が際立つ。

　上記のとおり、赦しと回心に関して『指輪物語』では色彩表現はなく、『ナルニア国年代記物語』でも顔色や周りの風景の一部の色彩表現のみで少ないと言える。これは登場人物たちの罪、その赦しと回心という出来事に焦点を当てるため、色彩表現を不要としているのである。

第3節　死と再生

　『指輪物語』と『ナルニア国年代記物語』の共通点の一つには、一端姿を消した物語上重要な登場人物が再び登場することがある。

　『指輪物語』では『旅の仲間』の途中で姿を消したガンダルフが『二つの塔』で再び登場する。ガンダルフは、『旅の仲間』第2部5章のモリアの坑道で、バルログと戦って橋から転落していき、〈旅の仲間〉から脱落することになる。ガンダルフ無き後の〈旅の仲間〉の先頭にはアラゴルンが立つ。モリアの坑道の先に進むと、前に日が射してくる。

> The shadow of the Misty Mountains lay upon it, but eastwards there was a golden light on the land. It was but one hour after noon. The sun was shining; the clouds were white and high. (*FR*, p.346)

　山脈が影を落とし、一瞬暗い印象をもたらすが、モリアの坑道の暗さとは一変した景色が広がる。聖なる方角である東方からの光の色'golden'は輝きと高貴さを連想させる。この光は敵と戦ったガンダルフに備わっていた威厳の表れであり、残された一行の未来を明るく照らしている。この場面の光景は、ガンダルフが『二つの塔』で再び登場する伏線となっていると考えられる。加えて時間的側面から見ると、このときの時間が午後一時であることが記されている。『指輪物語』全体では時間の明確な描写はあまり見られないことから、この場面での時間の描写は何らかの含意を推測できる。

　そして、『二つの塔』第1部2章はガンダルフの再登場の前触れとなる。アラゴルンたちは老人と対面したものの、老人は何も言わず姿を消す。しかし5章においてアラゴルンたちは木々の間で再び老人の姿を見るが、汚れた灰色

のぼろを着ていたために気づかなかった。その後、アラゴルンは灰色の顎鬚と光る鋭い目を感じ取ったとき、老人は沈黙を破り、灰色のマントが二つに割れ、灰色のぼろを脱ぎ捨て、雪のように白く輝く衣を着た〈白のガンダルフ〉と再会する。

ところで、ガンダルフが橋から転落したのは、〈旅の仲間〉を襲ってきた敵との戦いの末の出来事であり、その後〈旅の仲間〉は無事脱出できる。つまり、ガンダルフが犠牲になった形である。そして、ガンダルフが再登場するときは、最初の老人の姿ではガンダルフであるかどうかは定かではないが、次第に人の目に触れ、再登場が明るみになる。それは、イエスが復活したときに人々がイエスのことを分からなかったことと通底している。

ガンダルフが再登場後の第1部6章に次のような描写がある。

> He raised his staff. There was a roll of thunder. The sunlight was blotted out from the eastern windows; the whole hall became suddenly dark as night. The fire faded to sullen embers. Only Gandalf could be seen, standing white and tall before the blackened hearth. (*TT*, pp.118-119)

雷鳴が轟き、東の窓から射し込んできた日光はかき消され、暖炉の火も消えかけ、広間は夜のような暗い光景の中、白一色のガンダルフが登場する。辺りの暗さと白一色のガンダルフの色彩の対象により、ガンダルフの存在がさらに強調され、「ヨハネによる福音書」1章5節「光は暗闇の中で輝いている」を彷彿とさせる。トルキーンがファンタジー論「妖精物語とは何か」で述べているようにキリストの復活は、「神のキリストにおける顕現」の物語の「幸せな大詰め」であり、喜びに始まり、喜びに終わるのである。復活はトルキーンにとって重大なキリスト教的教義の一つであると考えられ、ガンダルフに関する色彩表現が第1巻の『旅の仲間』から緻密で詳細である所以である。

『ナルニア国年代記物語』では、魔女との戦いにおいて死んだライオンのアスランが甦る。『ライオンと魔女』14章において、アスランは裏切ったエドマンドの身代わりとなり、魔女たちの軍勢に無抵抗なまま殺される。15章では縄で縛られたアスランをスーザンとルーシィが目にする。二人が悲しんでいると、ネズミたちが縄を噛み切る様子が見える。やがて夜明けが近づき、次第に

第 6 章　キリスト教観と色彩表現

明るくなり、東の空が白くなり始める。

> The country all looked dark grey, but beyond, at the very end of the world, the sea showed pale. The sky began to turn red. ... The at last, as they stood for a moment looking out toward the sea and Cair Paravel (which they could now just make out) the red turned to gold along the line where the sea and the sky met and very slowly up came the edge of the sun.（*LWW*, pp.160-161）

　海と空の境界線で、'red' から 'gold' への変化を目の当たりにしたスーザンとルーシィは、その直後、背後でただならぬ音を聞く。振り返ると石舞台にいたはずのアスランの姿が見えないことに気づくが、しばらくして眼前にアスランが現れる。この場面ではアスランの姿を表現する色彩表現は使用されていないが、続くアスランがスーザンに近づく場面では、アスランのたてがみの色として 'gold' が使用されている。アスランのたてがみの色は、スーザンがアスランであることを確信する手掛かりの一つとなっている。

　アスランが現れる前、東の空は明るく、最終的にはアスランを連想させる 'gold' に変化し、アスランが甦ることを予期させる光景が見られる。「ルカによる福音書」24 章において、明け方早く墓に行ったときに墓石がわきに転っていた様子は、東の空の変化によるその出来事の時間やアスランの様子からも関連づけられる。

　ここで、『ナルニア国年代記物語』でアスランが再び姿を表わす場面とガンダルフが再登場する場面と見てみると、対照的であることが分かる。東の方角とその周辺の光景を描き、続いて再び登場する登場人物の描写は共通しているが、アスランの場合、東の空が夜明けとともに変化し、その後アスランが登場する。空の変化は、'gray' から 'white' へ、さらにアスランを象徴する色彩 'gold' へと変化していく。空は輝き、暗から明への変化を表わしながら、アスランの登場を予期させ、アスランが再登場した後は、アスランに関わるものは 'gold' を使用した描写となる。一方、ガンダルフの場合、最初はガンダルフであることは分からないが、次第にアラゴルンたちの目の前にはっきりと分かる形で変化し、さらに暗い場所に白一色のガンダルフが登場したりなど、ガンダルフの存在が周囲の暗さとは比して強調され、善のヴィジョンを際立たせ

271

ていると言える。
　その後、アスランと一緒にルーシィとスーザンは魔女によって石に変えられた動物たちを助けに行く。まず、アスランは石のライオンに息を吹きかける。石像にしばらく変化が見られなかったが、やがて次のような光景を目にする。

> Then a tiny streak of gold began to run along his white marble back—then it spread—then the color seemed to lick all over him as the flame licks all over a bit of paper—then, while his hindquarters were still obviously stone, the lion shook his mane and all the heavy, stone, folds rippled into living hair. Then he opened a great red mouth, warm and living, and gave a prodigious yawn. (*LWW*, p.168)

　アスランを象徴する'gold'の筋が石のライオンの全身をかけめぐり、すっかり黄金色となる。ライオンはアスランの息によって再び生命を取り戻したのである。息は普遍的に生命原理の意味を持つ[13]ものである。まずはライオンの象徴であるたてがみが本物の毛へと変わっていき、ライオンがあくびをして口も動き出す。そのことを強調するために口の色は'red'で表わされている。3章の白い魔女が登場する場面では'gold'は冠や杖の色として、'red'は魔女の唇の色として使用されている。3章では魔女を象徴する色彩としてマイナス・イメージを受けるが、アスランの勝利した後のこの場面ではアスランの色彩へと変化し、プラス・イメージとなる。
　さらにアスランは中庭にいる他の動物たちのところに向かう。

> Instead of all that deadly white the courtyard was now a blaze of colors; glossy chestnut sides of centaurs, indigo horns of unicorns, dazzling plumage of birds, reddy-brown of foxes, dogs and satyrs, yellow stockings and crimson hoods of dwarfs; and the birch-girls in silver, and the beech-girls in fresh, transparent green, and the larch-girls in green so bright that it was almost yellow. (*LWW*, pp.168-169)

　彼らが甦る前の中庭は'white'であり、明るさも生命の躍動も感じられない殺風景な様子が伝わって来る。しかし、アスランが息を吹きかけたところで

第 6 章 キリスト教観と色彩表現

様々な生物が甦る。彼らの身体に再び生命が宿った情景が様々な色彩語で形容されており、大勢の生物が存在していたことを明確にしている。

『銀のいす』16章では、ジルとユースタスの前にアスランが現われ、彼らは目の前にカスピアンの亡骸が川底にある金色の砂利の上に横たわり、きれいな水が流れているのを見る。砂利の色 'golden' はアスランを象徴し、そのときの王の長い鬚の色 'white' は老年のカスピアンを象徴している。その後、ユースタスとジルはしげみからいばらを持ってきて、アスランは足にそのいばらを打ち込む。

> And there came out a great drop of blood, redder than all redness that you have ever seen or imagined. (*SC*, p.238)

アスランがいばらを打ち込む姿は、十字架上でいばらの冠をかぶっているイエス・キリストを連想させる。血の色である 'red' は、比較級と名詞形を用いることによって強調されている。『ライオンと魔女』で、アスランが魔女たちに殺されたときに痛みを伴い流した血の色は、具体的な色彩表現はなく、読者は場面からアスランの血の色を想像することになるが、この場面でアスランの血の色も人間と同様で 'red' であることが明らかとなる。

そして、カスピアン王に変化が見られる。

> His white beard turned to gray, and from gray to yellow, and got shorter and vanished altogether; and his sunken cheeks grew round and fresh, and the wrinkles were smoothed, and his eyes opened, and his eyes and lips both laughed, and suddenly he leaped up and stood before them—a very young man, or a boy. (*SC*, pp.238-239)

彼の鬚は 'white' から 'gray'、さらに 'yellow' へ、無彩色から有彩色へと変化していき、短くなってなくなる。同時に頬や目にも変化が見られ、少年のような若さを取り戻す。色彩表現が用いられているのは鬚に対してのみであるが、これは前述の 'white' を受けてのものであり、変化の状況を明確に示している。鬚は最終的に 'yellow' として明るい色となり、命が注がれるようである。動的な印象をもたらす川は生と死の流れや再生の象徴[14]である。川

での王の鬚の色彩変化は、この場面の前にすでにアスランが登場していること、川底の砂利の色がアスランを象徴する'gold'であることなどを踏まえると、何か善きことが起こる予感がする。そしてこの後、王が甦る場面へとつながる。

このように『指輪物語』と『ナルニア国年代記物語』の死と再生の場面には、色彩表現が巧みに使用されているが、その描写には相違が見られる。『指輪物語』のガンダルフのほうが『ナルニア国年代記物語』のアスランよりも色彩表現を用いて明確に提示されている。また、『指輪物語』ではガンダルフ一人の甦りが、『ナルニア国年代記物語』では様々な生物の甦りが描かれている。ガンダルフの場合、甦った場面で連続的に'white'が使用されることによって、それまで彼を象徴する色彩として多用されている'gray'から'white'に変化したことも明示し、出来事を強調している。それに対し『ナルニア国年代記物語』の場合、アスランが甦る前の周囲の変化の描写には色彩表現が用いられているが、アスランが甦った瞬間の色彩表現はなく、ルーシィとスーザンが振り返ったときに見たアスランの姿のみである。それは、イエス・キリストの甦りの場面についての類似性を意識し、ルイスは敢えて鮮明な色彩表現を避けていると考えられる。また、石に変えられた生物の甦りの場面は、様々な明快な色彩が見られ、その多様さは喜びに満ちた舞踏の様相を増幅している。さらに、カスピアン王の再生の場面では、少年のように若返っていく様子が色彩表現によって詳細に描写されている。

第4節　奇跡

聖書には、病治しの奇跡や豊穣の奇跡などの物語が描かれているが、『指輪物語』と『ナルニア国年代記物語』においても奇跡の物語が見られる。

『指輪物語』の場合、『王の帰還』第1部8章ではアラゴルンが療病院において、傷つき、病んだ人々に触れると患者は回復を遂げるという出来事が起こる。療病院に現れたアラゴルンは、ロスロリアンのマントとガラドリエルからもらった石のほかには何も身に帯びていなかった。しかし、マントの色は'grey'、石の色は'green'であり、ロスロリアンを象徴する二つの色彩がアラゴルンの立場を明確にしている。次々と病人を癒していくアラゴルンは黄金の心（a golden heart）の持ち主、彼の手は「癒しの手」（the hands of a healer）と呼ばれるようになり、人々から称賛されるようになる。アラゴルンが起こした奇

第 6 章　キリスト教観と色彩表現

跡的出来事は、彼がやがて王として現れる伏線であると言える。

　病治しに関しては、キリストの癒しの手を、病む人、苦しむ人に与えるカトリックのサクラメントの一つ「病者の塗油」であるとも考えられる。かつては死を迎えようとするものに対してのみ行われていたため「終油」と言われていたが、1972年にバチカン公会議以後にその由来と本来的な意味の見直しが行われ、対象を臨終のものに限らず行われる「病者の塗油」に改められている[15]。しかし、『指輪物語』は1954年から1955年に出版されていることから、アラゴルンの癒しは奇跡をモチーフとしていると考えられる。この場面はイエスの病治しの奇跡を連想させるが、『指輪物語』では聖書をモチーフとした奇跡物語はこれだけである。それゆえに作品におけるこの出来事の意味合いは大きい。

　『ナルニア国年代記物語』では、『ライオンと魔女』においてルーシィはファーザー・クリスマスから薬をもらう。その薬はどんな怪我でも治すことができ、その後の戦いで傷ついた人々のために使われる。しかし、アラゴルンやイエス・キリストのようにルーシィの力だけで傷ついた人々に直接触れて治すわけではないが、一瞬にして傷が癒される点は奇跡的出来事であり、ファーザー・クリスマスがアスランの使者役を果たしているのである。

　また、『魔術師のおい』15章において、ディゴリーは病気の母にアスランから許可を得て採ったリンゴを持っていく。

> There were of course all sorts of colored thing in the bedroom; the colored counterpane on the bed, the wallpaper, the sunlight from the window, and Mother's pretty, pale blue dressing jacket. But the moment Digory took the Apple out of his pocket, all those things seemed to have scarcely any color at all. Every one of them, even the sunlight, looked faded and dingy. (*MN*, p.196)

母はやせて青い顔をして寝ている。部屋の様子の描写で唯一具体的に色彩表現がされているのは、母の顔色 'pale' と母のきれいな寝間着の色 'pale blue' である。色彩表現は母の顔色の悪さや弱々しさを強調している。母の寝間着はきれいであるが、顔色と同じ 'pale' を使用することによって、病弱な様子を浮き彫りにしている。部屋には様々な色のものがあるが、リンゴを取り

出すと、リンゴの実は何かナルニア国で見た時と違って見え、部屋にあるものが色を失ったかのようになり、日の光でさえも、色褪せてみすぼらしいのである。部屋のものの色彩、さらにリンゴによって変化した部屋の色彩の様子は具体的には書かれておらず、読者の想像力にゆだねられているが、その後リンゴの芳香さが部屋に広がり、さらにリンゴを食べた母は奇跡的な回復を遂げる。アスランは病気の母に直接会うことはないが、リンゴをとおして間接的に力を発揮している。

また、『カスピアン王子のつのぶえ』14章では、アスランを信じ、待っていたおばあさんにアスランが近づくとおばあさんの顔には血色が戻って来る。気分がよくなったおばあさんに酒の神バッカスが小屋の井戸から汲んだ水を渡す。その水はブドウ酒であり、色は赤スグリの実のように赤い。おばあさんはそれを飲むとお茶を飲んだときのように暖まり、さわやかさを覚え、元気になるのである。まず、アスランに出会ったときのおばあさんの顔色は'red'で描写されている。アスランと会ったことで血色がよくなったことを強調している。さらにバッカスからもらったそのブドウ酒の色も赤く、おばあさんの回復状況を裏付けている。おばあさんはアスランを信じ、ブドウ酒を飲んだことで活力を得ることができる。これは病を癒す奇跡と豊穣の奇跡の両方が見られる例である。

『ナルニア国年代記物語』では上記のように病治しの奇跡をモチーフにしている場面があるが、イエス・キリストが行ったように直接手を触れて病治しの奇跡を起こすような登場人物はいない。しかし、ルイスは奇跡におけるエッセーの中で、癒される人はみな、内面の治癒者である神によって癒される[16]としている。『ナルニア国年代記物語』における病治しの奇跡は、アスランが直接奇跡を起こすわけではなく、アスランは登場人物たちを一歩下がったところからいつも見守っている立場を貫いていると考えられる。色彩表現は奇跡的な出来事であることを裏付け、奇跡的な出来事による変化を示している。

『カスピアン王子のつのぶえ』15章において、戦いが終わった後、アスランがみんなに食事を振る舞う。みんなで焚火を囲んで座り、バッカスたちが豊作を願う踊りを踊っていると、彼らが手の触れるところ、足の踏むところにたくさんのご馳走が現われ、豊穣の奇跡を連想させる。ご馳走は詳細に記されているが、色彩表現は酒の色のみに見られる。

第6章 キリスト教観と色彩表現

> Then, in great wooden cups and bowls and mazers, wreathed with ivy, came the wines; dark, thick ones like syrups of mulberry juice, and clear red ones like red jellies liquefied, and yellow wines and green wines and yellow-green and greenish-yellow. (*PC*, p.211)

　色とりどりの酒は戦いが終り、喜びにあふれた様子を表徴している。酒の色は 'yellow' と 'green' の微妙な色合いをしているが、'yellow' と 'green' は近似の波長であり、色彩的側面から見ても適切である。さらに、木々にも食事が振る舞われる。木々の食事は土になるが、その土に関して 'brown'、'pink'、'silver' など土の状態にあわせて色彩を用いて詳細に区別している。これは自然における微妙な変化を表わしているとともに木々への食事はルイスの愛情の表れであると言える。

　他方、『魔術師のおい』では皆で食卓を囲む場面はないが、リンゴとタフィは注目すべき食べ物である。ディゴリーとポリーがアスランの命により西の園に向かうとき、ポリーはタフィをポケットに入れて持って行く。途中、ディゴリーと一緒にタフィを食べるが、九つあり、四つずつ食べて一つを土の中に埋める。すると一本の木が生えて来る。

> The low early sunshine was streaming through the wood and the grass was gray with dew and the cobwebs were like silver. Just beside them was a little, very dark-wooded tree, about the size of an apple tree. The leaves were whitish and rather papery, like the herb called honesty, and it was loaded with little brown fruits that looked rather like dates. (*MN*, p.167)

　13章の冒頭に色彩表現を用いて描かれるこの場面は、タフィの木が生えてきたことへの驚きと喜びの大きさが現われている。朝日が林に射してくる。露がのった草の色 'gray' とクモの巣が 'silver' のように光っている様子からも早朝の風景であることが分かる。木の色、葉の色、そして実に視点が移る。木の様子を具体的な例と色彩表現で示し、タフィの木と実の様子を想像しやすくしている。さらに色彩表現は 'dark-wooded' 'whitish'、'brown' と全て異なり、単調さを避け、視点の変化を表わした描写である。タフィの木は現実

には存在しないものであるし、この場面にはアスランが直接関与しているわけではない。しかし、タフィの実から突然木が生え、実を結び、ディゴリーとジルはこの木の実を食べて満足する朝食を済ませて、アスランの命を果たすために西の園に向かうのである。わずか一つの実から鈴なりになるほどたくさんの実が出来たことは、「マタイによる福音書」14章15-21節など[17]にある五千人の人々への供食の奇跡を連想させる。また、『さいごの戦い』13章では、一むれの木立ちがあり、その木には現実世界ではないような木の実が見られる。'gold'、'yellow'、'purple'、'red'の色彩豊かな美の極致の木の実であり、これは「ヨハネの黙示録」22章2節の命の木とその木の実をも連想させる。

ところが、同じく『さいごの戦い』13章で、アスランのことを信じない小人たちのためにもアスランが食事をもてなす場面がある。たくさんの食物で溢れる中、その場面で唯一色彩表現がなされているのが、ブドウ酒の色'red'とそれを入れている盃の'golden'である。盃の色はアスランを連想させるが、小人たちはその盃に入れたブドウ酒のことを「飼い葉桶から入れた汚れた水」と不満を言う。アスランを信じられないと本来良きものを見出すことができないという例である。

『指輪物語』で見られる奇跡は、アラゴルンの病治しの奇跡のみで豊穣の奇跡はない。一方、『ナルニア国年代記物語』では病治しと豊穣の奇跡が描かれるが、病治しの場合、アスランはイエス・キリストのように直接関与するわけではない。豊穣の奇跡は数多く、アスランは皆に食事を提供し、その食卓には必ずと言っていいほどブドウ酒が伴い、色彩表現がなされている場合もある。また、アスランが直接登場しなくても、タフィの木の実のような豊穣の奇跡を連想させる場面もある。そして食事やブドウ酒は、登場人物に活力を与える。ルイスにとって、奇跡は神がいつも力を及ぼされるものであり、それは『ナルニア国年代記物語』に身近な神の賜物である「食事」にまつわる多くの奇跡が見られる理由であると考えられる。両作品の奇跡の場面はともに物語展開を良き方向に導いている。色彩表現はその状況を詳細に表現し、奇跡による変化を明確にしているのである。

第5節　光と闇

色は光であり、光は闇と相対する。光は闇の本質を明らかにする。

第6章　キリスト教観と色彩表現

　『指輪物語』と『ナルニア国年代記物語』において光と闇に関する色彩表現は頻繁に見られる。また、両作品におけるその場面には、聖書的背景が踏まえられていることが多い。そこで、本節では光と闇に関する色彩表現と聖書的背景との関連性を中心に考察していく。
　『指輪物語』において光と闇に関する色彩表現が最も多く見られるのは、第2巻『二つの塔』である。〈旅の仲間〉の離散後、三グループに分かれた一行をめぐり色彩表現を伴った太陽や月などの光の描写は詳細であり、また夜から朝を迎える場面に多い。それらは険しく厳しい道中の不安を表わす場合もあるが、大半は旅人を癒し、道中に希望をもたらす光となっている。暗から明への変化は周りの景色だけでなく、登場人物の不安を除去したり、明るい気分へと誘う。朝日や夕日の太陽や月の光の描写、夜の闇の描写はその光景を提示するだけではなく、時間の経過と併せて間接的に登場人物の心身的状態の詳細を表わし、物語展開の伏線的事項と関連している。
　たとえば、『二つの塔』第2部1章で、フロドとサムは姿を現わしたゴラムを捕らえ、縛ろうとする。そのときフロドは断崖を降りるときに使用した灰色の綱を使う。その綱はガラドリエルからもらった綱で、色はマントの色と同じ敵の目を欺く色として用いられている 'grey' である。一瞬 'silver' に輝いて見えたというこの綱のおかげで、フロドとサムは断崖から奇跡的に脱出することができるのである。この綱はフロドたちにとっては命を救うものであったのに対し、ゴラムにとっては激しい苦痛を与えるものとなる。これは、善が悪に勝利していることを暗示している。
　また、続く2章における太陽と月の捉え方は、色彩語を用いた巧妙な表現になっている。
　フロドたちは進むに従って谷幅は広がり、浅くなり、そして夜明けが近づいてくる。

> At last the sky above grew faint with the first grey of morning. Gollum had shown no signs of tiring, but now he looked up and halted.
> 'Day is near,' he whispered, as if Day was something that might overhear him and spring on him. 'Sméagol will stay here: I will stay here, and the Yellow Face won't see me.'（*TT,* p.228）

フロドは疲労困憊のため、夜明けを迎えるが休息することを提案する。彼は太陽の光に安心感が得られ、日射しを浴びながらの休息を望む。対照的に、ゴラムには太陽のことを 'Yellow Face'（黄色い顔）と比喩的な表現を用い、恐怖感を募らせる。太陽は、暗闇を好むゴラムにとって、すべてをはっきり見ることができる眼を有する存在なのである。
　ゴラムは次のように言う。

> 'You are not wise to be glad of the Yellow Face,' said Gollum. 'It shows you up. Nice sensible hobbits stay with Sméagol. Orcs and nasty things are about. They can see a long way. Stay and hide with me!'
> (*TT*, p.228)

　太陽の意味合いがフロドやサムの場合とゴラムの場合では異なる。'yellow' はホビットが好んでいる色であり、明るく陽気な印象をもたらす。この場面でも、フロドたちは太陽の光を喜んでいる。一方、ゴラムは太陽が輝いて明るくなり、事物がはっきり見えるのを嫌っている。これはゴラムに後ろめたい思いがあることの暗示であり、'yellow' は嫌悪、裏切りをも象徴している。「ヨハネによる福音書」3章20-21節[18]にあるように、黄色い顔である太陽はゴラムの悪の行為を目にし、また、彼は自らの悪の行為が明るみに出るのを嫌い、黄色い顔に見られないようにかくれようとしているのである。この場面は、光＝善、暗闇＝悪という図式が読みとれる[19]。最終的に、ゴラムはフロドたちを裏切ることになる。太陽に対するゴラムの態度は、フロドたちのこの先に続く旅の厳しさと数奇な運命をも予示している。
　安心できるような情景はなかなか訪れないまま、雲を吹き飛ばすような荒々しい風が吹いている夜、夜の暗さが次第に薄れ、明るくなり、月が現れてくる。フロドとサムは月を見て心が和むが、ゴラムは動こうとしなくなり、おじけづく。ゴラムはこの月のことを 'White Face'（白い顔）と表現している。これは太陽を表わした 'Yellow Face' を受けてのものである。この月は白い光を照らし出し、フロドたちに明るさと安らぎを与えているが、ゴラムは光を照らし出す月は太陽と同じ光を放つものとして嫌悪している。これはゴラムと闇、すなわち悪との結び付きを強固にする。
　さらに『二つの塔』では、暗闇の中で光を放つものが登場する。第１部では

水晶のような透明の珠と第2部で登場する玻璃瓶である。
　水晶のような透明の珠パランティアの石は、第1部10章でサルマンが逃げていくときにその上の方からグリマがガンダルフたち一行の方へ投げ落としたものである。珠はガンダルフが所持することになるが、ピピンがその珠に興味を示す。続く11章においてピピンは、しばらくその珠を覗いたときに見えた赤い奥底のことを忘れられず、夜中、誘惑に負けて黒い布に包まれたその珠を持ち出す。

> At first the globe was dark, black as jet, with the moonlight gleaming on its surface.... Soon all the inside seemed on fire; the ball was spinning, or the lights within were revolving. Suddenly the lights went out.（*TT*, p.197）

　珠は真っ黒で、光は月の光が珠の表にあたって光っているだけであり、それ自体は光を発していない。そこには光は見えないのである。珠の'black'は周りの暗闇と呼応し、さらにピピンの誘惑という悪の行為をも象徴している。これは『旅の仲間』においてボロミアが指輪の誘惑に負けてフロドの指輪を強奪しようとした行為に似ている。しかし、悪い事態に引き込まれることなく寸前のところで助かり、自らの行為を反省したが、悪への誘惑に陥りかけた例となっている。
　一方、フロドとサムは、『二つの塔』第2部8章においてゴラムの道案内でミナス・モルグルの暗闇の中に入って行く。さらに、彼らはこれまでの中で最も暗く光のない洞穴に導かれ、あまりの暗さに何も見えなくなってしまうが、その時、サムはガラドリエルからもらった玻璃瓶を持っていることに気づく。

> He took his staff in one hand and the phial in his other. When he saw that the clear light was already welling through his fingers, he thrust it into his bosom and held it against his heart. Then turning from the city of Morgul, now no more than a grey glimmer across a dark gulf he prepared to take the upward road.（*TT*, p.317）

　辺りは暗闇であるが、玻璃瓶は透明な光を放っている。光は指の間から溢れ

出ており、強い光である様子と透明で混じりけのない美しい光であることを表わしている。サムはその光を感じ、玻璃瓶を心臓に押し当てることで、強い勇気が備わる。小さな玻璃瓶の光の強さは、かすかに灰色に光るモルグルの城壁の光の弱さと対照的である。

　これまでの腐敗臭とは違う山積みとなった悪臭が洞穴に漂っている。道案内をしてきたゴラムはいつのまにか消え去り、フロドとサムは今後の進路の選択に迫られる。光が全く当たらない暗闇の中で悪臭も次第に強くなり、フロドとサムは気分を害し、恐怖感に苛まれる。暗闇の中を手探りしながら二人で手をとり進んでいると、背後から敵意にみちた音が聞こえて来る。しかし何の姿も見えない。サムはゴラムの罠にかかったこと察知する。そのとき、サムは一筋の光を見たような気がする。

> Then, as he stood, darkness about him and a blackness of despair and anger in his heart, it seemed to him that he saw a light; a light in his mind, almost unbearably bright at first, as a sun-ray to the eyes of one long hidden in a windowless pit. Then the light became colour: green, gold, silver, white. (*TT*, pp.328-329)

　この光はサムの心の中で感じ取った光であり、どんな光よりも眩しく美しく、緑色、金色、銀色、白色を帯びている。光は眩しいがその色は明るい色彩である赤色や黄色などではない。'green'、'gold'、'silver'、'white' はすべてエルフやエルフの国ロスロリアンを連想させる色彩である。すなわち、'green' はロスロリアンの木々を、'gold' と 'silver' はロスロリアンの王ケレボルンや女王ガラドリエルの髪の毛の色を、'white' はケレボルンとガラドリエルの衣裳を連想させる色である。サムはこの光を感じたことで、玻璃瓶を取り出し、暗闇の中で明かりを照らし出すことができるのである。玻璃瓶の光はフロドとサムにエルフの力が備わった強い希望の光となったのである。

　フロドは玻璃瓶を持ち出してかざしてみる。

> For a moment it glimmered, faint as a rising star struggling in heavy earthward mists, and then as its power waxed, and hope grew in Frodo's mind, it began to burn, and kindled to a silver flame, ... The

darkness receded from it, until it seemed to shine in the centre of a globe of airy crystal, and the hand that held it sparkled with white fire. (*TT*, p.329)

　最初はおぼろげな光であったが、やがて光の力が強くなっていく。同時にフロドの心にも力が満ちてくる。光は輝き、銀の焔となって暗闇の中に明るさをもたらす。さらに光のかざす手も白い光にきらめき、美しい輝きを放つ。玻璃瓶の光は、周りに明るさをもたらすだけでなく、フロドの心の中にも明るさをもたらすのである。

　　ガラドリエルの光とシェロブの闇、生と死の、育成と破壊の本質はフロドと戦うのである。彼はそれら両方——善悪両面の内的自己と向き合わなければならない[20]。

　フロドは生と死の狭間で、ガラドリエルの玻璃瓶の光を受け、闇の中の敵シェロブと戦う使命を実感する。それは、善と悪の戦いに立ち向かっていかなければならないことを意味している。しかし、玻璃瓶の光はシェロブの眼に反射されてしまう。それは、様々な悪の力が強く働いたからである。次第に辺りは暗闇となり、光は一筋も通さなくなる。そして、フロドとサムはシェロブの蜘蛛の巣に引っ掛かる。彼らはまだシェロブのことを知らないのである。フロドはまず暗闇の中で目の前の蜘蛛の巣を切り払う。

It seemed light in that dark land to his eyes that had passed through the den of night. The great smokes had risen and grown thinner, and the last hours of a somber day were passing; the red glare of Mordor had died away in sullen gloom. Yet it seemed to Frodo that he looked upon a morning of sudden hope. (*TT*, p.332)

　フロドは目の前の障害を取り去ったことにより、明るくなり、喜びと活力が湧いてくる。もくもくと立ち昇っていた煙は薄れ、以前のぎらぎらとした赤い光は消え、フロドは希望の朝を目の前にしているような錯覚に陥る。しかし、本当は暗闇の中の陰気でぎらぎらした光が今なお続いている。

フロドたちは、一度は蜘蛛の巣を切り払い、脱出できるが、サムが玻璃瓶の光を隠すと腹部に青白い光と悪臭を放ちながらシェロブが近づいてくる。フロドは玻璃瓶を手離して小道を駆け上がっていってしまう。シェロブが追いかけていることを知らせようとしたサムは、ゴラムに捕まえられ、フロドは地面に倒れ込んでしまう。絶体絶命となったサムは玻璃瓶の存在に気づく。するとどこからかエルフの音楽が聞こえ、不思議な力が備わってくる。

> As if his indomitable spirit had set its potency in motion, the glass blazed suddenly like a white torch in his hand. It flamed like a star that leaping from the firmament sears the dark air with intolerable light. (*TT*, p.339)

　玻璃瓶の光が、暗闇だったシェロブの棲処に鮮烈な明るさをもたらし、炬火のように突然ぱっと光り出す。その光は'white'で表わされている。その輝きをもたらしたのは、サムの勇気と忠誠心である。シェロブ側についたゴラムの裏切りによって、敵に立ち向かっていく勇気とフロドを守らなければならないという忠誠心がサムの中で一気に沸き起こったのである。玻璃瓶の光を浴びたシェロブは退散するが、フロドは瀕死の重傷を負い、オークに連れ去られる。一方、サムは最後まで勇敢に戦いながらも気絶してしまう。指輪は悪の手に渡ることもなく、サムはフロドの責務を果たすことを優先し、指輪を持ち去らなかった。サムの勇気と忠誠心は、敵に打ち勝っただけでなく、フロドが持ち続けてきた指輪を守ることになり、指輪の力の誘惑にも打ち勝ったのである。
　エルフの音楽は、シェロブの洞穴に入り、暗闇の中で困惑したときに聞いたのと同じである。エルフの音楽で力を得たサムは、玻璃瓶をシェロブに向ける。玻璃瓶の光は星のように燃え上がり、シェロブの頭部にささり、シェロブは退治される。これは善と悪との戦いにおける善の勝利を意味していると言える。さらに、シェロブの悪臭を感じた臭覚、エルフの音楽を聞いた聴覚、玻璃瓶の光とそれをかざす手の色を見た視覚が相乗効果をもたらしている。玻璃瓶の光は、フロドの力尽きた姿を目にし、恐怖感が増大したサムの強い勇気と力を奮い立たせ、敵、つまり悪を迎え撃つことができたのである。この点に関連して、ラルフ・C. ウッドはサムの状況を次のように分析する。

第6章　キリスト教観と色彩表現

　最後まで忠実なサムがフロドの運命に心悩ませないということは、彼らの任務の結果はどうであれ、存続する未来に対する希望を彼が見出したということである。さらに際立つのは善と悪、光と闇、生と死、希望と絶望の相対的な力についてのサムの認識である。……闇は光を離れてはいかなる意味も持ち得ないという深淵かつ逆説的な真理を彼は認識する[21]。

　サムが未来への希望を見出すきっかけとなったのは、闇の中で輝いた玻璃瓶の光である。「ヨハネによる福音書」1章5節「光は暗闇の中で輝いている。暗闇は光を理解しなかった」にもあるように、光が闇の攻撃に耐えるばかりではなく、闇を克服する力を有している[22]のである。光があるからこそ闇の中での輝きに力が存在し、闇があるからこそ光の力が明らかになるのである。サムはそれを理解することができたのである。

　さて、『ナルニア国年代記物語』に目を転じると、ナルニア国の誕生と終焉の場面に光と闇の描写が見られる。

　ナルニア国の誕生の場面は、『魔術師のおい』8章である。ロンドンの街で暴れる魔女を元の世界に戻そうと魔法の指輪を使う。気がつくと世界と世界の間の林にいたのである。彼らが最初に世界と世界の間の林に行った場面は3章で描かれている。

> The next thing Digory knew was that there was a soft green light coming down on him from above, and darkness below. ... All the light was green light that came through the leaves; but there must have been a very strong sun over head, for this green daylight was bright and warm. (*MN*, pp.31-32)

　ディゴリーは上のほうから一筋の緑色のやわらかい光が注ぎ、下のほうは真っ暗なのに気づく。彼は林の中にいたのであった。林の木々が緑深く、びっしり茂っている様子とこの光の強力さが光の色の 'green' から読み取れる。さらに、ディゴリーはこの光に明るく、暖かさを感じ、安らぎと力を得る。ここは、生き物もいないし、風も吹いていない場所であり、あまりの静寂さに木々の成長を感じられるほどである。この厳粛さはナルニア国の誕生の伏線となっている。また、緑深い世界は、その後誕生したナルニア国の山、林、草木など

の自然風景を象徴する色彩となる。またこの光景は、近代化により森林破壊が進んでいた当時の社会への批判も込められている。

　8章でも、ディゴリーとポリーは世界と世界の間の林の暖かい日の光を浴びる。その光の色は'green'であり、3章での光と同様であることが分かり、彼らに安心感をもたらす。それに対し、魔女は気分を害する。そのときの魔女の顔色の様子は'pale'が用いられ、詳細に表現されている。この魔女の状態は、『指輪物語』でエルフの綱で縛られたり、フロドとサムが心を和ませるイシリアンの森の香草の匂いに苦痛を感じるゴラムを連想させる。さらに彼らは魔法の指輪を使うと、今度は闇の中に移動したのであった。あまりにも暗くて何が起こったのか分からなかったが、一緒に来ていた馬車屋のフランクが讃美歌を歌い出す。歌が終わると、暗闇の中に変化が起こる。

> In the darkness something was happening at last. A voice had begun to sing. ...They were in harmony with it, but far higher up the scale: cold, tingling, silvery voice. The wonder was that the blackness overhead, all at once, was blazing with stars. They didn't come out gently one by one, as they do one a summer evening. One moment there had been nothing but darkness; next moment a thousand, thousand points of light leaped out—single stars, constellations, and planets, brighter and bigger than any in our world.（*MN*, pp.106-107）

　どこからか聞こえてきた歌声に突然多くの声が加わる。その声は高く、冷たい。それは銀の鈴の音に例えられる。その後、闇の中で星々が輝いたかと思うと、何千という光の点が輝き出る。その光は私たちの世界のものより強く、大きい。色彩表現としては、歌声の例えに使われている鈴の色'silver'以外は、暗闇を表わす'darkness'、'blackness'である。名詞による色彩表現は、その対象が広範囲に渡っている印象を与える。闇の中から急激に射してきた光の色の描写はなく、私たちの世界では体験したことのないほどの強さの光であることのみ記されている。この場面はナルニア国の誕生の直前の光景であり、ルイスとしては強調したい場面であると考えられるが、世界と世界の間の林の'green'とは異なる光であり、詳細な色彩表現を敢えて避け、読者の自由な想像力にゆだねている。また、歌声が聞こえるという聴覚の後、闇から光の景

第6章　キリスト教観と色彩表現

色を目にする視覚への変化は、『ナルニア国年代記物語』に多用されている語りのパターンの一種である。その後、東の空に変化が見られ、真っ暗闇のところに陽が射し込む中、ナルニア国が誕生する。空の変化は色彩の変化と共に詳細に描写されている。ナルニアの誕生の場面は、「創世記」1章に依拠していることは明らかである。

　一方、『さいごの戦い』14章はナルニア国の終焉の時である。

　地上は夜となり、聞いたことがないような美しい角笛の音色が聞こえる中、やがて空は流れ星でいっぱいになったかと思うと、星が降り出し、辺りは真っ黒になる。しかし、再び星人たちの群れが、強烈な光を放ち始める。星々の立っているほうへ近づくに従い、強く輝き、その先にはアスランがいて、生き物たちはどちらかの方向に進むことになる。

> And all the creatures who looked at Aslan in that way swerved to their right, his left, and disappeared into his huge black shadow, which (as you have heard) streamed away to the left of the doorway. (*LB*, p.175)

　アスランに従わないものはアスランの左側へ進み、アスランの大きな影の中へと消えていき、一方、アスランに従い、アスランを心から愛する人はアスランの右側へ進んでいく。アスランの影の色は'black'で表わされ、アスランの存在が明確になっている。これらの場面では、光の色'white'と影の色'black'との相対する無彩色のみが用いられ、光景の明暗を際立たせ、アスランの下で行われる善悪の選択を象徴している。この場面は、「ヨハネによる福音書」10章7、9節を連想させる。

　やがて夜明けを迎え、太陽が昇ってくる。

> It was three times–twenty times—as big as it ought to be, and very dark red. As its rays fell upon the great Time-giant, he turned red too: ... Then the Moon came up, quite in her wrong position, very close to the sun, and she also looked red. And at the sight of her the sun began shooting out great flames, like whiskers or snakes of crimson fire, toward her. (*LB*, p.180)

昇ってきた太陽の光は'red'で表わされ、周りを赤く照らしている。その
うちに月も昇って来るが、月は太陽のすぐそばに昇って来たため、赤く見える。
前記の場面およびこの場面は「マタイによる福音書」24章29節、さらに月に
関しては「ヨエル書」3章4節の「月は血に変わる」に呼応している[23]。太陽
の光'red'は、太陽の明るさを表わしているのではなく、キリストの贖罪の
血を象徴し、不気味な印象を与える。そして、アスランの声を合図に、時の巨
人が太陽を手にとり、世界は真っ暗闇に包まれ、ナルニア国は終焉を迎える。
ナルニア国の終焉に関する色彩表現は、'black'や不吉な予感を抱かせる'red'
などにより、辺りの暗い光景を印象付けている。
　以上のように、光を表わす色彩としては'white'、'red'、'green'、'gold'
など無彩色、有彩色、金属系の色彩など様々な色彩が用いられ、光の微妙な色
合いを明確にしながら、その場面を際立たせている。一方、闇を表わす色彩と
しては'black'と'dark'が用いられているが、'blackness'や'darkness'
など名詞形も多用され、闇の広がりをも表わしている。このようにして、光と
闇を一対にして描写することによって、物語の中心的主題である善と悪の闘争
を明確に表現しているのである。光と闇の描写は、『指輪物語』においても『ナ
ルニア国年代記物語』においても物語展開を予示する重要な要素となっている
が、『指輪物語』の場合は登場人物の心理的状況が付加されて表わされている
ことも多い。さらに、色彩という視覚的側面だけでなく、音という聴覚的側面、
臭いという嗅覚的側面、物に触れるという触覚的側面など五感を通して身体全
体で感知させるべく、ルイスとトルキーンは、善と悪の描写に取り組んでいる
と言える。

第6節　聖人崇敬

　聖人崇敬の概念はカトリックに見られるキリスト教的要素であり、特に『指
輪物語』に顕著に見られる。
　『指輪物語』の場合、善を象徴し、英雄的な働きをする登場人物は少なから
ずいる。それは、物語の主要な登場人物で結成される〈旅の仲間〉の存在にも
関連がある。〈旅の仲間〉は様々な種族の九名から成り、彼らは複数でサウロ
ンなどの敵に立ち向かっていくのである。さらに物語の途中から何度かグルー
プに分かれることになるが、それでも決して一人になることはない。これはカ

第6章　キリスト教観と色彩表現

トリックの特色である組織的なつながりを意識したものであるとも考えられ、〈旅の仲間〉はキリストの弟子たちを連想させる[24]のである。

　物語にはいろいろな種族の登場人物が数多く登場するが、その中でも特にガンダルフ、アラゴルン、サムは中心的な登場人物である。彼らには『指輪物語』の人物描写の際立った特色である目の色の描写が見られる。その中でも特徴的な色彩は'grey'である。'grey'は物語の冒頭に登場するガンダルフに関わる色彩として好意的な印象を読者に与えるようにして物語が進んでいく。ガンダルフは、年長者として皆が絶大なる信頼感を寄せている。しかし、彼は『旅の仲間』において敵との戦いの末、一旦姿を消すことになるが、『二つの塔』では再び姿を現わし、『王の帰還』の最後ではフロドたちと灰色港から旅立つ。登場場面から検証すると、ガンダルフは『指輪物語』において冒頭から登場し、『王の帰還』の最終場面まで登場する主要登場人物である。

　エルロンドやアラゴルンが登場する場面では、目の色'grey'が周囲の登場人物に強く印象づけられている。アラゴルンの場合、『旅の仲間』第1巻9章において彼がフロドたちを観察しているときに、フロドがアラゴルンの目を見る。アラゴルンの目は血の気のない顔に鋭い灰色の目をしているが、フロドはアラゴルンのその灰色の目の鋭さに信頼感を抱く。アラゴルンは、〈旅の仲間〉のリーダー的な存在として、フロドたちの力になり、ガンダルフの脱落後、〈旅の仲間〉を引率していく。そして〈旅の仲間〉が離散しても皆の無事を信じ、自らの責務を遂行するために厳しい旅を続ける。アラゴルンは療病院において傷ついた人々を癒すが、イエス・キリストが多くの病人を癒した場面を連想させる。人々は緑の石を持っていたことからアラゴルンを「エルフの石」と名付ける。その石は自然と生命の象徴である'green'であり、エルフが持つ命の永遠性をも象徴し、パランティアの石によって悪に侵され、悲劇的な最期を遂げたデネソールとは対照的である。『王の帰還』の「王」とはアラゴルンを指し、彼の重要度は『旅の仲間』、『二つの塔』以上である。アラゴルンは皆を導き、戦いに勝利し、英雄となり、傷ついた人々を救い、王の地位に就く。

　さらに『王の帰還』第2部5章において、夏至の前夜、ミナス・ティリスにはアラゴルンとアルウェンの婚礼のためにたくさんの人々が到着する。

　　Upon the very Eve of Midsummer, when the sky was blue as sapphire and white stars opened in the East, but the West was still golden, and

> the air was cool and fragrant, the riders came down the North-way the gates of Minas Tirith. ... and after them came the Lady Galadriel and Celeborn, Lord of Lothlórien, riding upon white steeds and with them many fair folk of their land, grey-cloaked with white gems in their hair; and last came Master Elrond, mighty among Elves and Men, bearing the sceptre of Annúminas, and beside him upon a grey palfrey rode Arwen his daughter, Evenstar of her people.（*RK*, pp.250-251）

　一団に関しては色彩豊かに描写されている。空の色 'blue' に加え、東の空に輝く星の色 'white'、西の空の色 'gold' と夜空の情景も詳細に色彩表現がなされている。そして、ミナス・ティリスを象徴する銀色の旗がはためく。また、ガラドリエルとケレボンは 'grey' のマントを着ている。エルフは敵の目を欺くためにマントの色として 'grey' を使用している。マントはフロドたち旅人に贈られ、エルフとフロドたちを表象するものとなる。さらに、灰色の馬に乗ったエルロンドの娘アルウェンが現れる。アルウェンはアラゴルンと結婚することになるが、彼女が登場する前のこの場面には色彩表現が多く、'white' や 'grey' などの色彩は、アルウェンの高貴さを暗示している。
　トールキンの「幸せな結末の慰め」は、あらゆる闇と絶望の果てに、尽きぬ希望の泉が存在するという終末論の予兆あるいは残響であって、神による裁き、そして新しい王国の到来を言外に述べている[25]のである。アラゴルンの王位就任はトールキンの理想的な物語展開であると考えられる。

> 『指輪物語』の第3巻ではサタンのような冥王とキリストのような真の王アラゴルンの間での戦いを通して善と悪の闘争のクライマックスが見られる。アラゴルンは、責務を果たすために人々のところに '帰還' する。第3巻の第1部では '王であること' が強調され、第2部では '帰還すること' が強調され、この第3巻は『王の帰還』という題が付されている[26]。

　アラゴルンは、ガンダルフ無き後、〈旅の仲間〉の先頭に立って、仲間を導いていく。アラゴルンは敵と勇敢に戦いながら、旅を続けていき、最後には王となり、アルウェンと結婚する。そして、アラゴルンは癒しの手の持ち主として、傷ついたり、病で苦しむ人々を治す力を持っている。『指輪物語』におけ

第6章　キリスト教観と色彩表現

るアラゴルンは、カトリックのサクラメントをほぼ実践している人物として描かれている。また、再生したガンダルフを最初に察知したり、病治しの奇跡を起こしたり、王になるアラゴルンの姿は、イエスの復活に関する最古の伝承によれば、イエスの最初の顕現に接したり[27]、病治しの奇跡の力を持ち、カトリックでは初代のローマ教皇とみなされ、イエスから権威を与えられたイエスの弟子の中でも代表的な人物であるペトロを連想させる。

　また、サムやファンゴルンやその森に住む仲間のエントの目の色として'brown'が使用されている。サムの目は『旅の仲間』において丸い形をした茶色の目として描写されている。これは『旅の仲間』の最後に使用されているフロドとサムが向かうエミン・ムイルの山の色彩である'grey'の一つ前の色彩表現である。サムの目には、恐怖感があふれているが、目の色の茶色は大地の色であり、謙遜（ラテン語の謙遜 humilitas は大地 humus に由来する）の象徴である[28]。サムは、主人としてのフロドを称え、忠誠心を持って彼を守り、正義と勇気を兼ね備えた謙遜な人物である。〈旅の仲間〉が離散した後もフロドを助けながら、最後まで勇敢に旅を続け、最後はホビット庄の庄長になる。さらに、彼らは一緒に旅を続けているフロドが所持している指輪の力の誘惑に屈することがない。サムの従順さは「フィリピの信徒への手紙」2章のキリストの心と通底している。また、森の守護者ファンゴルンは、囚われていたオークから脱出してきたメリーとピピンを助け、彼らは回復する。サムはフロドを、ファンゴルンは自然をこよなく愛し、両者は忠誠心を持って守っていくという役目を担っている。守り手である両者の目は同じ色で表徴しているのである。このように'brown'は目の色に使用されているが、『指輪物語』全体での使用頻度は少ない。しかし、『指輪物語』の中で登場する色彩語プラス名前で呼ばれている三人の魔法使のうちの一人に〈茶色のラダガスト〉がいる。その意味でも'brown'はトルキーンにとって'white'や'grey'のような特別な位置づけにある色彩であることが言える。

　このように『指輪物語』では、登場人物たちそれぞれに絶大なる信頼の対象、王としての顕現、忠実な僕、救出者、癒し主といった仕方でイエス・キリストの象徴的側面を垣間見ることができ、シンボリズム的に色彩表現が施されているのである。

　一方、『ナルニア国年代記物語』は、ライオンのアスランがナルニア国のイエス・キリストを象徴する存在となっている。アスランは高貴、威厳、永続的

291

な登場人物として『ナルニア国年代記物語』の七巻すべてに登場する。'gold'は、『ナルニア国年代記物語』全巻をとおしてアスランそのものの描写だけでなく、アスランに関連するものにも多用され、アスランを象徴する色彩として、高貴と威厳を兼ね備えた絶対的存在としてのアスランのイメージをアレゴリー的に形作っているのである。また物語に必ず登場する子どもたちはみな、途中様々な出来事に遭遇しながら、勇敢に成長していく。その姿は英雄のようである。しかし、子どもたちの行動には個人的な原因が左右したり、子どもたちは、アスランに対面するときも個人的に出会う場合も多い。そして、子どもたちをはじめとする登場人物は最終的に悪との戦いに一人で立ち向かって行くことになる場面が多く見られる。

　また『指輪物語』に登場する女性は、川の娘ゴールドベリ、エルフの女王ガラドリエル、エルロンドの娘アルウェン、エオメルの妹エオウィンなどそれほど多くないが、彼女たちは、皆美しい女性として描写されている。

　ゴールドベリの姿について見ると、'yellow'の髪の毛を初め、'silver'の粒がちりばめられた'green'の長衣を身に付け、'gold'のベルトはアヤメの花を繋いだようであり、その花々の中心の石は忘れな草の色'pale-blue'である。さらにそばにあるスイレンの色として'white'が特記されており、様々な色彩語が用いられ、美しさを増幅している。

　ガラドリエルの場合は、髪の毛の色'gold'や衣の色'white'が多く描写されている。また、『二つの塔』では登場する場面はないが、第2部5章においてサムの語りの中でガラドリエルは白スイセン（white daffadowndilly）に例えられている。スイセンは四旬節[29]の花で再生の表象[30]であり、キリスト教との関連性が深い。

　アルウェンは、彼女の腕の色'white'や目と装いの色'grey'、帯の色'silver'などが使用され、色彩語が多く見られる。また、前述のとおり、アラゴルンと結婚する前に姿を見せたときの光景には色彩表現が詳述されている。

　エオウィンに注目すると、髪の毛の色'gold'、長衣の'white'、帯の色'silver'などの使用が見られる。エオウィンは最初、年老いた伯父セオデンがミナス・ティリスでの戦いの真っ只中、彼女も参戦することを望むが、女性であることから皆に反対される。しかし、彼女は男性に扮し、戦いに加わって怪鳥を倒す。負傷して運ばれた療病院においてアラゴルンは彼女を白いユリの花にたとえる。これまで見てきたように『指輪物語』における女性の登場人物に花が関連

第6章 キリスト教観と色彩表現

していることが多いが、エオウィンがたとえられた白いユリは、聖母マリアを象徴する花である。エオウィンは男性に扮しても参戦する勇敢さと白いユリのような美しさを兼ね備えた理想的な人物像なのである。さらに、エオウィンは同じく療病院において傷を癒していたファラミアと運命的な出会いをする。ファラミアはエオウィンが療病院の城壁にたたずんでいる姿を見るが、そのときの陽光に美しくきらめくエオウィンの衣の色 'white' が描写されている。ファラミアは母のマントを彼女に羽織らせる。そのマントは深みのある夏の夜の色のような大きな青いマントで、衿もとには銀の星がちりばめられている。大きなマントは包容力が備わっている感を与える。また、マントにほどこされている銀の星は『王の帰還』では何度も描写されているプラス・イメージである。ファラミアは母のマントを羽織らせることによって、エオウィンに母の面影を見ているのである。マントの色 'blue' は、シャルトル大聖堂のステンドグラスの色であったことから聖母と結び付き、マリア信仰の隆盛とあいまって、12世紀から近世にかけてマリアが身にまとうものの色[31]として定着したこともあり、エオウィンに聖母マリアのイメージを重ね合わせているようにも考えられる。エオウィンはファラミアと結婚を決意する。ファラミアを受け入れたエオウィンには、幸せな大詰めを可能にする超越的な反応や、神による希望の実現の意味が含まれ、エオウィンの回復、すなわち本来の自分自身への回帰は、国土が再びすこやかになる姿と重なっている[32]のである。このようにエオウィンの場合、羽織ったマントの色からも聖母マリアを連想させるが、他の女性たちについてもその姿の色彩表現から見て聖母マリアを表徴し、マリア崇敬の表れであると言える。

　『ナルニア国年代記物語』では子どもたちを除く女性の登場人物は少ない。その中で魔女は大人の女性の登場人物の代表格であり、『ライオンと魔女』では白い魔女 (the White Witch)、『銀のいす』では緑の貴婦人 (the Green Lady) として登場するが、ジルたちが夜見の国で再会したときの顔色は 'white' である。またこの魔女の名前がジェイディスであることは『魔術師のおい』において明らかとなる。ナルニアの歴史順では魔女の名前は最初に分かるが、出版順で読むと名前の発覚は最後である。物語を読み進めると同一人物であることが分かるようになっている。彼女もディゴリーが西の園で彼女に対面したとき、彼女の肌や顔の色は 'white' で表わされている。魔女は 'white' を中心として悪の象徴として定着していく仕掛けとなっている。『指輪物語』の

'white'の使用とは相対している。

　ルイスの他の作品の女性の登場人物を見てみると、『ナルニア国年代記物語』のように色彩を用いて女性を表わしている場合が多く、具体的な名前はあまり重視されていない。たとえば『天路退行』の茶色の少女（the brown girl）やSF三部作の一つである『ヴィーナスへの旅』（*Perelandra,* 1943）の緑の女人（the Green Lady）などである。茶色の少女の茶色は肌の色であり、情欲の象徴である。一方、緑の女人は肌が緑色の純粋無垢な金星の女王であるが、物理学者のウェストン（Weston）から地球の話を聞き、衣を着て肌を隠したり、鏡で自分の顔を見ることを知り、自我に目覚めていく。その様子に危機を感じた言語学者ランサム（Ransom）がやがてウェストンを殺害する事態へと発展する。純粋無垢な彼女が善きもの以上に悪しきものを取り入れてしまうことを危惧したためである。

　上記のように『指輪物語』では男性は英雄的な人物が多く登場し、女性は聖母マリアのような美しく清楚さが際立つ。彼らに共通して多用されている色彩は'white'である。彼らの描写には聖人崇敬の概念が根底にあると考えられる。一方、『ナルニア国年代記物語』は、アスランを中心として様々な登場人物、特に子どもたちが据えられている。彼らは英雄的な行動を起こしながら成長していく。アスランに関する色彩語に'gold'が多用されているが、子どもたちを表わすアレゴリー的な色彩語は見当たらない。アスランの場合、全巻に登場する絶対的な存在として明確なことが必須であり、それが色彩表現において見事に実行されている。また、女性の登場人物に関しては、『指輪物語』のような高貴な印象を与えている人物は少なく、むしろ魔女のように悪を象徴する女性が登場する。ルイスの場合、他の作品を含め、色彩語は女性の登場人物の姿を的確に表わすのに用いている例は多い。

第7節　キリスト教観の表現方法

　これまで述べてきたように『指輪物語』と『ナルニア国年代記物語』には様々なキリスト教的要素が読み取ることができ、色彩表現は、トルキーンとルイスそれぞれのキリスト教的世界観を読者に提示するために直接的あるいは間接的に用いられている。

　『指輪物語』の場合、これまでにもキリスト教色が表れているか否かの議論

第 6 章　キリスト教観と色彩表現

がなされてきたが、キリスト教観は随所に現われていると言える。善を象徴する登場人物は複数みられるが、『ナルニア国年代記物語』のアスランのようにイエス・キリストを象徴する唯一絶対的な登場人物はいない。アレゴリーが読者の想像力を抑圧するということをトルキーンは懸念し、『指輪物語』ではキリスト教的モチーフは用いているものの全体的にキリスト教との関わりを露にしないようにキリスト教観を作品に溶け込ませようとしている。作品の中にはいくつかの教義をまんべんなく忠実に取り入れている傾向にあり、むしろ『ナルニア国年代記物語』よりも明確な箇所もあるが、多くは見られない。トルキーンは、カルト的に、あるいは明確に宗教に言及することを意図的に避け[33]、キリスト教色を暗示的ながらも物語世界の全体にわたって現れるようにしている。トルキーンの作品はキリスト教色が明白でないからこそかえってそれだけ深くキリスト教的[34]なのである。『指輪物語』の色彩表現には、無彩色のヒエラルキーの様相が見られるが、ヒエラルキーは狭義ではカトリック教会の教会制を、広義では中世ヨーロッパの封建社会の身分構成を指す。無彩色のヒエラルキーは、カトリック教徒であるトルキーンの巧みな色彩表現の特色の一つであり、中世世界を垣間見るような様相を漂わせている『指輪物語』に適していると言える。

　『ナルニア国年代記物語』の場合、作品全体で聖書をモチーフとした物語となっている。出版順とナルニア国の歴史順は異なっているため、聖書の構成順序とも異なるが、創造、聖餐、信仰、回心、罪、救い、再生など聖書の主だった事柄が全作品にちりばめられ、それらは聖書に見られる出来事をありのままではなく、多少変化させて何度も取り入れている場合もある。しかし、ルイスのファンタジーはキリスト教が表に出すぎている[35]とトルキーンは指摘する。ルイスは、自分の言わずにいられないこと、すなわちキリスト教的世界観を子どもにも理解できるように、ファンタジー形式を用いて聖書的モチーフを多少の変化を加えて作品に反映させるのである。色彩表現は、作品に描かれた聖書的な事柄を明確にそして強調する手段としての役割を果たしているのである。物語の中心的登場人物であるアスランやアスランと相対する魔女の造形において明らかなように、作品自体がアレゴリー的であり、一つの色彩をアレゴリー的に使用して善悪の対峙を示唆している。また、聖書をモチーフとした重大な要素を色彩の変化によって表わしているのである。

　難題なのは、本当らしさを達成し効果的に物語と〈メッセージ〉を統合する

こと、それとともに、露骨なアレゴリーや教訓、もしくは不明瞭さのどちらかの極端さも回避することである[36]。両者にあてはめるとトルキーンは前者を、ルイスは後者を回避したのである。カトリックは組織的であり、教会の伝統的慣習や権威を重んじるのに対し、英国国教会の低教会派は個人的であり、福音主義的で聖書的根拠を重んじている。つまり、両者の宗派の相違は作品への表現方法として顕著に現れ、色彩表現もその一要素として、トルキーンとルイスは様々な工夫を凝らしながら使用しているのである。

　以上のように、トルキーン、ルイスはともに彼らを支えているキリスト教的世界観を作品に反映させるために、巧みな物語技法を駆使しているが、その中の一つである色彩表現は、彼らの思いを読者に的確に伝達する手段となっているのである。たとえば、象徴となる色彩語を明確に表徴したり、ある色彩語を連続的に使用し、その場面を強調している。さらに、同じ色彩語の連続的使用は、その対象を象徴し、暗示する色彩として定着させていく。また逆に、敢えて過度の色彩表現を避けて、読者の想像力にゆだねている場合もある。それは、読者がキリスト教の教義に物語を通して向き合う機会となるのである。両者にはキリスト教的教義の表現方法に大きな相違が見られるが、それは彼らの宗派の違いが深く関与しているのである。そしてそれは彼らの作家として、人間として、キリスト教徒としての姿勢の表れであり、作品の大きな魅力なのである。

結論

　これまでの検証によって明らかになったことは、なによりも、トルキーンとルイスが細心の注意を払いながら色彩表現を駆使することによって、物語の中心的主題である善と悪との闘争を明確にしているということである。そして、彼らの巧みな色彩表現を支えているのは、ファンタジー作家としての技量と感性と信念である。さらに、『指輪物語』と『ナルニア国年代記物語』における色彩表現には、少なくとも次の四つの機能が見られるということである。

　色彩表現の四つの機能の第一は象徴機能である。色彩表現は、登場人物や風景・自然などの特色を象徴し、直接的もしくは間接的に対象の状況を表徴する。ある特定の色彩に象徴性をもたせることは、なにものかを指示する目印のような役割を果たし、具体的な人物や事物ならびに抽象的な概念を明瞭に述べなくても読み手は理解することができる。登場人物の衣装や容姿に関して色彩語を用いて表現したり、特に『指輪物語』の場合は目の色の描写が丁寧になされていたり、また、その登場人物に関連する事物や背景などにも色彩表現が詳細に見られ、さらに同じ色彩を何度も使用することによってその対象を象徴する色彩を明確にし、定着させている。

　第二に連想機能である。ある場面の人物や事物の色彩表現は、時として、その場面以外の人物や事物を連想させる。色彩語のもたらす連想は様々であるが、読み手が物語それ自体を楽しむと同時に物語に込められた作者のメッセージを感受する助けとなる。たとえば、森の木々などの自然描写に関する色彩表現によって、読者はその美しい情景を容易に連想することができ、さらに両者の木々に対する愛着と同時に当時の森林などの環境破壊に対する懸念を読み取ることができる。また、『指輪物語』では川や山、道などの名前に色彩語を使用しているものが多くあり、読者に対象について連想させやすくしている。

　第三に強調機能である。色彩表現は、その対象自体や状況、背景等を強調し、対象の存在を明確にする。すなわち、作者の力点が直接読み手に伝達できる手段なのである。また、色彩表現の連続的使用は、その対象を強調し、物語の統一性を維持するのにも適している。特に『指輪物語』では無彩色や'red'や'green'、また、『ナルニア国年代記物語』では'gold'や'white'などを連

続して使用することでその対象を強調している。そして、長編で物語構成に特色がある『指輪物語』においても、一話完結形式の『ナルニア国年代記物語』においても色彩表現は物語を統一する要素となっている。

　第四に予示機能である。色彩表現は、登場人物たちの行く末を前もって暗示したり、読者に物語展開を予測させる。また、色彩表現が手掛かりとなり、物語を読み進めて行く牽引力となる。さらに読者にとって色彩表現は、必要以上に使用しなくてもその状況を読み手に推察させ、読み手の想像力を喚起し活性化させる。すでに見たように、『指輪物語』では、敵が発している光の色'red'は、旅人たちのその後の不穏さを予示したり、『ナルニア国年代記物語』では、風景の色彩の変化や対象に'gold'を用いることによって、アスランの登場を予示している。『ナルニア国年代記物語』の最終場面のように、色彩語を用いて詳細に表現しなくても、これまでの色彩表現の使用状況を踏まえて読者はその場面に関して想像力を活性化させながら、自由に感じ取ることができる。

　『ナルニア国年代記物語』の場合、これらのすべての機能と深く関わる登場人物としてアスランが据えられていることが大きな特色である。'gold'はアスランを直接的もしくは間接的に象徴する色彩として用いられ、アスランの威厳や高貴を連想させる。また、'gold'を連続的に使用することによって、アスランの存在を強調する。さらに、黄金色のアスランがすべての物語に登場することによって物語の統一性が保持されることで、アスランの登場場面に先立つ色彩表現に'gold'という言葉が現れるとき、アスランの登場を予示するのである。

　トールキーンとルイスの色彩表現に共通する点は以上のとおりであるが、両者の色彩表現には大きな相違点も見られる。この相違点の指摘は両者の作品世界について言われてきたそれぞれの特質を色彩表現の面から支持することになるであろう。なぜなら、トールキーンの色彩表現は、一つの色彩語が、ある特定の登場人物やその登場人物に関わる事物に関して常に対応しているのではなく、複数にわたって用いられているのでシンボリズム的であり、一方、ルイスの場合は、一つの色彩語とそれを用いて表現している事物との関係が一対一の対応関係にあることが多く見られるのでアレゴリー的であると言えるからである。

　トールキーンとルイスは、それぞれの根底にあるキリスト教観を作品世界に盛り込むために色彩表現を用いているが、使用している色彩やその表現方法には違いが見られる。『指輪物語』では、キリスト教的要素に「誰が」関与してい

るかということが重要であるので、登場人物に関する色彩表現が多くなされているが、周りの情景に関係する色彩表現が少ない。一方、『ナルニア国年代記物語』におけるキリスト教的要素には絶対的存在であるアスランが関与していることがほとんどであり、「何が起こるか、もしくは起こったか」ということを重要視し、色彩の変化で詳細に描写している。トルキーンとルイスのキリスト教観を表現している上での大きな相違は、イエス・キリストを象徴する絶対的な登場人物の存在の有無と聖書的構成の明瞭性の二点である。キリスト教観を作品に盛り込むことを強く意識しながらもこの二点を最も重要視しているわけではないのがトルキーンであり、この二点を基盤として作品を構成しているのがルイスなのである。

　もしも、『指輪物語』や『ナルニア国年代記物語』に色彩表現がなければどうなるであろうか。まず、物語全体が単調になりがちである。登場人物や様々な事物の特色を関連づけ、作者の意向をも含意できる象徴性も明確にならず、さらに区別して提示できる強調性も欠落することになる。また、登場人物の特色、物語の舞台背景などが曖昧になり、理解し難くなる可能性が高くなる。両作品とも別世界が舞台であるため、さらにこの傾向に陥りやすくなることであろう。しかし場合によっては、色彩表現を行わないことにより登場人物の姿や状況、風景・自然などの背景を読み手は自由に想像させることができる。つまり、明確な色彩表現は、かえって読者の想像力を抑制することもあり得るからである。それでもなお、色彩表現は、様々な機能を有するとともに、登場人物や物語背景を適切な時に、適切な場面で際立たせることができる方法の一つなのである。

　『指輪物語』と『ナルニア国年代記物語』における色彩表現は、作品を形作る主要素であり、読み手がそれぞれの物語の中心的主題である善と悪との闘争の様相を読み解いていく手掛かりとなっている。トルキーンとルイスにとっての色彩表現は、両者の美意識を基盤とした芸術美の創造作用の一つの結実であり、読者との架け橋の役目を担う彼らのファンタジー文学の魅力の要因なのである。

注

序

[1] 本稿ではトルキーンと表記する。
[2] 波多野完治『波多野完治全集 第1巻「文章心理学」』、小学館、1990年、224-225ページ参照。
[3] 同上、222-252ページ。
[4] 同上、255-307ページ。
[5] 遠藤敏雄『英文学に現れた色彩』、プレス東京、1971年。
[6] 三浦敏明『英語副詞の研究―副詞の多様性―』、文化書房博文社、1991年。
[7] 上村和美『文学作品にみる色彩表現分析』、双文社出版、1999年。
[8] 劉菲「魯迅作品における色彩表現」、熊本大学、2009年（博士論文）。
[9] スティーブン・F. ブラウン，カレド・アナトリオス『カトリック』、森夏樹訳、青土社、2003年、119ページ。

第1章

[1] 池田紘一，眞方忠道編『ファンタジーの世界』、九州大学出版会、2002年、2-3ページ。
[2] 川口喬一，岡本靖正『最新 文学批評用語辞典』、研究社、1998年、229ページ。
[3] J.R.R. Tolkien, *The Hobbit*. Boston: Houghton Mifflin Company, 2001, p.3
[4] *Ibid*, p. 328.
[5] 本多英明『トールキンとC.S.ルイス』、笠間書院、2006年、44ページ。
[6] 同上、45ページ。
[7] T. A. Shippey, *J. R. R. Tolkien: Author of the Century*. London: HarperCollins Publishers, 2000, p.37.
[8] C. S. ルイス「トールキンの『指輪物語』」、高岸冬詩訳、「『指輪物語』の世界」、『ユリイカ』4月臨増刊号所収、青土社、2002年、34ページ。
[9] アレゴリーとは、抽象的なものを具体的なもので表わす技法で、両者は一対一の対応関係にある。一方、シンボリズムとは具体的なものによって抽象的なものを表わす技法で、両者は一対一の対応関係にはない（C. S. ルイース『愛とアレゴリー』、玉泉八州男訳、筑摩書房、1972年、43-44ページ参照）。
[10] 竹野一雄『想像力の巨匠たち――文学とキリスト教』、彩流社、2003年、191ページ。

[11] 以下、J. R. R. トールキン『妖精物語について』猪熊葉子訳、評論社、2003 年に依拠する。
[12] トールキン『妖精物語について』、24, 26 ページ。
[13] アンドルー・ラング（Andrew Lang,1844-1912）が編集した『青い妖精の物語』（T*he Blue Fairy Book,* 1889）に取り入れている物語であるが、ジョナサン・スウィフト（Jonathan Swift, 1667-1745）の『ガリバー旅行記』（*Gulliver's Travels,*1726）の第 1 篇のことである。
[14] トールキン『妖精物語について』、114-115 ページ。
[15] 同上、144 ページ。
[16] C. S. ルイス『C. S. ルイス著作集 2』山形和美責任編集・監修、柳生直行, 山形和美訳、すぐ書房、1996 年、268 ページ。
[17] C. S. ルイス『別世界にて』、中村妙子訳、みすず書房、1991 年（改版）、42-43 ページ。
[18] 同上、46 ページ。
[19] 同上、45-46 ページ。
[20] 同上、47-48 ページ。
[21] 竹野一雄『C.S. ルイスの世界――永遠の知恵と美――』、彩流社、1999 年、113 ページ。
[22] ルイス『別世界にて』、65 ページ。
[23] 竹野『C.S. ルイスの世界――永遠の知恵と美――』、115-116 ページ。
[24] 同上、115 ページ。

第 2 章

[1] 以下の参考文献に依拠する。
〈辞典〉千々岩英彰『図説 世界の色彩感情事典』、河出書房新社、1999 年／日本色彩学会編『色彩用語事典』、東京大学出版会、2003 年、135 ページ。〈単行本研究書（外国語文献）〉Brent Berlin and Paul Kay, *Basic Color Terms: Their Universality and Evolution:* Stanford: Center for the Study of Language and Information, 1999.／〈単行本研究書（日本語文献―翻訳書を含む）〉池田光男, 芦澤昌子『どうして色は見えるのか』、平凡社、2005 年／伊藤亜紀『色彩の回廊』、ありな出版、2002 年／上村和美『文学作品にみる色彩表現分析 芥川龍之介作品への適用』、双文社出版、1999 年／遠藤敏雄『英文学に現れた色彩』、プレス東京、1971 年／大庭三郎『色彩の世界』、未来社、1986 年／大山正, 齊藤美穂『色彩学入門 色と感性の心理』、東京大学出版会、2009 年／金子隆芳『色彩の心理学』、岩波書店、

注

1990 年／小町谷朝生『色彩のアルケオロジー』、勁草書房、1987 年／小町谷朝生『色彩と感性のポリフォニー』、勁草書房、1991 年／齊藤勝裕『光と色彩の科学』、講談社、2010 年／城一夫編著『徹底図解　色のしくみ』、新星出版社、2009 年／南雲治嘉『色の新しい捉え方』、光文社、2008 年／波多野完治『波多野完治全集　第 1 巻「文章心理学」』、小学館、1990 年／福田邦夫『色の名前はどこからきたか』、青娥書房、1999 年／山脇惠子『よくわかる色彩心理』、ナツメ社、2010 年／

ヨハネス・イッテン『色彩論』、大智浩訳、美術出版社、1971 年／ヨハン・ヴォルフガング・フォン・ゲーテ『色彩論』、木村直司訳、ちくま書房、2001 年。

〈論文〉Keith Allan, "The connotations of English colour terms: Colour-based X-phemisms," *Journal of Pragmatics,* 2009, pp.626-637. ／Brian Allison and Yatomi Iwata, "A Cross-cultural Study of Colour in Japan and England,"『山口女子大学研究報告』第 15 号、1989. pp.9-27. ／時長逸子「色彩語を認識するのは難しいか？」、日本色彩学会誌第 34 巻第 2 号、日本色彩学会、2010 年、174-178 ページ。

[2] 遠藤、前掲書、7 ページ。
[3] 大山，齊藤、前掲書、65 ページ。
[4] 遠藤、前掲書、14 ページ。
[5] 同上、15 ページ。
[6] 城編著、前掲書、138-139 ページ。
[7] 齊藤、前掲書、145 ページ。
[8] 城編著、前掲書、140-141 ページ。
[9] 同上、138-144 ページ。
[10] 南雲、前掲書、25-26 ページ。
[11] 齊藤、前掲書、24 ページ。
[12] 南雲、前掲書、24 ページ。
[13] 大山，齊藤、前掲書、2 ページ。
[14] 齊藤、前掲書、24, 33 ページ。
[15] 大山，齊藤、前掲書、76 ページ。
[16] 日本色彩学会編、前掲書、135 ページ。
[17] 南雲、前掲書、95-97 ページ／山脇、前掲書、110 ページ。
[18] 齊藤、前掲書、23, 31 ページ。
[19] 千々岩編、前掲書、413 ページ。
[20] 大庭、前掲書、31-34 ページ。
[21] 遠藤、前掲書、40-41 ページ。
[22] 小町谷『色彩のアルケオロジー』、19-20 ページ。
[23] 山脇、前掲書、112 ページ参考。

[24] 小町谷『色彩のアルケオロジー』、58 ページ。
[25] C. S. ルイス『別世界にて』、中村妙子訳、みすず書房、1991 年（改版）73 ページ。
[26] 遠藤、前掲書、122-126 ページ。
[27] 遠藤、前掲書、127 ページ。

第 3 章

[1] J. R. R. トールキン『新版　指輪物語　9　王の帰還　下』、瀬田貞二、田中明子訳、1992 年、337 ページ。
[2] J.R.R.Tolkien, *The Hobbit*. Boston: Houghton Miffin Conpany, 2001, p.4.
[3] 本論文において『指輪物語』(*The Lord of the Rings*) の引用は、下記の〔使用テキスト〕に依拠し、引用箇所は括弧内に略語と引用ページ数を示す。
〔使用テキスト〕
　FR—J. R. R. Tolkien, *The Fellowship of the Ring*, Second Edition. Boston: Houghton Mifflin Company, 1982.
　TT—J. R. R. Tolkien, *The Two Towers*, Second Edition. Boston: Houghton Mifflin Company, 1982.
　RK—J. R. R. Tolkien, *The Return of the King*. Second Edition. Boston: Houghton Mifflin Company, 1982.
[4] Humphre Carpenter ed., *The Letters of J. R. R. Tolkien*. London: HarperCollins Publishers, 2006, pp.252-253.
[5] カート・ブルーナー、ジム・ウェア『「ロード・オブ・ザ・リング」聖なる旅の黙示録』、鈴木彩織訳、PHP 研究所、2002 年、172 ページ。
[6] Tolkien, *The Hobbit*. p.6.
[7] 本稿においては『聖書　新共同訳』、日本聖書協会、1987 年、を使用するものとする。
[8] ジョン・J・ダベンポート「ハッピーエンドと宗教的希望」、グレゴリー・バッシャム、エリック・ブロンソン編『指輪物語をめぐる 16 の哲学』、金田とおる訳、ランダムハウス講談社、2006 年、340-341 ページ。
[9] 「あなたは、わたしの右の手に七つの星と、七つの金の燭台とを見たが、それらの秘めた意味はこうだ。七つの星は七つの教会の天使たち、七つの燭台は七つの教会である。」
[10] 理想的経験の原型および非理想的経験の原型は、カナダの文学批評家であるノースロプ・フライ (Northrop Fry, 1912-1991) の批評体系による（リーランド・ライケ

ン『聖書と文学』、山形和美監訳、すぐ書房、1990 年、28-32 ページ参照)。

[11] 同上、132、147 ページ。
[12] ウェイン・G. ハモンド, クリスティナ・スカル『トールキンによる「指輪物語」の図像世界』、井辻朱美訳、原書房、2002 年、139 ページ。
[13] 同上、139 ページ。
[14] ハンフリー・カーペンター『J. R. R. トールキン―或る伝記』、菅原啓州訳、評論社、1982 年、158 ページ。
[15] ハモンド, スカル、前掲書、151 ページ。
[16] J. アディソン『花を愉しむ事典』、樋口康夫, 生田省悟訳、八坂書房、2007 年、(新装版) 363 ページ。
[17] ハモンド, スカル、前掲書、212 ページ。
[18] 同上、213 ページ。
[19] 同上、224 ページ。
[20] 高橋勇「『指輪物語』をめぐる七つの問題」、「『指輪物語』の世界」、『ユリイカ』4 月臨時増刊号、青土社、2002 年、101 ページ。
[21] Lionel Basney, 'Myth, History, and Time in *The Lord of the Rings*,' Rose A. Zimbardo and Neil D. Isaacs ed., *Understanding The Lord of the Rings*: A Reader's Companion. London: HarperCollins Publishers, 2005, p.186.
[22] Clyde S. Kilby, *Tolkien and The Silmarillion*. Illinois: Harold Shaw Publishers, 1976, pp.27-28.

第 4 章

[1] 本稿における『ナルニア国年代記物語』(*The Chronicles of Narnia*) の引用は下記の〔使用テキスト〕を用い、引用箇所は括弧内に略語と引用頁数を示す。
〔使用テキスト〕
LWW ―C. S. Lewis, *The Lion, the Witch and the Wardrobe*. New York: HarperCollins Publishers, 1994.
PC ―― C. S. Lewis, *Prince Caspian*. New York: HarperCollins Publishers, 1994.
VDT ― C. S. Lewis, *The Voyage of the 'Dawn Treader'*. New York: HarperCollins Publishers, 1994.
SC ―― C. S. Lewis, *The Silver Chair*. New York: HarperCollins Publishers, 1994.
HHB ― C. S. Lewis, *The Horse and His Boy*. New York: HarperCollins Publishers,

1994.

 MN ── C. S. Lewis, *The Magician's Nephew*. New York: HarperCollins Publishers, 1994.

 LB ── C. S. Lewis, *The Last Battle*. New York: HarperCollins Publishers, 1994.

[2] Leland Ryken and Marjorie Lamp Mead, *A Reader's Guide to Caspian*. Illionis : InterVarsity Press, 2008, p.62.

[3] 春木豊編著『身体心理学』、川島書房、2002 年、13 ページ。

[4] Leland Ryken and Marjorie Lamp Mead, *A Reader's Guide Through the Wardrobe*. Illinois：InterVarsity Press, 2005, p.22.

[5] C. S. ルイス『別世界にて』、中村妙子訳、みすず書房、1991 年（改版）、73-74 ページ。

[6] 山脇惠子、『よくわかる色彩心理』、ナツメ社、2010 年、140 ページ。

[7] 小町谷朝生『色彩のアルケオロジー』、勁草書房、1987 年、49 ページ。

[8] 山脇、前掲書、141 ページ。

[9] シシル『色彩の紋章』、伊藤亜紀、徳井淑子訳、悠書館、2009 年、67 ページ。

[10] 小町谷『色彩のアルケオロジー』、49 ページ。

[11] 竹野一雄『C. S. ルイスの世界──永遠の知恵と美──』、彩流社、1999 年、237 ページ。

[12] 伊藤亜紀『色彩の回廊』、ありな出版、2002 年、164 ページ。

[13] McSporran Cathy, "Daughters of Lilith." *Revisiting Narnia: Fantasy, Myth and Religion in C. S. Lewis's Chronicles*. Shanna Caughey ed., Dallas: Benbella Books, Inc., 2005, p.197.

[14] *Ibid.*, p.197.

[15] 安藤聡『ナルニア国物語解読　C. S. ルイスが創造した世界』、彩流社、2006 年、185 ページ。

[16] 福田邦夫『色の名はどこからきたか』、青娥書房、1999 年、109 ページ。

[17] ハンス・ビーダーマン『図説　世界シンボル事典』、藤代幸一監訳、八坂書房、2000 年、467 ページ。

[18] デヴィッド・C・ダウニング『「ナルニア国物語」の秘密』、唐沢則幸訳、バジリコ、2000 年、159 ページ。

[19] 城一夫『色彩の宇宙誌─色彩の文化史─』、明現社、1998 年、303 ページ。

[20] Paul F. Ford, *Companion to NARNIA*. San Francisco: Harper&Row publishers, 1983, pp. 62-64.

[21] 城一夫『色彩博物館』、明現社、1994 年、263 ページ参照。

[22] 浜本隆志「聖なる色・邪悪なる色」、浜本隆志、伊藤誠宏編、『色彩の魔力─文化史・美学・心理学的アプローチ』、明石書店、2005 年、53 ページ参照。

[23] 城『色彩博物館』、263 ページ参照。
[24] Walter Hooper ed., *The Collected Letters of C. S. Lewis Volume* Ⅱ. New York: HarperCollins Publishers, 2004, p. 1949.
[25] Mary Frances Zambreno, 'A Reconstructed Image: Medieval Time and Space in The Chronicles of Narnia', in Shanna Caughey ed., *Revisiting Narnia: Fantasy, Myth and Religion in C. S. Lewis's Chronicles*. Dallas: Benbella Books, Inc., 2005, p.254.
[26] *Ibid.*, p.259.
[27] 竹野『C. S. ルイスの世界――永遠の知恵と美――』、237 ページ。
[28] 西岡秀雄『東・西・南・北・右・左―方位のはなし』、北隆館、1996 年、3 ページ参考。
[29] Christin Ditchfield, *A Family Guide to Narnia: Biblical Truths in C. S. Lewis's "The Chronicles of Narnia."* Wheaton: Crossway Books, 2003, p.192.
[30] 安藤『ナルニア国物語解読　C. S. ルイスが創造した世界』、244-245 ページ。
[31] Chad Walsh, *The Literary Legacy of C. S. Lewis*. New York: Harcourt Brace Jovanovich, Inc., 1979, p.156.
[32] 安藤『ナルニア国物語解読　C. S. ルイスが創造した世界』、246 ページ。
[33] イングリット・リーデル『絵画と象徴　イメージセラピー』、城眞一訳、青土社、1996 年、269-270 ページ。

第 5 章

[1] 浜本隆志『紋章が語るヨーロッパ史』、白水社、1998 年、55 ページ。
[2] 浜本隆志「聖なる色・邪悪なる色」、浜本隆志，伊藤誠宏編、『色彩の魔力―文化史・美学・心理学的アプローチ』、明石書房。2005 年、57 ページ。
[3] ハンス・ビーダーマン『図説　世界シンボル辞典』、藤代幸一監訳、八坂書房、2000 年、125 ページ。
[4] 藤森かよこ「読んで快適な『指輪物語』は政治経済 SF である」、成瀬俊一編著『指輪物語』、ミネルヴァ書房、2007 年、121 ページ。
[5] ジャン・シュヴァリエ、アラン・ゲールブラン『世界シンボル大事典』、金光仁三郎他訳、大修館書店、1996 年、950-955 ページ。
[6] 同上、950-955 ページ。
[7] ハンフリー・カーペンター『J・R・R トールキン―或る世界』、菅原啓州訳、評論社、92-122 ページ。

[8] 青木由紀子「『指輪物語』と根源的な悪」、成瀬俊一編著『指輪物語』、ミネルヴァ書房、2007 年、51 ページ。
[9] C. S. ルイス「トールキンの『指輪物語』」、高岸冬詩訳「『指輪物語』の世界」『ユリイカ』4 月臨時増刊号所収、青土社、2002 年、38 ページ。
[10] 青木、前掲書、51 ページ。
[11] 川島貞雄『ペトロ』、清水書院、2009 年、74-75 ページ。
[12] C. S. ルイス『キリスト教の精髄』、柳生直行訳、新教出版社、1977 年、(2004 年新装版)、192 ページ。
[13] 安藤聡『ナルニア国物語解読　C. S. ルイス創造した世界』、彩流社、2006 年、172 ページ。
[14] 赤井敏夫『トールキン神話の世界』、人文書院、1994 年、130 ページ。
[15] 同上、131 ページ。
[16] 高橋勇「『指輪物語』をめぐる七つの問題」、『「指輪物語」の世界』、『ユリイカ』4 月臨時増刊号所収、青土社、2002 年、104 ページ。
[17] 瀬田貞二『児童文学論〈上巻〉——瀬田貞二子どもの本評論集——』、福音館書店、2009 年、258 ページ。
[18] 序夜『ラインの黄金』、第一日『ヴァルキューレ』、第二日『ジークフリート』、第三日『神々の黄昏』の四部から成る。(ワーグナー『ニーベルングの指環（上）、（下）』高辻知義訳、音楽之友社、2002 年参照)。
[19] 13 世紀の初めに成立したとされるドイツの叙事詩。ワーグナーはこれを基に『ニーベルングの指環』を作った。
[20] カーペンター、前掲書、239 ページ。
[21] 同上、239 ページ。
[22] 浜本隆志『指輪の文化史』、白水社、2004 年、95 ページ。
[23] 同上、97 ページ。
[24] 同上、99 ページ。
[25] 同上、190 ページ
[26] C. S. ルイス『喜びのおとずれ』、早乙女忠, 中村邦生訳、ちくま書房、2005 年、99 ページ。
[27] 弱強五歩格二行（heroic couplet）。簡潔かつ流麗さが特徴。ポープがよく用いた詩型。
[28] ルイス『喜びのおとずれ』、104-107 ページ。
[29] 日本色彩学会編、前掲書、266 ページ。
[30] 竹野一雄『C. S. ルイスの世界——永遠の知恵と美』、彩流社、1999 年、233 ページ。

第6章

[1] 大貫隆，名取四郎，宮本久雄，百瀬文晃『岩波キリスト教辞典』、岩波書店、2002年、430ページ。

[2] 同上、430ページ。

[3] 同上、430ページ。

[4] 同上、636ページ。

[5] X. レオン・デュフール編『聖書思想事典 新版』、Z. イェール翻訳監修、三省堂、1999年、704ページ。

[6] 同上、738ページ。

[7] 「マルコによる福音書」2章18-20節、6章31-44節、8章1-10節、「ルカによる福音書」7章3-35節。

[8] ジョン・ボウカー編、荒井献、池田裕、井谷嘉男監訳『聖書百科全書』、三省堂、2000年。

[9] スティーブン・Fブラウン、カレド・アナトリオス『カトリック』、森夏樹訳、青土社、2003年、118-119ページ。

[10] 川崎佳代子「『ライオンと魔女』—衣裳だんすの冒険—」山形和美，竹野一雄編『増補改訂 C. S. ルイス「ナルニア国年代記」読本』、国研出版、1995年、118-119ページ。

[11] C. S. ルイス『ライオンと魔女』、瀬田貞二訳、岩波書店、2000年（新版）、51ページ。

[12] 川崎、前掲書、119ページ。

[13] ジャン・シュヴァリエ，アラン・ゲールブラン、『世界シンボル大事典』、金光仁三郎他訳、大修館書店、1996年、61ページ。

[14] 同上、265ページ。

[15] http://ja.wikipedia.org/wiki/%E7%97%85%E8%80%85%E3%81%AE%E5%A1%97%E6%B2%B9（2011年9月5日）／大貫，名取，宮本，百瀬、前掲書、938ページ／ブラウン，アナトリオス『カトリック』、122ページ参照。

[16] C. S. ルイス『C. S. ルイス著作集2』、山形和美責任編集・監修、柳生直行，山形和美訳、すぐ書房、1996年。

[17] その他「マルコによる福音書」6章34-44節、「ルカによる福音書」9章12-17節、「ヨハネによる福音書」6章1-11節。

[18] 「悪を行う者は皆、光を憎み、その行いが明るみに出されるのを恐れて、光の方に来ないからである。しかし、真理を行う者は光の方に来る。」

[19] 赤祖父哲二，川合康三，金文京，斉藤武生，ジョン・ボチャラリ，林史典，半沢幹編『日・中・英言語文化事典』、マクミランランゲージハウス、2000年、1353ページ。

[20] Patrick Grant, 'Tolkien: Archetype and Word', Rose A. Zimbardo and Neil D. Isaacs ed., Understanding The Lord of the Rings: A Reader's Companion. London: HarperCollins Publishers, 2005, p.172.
[21] ラルフ・C. ウッド『トールキンによる福音書』、竹野一雄訳、日本キリスト教団出版局、2006 年、p.221.
[22] マーク・エディ・スミス『「指輪物語」の真実』、斎藤兆史監訳、三谷裕子訳、角川書店、2003 年、p. 97.
[23] Paul F. Ford, Companion to NARNIA. San Francisco: Harper&Row publishers, 1983, p. 56./竹野一雄『C. S. ルイスの世界——永遠の知恵と美——』、彩流社、1999年、267 ページ参照。
[24] Ralph C. Wood, "Conflict and Convergence on Fundamental Matters in C. S. Lewis and J. R. R. Tolkien." Renascnece, Summer 2003, Vol. 55 Issue 4, 2003, p.320.
[25] ジョン・J・ダベンポート「ハッピーエンドと宗教的希望」、グレゴリー・バッシャム、エリック・ブロンソン編『指輪物語をめぐる 16 の哲学』、金田とおる訳、ランダムハウス講談社、2006 年、329 ページ。
[26] Jane Chance, 'The Lord of the Rings: Tolkien's Epic', Rose A. Zimbardo and Neil D. Isaacs ed., Understanding The Lord of the Rings: A Reader's Companion. London; HarperCollins Publishers, 2005, p. 222.
[27] 川島貞雄『ペトロ』、清水書院、2009 年、142-143 ページ。
[28] ハンズ・ビーダーマン、『図説・世界シンボル事典』、藤代幸一監訳、八坂書房、255 ページ。
[29] 前年の受難の主日に祝福された枝を燃やしてできた灰を額や頭に受けて回心のしるしとする「灰の式」が行われる灰の水曜日から復活祭（イースター）前日までの日曜日を除く四十日間。回心と償いの期間でもある。
[30] J・アディソン『花を愉しむ辞典』、樋口康夫、生田省悟訳、八坂書房、2007 年、前掲書、392 ページ。
[31] 浜本隆志「聖なる色・邪悪なる色」、浜本隆志，伊藤誠実編『色彩の魔力—文化史・美学・心理学的アプローチ』、明石書房、2005 年、75-76 ページ。
[32] ダベンポート、前掲書、340-341 ページ。
[33] コリン・ドゥーリエ『トールキンハンドブック』、田口孝夫訳、東洋書林、2007 年、206 ページ。
[34] ウッド、前掲書、19 ページ。
[35] ドゥーリエ、前掲書、207 ページ。
[36] Martha C. Sammons, War of the Fantasy Worlds: C. S. Lewis and J. R. R. Tolkien on Art and Imagination, Santa Barbara: ABC-CLIO, LLC, 2010, p.162.

使用テキスト

1. J. R. R. トルキーン
〔*The Lord of the Rings*〕
The Fellowship of the Ring (1954).Second Edition. Boston: Houghton Mifflin Company, 1982.
The Two Towers (1954).Second Edition. Boston: Houghton Mifflin Company, 1982.
The Return of the King (1955). Second Edition. Boston: Houghton Mifflin Company, 1982.

〔その他〕
The Hobbit (1937). Boston. Houghton Mifflin Company, 2001.
Tree and Leaf (1965).London: HarperCollins Publishers, 2001.

2. C. S. ルイス
〔*The Chronicles of Narnia*〕
The Lion, the Witch and the Wardrobe (1950). New York: HarperCollins Publishers, 1994.
Prince Caspian (1951). New York: HarperCollins Publishers, 1994.
The Voyage of the 'Dawn Treader' (1952). New York: HarperCollins Publishers, 1994.
The Silver Chair (1953). New York: HarperCollins Publishers, 1994.
The Horse and His Boy (1954). New York: HarperCollins Publishers, 1994.
The Magician's Nephew (1955). New York: HarperCollins Publishers, 1994.
The Last Battle (1956). New York: HarperCollins Publishers, 1994.

〔その他〕
Walmsley, Lesley, ed., *C. S. Lewis: Essay Collection and Other Short Pieces*. London: HarperCollins, Publishers, 2000.

参考文献一覧

日本語文献は出版地省略

1．J. R. R. トルキーン関連
＜外国語文献＞
A．J. R. R. トルキーンの著作
Smith of Wootton Major and Farmer Giles of Ham. New York: The Random House, Inc., 1988.

Roverandom. Boston: Houghton Mifflin Company, 1998.

B．J. R. R. トルキーン研究
（1）単行本研究書
Carpenter, Humphrey, *J. R. R. Tolkien: A biography*. London: George Allen & Unwin Ltd., 1977.

Carpenter, Humphrey, ed., *The Letters of J. R. R. Tolkien*. London: HarperCollins Publishers, 2006.

Chance, Jane, *Tolkien's Art A Mythology for England Revised Edition*. Kentucky:The University Press of Kentucky, 2001.

Clark, George, and Daniel, Timmons, eds., *J. R. R. Tolkien and His Literary Resonances*. Connecticut: Greenwood Press, 2000.

Curry, Patrick, *Defending Middle-Earth Tolkien, Myth and Modernity*. Edinburgh: Floris Books, 1997.

Day, David, *Tolkien: The Illustrated Encyclopaedia*. New York: Macmillan Publishing Company, 1991.

Forster, Robert, *The Complete Guide to Middle-Earth*. New York: Ballantine Books, 1979.

Hammond, Wayne G., and Scull, Christiana, *The Lord of the Rings: A Reader's Companion*. London: HarperCollins Publishers, 2005.

Helms, Randel, *Tolkien's World*. London: Thames and Hudson, 1975.

Kilby, Clyde S., *Tolkien and The Silmarillion*. Illinois: Harold Shaw Publishers, 1976.

O'Nell, Timothy R., *The Individuated Hobbit*. Boston: Houghton Miffin Company, 1979.

Purtill, Richard L., *J. R. R. Tolkien Myth, Morality, and Religion*. Ignatius Press, San Francisco: 2003.

Shippey, T. A., *J. R. R. Tolkien : Author of the Century*. London: HarperCollins

Publishers, 2001.
Tyler, J. E. A., *The Tolkien Companion*. London: Pan Books Ltd, 1977.
Zimbardo, Rose A., and Isaacs, Neil D., eds., *Understanding The Lord of the Rings The Best of Tolkien Criticism*. New York: Houghton Mifflin Company, 2004.

＜日本語文献＞

Ａ．Ｊ.Ｒ.Ｒ.トルキーンの著作（翻訳書）

杉山洋子訳『妖精物語の国へ』、ちくま書房、2003 年。
瀬田貞二訳『ホビットの冒険　上・下』、岩波書店、1979 年（2002 年新版）。
瀬田貞二，田中明子訳『新版　指輪物語　1 旅の仲間 上1』、評論社、1992 年。
瀬田貞二，田中明子訳『新版　指輪物語　2 旅の仲間 上2』、評論社、1992 年。
瀬田貞二，田中明子訳『新版　指輪物語　3 旅の仲間 下1』、評論社、1992 年。
瀬田貞二，田中明子訳『新版　指輪物語　4 旅の仲間 下2』、評論社、1992 年。
瀬田貞二，田中明子訳『新版　指輪物語　5 二つの塔 上1』、評論社、1992 年。
瀬田貞二，田中明子訳『新版　指輪物語　6 二つの塔 上2』、評論社、1992 年。
瀬田貞二，田中明子訳『新版　指輪物語　7 二つの塔 下』、評論社、1992 年。
瀬田貞二，田中明子訳『新版　指輪物語　8 王の帰還　上』、評論社、1992 年。
瀬田貞二，田中明子訳『新版　指輪物語　9 王の帰還　下』、評論社、1992 年。
瀬田貞二，田中明子訳『新版　指輪物語　10 追補編』、評論社、2003 年。
田中明子訳『ブリスさん』、評論社、1993 年。
田中明子訳『新版　シルマリルの物語』、評論社、2003 年。
トールキン、ベイリー編、瀬田貞二・田中明子訳、『ファーザー・クリスマス　サンタ・クロースからの手紙』、評論社、2006 年。
山下なるや訳『終わらざりし物語』上・下、河出書房新社、2003 年。
山本史郎訳『仔犬のローヴァーの冒険』、原書房、1999 年。
山本史郎訳『サー・ガウェインと緑の騎士』、原書房、2003 年。
猪熊葉子訳『妖精物語について――ファンタジーの世界』、評論社、2003 年。
吉田新一，猪熊葉子，早乙女忠共訳『トールキン小品集』、評論社、1978 年。

Ｂ．Ｊ.Ｒ.Ｒ.トルキーン研究

（１）単行本研究書

赤井敏夫『トールキン神話の世界』、人文書院、1994 年。
成瀬俊一編著『指輪物語』、ミネルヴァ書房、2007 年。
水井雅子『J.R.R.トールキン』、KTC 中央出版、2004 年。

（２）単行本研究書（翻訳）

ウッド、ラルフ・C.『トールキンによる福音書』、竹野一雄訳、日本キリスト教団出版局、2006年。

オルセン、コリー『トールキンの「ホビット」を探して』、川上純子訳、角川学芸出版、2014年。

カーペンター、ハンフリー『J. R. R. トールキン 或る伝記』、菅原啓州訳、評論社、1982年。

カーター、リン『ロード・オブ・ザ・リング「指輪物語」完全読本』、荒俣宏訳、角川書店、2002年。

コーレン、マイケル『トールキン「指輪物語」を造った男』、井辻朱美訳、原書房、2001年。

スミス、マーク・エディ『「指輪物語」の真実』、斉藤兆史監訳、三谷裕美訳、角川書店 2003年。

デイ、デイヴィッド著、ミルワード、ピーター監修『トールキン指輪物語事典』、仁保真佐子訳、原書房、2000年。

デイ、デイヴィッド『図説 トールキンの指輪物語世界』、井辻朱美訳、原書房、2004年。

ドゥーリエ、コリン『トールキンハンドブック』、田口孝夫訳、東洋書林、2007年。

バッシャム、グレゴリー・エリック，ブロンソン、エリック編『指輪物語をめぐる16の哲学』、金田とおる訳、ランダムハウス講談社、2006年。

ハモンド、ウェイン・G．，スカル、クリスティナ『トールキンによる「指輪物語」の図像世界』、井辻朱美訳、原書房、2002年。

ブルーナー、カート，ウェア、ジム『「ロード・オブ・ザ・リング」聖なる旅の黙示録』、鈴木彩織訳、PHP研究所、2002年。

ヘイバー、カレン編著『「指輪物語」世界を読む～われらが祖父トールキン～』、北沢格訳、原書房、2002年。

（３）雑誌

「『指輪物語』の世界」、ユリイカ4月臨時増刊号、青土社、2002年。

２．C. S. ルイス関連

＜外国語文献＞

A．C. S. ルイスの著作

A Grief Observed. London: Faber and Faber Limited, 1961.

George MacDonald: An Anthology 365 Readings. (Lewis, C. S., ed.) New York:

HarperCollins Publishers, 2001.
Out of the Silent Planet. New York: Macmillan Publishing Co., Inc., 1965.
Perelandra. New York: Scribner, 2003.
Surprised by Joy. New York: Harcourt, Brace & World, Inc.1955.
Studies in Words : Second Edition. London: Cambridge University Press, 1967.
That Hideous Strength. London: Pan Books Ltd, 1955.
The Great Divorce. New York: Macmillan Publishing Co., Inc., 1946.
The Pilgrim's Regress. Glasgow: William Collins Son & Co. Ltd. 1987.
The Screwtape Letters with Screwtape Proposes a Toast. New York: Image Books,1981.
Till We Have Faces. Michigan: William B. Eerdmans Publishing Company, 1956.
(共著)
Lewis, C. S., and Lewis, W. H., *Boxsen: Childhood Chronicles before Narnia*. London: HarperCollins Publishers, 2010.

B．C. S. ルイス研究
(1) 単行本研究書
Bramlett, Petty C., *C. S. Lewis : Life at the Center*. Georgia: Smyth & Helwy Publishing, 1996.
Carpenter, Humphrey, *The Inklings: C. S. Lewis, J. R. R. Tolkien, Charles Williams and Their Friends*. London: HarperCollins Publishers, 1978.
Caughey, Shanna, ed., *Revisiting Narnia: Fantasy, Myth and Religion in C. S. Lewis's Chronicles*. Dallas: Benbella Books, Inc., 2005.
Como, James T., *Branches to Heaven : The Geniuses of C. S. Lewis*. Texas: Spence Publishing Company, 1999.
David, Colbwert, *The Magical Worlds of Narnia*. London: Puffin Books, 2005.
Ditchfield, Christin, *A Family Guide to Narnia: Biblical Truths in C. S. Lewis's "TheChronicles of Narnia."* Wheaton: Crossway Books, 2003.
Duriez, Colin, *A Field Guide to Narnia*. Ilionis: InterVarsity Press, 2004.
Ford, Paul F., *Companion to NARNIA*. San Francisco: Harper & Row publishers, 1983.
Hooper, Walter, ed., *The Collected Letters of C. S. Lewis Volume* Ⅰ. New York: HarperCollins Publishers, 2004.
Hooper, Walter, ed., *The Collected Letters of C. S. Lewis Volume* Ⅱ. New York: HarperCollins Publishers, 2004.
Hooper, Walter, ed., *The Collected Letters of C. S. Lewis Volume* Ⅲ. New York:

HarperCollins Publishers, 2007.
Kilby, Clyde S., *The Christian World of C. S. Lewis*. Michigan: Wm B. Eerdmans Publishing Company, 1964.
Kennedy, Jon, *The Everything Guide to C. S. Lewis & Narnia*. Massachusetts: Adams Media, 2008.
Jacobs, Alan, *The Narnian*. New York: HarperCollins Publishers, 2006.
Ryken, Leland, and Mead, Marjorie Lamp, *A Reader's Guide Through the Wardrobe*. Illinois: InterVarsity Press, 2005.
Ryken, Leland, and Mead, Marjorie Lamp, *A Reader's Guide to Caspian*. Illinois, InterVarsity Press, 2008.
Schwartz, Sandord, *C.S. Lewis on the Final Frontier: Science and the Supernatural in the Space Trilogy*. New York: Oxford University Press, 2009.
Sammons, Martha C., *A Guide through NARNIA*. Illinois: Harold Shaw Publishers, 1979.
Sammons, Martha C., *A Guide through NARNIA*. Revised and Expanded Edition. Vancouver: Regent College Publishing, 2004.
Walsh, Chad, *The Literary Legacy of C. S. Lewis*. New York: Harcourt Brace Jovanovich, Inc., 1964.

(2) 論文
Kazuo, Takeno, "A Study of C. S. Lewis's Doctrine of God."『女子聖学院短期大学紀要』16, 1984.

＜日本語文献＞
A．C. S. ルイスの著作（翻訳書）
大日向幻訳『「失楽園」序説』、叢文社、1981年。
早乙女忠、中村邦生訳『喜びのおとずれ　C. S. ルイス自叙伝』、ちくま書房、2005年。
瀬田貞二訳『ライオンと魔女』、岩波書店、2000年（新版）。
瀬田貞二訳『カスピアン王子のつのぶえ』、岩波書店、2000年（新版）。
瀬田貞二訳『朝びらき丸　東の海へ』、岩波書店、2000年（新版）。
瀬田貞二訳『銀のいす』、岩波書店、2000年（新版）。
瀬田貞二訳『馬と少年』、岩波書店、2000年（新版）。
瀬田貞二訳『魔術師のおい』、岩波書店、2000年（新版）。
瀬田貞二訳『さいごの戦い』、岩波書店、2000年（新版）。
竹野一雄訳『神と人間との対話』、新教出版社、1977年（1995年新装版）。

玉泉八州男訳『愛とアレゴリー』、筑摩書房、1972年。
中村妙子訳『燃やしつくす火――G・マクドナルドの言葉』、新教出版社、1983年。
中村妙子訳『子どもたちへの手紙』、新教出版社、1986年、(2005年復刊)。
中村妙子訳『別世界にて』、みすず書房、1991年（改版）。
中村妙子訳『沈黙の惑星を離れて』、原書房、2001年。
中村妙子訳『ヴィーナスへの旅』、原書房、2001年。
中村妙子，西村徹訳『いまわしき砦の戦い』、原書房、2002年。
中村妙子訳『痛みの問題』、新教出版社、2004年、(改定新版)。
中村妙子訳『悪魔の手紙』、平凡社、2006年。
中村妙子訳『顔を持つまで』、平凡社、2006年。
西村徹訳『詩篇を考える』、新教出版社、1976年、(2008年新装版)。
西村徹訳『悲しみをみつめて』、新教出版社、1976年（1994年新装版）。
西村徹訳『栄光の重み』、新教出版社、1976年（2004年新装版）。
蛭沼寿夫訳『四つの愛』、新教出版社、1977年、(1994年新装版)。
本田錦一郎，佐藤信夫，福浦徳孝，長野幸治，高橋宣勝共訳『語の研究――ヨーロッパにおける観念の歴史』、文理、1974年。
本多峰子訳『偉大なる奇跡』、新教出版社、1998年。
本多峰子訳『被告席に立つ神』、新教出版社、1998年。
柳生直行訳『キリスト教の精髄』、新教出版社、1977年、(2004年新装版)。
柳生直行，中村妙子訳『天国と地獄の離婚　ひとつの夢』、新教出版社、2006年。
山形和美責任編集・監修、柳生直行，山形和美訳『C. S. ルイス著作集2』、すぐ書房、1996年。
山形和美責任編集・監修、山形和美訳『C. S. ルイス著作集4』、すぐ書房、1997年。
山形和美監訳、小野功生，永田康昭訳『廃棄された宇宙像　中世・ルネッサンスへのプレゴーメナ』、八坂書房、2003年。

B．C. S. ルイス研究
（1）単行本研究書
安藤聡『ナルニア国物語解読　C. S. ルイスが創造した世界』、彩流社、2006年。
小林眞知子『C. S. ルイス：霊の創作世界』、彩流社、2010年。
竹野一雄『C. S. ルイスの世界――永遠の知恵と美――』、彩流社、1999年。
竹野一雄『想像力の巨匠たち――文学とキリスト教』、彩流社、2003年。
竹野一雄『C. S. ルイス　歓びの扉――信仰と想像力の文学世界』、岩波書店、2012年。
本多峰子『天国と真理』、新教出版社、1995年。
柳生直行『お伽の国の神学』、新教出版社、1984年。

山形和美編著『C. S. ルイスの世界』、こびあん書房、1983 年。
山形和美，竹野一雄編『増補　改訂　C. S. ルイス「ナルニア国年代記」読本』、国研出版、1995 年。

（2）単行本研究書（翻訳）

ウィルソン、A. N. 『C. S. ルイス評伝』、中村妙子訳、新教出版社、2008 年。
エドワーズ、ブルース『C. S. ルイスのリーディングのレトリック—ロゴスとポイエマの統合』、湯浅恭子訳、彩流社、2007 年。
キルビー、C. S. 編、『目覚めている精神の輝き―― C. S. ルイスの言葉』、中村妙子訳、新教出版社、1982 年。
コーレン、マイケル『ナルニア国をつくった人―― C. S. ルイス物語』、中村妙子訳、日本基督教団出版局、2001 年。
ダウニング、デヴィッド・C.『「ナルニア国物語」の秘密』唐沢則幸訳、バジリコ、2008 年。
ドゥーリエ、コリン『ナルニア国フィールドガイド』笹田裕子・成瀬俊一訳、東洋書林、2006 年。
ドーセット、ライル．・W.『C. S. ルイスとともに』、村井洋子訳、新教出版社、1994 年。
フーパー、ウォルター『C. S. ルイス文学案内事典』、山形和美監訳、彩流社、1998 年。
ホワイト、マイケル『ナルニア国の父　C. S. ルイス』中村妙子訳、岩波書店、2005 年。
リンドスゴーグ、キャスリン『ナルニア国を旅しよう』、月谷真紀訳、成甲書房、2006 年。

3．J. R. R. トルキーンとC. S. ルイス関連
＜外国語文献＞
（1）単行本研究書

Richard, Sturch, *Four Christian Fantasists. A Study of the Fantastic Writings of George MacDonald, Charles Williams, C. S. Lewis and J. R. R. Tolkien.* Second Edition. Zurich and Berne :Walking Tree Publishers, 2007.
Sammons, Martha C., *War of the Fantasy Worlds: C. S. Lewis and J. R. R. Tolkien on Art and Imagination.* Santa Barbara: ABC-CLIO, LLC. 2010.
Williams, Donald T., *Mere Humanity G. K. Chesterton, C. S. Lewis, and J. R. R. Tolkien on the Human Condition.* Nashville: B&H Publishing Group, 2006.

（2）論文

Wood, Ralph C., "Conflict and Convergence on Fundamental Matters in C. S. Lewis and J. R. R. Tolkien." *Renascence* 55, 2003, pp.315-338.

＜日本語文献＞
（１）単行本研究書
本多英明『トールキンとC. S. ルイス』、笠間書院、2006年（新装版）。

（２）論文
安藤聡「C. S. ルイスとJ. R. R. トルキーン——インクリングズとその周辺」、『言語と文化』第20号、愛知大学語学教育研究室、2009年。

4．色彩関連
＜外国語文献＞
（１）辞典
Maerz, A., and Paul, M. Rea., *A Dictionary of Color*. Second Edition. New York: Mc Graw-Hill Book Company Inc., 1950.

（２）単行本研究書
Albers, Josef, *Interaction of Color*. Revised and Expanded Edition. London: Yale University Press, 2006.
Berlin, Brent, and Kay, Paul, *Basic Color Terms: Their Universality and Evolution:* Stanford: Center for the Study of Language and Information, 1999.
Itten, Johannes, *The Art of Color: The Subjective Experience and Objective Rationale of Color*. Kindle Edition. Hoboken: John Wiley and Suns Inc., 1973.
Itten, Johannes, *The Elements of Color*. Kindle Edition. New York: John Wiley and Suns. Inc., 1976.
Shin'ichiro, Ishikawa, "A Corpus-Based Approach to Basic Colour Terms in the Novels of D. H. Lawrence." Junsaku Nakamura, Nagayuki and Inoue, Tomoji Tabata, eds., *English Corpora under Japanese Eyes*. Amsterdam: Editions Rodopi B. V., 2004.

（３）論文
Allan, Keith, "The connotations of English colour terms: Colour-based X-phemisms." *Journal of Pragmatics*, 2009, pp.626-637.
Allison, Brian, and Yatomi, Iwata, "A Cross-cultural Study of Colour in Japan and England."『山口女子大学研究報告』第15号、1989, pp.9-27.

Lindsey, Delwin T., and Brown, Angela, M., "Universality of color names." *PINAS* 103, no.44, 2006, pp.16608-16613.
Roberson, Debi, Davidoff, Jules, R.L. Davies, Ian, and R. Shapiro, Laura, "Color categories: Evidence for the cultural relativity hypothesis." *Cognitive Psychology* 50, 2005, pp.378-411.

＜日本語文献＞
（１）辞典
千々岩英彰『図説　世界の色彩感情事典』、河出書房新社、1999 年。
日本色彩学会編『色彩用語事典』、東京大学出版会、2003 年。

（２）単行本研究書
池田光男，芦澤昌子『どうして色は見えるのか』、平凡社、2005 年。
伊藤亜紀『色彩の回廊』、ありな出版、2002 年。
上村和美『文学作品にみる色彩表現分析』、双文社出版、1999 年。
遠藤敏雄『英文学に現れた色彩』、プレス東京、1971 年。
大庭三郎『色彩の世界』、未来社、1986 年。
大山正，齊藤美穂『色彩学入門　色と感性の心理』、東京大学出版会、2009 年。
金子隆芳『色彩の心理学』、岩波書店、1990 年。
小町谷朝生『色彩のアルケオロジー』、勁草書房、1987 年。
小町谷朝生『色彩と感性のポリフォニー』、勁草書房、1991 年。
齊藤勝裕『光と色彩の科学』、講談社、2010 年。
城一夫『色彩博物館』、明現社、1994 年。
城一夫『色彩の宇宙――色彩の文化史』、明現社、1998 年。
城一夫編著『徹底図解　色のしくみ』、新星出版社、2009 年。
塚田敢『色彩の美学』、紀伊国屋書店、1976 年、（新版）。
南雲治嘉『色の新しい捉え方』、光文社、2008 年。
波多野完治『波多野完治全集　第 1 巻「文章心理学」』、小学館、1990 年。
浜本隆志，伊藤誠宏編著『色彩の魔力――文化史・美学・心理学的アプローチ』、明石書店 2005 年。
パリティ編集委員会『色とにおいの科学』、丸善、2001 年。
福田邦夫『色の名前はどこからきたか』、青娥書房、1999 年。
三浦敏明『英語副詞の研究――副詞の多様性――』、文化書房博文社、1991 年。
山脇惠子『よくわかる色彩心理』、ナツメ社、2010 年。

(3) 単行本研究書（翻訳）

イッテン、ヨハネス『色彩論』、大智浩訳、美術出版社、1971年。
ゲーテ、ヨハン・ヴォルフガング・フォン『色彩論』、木村直司訳、ちくま書房、2001年。
シシル『色彩の紋章』、伊藤亜紀, 徳井淑子訳、悠書館、2009年。
ニュートン、アイザック『光学』、島尾永康訳、岩波書店、1983年。
リーデル、イングリット『絵画と象徴　イメージセラピー』、城眞一訳、青土社、1996年。

(4) 論文

石井康夫「*The Unnamable*・造形的言語表現の形態とその色彩について」、麻布大学雑誌、第11・12巻、2005年、9-19ページ。
尾崎久男「金（ゴールド）を修飾する色彩語について：黄色か赤色か紫色か？」、言語文化研究35号、大阪大学大学院言語文化研究科、2009年、21-36ページ。
小町谷朝生「色彩論余白『黒』」、文星紀要、文星芸術大学、2005年、3-27ページ。
齊藤美穂「色彩と感覚協調」、日本色彩学会誌第34巻第4号、日本色彩学会、2010年、359-363ページ。
高橋康介, 渡邊克巳「色彩と視覚・聴覚・触覚情報の脳内処理」、日本色彩学会誌第34巻第4号、2010年、337-342ページ。
時長逸子「色彩語を認識するのは難しいか？」、日本色彩学会誌第34巻第2号、日本色彩学会、2010年、174-178ページ。
長田典子「音を聴くと色が見える：共感覚のクロスモダリティ」、日本色彩学会第34巻第4号、2010年、348-353ページ。
野中博雄「色彩語の意味分析――日英語（みどり、green）比較を中心として――」、桐生短期大学紀要第18号、桐生短期大学、2007年、23-30ページ。
吉村耕治「色彩語を含む共感覚に見られる日英語の文化的相違――共感覚現象の意味・日本語オノマトペの状況中心性――」、関西外国語大学研究論集第86号、関西外国語大学、2007年、19-37ページ。
劉菲「魯迅作品における色彩表現」、熊本大学、2009年（博士論文）。

5．その他

＜外国語文献＞

(1) 辞典

Strong, James, *Strong's Exhaustive Concordance of the Bible: Update and Expanded Edition*. Massachusetts: Hendrickson Publishers ,Inc., 2007, p.460.

参考文献一覧

<日本語文献>
(1) 聖書（翻訳）
『聖書　新共同訳』、日本聖書協会、1987 年。

(2) 辞典
赤祖父哲二，川合康三，金文京，斉藤武生，ボチャラリ、ジョン，林史典，半沢幹編『日・中・英言語文化事典』、マクミランランゲージハウス、2000 年。
大貫隆，名取四郎，宮本久雄，百瀬文晃『岩波キリスト教辞典』、岩波書店、2002 年。
山谷省吾『新約聖書辞典』、清水弘文堂、1968 年。

(3) 辞典（翻訳）
アディソン、J.『花を愉しむ事典』樋口康夫、生田省悟訳、八坂書房、2007 年、(新装版)。
シュヴァリエ、ジャン，ゲールブラン、アラン『世界シンボル大事典』、金光仁三郎他訳、大修館書店、1996 年。
デュフール、X. レオン編『聖書思想事典　新版』、イェール、Z. 翻訳監修、三省堂、1999 年。
フリエ、ミシェル『キリスト教シンボル事典』、武藤剛史訳、白水社、2006 年。
ビーダーマン、ハンス『図説　世界シンボル事典』、藤代幸一監訳、八坂書房、2000 年。
ボルヘス、ホルヘ・ルイス，ゲレロ、マルガリータ『幻獣辞典』、柳瀬尚紀訳、晶文社、1998 年。

(4) 単行本研究書
安藤聡『ファンタジーと歴史的危機――英国児童文学の黄金時代』、彩流社、2003 年。
池田紘一，眞方忠道編『ファンタジーの世界』、九州大学出版会、2002 年。
井辻朱美『ファンタジーの魔法空間』、岩波書店、2002 年。
川口喬一，岡本靖正『最新　文学批評用語辞典』、研究社、1998 年。
川島貞雄『ペトロ』、清水書院、2009 年。
小松左京，高階秀爾『絵の言葉　新版』、青土社、2009 年。
坂口ふみ，小林康夫，西谷修，中沢新一『宗教への問い 2「光」の解読』、岩波書店、2000 年。
定松正『児童文学――英米の子供の本の世界――』、こびあん書房、1985 年。
定松正『英米児童文学の系譜』、こびあん書房、1993 年。
鈴木孝夫『ことばと文化』、岩波書店、1973 年。
瀬田貞二『児童文学論〈上巻〉――瀬田貞二子どもの本評論集――』、福音館書店、2009 年。

瀬田貞二，猪熊葉子，神宮輝夫『英米児童文学史』、研究社出版、1971年。
高橋裕子『西洋美術のことば案内』、小学館、2008年。
西岡秀雄『東・西・南・北・右・左——方位のはなし』、北隆館、1996年。
浜本隆志『紋章が語るヨーロッパ史』、白水社、1998年。
浜本隆志『指輪の文化史』、白水社、2004年。
原野昇，木俣元一『ヨーロッパの中世7　芸術のトポス』、岩波書店、2009年。
春木豊編著『身体心理学』、川島書房、2002年。
山形孝夫『聖書の起源』、筑摩書房、2010年。
山形孝夫『聖母マリア崇拝の謎——「見えない宗教」の人類学』、河出書房新社、2010年。
脇明子『魔法ファンタジーの世界』、岩波書店、2006年。

（5）単行本研究書（翻訳）

ジョンソン、ポール『ルーン文字』、藤田優里子訳、創元社、2009年。
ジョンソン、ポール『リトル・ピープル』、藤田優里子訳、創元社、2010年。
ハーグリーヴス、ジョイス『ドラゴン』、斎藤静代訳、創元社、2009年。
ブラウン、スティーブン・F.，アナトリオス、カレド『カトリック』、森夏樹訳、青土社、2003年。
ブラウン、スティーブン・F.，アナトリオス、カレド『プロテスタント』、森夏樹訳、青土社、2003年。
ライケン、リーランド『聖書と文学』、山形和美監訳、すぐ書房、1990年。
ワーグナー、リヒャルト『ニーベルングの指環（上）』高辻知義訳、音楽之友社、2002年。
ワーグナー、リヒャルト『ニーベルングの指環（下）』高辻知義訳、音楽之友社、2002年。

（6）ウェブサイト

http://ja.wikipedia.org/wiki/%E7%97%85%E8%80%85%E3%81%AE%E5%A1%97%E6%B2%B9

あとがき

　本書は、日本大学大学院総合社会情報研究科より2012年3月に学位授与された博士論文を加筆、修正したものです。
　『ナルニア国年代記物語』と『指輪物語』との出会いは、決して早くはありませんでした。もともと文学研究は得意ではなく、避けてきたところがあったのですが、とうとう避けて通ることができない時が来て、学部のときにシャーロット・ブロンテの『ジェイン・エア』を中心に卒業論文を書きました。最初は散々な状態でしたが、今振り返ってみると、このときが文学作品を研究する楽しさに触れるきっかけとなったと思います。
　大学院に入り、「英米児童文学特講」の科目で、『ナルニア国年代記物語』を読むことになりました。これまで英米の児童文学も多くは読んでこなかった私としては、『ナルニア国年代記物語』を読めることを楽しみにしていました。しかし、全7巻を読んでみると、女性蔑視や民族差別的要素が随所に見られ、そのうえ、子どもたちが列車事故で亡くなるという子ども向けの作品なのに衝撃の結末。正直、ショックを受け、この作品が嫌いになりました。なぜ、この作品が世界中で人気があるのかよく分かりませんでした。このことを「英米児童文学特講」の担当でもあった指導教授に話したところ、「なぜ嫌いか、嫌いなことについて書いてみたら」と言われました。そこで、もう一度作品を読み直してみると、最初に引っ掛かった部分は、やはり疑問として残っていきましたが、同時に、色彩、方角・方向、数多くの登場人物などにおけるシンボリズムを中心とした物語技法が気になり出しました。そうなると、作者 C.S. ルイスについても知りたくなってきました。ルイスについて調べていくと、『ナルニア国年代記物語』のような子ども向けの作品を書いたというのは、ほんの一面であり、大学で教鞭をとる傍ら、学者、作家・詩人、キリスト教弁証家など多彩な顔を持つことが分かり、次第にルイスの偉大さを感じ取ることになりました。こうして、その後の将来を左右することになる『ナルニア国年代記物語』を研究することになったのです。本格的に研究を始めていっても、なかなか一筋縄ではいかないルイスの作品には、読めば読むほど頭を悩ませることとなりましたが、巧みなシンボリズムの追究は時として何か爽快さを味わうこともありました。
　『ナルニア国年代記物語』のシンボリズム研究が一段落した頃、ルイスに多

大な影響を及ぼしたJ.R.R.トルキーンについても調べてみたくなりました。私は『指輪物語』の映画である『ロード・オブ・ザ・リング』には全く興味がなかったのですが、『指輪物語』を読み進めていくにつれて、特に色彩表現が際立っていることが分かってきました。そこで、これまでも大切にしてきたひらめきを信じ、『ナルニア国年代記物語』と『指輪物語』という20世紀を代表するファンタジー作品を色彩の側面から研究するという決意をしました。

　『ナルニア国年代記物語』も『指輪物語』も各々の作者を代表する長編作品であり、研究の第一段階となった色彩表現の抽出・整理作業には、予想以上にかなりの時間と労力を要しました。しかし、そのデータを有効に活用して研究を深めていき、無事博士論文としてまとめることができました。ルイスもトルキーンも子どもから大人までのあらゆる人々に彼らの思いを届ける手段として選んだのが、彼らが愛してきたファンタジー形式でした。最初、手探り状態だった研究は、色彩を彼らのメッセージを読み解いていく鍵とし、色彩という観点から文学作品を読んでいくことで、ほんの少しかもしれませんが、文学と色彩の持つ可能性を引き出すことができたのではないかと思っております。

　今日に至るまでには、実に多くの方々に大変お世話になりました。

　心から尊敬のできる指導教授である竹野一雄先生との出会いなくしては現在の私はないと思います。本当に幸せですし、言い尽くせない感謝の思いでいっぱいです。どんなことにも深い懐で受け入れて下さり、いつも懇切丁寧なご指導を賜りました。先生の温かい言葉は、私の研究活動の励みとなりました。

　学部時代の恩師である北原安治先生には、厳しくも温かいご指導を頂き、さらに、大学院進学後も何かと支えて下さいました。御礼を申し上げます。

　かんよう出版の松山献代表は、博士前期課程では同じ作品を研究する同期生であり、後期課程では頼りになる先輩として、後期課程への進学を迷っていたときに背中を押して下さいました。本書の出版に当たっては、一研究者の視点からご助言を頂き、ご尽力下さいましたことに深く感謝いたします。

　詩人の柴崎聡さんを始めとする大学院の先輩方、同期生や後輩の方々には、年齢や環境が違う境遇にありながら、共に集う機会の中で、様々なことをご教示頂きました。各人の研究に対する姿勢には、常に多くの刺激を受けました。

　最後に、いつも陰ながら励まし、支えてくれた両親に心から感謝します。

2016年9月

川原有加

索　引

(1)　トルキーン作品

登場人物

アラゴルン　47〜54, 58, 62, 67〜69, 71, 72, 75, 82, 85, 88, 90, 91, 93, 98, 106, 108, 116〜120, 139, 141, 223, 224, 230, 232, 235, 254, 257, 259, 260, 267, 269, 270, 275, 289〜292

アルウェン　48, 53, 58, 74〜76, 259, 289, 290, 292

ウルク　76, 77

エオウィン　49, 52, 68, 89〜92, 122, 130, 229, 230, 232, 292, 293

エオメル　49, 52, 56, 68, 85, 86, 90, 292

エルフ　48, 50, 53, 56, 59, 63, 68, 69, 72, 73, 75, 79〜81, 85, 89, 94, 108, 111, 113, 114, 125, 139, 140, 229, 232, 235, 247, 254, 259, 265, 282, 284, 286, 289, 290, 292

エルロンド　48, 53, 61, 73, 74, 81, 82, 90, 108, 109, 134, 135, 138, 289, 290, 292

エント　49, 62, 86, 87, 120, 291

オーク　49, 52, 57, 65, 76〜79, 86, 92, 95, 97, 110, 116, 118, 120, 128, 130〜132, 134, 141, 224〜226, 228, 230, 231, 233, 234, 254, 257, 264, 267, 280, 284

ガラドリエル　48, 50, 53, 61, 69, 73, 80〜82, 90, 93, 97, 113, 114, 135, 136, 226, 279, 281〜283, 290, 292

ガンダルフ　47〜53, 56, 58〜69, 71, 73〜75, 77, 80, 85, 86, 88〜90, 92, 94〜96, 99, 110, 119, 121, 122, 129, 130, 134, 135, 137, 139〜141, 223, 224, 227, 229, 232, 254, 257, 259, 260, 269〜271, 274, 281, 289〜291

木の鬚　→ファンゴルン

ギムリ　48〜52, 62, 75, 85, 88, 116, 230

黒の大将　140

黒の乗手　47, 59, 62, 69〜72, 77, 100, 107, 137, 139〜141, 226, 227, 257, 258

グリマ　49, 50, 65, 68, 92, 139, 233, 281

グロールフィンデル　48, 72, 73

ケレボルン　48, 69, 80, 81, 114, 282, 290

賢人団　63, 65, 224

ゴラム　47, 48, 50, 51, 53, 54, 60, 77, 82〜84, 87, 90, 92, 94, 114, 115, 118, 124, 125, 127, 133, 134, 140, 223〜226, 231, 232, 234, 243, 251, 259, 265, 279, 280, 282, 284, 286

ゴールドベリ　47, 66, 67, 250, 292

サウロン　47, 52, 71, 96〜98, 130, 132, 140, 223, 232, 234, 244, 288

サウロンの口　52, 130

サム　47〜50, 52〜58, 67, 73, 76〜79, 82〜85, 93〜95, 97, 108, 113, 115, 117, 118, 124, 125, 128, 132〜137, 141, 224〜226, 231〜234, 250, 251, 255, 259, 263〜265, 267, 279〜286, 289, 291

サルマン　49, 50, 63〜65, 92, 98, 123, 124, 141, 224, 233, 258, 281

シェロブ　50, 84, 87, 94, 128, 226, 230, 233, 234, 259, 283, 284

シャーキー　53, 54, 233

じゅう　225, 226

白のガンダルフ　224, 270

白の乗手　258

スメアゴル　47, 224, 279, 280

セオデン　49, 52, 56, 68, 85, 86, 88〜90, 92, 96, 121〜123, 139, 227, 228, 230, 292

旅の仲間　48〜51, 54, 61, 62, 75, 76, 80, 82, 109,

327

111, 113〜115, 117, 138, 223, 224, 232〜234, 254, 264, 267, 269, 270, 279, 288〜291

茶色のラダガスト　291

ツリービヤード　→ファンゴルン

デネソール　51, 52, 54, 64, 95, 96, 129, 140, 227, 228, 289

トム・ボンバディル　47, 49, 66, 67, 100, 101, 103〜105, 136, 137, 142, 250, 260, 265

トロル　48, 86

ドワーフ　21, 48, 75, 232, 235

ナズグル　52, 89

灰色の一行　140

バルログ　48, 76, 77, 224, 269

ピピン　47〜53, 55, 56, 62〜64, 66, 76, 77, 86, 87, 102, 103, 116〜121, 129, 131, 135, 227〜230, 233, 249, 254, 267, 281, 291

ビルボ　21, 47, 48, 53, 58〜60, 82, 84, 94, 99, 134, 243, 249

ファラミア　50〜52, 57, 64, 90〜96, 125, 126, 130, 250, 251, 265

ファンゴルン　49, 86〜88, 91, 93, 119〜121, 142, 224, 255, 260, 291

ブレガラド　87, 120

フロド　47〜59, 61, 65〜85, 87, 92〜95, 97, 100〜103, 105〜112, 115, 117, 124〜128, 132〜138, 141, 224, 226, 230〜234, 244, 245, 247, 250, 251, 254〜256, 260, 263〜265, 267, 279〜286, 289〜291

ベレゴンド　227

ホビット　21, 47, 49, 51, 54〜56, 64〜67, 70, 75, 76, 78, 85, 87, 103, 105, 118, 120, 121, 134, 137, 230, 235, 247, 249, 250, 254, 255, 265, 280

ホビット族　98, 233, 260

ボロミア　48〜51, 56, 75, 76, 93〜96, 115, 227, 254, 264, 267, 281

魔法使　47, 49, 59, 65, 232, 235, 258

メリー　47〜53, 55, 56, 62, 63, 66, 70, 76, 77, 86, 87, 89, 90, 102, 103, 116〜121, 130, 131, 135, 229, 233, 249, 267, 291

柳じいさん　47, 66, 103, 105

雪のたてがみ　230

竜　21, 245

レゴラス　48〜52, 62, 75, 85, 88, 111, 116, 121, 230

場　所

アイゼンガルド　49, 51, 65, 92, 123, 124, 139, 224

赤角口　138, 258

赤角山　76

暗黒の塔　52

イシリアン　50, 124, 126, 127, 234

イシリアンの森　93, 125, 127, 250, 286

エミン・ムイル　83, 115, 117, 291

黄金館　92, 121, 122

踊る小馬亭　47, 105, 249

オルサンク　50, 56, 124

風見が丘　48, 106

キリス・ウンゴル　50, 77, 83, 94, 127, 128, 140

キリス・ウンゴルの塔　52, 131, 259

銀筋川　138, 258, 264

黒門　52, 130, 140

ゴンドール　95, 114

「最後の憩」館　48, 61, 73〜75, 108, 109, 138

サウロン王国　97, 231

裂け谷　47, 53, 73, 134, 138

シェロブの棲処　128

死者の道　52

霜ふり山脈　106

白い塔　140

塚山丘陵　47, 48, 100, 101, 103〜108, 111, 137〜139

中つ国　14, 97, 104, 114, 136, 231, 256

灰色川　264

灰色港　53, 54, 134〜138, 141, 289

柊郷　48, 109

ファンゴルンの森　63, 86, 88, 117〜120, 234, 235, 258

袋小路屋敷　69, 99

索　引

ブリー村　64
古森　47, 48, 100, 102〜106, 111, 113, 137〜139, 258
ベレンノール野　229
ホビット庄　53, 54, 58, 59, 65, 98, 99, 134, 141, 142, 225, 233, 247, 291
滅びの山　47, 52〜54, 57, 97, 132, 133, 231, 232, 257
魔法使の谷　123
緑道　138
緑山丘陵　258
ミナス・ティリス　50, 51, 68, 69, 95, 129, 130, 227, 229, 289, 290, 292
ミナス・モルグル　50, 77, 83, 226, 281
モリアの坑道　48, 61, 76, 110, 223, 224, 247, 269
モルドール　117, 118, 131, 132, 283
療病院　52, 53, 89, 91, 96, 129, 130, 289, 292, 293
緑竜館　138
ロスロリアン　48, 50, 56, 69, 79〜81, 93, 111〜114, 120, 137, 138, 142, 228, 229, 234〜256, 258, 274, 282, 290
ローハン　49, 68, 90, 92, 114, 117, 119, 122
ローハン谷　123

色　彩

ivory　140
青（blue）　56, 58, 59, 64, 66, 74, 82, 83, 89, 92, 95, 110, 112, 116, 118, 123〜127, 134, 141, 234, 253, 256, 289, 290, 292, 293
赤（red）　55, 56, 59, 65, 66, 69, 77〜79, 84, 92, 95〜97, 99, 109, 116, 117, 120〜124, 128, 130〜135, 139, 141, 225〜229, 231, 232, 234, 250, 251, 253, 257, 281, 283, 297, 298
黄金（golden）　72, 89, 99, 102, 111, 125, 129, 225, 247, 269, 274, 289
黄（yellow）　55, 66, 67, 85, 94, 97, 103, 111, 115, 119, 122, 134, 137, 140, 225, 250, 251, 265, 279, 280, 292

金（gold）　66, 69, 73, 74, 79〜81, 88〜90, 93, 102, 111, 112, 118, 120〜122, 125, 129, 134, 135, 137〜139, 141, 224〜226, 228, 247, 256, 282, 290, 292
銀（silver）　48, 57, 59, 61〜64, 66, 69, 71, 73, 74, 76, 81, 90, 94, 95, 101, 110, 111, 123, 134, 136, 138, 139, 141, 227, 228, 233, 247, 254, 279, 282, 292, 293
黒（black）　57〜59, 64, 65, 68, 70〜74, 77〜79, 82〜84, 89, 94, 96, 97, 109, 110, 116, 118, 119, 121, 123, 124, 126〜128, 130, 133, 139〜142, 224〜229, 231, 233, 234, 250, 253, 254, 257, 260, 281〜283
白（white）　48, 58, 59, 61〜65, 67〜69, 71〜74, 76, 80〜83, 85, 88〜92, 94〜96, 107, 110, 112, 116, 118〜122, 126, 127, 129, 133〜136, 138, 139, 141, 142, 227〜229, 232, 250, 253, 254, 256, 257, 259, 265, 269〜271, 280, 282〜284, 289〜294
dark　61, 63, 67, 71, 73, 74, 76, 82, 92, 94, 97, 102, 107〜110, 115〜118, 125〜128, 132, 133, 139, 141, 142, 224, 231, 281, 283, 284
茶（brown）　55, 56, 66, 75, 80, 86〜88, 93, 107, 117〜120, 126, 127, 140, 226, 255, 264, 291
灰（grey）　56, 58〜65, 67, 68, 71〜76, 80, 81, 83, 85〜88, 91, 93, 100〜111, 113〜120, 123, 125, 126, 128, 135〜137, 139〜141, 224, 226, 227, 229, 247, 253, 254, 257, 260, 269, 270, 274, 279, 282, 289, 290
緋（scarlet）　225, 229, 232, 233
pale　66, 72, 82, 83, 90, 94, 101, 103, 106, 110, 112, 115, 118, 119, 124, 126, 127, 232, 250, 292
緑（green）　55, 66〜69, 75, 77, 80, 82〜89, 93, 94, 100, 101, 103〜106, 109〜112, 114〜124, 126, 127, 129, 130, 136〜141, 225, 228, 229, 230, 232, 233, 243, 250, 253, 255, 256, 274, 282, 289, 292, 297
無彩色　65, 74, 98, 118, 140〜142, 257, 259, 260, 295, 297
紫（purple）　116, 129

有彩色　142, 260

関連事項

アイゼンガルドの戦い　89
赤井敏夫　244
赤い目　78, 79, 131～133, 139, 231
悪　56, 63, 65, 72, 77, 87, 92, 95, 96, 141, 142, 223, 226, 229, 235, 244, 253, 254, 257, 264, 280, 281, 283～285, 289, 290
アレゴリー　26, 246
イエス　270, 275, 291
イエス・キリスト　275, 289, 291
ウッド, ラルフ. C　14, 284
『王の帰還』　47, 48, 51, 53, 54, 57, 58, 64, 65, 68, 69, 73, 75, 76, 79, 81, 84, 89～92, 95, 97, 122, 125, 129～133, 135, 140, 141, 227～229, 231～233, 245, 251, 259, 260, 274, 289, 290, 293
カトリック　266, 275, 291
『木と木の葉』　26
奇跡　275
キリスト　31, 266, 270, 290
キリスト教観　295
キルビー, クライド・S.　14
空想　30, 31
暗闇　50, 61, 77, 79, 89, 95, 97, 107, 116, 127, 128, 140, 142, 226, 259, 270, 280～283, 285
劇的アイロニー　49, 51, 54, 260
『仔犬のローバーの物語』　22, 23
再生　291, 292
最後の晩餐　266
サクラメント　275, 291
サスペンス　54
三人称の語り　259
幸せな大詰め　31, 32, 92, 270
幸せな結末　30, 137
「幸せな結末の慰め」　290
準創造者　29, 31
象徴　56～59, 61, 63, 65～67, 69～77, 79, 84, 86, 88～92, 95～97, 109, 110, 113, 120, 122～124, 128, 134, 139, 141, 224～226, 229, 234, 247, 257, 264, 265, 280, 288, 289
象徴性　234
食事　67, 125, 249, 251, 265, 266
『シルマリルの物語』　104
箴言　59
シンボリズム　62, 142, 261, 291, 298
聖餐　266
聖人崇敬　294
聖母マリア　293, 294
善　56, 63, 65, 71, 72, 74, 87, 141, 142, 223, 253, 254, 257, 271, 280, 283～285, 290
第三者の語り　260
竹野一雄　14
戦い　21, 53, 61, 64, 77, 89, 124, 127, 128, 131, 134, 223～236, 251, 289, 292
戦争　228, 236, 243
『旅の仲間』　24, 25, 47～51, 53～56, 58, 59, 61, 63～67, 69, 70, 76, 79, 80, 82, 83, 85, 93, 97, 99, 100, 105, 106, 111, 113～116, 135, 138～141, 223, 224, 245, 247, 249, 250, 260, 263, 265, 267, 269, 270, 281, 289
『チャールズ・ウィリアムズ記念論文集』　26
中世騎士物語　22, 25
トルキーン, ジョン　105
「ニグルの木の葉」　26, 44
『農夫ジャイルの冒険』　22
パランティアの石　50, 64, 92, 95, 96, 281, 289
玻璃瓶　50, 226, 281～285
パン　250, 265, 266
ヒエラルキー　98, 142, 257, 260, 295
光　50, 61, 66, 72～75, 77～79, 82～84, 87, 89, 95, 101, 102, 106, 109, 116, 118, 121～125, 127, 128, 131～134, 139, 142, 231, 232, 243, 258, 269, 279～285
病者の塗油　275
非理想的経験の原型　103, 105, 107, 114, 251
ファンタジー　26, 28, 29
ファンタジー作品　18, 21, 31, 32
ファンタジー論　23
ファンタスティック　29

索　引

フィリピの信徒への手紙　291
フェアリーテール　22, 26
伏線　54, 269, 279
『二つの塔』　47～53, 56, 62, 63, 65, 68, 75～79, 82, 83, 85～88, 92～95, 116～118, 124, 127, 131, 132, 139～141, 224, 226, 232～234, 245, 250, 251, 259, 260, 264, 265, 267, 269, 279～281, 289, 292
復活　31, 270
ブドウ酒　250, 251, 265, 266
プラス・イメージ　68, 85, 106, 111, 112, 115, 127, 139, 293
『ブリスさん』　23
『ベーオウルフ』　236
ペトロ　291
ペレンノールの戦い　233
『星をのんだかじや』　22
『ホビットの冒険』　13, 14, 18, 21～26, 32, 48, 51, 55, 58, 75, 82, 84, 94, 98, 99, 243～245
マイナス・イメージ　87, 117, 118, 120, 139, 225
物語技法　21, 48, 54, 71, 98
闇　139, 142, 279, 285, 290
指輪　22, 47, 48, 50, 53, 54, 57, 59, 60, 69, 74～76, 84, 95, 109, 115, 132, 133, 137, 138, 140, 141, 223, 227, 231～235, 243～247, 263, 264, 267, 281, 284
指輪会議　138
指輪戦争　53
『指輪物語』　13, 14, 18, 19, 21, 22, 24～26, 31, 32, 35, 47, 48, 51, 53～58, 65, 80, 84, 91, 95～99, 101, 114, 115, 120, 129, 135～138, 140～142, 223, 228, 229, 233～237, 242～249, 251, 253～261, 263～267, 269, 274, 275, 278, 279, 286, 288～294, 297～299, 325, 326
妖精　26, 27
妖精物語　26～31, 56, 111
「妖精物語とは何か」　23, 26, 270
ヨハネによる福音書　270, 280
ヨハネの黙示録　89, 95
ライケン，リーランド　96
理想的経験の原型　96, 103, 113, 115, 249, 251

(2) ルイス作品

登場人物

赤小人　180, 213, 256, 258
アスラン　143～153, 155～163, 167～171, 173～180, 185, 188, 190～193, 196～198, 202～208, 210～215, 217～221, 238～240, 243, 253, 255～261, 264, 266, 268～278, 287, 288, 291, 292, 294, 295, 298
アラビス　154～156, 166, 193, 194, 268
アンドリュー　157～159, 186, 205, 245
ウェストン　294
エドマンド　144～146, 148, 150, 154, 155, 164, 165, 168, 175, 181, 182, 190, 191, 194, 217, 236, 239, 252, 267, 268, 270
エーメス　160, 161, 177, 178, 259
カーク　144
カスピアン　146～148, 150, 166, 179, 180, 184, 185, 198, 213, 236, 239, 252, 273, 274
カスピアン9世　147
カスピアン10世　151, 153
カロールメン人　154, 160, 179, 181～183, 199, 200, 219, 238, 252, 258
巨人　152, 210, 219, 248
黒い騎士　152, 240
黒小人　180, 213, 256, 258
ケタリー　156
小人　146, 160, 248, 278
コーリン　154～156, 200, 251
コル　156, 166
コルネリウス博士　147, 179
三人の卿　149, 150
ジェイディス　157～159, 172, 186, 187, 217, 241, 268, 293
シフト　159, 160, 187, 188, 219
シャスタ　154～156, 166, 177, 179, 181, 182, 192, 193, 198～200, 217, 251
ジュエル　159, 160
ジル　151～153, 160, 164, 165, 169, 171～173, 177, 183, 185, 197, 198, 201, 215, 216, 246,

331

白い魔女　144, 146, 153, 169～174, 186, 187, 191, 192, 196, 203, 210, 212, 213, 217, 256, 258, 267, 272, 293
ジンジャー　160, 189
ストロベリー　157, 158
スーザン　144～148, 150, 154, 155, 163, 168, 175, 176, 181, 182, 190, 203, 212, 239, 259, 270～272, 274
セントール　160, 197
タシ　160～162, 219
タシラン　160
タムナス　144, 168, 191, 212
タルカーン　160, 161
茶色の少女　294
ディゴリー　156～159, 162, 167, 168, 179, 197, 201, 202, 204, 205, 209, 217, 218, 240, 241, 245, 249, 268, 275, 277, 278, 285, 286, 293
ティスロック　155, 156
ティリアン　159～161, 167, 183, 189, 245
テルマール人　146, 147
時の翁　161
時の巨人　288
トランプキン　146, 147, 163, 180
ドリアード　160
ドリニアン卿　152, 171, 215, 216
ドワーフ　179, 186, 188
七人の卿　148
ナルニア人　154, 160, 179, 181, 182
ニカブリク　147, 180
偽アスラン　187, 188
馬車屋　202, 286
パズル　159～161, 187, 188, 219
バッカス　276
パドルグラム　153, 172, 185, 186, 216, 240, 252
ピーター　144, 145, 148, 150, 161, 163, 175, 190, 208, 212, 236, 239, 246
ビーバー夫婦　144, 175, 177, 192, 239, 252
ファーザー・クリスマス　144, 174, 179, 275
フィン　154～156
フランク　157～159, 286

252, 273, 278, 293

プルナプリスミア　146
ブレー　154～156, 193, 199
フレッジ　158
ペヴェンシー一家　144, 146, 148, 162, 167, 175, 188, 194, 213, 239, 252, 260
ヘレン　158
ポギン　160
ポリー　157～159, 162, 197, 201, 205, 217, 218, 240, 245, 277, 286
魔女　144, 145, 147, 149, 152, 153, 158, 159, 163, 168, 176, 187, 190, 201, 213, 216, 219, 221, 239, 252, 253, 255, 256, 258, 261, 268, 270, 272, 273, 285, 286, 293～295
魔法使い　149
緑の貴婦人　152, 153, 171～173, 215, 216, 240, 256, 258, 293
緑の女人　294
南の国境の仙人　155, 193, 237, 268
ミラース　146～148, 236
もの言う動物　159～161, 238
もの言わない動物　161
ユースタス・スクラブ　148～153, 160, 161, 164～166, 172, 183, 185, 194, 197, 198, 208, 209, 215, 216, 238, 239, 246, 264, 273
ラサラリーン　155
ラバダシ　154～156, 182
ラマンドゥ　149, 184, 196
ランサム　294
リシダ・タルカーン　160
リーピチープ　147～151, 180, 266
竜　149, 161, 264
リューン　155, 156
リリアン　151～153, 171, 172, 184, 185, 189, 201, 215, 216
ルーシィ　144～150, 162～164, 166, 168, 175, 177, 178, 190, 194, 203, 209, 210, 212, 237, 239, 270～272, 274, 275
ルフェイ　157
レティ　157

索　引

場　所

アーケン国　154〜156, 193, 237
石舞台　144, 145, 149, 175, 271
カロールメン　154, 156, 160, 161, 168, 181, 183, 237, 251
巨人族の都　152
巨人の国　153, 164, 165, 172, 201, 252
金水島　149, 214
銀の海　214
ケア・パラベル　146, 160, 171, 271
声の島　149
この世の果ての入口　196
新教育実験学校　151
世界と世界の間の林　245, 286
タシバーン　154, 181, 199, 217, 251
チャーン　157, 159, 240〜242, 245
ナルニア（国）　143〜156, 158〜162, 164, 167, 169, 170, 174, 177, 181, 189〜191, 193, 194, 197, 199, 201〜213, 215, 217〜221, 236〜239, 245, 246, 248, 249, 256, 259, 260, 268, 285〜288, 293, 295
西の園　158, 173, 197, 209, 240, 277, 278, 293
ハルファンの館　152
まことのナルニア　161, 167, 168, 178, 208〜211, 218, 219
夜見の国　172, 201

色　彩

ivory　175
青（blue）　163, 164, 182, 189, 192, 194〜199, 205, 208, 209, 212, 214, 216, 237, 267, 275
赤（red）　160, 164, 166, 168〜170, 174, 175, 185, 188, 189, 196, 198, 201〜203, 212, 213, 217, 237, 241, 242, 267, 268, 271〜273, 276〜278, 287, 288
黄金（golden）　158, 161, 166, 167, 169, 171, 176, 177, 192, 197, 198, 206, 208, 273, 298
黄（yellow）　157, 175, 182, 187, 188, 198, 217〜219, 221, 245, 249, 252, 267, 268, 272, 273, 277, 278
金（gold）　166, 167, 176〜180, 184, 187, 188, 190, 196〜198, 202〜206, 208, 209, 212〜214, 217〜221, 253, 255〜257, 261, 266, 268, 271〜274, 278, 288, 292, 294, 297, 298
銀（silver）　150, 152, 179, 181, 182, 184, 185, 187, 196, 197, 199, 205, 206, 209, 213, 214, 216, 221, 240, 266, 277, 286
黒（black）　152, 168, 172, 180〜182, 184, 185, 187, 191, 192, 201, 206〜208, 213, 215〜219, 237, 239, 258, 286〜288
crimson　163, 175, 180, 272, 287
白（white）　144, 145, 150, 151, 153, 163〜175, 178, 179, 182〜184, 186, 187, 189〜192, 195〜200, 202, 208, 212〜217, 219, 221, 238, 252, 253, 255〜258, 261, 267, 268, 271〜274, 277, 287, 288, 297
橙（orange）　181, 200
dark　179〜183, 191, 195〜197, 200, 201, 203, 207, 208, 216, 219, 238, 239, 241, 258, 264, 271, 277, 285, 286, 288
茶（brown）　168, 174, 175, 179, 183, 272, 277
灰（gray）　167, 185〜187, 192, 195, 196, 198, 199, 203, 212, 215, 217, 241, 242, 256, 271, 273, 274, 277
緋（scarlet）　169, 184, 185, 188
pale　163, 169, 194, 203, 216, 271, 275, 286
緑（green）　152, 157, 164〜166, 171〜173, 178, 179, 182, 185, 189〜191, 193〜197, 204, 205, 209, 210, 212, 215〜218, 237, 240, 245, 249, 256, 267, 268, 272, 277, 285, 286
無彩色　187, 192, 202, 217, 221, 242, 273, 287, 288
紫（purple）　278
桃（pink）　202, 277
有彩色　242, 273, 288

関連事項

悪　158, 170〜172, 186, 187, 189, 210, 213, 215, 216, 221, 239, 240, 242, 243, 253, 257, 258,

333

267, 268, 287, 292～295
『悪魔の手紙』　24
憧れ　24, 26, 27, 33～35, 147, 151, 154, 180, 193, 194, 200, 211, 221, 238, 245, 253
『朝びらき丸東の海へ』　143, 148, 150, 153, 164, 166, 169, 177, 178, 180, 181, 184, 194, 197, 214, 219, 238, 239, 264, 266
アレゴリー　24, 166, 178, 221, 261, 292, 294～296, 298
安藤聡　15, 211
アンバードの戦い　237
イエス　238
イエス・キリスト　174, 178, 273, 274, 276, 278, 291, 295
『馬と少年』　143, 154, 156, 166, 168, 175, 179, 181, 192, 193, 198, 199, 216, 217, 219, 237, 243, 251, 268
『ヴィーナスへの旅』　294
英国国教会　263
『カスピアン王子のつのぶえ』　143, 146, 148, 150, 151, 153, 156, 163, 164, 177, 179, 180, 194, 213, 236, 252, 276
語り手　237
奇跡　276, 278
キリスト　202, 238, 266, 288
キリスト教的世界観　24, 25, 143, 295
『銀のいす』　143, 150, 151, 153, 164, 169, 171, 172, 174, 175, 177, 184, 185, 189, 197, 201, 215, 216, 240, 252, 273
暗闇　149, 151, 161, 195, 201～203, 207, 208, 239, 287, 288
劇的アイロニー　146, 148, 153, 156, 159
再生　273, 295
『さいごの戦い』　143, 159, 162, 167, 168, 177, 178, 182, 187, 189, 201, 206, 218, 237, 238, 242, 243, 245, 259, 278, 287
最後の晩餐　266
サクラメント　266
サスペンス　148
讃美歌　157, 159, 202, 286
象徴　150, 153, 164, 169, 171, 173, 175～177,

180, 193, 194, 198, 206, 207, 210, 211, 216, 217, 219, 221, 240, 253, 255, 256, 261, 268, 271, 273, 295, 298
象徴性　170
食事　251, 252, 266, 276～278
シンボリズム　150
聖餐　266, 295
瀬田貞二　267
善　170, 171, 187, 193, 211, 221, 223, 242, 243, 257, 287, 295
全知的視点　146, 261
創世記　163, 203, 287
想像力　33, 34, 175, 203, 210, 211, 214, 220, 221, 252, 261, 276, 295, 298
第三者の語り　261
戦い　155, 156, 161, 165, 182, 213, 217, 236～240, 242, 243, 266, 275, 276, 292
ターキッシュ・デライト　144, 267, 268
竹野一雄　15, 24, 34, 170, 326
タフィ　277, 278
『天国と地獄の離婚』　24
『天路退行』　24, 211, 294
七つの悪　238
七つの大罪　268
『ナルニア国年代記物語』　13～15, 18, 19, 21, 23～26, 32, 35, 44, 143, 146, 150, 159, 162, 165, 166, 168, 170, 173, 174, 177, 178, 181, 185, 187～192, 198, 199, 201, 202, 211, 213～221, 223, 236, 242, 243, 245, 246, 248, 249, 251～253, 255～261, 263, 264, 266～271, 274～276, 278, 279, 285, 287, 288, 291～295, 297～299, 325, 326
パン　252, 266
光　161, 169, 170, 193, 199, 201～203, 207, 208, 210, 218, 221, 240, 285～288
引き立て役　151, 153, 159
『批評における一つの実験』　32
非理想的経験の原型　242, 252
ファンタジー　32～35
ファンタジー形式　24, 32, 34, 35, 143, 221, 295, 326

索　引

ファンタジー作品　32, 35, 245, 326
ファンタジー文学　219
フェアリー・テイル　33
伏線　150, 285
ブドウ酒　251, 252, 266, 276, 278
プラス・イメージ　169, 170, 212, 215, 216, 257, 272
『別世界にて』　32, 44
ペトロ　238
マイナス・イメージ　170, 187, 212, 215, 216, 272
マタイによる福音書　278, 288
『魔術師のおい』　143, 156, 159, 162, 167, 169, 172〜174, 177, 186, 193, 197, 198, 201〜204, 206, 209, 210, 217〜219, 240, 245, 249, 256, 258, 260, 268, 275, 285, 293
魔法　149, 150, 153, 157, 237, 245
物語技法　143, 175, 221
闇　157, 285, 286, 288
指輪　157, 159, 202, 217, 218, 240, 246, 285
ヨエル書　288
予示　221
四つのしるべ　151〜153, 240
ヨハネによる福音書　287
ヨハネの黙示録　188, 209, 278
『喜びのおとずれ』　247
『ライオンと魔女』　143, 144, 146, 148, 153, 159, 162, 163, 165, 167, 168〜177, 187, 188, 190〜193, 196, 203, 210, 212, 213, 217, 239, 252, 255, 256, 258〜260, 266, 267, 270, 273, 275, 293
理想的原型　252
リンゴ　146, 158, 173, 240, 275〜277
ルカによる福音書　271

(3) その他

人　名

アリストテレス　37
イッテン，ヨハネス　38
オストワルト，フリードリッヒ・ヴィルヘルム　38, 41
ゲーテ，ヨハン・ヴォルフガング・フォン　38
ジークフリート　248
ニュートン，アイザック　38
プラトン　37
ポープ，アレキサンダー　248
マクドナルド，ジョージ　30
マンセル，アルバート・ヘンリー　40
ワーグナー，リヒャルト　246〜248

色　彩

青（blue）　37〜41, 253
青緑（cyan）　39, 40
赤（red）　37〜41, 253, 288
赤紫（magenta）　39, 40
黄（yellow）　37〜41
基本色名　41, 46
金（gold）　288
黒（black）　37, 41, 253
紺　247
彩度　40
色彩体系　40
色相　40
白（white）　37, 40, 41, 253, 288
橙（orange）　37, 38, 40, 41
dark　288
茶（brown）　41
灰（grey）　41, 247, 253
光の三原色　253
補色　38
緑（green）　37〜41, 253, 288
無彩色　37, 39, 40, 288
紫（purple）　37, 38, 40, 41
明度　40
桃（pink）　41, 253
有彩色　37, 40, 253, 288

関連事項

悪　18, 223, 253, 297
イエス　253
イエス・キリスト　265
インクリングス　23
『ヴァルキューレ』　247
英国国教会　263, 296
『オデュセイア』　248
カトリック　266, 296
奇跡　19
キリスト教的世界観　263, 296
結婚　263
堅信　263
告解　266
再生　269, 274
最後の晩餐　253, 265
サクラメント　19, 263, 266
『ジークフリート』　247
『ジークフリートと神々の黄昏』　247
詩篇　265
叙階　263
象徴　18, 41〜43, 263, 296, 297
食事　18, 223, 249, 253
聖餐　19, 253, 263〜265
聖人崇敬　19, 288
善　18, 223, 253, 297
洗礼　19, 263
想像　248, 296
戦い　18, 223, 243
『ニーベルングの指輪』　246〜249
『ニーベルンゲンの歌』　246
パン　253, 264, 265
光　17, 19, 38〜40, 42, 278, 279
病者の塗油　263, 275
ファンタジー　21
ファンタジー作品　17, 21, 326
ファンタジー文学　13, 19
ファンタジー論　17, 18, 21
ブドウ酒　253, 264, 265
復活　263, 264

マタイによる福音書　264
マルコによる福音書　264, 265
物語技法　18, 325
闇　17, 19, 278, 279
指輪　18, 223, 246, 249
救し　263. 266
妖精物語　31
予示　298
リンゴ　39
ルカによる福音書　264, 265

資　　料
（色彩語データ）

<色彩データ項目>

○巻　　　　　　　　　○大分類　　　　　　　　○小分類
○章　　　　　　　　　　1 登場人物　　　　　　　1 髪
○原文　　　　　　　　　　　　　　　　　　　　　2 目
○原文ページ数　　　　　　　　　　　　　　　　　3 顔（その他）
○日本語訳　　　　　　　　　　　　　　　　　　　4 肌（その他）
○日本語訳ページ数　　　　　　　　　　　　　　　5 衣装
○色彩　　　　　　　　　　　　　　　　　　　　　6 姿・影
　　　　1 white　　　　　　　　　　　　　　　　7 感情
　　　　2 grey／gray　　　　　　　　　　　　　　8 アスラン
　　　　3 black　　　　　　2 動植物　　　　　　 1 動物
　　　　4 purple　　　　　　　　　　　　　　　　2 植物（花・草）
　　　　5 blue　　　　　　　　　　　　　　　　　3 虫・鳥
　　　　6 green　　　　　　　　　　　　　　　　 4 生物（その他）
　　　　7 scarlet　　　　　 3 風景　　　　　　　 1 山・丘・森
　　　　8 red　　　　　　　　　　　　　　　　　 2 海・川
　　　　9 brown　　　　　　　　　　　　　　　　 3 建築物
　　　　10 yellow　　　　　　　　　　　　　　　 4 平原、土地、石・岩　他
　　　　11 gold　　　　　　 4 光・闇、天候　他　 1 光・闇
　　　　12 silver　　　　　　　　　　　　　　　 2 天候・空
　　　　13 pale　　　　　　　　　　　　　　　　 3 湿度・空気
　　　　14 dark　　　　　　　　　　　　　　　　 4 音
　　　　15 others　　　　　 5 事物　　　　　　　 1 火
　　　　　　　　　　　　　　　　　　　　　　　　 2 飲食物
○混色区分　　　　　　　　　　　　　　　　　　　 3 衣類
　　　　　　　　　　　　　　　　　　　　　　　　 4 宝飾物
　　　　　　　　　　　　　　　　　　　　　　　　 5 その他
　　　　　　　　　　　　　 6 固有名詞的　　　　　1 人物・生物
　　　　　　　　　　　　　　　　　　　　　　　　 2 自然風景
　　　　　　　　　　　　　　　　　　　　　　　　 3 建築物・場所
　　　　　　　　　　　　　　　　　　　　　　　　 4 事物
　　　　　　　　　　　　　　　　　　　　　　　　 5 その他
　　　　　　　　　　　　　 7 その他

『指輪物語』

資料6

巻	部	章	原文	訳	原文p	訳p	色彩	色p	大分類	小分類
1	1	101	That's a dark bad place, if half ht tales are true.	あそこは、暗い、いやな所だそうだ、話半分にせよ。	30	44	14	3	1
1	1	101	They had heard this and other darker rumours before, of course;	もちろんみんなは、この話も、もっと悪い噂と同じに、前から耳にしていた	31	45	14	7	4
1	1	101	packed with chests of gold and silver	そこには金銀の箱やら、宝石の箱やらが、しこたま詰まっている	31	47	11	5	4
1	1	101	packed with chests of gold and silver	そこには金銀の箱やら、宝石の箱やらが、しこたま詰まっている	31	47	12	5	4
1	1	101	there be mountains of gold	金の山があるとか似かい	32	48	11	5	4
1	1	101	if they lived in a hole with golden walls	たとえ自分は黄金の壁をはった穴に住もうと	49	11	3	4
1	1	101	He wore a tall pointed blue hat.	青い帽子をかぶり	33	50	5	3	1
1	1	101	a long grey cloak, and a silver scarf.	灰色の長いマントを着て銀色のスカーフを巻いた	33	50	2	1	1
1	1	101	a long grey cloak, and a silver scarf.	灰色の長いマントを着て銀色のスカーフを巻いた	33	50	12	1	1
1	1	101	a large red G	大きな赤いG	33	50	1	1	3
1	1	101	The flowers glowed red and gloden	花々は赤に、黄金色に燃えさかり	33	51	1	1	5
1	1	101	The flowers glowed red and gloden	花々は赤に、黄金色に燃えさかり	33	51	11	5	5
1	1	101	a large white gate were built there.	ゆったりとした広い階段と大きな白い門が作られました	34	54	8	1	2
1	1	101	but so magnificent was the invitation card, written in golden ink,	ビルボは新しい白い門の傍に立って	55	1	1	3
1	1	101	at the white gate in person.	幹が黒い煙でできた緑の木々が現われ、	35	56	6	1	2
1	1	101	There were green trees with trunks of dark smoke:	幹が黒い煙でできた緑の木々が現われて	35	56	11	2	5
1	1	101	There were green trees with trunks of dark smoke:	赤い雷雨があるかと思えば、黄色い雨が降りました	35	56	8	4	5
1	1	101	there was a red thunderstorm and a shower of yellow rain;	赤い雷雨があるかと思えば、黄色い雨が降りました	35	56	10	4	5
1	1	101	there was a red thunderstorm and a shower of yellow rain;	銀色の槍が林立して、	56	12	1	1
1	1	101	there was a forest of silver spears	緑の真紅の焔が吹き出た	57	6	5	5
1	1	101	It spouted green and scarlet flames.	緑の真紅の焔が吹き出た	57	7	1	5
1	1	101	It spouted green and scarlet flames.	赤みがかった金色の竜が一頭躍り出しました	57	8	4	5
1	1	101	Out flew a red-golden dragon-not life-size, but terribly life-like	赤みがかった金色の竜が一頭躍り出しました	57	11	5	5
1	1	101	Out flew a red-golden dragon-not life-size, but terribly life-like	金色のインクで書かれた招待状のまわりの豪華さに	58	11	2	1	5
1	1	101	but so magnificent was the invitation card, written in golden ink,	金色のボタンが、刺繍した絹の胴衣の上で光っていた	60	11	5	4	1
1	1	101	the golden buttons shone on his embroidered silk waistcoat	ポケットの中にある金の指輪を手でもてあそんでいました	67	11	1	4	4
1	1	101	he had been fingering the golden ring in his pocket	黒革の使い古した鞘に入った短剣でしょうか	67	3	1	1
1	1	101	On it hung a short sword in a battered black-leather scabbard,	濃い緑だったのでしょう	67	6	2	1
1	1	101	it might have been dark green	金の指輪にそっと封をして	68	11	5	4	4
1	1	101	he slipped his golden ring.	衣を脱いだ灰色のガンダルフの姿をみせてやるぞ。	74	2	1	1
1	1	101	Then you will see Gandalf the Grey uncloaked.	しだいに縮んで、ぞっとされた灰色の老人にもどっていました。	75	2	6	1
1	1	101	He seemed to dwindle again to an old grey man, bent and troubled	晴れた夜空でした。真っ暗な空には、星が点々とちりばめられていた	77	3	1	8
1	1	101	It was a fine night, and the black sky was dotted with stars.	夜の闇の中で歌い始めました	78	14	4	4
1	1	101	he sang softly in the dark	ガンダルフはしばらくのあいだ、暗闇に目をこらしていたホビット庄に住む彼のあとを見送っていました	79	14	4	4
1	1	101	Gandalf remained for a while staring after him into the darkness.	真っ暗な中に座っている	79	14	4	4
1	1	101	Frodo came in soon afterwards, and found him sitting in the dark.	それから金の指輪が―、はい！いまはずして、	80	11	5	4	4
1	1	101	And also, I fancy, you'll find a golden ring	金ペンとインクびんについています。	82	11	4	4
1	1	101	on a gold pen and ink-bottle.	銀のスプーンの入った大きな物について	82	12	5	5	4
1	1	101	on a case of silver spoons	南四分の一の庄産の強い赤葡萄酒	83	8	7	4
1	1	101	a strong red wine from the Southfarthing.	赤インクで書かれた七人の証人の署名をなどするのです。	85	8	6	4
1	1	101	which demand among other things seven signatures of witnesses in red ink.	ビルボが黄金を隠し持っているという伝説はその	86	11	5	4
1	1	101	The legend of Bilbo's gold excited both curiosity and hope	伝説上の黄金は	87	11	5	4
1	1	101	for legendary gold	黄金と宝石の袋をいくつもかかえて再び現われる	92	11	5	4
1	1	101	reappear with bags of jewels and gold.	ビルボがいささかおかしくなったほど頭は気がふれた	92	5	1	7
1	1	102	that Bilbo, who had always been rather cracked, had at last gone quite mad, and had run off the Blue.	東の古いいにしえの街道から、ホビット庄全体を通って灰色港に逃げさったと	96	2	6	3
1	1	102	The ancient East-West Road ran through the Shire to its end at the Grey Hevens.	青の山脈を通って、	96	5	6	3
1	1	102	to their mines in the Blue Mountains.	ホビット庄に今も残る地図では、ほとんど空白となっている部分は白色	95	5	3	2
1	1	102	mapes made in the Shire showed mostly white spaces beyond its borders.	白の会議と呼ばれる闇の森の森のように追い払われた	96	2	6	3
1	1	102	in Mirkwood had been driven out by the White Council	暗黒の塔の闇魔法で書かれた会話	96	14	7	4
1	1	102	The Dark Tower had been rebuilt	水の辺村の緑竜館で話かれた会話	96	14	6	3
1	1	102	The conversation in The Green Dragon at Bywater	さいつは緑竜亭	97	6	6	3
1	1	102	that's green	混乱した遠い世界の昔の伝説の中で、	98	6	1	6
1	1	102	in legends of the dark past.	日の塔のずっとむこうの港に行くのだろう	99	1	6	3
1	1	102	they are going to the harbours, not away beyond the White Towers.					

1	102	But it was an old tradition that away over there stood the Grey Havens.	54	しかし、古くからの言い伝えによりますと、はるかかなたのその海辺には灰色港があり、	99	2	6	3
1	102	The sun was down, and a cool pale evening was squietly fading into night.	55	日は沈み、ひんやりとした青みがかった夕暮れは、ひそかに夜に変わろうとしていました。	101	13	4	2
1	102	and the new green of Spring was shimmering in the fields	55	新しい春の緑がそよいでいる	102	6	3	1
1	102	His hair was perhaps whiter than it had been then	55	彼の頭は、そのころより白く	102	14	6	6
1	102	he felt the dark shadow of the tidings that Gandalf had brought.	55	彼はガンダルフがもちこした話しから投げかける暗い影を感じていました。	102	14	7	1
1	102	and walks in the twilight under the eye of the dark power that rules the Rings	56	指輪を支配する暗黒の力の目の下に見張られながら、薄明かりの中を歩き迷うあの人のや	104	14	7	1
1	102	sooner or later that dark power will devour him.	57	運命を見極め、暗黒の力の方が彼を貪り食うところとなるばかりじゃ	104	14	7	1
1	102	it was in the year the White Council drove the dark power from Mirkwood	57	白の会議が闇の森から魔の勢力を追い出した年じゃ。	105	14	6	5
1	102	it was in the year the White Council drove the dark power from Mirkwood	57	白の会議が闇の森から魔の勢力を追い出した年じゃ、	105	14	7	1
1	102	I might perhaps have consulted Saruman the White.	57	白の賢者、サルマンに相談することもできたかもしれぬ。	106	14	6	2
1	102	I knew at last that something dark and deadly was at work.	57	わしは、何か暗くて、決定的に恐しい力は働いていることをついに知った	107	14	6	1
1	102	if the Dark Power overcame the Shire.	58	もし暗黒の力がホビット庄を征服すれば	108	14	6	1
1	102	The room became dark and silent	59	部屋の中は暗く静かになりました。	109	11	5	2
1	102	One Ring to bring them all and in the darkness	59	一つの指輪は、すべてを捕えて、くらやみのなかにつなぎとめる	112	14	4	1
1	102	One for the Dark Lord on his dark throne	59	一つは冥王の御座の	112	14	6	1
1	102	One for the Dark Lord on his dark throne	59	一つは冥王の御座の	112	14	4	1
1	102	One Ring to bring them all and in the darkness	59	一つの指輪は、すべてを捕えて、くらやみのなかにつなぎとめ	113	14	4	1
1	102	Fear seemed to stretch out a vast hand, like a dark cloud rising in the East	60	恐怖は闇黒く雲が湧き起こって、手のひらを気味わるく差してくるかのようでした。	113	14	4	2
1	102	The beginnings lie back in the Black Years.	60	暗黒時代までさかのぼるのじゃ。	113	3	4	5
1	102	I told you of Sauron the Great, the Dark Lord.	60	呼夜わしは、冥王、サウロン大王のことを、そんたに話したのではない。	113	14	6	3
1	102	and returned to his ancient fastness in the Dark Tower of Mordor	60	モルドールの暗黒の塔にある古い砦に戻ったのです。	114	14	4	1
1	102	all the lands in a second darkness.	60	すべての国を第二の暗闇でおおうべく	114	3	4	1
1	102	And already, Frodo, out time is beginning to look black.	60	すでにして、フロド、わしらの時代には陰悪な様相がおびき始めてきた	114	14	7	2
1	102	as if the saw already dark fingers stretching out to seize it.	61	あたかもそれをつかもうと伸ばされた黒い指がついに見えたかのように	116	14	1	1
1	102	because the gold looked so bright and beautiful	62	金の指輪があまりに美しく光っていたからであろう。	116	14	5	4
1	102	and he found a little cave out of which the stream ran;	63	細い水の流れ出てくるからな洞穴を見いだして、	120	14	3	4
1	102	he tunnelled into darkness	64	そこのあな野の真ん中の割れ目を流れるように、	122	14	6	1
1	102	as through a chink in the dark.	64	真っ暗闇の中では（ゆびわ）を使う必要も、めったになかっただろう	122	6	3	1
1	102	there in his hand lay a beautiful golden ring	64	彼は暗闇を憎んだ。それ以上に光を憎んだ。	122	14	5	1
1	102	He hated the dark, and he hated light more:	64	彼は暗闇を憎んだ。それ以上に光を憎んだ。	124	14	4	2
1	102	putting his hand on it, blindly, in the dark.	65	暗闇で手をあて、ちめらめの手探りで、手さぐりをしるものとはあるまい	125	14	4	1
1	102	sending out his dark thought from Mirkwood,	65	闇の森からその暗い思念を送り出している	125	14	4	1
1	102	not even Ancalagon the Black,	70	かの黒龍アンカラゴンでも、できないのじゃ。	126	3	6	1
1	102	I have come back from dark journeys	70	わしは、暗い旅から、ふたたつくの道へ戻ってきたから、	126	14	4	1
1	102	I have come back from dark journeys	71	わしは、暗い旅から長い探索の道から戻ってきた	127	14	4	1
1	102	as he gnawed bones in the dark.	71	暗闇で骨をしゃぶりながら	128	14	4	1
1	102	He would not say any more, except in dark hints.	66	それ以上何も言わず	128	14	7	1
1	102	and make his way swiftly and softly by dead of night with his pale cold eyes	66	夜半その冷たい青い目で闇夜を見据えて、一途かに進んでいくのだ	129	13	1	2
1	102	I have paid for it since we first set eyes on it with many dark and dangerous days.	67	私はこれは何日も何日も、暗い日を送ることにして、その償いをしないではならなかった	131	14	7	5
1	102	and the dark hunt is on it;	68	かの暗いかの子ロドは、かれらのをそこに呼び寄せようとしておった。	132	14	7	1
1	102	The gold looked very fair and pure.	70	金も一つない金色純粋に見えました。	137	11	5	4
1	102	Your small fire, of course, would not melt even ordinary gold.	70	こんな暖炉の火ではもちろん、ふつうの金でも溶かすことはできません。	138	11	6	1
1	102	an astonishing piece of news reached the Ive Bush and Green Dragon.	70	かの凄まじい知らせが伝わしたある伝わされてのでした。	138	3	6	1
1	103	not even Ancalagon the Black,	70	黒龍アンカラゴンでも、	139	14	6	6
1	102	For I do not wish to became like the Dark Lord himself	71	なぜなら、わしは冥王その人のようになりたくないからじゃ、	139	14	6	3
1	102	Frodo gazed fixedly at the red embers of the hearth.	71	暖炉に赤々とおきを見ためたまま、じっと瞬きもせずに見つめていた	140	8	5	1
1	102	Not answered Frodo, coming back to himself out of darkness	71	「はたとの！」フロドは答えて、かれの中の中から抜け出しにいる帰ってきました。	140	14	4	1
1	102	and finding it was not pure.	75	あたりが少しも暗くなく、一見えませんでした。	140	14	4	1
1	103	to most it suggested a dark and yet unrevealed plot by Gandalf.	75	おおかたは、サンダルフの陰謀だという、除斐なる大まらだと、一番思いました。	151	6	6	1
1	102	It grew slowly dark indoors.	78	暗い影が徐々に広がっていきました。	157	14	7	3
1	103	Frodo stepped inside the dark door.	79	暗闇で背をしゃぶりをなれる、玄関の中に足を入れた。	159	14	4	3
1	103	'Good-bye!'said Frodo, looking at the dark blank windows.	79	「さようなら！」フロドは言い、からんとした窓を、暗き窓を見つめて	159	14	4	1

資料7

資料8

			English	Japanese	p			
1	103	passing into the darkness like a rustle in the grasses.	さやさやと草をわたる風のように、暗闇の中に消え去りました。	159	14	4	1
1	103	Well, we all like walking in the dark, he said.	おとな、みんな暗いところを歩くのは好きなんだから、と彼は言いました。	160	14	4	1
1	103	and night fell dark about them.	あたりには夜がとっぷりと暗くとざされました。	161	14	4	5
1	103	In their dark cloaks they were as invisible	三人とも黒っぽいマントを着ているので、一寸先は闇にリボンに変わらず、	161	3	1	2
1	103	and bending southeastwards they made for the Green Hill Country.	川の流れはこっちのあたりでは、曲がりくねって東へ迂回しました黒っぽい丘になっていました。	161	3	5	1
1	103	Soon it disappeared in the folds of the darkened land,	今度は南東の方向に向かって、繰り返し起伏のかなたに消え、	161	6	6	3
1	103	and passed by Bywater beside its grey pool.	間もなくそれも、黒ずんだ土地の延伸のかなたに消え、	161	14	3	2
1	103	made a black net against the pale sky.	涼み水に浮いた水の丘村の明かりが見えてきました。	162	3	5	3
1	103	made a black net against the pale sky.	涼み空に黒々と網の目をなす	162	13	4	2
1	103	that went rolling up and down fading grey into the darkne s s ahead:	その道はうねうねと転がっており、その先は闇の中に消えていました。	162	2	5	4
1	103	fading grey into the darkne s s ahead:	その先は闇の中に消えていました。	162	6	4	2
1	103	and wound over the skirts of the Green Hills towards Woody End.	縁山丘陵の麓にそって、	162	14	4	1
1	103	It was very dark.	そこは真っ暗でした。	162	14	4	2
1	103	'I thought you liked walking in the dark,' said Frodo.	「きみは暗いところを歩くのが好きなんだと思ったよ」、フロドは言いました。	163	14	4	2
1	103	they went into the deep resinscented darkness of the trees.	樹脂の匂いのする深い樹氏の下闇の中にはいっていきました。	163	14	3	3
1	103	The morning came, pale and clammy.	朝が来ました。まだ暗く、湿り気がありました。	164	13	4	4
1	103	the sun was rising red out of the mists that lay thick on the world.	地上に厚く横たわる朝霧の中から、赤と銅の朝が昇り始めました。	164	4	4	1
1	103	Touched with gold and red and the autumn trees	金と赤に色づきだした木々は	164	11	2	4
1	103	Touched with gold and red and the autumn trees	金と赤に色づきだした木々は	164	8	2	2
1	103	where the water fell a few feet over an outcrop of grey stone.	灰色の石の上を三フィートほど落ち込む小さな滝を見つけ	165	2	3	3
1	103	that melted away in the distance to a brown woodland haze.	遠く茶褐色にかすむ森林地帯にとけこんでいきます。	169	9	3	2
1	103	Round the corner came a black horse, no hobbit-pony but a full-sized horse;	曲がり角に一頭の黒い馬がやってきました。ホビットのポニーではなく、ふつうの大きな馬	169	3	1	5
1	103	wrapped in a great black cloak and hood.	その人は、大きな黒いマントと頭巾に身を包み、	172	3	2	2
1	103	Upon the hearth the fire is red	今の乗り手は、こちらから来たのですか。	173	3	1	1
1	103	He was tall and black-like, and he stopped over me.	背が高く、黒すくめで、わたしの上からのしかかるように見えるばかり	173	14	4	3
1	103	It must have been near dark when this fellow came up the Hill	うちようのあんばい、そいつはいつやってきたとだいってんのしたか。	174	3	2	2
1	103	And the Gaffer said he was a black chap.	ごじいさんは、それはあきらかにやつらだといっていた」	174	3	4	4
1	103	The sun had gone down red behind the hills at their backs.	太陽は三人の背後の丘の向こうに赤々と沈んでいました。	175	4	4	6
1	103	Upon the hearth the fire is red	炉辺に赤々	176	8	5	4
1	103	A star came out above the trees in the darkening East before them.	一番星が、前方に、これまで、東の方の木の上に、現れました。	176	3	4	5
1	103	It's from Hobbiton that this here Black rider comes.	自分の背後にあたしたらの乗りてはないっていうで見ました。	179	14	4	2
1	103	I don't want to be seen, but I want to see if it is another Black Rider.	その姿は見えないけど、今度は二頭目の黒の乗り手がついて来ないか見ようではありません。	179	14	4	1
1	103	They had no time to fine any hiding-place better than the darkness of the wood.	隠れ場をこうというよりは、木々下の暗がりにいるほかなかったのです。	179	4	4	1
1	103	It showed grey and pale, a line of fading light through the wood.	道は林の中を薄ぼかかけて光のおぼろな一すじとなって、ほの暗く浮き上がって見えます。	179	13	4	2
1	103	It showed grey and pale, a line of fading light through the wood.	道は林の中を薄ぼかかけて光のおぼろな一すじとなって、ほの暗く浮き上がって見えます。	179	13	2	2
1	103	he saw something dark pass across the lighter space	いくらか明るめ何か色のはゆっくり通り抜けたかと思うと、	179	14	7	2
1	103	It looked like the black shade of a horse led by a smaller black shadow.	それは馬の黒い影と、それを導いている更に小さい者の黒い影であるように見えました。	179	3	3	3
1	103	It looked like the black shade of a horse led by a smaller black shadow.	それは馬の黒い影と、それを導いている更に小さい者の黒い影であるように見えました。	179	3	3	3
1	103	The black shadow stood close to the point	黒い影は、一体左右にじっと動かず、	179	3	1	1
1	103	The black shadow straightened up	反対側の暗闇の中に消えていくようでした。	180	3	4	3
1	103	but that Black Rider stopped just here	あの黒の乗り手はちょうどここで立ち止まった。	180	14	6	4
1	103	Snow-white! Snow-white! O Lady clear!	雪のように、まっしろに、まばゆいあなた!	181	3	1	6
1	103	Snow-white! Snow-white! O Lady clear!	雪のように、まっしろに、まばゆいあなた!	181	1	1	2
1	103	Snow-white! Snow-white! We sing to thee	雪のように、まっしろに、まばゆいあなた!	181	14	4	4
1	103	Snow-white! Snow-white! We sing to thee	雪のように、まっしろに、まばゆいあなた!	181	14	4	1
1	103	We see your silver blossom blown!	あなたの銀の花のひとひら	182	12	2	1
1	103	Tell us about the Black Riders!	「黒の乗り手のことを教えてくださいな」	184	3	6	2
1	103	Black Riders?' They said in low voice.	「黒の乗り手」エルフたちは低い声でいいました。	184	3	6	6
1	103	Why do you ask about Black Riders?'	どうして黒の乗り手のことを聞くのか?	184	3	6	6
1	103	Because two Black Riders have overtaken us today.	それは今日黒の乗り手が二人、わたしたちに近づいてきたからです。	184	3	3	3
1	103	A green ridge lay almost unseen	ほとんど気がつかないほど、緑の草の生えたゆるやかな土手が通りかかりました。	186	6	6	1
1	103	and before them lay a wide space of grass, grey under the night.	みんなの前には、闇の中に広々とした明るみが見える草原が広がっていました。	186	14	2	1
1	103	but eastward the ground fell steeply and the tops of the dark trees.	その東側には、もりあがる緑の土手の頂から足下には、	186	3	6	2
1	103	Pippin fell asleep, pillowed on a green hillock.	ピピンはこんもりともりあがる緑の土手の上を枕に、ぐっすり眠ってしまいました。	187	6	3	1

103	and slowly above the mists red Borgil rose, glowing like a jewel of fire.	91	霧の上にゆっくりと、火の宝玉のように燃える、赤いボルギルが、上ってきました。	187	8	5	4
103	Suddenly under the trees a fire sprang up with a red light.	91	木の下では、にわかに赤い光を放って焔をあげました。	187	8	5	1
103	At the south end of the greensward	91	緑の草地の南のはずれに広場がある。	187	6	3	1
103	There the green floor ran into the wood,	91	そこには、林の中に緑の床面がひろがっていて、	187	6	4	1
103	upon the treepillars torches with lights of gold and silver were burning steadily	91	木々の柱には金銀の光を放つ松明がかかげられ、	187	11	4	2
103	upon the treepillars torches with lights of gold and silver were burning steadily	91	木々の柱には金銀の光を放つ松明がかかげられ、	187	12	4	1
103	for we are lodging in the greenwood far from our halls.	91	ここはわたくしたちの家ではなく、緑の森の宿泊りだから。	188	6	5	2
103	surpassing the savour of a fair white loaf to one who is starving	91	飢える者が白い一山のうまいおしいパンにありつくにもさるくらい	188	3	5	2
103	cool as a clear fountain, golden as a summer afternoon.	91	澄んだ泉のように冷たく、夏の午後のように黄金色をしていたのです。	188	11	4	3
103	of gathering darkness, the waras of Men, and the flight of the Elves.	92	いや増す薄暗さ、人間たちの戦い、エルフたちの逃走といったことです。	189	14	6	2
103	What are the Black Riders?	93	黒の乗手とは、そも何者でしょう。	191	3	3	1
103	I wish you would tell me plainly what the Black Riders are.	94	黒の乗手たち、それはきっぱりと聞かせて欲しいのです。	193	3	6	1
104	which were still green upon the tree.	95	木々にはまだ青々と葉がなっているのでした。	196	6	6	3
104	He walked away towards the edge of the green.	95	かれは草地のはずれの方に歩いていってしまいました。	197	3	3	4
104	He was running on the green turf and singing	95	かれは緑の草の上を走り回っていました。	198	6	3	1
104	and if any of those Black Riders are very long road, into darkness;	96	そして、あの黒の乗手どもがあの荒野の中にはいっていくのを	199	3	4	1
104	I know we are going to take a very long road into darkness;	96	これから長い旅に出て、暗闇の中にはいっていこうとしているのを知って	200	14	4	2
104	And if you are worrying about the Black Riders.	97	黒の乗手のことが心配なんだから。	201	3	6	3
104	passing the Golden Perch at Stock before sundown.	97	日の沈むまでに切株村の金のとまり木館でちょっと一杯ひっかけてゆける	202	11	6	3
104	At all cost wer must keep you away from the Golden Perch.	97	どんなことがあっても君を金のとまり木館に近づけないようにしなくては	202	11	4	3
104	We want to go to Bucklebury before dark.	97	暗くなる前でに、バッグル村に着きたい。	202	14	6	3
104	The hobbits scrambled down a steep green bank	98	ホビットたちは傾斜の急な緑の土手を転がるように駆け降りると、	203	6	3	3
104	he caught a glimpse of the top of the green bank	98	今かれらが降りてきた緑の土手の頂きのあたりに何か	203	3	1	1
104	Beside it stopped a black figure.	98	その傍には体を屈めている黒い影があります。	204	3	6	6
104	its leaves though fast turning yellow were still thick.	99	輪は、もう早くも黄葉してはいるものの、葉はまだたくさん枝に付いていました。	206	10	2	5
104	and the Black Riders began to seem like phantoms of the woods	99	うすい黄金色した霧を通ったあと黒い乗手たちが森の幻のように思えてくれたのに気ずきました。	206	13	1	6
104	with a clear drink, pale golden in colour.	99	澄んだ、淡い黄金色の何ものかという気になりました。	206	3	5	3
104	snapping their fingers at rain, and at Black Riders.	100	雨も、黒い乗手も何ものというので空気に浮き上がって	209	14	4	4
104	on the ridge dark against the sky;	100	ぼっかと空に浮き上がって	210	3	2	4
104	there now appeared a broad thick-set hobbit with a round red face.	101	今度はまるい赤ら顔のずんぐりむっくりとしたホビットが突然姿を現れました。	212	8	6	3
104	Pippin found himself more than compensated for missing the Golden Perch.	102	ピピンは金のとまり木館で腹ごしらえをそこねたとて分十分な埋め合わせが来たと思いました。	214	11	2	6
104	he came riding on a big black horse in at the gate.	103	そいつは大きな黒い馬に乗って門の中にへはいって来ておりました。	215	3	3	1
104	All black he was himself,	103	そいつは頭のてっぺんから足の先まで黒づくめで、	215	3	5	6
104	I had never heard of any like this black fellow.	103	それに、どもこんな黒いやつのことは一度も聞いたことがないものなあ。	216	3	1	5
104	The black fellow sat quite still.	103	黒い奴は、馬に乗ったまま、身動きもしません。	216	3	5	4
104	I will come back with gold.	104	わたしは金を持って戻って来るぞ	217	3	1	3
104	If any of these balck fellows come after you again,	104	もし今日のような黒いやつがまた今日のようにやって来たらその時は	218	11	5	5
104	to know what has become of the gold and jewels	104	金や宝物わかるだろう、それに正直に言うと、まず、かれは馬の蹄にかけなければならないでしょう。	218	3	3	1
104	Black Riders would have to ride over him to get near the waggon.	104	黒の乗手が荷馬車に近づくには、まず、かれは馬の蹄にかけなければならないでしょう。	222	14	4	5
104	They thought that they could dimly guess a dark cloaked shape in the mist.	104	ニヤニヤ前方の霧の中に黒いマントの姿がおぼろげに見えるように思いました。	222	14	2	1
105	it will be dark before we can reach the Ferry.	104	渡し場に着くまでに暗くなってしまうだろうから。	220	14	4	4
105	It was dark in the yard.	104	前庭はもう暗くなっていました。	221	7	4	4
105	A dark lantern was uncovered.	104	一個のカンテラのおおいが外され暗くなった角燈がだんだん後方へ遠ざかって行くのを見守っていました。	223	13	3	3
105	They watched the pale rings of his lantern as they dwindled —	104	かれらは白く淡く光った大きな石たちで、	224	13	6	3
105	and edged with large white-washed stones.	105	水ぎわに近く、もやい柱の白い杭が、高い柱に二本立ち並び、このうえの二つのランプの光を受けて鈍く光っていました。	225	3	5	3
105	The white bollards near the water's edge glimmered in the light of two lamps	105	湖方の水はまだ暗く	225	3	1	2
105	but the water before them was dark.	105	前方の水はまだ暗く	225	14	5	3
105	shone many round windows, yellow and red.	108	たくさんの丸窓が黄に赤に輝く	226	10	3	3
105	shone many round windows, yellow and red.	108	たくさんの丸窓が黄に赤に輝く	226	3	1	1
105	The Bucklanders kept their doors locked after dark.	108	バック郷の住人は暗がりが去るとドアに錠をかけます。	227	14	5	5
105	his old life lay behind in the mists, dark adventure lay in front.	109	かれの古い生活は霧の中に置き去られ、前途には暗い冒険がありました。	228	14	7	3
105	it looked like a dark black bundle left behind.	109	それはまるで闇を忘れた黒い塊のように見えるのでした。	228	3	4	5
105	and rode ahead into the darkness.	110	暗闇の中に馬を走らせて行きました。	230	14	4	4

資料9

1	105	Nothing could be seen of the house in the dark:	暗闇の中では、家が少しも見えません。	110	231	14	4	1
1	105	As they walked up the green path from the gate	門を出て芝生の中の小道を歩いていくときも、	110	231	6	3	4
1	105	the windows were dark and shuttered.	窓は鎧戸を下ろし真っ暗でした。	110	231	1	5	5
1	105	O! Water is fair that leaps on high / in a fountain white beneath the sky;	おおだこ、空の下、二日間も黒の乗り手たちにっこと。／白い泉は、じつに美しい！	111	234	1	3	2
1	105	if you had been chased for two days by Black Riders.	あなみだって、二日間も黒の乗り手たちにっこと。	112	236	3	6	1
1	105	Black figures riding on black horses,' answered Pippin.	「黒馬に乗った黒装束のやからだよ」と、ピピンが答えました。	112	236	3	2	5
1	105	Black figures riding on black horses,' answered Pippin.	「黒馬に乗った黒装束のやからだよ」と、ピピンが答えました。	112	236	3	1	6
1	105	if I had not seen that black shape on the landing-stage.	向こうの桟橋に黒い者の姿を見なかったならば。	112	236	3	7	1
1	105	I can't keep it dark any longer.	もうこれ以上内緒にはしておけない。	113	238	14	5	4
1	105	I caught a glint of gold as he put something back in his trouser-pocket.	朝になったら、あの黒の乗り手とどうしよう。	115	242	11	7	3
1	105	and Sam stood up with a face scarlet up to the ears.	そんなこと、あの黒の乗り手と同じくらい危険ですよ	115	243	7	7	1
1	105	If the danger were not so dark. I should dance for joy.	危険がそれほど恐ろしいものでなければ、わたしは喜びの踊り出すところだろうけど	116	245	14	6	3
1	105	I fear those Black Riders.	わたしは黒の乗り手たちを恐れます。	117	246	3	6	1
1	105	But what about the Black Riders?	だけど、黒い乗り手の方はどうする？	117	247	3	6	1
1	105	And it is possible that in the morning even a Black Rider that rode up	朝になれば、あの黒の乗り手であろうと	117	248	3	6	1
1	105	It is quite as a dangerous asa Black Riders.	そんなこと、あの黒の乗り手と同じくらい危険ですよ	118	248	3	3	1
1	105	a waiting here till Black Riders come.	黒の乗り手たちが来るのをここで待つだからなあ。	118	250	3	3	4
1	105	he seemed to be looking out of a high window over a dark sea of tangled trees	高い窓から来るよしのつけた暗い樹海を見下ろしていました。	119	251	14	5	5
1	105	He was on a dark heath.	暗いヒースの野にいたのです。	119	251	14	3	4
1	106	Looking up he saw before him a tall white tower.	目を上に移したかれば、自分の前に高い白い塔が立っているのを見つけた。	120	7	1	3	1
1	106	It was still dark in the room.	部屋の中はまだ暗く、	120	7	4	3	2
1	106	It was tall and netted over with silvery cobwebs.	草は冷たい露を帯びて灰色をしていました。	120	8	2	5	2
1	106	The grass was grey with cold dew.	それは草のくもの巣や網の目のようにはりめぐらされていた。	120	8	12	5	2
1	106	It was dark and damp.	トンネルの中は暗く湿っていました。	121	9	14	4	1
1	106	I have only once or twice been here after dark, and only near the hedge.	ぼくが暗くなってからここに来たことは、一度か二度しかない。	121	10	14	2	2
1	106	Looking back they could see the dark line of the Hedge:	黒っぽい織物一列に生えた高垣が望まれました。	122	11	14	2	3
1	106	all the stems were green or grey	すべての幹が、一様に緑色や灰色をしていました	122	11	6	2	4
1	106	all the stems were green or grey	すべての枝が、一様に緑色や灰色をしていました	122	11	2	2	2
1	106	There was sky above them, blue and clear to their surprise	空が青く澄んでいるのにみんなかなり驚きますす。	123	13	5	5	2
1	106	The leaves were all thicker and greener about the edges of the glade.	ぼくの囲んでいる木々の葉は、もっと濃い緑色をしており、	123	13	6	2	2
1	106	The trees drew in and overshadowed it with their dark boughts.	かれらは茶色の葉をふりだして空をすっかり暗く覆うところもあり	123	14	2	2	6
1	106	O! Wanderers in the shadowed land,/ despair not! For though dark they stand,	おお、影なす国をさ迷う者たち、／絶望するな！／黒々と立つかの	123	15	14	1	3
1	106	The dark trees drew aside.	くろぐろとした木はわきに逃げ	124	16	14	6	1
1	106	there stood a green hill-top.	緑色の丘の頂がみえました。	124	16	6	6	3
1	106	the fog still rose like steam or wisps of white smoke.	水蒸気の浴煙みもの白い湯のような霧がたっていました。	125	17	2	1	4
1	106	They sat on the green edge	丘の緑の縁に腰をおろし	125	18	6	4	3
1	106	They glimpsed far off in the east the grey-green lines	かれらは東のはるかかなたに葉山丘陵の灰色がかった緑の線をみることができました。	127	18	6	3	3
1	106	A golden afternoon of late sunshine lay warm	おそい午後の金色の日の光が、	126	21	10	2	4
1	106	there wound lazily a dark river of brown water	この土地はまみに大きな茶色の水の黒手ぶる流れたくねとなっなから、	126	21	14	1	3
1	106	there wound lazily a dark river of brown water	この土地は青真に長い茶色の水の黒手ぶる流れたくねとなっなから、	126	21	9	3	4
1	106	great grey branches reached across the path.	大きな灰色の枝が小道に差し延べられていた。	126	23	2	3	3
1	106	They looked up at the grey and yellow leaves.	二人が見上げると、灰色がかった黄色の葉が	128	24	2	4	4
1	106	They looked up at the grey and yellow leaves.	二人が見上げると、灰色がかった黄色の葉が	128	24	10	2	2
1	106	at the foot of the great grey willow.	その灰色の柳の大木の根元で	128	24	2	1	2
1	106	and paddled his hot feet in the cool brown water;	ひんやりした茶色の水の中に、熱い足をつけてピチャピチャと水をかきました。	128	25	9	3	3
1	106	but the rest of him was inside a dark opening.	しかしかれの体の残りの部分は暗い穴の中にある。	129	26	14	4	4
1	106	merry yellow berry-o!	おさい七年後の金色の日の光が、	130	31	10	2	2
1	130	an old and battered hat with a tall crown and a long blue feather stuck in the band.	パンドに青い長い羽根を一本突き出したの高い帽子でした。	130	32	5	1	3
1	106	He had a blue coat and a long brown beard;	かれは青い上衣を着て、茶色の長い頭鬚をはやしていました。	131	32	10	5	5
1	106	He had a blue coat and a long brown beard;	かれは青い上衣を着て、茶色の長い頭鬚をはやしていました。	131	32	5	1	3
1	106	his eyes were blue and bright, and his face was red as a ripe apple.	目は生き生きした青い目で、顔は熟したりんごのように赤く、	131	32	9	3	5
1	106	he eyes were blue and bright, and his face was red as a ripe apple.	目は生き生きした青い目で、顔は熟したりんごのように赤く、	131	32	5	1	2
1	106	he carried on a large leaf as on a tray a small pile of white water-lilies.	まるでお盆でも持つように、大きな葉と一枚に、その上に白い水運の花がこんもりとのってあり、	131	32	8	2	2
1	106	Old a grey Man Willow!	灰色の柳じじい！	131	33	2	6	1

資料 10

1	106	The table is all laden with yellow cream,honeycomb,	132	テーブルには黄色のクリーム、巣にはいったままの蜂蜜、	34	10	2
1	106	and white bread and butter.	132	白いパンにバターがこぼれるほどぬってある、	34	1	2
1	106	Out of the window-panes light will twinkle yellow.	132	窓から明かりが黄色くまたたく。	36	10	4
1	106	Fear no alder black!	132	黒い榛の木を恐れるな。	36	3	2
1	106	White mists began to rise	132	水面には渦巻きようよ霧が立ち昇り始め、	36	4	4
1	106	and they looked up to the pale sky.	132	薄黄色の空を見上げると、	37	13	4
1	106	trunks and branches of trees hung dark and threatening over the path.	132	木々の幹や枝が黒々とおおいかぶさっておどかすように、	37	14	2
1	106	they caught sight of queer gnarled and knobby faces that gloomed dark against the twilight.	132	黄昏の光の中でおかしくねじれしぶだらけの顔が暗くぼうっと浮かび上がり、	37	14	2
1	106	In the darkness they caught the white glimmer of foam.	132	暗闇の中で泡立つ水白く微かにきらめくのが見えました。	37	14	4
1	106	In the darkness they caught the white glimmer of foam.	132	暗闇の中で泡立つ木白く微かにきらめくのが見えました。	37	10	4
1	106	Suddenly a wide yellow beam flowed out brightly from a door that was opened	133	突然幅広い黄色の光が、開かれたドアから流れ出しました。	38	10	4
1	106	now grey under the pale starry night;	133	薄い星空の下で今は薄灰色	38	2	4
1	106	now grey under the pale starry night;	133	薄い星空の下で今は薄灰色、	38	13	4
1	106	Behind it is the steep shoulder of the land lay grey and bare.	133	その後ろには急な斜面のむき出しな灰色の尾根が聳えていて、	38	2	4
1	106	that the dark shapes of the Barrow-downs stalked away into the eastern night	133	塚山丘陵の黒っぽい姿が、東の夜空までのびひろがっていました。	39	14	3
1	106	came falling silver to meet them.	133	銀のような声音で、かれらを出迎えていたのでしょう。	39	1	3
1	106	Out of the window-panes light will twinkle yellow.	133	家の窓から黄色の光に包まれました。	39	11	4
1	107	and a golden light was all about them.	133	金色に射す木のテーブルの上にはたくさんのロウソクが燃え立っていた。	40	14	4
1	107	tall and on the table of dark polished wood stood many candles,	133	黒っぽい木のテーブルの上には蝋燭がたくさん立っていて、	40	10	5
1	107	tall and yellow-haired, burning brightly.	133	背の高い黄色い蝋燭が、明るく燃えさかっていました。	40	10	1
1	107	Her long yellow hair rippled down her shoulders;	134	長い黄色い髪の毛が波うって両肩に流れ、	40	10	4
1	107	her gown was green,	134	着ている服は緑色でした。	40	6	3
1	107	green as young reeds, shot with silver like beads of dew;	134	それは出たばかりの若い葦の緑色で、銀色の露の玉のような髪飾りをかぶっていました。	43	6	3
1	107	green as young reeds, shot with silver like beads of dew;	134	若葉萌え出たばかりの若い葦の緑色で、銀色の露の玉のような粒がいくつも飾ってありました。	43	12	3
1	107	about her feet in wide vessels of green and brown earthenware.	134	その女の人の足元を緑や茶の陶器でできているいくつかの大きな水盤が縁どっていた。	44	5	1
1	107	about her feet in wide vessels of green and brown earthenware.	134	その女の人の足元を緑や茶の陶器でできているいくつかの大きな水盤がとりかこんでいました。	44	9	5
1	107	with her white arms spread out across it.	134	白い腕を広げてドアを過ぎると、	44	6	1
1	107	white eater-lilies were floating.	134	白い水蓮を浮かべていましたので	41	1	5
1	107	her belt was of gold shaped like a chain of flag-lilies	135	金色のベルトはあやめの花をつないだような形をしていて、	43	5	2
1	107	set with the pale-blue eyes, of forget-me-nots.	135	花の中心には忘れな草の薄い水色の石が象眼されていました。	40	10	1
1	107	with the pale-blue eyes, of forget-me-nots.	135	忘れな草の薄い水色の石が象眼されていました。	40	5	1
1	107	Bright blue his jacket isand his boots are yellow:	135	上着は派手な青、長靴は黄色、	43	10	5
1	107	Bright blue his jacket and his boots are yellow.	135	上着は派手な青、長靴は黄色。	44	3	1
1	107	his thick brown hair was crowned with autumn leaves.	135	栗の実色に艶やかな頭には秋の葉色の冠をかぶっていました。	44	6	1
1	107	Here's his Goldberry clothed in all in silver-green with flowers in her girdle!'	135	これなるわ、頭と緑の衣装をまとい、常に花飾りを帯びたわが金色のゴールドベリ！	44	6	5
1	107	I see yellow cream and honeycomb, and white bread.	137	よしよし、黄色なクリーム、蜂の巣にはいっった蜂蜜、白いパン	44	10	5
1	107	I see yellow cream and honeycomb, and white bread.	137	よしよし、黄色なクリーム、蜂の巣にはいっった蜂蜜、白いパン、	48	6	2
1	107	and butter; milk, cheese, and green herbs and ripe berries gathered.	137	バターにミルクにチーズに、それに摘んできる緑の野菜やいろいろとありー	44	6	1
1	107	He opened his eyes and looked at them with a sudden glint of blue:	138	かれは目を見開き、ふと眼を光らせて客人たちものを見上げた。	49	5	6
1	107	Fear no grey willow!	138	灰色柳を恐れずな！	50	1	2
1	107	and the blankets were of white wool.	138	毛布は白い毛織りでした。	50	1	6
1	107	under its thin light athere loomed before him a black wall of rock.	138	そのかすかな光に照らされて、かれの前に黒々と下しした岩壁がぼうっと見えてきました。	45	6	5
1	107	pierced by a dark arch like a great gate.	138	そこには大きな門のような暗いアーチが穴がうがたれていました。	45	9	5
1	107	There were soft green slippers set ready beside each bed.	136	ベッドのそばには茶色の水差しが用意されており	45	9	5
1	107	it stood brown ewers filled with water,	136	柔らかい緑色のスリッパが用意されていた。	45	6	3
1	107	There were soft green slippers set ready beside each bed.	136	柔らかい緑のスリッパがもあいうえおいてありましたし、	47	2	6
1	107	Old Grey Willow-man, he's a mighty singer.	137	灰色柳のじいさん、あいつはたいへいんな歌い手で、	48	6	2
1	107	green leaves and lilies white to please my pretty lady.	137	緑の葉やゆり白い水蓮を	48	6	2
1	107	green leaves and lilies white to please my pretty lady.	137	かれは目を見開き、ふと眼を光らせてものを上げると。	49	5	2
1	107	The glistened in his white hair as the wind stirred it.	138	そして風がかれの白い髪を揺さぶるときの光るものを吹き上げると。	50	1	6
1	107	and it glistened in his white hair as the wind stirred it	138	そして風がかれの白い髪を揺さぶるときの光るものを吹き上げると。	50	14	3
1	107	Up from the dark plain below came the crying of fell voices.	138	下の暗い平原から、恐ろしい叫び声。	51	1	1
1	107	[Black Riders!]	138	黒の乗手が！	51	14	4
					51	3	1

資料11

1	107	and yet still beard in the darkness the sound that had disturbed his dream:	138	それでも夢を乱した音が闇の中にまだ聞こえてきました。	51	14	4	1
1	107	into dark shoreless pool.	139	とうとう岸も見えない暗いいの池になってしまいました。	52	10	3	5
1	107	He drew back the yellow curtains.	139	かれは黄色いカーテンを引きました。	53	2	4	2
1	107	Frodo ran to the eastern window, and found himself looking into a kitchen-garden grey with dew.	139	フロドが東の窓に駆け寄りますと、そこから露の置く裏庭が見えました。	53	2	4	2
1	107	the grey top of the hill loomed up against the sunrise.	139	丘の灰色っぽい頂が朝日を背にほうっと浮き上がっていました。	53	2	3	2
1	107	It was a pale morning	139	うすら寒い朝でした。	53	13	4	5
1	107	behind long clouds like lines of soiled wool stained red at the edges.	139	さらさらと染まった何かの毛糸の長いたなびきのような雲の後ろに	53	10	3	1
1	107	lay glimmering deeps of yellow.	139	きらきらと黄色く光る奥行きがありました。	53	8	2	2
1	107	and the red flowers on the beans began to glow against the wet green leaves.	139	赤い豆の花が濡れた緑の葉に照り映えて、	53	6	3	3
1	107	The stream ran down the hill on the left and vanished into the white shadows.	139	この川は左手の丘から流れ出て、白い影の中に消えていきました。	53	1	3	4
1	107	Near at hand was flower-garden and a clipped hedge silver-netted.	140	すぐ手近には花壇と庭、黄色く塗ったかぶりのカーブが刈り込んだ灰色の生垣があり、	53	12	3	2
1	107	beyond that grey shaven grass pale with dew-drops.	139	その向こうには朝露をふくんで白っぽく見える刈り込んだ灰色の芝生が見えました。	54	2	3	7
1	107	beyond that grey shaven grass pale with dew-drops.	139	その向こうには朝露をふくんで白っぽく見える刈り込んだ灰色の芝生があります。	54	13	2	2
1	107	since the grey dawn began	139	灰色の夜明け方から。	54	2	4	2
1	107	In the night little folk wake up in the darkness.	139	小さな妖人は、暗闇の中に目覚まし	54	14	4	2
1	107	and a straight grey rain came softly and steadily down.	140	真っ直ぐ灰色の雨が何しとしとも柔らかみと、降り出しました。	55	2	5	3
1	107	the white chalky path turn into a little river of milk.	140	白墨一色で白っぽい道がミルクの色の小川となって	55	1	2	3
1	107	sometimes looking at dark and strange, and filled with a hatred of things	140	時には太い眉毛の下の鋭い青い眼がじっとかれたちの方に向けられる。	56	5	5	3
1	107	which were often dark and strange, and filled with a hatred of things	141	木の思いも心も変わっておりません多く、	57	14	6	1
1	107	but his strength was green;	141	かれの力はみずみずしく	57	6	7	3
1	107	His grey thirsty spirit drew power out of the earth	141	彼の灰色に乾いた心は、土の中から力を吸いあげ	57	2	4	3
1	107	They heard o the Great Barrows, and the green mounds.	141	かれらは古古塚群のこと、緑の塚山のことを聞きました。	58	3	6	3
1	107	Green walls and white walls rose.	141	白い城壁が建ち、	58	6	4	3
1	107	Green walls and white walls rose.	141	緑の城壁が建ちました	58	5	5	3
1	107	the young Sun shone like fire on the red metal of their new and greedy swords.	141	若い太陽が、生まれたばかりの新しい貪欲な剣の赤い金属の上にかがやく次のように燃えていました。	58	8	5	3
1	107	darkness had come from East and West, all the sky was filled with the light of white stars.	142	闇黒が東と西から迫り、満天に白い星の光があふれていました。	60	14	5	2
1	107	Gold was piled o the biers of dead kings and queens;	141	金は死んだ王たちと王妃たちの棺の上に積まれていた。	60	1	3	1
1	107	A shadow came out of dark places far away.	142	はるかかなたの暗い場所から一つの影が現れ、	58	11	5	1
1	107	with a clink of rings on cold fingers, and gold chains in the winds.	142	冷たい指に指輪をカチカチ鳴らし、風にきんの鎖をゆらせて	58	11	4	5
1	107	darkness had come from East and West, all the sky was filled with the light of white stars.	142	闇黒が東と西から迫り、満天に白い星の光があふれていました。	61	14	4	3
1	107	He knew the stars when it was fearless-before the Dark Lord came from Outside.	142	かれは冥王が起こる以前、星の光が外の暗黒から来る以前、星のことを知っていました。	61	14	6	2
1	107	He knew the dark under the stars when it was fearless-before the Dark Lord came from Outside.	142	かれは冥王が起こる以前、星の下の暗黒が外の暗黒から来る以前、星のことを知っていました。	61	14	5	5
1	107	with her hand, and the light flowed through it, like sunlight through a white shell.	142	陽の光が白い貝殻を透かすかのように、その手を通して光が流れました。	61	7	6	4
1	107	The boards blazed with candles, white and yellow.	143	食卓は蝋燭の光で白く黄色く輝きました。	61	10	5	5
1	107	The boards blazed with candles, white and yellow.	143	食卓は蝋燭の光で白く黄色く輝きました。	62	12	5	1
1	107	she was clothed all in silver with a white girdle.	143	銀一色の衣装をまとい、白い帯をしめて、	62	5	4	2
1	107	she was clothed all in silver with a white girdle.	143	銀一色の衣装をまとい、白い帯をしめていました。	62	5	5	5
1	107	But Tom was all in clean blue, blue as rain-washed forget-me-nots.	143	けれどもトムは雨に洗われたばかりの勿忘草の花のような青い眼、青い眼に身を包み、	62	5	4	2
1	107	But Tom was all in clean blue, blue as rain-washed forget-me-nots.	143	けれどもトムは雨に洗われたばかりの勿忘草の花のような青い眼、青い眼に身を包み、	62	6	5	5
1	107	and he had green stockings.	143	緑色の靴下をはいていました。	62	6	3	4
1	107	as it lay for a moment on his big brown-skinned hand.	144	トムの茶色の皮膚の大きな掌に一しばらくのせられている間	64	9	5	2
1	107	Outside everthing was green and pale gold.	144	家の外では全てが緑の色とおぼろな金色をしている。	64	14	5	4
1	107	Outside everthing was green and pale gold.	144	家の外では全てが緑の色とおぼろな金色をしていました。	64	11	6	3
1	107	on such a morning cool, bright, and under a washed autumn sky of thin blue.	144	雨に洗われたような青い秋空のもと、このように冷しく明るかっている朝	68	11	4	1
1	107	Take off your golden ring!	144	その金の指輪をお取り	68	6	3	4
1	108	Keep to the green grass.	145	緑の草のあるところだけを行くように。	65	6	5	4
1	108	a song that seemed to come like a pale light behind a grey rain-curtain.	146	その歌は灰色の雨の幕の背後から射す淡い光のように始まり、	66	6	5	4
1	108	a song that seemed to come like a pale light behind a grey rain-curtain.	146	その歌は灰色の雨の幕の背後から射す淡い光のように始まり、	68	13	4	2
1	108	and growing stronger to turn the veil all to glass and silver.	146	ますます強くなってヴェイルをすっかりガラスと銀に変えた。	68	8	4	5
1	108	and a far green country opened before him under a swift sunrise.	146	その眼の前にははるかに続く緑の地が、朝日を受けて広がっていました。	68	12	5	5
1	108	his bright blue eyes gleaming through a circle of gold.	146	金の環の中からかれの明るい青い眼がきらと光っている。	68	6	5	3
1	108	his bright blue eyes gleaming through a circle of gold.	146	金の環の中からかれの明るい青い眼がきらと光っています。	68	6	3	3
1	108	rain washed everything clean of the pale greens and bleached yellows of autumn.	146	雨が洗いきよめたあとの、薄緑や秋の色あせた金色を洗い流し	68	11	4	2
1	108	Take of your golden ring!		その金の指輪をお取り！	68	1	1	1
1	108	My fair lady, clad all in silver green!		銀緑色に装う私のうるわしい姫よ！	69	6	1	5
1	108	which could now be seen rising pale and green out of the dark trees in the West.		西の方、暗い木々の間から、そこだけ薄い緑の尾が立ち上っているのが見えます。	70	13	3	4

資料12

1	108	which could now be seen rising pale and green out of the dark trees in the West.	70	6	3	4	146	西の方か、暗い木々の間から、そこだけうすい緑の隆起となって盛り上がっているのが見えます。				
1	108	which could now be seen rising pale and green out of the dark trees in the West.	70	14	2	2	146	西の方か、暗い木々の間から、そこだけうすい緑の隆起となって盛り上がっているのが見えました。				
1	108	in wooded ridges, green, yellow, russet under the sun.	70	6	1	1	146	朝日を受けて緑色に黄に、銅色に輝いている。				
1	108	in wooded ridges, green, yellow, russet under the sun.	70	10	3	3	146	朝日を受けて緑色に黄に、銅色に輝いている。				
1	108	in wooded ridges, green, yellow, russet under the sun.	70	15	3	4	146	朝日を受けて緑色に黄に、銅色に輝いています。				
1	108	and swellings of grey and green and pale earth-colours.	70	6	3	2	147	灰色と緑とうすい土色の大地に、幾重も起伏を繰り返して延び、				
1	108	and swellings of grey and green and pale earth-colours.	70	13	3	2	147	灰色と緑とうすい土色の大地に、幾重も起伏を繰り返して延び、				
1	108	and swellings of grey and green and pale earth-colours.	70	5	4	3	147	灰色と緑とうすい土色の大地に、幾重も起伏を繰り返します。				
1	108	there was a distant glint like pale glass	70	6	3	1	147	遠くかすかに光ガラスのようにきらりと光るものがあります。				
1	108	it was no more than a guess of blue and a remote white glimmer	71	6	3	3	147	かすかに白いものと青いものがちらりと山並みに見えるくらいで、				
1	108	it was no more than a guess of blue and a remote white glimmer	71	6	4	3	147	かすかに光る白いものと青いものがちらりと山並みに見えるくらいで、				
1	108	The air grew warmer between the green walls of hillside and hillside.	72	14	4	5	147	緑の谷間のはるか奥行きづまると、丘の間に入ると空気はだんだん暖かくなり、				
1	108	Turning back, when they reached the bottom of the green hollow,	72	5	3	5	147	けわしい丘の緑の麓をまわって、さらに深い広い谷間に出、				
1	108	and round the green feet of a steep hill into another deeper and broader valley.	72	6	4	4	148	黒っぽくかすんだ霧雲で、その上にはうす青い帽子のように厚く覆いかぶさっていた。				
1	108	a dark haze above which the upper sky was like a blue cap. hot and heavy	73	6	4	5	148	黒っぽくかすんだ霧雲で、その上にはうす青い帽子のように厚く覆いかぶさっていました。				
1	108	a dark haze above which the upper sky was like a blue cap. hot and heavy	72	6	3	3	148	谷地の手前のかなたに白々と霧雲が立ちこめ、				
1	108	like a shallow saucer with a green mounded rim.	73	6	3	5	148	ここはまるで緑で縁取りをした浅皿山脈のようでした。				
1	108	Due north they faintly glimpsed a long dark line.	73	6	4	3	148	真北の方向に長い黒く細い線がかすかに見てとれました。				
1	108	and all those hills were crowned with green mounds.	74	13	7	3	148	それらの丘の頂上はすべて緑の塚でした。				
1	108	pointing upwards like jagged teeth out of green gums.	74	6	4	4	148	まるで緑の歯ぐきからとんがった歯を真上にむきだして伸びていくように。				
1	108	and it cast a long pale shadow that stretched eastward over them.	74	10	4	5	149	うっすらと長い淡い影を落とし、ホビッツたちの上に東に長く伸びていきました。				
1	108	The sun, a pale and watery yellow, was gleaming through the mist	74	4	2	2	149	光のうすれた、かすんだような黄色の太陽の光が、一陣をあたたかく照ってい、				
1	108	The sun, a pale and watery yellow, was gleaming through the mist	74	1	3	2	149	光のうすれた、かすんだような黄色の光が、一陣を通してしっかりと見えていました。				
1	108	beyond the wall the fog was thick, cold and chill.	74	2	4	6	149	谷地の手前のかなたに白々と霧雲が立ちこめ、霧立ちこめ、				
1	108	It sank before their eyes into a white sea.	75	2	4	2	149	太陽はそのままかれらの目の前に白い海の中に沈んでいきます。				
1	108	and a cold grey shadow parang up in the East behind.	76	14	4	5	149	同時にかれらの背後の東には、冷たい灰色の影がのぼり出てきました。				
1	108	which soon became bedewed with grey drops.	76	14	4	1	149	それにもうもうたる灰色の水滴が空気の陰のように宿り、				
1	108	On either side ahead a darkness began to loom through the mist:	78	14	4	6	150	前方の両側に黒っぽいものがぼうっと姿を現すほどの方向が霧を通して見えました。				
1	108	The dark patches grew darker.	78	3	4	1	150	両側の暗い部分はますますその暗さを増してきました、霧がたちこめ、				
1	108	It was wholly dark.	79	13	4	1	150	これは次目も見えぬ暗闇でした。				
1	108	and the darkness was less near and thick.	80	14	4	5	150	暗闇はずっと遠のき、すっと薄くまで				
1	108	To his right there loomed against the westward stars a dark black shape	80	14	4	4	151	右手には、西の夕空を背景に一直線のようなものがぼうっと浮かんでいる				
1	108	in time to see a tall dark figure loom as shadow against the stars.	80	13	1	3	151	その時ちょうど星空の現実に一人の黒い背の高い人かたが影を投げ出したところを目に入りました。				
1	108	very cold though lit with a pale light	81	11	1	5	151	青白い光を受けて冷やしとも冷たい気がしています、				
1	108	it seemed to be part of the very darkness that was round him.	81	11	1	5	151	取り囲む暗闇をいやす冷やしとも冷たい気がしている、				
1	108	he noticed all at once that the darkness was slowly giving way:	82	3	4	5	151	暗闇がじわじわ退いていくのに気付きました。				
1	108	a pale greenish light was growing round him.	82	14	4	5	152	淡い薄緑がかった光が身の周りに広がりはじめています。				
1	108	and still on gold here let them lie, / till the dark lord lifts his hand	81	13	1	3	152	その頭は死人のようにおよぼうめています。そして、白装束をとっています。				
1	108	and still on gold here let them lie, / till the dark lord lifts his hand	81	11	1	1	152	その頭は死人のようにおよぼうめています。そして、白装束をとっていました。				
1	108	in the pale light that they were in a kind of passage	82	14	1	5	152	薄い光に照らされてそれが見えるのは、自分たちが立っているのが見てから道路のようなところで、				
1	108	On their heads were circlets, gold chains were about their waists,	84	5	1	5	153	頭には飾り輪があるまし、腰には金の鎖が巻かれ、				
1	108	Bright blue his jacket is, and his boots are yellow.	84	10	1	5	153	上着は浅う青、長靴は黄				
1	108	Bright blue his jacket is, and his boots are yellow.	86	14	1	5	153	上着は浅う青、長靴は黄				
1	108	Tom stooped, removed his hat, and came into the dark chamber, singing	87	14	4	4	154	トムは腰を屈め、帽子を脱ぎ、歌を歌いながら暗い部屋の中にはいって来ました。				
1	108	Lost and forgotten be. darker than the darkness.	87	11	4	5	154	闇より暗く埋もれて、忘れられよ				
1	108	Lost and forgotten be. darker than the darkness.	87	12	5	5	154	闇より暗く埋もれて、忘れられよ、				
1	108	things of gold, silver, copper, and bronze;	87	14	4	4	154	金、銀、銅、青銅製で、				
1	108	things of gold, silver, copper, and bronze;	87	14	5	5	154	金、銀、銅、青銅製で、				
1	108	things of gold, silver, copper, and bronze;	87	15	5	4	154	金、銀、銅、青銅製で、				

資料13

	Page	Line	English	Japanese				
1	108	1	He climbed the green barrow	かれは緑の塚の上に登り、	154	6	3	1
1	108	1	Dark door is standing wide, dead hand is broken.	闇いア戸口は、広くあいた。	154	14	3	1
1	108	1	and then at themselves in their thin white rags,	ぼろぼろの白装束に	154	1	1	5
1	108	1	and belted with pale gold, and jingling with trinkets.	淡い光を放つ金の宝飾とベルトをつけ、	154	5	5	4
1	108	1	feeling the golden circlet that had slipped over one eye.	目の上にずり落ちてきた金の冠を手をやりました。	154	11	5	1
1	108	1	him running away southwards along the green hollow	緑の谷間を南の方に走り去っていきました。	154	2	3	5
1	108	1	White socks my little lad, and old Fatty Lumpkin!	田舎作、ちびの白靴下。	155	6	3	1
1	108	1	He chose for himself from the pile a brooch set with blue stones	かれは山の中から自分のために、青い石のはまったブローチを置きました。	155	11	5	4
1	108	1	many-shaded like flaxflowers or the wings of blue butterflies.	まるで亜麻の花か蝶の羽根のようにさまざまな陰影にとむ	157	5	5	3
1	108	1	damasked with serpent-forms in red and gold.	赤と金の蛇の形のある綱でできた鞘の中に納まっていました。	157	8	2	1
1	108	1	damasked with serpent-forms in red and gold	赤と金の蛇の形のある綱でできて	157	4	3	1
1	108	1	they were foes of the Dark Lord.	かれは冥王に敵対したのです。	157	11	6	1
1	108	1	They gleamed as he drew them from their black sheaths,	黒い鞘から抜き放つと黄金の光が黄色い炎のように立ち昇っていました。	157	3	4	1
1	108	1	if Shirefolk go walking east, south, or far away into dark and danger.	東に南に、あるいは遠くへ、暗闇と危険の中に旅していくのなら、	157	14	5	3
1	108	1	and from it the sunlight on the gold went up like a yellow flame.	黄金に反射する陽の光が黄色い炎のように立ち昇っていました。	157	10	5	1
1	108	1	The Dark line they had seen was not a line of trees.	黒く暗く見えた織り糸みたいなのは木の列ではなく、	97	14	3	1
1	108	1	The shadow of the fear of the Black Riders came suddenly over them again.	黒い乗り手たちへの恐怖が不意にかれらの頭をかすめました。	98	3	6	1
1	108	1	but the Road was brown and empty.	しかし、街道はただ茶一色で、	98	9	3	1
1	108	1	Tom is no master of Riders from the Black Land beyond his country.	トムも自分の国のはるか遠い国から乗ってきた暗い乗り手たちには、とりしきれない。	98	3	6	2
1	108	1	that he would know how to deal with Black Riders.	黒の乗り手たちをあしらう術を知っているものをトムへが、	98	3	6	1
1	108	1	and to ride on till dark without halting	暗くなるまで立ちどまらないで乗り続けるように	99	14	4	1
1	108	1	I hope it'll be The Green Dragon away back home!	どうかそこがはやらなきの緑龍館みたいなところであります	100	14	6	3
1	108	1	Darkness came down quickly.	あたりはたちまち暗くなり。	101	14	4	1
1	108	1	a dark mass against misty stars;	星空に黒くもうもうと立っていました。	101	14	2	2
1	109	1	The Men of Bree were brown-haired.	ブリー村の人間たちは縁色の髪の毛で、	102	9	5	2
1	109	1	They were taller and darker than the Men of Bree	ブリー村の人間たちよりも背が高く、色も黒く	103	14	6	2
1	109	1	the Bree-fork called it the Greenway.	ブリーの郷人たちはこの古い街道のことを緑道と呼んでいました。	106	14	4	1
1	109	1	It was dark, and white stars were shining.	もう暗くなって、白い星が輝いていた。	106	14	4	1
1	109	1	It was dark, and white stars were shining.	もう暗くなって、白い星が輝いていた。	106	14	6	1
1	109	1	when Frodo and his companions came at last to the Greenway-crossing	フロドとその仲間が ようやく縁道交差点にさしかかり	107	14	6	2
1	109	1	a dark figure climbed quickly in over the gate	かれは一瞬陰険な様子でかれにじっと目をそそぎました。	107	14	6	1
1	109	1	He pictured black horses standing all saddled in the shadows of the inn-yard.	かれは宿屋の闇の中暗がりに、黒い仲間同属がを鞍をつけたまま立っている	108	14	6	1
1	109	1	and Black Riders peering out of dark upper windows.	上の方の暗い窓から黒の乗り手たちが外をのぞいているところを	109	3	2	1
1	109	1	the Bree-fork called it the Greenway.	ブリーの郷人たちはこの古い街道のことを縁道と呼んでいます。	109	14	5	2
1	109	1	indeed too much for the dark end of a tiring day.	へとへとに疲れた一日の夕べを過ごすのに、	109	14	4	7
1	109	1	a fat white pony reared up on its hind legs.	肥った白い仔馬が後足立ちになっている看板です。	109	14	6	1
1	109	1	Over the door was painted in white letters	ドアには白いペンキで	110	1	2	1
1	109	1	Frodo went forward and nearly bumped into a short fat man with a bald head and a red face.	フロドはどんどん中にはいって行って、危うく頭のはげ頭であかあかした顔の低い小さい男にぶつかりました。	110	8	5	5
1	109	1	He had a white apron on.	かれは白いエプロンをつけ	110	14	1	1
1	109	1	There's a party that came up the Greenway from down South last night	昨夜南の方から緑道を上って来たご客人が一行あります。	112	6	6	1
1	109	1	There was a round table, already spread with a white cloth.	もうちゃんと白いテーブル掛けをかけた丸テーブルもあります。	113	1	1	1
1	109	1	The strangers, especially those that had come up the Greenway.	見慣れない他国者たち、とりわけ縁道を北にむかって来たやからは、	116	6	6	5
1	109	1	it seemed that the Men who had come up the Greenway were on the move	縁道を北にしてやってきた人間たちは、移動しているものがあり、	117	6	6	6
1	109	1	A travel-stained cloak of heavy dark-green cloth was drawn close about him.	旅よごれに厚地の濃い緑のマントをぴったりと身につけ、	119	1	6	1
1	109	1	showing a shaggy head of dark hair flecked with grey.	半白の黒いもじゃもじゃ頭が現れました。	120	12	6	1
1	109	1	and in a pale stern face a pair of keen grey eyes.	血の気のないきびしい顔には、二つの鋭い灰色の目がありました。	120	14	5	5
1	109	1	showing a shaggy head of dark hair flecked with grey.	半白の黒いもじゃもじゃ頭が現れました。	120	13	1	3
1	109	1	and in a pale stern face a pair of keen grey eyes.	血の気のないきびしい顔には、二つの鋭い灰色の目が。	120	14	1	1
1	109	1	There is an inn, a merry old inn / beneath an old grey hill.	灰色の山の麓に / 陽気な、宿屋がある	124	2	3	2
1	109	1	And there they brew a beer so brown	そこのビールは茶色で、	124	9	2	6
1	109	1	And makes his wave her tufted tail / and dance upon the green.	尾ふりふり、牡牛おどりを / 草の上に。	126	6	5	1
1	109	1	And Of the rows of silver dishes / and the store of silver spoons!	さーら、並んだ銀のお皿、小皿、 / 銀のお皿、小皿、山ほどあるぞ	126	12	6	1
1	109	1	And Of the rows of silver dishes / and the store of silver spoons!	さーら、並んだ銀のお皿、小皿、 / 銀のお皿、小皿、山ほどあるぞ	126	12	5	1

資料14

1	109	Till in the sky the stars were pale,	171	お空の星が色あせるまで、	127	13	4	2
1	109	The white horses of the Moon,	171	月の白馬が、	127	12	2	1
1	109	They neigh and champ their silver bits:	171	銀の轡を、かちかち待つが。	127	12	5	5
1	109	And the Saturday dish went off at a run / with the silver Sunday spoon.	172	土曜日の皿は、家出をして、さ日曜日の銀の匙と、かけおちをした。	128	14	1	3
1	109	and eyes darkly and doubtfully from a distance.	172	遠くの方から疑念をもったような目つきで	130	14	3	3
1	109	we should let him go leading us out into some dark place far from help, as he puts it.	172	テーブルの下からじろっとさまを逃け出し、馳せ参のそばに行き	135	14	1	6
1	109	He crawled away under the tables to the dark corner by Strider.	174	かけ出し、パタパパプロドのことで小憎の額み穿って、互いに鉢かち合わせながら外へ走り出しました。	135	3	4	1
1	109	He began to suspect even old Butterbur's fat face of concealing dark designs.	174	中に一人二人、プロドなどこかの暗い所へ、助けを呼ぶ声を得ないところに連れ込まれることをせんで	138	14	3	3
1	110	One or two gave Frodo a dark look and departed muttering among themselves.	175	「あまり多く喘ぐのはないか、知りの週き、」	139	3	2	1
1	110	Too much: too many dark things.	176	黒い乗手たちがアリー村を通り過ぎた。	139	6	2	2
1	110	Black horsemen have passed through Bree.	176	月曜に一人、緑通を北からやって来たというここと	139	6	4	1
1	110	On Monday one came down the Greenway, they say:	177	そのあと、またもう一人見われました	142	14	6	2
1	110	another appeared later, coming up the Greenway from the south	178	この人がいうてきた気のない間家や、助け手の呼ばない所に、この人だは連れて行かれたのだ	143	14	6	4
1	110	in the wild, in some dark place where there is no help.	178	馳夫は暗い片隅にひっこみました。	144	14	4	4
1	110	Strider withdrew into a dark corner.	178	「チどくましって背が赤く、ばっらを赤く」とパタバー氏は声を落していいました。	146	8	3	1
1	110	'A stout little fellow with red cheeks,' said Mr. Butterbur solemnly.	180	「黒い男が二人暗くに来て、バギンズとかいうホビットさんをたずねないがこういう人、とこう	150	3	6	3
1	110	'These black men,' said the landlord lowering his voice.	180	わたしは黒い男らやかたちの後に出て行けといういえた。	150	3	1	6
1	110	two black men were at the door asking for a hobbit called Baggins.	180	あなたのがかかたちは何をとてんなのかね?	151	3	3	6
1	110	I bid the black follows be off.	151	その黒い人たちは何をとてんでんかね?	151	3	6	6
1	110	Will you go with them and keep the black men off?	180	あの黒いやつらがどういう者どうもなのか、私の考えでは、多分	152	14	4	4
1	110	What are these black men after?	181	「助けてくれ! しかしぼくしまっきおじにこうで叫びました。	152	13	6	1
1	110	'These Black Riders, I am not sure, but I think, I fear they come from-'	181	黒い人間しらはしてんなこのここのの家の中には何もいません。	153	3	2	3
1	110	'Save us!' Cried Mr. Butterbur turning pale.	182	かれは人間で、色黒く、背が高く、ある人馳夫と呼ばれることも	155	3	1	3
1	110	'No black man shall pass my doors.'	184	全はすべて光るとは限らない。	156	14	5	3
1	110	All that is gold does not glitter.	184	全はすべて光るとは限らない。	160	11	5	5
1	110	All that is gold does not glitter.	185	あなたは黒い乗り手たちのことと何か関係しているといわないのじゃありません	162	14	4	6
1	110	Do you think the Black Riders have anything to do with it --	185	それでぼらは夜を探して外の暗闇に、彼いて行かなくてはならないのだろうか?	162	14	4	6
1	110	if we had to go out in the dark to look for him.	185	どう見ておらわこ見えますが、中には「黒い影たちです!」	163	3	6	6
1	110	'I have seen them! Black Riders!'	163	と	163	14	2	3
1	110	'Black Riders!' cried Frodo. 'Where?'	185	黒の乗手たちっていうんで? どこに? とプロドは叫びます。	163	14	6	4
1	110	It slid away at once into the dark without a sound	186	それは音もなく暗闇のに入りました。	165	3	1	1
1	110	'I do,' said Strider. 'The Black Breath.'	186	どうにはわかる。「それはこの世の息だ」	166	14	3	3
1	110	He was white and shaking when they left him.	186	かれはあまりになってとおおののきなからこの家から外に出てのりかをを発揮みました。	166	3	4	2
1	110	In dark and loneliness they are strongest.'	167	暗くて淋しいところではからは最も強くなるのだ。	167	9	4	5
1	110	And I made a nice imitation of your head with a brown woollen mat.	188	それから茶色の毛布のせみっとぼっとおまえさんの頭の似たのをこしらえました。	169	14	6	4
1	111	darkness lay on Buckland.	188	パック郷はどっぷり暗闇に包まれていました。	169	14	4	3
1	111	As he stared out into the gloom, a black shadow moved under the trees:	188	まさに夜の闇か立つようがら、黒い影が動いていた、木部の下の大際から	169	3	2	1
1	111	three dark figures entered, like shades of night creeping across the ground.	188	まるで夜の闇が地をはうように幾つかの黒い夜景がつ中にはいってきた。	170	14	3	6
1	111	The black figures passed swiftly in.	170	黒い影たちは、すばやく、中にはいっていきます。	170	14	4	4
1	111	In the dark without moon or stars a drawn blade gleamed.	188	月明かりも星影もない暗闇から抜き放たれな刃が光っています。	171	14	2	4
1	111	As soon as he saw dark shapes creep from the garden,	189	彼は黒っぽい幾つかの姿が庭の方からひそびそや何て来るのを見るやりいる、	171	3	4	5
1	111	not since the white wolves came in the Fell Winter.	190	魔の冬、白狼たちが来襲して以来	171	14	2	7
1	111	the brown mat was torn to pieces.	191	茶色のマットはずたずたにやぶられました。	173	14	5	4
1	111	'Dark times,' said Strider.	191	暗い時代だ」とのこのじはそう。	173	3	4	5
1	111	Bill Ferny's price was twelve silver pennies.	191	ビルのビルの値は十二枚の銀貨でした。	177	12	5	4
1	111	but that silver pennies was a sore loss to him.	191	しかし、銀貨二十枚といえば、かれにとって手痛い打撃でした。	177	12	4	2
1	111	they missed a dark and dangerous journey,	191	暗くて危険な旅をしなくてもまんだんですから。	178	14	4	1
1	111	the appearance of the black horsemen.	192	黒い乗手たちの出現、	179	14	5	6
1	111	Frodo saw a dark ill-kept house behind a thick hedge	192	フロドはずさんた生け垣の向こう側に荒れた家の黒っぽい田の字を、	180	14	4	1
1	111	He had heavy black brows, and dark scornful eyes;	193	かれはいかもじゃじゃの黒い眉毛と、暗い見下した馬鹿にしたような目の持ち主で、	181	3	1	1

資料 15

1	111	He had heavy black brows, and dark scornful eyes;	193	かれは黒いもじゃもじゃの黒い眉と人をさげすむようにくらい馬鹿にしたような黒っぽい目の持ち主で、	14	1	1
1	111	and had left Bree-hill standing tall and brown behind.	193	かれは短い黒いパイプでタバコの煙草を吸っていました。	3	5	2
1	111	but for a long while he could still see the white flashes.	193	またしばらくブリー山から人の当たる、茶色でどっしりとしているのが見えるようになる。	1	3	4
1	111	and against them the tall dark figure of Strider, standing silent and watchful.	186	それからも長い間、白い光がずっと見え	4	4	6
1	111	Sam looked up into the pale sky.	186	集団のすべに気を配って立っている馳夫の背の高い黒い姿を見え、	4	4	2
1	111	until the round red sun sank slowly into the western shadows;	187	サムは一面灰色の空を見上げました。	13	4	2
1	111	and in the early night-hours a cold grey light lay on the land.	188	やがて丸い赤い太陽がゆっくりと西の暗闇に沈んでしまうと	8	4	2
1	111	and the sky was a pale clear blue.	188	夜をまだあいなかううちは、冷たい青白い光が大地を照らしていました。	13	4	2
1	111	the sky was a pale clear blue.	188	空は薄青く澄みわたっていました。	5	4	2
1	111	the bobbits could see what looked to be the remains of green-grown walls	189	空は薄青く澄みわたっていました。	6	3	3
1	111	the countless stars of heaven's field / were mirrored in his silver shield.	191	昔むかし城壁や防壁の名残らしいものが見え、	12	5	3
1	111	for only in darkness fell his star / in Mordor where the shadows are.	191	天空の野の無数の星は、その銀の盾に映えた。	4	3	2
1	111	in the pale clear light of the October.	192	もっぱらかれ、王の星おちて、影の国モルドールに消えたれば。	8	4	2
1	111	a grey-green bank, leading up like a bridge on to the northward slope of the hill.	192	十月の太陽の深く澄んだ光を受けて	13	8	3
1	111	They were blackened as if with fire.	192	白っぽい緑色の土手が丘にかかる橋のように日指す丘の北の斜面を上っていく	6	1
1	111	until it faded behind a ridge of dark land to the east.	193	それらはすべて火に焼かれたように黒くなっていた。	3	3	4
1	111	the nearer foothills were brown and sombre.	194	東の方の暗い丘陵の起伏のかなたに消えていっていた。	12	5	3
1	111	behind them stood taller shapes of grey.	194	その手前の丘陵には、茶色でくぬんだ丘陵が横たわり、	9	4	3
1	111	... the grey-green bank ...	194	その背後には灰色のもっと高い山影が浮かびあがっていた。	2	3	3
1	111	he was aware that two black specks were moving slowly along it.	194	...さらにまた緑色の背後には遥かの空にまるで遠い高嶺の連なりのように見える青白い色をしたものが	1	4	5
1	111	They could all see the black specks.	198	それにつぎにすべてに魂をひかれたように黒くなっていた。	3	3	3
1	111	that there, far below, they perceive Black Riders assembling on the Road	198	そして二つの黒い点があるかのように、その道をゆっくりと（西へ）動いていく気がかりなのでした。	3	5	4
1	111	For the black horses can see.	198	見えるものもないが黒い点も見えることができた。	6	2	6
1	111	and in the dark they perceive many signs and forms that are hidden form us.	201	しかし、黒の乗り手たちは遥か下の方で、街道に集合されているとする形を見かけることができた。	3	4	2
1	111	The cold increased as darkness came on.	203	見えない闇の中が始まる旅路に絡まる	14	4	2
1	111	they could see nothing but a grey land now vanishing quickly into shadow.	204	いつにも蒸気が増すと、かれらには秘密のように姿と形をゆめく多くののしを見分けることができた	2	4	2
1	111	the cloud seems to press round so close.	205	暗闇が迫るにつれて寒さも加わってきました。	14	4	2
1	111	The leaves are long, the grass was green.	205	見えるものは見えるものはぼんやりとうす灰色の地面だけです。	6	2	3
1	111	He peered between the hemlock-leaves / And saw in wonder flowers of gold	206	本の葉は長く、草は緑に。	11	2	3
1	111	She danced on her feet was strewn / A mist of silver quivering	208	ベンロックの葉陰に遠くを見た。黄金の花々を愛嘆にした。	12	4	2
1	111	And arms like silver glimmering	210	乙女はおどろ、その足もとに、銀のおぼろの霧がちりかかべているかもしれません。	2	3	4
1	111	I thought there were two or three black shapes.	210	灰の魔は、銀にきらめいて	3	3	5
1	111	Through halls of iron and darkling door	210	二つ三つ黒いものがあるように思えました。	2	6	6
1	111	and after a brief time walking alive once more in the green woods.	211	鉄の広間を通り、お暗い戸口を出て	1	3	6
1	111	and of him Eärwing the White in Elvenhome wedded,	212	束の間の間、緑の森の中をもう一度そぞろ歩く者となっけて、	6	4	3
1	111	dimly lit in the red glow of the wood-fire.	212	その娘、白きエルウイング、エアレンディルの妻となり、	1	6	5
1	111	Above him was a black starry sky.	212	赤く燃え盛ん焚火の明かりにほんやり照らされた。	8	5	4
1	111	Suddenly a pale light appeared over the crown of Weathertop behind him.	212	かれらの頭上には黒い星空がありました。	3	4	2
1	111	they saw on the top of the hill something small and dark against the glimmer of the moonrise.	212	不意にかれの背後の風見の頭に青白い光が現れました。	13	2	3
1	111	It was perhaps only a large stone or jutting rock shown up by the pale light.	213	丘の頂上で何かちっちゃな黒い、月のおぼろげと浮かんている光の中に見え	2	3	5
1	111	three or four tall black figures were standing there on the slope.	213	おそらく薄青い光の照らされた大きな突き出た岩や石でもあったのかもしれません。	12	3	3
1	111	So black were they that they seemed like black holes in the deep shade behind them.	214	三つ、四つ黒いものが斜面に立っていた。	13	3	4
1	111	So black were they that they seemed like black holes in the deep shade behind them.	214	背の高い黒い人影が三つ四つそこの斜面に立っていた。	3	3	6
1	111	Immediately, though everything else remained as before, dim and dark,	214	その姿はあまりにも黒くてとしているために、その背後の深い陰の闇に黒い穴があるように見え、	3	3	5
1	111	He was able to see beneath their black wrappings.	215	その影はまりにも黒くとしているために、その背後の深い陰の闇に黒い穴があるように見え、	14	5	4
1	111	In their white faces burned keen and merciless eyes;	215	たちまち、ほかの何もかものものは相変わらずほんやりと暗い中を、	1	5	3
1	111	under their mantles were long grey robes;	215	かれらの黒い外套の内にはみな黒い衣をまとっていました。	3	4	5
1	111	upon their grey hairs were helms of silver;	215	黒いマントの下には灰色の長衣を着ていて、	2	2	4
1	111	upon their grey hairs were helms of silver;	215	灰色の頭には銀の兜がかぶせられていた。	12	3	3
1	111	and it seemed to him that it flickered red, as if it was a firebrand.	215	灰色の頭には銀の兜がかぶせられていた。	8	5	4
1	111	both the knife and the hand that held it glowed with a pale light.	216	かれにはそれがまるで松明のように赤くちらちらゆる赤い光のように見えるように思えました。	13	4	3
1	111	leaping out of the darkness	216	ナイフもそれを握る手もあおくかすかな光を放っていた。	14	4	4
				暗闇から飛び出してくる			

資料 16

1	112	What has happened? 'Where is the pale king?'	217	13	209	何が起こったんだ？ 蒼白き闇の王はどこにいる？	3
1	112	and at that moment a black shadow rushed past him.	217	3	209	その時黒い影の一つが彼のそばを風のように通り過ぎ	6
1	112	'I am not a Black Rider, Sam,' he said gently.	218	14	209	「サム、わたしは乗り手ではないよ。」彼は穏やかにいいました。	1
1	112	He hurried off and disappeared into the darkness.	219	14	210	彼は急いで立ち去ると、ふたたび闇の中に姿を消しました。	6
1	112	and the dell was filling with grey light, when Strider at last returned.	220	2	210	このくぼ地全体がにぶにぶしい朝の光に染まるころ、やっと馳夫が戻ってきた。	4
1	112	a black cloak that had lain there hidden by the darkness	220	14	210	今まで闇に気づかなかった黒いマントーを持ち上げました	4
1	112	but the in the thickets away south of the Road I found it in the dark by the scent o of its leaves.	221	14	210	おとなしは街道の中でつかめなかった黒いマントーを頼りに持ち上げました	4
1	112	In any case we are in great peril here after dark.	222	14	211	いずれにしろ、街道の南側の繁みの底の方は、暗くなってからここにいなければたいへん危ないことになる。	4
1	112	The grass was scanty, coarse, and grey;	223	14	212	草は疎く、葉が広くて黒ずんでいました。	2
1	112	They dreaded the dark hours.	224	14	212	かれらは暗い夜の時間を恐れた。	2
1	112	expecting at any time to see black shapes stalking in the grey night.	224	3	212	いつ何時、黒い姿をした者たちが、ーラす暗い夜の闇の中をそっとしのびよってくる	1
1	112	expecting at any time to see black shapes stalking in the thin night.	224	2	212	いつ何時、黒い姿をした者たちが、ーラす暗い夜の闇の中をそっとしのびよってくる	2
1	112	and to their right a grey river gleamed pale in the thin sunshine.	224	2	212	右手には薄い夕陽の光を受けて、灰色の川はおぼろに光っています	3
1	112	and to their right a grey river gleamed pale in the thin rain.	224	13	212	右手には薄い雨の光を受けて、灰色の川はおぼろに光っている。	2
1	112	Some call it the Greyflood after that.	225	3	212	それから先は灰色川と呼ばれている。	6
1	112	They dreaded figures waiting there.	226	14	213	かれらは待ち伏せしている黒い姿をみつけるのではないかと思えました。	2
1	112	He held out his hand, and showed a single pale-green jewel.	226	6	213	彼は手を差し出し、薄い緑色の宝石を一つ見せた。	1
1	112	and soon they were lost in a sombre country of dark trees winding	226	14	213	間もなく、かれらは黒ずんだ木々の生えた陰鬱な森林地帯にはいり込んでしまいました。	5
1	112	The travellers came into a long valley, narrow, deeply cloven, dark and silent.	228	14	214	旅人たちは長くて狭い谷間にはいりました。谷は、深くえぐれ、暗くてひっそりとしていました。	3
1	112	pour the water of the distant seas on the dark heads of the hills in fine drenching rain.	229	14	214	遠く大海の水がふりしぶくように降りそそいで山々の暗い峰々に雨をふらせはじめました。	1
1	112	as they came into the dark woods.	229	2	214	かれらは暗い樹々の生える森の中にはいっていきました。	4
1	112	less clear than the tall bank that stood looking over the hedge.	230	3	214	生け垣越しにこちらを見ているのは高い黒い影たちの方がはっきりしているのでした。	1
1	112	They felt black shapes were advancing to smother him.	230	13	215	薄い青い空がこちらこちらと覗いていました。	6
1	112	and pale strips of blue appeared between them.	230	5	215	その葉をもぎ取りかかっていて、薄い青い空がところどころ覗いていた。	2
1	112	its dark edge against the sky	231	14	215	その葉をそぎ取り立ちの頂き	4
1	112	There's nothing to be seen but a cold white mark on his shoulder.	232	14	216	何と冷たい白い痕跡が見えるのではないか。	2
1	112	that endless dark wings were sweeping by above him.	232	1	216	はてしなく大きな黒い翼が頭上を大きく飛び	5
1	112	The air was clean, and the light pale and clear in a rain-washed sky.	233	13	216	雨に洗われた空の光は薄青く晴れ上がっていました。	3
1	112	as they came into the dark woods.	233	14	217	として暗い森の中から。	1
1	112	That was the stone that marked the place where the trolls' gold was hidden.	243	14	221	あれこそトロルの黄金の中にある場所をしるした目印だったのだ。	4
1	112	To Frodo it appeared that a white light was shining.	244	2	221	うずめくの中にある場所をしるしてかがやいて見えると。	5
1	112	"That does not sound like a Black Riders' horse!" said Frodo.	244	3	221	「あれは黒の乗り手の馬のようには聞こえない。フロドは一心に耳を凝らしてそういいました。	6
1	112	Suddenly into view below came a white horse, gleaming in the shadows.	245	12	221	薄暗がりに下の方に白い姿をきらめかせ、風のように走ってくる一頭の白馬が	1
1	112	his golden hair flowed shimmering in the wind of his speed.	245	14	221	目を見張ると 金色の髪が風が輝きゆらめいている	1
1	112	To Frodo it appeared that a white light was shining.	245	2	221	フロドには、一つの白い光が輝き出でくるように思えました。	4
1	112	Ever since the sun began to sink the mist before his eyes had darkened.	247	14	222	陽が沈み始めてから、目の前の霧は暗くなり増	3
1	112	he will bear you away with a speed that even the fleet steeds of the enemy cannot rival.	249	3	223	敵の黒い馬の早駆けのあまりにはとうていかなわぬこの速さで、あなたを運んでくれるだろう。	2
1	112	and he was persuaded to mount Glorfindel's white horse.	249	14	223	グローフィンデルの白馬に乗ることをようやく承知させられてしまいました。	4
1	112	On the led them, into the mouth of darkness.	249	14	223	ぱっと暗のヒロを開いた	4
1	112	Not until the grey of dawn did the slow to halt.	250	12	224	しらじらと夜明けが始まるまで、かれは一向に休息を許しませんでした。	5
1	112	pouring for each in turn a little liquor from his silver-studded flask of leather.	250	5	224	銀打ちした皮の水筒からみんなに順が順に飲むのをちょっとずつすすぎました。	4
1	112	and during the day things seemed less pale and grey.	250	14	224	昼の間も、物の輪郭がすべて、もうちょっと灰色に色あせて見えました。	1
1	112	Frodo sat upon the horse in a dark dream.	250	14	224	フロドは馬にすわったまま、うつろうと暗い夢を見ていました。	7
1	112	He almost welcomed the coming of night, for then the world seemed less pale and empty.	252	13	224	夜が近づくことさえ、かれは一向に色蒼めたさの空虚なものに思えたでしょう。	4
1	112	where the Road went suddenly under the shadow of tall pine-trees.	252	14	225	一行は街道が突然大きな松の木の陰に深い木陰を落とす所まで来ました。	3
1	112	Into a deep cutting with steep moist walls of red stone.	252	8	225	しめじめした赤い岩の切通しの急な水壁をもった深い切り通りの中	3
1	112	On the further side was a steep brown bank.	252	9	225	反対の向こう側には急茶色の斜面	3
1	112	like threatening statues upon a hill, dark and solid.	253	14	225	木立の中の切れ目のしげるから、黒の乗り手が一斉に走り出ていた	6
1	112	Out of the gate in the trees that they had just left rode a Black Rider.	253	3	225	木々とがあらうちし、人を脅かす影像のような丘の上に立って黒ずんで見えた。	5
1	112	and gripped the hilt of his sword and with a red flash drew it.	253	8	225	かれが刀の柄をとり、しっかりと紅い焔がひらめきがあるのもの	1
1	112	At once the white horse sprang away and sped like the wind along the last lap of the Road.	253	14	225	白い馬はたちまち走り出し、街道の最後の一丁場を風のように走り去って行きました。	6
1	112	At the same moment the black horses leaped down the hill in pursuit.	253	3	225	と、同じそのとき、追跡の黒い馬たちがはとばしるように丘を駆け降りてきました。	2
1	112	and to grow swiftly larger and darker.	254	14	225	その姿がみるみる大きさを増し、黒さを増すように思えました。	6

資料 17

1	112	they appeared to have cast aside their hoods and black cloaks.	3	226	かれらは頭巾と黒いマントを脱ぎすてて、一度を現していました。	1	5
1	112	even their great steeds were no match in speed for the white elf-horse of Glorfindel.	1	226	乗手たちのもてる馬でさえ、グロールフィンデルの白いエルフの馬の駿足にはかなわないでしょう。	2	2
1	112	and they were robed in white and grey.	1	226	白と灰色の長衣をまとっとった	1	1
1	112	and they were robed in white and grey	2	226	白と灰色の長衣をまとい	1	4
1	112	Swords were naked in their pale hands; helms were on their heads.	13	226	青白い手に抜身の剣をとり、頭に兜をかぶっていた	5	2
1	112	like a flash of white fire, the elf-horse had almost set foot upon the shore.	1	226	エルフ馬は最後の力を振り絞って、白くひらめく一むらの炎のように	5	1
1	112	the foremost of the black horses had almost set foot upon the shore.	3	227	一番先頭の黒い馬は岸にもう足を踏み入れようとしていたし	2	1
1	112	White flames seemed to Frodo to flicker on their crests	1	227	波の頂には白い泡がちらちらもえているようにフロドには思えました。	2	6
1	112	that the saw amid the water white riders upon white horses with forthing manes.	1	227	奔流の波を持つ白い馬に乗った白い乗手たちの姿が水の中に燃えるのを	2	2
1	112	that the saw amid the water white riders upon white horses with forthing manes.	4	227	泡だつ鬣を持つ白い馬に乗った白い乗手たちの姿がおぼろに燃えるのを	4	2
1	112	a shining figure of white light.	5	227	白い馬たちは狂気につきたように、恐怖に駆かれて	5	3
1	201	that flared red in the grey mist that was falling over the world.	2	227	光を放って輝く姿をとらえた。	2	3
1	201	that flared red in the grey mist that was falling over the world.	4	227	端あかりを放っておぼろに落ち始めた灰色の霧の中に赤々と燃えるのを、	2	3
1	201	The black horses were filled with madness, and leaping forward in terror	3	227	黒い馬たちは狂気にとらえられ、恐怖に駆けりを突き進んでくるのです。	4	3
1	201	it was flat, and it had little beams richly carved.	8	231	平らで、黒い梁がいくつも通り、	6	4
1	201	as he blew white smoke-rings out of the window.	1	231	ふさふさっと白い煙の輪を窓の外から流れていた。	6	3
1	201	Yes, I, Gandalf the Grey, said the wizard solemnly.	2	232	「そうじゃ、このわしが、灰色のガンダルフがな、」と魔法使いは重々しくいいました。	6	3
1	201	The Morgul-lord and his Black Riders have come forth.	3	232	モルグル王とその黒の乗手の幽鬼が現れてきおった。	6	5
1	201	for the Black Riders are the Ringwraiths, the Nine Servants of the Lord of the Rings.	1	233	あの黒の乗手たちは、指輪の幽鬼、つまり指輪の王の九人の忠実なしもべども。	6	3
1	201	You would have become a wraith under the dominion of the Dark Lord.	3	234	おんたは冥王の支配下にある幽鬼の一人となり、	6	3
1	201	just as the black robes are real robes	14	234	かれらが着る黒いマントが、あれが本物のマントですからな。	3	5
1	201	Then why do these black horses endure such riders?	1	234	「その黒い馬はよくまああんな乗手を我慢しているもんじゃ。モルドールの用にたてるために。」	14	1
1	201	these horses are born and bred to the service of the Dark Lord in Mordor.	1	234	この馬はその黒の乗手の用に供されるように、モルドールで生まれた。	1	3
1	201	I saw a white figure that shone and did not grow dim like the others.	1	235	わたしは、きらきらと輝いて、他のものたちのように暗い姿を見たように思いましたが、	14	1
1	201	The Elves may fear the Dark Lord.	14	235	エルフたちは冥王を恐れぬかもしれん。	6	3
1	201	The Dark Lord is putting forth all his strength.	14	236	冥王はいまや全力を傾けている。	6	1
1	201	They knew that nothing could save you, if the white horse could not.	3	236	「あの白い馬の乗手たちの末期ですが？」もってしても、何をもってしてもフロドがたすけるはずはないと。	2	3
1	201	'And is that the end of the Black Riders?' asked Frodo.	13	236	「それが黒の乗手たちの末期ですか？」とフロドが尋ねました。	1	3
1	201	You were pale and cold.	1	236	あんたは出血の気もなく冷たかった。	13	4
1	201	but some of the waves took the form of great white horses with shining white riders.	2	236	あれの中には、輝く白い乗手をのせた大きな白馬の形をしたものもあった。	1	2
1	201	but some of the waves took the form of great white horses with shining white riders.	2	236	波の中には、輝く白い乗手をのせた大きな白馬の形をした波があった。	2	2
1	201	He found laid ready clean garments of green cloth	6	237	緑色の布で作られたきれいな衣装が用意されているのに気がついた。	3	3
1	201	The Lord of the Ring is not Frodo, but the master of the Dark Tower of Mordor.	14	238	指輪のご主人はフロドではなく、モルドールの暗黒の塔の持ち主のことじゃ。	7	4
1	201	Outside it is getting dark.	14	238	「外の世界は暗くなりかけている」	14	4
1	201	but his long white hair, his sweeping silver beard, and his broad shoulders.	14	239	その白く長く、垂れ白銀色の髯と、がっしりした幅広い肩は、	7	4
1	201	but his long white hair, his sweeping silver beard, and his broad shoulders.	12	239	その白く長く、垂れた銀色の髯と、がっしりした幅広い肩は、	7	4
1	201	It its aged face under great snowy brows his dark eyes were set like coals	14	239	雪のように白くしげた眉毛の下には、不変に鋭く爽やかな黒い目が光っていました。	7	5
1	201	his hair was of shining gold.	11	239	髪は輝く金髪。	7	4
1	201	his eyes were grey as a clear evening	14	239	目の瞳は明れた夕暮れの灰色。	7	2
1	201	long slender hands and clear face were flawless and smooth.	14	239	長く繊細な黒髪には一筋の白いものも見ませんでした。	7	4
1	201	His beard, very long and forked, was white...	12	239	長く二股に分かれたその長い白い瀧髯の色は白く、	12	5
1	201	nearly as white as the snow-white cloth of his garments.	8	239	そして、雪のない夜のような灰色を帯びる、星の光が宿っていました。	12	5
1	201	nearly as white as the snow-white cloth of his garments.	14	239	かれは頭に、その頭の上にこのような、小さな宝石の輝きをちりばめた銀のモールの冠飾りが白く光っていました。	12	5
1	201	He wore a silver belt, and round his neck hung a chain of silver and diamonds.	1	240	頭には、その頭の上にまた銀のように、小さな宝石の輝きをちりばめた銀のモールの冠飾りが白く光っていました。	12	3
1	201	He wore a silver belt, and round his neck hung a chain of silver and diamonds.	1	240	やわらか灰色の衣装には銀のデザインを組み合わせた襟の襟首の絵は何の飾りもついていませんでした。	8	1
1	201	but her soft grey raiment had no ornament save a girdle of leaves wrought in silver.	1	240	木の葉を銀糸なとテザインを組み合わせた銀の帯のほかには何の飾りもついていませんでした。	12	3
1	201	save a girdle of leaves wrought in silver.	1	240	たっぷり長くて、先がニつに分かれているその雪白の頭髪は幅広い肩に、	2	5
1	201	nearly as white as the snow-white cloth of his garments.	1	240	かれの衣装の雪白の白さと殆ど変わりませんでした。	1	1
1	201	He wore a silver belt, and round his neck hung a chain of silver and diamonds.	1	240	かれは腰に銀のベルトをつけ、首には銀とダイヤモンドの鎖をかけていた。	12	5
1	201	the golden firelight played upon them and shimmered in their hair.	1	242	燃えさかる炉火の金色の光がかれらの顔にゆらゆらと燃え、髪の毛をちらちらと光らせて、	11	4
1	201	a small dark figure seated on a stool with his back propped against a pillar.	1	242	スツールに腰を下ろして、柱に背をもたせかける、小さな黒い姿でした。	14	6

資料18

1	201	and a fold of his dark cloak was drawn over his face.	闇は黒いマントのひだが彼の顔をおおっていました。	36	14	1	5
1	201	The dark figure raised its head and uncovered its face.	黒っぽい姿の人は頭を上げ、顔を見せました。	37	14		6
1	201	they did not notice the arrival of a man clad in a dark green cloth.	濃い緑の服を着た人がその場のそばに来たのに少しも気がつきませんでした。	42	6	1	2
1	201	and the firelit hall became like a golden mist above seas of foam	この世界の焔のまわりに流れ寄せる海の上にかかる金色の霧のように見えてきました。	44	11	4	5
1	201	until he felt that an endless river of swelling gold and silver was flowing over him,	沼をとおくさし上がる金と銀の河が川から自分を通して流れ続けるかのように感じました。	44	11	3	3
1	201	until he felt that an endless river of swelling gold and silver was flowing over him,	沼をとおくさし上がる金と銀の河が川から自分を通して流れ続けるかのように感じました。	44	11	3	3
1	201	her sails he wove of swelling gold and silver fair, / of silver were her lanterns made,	あえかな銀の帆をつむぎなし、/ 射材は銀づくり、	44	12	5	5
1	201	her sails he wove of silver fair, / of silver were her lanterns made,	あえかな銀の帆をつむぎなし、/ 射材は銀づくり、	44	12	5	5
1	201	his arrows shorn of ebony; / of silver was his habergeon,	矢は黒檀を削ってしあげ、/ 銀網鎧は銀で編み、	45	12	5	4
1	201	There flying Elwing came to him, / and flame was in the darkness lit;	そのかれ方へ飛んで来たのは、エルウィングで、火が暗闇で点ぜられた。	46	14	4	2
1	201	as might of death across the grey and long forsaken seas distressed;	絶えて動くその人影のない忘れた悲海で	47	3	3	2
1	201	Through Evernight the back was borne / on black and roaring waves that ran	永劫の夜をくぐって、暗く吠える波の上にどうと運ばれていこう。	47	3	3	2
1	201	where ever-foaming billows roll / the yellow gold and jewels wan.	たえに泡立つ波が / 黄色い金と青ざめた宝石をゆるがしていた。	48	11	4	4
1	201	to heaven white he came at last, / to Elvenhome the green and fair	ついに白い港にたどりついた、/ 緑なす美しいエルフの故国に	48	11	3	3
1	201	to heaven white he came at last, / to Elvenhome the green and fair	ついに白い港にたどりついた、/ 緑なす美しいエルフの故国に	48	6	1	3
1	201	where keen the air, where pale as glass	空気は清く、ガラスのように澄み	49	13	4	3
1	201	and harps of gold they brought to him.	黄金の竪琴が運ばれていた。	49	11	1	1
1	201	nor sail be bore on silver mast,	それから彼の白銀の柱を捕もちいず、	50	1	1	5
1	201	nor sail be bore on silver mast,	銀のマストに帆もはらず	50	1	1	5
1	201	From Evereven's lofty hills, / where softly silver fountains fall	静かに銀の泉のおちる、/ 永劫の高い嶺から	50	12	3	2
1	201	where grey the Norland waters run.	北の国の川が灰青色に流れていくところへ。	51	2	1	2
1	201	Aragorn insisted on my putting in a green stone.	アラゴルンがどうしても緑の石を入れろというできかないでした。	53	14	3	4
1	201	his dark cloak was thrown back.	黒っぽいマントを背負った	55	14	5	5
1	201	nor of the dark shadows and perils that encompassed them,	二人を取り巻く暗い影と危険について語らず、	56	14	4	1
1	201	and watched the pale, cool sun rise above the far mountains.	自くほしい、冷えざえとした太陽が	58	14	5	2
1	202	Silver and gold leaves was glimmering	銀のうす煙り/黄ぱんだ葉に露がきらきって	58	12	2	3
1	202	the dew upon the yellow leaves was glimmering	黄ぱんだ葉に露がきらきって、	58	10	2	2
1	202	The snow was white upon their peaks.	その山の頂には雪が積もっていました。	58	1	3	3
1	202	and the rumours of the darkness growing in the world outside.	外の世界にひらまるお闇の噂もきいた。	59	14	7	
1	202	an Elf from the Grey Havens who had come on an errand from Cirdan the Shipwright.	船大工キアダンの使いでやって来たエルフで	60	6	2	6
1	202	There was also a strange Elf clad in green and brown.	緑と茶色の服をつけた風変わりなエルフ	60	6	6	5
1	202	There was also a strange Elf clad in green and brown.	緑と茶色の服をつけた風変わりなエルフ	60	9	4	6
1	202	dark-haired and grey-eyed, proud and stern of glance.	その人の髪の毛は黒っぽく、灰色の目は誇り高く厳しい光をたたえていました。	60	14	4	3
1	202	dark-haired and grey-eyed, proud and stern of glance.	その人の髪の毛は黒っぽく、灰色の目は誇り高く厳しい光をたたえていました。	60	2	1	2
1	202	He had a collar of silver in which a single white stone was set;	かれは白い石の一つはまった銀の首輪をつけ、	60	12	5	5
1	202	He had a collar of silver in which a single white stone was set;	かれは白い石の一つはまった銀の首輪をつけ、	60	1	2	6
1	202	On a baldric he wore a great horn tipped with silver that now was laid upon his knees.	肩から斜めにさげたエヤロスの帯には銀飾りの大きな角笛をつっていたのですが、	60	12	5	3
1	202	He arrived in the grey morning, and seeks for counsel	まだ夜の明けきらぬ灰色の朝にこの地に着いて、助言を求められ、	61	2	3	6
1	202	For the present, said he, and rode into the darkness.	さしあたって、と言いすつえて、暗闇に消えていってしまった。	64	14	4	6
1	202	I was at the Battle of Dagorlad before the Black Gate of Mordor.	わたくしは、モルドールの黒門の前のダゴルラドの戦いに加わった。	68	14	3	6
1	202	The Dark Tower is broken, but its foundations were not removed;	暗黒の塔はこわされたが、土台はとり除かれなかった。	70	14	3	6
1	202	their lordship passed, leaving only green mounds in the grassy hills.	王権は苛くしく去って草原の丘に緑塚を残すだけとなったが、	70	6	2	2
1	202	and westward at the feet of the White Mountains Minas Anor	また、西の方には、白い山脈の麓に、ミナス・アノール、	71	1	1	6
1	202	There in the court of the King came a white tree.	王の宮廷には、一本の白い木が生え、	71	14	4	1
1	202	but in the West a pale light lingered.	しかし西の方には、おぼろな光が消えやらず、	75	13	4	2
1	202	and dark things crept back to Gorgoroth.	暗いものはまたゴルゴロスに戻ってきた。	77	11	5	4
1	202	The power of the Black Land grows and we are hard beset.	黒い国の力は強くなり、われわれはしきりに攻めたてられています。	73	3	6	3
1	202	like a great black horseman, a dark shadow under the moon.	巨大な黒い乗手手、月の下の暗い影のごとく、	73	3	3	4
1	202	like a great black horseman, a dark shadow under the moon.	巨大な黒い乗手手、月の下の暗い影のごとく、	73	14	4	6
1	202	I thought the eastern sky grew dark and there was a growing thunder,	わたくしは、東の空が暗くなり、雷鳴が次第にその轟きを強めるように思いました。	74	14	6	2
1	202	The golden finger, as he gazed at the golden thing.	金の指輪を、まじまじと見つめながらたずねました。	77	11	5	4
1	202	All that is gold does not glitter.	金もすべて光るとは限らぬ、	78	14	6	5
1	202	Our days have darkened.	われらの時代は暗く	81	14	6	5
1	202	But when dark thing come from the houseless hills, or creep from sunless woods.	しかし、家なき山々から、日光なき森林から、暗いものたちがひそかにしのび出てくるとも、	82	14	1	6

資料 19

		English	p			Japanese	p		
1	202	and everything that he could recall concerning the Black Riders was examined.	84	3	6	そして黒の乗手たちについてかれが思い起こすことのできたことはすべて検討されました。	262	6	1
1	202	and soon after came to the Dark Tower and openly declared himself.	87	14	6	そのあと間もなく暗黒の塔に行き、公然と己の正体を明らかにしました。	264	6	1
1	202	and but for your vigilance the Darkness, maybe, would already be upon us.	88	14	6	あなたの警戒心がなければ、暗黒の力はとっくにわれらを襲っていたことだろう。	264	6	1
1	202	be would ere long come forth form his darkness	88	14	4	その暗黒のすみかから出てくるだろうとかれは予想したからじゃ。	264	4	3
1	202	In all the long wars with the Dark Tower treason has ever been our greatest foe.	89	14	4	暗黒の塔を相手に延々と続けられてきた戦いに返り咲くのではあるまいか。	264	4	3
1	202	we guess that he dwelt there long in the dark hills.	90	14	7	かれがそこの暗やみ山脈に長くとどまるだろうとわしらは推測しました。	265	7	3
1	202	For to me what was less dark than what is to come.	91	14	7	わしにとっては過ぎ去ったことは来たるべきことほど不明ではないのじゃ。	265	7	1
1	202	even of the lore-masters in their scripts and tongues have become dark to later men.	91	1	2	その古い伝承の達人でさえ後の人間のためには文字や言葉が暗くなってしまったのです。	265	2	1
1	202	he planted there the last sapling of the White Tree in memory of his brother.	92	1	4	かれはそこに弟を記念して、白の木の最後の苗木をそこに植えたのです。	265	4	1
1	202	I deem it to be a tongue of the Black Land.	93	3	2	かの闇き国の言葉に。	266	2	2
1	202	The Ring misseth, maybe, the fear of Sauron's hand, which was black	93	11	5	指輪は、かのサウロンの手の黒さか、	266	5	4
1	202	and maybe were the gold made hot again.	94	14	6	かりにこの金をふたたび熱するならば、	266	6	3
1	202	If a man must needs walk in sight of the Black gate.	94	14	4	黒門の見えるところを歩いていかねばならぬとしたら、	266	4	1
1	202	Lurking by a stagnant mere, peering in the water as the dark eve fell.	94	1	5	暗闇が迫るぬみぬまのほとりに水にのぞきこんでいるところを捕らえました。	266	5	1
1	202	He was covered with green slime.	93	8	1	かれはぬめぬめした緑色のもので体がおおわれていました。	266	1	4
1	202	which at first was as clear as red flame, fadeth	96	11	5	当初は赤と火焔のごとく鮮やかに見え、下面の文字が消えかかっております。	267	5	1
1	202	if one has the strength of will to set the golden thing in the fire a while.	96	14	4	この金の指輪を一時火あぶりにしようと試す意志力をお持ちの方があれば、	267	4	1
1	202	the porch for a moment grew dark	97	1	1	ポーチも暫く暗くなったように見たが、	267	1	6
1	202	One Ring to bring them all and in the Darkness bind them.	96	2	5	一つの指輪は、すべてをひとつに、くらやみのなかにつなぎとめる。	267	5	1
1	202	Gandalf the Grey.	97	3	2	灰色のガンダルフ。	267	2	6
1	202	Out of the Black Years come the words	97	3	1	この銀の言葉は、暗黒時代から伝わったものじゃ。	268	1	5
1	202	where the fear of Sauron lies black as the night of his old black thoughts.	98	14	6	かのサウロンに対する恐怖が夜のごとく真黒とわだかまっている土地でです。	268	6	5
1	202	where he would fall back into his old black thoughts.	99	3	1	地下では、また昔もとの悪しき考えに閉じこもることになるのだろうと思ったからです。	268	1	7
1	202	The dark things that were driven out in the year of the Dragon's fall	100	14	7	竜が斃されし年に追い払われにも、ものたち、	269	7	1
1	202	and when I heard of the Black Shadow a chill smote my heart.	101	6	4	そして黒い影のことを聞かされたときに、わしの心臓が急に冷たくなったような気がしました。	269	4	1
1	202	I turned east and north and journeyed along the Greenway;	101	1	1	それからわしは、北東の街道を進み、緑道を北行しました。	269	1	1
1	202	It was Radagast the Brown, who at one time dwelt at Rhosgobel.	102	9	5	それはみな、かの茶色のラダガストで、いちじは闇の森の北すれ近い口スゴベルに住んでおったがな、	269	5	1
1	202	They have taken the guise of riders in black.	102	3	1	かれらは黒い乗手の姿に身をやつしている。	270	1	1
1	202	Saruman the White, answered Radagast.	103	6	1	「白のサルマンじゃ」と、ラダガストは答えた。	270	1	6
1	202	For Saruman the White is the chief of my order.	103	1	1	白の賢者サルマンはわし賢人団の主席者じゃからのう。	270	1	5
1	202	Poss across the mountains to the northwestern foothills of Ered Nimrais, the White Mountains of his home.	105	2	3	山脈を越えてイシヒム、すなわち白の山脈の一番北端	271	3	3
1	202	but in his eyes there seemed to be a white light,	106	1	1	白い光が宿っているかに思えたのです。	271	1	2
1	202	I have come for your aid, Saruman the White.	106	1	1	「あなたの援助を求めに来た、白のサルマンよ！」	271	1	7
1	202	Have you indeed, Gandalf the Grey!	106	2	5	「ほう、そうかな、灰色のガンダルフ」	272	5	2
1	202	It has seldom been heard of that Gandalf the Grey sought for aid.	107	9	3	白いガンダルフが援助を求めるとは、あまり耳にせぬことじゃ。	272	3	1
1	202	Radagast the Brown! laughed Saruman.	107	2	1	「茶色のラダガストとな！」とサルマンは笑った。	272	1	6
1	202	In which case it is no longer white, said I.	107	1	1	「ではサウロンの防害や妨害に対し、適切な返礼」	272	1	6
1	202	a fitting reward for the hindrance and insolence of Gandalf the Grey.	110	6	1	かつてはもっと美しかった金同色の	272	1	3
1	202	whereas it had once been green and fair.	111	14	6	そこでわたしはかれの長広舌に目をやり、こうまでは申しませ。	273	1	3
1	202	I looked white and saw that his robes, which had seemed white.	112	1	5	「白のほうがよかった」と、わしは言った。	274	4	3
1	202	I liked white better, I said.	112	6	4	「灰色のガンダルフもと気がが一匹にが一匹の蜘蛛の巣にからめりたられたとは！」	274	3	6
1	202	White! he sneered	114	12	3	霜ふり山脈と白の山脈のこの広々とした盆地で	275	3	6
1	202	The white page can be overwritten; and the white light can be broken.	116	12	6	「白の山脈と霜ふり山脈との間に横たわるこの広大な盆地	275	3	6
1	202	The white page can be overwritten; and the white light can be broken.	116	6	4	かれの表衣は昼は銀色のようにぎらぎら輝く。	276	4	2
1	202	By day his coat glistened like silver.	117	6	3	一部は緑道から遠と南から東の境の牧場に留まり、	276	3	6
1	203	some remained on the eastern borders, not far from the Greenway.	111	1	1	そしてひとりがその宵のうちに、一朝同じ日の宵のうちに、お山にやって来たことがどうやら想像できる。	277	1	1
1	202	it's worth a gold piece at the least.	118	3	5	少なくとも金貨一枚を払う値打ちがある。	280	5	6
1	202	Gandalf the Grey caught like a fly in a spider's treacherous web	125	1	1	一旦かれが来訪して、白の塔の灰色虜囚を襲えば、	280	1	3
1	202	felt a dead darkness in his heart.	126	14	3	心が重く一条のやみが広がるのを感じました。			

資料20

			English	Japanese			
1	202	203	and yet another Dark Lord would appear.	ここにまた一人冥王が出現することになるのだ。	281	128	14	6	1
1	202	203	Yet they too were made by the Dark Lord long ago.	三つの指輪も遠い昔冥王の手によって作られたのですよ。	282	130	14	6	1
1	203	203	when pools are black and trees are bare	池は黒々、木は裸。	286	140	3	3	2
1	203	203	'Yes, several, and all are dark and unpleasant,' said Frodo.	「ええ、いくつか、みんな暗くておもしろくないのばっかりでね」とフロドがいった。	286	141	14	4	1
1	203	203	slowly the golden light faded to pale silver.	金色の光は徐々に色褪せて青白い銀に変わり、	287	142	11	4	1
1	203	203	slowly the golden light faded to pale silver.	金色の光は徐々に色褪せて青白い銀に変わり、	287	142	13	4	1
1	203	203	slowly the golden light faded to pale silver.	金色の光は徐々に色褪せて青白い銀に変わり、	287	142	12	6	2
1	203	203	the Rangers had searched the lands far down the Greyflood, as far as Tharbad.	灰色川はるか下方の地帯をサルバドに至るあたりまで捜査してきて、	287	143	12	6	2
1	203	203	passing down the Silverlode in a strange country.	銀筋川を下って不思議な国へはいるのを、	287	143	3	5	3
1	203	203	Three of the black horses had been found at once drowned in the flooded Ford.	黒い馬のうちの三頭は、浅瀬の洪水で溺れ死んだところをすぐに発見されましたが、	288	144	3	5	3
1	203	203	and also a long black cloak, slashed and tattered.	そこでまた七つに引き裂かれた長いマントが一着見つかりました。	288	144	3	6	2
1	203	203	Of the Black Riders no other trace was to be seen,	黒の乗手たちのいかなる形跡も見られず、	288	144	3	6	1
1	203	203	and draws nigh even to the borders of the Greyflood;	灰色川の流域近くまで近づいてきた。	288	145	2	6	3
1	203	203	under the Shadow all is dark to me.	その影の下ではわたしの見るもの、すべてが暗い。	288	145	14	4	1
1	203	203	he could not storm the Dark Tower.	暗黒の塔を襲うことはできぬのじゃから。	289	147	14	6	3
1	203	203	It shone like moonlit silver, and was studded with white gems.	それは月光の銀の光を放ち、一面に白い宝石がちりばめられていた。	290	150	12	4	1
1	203	203	It shone like moonlit silver, and was studded with white gems.	それは月光の銀の光を放ち、一面に白い宝石がちりばめられていた。	290	150	1	6	2
1	203	203	and he went forth clad only in rusty green and brown.	それはまた七月の銀の光のような穂を、渋いような気がするね。	290	151	3	6	4
1	203	203	'I have a fancy for it,' he went on turning over in his head the knives of the Black Riders.	黒の乗手たちのナイフのことばかりだったでしょう、/淡うぶうな秋模様、	291	153	10	2	2
1	203	203	Of yellow leaves and gossamer / in autumns that there were.	黄ばんだ木の葉を乗せ、/淡うぶうな秋模様、	291	153	14	4	2
1	203	203	with moring mist and silver sun / and wind upon my hair.	朝霧と銀の日の光も、/髪を染うぶうな秋模様、	291	153	14	4	2
1	203	203	in every wood in every spring - there is a different green.	春ごとにことなる緑の色がちがうこと。	292	153	6	5	2
1	203	203	It was a cold grey day near the end of December.	灰色の寒い冬の日でした。	292	154	2	3	2
1	203	203	and seeting in the hills.	山腹の暗い松林を騒がせました。	292	155	14	4	2
1	203	203	Ragged clouds were hurrying overhead, dark and low.	頭上を低く、黒いぼろぼろぎれぎれの雲が走っていました。	292	155	6	2	2
1	203	203	color clad only in rusty green and brown.	色褪せた緑と茶色の服だけでした。	292	155	9	5	5
1	203	203	Legolas had a bow and a quiver, and at his belt he had a long white knife.	レゴラスは弓と矢筒を持ち、ベルトに細身の白い短剣をしていました。	293	155	2	5	5
1	203	203	the others could be seen as grey shapes in the darkness.	他の者たちは、暗闇の中でただ灰色の姿としかうつりませんでした。	293	157	14	2	6
1	203	203	The others could be seen as grey shapes in the darkness.	他の者たちは、暗闇の中でただ灰色の姿としかうつりませんでした。	293	157	14	4	2
1	203	203	Faithless is he that says farewell when the road darkens,' said Gimli.	旅の途中暗くなったとき、別れを告げる者は自信にさる者よ、必ず帰還の誓をするものでしょう。	294	159	14	4	1
1	203	203	but let him not vow to walk in the dark, who has not seen the nightfall.	日の暮れたところもまだ見たことがない者には、必ず夜道を歩くことの暗路の誓もさせぬがよい。	294	159	14	3	2
1	203	203	and with him went Aragorn, who knew this land even in the dark.	そのかたわら、山腹の反対側の暗い大地の縁を流れる大河の影をあおぎ暗黒でもあろうと知ってもしる。	294	160	6	3	2
1	203	203	The country was much roughter and more barren than in the green vale of the Great River	プラダンが住むところは、鷺類よりずっと長く大地の暗がりの荒い谷間で、	295	160	14	2	3
1	203	203	and the sun came out, pale and bright.	白っぽくきらきら輝く太陽が顔を現しました。	295	162	13	4	2
1	203	203	whose grey-green trunks seemed to have been built out of the very stone of the hills.	木のみがきた絹はみどりの縁のその木立ちの山ではその灰色やみどりの石でつくられているように見えました。	295	162	6	2	2
1	203	203	Their dark leaves shone and their berries glowed red in the light of the rising sun.	上る太陽の光を浴びて、その葉は深緑色に輝き、その実は赤々と照り映えました。	295	162	6	4	2
1	203	203	Their dark leaves shone and their berries glowed red in the light of the rising sun.	上る太陽の光を浴びて、その葉は深緑色に輝き、その実は赤々と照り映えました。	295	162	8	4	2
1	203	203	but where the sunlight slanted upon it, it glowed red	陽の光をななめに受けたその葉は、赤々と輝くのでした。	295	162	8	3	3
1	203	203	the Dwarrowdelf, said Gimli.	すなわち、今や人間の呼ぶ黒淵洞穴じゃ、ドローテルブ、モリア、エルフの言葉でいうカザド・ドム、	296	163	3	3	3
1	203	203	the Black Pit, Moria in the Elvish tongue.	すなわち、今や人間の呼ぶ黒淵洞穴じゃ、ドローテルブ、モリア、エルフの言葉でいうカザド・ドム、	296	164	14	6	2
1	203	203	Dark is the water of Kheled-zâram.	ケレデ=ザラムの水は暗い、	296	164	12	6	2
1	203	203	We must go down the Silverlode into the secret woods.	わしらは銀筋川を下って、秘密の森を抜け、	296	164	8	4	1
1	203	203	'And in that case so is the Redhorn Gate,' said Gandalf.	「それでは赤角門も同じじゃ、」とガンダルフはいいました。	297	164	1	1	1
1	203	203	As for moving, as soon as the Sun rode up from the East.	東から太陽が昇ると、一面に澄んだ青い空が広がり、	298	164	12	6	2
1	203	203	Away in the South a black patch appeared.	はるか南の空に、黒い染みが現れました。	298	164	14	4	2
1	203	203	that their shadow followed them darkly over all the land	地面に黒い影を落とすほどびっしりと群れ集まった鳥たちが、	298	167	14	1	6
1	203	203	between the Mountains and the Greyflood.	そこの氷のような水部隊が、上空を飛んでいる	298	168	3	6	3
1	203	203	Dark is the water of Kheled-zâram.	霜あり山脈と灰色川の間の	298	168	6	6	2
1	203	203	at first that this here Redhorn, or whatever its name is, might be it.	「ケレデ=ザラムということじゃな、糸吊り川も、/ガングデルフはいいました。	298	168	8	4	2
1	203	203	at first that this here Redhorn, or whatever its name is, might be it.	暗くなり次第焚火をしたらどうだろう。	298	168	14	4	2
1	203	203	The dark birds passed over now and again;	黒い鳥たちは頭上を度々飛来しましたが、	299	169	8	6	2
1	203	203	The dark birds passed over now and again;	黒い鳥たちは頭上を度々飛来しましたが、	299	169	14	2	3

資料21

#	English	Japanese	P	L	P	L	a	b
203	but as the westering Sun grew red they disappeared southwards,	西に傾く日が赤々と燃える頃、南の方に姿を消しました。	170	8	299	西に傾く日が赤々と燃える頃、南の方に姿を消しました。	4	2
203	which far away still glowed faintly red in the last light of the vanished Sun.	消えてゆく太陽の残光を受けて、なおも、かすかに赤く輝いています。	170	8	299	消えてゆく太陽の残光を受けて、なおも、かすかに赤く輝いています。	4	1
203	One by one white stars sprang forth as the sky faded.	一つまた一つと白い星が光をかがやかしはじめました。	170	13	299	一つまた一つと白い星が光をかがやかしはじめました。	4	4
203	and cast a pale light in which the shadows of stones were black.	青白い光をあびて、岩石の影だけが黒々と見えました。	170	3	299	青白い光をあびて、岩石の影だけが黒々と見えました。	3	4
203	and cast a pale light in which the shadows of stones were black.	青白い光をあびて、岩石の影だけが黒々と見えました。	170	3	299	青白い光をあびて、岩石の影だけが黒々と見えました。	3	1
203	Caradhras rose before them, a mighty peak, tripped with snow like silver,	嶮々たる頂は白銀の雪におおわれ。	171	12	300	嶮々たる頂は白銀の雪におおわれ。	3	2
203	but with sheer naked sides, dull red as if stained with blood.	切りたった山腹の赤裸々な地肌はまるで鶏冠色の地肌をあらわしていました。	171	8	300	切りたった山腹の赤裸々な地肌はまるで鶏冠色の地肌をあらわしていました。	6	2
203	There was a black look in the sky.	空は黒ずみ怪しくなり。	171	8	300	空は黒ずみ怪しくなり。	6	1
203	The heights away north are whiter still than they were,	かなた北方の山々はまえに増して白くなっております。	171	3	300	かなた北方の山々はまえに増して白くなっております。	3	1
203	Tonight we shall be on our way high up towards the Redhorn Gate.	今夜わしらは、赤角口に向けて、高く登ることになる。	171	8	300	今夜わしらは、赤角口に向けて、高く登ることになる。	6	2
203	the dark and secret way that we have spoken of.	まえに話した暗く秘密の道じゃ。	172	14	300	まえに話した暗く秘密の道じゃ。	3	2
203	Its sides were now dark and sullen, and its head was in grey cloud.	その山腹はいま暗く陰っていて、頂は灰色の雲の中に隠されていました。	173	3	301	その山腹はいま暗く陰っていて、頂は灰色の雲の中に隠されていました。	3	4
203	Its sides were now dark and sullen, and its head was in grey cloud.	その山腹はいま暗く陰っていて、頂は灰色の雲の中に隠されていました。	173	14	301	その山腹はいま暗く陰っていて、頂は灰色の雲の中に隠されていました。	3	2
203	He could not guess what was the other dark and secret waxy.	もう一つの暗く秘密の道というのがどこにあるのか彼にはまいかったのですが、	173	14	301	もう一つの暗く秘密の道というのがどこにあるのか彼にはまいかったのですが、	4	4
203	I fear that the Redhorn Gate may be watched;	かなり早く暗くなるじゃろう。	173	8	301	かなり早く暗くなるじゃろう。	6	1
203	Dark will come early this evening.	今夜は早く暗くなるじゃろう。	173	14	301	今夜は早く暗くなるじゃろう。	6	2
203	I was born under the shadow of the White Mountains	わたくしは、白の山脈の影の下に生まれたもので、	174	14	301	わたくしは、白の山脈の影の下に生まれたもので、	4	2
203	The night grew deadly dark under great clouds.	垂れこめた空の下で、夜はいよいよ暗くなり。	174	14	301	垂れこめた空の下で、夜はいよいよ暗くなり。	3	3
203	on the right was a gulf of darkness where the land fell suddenly into a deep ravine.	右手には暗闇の裂け目があり、土地が急に落ちこんで渓谷になっていました。	174	14	301	右手には暗闇の裂け目があり、土地が急に落ちこんで渓谷になっていました。	4	2
203	He put out his arm and saw the dim white flakes of snow settling on his sleeve.	片腕をのばしてみると、ぼんやりかすかに見える白いぼたん雪の片が袖の上にかかっていました。	174	14	301	片腕をのばしてみると、ぼんやりかすかに見える白いぼたん雪の片が袖の上にかかっていました。	4	6
203	The dark bent shapes of Gandalf and Aragorn only a pace	たった一歩先、かがみこんで歩いているガンダルフとアラゴルンの背をひそピットの背さえも黒々とした暗い姿	175	14	301	たった一歩先、かがみこんで歩いているガンダルフとアラゴルンの背をひそピットの背さえも黒々とした暗い姿	4	4
203	until white wolves invaded the Shire or the frozen Brandywine.	白狼どもが凍ったブランディワイン川を渡ってホビット庄に侵入して圧し寄せてきました。	175	14	302	白狼どもが凍ったブランディワイン川を渡ってホビット庄に侵入して圧し寄せてきました。	2	1
203	They heard eerie noises in the blackness round them.	まわりの暗闇に不気味な音が聞こえたのです。	176	14	302	まわりの暗闇に不気味な音が聞こえたのです。	4	2
203	She is walking in the blue fields of the South.	あのかの女は南方の青野を散歩中じゃ。	181	6	304	あのかの女は南方の青野を散歩中じゃ。	6	1
203	At once a great spout of green and blue flame sprang out.	するとたちまち緑と青い焔が勢いよくほとばしり出て、	181	5	304	するとたちまち緑と青い焔が勢いよくほとばしり出て、	5	5
203	At once a great spout of green and blue flame sprang out.	するとたちまち緑と青い焔が勢いよくほとばしり出て、	182	8	304	するとたちまち緑と青い焔が勢いよくほとばしり出て、	4	1
203	A red light was on their tired and anxious faces;	みんなの疲れて不安そうな顔に赤い光が照り映えました。	182	3	304	みんなの疲れて不安そうな顔に赤い光が照り映えました。	3	2
203	behind them the night was a black wall.	そして、背後に夜は黒い壁をなしていました。	182	3	304	そして、背後に夜は黒い壁をなしていました。	4	3
203	Boromir stepped out of the circle and stared up into the blackness.	ボロミアは輪を取り囲む一座の中から立ち足を踏み出し、黒々とした夜空にじっと目をこらしました。	182	3	304	ボロミアは輪を取り囲む一座の中から立ち足を踏み出し、黒々とした夜空にじっと目をこらしました。	4	2
203	Frodo gazed wearily at the flakes still falling out of the dark	フロドは、暗い空からなおも落ちてくる雪片を	183	14	304	フロドは、暗い空からなおも落ちてくる雪片を	6	3
203	to be revealed white for a moment in the light of the dying fire;	消えかけた薪火の光にちらと白く見えると、また闇の中にいつしか入りこんでいくのでしたが、	183	1	305	消えかけた薪火の光にちらと白く見えると、また闇の中にいつしか入りこんでいくのでしたが、	5	4
203	Below their refuge were humps	かれらが避難した場所の足下には、白いこぶが並ぶ	185	3	306	かれらが避難した場所の足下には、白いこぶが並ぶ	5	4
204	until Boromir and Aragorn dwindled into black specks in the whiteness.	ボロミアとアラゴルンの姿が白一色の中の黒い点々のように次第に小さくなるまで	185	3	306	ボロミアとアラゴルンの姿が白一色の中の黒い点々のように次第に小さくなるまで	1	6
204	until Boromir and Aragorn dwindled into black specks in the whiteness.	ボロミアとアラゴルンの姿が白一色の中の黒い点々のように次第に小さくなるまで	185	1	306	ボロミアとアラゴルンの姿が白一色の中の黒い点々のように次第に小さくなるまで	6	2
204	it is no more than a white coverlet to cool a hobbit's toes.	こんな高い山のてっぺんでこれくらいのもの、雪などが吹かかってホビットの足の先を冷やしているだけのものです。	186	8	306	こんな高い山のてっぺんでこれくらいのもの、雪などが吹かかってホビットの足の先を冷やしているだけのものです。	6	1
204	it is no more than a white coverlet to cool a hobbit's toes.	こんな高い山のてっぺんでこれくらいのもの、雪などが吹かかってホビットの足の先を冷やしているだけのものです。	186	8	306	こんな高い山のてっぺんでこれくらいのもの、雪などが吹かかってホビットの足の先を冷やしているだけのものです。	4	2
204	Black specks swam before his eyes.	かれの目の前には黒い点々がふらふらと浮かびました。	189	3	307	かれの目の前には黒い点々がふらふらと浮かびました。	5	3
204	He rubbed his eyes.	かれは目をこすりました。しかし、黒い点々はそこにありません。	189	3	307	かれは目をこすりました。しかし、黒い点々はそこにありません。	5	5
203	but the black speckles remained.	かれは目をこすりました。しかし、黒い点々はそこにありません。	189	14	307	かれは目をこすりました。しかし、黒い点々はそこにありません。	5	5
204	still high above the lower foothills, dark dots were circling in the air.	麓の丘陵地帯に遥か高く、黒い点が空中を旋回しているのです。	189	8	307	麓の丘陵地帯に遥か高く、黒い点が空中を旋回しているのです。	6	3
204	as they turned their backs on the Redhorn Gate.	一行が赤角口に背を向けて	189	8	307	一行が赤角口に背を向けて	1	1
204	It was evening, and the grey light was waning fast.	夕方でしたが、灰色の明かりがみるみるうちに淡くなってゆきました。	190	8	308	夕方でしたが、灰色の明かりがみるみるうちに淡くなってゆきました。	6	6
204	The attack on the Redhorn Gate has tired us out.	赤角口に挑戦したために、わしらはほとほと疲れ果てた。	190	8	308	赤角口に挑戦したために、わしらはほとほと疲れ果てた。	6	2
204	'If it is a worse road than the Redhorn Gate, then it must be evil indeed.' said Merry.	この山でなのですけど、冥王の地下牢にはいったに違いないメリーがいわんばかりでした。	191	8	308	この山でなのですけど、冥王の地下牢にはいったに違いないメリーがいわんばかりでした。	6	2
204	'I alone of you have ever been in the dungeons of the Dark Lord.	一行の中でかれだけが、冥王の地下牢に入った経験を持つ。	191	14	308	一行の中でかれだけが、冥王の地下牢に入った経験を持つ。	6	6
204	said Aragorn darkly.	アラゴルンが暗い顔で言いました。	192	14	309	アラゴルンが暗い顔で言いました。	6	2
204	At a gap in the circle a great dark wolf-shape could be seen halted.	石垣の切れ目に、一匹の狼の黒々とした巨大な姿が立ちはだかっているのが見えました。	198	14	311	石垣の切れ目に、一匹の狼の黒々とした巨大な姿が立ちはだかっているのが見えました。	6	2
204	for there was no hope that darkness	暗がりの中で身をひそめてなどいれば、	198	14	311	暗がりの中で身をひそめてなどいれば、	6	1
204	All about them the darkness grew silent, and no cry came on the sighing wind.	四囲の闇はしんしんと静まり、風の吹きつのる音を聞こえてくる異様な呻き声も聞かれませんでした。	198	14	312	四囲の闇はしんしんと静まり、風の吹きつのる音を聞こえてくる異様な呻き声も聞かれませんでした。	6	3
204	Frodo saw many grey shapes spring over the ring of stones.	フロドはたくさんの灰色のかげが石垣を跳び越えてくるのを見ました。	199	14	312	フロドはたくさんの灰色のかげが石垣を跳び越えてくるのを見ました。	6	6
204	It flared with a sudden white radiance ljke lightning.	それは突然稲妻のような白い光を放って燃え立ちました。	199	1	312	それは突然稲妻のような白い光を放って燃え立ちました。	2	2
204	and blew darkly from the hill, as the first light of dawn came dimly in the sky	折り目となった暁の最初の光を青々と晴らせて、黒々と流れ散っていました。	200	14	312	折り目となった暁の最初の光を青々と晴らせて、黒々と流れ散っていました。	4	2
204	The clouds vanished southwards and the sky was opened, high and blue.	雲は南の方に消えてゆき、空は青天高く青々と晴れわたりました。	201	5	313	雲は南の方に消えてゆき、空は青天高く青々と晴れわたりました。	4	2
204	a pale sunlight gleamed over the mountain-tops.	うすい日の光が山々の上からさしそめてきました。	201	13	313	うすい日の光が山々の上からさしそめてきました。	4	1

資料22

		English			Japanese		
1	204	and in their midst, taller than the rest, one great grey stone.	313	その中のひとつに、他のよりもひときわ高く、大きな灰色の塔がありました。	202	2	3	3
1	204	and still the Company wandered and scrambled in a barren country of red stone.	313	一行はまだ赤っぽい岩石の中の荒地をほうぼうさまよいつつ、攀じのぼったりしていました。	203	8	3	4
1	204	hardly a trickle of water flowed among the brown and red-stained stones of its bed;	203	川底の茶や赤に染まった石の間をほとんど水は流れるか流れないかという始末ですし、	203	9	3	4
1	204	hardly a trickle of water flowed among the brown and red-stained stones of its bed;	314	川底の茶や赤に染まった石の間をほとんど水は流れるか流れないかという始末ですし、	203	8	4	2
1	204	Behind them the sinking Sun filled the cool western sky with glimmering gold.	314	かれらの背後には、沈みゆく夕陽が冷たい西空をきらきらきらめく金色でみたしていました。	205	11	3	3
1	204	Before them stretched a dark still lake.	314	目の前には暗く静かな湖が広がっていました。	205	3	3	1
1	204	It was green and stagnant, thrust out like a slimy arm towards the enclosing hills.	315	それは緑色の、澱んだ水を湛え、囲む山々に向かってぬるぬるした腕のようでした。	207	6	4	3
1	204	The road under the mountains is a dark road.	315	山の下を通る道は暗い道です。	206	14	3	2
1	204	Frodo shuddered with disgust at the touch of the dark unclean water on his feet.	315	フロドはきたない水が足にさわった時、ぞっと身ぶるいするほどいやな気がしました。	207	14	4	3
1	204	Turning quickly upon the grey face of the rock.	316	急いで振り向いて、みんなが見ようとしたものは、うすらい月の光が斜えしている灰色の岸壁でした。	207	3	3	2
1	204	as far from the dark water as they might.	316	できるだけ暗い水から離れ	208	14	3	3
1	204	they towered overhead, stiff, dark, and silent.	316	この二本の岩の木は頭上に高くそびえ、ごつごつとして、黒々と、黙しきっていました。	208	14	3	3
1	204	I do not think you will be able to drag your Bill inside, into the long dark of Moria.	317	お前のビルをモリアの長い暗闇の中にビルを引きずって行くことはできないだろう。	209	14	5	3
1	204	The Moon now shone upon the grey face of the rock.	318	月の光が斜えしている灰色の岸壁でした。	211	2	3	2
1	204	like slender veins of silver running in the stone.	318	それは岩の中を細く走る銀色の静脈のようでした。	211	14	3	4
1	204	At first they were no more than pale gossamer threads.	318	最初のうちは、白っぽく細いくもの糸ほどにしか見えませんでした。	211	13	3	5
1	204	glancing back with a shudder at the dark water	320	暗い水面をもう一度振り返って、身震いして	215	14	5	2
1	204	and lightly touched with his staff the silver star.	320	銀の星をその杖で軽く触れました。	216	12	4	3
1	204	The silver lines faded, but the blank grey stone did not stir.	320	銀色の線は消え失せました。しかし、のっぺりとした灰色の岩はびくともしません。	216	12	5	2
1	204	The silver lines faded, but the blank grey stone did not stir.	320	銀色の線は消え失せました。しかし、のっぺりとした灰色の岩はびくともしません。	216	2	4	2
1	204	He stooped and picking up a large stone he cast it in the dark water.	321	かれは体をかがめて、大きな石を拾いあげると、それを暗い水めがけて、遠くにほうりました。	217	14	3	3
1	204	I don't know of what not of wolves, or the dark behind the doors.	321	何が恐ろしいのかわからんよ。狼どもの方が怖いか、戸の奥の暗闇が怖いか。	218	14	4	2
1	204	but beyond the lower steps the darkness was deeper than the night.	321	しかしそれより低い方の段々が見えるだけで、その先は夜よりも深い暗闇でした。	219	14	4	3
1	204	It was pale-green and luminous and wet.	322	それはうすい緑色の光を発して、濡れています。	220	13	4	3
1	204	and turned tail and dashed away along the lakeside into the darkness.	322	尻尾の向きを変えると、湖の縁ぞいに、夜の闇の中に逃げ去って行きました。	220	6	4	3
1	204	and lightly touched with his staff the silver star.	322	暗い水面の緑ぞいに、湖の縁見失せず、	219	14	4	4
1	204	The dark water boiled, and there was a hideous stench.	322	暗い水は沸きたち、恐ろしい悪臭がした。	220	14	3	2
1	204	Sam, clinging to Frodo's arm, collapsed on a step in the black darkness.	322	サムはフロドの腕にすがりつき、真っ暗闇の中でへなへなとその階段にすわり込みました。	220	3	4	4
1	204	Sam, clinging to Frodo's arm, collapsed on a step in the black darkness.	322	サムはフロドの腕にすがりつき、真っ暗闇の中でへなへなとその階段にすわり込みました。	220	14	4	1
1	204	Something has crept, or has been driven out of dark waters under the mountains.	323	山の下の暗い水の中から、這い出てきたか、追い出されたものなのです。	222	14	3	2
1	204	Who will lead us on this deadly path?	323	この真っ暗闇の中、だれがわれらを案内してくれるのでしょうか。	223	14	4	4
1	204	they found an arched passage with a level floor on into the dark.	323	床の平らなアーチ形のがナリーを見出すと、闇の中に続いていました。	223	14	4	3
1	204	and before them the darkness was cold on their faces.	324	暗い中を黙々と、きびしい顔をしたアラゴルンが歩いていきました。	223	14	4	2
1	204	In the pale ray of the wizard's staff.	324	魔法使の杖の発するうすあおい光の中で	225	13	4	3
1	204	Broken and rusty chains lay at the edge and trailed down into the black pit.	324	時には坑におり、時には階段を登ったりあるいは両側にしなだれかかる暗い陸間から、ところどころに穴をあけて	225	14	4	3
1	204	In the dark at the rear, grim and silent, walked Aragorn.	324	暗い中を黙々と、きびしい顔をしたアラゴルンが歩いていきました。	225	14	4	1
1	204	or, running steeply down, or opening blankly dark on either side	324	サイドブロドの風にしてたる下がりついた真っ暗闇の中に、しょんばりとま腰のおちゃついた黒い姿でした。	225	14	3	2
1	204	troubled by the mere darkness in itself	325	ただ暗いということだけで心のみよがしませんか	226	14	4	3
1	204	I have been with him on many a journey, if never on one so dark;	325	わたしはかれと一度ならず旅に出たことはあるが、このように暗い所を歩いたことはないが、	226	14	4	3
1	204	and dark wells beside the path in which their passing feet echoed.	325	道のわきには暗い井戸があって、みんなの歩く足音を反響していました。	227	14	3	2
1	204	he could see more in the dark than any of his companions.	325	仲間のだれよりも暗闇の中で目が見えるということでした。	228	14	4	4
1	204	Before him stood a wide dark arch opening into three passagers;	326	かれの前にはアーチ形の広々と暗い開口部があり、	229	14	4	4
1	204	In here it is ever dark.	326	ここはいつも暗い。	229	14	4	1
1	204	Broken and rusty chains lay at the edge and trailed down into the black pit.	326	その穴のふちには折れた錆びた鉄の鎖があり、真っ暗な穴の中へ垂れていました。	230	3	4	4
1	204	and before them the darkness was cold on their faces.	326	前にはひろがった一面に広く冷たい暗闇があり、	230	14	4	3
1	204	Pippin sat miserably by the door in the pitch dark.	327	ピピンは、うす気味わるい真っ暗闇の中で、しょんぼりと扉のわきにすわりました。	232	14	4	3
1	204	was a dark glimpse of the old wizard huddled on the floor.	327	老魔法使が床にうずくまり、一瞥を投げている黒っぽい姿までした。	233	14	4	1
1	204	For eight dark hours.	328	真っ暗な八時間	233	14	4	6
1	204	They seemed to have passed through some arched doorway into a black and empty space.	328	どうやらアーチ形の入口を通り、真っ暗な中から何もない空間にはいってきたようでした。	234	3	4	1
1	204	and before them the darkness was cold on their faces.	328	前にはひろがった一面に広く冷たい暗闇があり、	234	14	3	3
1	204	its black walls, polished and smooth as glass, flashed and glittered.	329	サラスのように滑らかに磨かれたその黒い壁は、光に照り映え、きらきらと光り輝きました。	235	14	3	3
1	204	Three other entrances they saw, dark, dark, black arches;	329	他にも三つの入口が見えました、黒々と暗いアーチです。	235	14	3	3
1	204	Three other entrances they saw, dark, dark, black arches;	329	他にも三つの入口が見えました、黒々と暗いアーチです。	235	14	3	4
1	204	Things have gone well so far, and the greater part of the dark road is over.	329	今までのところはうまく行っている。トンネル道のなかんずく長く暗い部分を終えて、	235	14	3	3
1	204	All about the darkness was deep, flashed and glittered.	329	身を傾をなすと目もと目が暗まぬ部分の太陽の大部分を終えて、	236	14	4	1
1	204	the wildest imaginings that rumour had ever suggested to the hobbits	329	モリアについて暗いうわさがホビットたちに連想させた最も突飛な野放図な想像	236	14	7	1
1	204	They didn't live in these darksome holes surely?	329	まさかこんな暗い穴に住んでいたわけじゃあるまいか?	236	14	3	4

資料23

1	204	And of old it was not darksome.	329	それに昔は少しも暗くはなく、	236	14	1
1	204	He rose and standing in the dark he began to chant in a deep voice.	329	暗闇に立ったまま主低い声で唱えかじめた。	236	14	4
1	204	The world was young, the mountains green,	329	この世は若く、山々は緑だった。	237	6	5
1	204	As gems upon a silver thread, / Above the shadow of his head,	329	水晶に映る自分の頭上を、/ 頭の影を囲む宝石のように。	237	12	3
1	204	With golden roof and silver floor, / And runes of power upon the door.	330	黄金の天井に銀の床、/ 扉には魔力あるルーン文字が書かれた。	238	11	3
1	204	With golden roof and silver floor, / And runes of power upon the door.	330	黄金の天井に銀の床、/ 扉には魔力あるルーン文字が書かれた。	238	12	3
1	204	There beryl, pearl, and opal pale,	330	緑柱石に真珠、蒼白きオパールは言わず、	238	13	5
1	204	The world is grey, the mountains old, / The forge's fire is ashen-cold;	330	この世は灰色がすみ、山々は古びて、/ 炉の炭火はつめたい灰と化した。	239	13	7
1	204	The darkness dwells in Durin's halls;	330	ドゥリンの広間には、暗黒が住まう。	239	14	4
1	204	But still the sunken stars appear / In dark and windless Mirrormere;	330	だがそれでもなお、沈んだ星は、/ 風のない暗い鏡の湖に現れる	239	14	3
1	204	But it makes the darkness seem heavier, thinking of all those lights.	331	その暗闇がおおうところをちらりとしてしまわれたはずだ。	240	14	4
1	204	Are the piles of jewels and gold lying about here still?	331	その宝石とは黄金の山はそだそのあたりにあるのですか?	240	11	4
1	204	The wealth of Moria was not in gold and jewels.	331	モリアの富は黄金や宝石にあったのではない。	240	12	4
1	204	For here alone in the world was found Moria-silver,	331	世界でここだけでしか見出せないモリア・シルバーすなわち、	240	12	3
1	204	or some have called it:	331	かたちら人呼んでいるところによると、	241	11	3
1	204	Its worth was ten times that of gold.	331	当時でも、その価打ちは金の十倍もあった。	241	11	4
1	204	The lodes lead away north towards Caradhras, and down to darkness.	331	鉱脈は、そこから北のカラヅラスの方に向かっていて、暗闇の中ヘドーんと下っている	241	12	5
1	204	Its beauty was like to that of common silver,	331	その美しさはふつうの銀のそれと似ておるが、	241	12	4
1	204	A corslet of Moria-silver?	331	モリア銀の胴着ですか?	242	12	3
1	204	But now his thoughts had been carried away from the dark Mines.	331	しかし今やかの彼は思いは暗い坑道を離れました。	243	13	5
1	204	he fancied that he could see two pale points of light, almost like luminous eyes.	332	まるで光る目のように、青白い光が二つ見えたような気がしました。	243	13	4
1	204	But the two pale points of light approaching, slowly	332	二つの点も、ようやく青白い光が少々ゆっくりと近づいて来るのが見えました。	243	13	4
1	204	He stood up and rubbed his eyes, and remained standing, peering into the dark.	332	すっとり立ち上がり、目を擦り、暗闇に目を張ってしまいました。	243	14	4
1	204	but it has become dark and dreadful:	332	ただ今は暗く恐ろしいところになっているのです。	244	14	4
1	205	High up above the eastern archway through a shaft near the roof came a pale gleam.	332	東のアーチ口の上の方近くに明り採り窓があって、そこから青白い光が細長く差しこんでいたのです。	243	13	6
1	205	It was dimly lit, but to their eyes, after so long a time in the dark.	332	あまり明るい暗闇ではないですが、暗闇に長くいた一同の目には、眩しいくらい明るく感じられ、	245	14	2
1	205	a small square patch of blue sky could be seen.	333	小さい四角に区切られた青空が見え、	245	5	2
1	205	upon which was laid a great slab of white stone.	333	上にもう大きな白い石の板が置かれています。	246	1	4
1	205	orc-scimitars with blackened blades.	335	刃を黒くしたオークの三日月刀。	7	3	4
1	205	and it was so stained with black and other dark marks like carefully,	335	それに、古い血のあとなどの黒っぽい染みがついていて、	8	3	5
1	205	and it was so stained with black and other dark marks like carefully,	335	それに、古い血のあとなどの黒っぽい染みがついていて、	8	14	4
1	205	except the large golden, and Durin's Axe and something helm,	336	ドゥリンの斧など、それに何とか呼ばれていた兜が見えるだけじゃ。	9	11	4
1	205	we slew the orc, (ラケ・オー、ケット・オー、キャロ・クー ... 東より、サラード・クル川、顔筋カチカチ/ ポリ)	336	「グレムドリン」グラムは青白い光を放ちました。	10	12	6
1	205	Glamdring shone with a pale light.	338	大きい凶悪なやっもあるーモルドアの黒人ウルクどもじゃ。	13	13	5
1	205	And some are larger and evil black Urnks of Mordor.	338	緑のを若きはをしと黒っぽい肌にうろこのような巨大な肩、	14	14	6
1	205	A huge arm and shoulder, with a dark skin of greenish scales,	338	緑のを若きはをしと黒っぽい肌にうろこのような巨大な肩、	15	14	2
1	205	A huge arm and shoulder, with a dark skin of greenish scales,	338	緑のを若きはをしと黒っぽい肌にうろこのような巨大な肩、	15	6	2
1	205	except the orc, (ラケ・オー、ケット・オー、ホク・オー ... 東より、サラード・クル川、顔筋カチカチ/ ポリ)	339	かれの肉からは黒い血がしたたり落ちたが、床の上で煙となりました。	15	14	4
1	205	A fire was smouldering in his brown eyes	339	頭の茶色の目には装り目のとがとがとちろちろ燃え、	16	9	4
1	205	clad in black mail from head to foot.	339	頭の先から足の先まで黒い鎖帷子を身を固めて	17	3	4
1	205	his tongue was red;	339	舌は真赤。	17	8	4
1	205	As he stood just beyond the opening they saw his face lit by a red glow.	340	突然戸隅のこちら側で立ってりらっ赤く白い光が一閃しました。	19	14	4
1	205	It was near its eastern end: westward it ran away into darkness.	340	かすかにあるところは実は近くにすぎることで、西の方では赤く燃えるような光が暗闇の中へ消えていきます。	19	14	2
1	205	They stood at the top of the stairs into the darkness.	340	かれらは立ち止って目をこらして階段の上の暗闇をうかがいました。	19	14	4
1	205	At the moment that was before their danger, in the dark they could not see a descent.	341	At the moment、この暗闇の中では、階段の寄りも、何もないに足を踏み出すまでは、	20	14	4
1	205	for in the dark they could not see a descent. ~	341	という暗闇の中では、階段の寄りも、どこにあるかもわからないようです	20	14	4
1	205	Something dark as a cloud was blocking out all the light inside.	341	何か雲のように、黒っぽいものが階段の部分の明かりをすっかりさえぎっている、	22	14	4
1	205	He had keen eyes in his brown eyes	341	かれは暗闇でも目が利いたので、	23	8	4
1	205	It is red.	342	赤い光で。	23	8	4
1	205	Their stems were smooth and black, but a red glow was darkly mirrored in their sides.	342	アーチ口の向うのところに火が近づいて実は、その幹を赤と燃える光が照らし出し、	24	14	4
1	205	Their stems were smooth and black, but a red glow was darkly morrored in their sides.	342	かれらの幹は黒く滑らかでしたが、赤く燃えるような赤が暗く映えていました、	24	14	4
1	205	Their stems were smooth and black, but a red glow was darkly morrored in their sides.	342	かれらの幹は黒く滑らかでしたが、赤く燃えるような赤が暗く映えていました、	24	3	2
1	205	Their stems were smooth and black, but a red glow was darkly morrored in their sides.	342	かれらの幹は黒く滑らかでしたが、赤く燃えるような赤が暗く映えていました、	24	14	1
1	205	Out of it came a fierce red light came.	343	恐ろしい赤い光が対峙しています。	25	8	1

資料24

1	205	Wisps of dark smoke wavered in the hot air.	343	黒い煙の幾筋か、熱い空気の中をゆらゆらと立ち上っています。	14	3
1	205	Suddenly Frodo saw before him a black chasm.	343	突然フロドは目の前に黒い裂け目を見出しました。	3	4
1	205	Another pierced Gandalf's hat and stuck there like a black feather.	343	もう一本はガンダルフの帽子を突き通して黒い羽根飾りのように止まっていました。	3	3
1	205	Beyond the fire he saw swarming black figures.	343	火の向こうに黒いものの蠢くさまを彼は見ました。	3	5
1	205	They brandished spears and scimitars which shone red as blood in the firelight.	343	かれらは血のように赤く火に映える槍と三日月刀を振り回しています。	8	1
1	205	it was like a great shadow, in the middle of which was a dark form.	344	大きな影のようなその真ん中に黒い姿が浮かび上がり、	3	5
1	205	a black shadow swirled in the air.	344	黒い煙が渦を巻いて立ちのぼりました。	14	4
1	205	The dark figure streaming with fire raced towards them.	344	黒い姿のものは炎をなびかせて、かれらの方に突き進んで来ました。	14	3
1	205	but in his other hand Glamdring gleamed, cold and white.	344	しかし、もう一方の手にはグラムドリングが冷たく白く光っています	14	6
1	205	Then the echoes died as suddenly as a flame blown out by a dark wind.	344	しかしその角笛の響きも、まるで暗い風に吹き消されるように不意に止んで、	14	5
1	205	The dark fire will not avail you. flame of Ud'n.	344	暗き炎、ウドゥンの焔めをそちの助けにはならぬ。	5	4
1	205	From out of the shadow a red sword leaped flaming.	345	その中の火は消えかかっていましたが、それと取り違えるようにしらじらと色濃く燃えあがりました。	14	1
1	205	Glamdring glittered white in answer.	345	鏘然(そうぜん)と刃が噛み合い、白い火花をほとばしりました。	14	5
1	205	There was a blinding clash and a stab of white fire.	345	目の眩むばかり、まったくの暗闇となります。	1	5
1	205	A blinding sheet of white flame sprang up.	345	火は消え、まったくの暗闇となりました。	14	4
1	205	The fires went out, and blank darkness fell.	346	東方の低地には金色の光が仄々と昇ってきました。	11	4
1	205	but eastwards there was a golden light on the land.	346	日は輝き、空は青と白の雲が浮かんでいる。	14	4
1	205	The sun was shining; the clouds were white and high.	333	山かげに大門のアーチが黒々と口を開けて見えました。	14	1
1	205	Dark yawned the archway of the Gates under the mountain-shadow.	346	うすく黒い煙が一筋立ちのぼっていました。	3	4
1	205	A thin black smoke trailed out.	347	その上には三つの白い峰々が輝いていました。	3	2
1	205	above which three white peaks were shining	347	そこで白いレースのかかった一本の急流が遥か谷底に落ちていき、	1	6
1	206	At the head of the glen a torrent flowed like a white lace	347	その水は暗い色をたたえています。	14	3
1	206	Yet its waters were dark.	347	今夜は暗くなろう。	6	3
1	206	it will be dark tonight.	348	ランプともる部屋から仰ぎ見るような晴れわたる夕暮れの空のような深い緑の青い静い水、	14	3
1	206	a deep blue clear evening sky seen from a lamp-lit room.	348	頂上そこには忍々と煙る緑と細枝の白樺、風にそよいでいる緑の樅の小山	6	2
1	206	mounds of green topped with slender birches, or fir-trees sighing in the wind.	348	かれはとある水の上にかかる緑のスロープを駆けおりました	14	3
1	206	They stooped over the dark water.	348	その緑のなだらかなスロープを駆けおりました。	1	3
1	206	He ran down the long slope.	348	フロドは疲れや痛みにもかかわらず、相変わらず静かな青い水の中に映し出されていました。	6	3
1	206	Frodo followed slowly, drawn by the still blue water in spite of hurt and weariness.	348	やおら四方を見回し、周りを取り囲むぐるりの山々の姿が、深い青い水の中に映し出されていました。	5	3
1	206	Then slowly they saw the forms of the encircling mountains mirrored in a profound blue.	348	山々の頂は、まるで白い焔の羽毛のように	5	4
1	206	the peaks were like plumes of white flame	348	緑の草地を駆けてまた道に戻ってきたのです	6	1
1	206	hastened back up the green-sward to road again.	348	これなる銀筋川の源泉なるかや	12	2
1	206	Here is the spring from which the Silverlode rise,	349	銀筋川が大河混じるところ	12	2
1	206	the Silverlode flows into the Great River	349	銀筋川の暖かい暗闇からまろび出て冷たさえ立身になじみかねる	2	2
1	206	until it was lost in a golden haze.	349	その光は金色の霧の中に消えたまってゆる。	11	4
1	206	For in the autumn their leaves fall not, but turn to gold.	349	秋に立っても落ちちず金色になり、吹く風にさえ冷たくくり思われました	14	4
1	206	Together they plunged over a fall of green-hued stone	349	碧緑色の滝が流れ出して、	6	2
1	206	with the hurrying Silverlode	349	樹緑の滝が流れ出して、	10	3
1	206	the new opens do	349	枝々には黄色い花々たわわに咲いて、	11	2
1	206	then the boughs are laden with yellow flowers,	350	銀色の輝きが仄かな光を放っているのでした。	11	5
1	206	the silver corsler shimmered	350	森の床は一面に金色、屋根も金色	14	1
1	206	and the floor and roof and golden is the roof	350	森の床は一面に金色、屋根も金色	13	4
1	206	There was a dark and blackened bruise on Frodo's right side and breast.	350	フロドの右脇腹から胸にかけて黒ずんだ打身の傷がやってきていた。	12	4
1	206	and golden is the roof and golden is the roof	351	そしてその柱も銀色	13	4
1	206	its pillars of bark of silver	351	木々の東の方には、遠くはるかな野原や森、昼なお夕暮れの光がゆらゆらたゆとっています。	2	4
1	206	Away in the east the evening light lay pale upon the dim lands of distant plain and wood.	352	暗くなりました。深い夜の闇が下されました。	14	1
1	206	It was dark. Deep night had fallen.	352	かれらの前には広い灰色の影がほんやりと広がっています。	14	6
1	206	Before them a wide grey shadow loomed.	352	とうとう黄金の森の軒下にやって来た。	11	6
1	206	We have come to the eaves of the Golden Wood.	352	おぼろげな早明かりで見ると木々の幹はまた灰色をしている	2	2
1	206	In the dim light of the stars their stems were grey				

資料25

資料 26

			English		Japanese			
1	206	their quivering leaves a hint of fallow gold	352	風にゆらぐ葉は朽葉色がかった金色	46	11	2	2
1	206	If Elves indeed still dwell here in the darkening world.	352	前でいやも、いていくこの世界に、エルフたちが本当にまだに住まっているのなら。	47	14	4	2
1	206	And now we must enter the Golden Wood, you say.	352	そして今であなたは黄金の森にはいらねばぬらないという。	48	11	6	2
1	206	and joined the Silverlode.	353	銀筋川と合流しています。	49	12	6	2
1	206	the golden flowers that floated	353	流れにつれて漂う金色の花々	49	11	2	2
1	206	Its dark hurrying waters ran across the path before them.	353	暗く速やかに流れるその水は一行の前の道を横切り、	49	14	4	4
1	206	All is dark now and the Bridge of Nimrodel is broken down.	353	今はすべてが暗い、ニムロデルの橋もこわれてしまった。	50	14	4	4
1	206	before the world was grey	350	あるいはこの世の灰色と花す前に	50	7	1	2
1	206	Her mantle white was hemmed with gold	354	白いマントに金のふちどり	50	11	1	5
1	206	Her mantle white was hemmed with gold	354	白いマントに金のふちどり	50	11	1	5
1	206	Her shoes of silver-grey	354	はく靴の色は銀ねずみだった	50	12	1	5
1	206	Her shoes of silver-grey	354	はく靴の色は銀ねずみだった	50	11	1	5
1	206	As sun upon the golden boughs	354	黄金の枝に日が差すように。	51	11	2	4
1	206	her limbs were white	354	四肢は白く	51	11	1	2
1	206	Her voice as falling silver fell	354	Her voice as falling silver fell	51	12	3	5
1	206	The elven-ship in haven grey / Beneath the mountain-lee	354	山かげの灰色の港に／エルブの船がまどろむ影	52	2	3	4
1	206	When dawn came dim the land was lost, / 'The mountains sinking grey	354	明けの明け方が明けれは／山は全く障害を見失う	52	2	4	4
1	206	When golden were the boughts in spring	355	美しいミロッリアンに春が来れば、枝々に金色の花の咲く	53	11	2	3
1	206	she was lost far in the South, in the passes of the White Mountains;	355	そしてニムロデルははるか南の国、白い山脈の山道で行方知れずとなり、	55	11	1	2
1	206	flows into Silverlode, that Elves call Celebrant.	355	ケレブラントと呼ぶ銀筋川に流れ込む	55	11	6	2
1	206	the roof of dark boughs above	356	頭上よりに暗く張り出した大枝	55	14	3	2
1	206	Their great grey trunks were of mighty girth,	356	大樹の灰色の幹身が壁のようなところがあって、	56	12	2	2
1	206	Mellyrn they are called, and are those that bear the yellow blossom,	356	メルリンと呼ばれていて、側の黄色い花をつけるというのはこれだと知っている	56	10	2	2
1	206	westward along the mountain-stream away from Silverlode.	356	銀筋川から離れて、山の流れ、一行ずっと進みました。	56	12	6	2
1	206	they could shoot you in the dark.	357	暗闇でも身を寄せようと思えば身ぐらいだったっていたいのです。	57	7	4	4
1	206	it was made of rope, silver-grey and glimmering in the dark.	357	それは縄でできていましたが、闇の中で銀灰色の光さえ放っていました。	58	14	4	4
1	206	it was made of rope, silver-grey and glimmering in the dark,	357	それは縄でできていましたが、闇の中で銀灰色の光さえ放つ	58	12	4	2
1	206	it was made of rope, silver-grey and glimmering in the dark.	357	それは縄でできていましたが、闇の中で銀灰色の光さえ放つエルフ。	58	12	4	2
1	206	They stood clad in shadowy-grey	357	ぼかげように細い銀色の滝が流れ出ました	60	2	1	2
1	206	that gave out a slender silver beam.	357	するとー筋の細い銀色の光が流れ出ました。	60	12	2	2
1	206	We have not had dealings with the Dwarves since the Dark Days.	358	暗黒時代以来、われらはドワーフたちはまじえもありません。	61	14	6	6
1	206	looked up at the stars glinting through the pale roof quivering leaves.	359	かすかにそよぐ梢の黄ばんだ葉が風ましがれる隙間から星をこまて眺めていた。	64	13	3	3
1	206	He could dimly see the grey forms of two elves	359	その灰色の姿はわずかにほんやり見えるだけでした	64	2	1	2
1	206	Frodo sat up in alarm and saw that it was a grey-hooded Elf	359	驚いたフロドが体を起こしてよく見ると、それは灰色の頭巾をかぶったエルフでした。	64	12	6	6
1	206	it flashed and glittered like a blue flame;	359	それは青い炎のような光を放っていました。	65	5	4	3
1	206	He stared down into the dark holding his breath.	360	フロドは息を殺して、下の暗がりにじっと目を凝らしました。	66	14	5	2
1	206	Frodo saw two pale eyes.	360	振り返るとフロドは灰色の幹身の間に、白く泡立つ水がきらきら光っているのを見つけました。	66	13	4	2
1	206	Day came pale from the East.	360	それから夜の薄らっとうきに東から白々と暁の色がつきてくるのをフロドは見ました。	67	13	2	2
1	206	through the yellow leaves of the mallorn	360	マルロンの梢の黄色い葉の隙間から	67	10	4	2
1	206	Pale-blue sky peeped among the moving branches.	361	ゆらぐ枝の間から薄青い空がのぞいている	67	5	2	4
1	206	Pale-blue sky peeped among the moving branches.	361	ゆらぐ枝の間から薄青い空がのぞいている	67	13	1	4
1	206	Silverlode lying like a sea of fallow gold tossing	361	銀筋川の谷全体が朽葉色の金色の海のように	67	12	6	2
1	206	Silverlode lying like a sea of fallow gold tossing	361	銀筋川の谷全体が朽葉色の金色の海のように	67	1	3	2
1	206	Frodo looked back and caught a gleam of white foam among the grey tree-stems	360	振り返るとフロドは灰色の幹身の間に、白く泡立つ水がきらきら光っているのを見つけました。	67	1	4	4
1	206	Frodo looked back and caught a gleam of white foam among the grey tree-stems	360	振り返るとフロドは灰色の幹身の間に、白く泡立つ水がきらきら光っているのを見つけました。	67	1	5	4
1	206	They went back to the path that still went on along the west side of the Silverlode.	360	一行はなおも銀筋川の西岸沿いに続いている小道に戻り、	68	12	2	4
1	206	an Elf stepped, clad in grey, but with his hood thrown back;	361	灰色に身をつつんだエルフが一人、頭から頭巾をうしろに投げ出して	68	2	2	2
1	206	Haldir skilfully cast over the stream a coil of grey rope.	361	ハルディルは灰色の細いころレープを目の前に投げ上げます	68	2	1	2
1	206	on the east bank of the Silverlode	361	銀筋川の東岸で、	69	12	5	5
1	206	his hair glinted like gold in the morning sun.	361	髪の毛が朝日を受けて金色にきらきら輝いています。	69	1	6	1
1	206	and looking down from the pale eddying water as if it was a chasm in the mountains.	361	薄青い渦巻く水を止める木々の深い深い淵であるかのように見下ろしながら。	69	13	3	2
1	206	between the arms of Silverlode and Anduin the Great.	361	銀筋川と大河アンドゥインの狭間に	70	12	6	2
1	206	while the sun is merry in the woodland under leaves of gold!	362	黄金色の葉の下、日が楽しく森の中を照らすそころと！	72	11	2	2
1	206	Indeed in nothing is the power of the Dark Lord more clearly shown than in the estrangement	362	事実、今こそ冥王に、森の中をわたる者たちを分裂させる離間作戦ほど、	72	14	6	6
1	206	and in it there are many dark places;	363	そしてまたそこには暗黒色の地もあります。	74	14	6	3

1	206	As soon as the sun was set foot upon the far bank of Silverlode a strange feeling had come upon him.	364	銀筋川の向こう岸に陽の光が差した時から、かれはふしぎな感じに襲われていました。	75	12	6	2
1	206	it had vanished down the Silverlode southward	364	それは銀筋川を南に下って消え失せたのでした。	76	12	6	2
1	206	a sword of grass as green as Spring-time in the Elder days	364	上古の春から変わらぬ青々とした緑の草原でおおわれているように。	77	6	3	2
1	206	the outer bark of snowy white,	364	外側の木は雪時代のように。	77	1	1	2
1	206	the inner were mallorn-trees of great height, still arrayed in pale gold.	365	内側の木は非常に丈の高いマルローンの木で、今もまだうす黄金色で装われていました。	77	13	2	1
1	206	the inner were mallorn-trees of great height, still arrayed in pale gold.	365	内側の木は非常に丈の高いマルローンの木で、今もまだうす黄金色で装われていました。	77	11	1	1
1	206	the branches of a towering tree that stood in the centre of all there gleamed a white fleet.	365	一本の八塔がそびえ立ち、星のような形の小さな金色の花が一面にもり、白い花の咲きが飾られていました。	77	1	1	2
1	206	all about the green hillsides the glass was studded with small golden flowers shaped like stars.	365	緑の丘の辺りは、星のような形の小さな金色の花が一面にもり、白い花の咲きが飾られていました。	77	6	3	1
1	206	all about the green hillsides the glass was studded with small golden flowers shaped like stars.	365	緑の丘の辺りは、星のような形の小さな金色の花が一面にもり、白い花の咲きが飾られていました。	77	13	3	1
1	206	Among them, nodding on slender stalks, were other flowers, white and palest green;	365	またその間にほっそりとした茎にうなずく深い深い深い白い白い花の咲きを乱れていました。	77	11	3	2
1	206	Among them, nodding on slender stalks, were other flowers, white and palest green;	365	またその間にほっそりとした茎にうなずく深い深い深い白い白い花の咲きを乱れていました。	77	6	2	2
1	206	Among them, nodding on slender stalks, were other flowers, white and palest green;	365	またその間にほっそりとした茎にうなずく深い深い深い白い白い花の咲きを乱れていました。	77	5	4	2
1	206	Over all the sky was blue	365	空の青（広がり）	77	6	4	5
1	206	cast long green shadows beneath the trees	365	木々の下に長い緑の影を作っていました。	78	13	2	2
1	206	the yellow elanor and the pale niphredil	365	黄色いのはエラノール、色の薄いのはニフレディル	78	2	2	2
1	206	the yellow elanor and the pale niphredil	365	黄色いのはエラノール、色の薄いのはニフレディル	78	10	4	1
1	206	He was no colour but those he knew, gold and white and blue and green	365	彼の見ているのは、金と白と青と緑、一つとして知らない色はありません。	78	11	2	1
1	206	He was no colour but those he knew, gold and white and blue and green	365	彼の見ているのは、金と白と青と緑、一つとして知らない色はありません。	78	5	4	1
1	206	He was no colour but those he knew, gold and white and blue and green	365	彼の見ているのは、金と白と青と緑、一つとして知らない色はありません。	78	6	4	1
1	206	He was no colour but those he knew, gold and white and blue and green	365	彼の見ているのは、金と白と青と緑、一つとして知らない色はありません。	78	6	4	2
1	206	They entered the circle of white trees.	365	三人は白い木々の間の中にうつっています。	79	1	1	3
1	206	or a city of green towers	366	あるいは緑の塔の林のような都で有するかもしれません。	80	6	3	3
1	206	longed suddenly to fly like a bird to rest in the green city.	366	そちらはリーンの地点から、緑の都の間に飛びたいという気持ちを感じました。	80	6	7	3
1	206	Then he looked eastward and was all the land of L?rien running down to the pale gleam of Anduin.	366	それから彼はリーンの地点を眺め、青青　光る大河アンドゥインの方に流れ下っているかのように見えました。	80	13	2	2
1	206	but in his hand ws a small golden bloom of elanor	366	その手には小さな金色のエラノールの花が握られ、	81	11	2	5
1	206	He seemed clothed in white	367	白い衣装に身を包んだ、	81	1	1	1
1	206	until far away it rose again like a wall, dark and dreary.	368	あたりから暗い荒涼とした長い城の城壁が囲み広がりと置かっているように聳え立ってい。	81	14	4	1
1	206	It is clad in a forest of dark fir.	368	暗い樅の森でおおわれている。	81	14	4	2
1	206	A black cloud lies often over it of late.	366	最近しばしばあの上を黒い雲がおおうのです。	81	3	4	4
1	206	unless the light perceives the very heart of the darkness.	367	あんなとこへはいる人はまだ全くいません、光が暗闇そのものを見とめて聞かな。	82	14	4	2
1	207	the Elves uncovered their silver lamps.	367	エルフたちは銀色のランプにおおいをはずしました。	83	12	5	5
1	207	under a pale evening sky pricked by a few early stars.	367	いち早い宵の星がまたたく深い深い空の下。	83	6	3	1
1	207	the green grass brink was green as if it glowed still in memory of the sun that had gone.	368	土手の緑の草がまるでまだほんの先ほど消えたばかりの太陽の光のなごりに置く青々と燃え輝いているかのように。	83	14	4	3
1	207	there rose to a great height a green hill encircling a green city with mallorn-trees	368	マルローンの木々をめぐらせてその緑に包く緑色の城の城壁を置いていました。	83	6	4	4
1	207	there rose to a great height a green hill encircling a green city with mallorn-trees	368	マルローンの木々をめぐらせてその緑に包く緑色の城の城壁を置いていました。	83	6	4	3
1	207	countless lights were gleaming, green and gold and silver.	368	無数の明かりが緑と金と銀色にちらちらきらまたとまたたっています	83	6	5	5
1	207	countless lights were gleaming, green and gold and silver.	368	無数の明かりが緑と金と銀色にちらちらきらまたとまたたっています	83	6	5	3
1	207	countless lights were gleaming, green and gold and silver.	368	無数の明かりが緑と金と銀色にちらちらきらまたとまたたっています	83	12	4	2
1	207	There was a road paved with white stone running on the outer brink of the fosse.	368	堀の外側の縁に沿って白い石の舗装路が走っていました。	84	6	3	2
1	207	like a green cloud upon their left	368	左手にはいっつまでも緑で誇っかるように。	84	1	1	3
1	207	They came at last to in the bridge.	367	彼らはようやく白い橋のあるところに来ました。	84	12	4	3
1	207	It fell into a basin of silver, from which a white stream spilled	369	銀の水盤に一筋落ちちたかと思うと、それから一筋の白い水流がとなって流れ下っているのであ	85	12	3	3
1	207	It fell into a basin of silver, from which a white stream spilled	369	銀の水盤に一筋落ちちたかと思うと、それから一筋の白い水流がとなって流れ下っているのであ	85	2	3	3
1	207	Its great smooth bole gleamed like grey silk	369	その巨大な樹幹は灰色の絹のような光沢をたたえ	85	2	3	4
1	207	Beside it a broad white ladder stood	369	木の傍にはゆったりとした白いはしごがかかっていて、	85	1	5	5
1	207	Frodo saw that they were tall and clad in grey mail.	369	フロドが見ると、三人とも背が高く、灰色の鎖帷子をびらに身を固ろつく	86	2	3	2
1	207	and from their shoulders hung long white cloaks.	369	長い白いマントを肩から垂らしていました。	86	6	6	2
1	207	Its walls were green and silver, and its roof of gold	369	壁の色は緑と銀で、天井の色は金で、	86	12	3	3
1	207	Its walls were green and silver, and its roof of gold	369	壁の色は緑と銀で、天井の色は金で、	86	6	5	3
1	207	Its walls were green and silver, and its roof of gold	369	壁の色は緑と銀で、天井の色は金で、	86	1	5	4
1	207	They were clad wholly in white	369	二人とも全身を白ずくめの衣装を身にまとい	86	1	3	3
1	207	and the hair of the Lady was of deep gold.	369	髪は黄金の深い金色。	86	12	3	5
1	207	the hair of the Lord Celeborn was of silver long and bright;	369	ケレボルンの殿の髪は長く白銀に輝き、銀のようでした。	86	12	3	3
1	207	May it be a sign that though the world is now dark better days are at hand.	370	願はくぼこれ、たとえその世は暗くとも良き日が近づく、	87	14	4	1

資料27

資料28

1	207	Gandalf the Grey set out with the Company.	370	灰色のガンダルフ一行と一緒に出発します。	88	6	1
1	207	a grey mist is about him	370	彼のまわりには灰色の霧がかかっています。	88	2	2
1	207	Gandalf fell into shadow.	370	灰色のガンダルフは闇の中へおちました。	88	2	1
1	207	Elrond is far away, and darkness gathers between us.	370	エルロンドは遠く、われわれとの間はいよいよ暗い。	88	14	2
1	207	the One who sits in the Dark Tower	371	暗黒の塔に坐すかの者	89	14	3
1	207	Dark is the water of Kheled-zâr'm.	371	ケレド＝ザラムの水は暗く	91	14	3
1	207	It it was who first summoned the White Council	372	初めての白の会議を招集したのもかれからです	92	1	5
1	207	it would have been governed by Gandalf the Grey	372	白の会議は灰色のガンダルフの司会するところとなり、	92	2	1
1	207	O Pilgrim Grey!	374	「おお、灰色の漂流者よ！」	97	2	2
1	207	When evening in the Shire was grey	374	庄の夕べが灰色になるころ	98	2	6
1	207	through dragon-lair and hidden door / and darkling woods he walked at will	374	竜の臥処も隠し戸も、暗い森	99	14	2
1	207	they burst in stars of blue and green	375	空に青と緑の星々を散らしました。	100	5	4
1	207	they burst in stars of blue and green	375	空に青と緑の星々を散らした。	100	5	2
1	207	or after thunder golden showers	375	とどろく雷のあとで金色の驟雨（しゅうう）	100	11	4
1	207	Tall and fair and fair she walked beneath the tree.	376	高く、白い衣装、金髪の美しく麗方は木の下を歩いてきました。	103	1	1
1	207	passing through a high green hedge they came into an enclosed garden.	376	高い緑の生け垣を通り抜けて三人は囲まれた庭に出ました。	103	6	3
1	207	The evening star had risen and was shining with white fire above the western woods.	376	西の森の上にはすでに宵の明星がのぼり、白い火のように輝いていました。	103	14	5
1	207	Down a long flight of steps the Lady went into a deep green hollow	376	男方は深い緑の窪地に入っていきました。	103	2	4
1	207	through which ran murmuring the silver stream that issued from the fountain on the hill	376	丘の上の噴水から流れ出した銀色の小川をさらさらと流れていました。	103	6	3
1	207	stood a basin of silver wide and shallow.	376	大きくても浅い銀の水盤がおかっていました。	103	12	5
1	207	and beside it stood a silver ewer.	376	そしてその傍には銀の水差しが置かれていた。	104	2	1
1	207	The air was very still, and the dell was dark.	377	空気は静まりかえり、窪地は暗く	104	12	5
1	207	the ElfLady beside him was tall and pale.	377	かたわらに立つエルフの奥方はすらりとして、ほの白く見えました。	104	13	3
1	207	The water looked hard and dark.	377	水は張りつめて暗く見えました。	105	14	3
1	207	As if a dark veil had been withdrawn,	377	黒っぽい被さがかかっていたのが引き上げられたかのように	106	2	5
1	207	the Mirror grew grey	377	鏡はだんだん灰色となり	106	2	5
1	207	Frodo with a pale face lying fast asleep under a great dark cliff.	378	大きな暗い崖の下に、青い顔をしたフロドが横たわってぐっすり眠り込んでいる	106	13	5
1	207	Frodo with a pale face lying fast asleep under a great dark cliff	378	大きな暗い崖の下に、青い顔をしたフロドが横たわってぐっすり眠り込んでいる。	106	14	5
1	207	and a large red-brick building was being put up where it had stood.	378	そのあとに大きな赤煉瓦の建物が建設の途中である	106	8	4
1	207	There was a tall red chimney nearby.	378	すぐ近くに丈の高い赤い煙突があります。	106	3	5
1	207	Black smoke seemed to cloud the surface of the Mirror.	378	黒い煙が鏡の表面を曇らすように見えました。	108	3	5
1	207	he climbed on the pedestal and bent over the dark water	378	台座によじ登ると暗い水の上に身を屈めました。	108	14	4
1	207	Mountains loomed dark in the distance against a pale sky.	378	黒っぽい山々の姿がほんやりと浮かんでいます、	108	2	5
1	207	Mountains loomed dark in the distance against a pale sky	378	黒っぽい山々の姿がほんやりと浮かんでいる。	108	13	3
1	207	A long grey road wound back out of sight.	378	灰色の長い道が（うねりうねり）	108	2	5
1	207	the figure was clothed in white.	379	その白い人影は灰色ではなく白い衣装をまとっている	109	2	2
1	207	the figure was clothed not in grey, but in white.	379	その人物の灰色ではなく白い衣装をまとっている。	109	1	1
1	207	in a white that shone faintly in the dusk and in its hand there was a white staff	379	夕暮にほのかに光って見える白さに見えて、その手には白い杖が握られていた	109	1	1
1	207	in a white that shone faintly in the dusk and in its hand there was a white staff	379	夕暮にほのかに光って見える白さに見えて、その手には白い杖が握られていた。	110	8	4
1	207	the sun went down in a burning red that faded into a grey mist;	379	太陽は赤々と燃え下り沈み、その夕焼けも薄れてゆくと灰色の霧があり	110	2	4
1	207	the sun went down in a burning red that faded into a grey mist;	379	太陽は赤々と燃え下り沈み、その夕焼けも薄れてゆくと灰色の霧があり、	110	2	5
1	207	sinking blood-red into a wrack of clouds.	379	血のように赤々とちぎれ雲の間に沈んでいく	109	8	4
1	207	the black outline of a tall sip with torn sails riding up out of the West.	379	輪郭を黒々とくっきりとさせて西の海から昇っているのが見えた。	109	14	4
1	207	Darkness fell.	379	暗くなりました。	110	14	5
1	207	Then a white fortress with seven towers.	379	そしてから七つの塔に雲立つ白い砦が現れた。	110	3	3
1	207	And then again a ship with black sails.	379	まるで猫の目のように黄色く、ゆるぎなく疑っていた視線は疑らされていますが、	110	10	5
1	207	and a banner bearing the emblem of a white tree shone in the sun.	379	細長く黒く開いた瞳は悲痛で恐ろしく	110	3	2
1	207	but was itself glazed, yellow as a cat's, watchful and intent.	380	太陽は冷ややかな星影の銀の森の中に輝いているのをみるのでした。	111	12	1
1	207	and the black slit of its pupil opened on a pit, a window into nothing	380	わらわれはかの冥王を、東の方に周手をむけ	111	14	2
1	207	he was looking at the cool stars twinkling in the silver basin.	111	1					
1	207	I perceive the Dark Lord and know his mind.					
1	207	She lifted up her white arms, and spread out her hands towards the East					

	English	p	#	Japanese	#	#
1	it glittered like polished gold overlaid with silver light.	207	11	指輪は、銀の光を上にかけて磨きこんだ金のように きらめきました。	380	4
1	it glittered like polished gold overlaid with silver light.	207	12	指輪は、銀の光を上にかけて磨きこんだ金のように きらめきました。	380	5
1	a white stone in it twinkled as if the Even-star had come down	207	13	指輪の白い宝石は、さながら背の明星が降りてきてで もあるかと瞬きました。	381	5
1	In place of the Dark Lord you will set up a Queen.	207	14	冥王に代わって女王を置かんとされるか。	381	6
1	And I shall not be dark.	207	14	わらにも暗黒の女王とはなりえず	381	6
1	a slender light that illumined her alone and left all else dark.	207	1	彼女一人を明るく照らし出し、あとのものを暗やみに 残しました。	381	4
1	a slender elf-woman, clad in simple white.	208	1	簡素な白の衣装を身にまとった、ほっそりしたエルフ の女性	383	1
1	but the straight road of the Quest lies east of the River, upon the darker shore.	208	14	しかしまっすぐに向かう道は河の東岸、より暗き方の 岸にある	383	2
1	save to walk blindly with him into the darkness?	208	1	ただ暗闇の中を彼とともに歩くことしかないのです	385	1
1	But if you wish to destroy the armed might of the Dark Lord,	208	14	しかし、もしあなたが冥王の武力を打ち滅ぼしたいと 願っているのなら、	385	2
1	that was baked a light brown on the outside.	208	2	それは外側が薄くキツネ色に焼けて	385	2
1	grey with the hue of twilight under the trees they seemed to be:	208	2	木の下では夕暮の色をほのびたように見え、	386	1
1	they were green as shadowed leaves, or brown as fallow fields by night,	208	6	影を帯びた葉っぱのような緑色にも見えたり、夜の枯 畑のような褐色に見えたり、	386	2
1	they were green as shadowed leaves, or brown as fallow fields by night.	208	14	影を帯びた葉のような緑色にも見えたり、ハルビナ畑の ような褐色に見えたり、	386	3
1	dusk-silver as water under the stars.	208	2	星明かりの下の水のような淡い銀色	386	3
1	with a brooch like green leaf veined with silver.	208	12	銀の葉脈を入れた緑の葉っぱのブローチで止めてあり ました。	386	3
1	with a brooch like green leaf veined with silver.	208	1	銀の葉脈を入れた緑の葉っぱのブローチで止めてあり ました。	386	2
1	As they stood for a moment looking at the white water in the sunlight,	208	6	こうして一同が朝日下にきらめく流水をながめておりますと	386	6
1	Haldir came walking towards them over the green grass of the glade.	208	6	空き地の緑の芝生の上を踏みわたって、ハルディアが 彼らの方に歩いてきました。	387	1
1	the green ways were empty	208	2	緑の道にはエルフたちの姿はなく、一人も見受けられません。	387	3
1	they came again to the great gate hung with lamps, and to the white bridge:	208	3	そこで一同はふたたびランプのたくさんかかっている 大門に出ました。	387	3
1	winding through rolling woodlands of silver shadow.	208	12	小道は起伏する森林地帯の銀色の木かげの中をゆるゆ ると曲がりながら、	387	2
1	they came on a high green wall.	208	2	一行は高い緑の城壁のあるところにきました。	387	2
1	studded with eldanor that glinted in the sun.	208	11	そこには光にきらきらときらめく金色のエラノールが 点々と映え散っているの	387	6
1	On the bank of the Silverlode.	208	12	銀筋川の岸に	387	4
1	there was a hythe of white stones and white wood	208	1	白い石と白い木でこしらえた舟着場がありました。	387	3
1	on the right and west the silverlode flowed glittering	208	12	右手、つまり西側に銀筋川がきらきら流れながら、	387	2
1	the Great River rolled its flood of waters, deep and dark.	208	11	深く、色黒く大河が流れておるところで流れにでて、	387	5
1	No mallow lifted its gold-hung boughs	208	6	もはや一本のマルローの木も金にたる枝を張りのべて はいませんでした。	387	5
1	On the bank of the Silverlode.	208	12	銀筋川の岸に	387	5
1	there was a hythe of white stones and white wood	208	11	白い石と白い木でこしらえた舟着場がありました。	387	4
1	Three great grey boats had been made ready for the travellers,	208	12	三艘の灰色の小舟がはやこの旅人たちのために仕立て られ、	387	2
1	but strong, silken to the touch, grey of hue like the elven-cloaks,	208	2	非常に丈夫で、エルフのマントと同様、手触りは絹 でありその色も灰色でした。	387	2
1	handling as light upon the green-sward.	208	2	緑の原の上に置かんばかりの指揮して、手軽に持ち運 べる一本ついている。	387	3
1	When all was ready Aragorn led them on a trail up the Tongue.	208	6	アラゴルンがみんなを指揮して詩めがきの細筋にきみ な道を歩いていきました。	388	2
1	As they passed beyond the green field of the Tongue,	208	3	岬の緑の原を通りすぎると、	388	6
1	Here and there golden leaves tossed and floated on the rippling stream.	208	1	金色の木の葉がいくつもまじっている。	388	3
1	The water rippled on either side of the white breast	208	4	白い胸の両側には波がたっている。	388	1
1	Its beak shone like burnished gold.	208	5	嘴は磨かれた金のように輝いていた。	388	4
1	and its eyes alike jet set in yellow stones;	208	5	そしてその目は黒玉を黄色い石にはめたように輝いて います	388	5
1	its huge white wings were half lifted.	208	10	巨大な白い翼は半ばすぼめた羽を持ち上げている。	388	1
1	Two elves clad in white steered it with black paddles.	208	1	白衣に包まれた二人のエルフが黒い櫂を使って舟を動 かしていました。	388	2
1	Two elves clad in white steered it with black paddles.	208	3	白衣に包まれた二人のエルフが黒い櫂を使って舟を動 かしていました。	388	3
1	And by the s t rand of Ilmarin ther grew a golden Tree.	208	1	イルマリンの岸近くに、また一つの黄金の木が生え出で、	388	2
1	There long the golden leaves have grown upon the branching years.	208	1	黄金のエラノールを多年の枝を染るか、	389	2
1	And in a fading crown have twined the golden elanor.	208	11	黄金のエラノールを編んで作ったと冠、色あせてしまった。	389	2
1	upon the green grass the parting feast was held;	208	11	緑の草の上に別れの宴が催されました。	389	1

資料29

	English	Page		Japanese	Page		
1	208	the black gates of Mordor	390	モルドールの黒い門	134	3	3
1	208	I passed through the Gap by the skirts of the White Mountains,	390	わたくしは白の山脈の裾野を回って、	135	1	3
1	208	and crossed the Isen and the Greyflood into Northerland	390	アイゼンには轟灰川を渡って北の国に出ました	135	2	6
1	208	for I lost my horse at Tharbad, at the fording of the Greyflood.	390	灰色の渡瀬、サルバッドで馬を失ってしまったからでございます。	135	2	6
1	208	She filled it with white mead and gave it to Celeborn.	390	白い蜂蜜酒をみーどで満たして、ケレボルンに渡されました。	135	1	5
1	208	with a tracery of flowers and leaves wrought of silver and gold	391	それは金銀で細工した透かし模様の花と葉でちりばめられている	136	12	2
1	208	with a tracery of flowers and leaves wrought of silver and gold	391	それは金銀で細工した透かし模様の花と葉でちりばめられている	136	11	2
1	208	For darkness will flow between us.	391	わたしらの間にやがて暗闇が流れ込む。	137	1	4
1	208	and only through darkness shall I come to it.	391	そして闇を通りぬけることにすらのです。わたしたちはやっと到達するのです	137	14	4
1	208	she lifted from her lap a great stone of a clear green, set in a silver brooch	391	奥方が膝から取り上げ一個の大きな緑色の宝石で、銀のブローチに嵌められています	137	6	5
1	208	she lifted from her lap a great stone of a clear green, set in a silver brooch	391	奥方が膝から取り上げ一個の大きな緑色の宝石で、銀のブローチに嵌められています	137	12	5
1	208	and to him she gave a belt of gold	391	そしてかれとには金のベルトを与えました。	138	2	5
1	208	and to Merry and Pippin she gave small silver belts	391	それからメリーとピピンには小さな銀のベルトを与えました。	138	12	2
1	208	each with a clasp wrought like a golden flower	391	どちらも金の花のような留金がついています。	138	11	2
1	208	Sam put into her hand a little box of plain grey wood	391	灰色の手にはかざらない木でできた小さな箱を置きました。	138	2	5
1	208	unadorned save got a single silver rune upon the lid	391	それは蓋の上にただ一字銀のルーン文字があるだけ	138	12	5
1	208	Sam went red to the ears and muttered something inaudible.	392	サムは耳まで赤くなって、聴きとれないようなことをもぐもぐいうと、	139	8	1
1	208	which surpasses the gold of the earth	392	地上の金をしのぐもの	140	11	5
1	208	the Lady unbraided one of her long tresses, and cut off three golden hairs.	392	奥方は長い髪の一房をひとふさ編みほどき、三本切り取って、	141	14	4
1	208	on the hand lies darkness	393	一方には闇が降り、	141	11	4
1	208	your hands shall flow with gold and yet over you gold shall have no dominion	393	そなたの手には黄金は溢れるであろうが、しかもそなたに金は支配されることはありません。	141	11	4
1	208	your hands shall flow with gold and yet over you gold shall have no dominion	393	そなたの手には黄金は溢れるであろうが、しかもそなたに金は支配されることはありません。	141	11	4
1	208	and rays of white light sprang from her hand.	393	そして白い光がその手から発しました。	141	4	4
1	208	May it be a light to you in dark places.	393	これはいつもそう明るく柵を与えまる暗き場所で、	141	14	4
1	208	A yellow noon lay on the green land of the Tongue.	393	白い山からその緑色の両手を送り、星の見えない灰色の夜を横ぎりましよう	142	10	4
1	208	A yellow noon lay on the green land of the Tongue.	393	白い山からその緑色の両手を送り、星の見えない灰色の夜を横ぎりましよう	142	5	4
1	208	and the water glittered with silver.	393	川の水は銀色にきらめいています。	142	12	3
1	208	the Elves of Lorien with long grey poles thrust them	393	ロリアンのエルフたちが長い灰色の棹で旅人達の舟を流れしやると、	142	14	5
1	208	On the bank	393	岸の土手に。	142	6	4
1	208	they sat helpless upon the margin of the grey and leafless world.	393	彼らは葉の落ちた灰色の世界の水ぎわにすべもなく立っている。	142	3	3
1	208	the Silverlode passed out into the currents of the Great River.	393	銀色川は大河の流れのなかに入って行きました。	142	12	2
1	208	Soon the white form of the Lady	393	奥方の白い姿もやがて	142	1	6
1	208	like gold fall the leaves in the wind	394	黄金の葉も風に散る落ち葉	144	11	2
1	208	beyond the West beneath the blue vaults of Varda	394	西の彼方ヴァルダの蒼穹	144	5	5
1	208	from Mount Everwhite has uplifted her hands	394	白い山からその緑色の両手を	144	2	5
1	208	and out of the grey country darkness	394	灰色の国から闇が現われれる暗闇	144	14	7
1	208	and out of the grey country darkness	394	灰色の国から闇が現われれる暗闇	144	14	3
1	208	Torment in the dark was the danger that I feared, and it did not hold me back.	395	暗闇の地で出会う苦しみ、それはわたくしの怖れているの危険だった。	145	14	4
1	209	under tall grey-skinned trees in a quiet corner of the woodlands	147	静かな森の一角の灰色肌の巨木の下	147	13	4
1	209	until it gleamed in a pale sky like a high white pearl.	147	うす青い空に白い真珠のような玉を放つような	147	2	4
1	209	until it gleamed in a pale sky like a high white pearl.	147	うす青い空に白い真珠のような玉を放つような	147	2	5
1	209	and dusk came early, followed by a grey and starless night.	147	早く薄闇がおとずれ、星の見えない灰色の夜が続きました。	147	14	2
1	209	even if I were to go this night straight to the Dark Lord.	145	たとえ今夜このまま夜の冥王のもとに直行しても	145	14	4
1	209	Far beyond the dark quiet hours	147	暗く静かな夜の中を	147	14	2
1	209	They had come to the Brown Lands that lay.	396	鉛色の茶色の一帯に流れ込んでいる茶色の国の境に	148	2	2
1	209	and in many places green with wide plains of grass.	396	榛色の草の枝の間にはい色と広がる緑の草原。	148	2	2
1	209	The dull grey morning was dim among the bare branches.	396	榛色の朝の光はどんよりと葉を落とした枝々の間に薄暗く留まった。	148	2	4
1	209	leaving no living blade of grass.	396	さしたる出来事もなく、灰色の一日はうつろに過ぎさりました。	149	6	2
1	209	brown and withered they looked.	396	緑の草葉一筋だに残さず。	149	2	2
1	209	They had come to the Brown Lands that lay.	396	茶色に枯れて見えました。	149	9	7
1	209	They had come to the Brown Lands that lay.	396	茶色に至で左右に在在する茶色の国の境に	149	6	7
1	209	and in many places green with wide plains of grass.	396	そしてあちらこちらに青青と広がる緑色の草原	149	4	6
1	209	he feared that the Dark Lord had not been idle while they lingered in Lórien.	396	冥王がかれらがロリアンで時を送る間にいたであろうかうと思われてのです。	149	14	6
1	209	Their dark withered pines bent	396	黒ぐろとしたまつれ葉を垂れ、	149	14	4
1	209	"Yes," said Aragorn, "and they are black swans."	397	「そうだとも」とアラゴルンがいいました。「それに、黒鳥くらようだ」	150	3	4
1	209	and of old all that lay between Limlight and the White Mountains	397	白光川から白の山脈に至る土地はすべて	151	1	3

資料30

				English	Japanese			
1	209	The Brown Lands rose into bleak wolds.	397	茶色の国はだんだん高くなって、今は荒涼とした大地になり	152	9	7	4
1	209	Gimli was fingering gold in his mind.	398	ギムリはふしの中で金細工を組みたてては、	152	11	5	2
1	209	and the grey water on either side of him	398	両側に流れる灰色の水	152	2	3	4
1	209	two pale sort of points.	398	両点を放った淡い二つのなにか	154	13	5	4
1	209	of something dark shooting under the shadow of the bank.	399	何か黒っぽいものが、さっと土手の陰がかりに飛び込みました	155	14	6	6
1	209	The miserable creature must have been hiding in the woods by the Silverlode	399	惨めな奴、銀筋川のほとりの森の中に隠れていたのだ、	156	12	6	2
1	209	Frodo came out of a deep dark sleep	399	フロドは深い、暗い眠りから覚めました。	156	14	7	
1	209	when a dark shape, hardly visible, floated close to one of the moored boats.	400	ちょうどその時、ほとんど認めがたいくらいの暗い姿のものが、繋いである小舟の一つに近々と流れこんで	157	14	6	6
1	209	A long whitish hand could be dimly seen as it shot out and grabbed the gunwale	400	白っぽい長い手がぬっと突き出され、艀側の縁をつかむのがかすかと見込み、	157	1	1	4
1	209	two pale lamplike eyes shone coldly as they peered inside.	400	二つ洋燈のような淡い二つの目が小舟の中を覗きこむため、白く光ってから、	157	13	1	1
1	209	and the log-shape shot away downstream into the night.	400	黒い丸木の形をしたものが川の流れにのって夜の中にさっと進み行くのを見ました。	157	14	1	2
1	209	The weather was still grey and overcast.	400	空は相変わらず灰色と曇り込め、	159	14	4	1
1	209	pools of faint light, yellow and pale green, opened under the grey shores of cloud.	400	灰色の海辺のような雲棚の奥に、ほのかに淡く黄色を帯びた青や淡い緑があけの目のように見られました。	159	10	4	1
1	209	and chimneys of grey weathered stone dark with ivy	401	灰色の風化した岩を出した岩は黒く蔦をからませ、	159	13	4	1
1	209	and chimneys of grey weathered stone dark with ivy	401	灰色に風化した突き出した岩は黒く蔦をからませ、	159	13	4	1
1	209	They were drawing near to the grey hillcountry of the Emyn Muil.	401	エミン・ムイルの灰色の丘陵地帯に近づいていました。	159	6	4	1
1	209	We will not use it until it is fully dark.	401	鷲たちも群れがたかって、自く青くしだいに黒っぽく、空中前を旋回している	159	14	4	2
1	209	in the air flocked of birds had been circling, black against the pale sky.	401	鷲たちの群れがたかって、自く青くしだいに黒っぽく、空中前を旋回している	159	13	3	1
1	209	he described a dark spot against the fading light.	401	その闇い一点がまだ残っている夕映えの中にかすかに認められました。	160	2	2	3
1	209	and the grey east wind had passed away.	401	わびしい東風はもう吹き止んでいました。	160	2	2	3
1	209	Araglorn is dark spot against the fading light.	401	アラゴルンはまだ残っている夕映えにそまった暗い一点しかものかすかに認めました。	160	14	2	4
1	209	'We will not use it until it is fully dark,' said Aragorn.	401	「まっ暗になるまでうす出発は延ばしたいとアラゴルンは言いました。」	160	14	4	2
1	209	The night grew dark.	401	夜の闇はだんだん暗さを増していきますが、	161	14	4	4
1	209	Only a few yards ahead dark shapes loomed up in the stream	402	ほんの数ヤード前方の流れに黒っぱい暗いものがいくつかぼんやり姿を現わしました。	161	14	6	6
1	209	Now dark and ominous it loomed up in the dark.	402	それはいま暗い中に黒々と不気味な姿を見せていた。	162	14	6	6
1	209	Sam thought he could glimpse black figures running to and fro	402	サムは一生懸命に注意していると走りまわる黒い姿をちらっと目にしたような気がします。	162	3	3	2
1	209	they expected to feel the bite of black-feathered arrows.	402	すぐにも黒い羽根のついた矢にいつ射られるかと思うと、	163	5	3	5
1	209	It was dark, but not too dark for the night-eyes of Orcs.	402	暗くはありましても、夜目のきくオークにとってはまだ眼を遮るということはありません。	163	14	4	2
1	209	It was dark, but not too dark for the night-eyes of Orcs.	402	暗くはありましても、夜目のきくオークにとってはまだ眼を遮るということはありません。	163	14	4	2
1	209	unless it was that the grey cloaks of Lorien and the grey timber of the elf-wrought boats	402	ただローリエンの灰色のマントとエルフの手になる灰色の船材が、	163	2	2	7
1	209	unless it was that the grey cloaks of Lorien and the grey timber of the elf-wrought boats	402	ただローリエンの灰色のマントとエルフの手になる灰色の船材が、	163	14	2	5
1	209	In the darkness it was hard to be sure that they were indeed moving at all.	403	暗闇の中でははたして一行の舟が進んでいるのかどうかさえ確信がもてませんでした。	164	14	4	4
1	209	peering back over the River into the darkness.	403	好奇の眼差しを暗がりの中に注ぐのをそそぎます。	164	14	4	4
1	209	His head was dark, crowned with sharp white stars that glittered in the black pools of the sky behind	403	その頭は背後の暗々とした空の暗々たる水たまりに、鋭くきらきらと光り出た白い星に冠せられて、黒く浮き出しています。	164	14	5	5
1	209	it appeared as a great winged creature, blacker than the pits in the night.	403	夜空にさえもわれより黒々と突き出た大きな翼のある生き物に見えました。	164	3	5	6
1	209	cursing and wailing in the darkness.	403	遠くの暗闇の中でたくさんの大鴉が呪あえみ罵る声をあげたり、	165	14	4	4
1	209	That was a mighty shot in the dark, my friend!'	404	ふむ友よ、あの暗闇でそれとも狙う撃ちあがったな	166	14	4	4
1	209	Dark hides us now.	404	今は暗闇がわれらの姿を隠している	167	12	6	2
1	209	until Silverlode bore us back to Anduin	404	銀筋川を輪送され、アンドゥインに出るまで、それから日もう日の光のもとに	161	13	4	2
1	209	the pale foam of the River lashing against sharp rocks	405	川の岸にまで突き出た尖った岩にしぶきを立てて、白く泡立つ	169	13	4	2
1	209	Slowly the dawn grew to a pale light, diffused and shadowless.	405	夜明けの光は次第に影もなく光を拡散してほの白く光に変わっていきました。	169	13	4	2
1	209	and white fog swathed the shore.	407	白い露が岸辺を包んでいました。	169	1	3	2
1	209	a tumbled waste of grey limestone-boulders.	408	荒廃した灰色の石灰岩の丸石がごろごろしている	173	2	3	3
1	209	Beyond it the shore rose sheer into a grey cliff.	408	灰色の崖になっていました。	174	2	3	3
1	209	about them through the dark gray falling rain.	408	降りしきる灰色の細雨の中にほの青白く見える	175	2	5	5
1	209	Over them there was a lane of pale-blue sky, around them the dark overshadowed River	408	頭上には一筋の細長い淡い青空があり、周りには暗く蓋く翳った川、	176	5	4	2

資料 31

#	English	Japanese	p1	p2	p3	p4
1	Over them was a lane of pale-blue sky, around them the dark overshadowed River	頭上には一筋の細道のような薄い青い空があり、周りには暗く響った川	209	408	176	14	3	2
1	and before them black shutting out the sun.	そして前方には黒々と日の光を遮って	209	408	176	3	4	2
1	vast grey figures silent but threatening.	黙したまま主峯かすように立つ灰色の大きな姿は	209	409	176	2	1	6
1	So they passed into the dark chasm of the Gates.	こうして一行はアルゴナスの門の暗い裂け目には入っていきました。	209	409	178	14	3	3
1	The black waters roared and echoed.	黒々とした水は轟きとこだまして鳴り響き、	209	409	178	3	3	2
1	and his dark hair was blowing in the wind.	黒い髪を風になびかせ、	209	409	178	14	1	1
1	The chasm was long and dark.	裂け目は長く、暗く、	209	409	179	14	3	3
1	at first all was dark ahead;	初めのうちは、前方が真っ暗でした。	209	409	179	14	4	1
1	The pent waters spread out into a long oval lake, pale Nen Hithoel,	せばまっていた水はは広がり、長円形の湖、水うす青きネン・ヒソイルとなっていました。	209	410	179	13	3	2
1	fenced by steep grey hills whose sides was clad with trees.	湖の周囲を取り囲む険しい灰色の山々は、その山腹を木で覆われていました。	209	410	179	2	3	2
1	about which the flowing River flung pale shimmering arms.	流れる水は薄青くきらめく支流をなかから、その両の腕でかき抱くようにしていました。	209	410	180	13	3	2
1	and the Sun grew round and red.	没日は次第に丸く赤くなっていきました。	209	410	180	8	4	2
1	The three peaks loomed before them, darkling in the twilight.	かれらの前には黄昏の光の中に三つの峰々が暗々と見えてきました。	209	410	180	14	4	1
1	a green lawn ran down to the water from the feet of Amon Hen.	アモン・ヘンの麓から水際にかけて、緑の芝生がすっと広がっていました。	210	411	182	6	3	3
1	They drew up their boats on the green banks.	一同は緑の岸辺に船を寄せた。	210	411	182	6	4	4
1	there were black bars of cloud like the fumes of a great burning.	大火災の煙のような黒い雲が横糸を立たらした。	210	411	183	3	3	4
1	The rising sun lit them from beneath with flames of murky red;	その姿を上るその朝日が下から赤い炎で下から照らしました。が、	210	411	183	8	5	2
1	The summit of Tol Brandir was tipped with gold.	トル・ブランディアの山頂は金色の頂きを得しました。	210	411	184	11	1	1
1	and above them again were grey faces of inaccessible rock,	さらにその上には近寄りがたい岩肌の灰色の面を見せ、	210	412	184	2	3	4
1	Orthanc, the pinnacle of Isengard, like a black spike.	アイゼンガルドの尖塔、オルサンクが黒い大釘のように	210	416	196	3	5	5
1	and myriads of sea-birds whirling like a white dust in the sun.	そして太陽の光の中を白い埃のように、無数の海鳥を見ました。	210	416	196	14	5	2
1	and beneath them a green and silver sea, rippling in endless lines.	その下には銀緑の海がりなく波を描いて広がっていました。	210	416	196	12	3	2
1	and beneath them a green and silver sea, rippling in endless lines.	その下には緑銀の海がりなくく波を描いて広がっていました。	210	416	196	6	3	2
1	battlement white-walled.	美しい都でした。白い城壁に開けて	210	417	197	1	3	3
1	battlement upon battlement, black, immeasurably strong, mountain of iron.	胸壁に胸壁を重ねて、黒々と固めがたいほど強固な、鉄の山	210	417	197	14	3	3
1	All the power of the Dark Lord was in motion.	冥王の軍勢はいまやむごく動き出しています。	210	417	197	14	6	1
1	Darkness lay there under the Sun.	太陽の下、そこには暗黒が広がりました。	210	417	197	14	4	2
1	There was an eye in the Dark Tower that did not sleep.	闇黒の塔には眠らない目があります。	210	417	198	14	6	3
1	covering his head with his grey hood	頭を灰色の頭巾の中に隠しました。	210	417	198	2	1	3
1	A black shadow seemed to pass like an arm above him;	彼の頭上を黒い影が一本の腕のように通り過ぎていくように思われました	210	417	198	3	1	5
1	Then all the sky was clean and birds sang in every tree.	やがて空は限りなく清い晴れ渡り、木々に鳥たちの歌が聞かれました。	210	418	198	5	4	6
1	Fear was staring in his round brown eyes.	サムの丸い茶色い目には恐怖の色が浮かんでいます	210	422	198	9	1	2
1	over the grey hills of the Emyn Muil, and down into the Land of Shadow.	エミン・ムイルの灰色の山々を越えて、影の国に降りて行く	210	423	213	2	3	1

資料32

巻	部・章	頁	原文	訳	原文p	訳p	色彩	大分類	小分類
2	101		But the sun seemed darkened, and the world dim amd remote.	しかし日は翳り、すべては遠くかすかに霞んでいます。	15	11	14	4	3
2	101		Aragorn saw that he was pierced with many black-feathered arrows;	アラゴルンは彼の体に黒い羽根のついた矢が幾本となく突き刺さっているのを見ました。	15	13	3	5	5
2	101		the pile of grim weapons two knives, liefbladed, damasked in gold and red;	無様な武器の山から一対の短剣、木の葉形で、金と赤にダマスク模様を施した	17	16	11	5	5
2	101		the pile of grim weapons two knives, liefbladed, damasked in gold and red;	無様な武器の山の中から、金と赤にダマスク模様を施した	17	16	8	5	5
2	101		searching further he found also the sheaths, black, set with small red gems.	さらに探しているうちに、小さな赤い宝石をちりばめた黒い鞘も見つかりました。	16	16	3	5	4
2	101		searching further he found also the sheaths, black, set with small red gems.	さらに探しているうちに、小さな赤い宝石をちりばめた黒い鞘も見つかりました。	16	16	8	1	3
2	101		a small white hand in the centre of a black field;	黒地の真ん中に小さな白い手が一つついていて、	17	17	3	3	4
2	101		their iron helms was set an S-rune, wrought of some white metal.	何か白い金属で細工したエルーン文字のSがつけられていました。	18	17	1	5	5
2	101		And he does not use white.	それにかれは白を使わない。	18	18	1	5	5
2	101		The Orcs in the service of Barad-dur use the sign of the Red Eye.	バラド=ドゥアに仕えるオークどもは赤い目の印を使っている。	18	18	8	6	1
2	101		They grey hood and elven-hood and elven-cloak they folded and placed beneath his head.	灰色の頭巾とエルフのマントと上衣を折り畳んで、頭の下に置かれました。	20	20	11	2	1
2	101		They coined his long dark hair and arrayed it upon his shoulders.	色の濃い長髪は梳かされて、両肩の上にかたちを整えて整えられました。	20	20	14	1	1
2	101		The golden belt of Lorien gleamed about his waist.	その腰にはロリアンの金のベルトが光り放っていた。	19	19	1	5	5
2	101		they passed the green sward of Parth Galen.	パルス・ガレンの緑の草地を通り過ぎました。	20	20	6	3	1
2	101		As they went south the fume of Rauros rose and shimmered before them, a haze of gold.	南に行くにつれて、ラウロスの水煙が立ち昇り、金色の靄となってきらめきを抱きしめた。	19	20	11	4	2
2	101		And Rauros, golden Rauros-falls, bore him upon his breast.	それをラウロスが、黄金のラウロスの大滝が、世の果てで運んでいきました。	20	20	11	3	2
2	101		To Rauros, golden Rauros-falls, until the end of days.	ラウロスを、黄金のラウロスの大滝を、世の果ての日まで。	20	20	11	3	2
2	101		He surveyed the green lawn, quickly but thoroughly, stooping often to the earth.	かれは緑の芝生を、反対側のくねった深い谷間の暗闇に入って行きました。	25	25	6	3	2
2	101		We will press on by day and dark!	夜を日に次いで道を急ごうじゃないか。	27	27	1	4	2
2	101		Long slopes they climbed, dark, hard-edged against the sky already red with sunset.	すでに夕日で赤い空を背に黒ぐろとくっきりと聳えている長い斜面を斜め登って行きました。	22	28	14	3	4
2	101		Long slopes they climbed, dark, hard-edged against the sky already red with sunset.	すでに夕日で赤い空を背に黒ぐろとくっきりと聳えている長い斜面を斜め登って行きました。	22	28	8	4	4
2	101		They passed away, grey shadows in a stony land	三人の姿は、岩がちの土地の上に灰色の影となって、通り過ぎて行きました。	28	28	2	1	6
2	101		and brooded on the pale margins of the Anduin.	アンドゥインのおぼろに霞んだ岸辺に立ちこめていました。	23	29	13	2	3
2	101		and the shadows of the rocks were black.	岩石が黒々と影を落としていました。	23	29	3	3	4
2	102		down again into the darkness of a deep winding valley on the other side.	それから下って、反対側のくねった深い谷間の暗闇に入って行きました。	23	29	14	3	4
2	102		He surveyed the green lawn, quickly but thoroughly	背後の暗い山のほうはまだ朝日の最初の光も射してこず、	25	25	6	3	2
2	102		to their left rose grey slopes, dim and shadowy in the last night.	左方は夜の闇の中にぼんやりと影のように灰色の坂が窺まっていました。	30	30	2	1	2
2	102		The ground was wet with their dark blood.	地面はかれらの黒い血で濡れていました。	31	31	14	3	4
2	102		Already the eastward sky was turning pale:	東の空は明るみかけていました。	32	32	2	1	4
2	102		…the stars were further fading, and a grey light was slowly growing.	星の光は薄れ、白々と朝の光がゆっくりと広がってきました。	24	32	2	1	4
2	102		At last they reached the crest of the grey hill.	ようやく三人は灰色の丘の頂に着きました。	32	32	2	1	3
2	102		The red rim of the sun rose over the shoulders of the dark land.	朝日の赤い縁が暗い大地の肩の上に上ってきた。	32	32	8	4	2
2	102		The red rim of the sun rose over the shoulders of the dark land.	朝日の赤い縁が暗い大地の肩の上に上ってきた。	32	32	14	3	4
2	102		Before them in the West the world lay still, formless and grey.	まだすべての水平線上には、灰色の大陽の靄が漂っているが、	32	32	2	1	2
2	102		green flowed over the wide meads of Rohan; the white mists shimmered in the watervales.	広大なローハンの草原には緑があふれ、水の流れるところには白の川霧が漂がらめき、	32	32	6	4	1
2	102		green flowed over the wide meads of Rohan; the white mists shimmered in the watervales.	広大なローハンの草原には緑があふれ、水の流れるところには白の川霧が漂がらめき、	32	32	1	4	1
2	102		thirty leagues or more, blue and purple stood the White Mountains.	三十リーグかそれ以上、はるか彼方に藍と紫の白の山脈が聳え、	33	33	5	3	3
2	102		thirty leagues or more, blue and purple stood the White Mountains.	三十リーグかそれ以上、はるか彼方に藍と紫の白の山脈が聳え、	33	33	5	3	3
2	102		thirty leagues or more, blue and purple stood the White Mountains.	三十リーグかそれ以上、はるか彼方に藍と紫の白の山脈が聳え、	33	33	1	3	1
2	102		The light upon the Silver Tree Fell like bright rain in gardens of the Kings of old.	銀の木に映える光は、明るい雨のように古の王たちの庭に	33	33	12	3	3
2	102		O proud walls! White Towers! O winged crown and throne of gold!	おお、堂々たる城壁！白い塔のむれ！おお、翼ある冠と黄金の玉座！	33	33	1	3	3
2	102		O proud walls! White Towers! O winged crown and throne of gold!	おお、堂々たる城壁！白い塔のむれ！おお、翼ある冠と黄金の玉座！	33	33	11	5	4
2	102		O Gondor, Gondor! Shall Men behold the Silver Tree,	おお、ゴンドール、ゴンドールよ！あの銀の木をふたたびみることがあるのか？	34	34	2	4	2
2	102		the green plains of the Rohirrim stretched away before them to the edge of sight.	かれらの眼前にはローハンの草野が目路のはてまでひろがっていました。	34	34	13	4	2
2	102		Look!' cried Legolas, pointing up into the pale sky above them.	「ごらん！」レゴラスが声をあげて、頭の上の薄明の空を指し示しました。					

資料33

				English	Japanese				
2	102	25	food-bags, the rings and crusts of hard grey bread, a torn black cloak.	食べものを入れた袋、固くなった黒いパンの皮、破れた黒いマント。	35	2	5	2
2	102	25	food-bags, the rings and crusts of hard grey bread, a torn black cloak.	食べものを入れた袋、固くなった黒いパンの皮、破れた黒いマント。	35	3	5	3
2	102	26	It swelled like a green sea up to the very foot of the Emyn Muil.	草緑色の海のようにうねってエミン・ムイルの高地のすぐ麓まで押し寄せています。	35	6	3	3
2	102	26	it tinkling away in green tunnels.	それがちょろちょろと緑のトンネルの中を行く。	35	6	3	1
2	102	26	'Ah! the sweet smell!'	「ああ、この快い香り！」と、かれはいった。	36	3	6	3
2	102	26	the sweet grass of Rohan had been bruised and blackened as they passed.	ローハンのかぐわしい草は、かれらの通った所だけ、路面にそむ黒ずんでいました。	36	14	4	1
2	102	27	Maybe I could lead you at a guess in the darkness	わたしは多分闇の中でも当てずっぽうを頼ってお連れできるかもしれません。	38	4	4	3
2	102	27	the Orcs of the White Hand prevailed.	白の手組のオークどもの方が優勢だ。	39	2	4	4
2	102	27	In the dark we should have passed the signs that led you to the brooch.	暗闇だったら、あなたがブローチを拾うことになったみちしるべがわからずに通り過ぎてしまったでしょう。	39	14	4	4
2	102	28	We will not walk in the dark; he said at length.	暗闇の中は歩くまい。ようやくかれは口を開きました。	40	13	4	2
2	102	28	he sets early and is yet young and pale.	月の入りは早く、それに足、まだおぼろな若い月だ	41	14	4	4
2	102	28	but Legolas was standing, gazing northwards into the darkness.	しかしレゴラスは立ったまま、北の方の暗闇の中をじっと見つめていました。	41	14	4	4
2	102	28	But it is still dark.	「でも、まだ暗いですよ」	41	2	4	1
2	102	29	and slowly a grey light grew about them.	次第にあたりの白い光が満ちてきました。	41	2	6	3
2	102	29	it was pale and drawn, and his look was troubled.	その顔は蒼白くゆがみ、不安そな顔色を浮かべていました。	43	6	1	5
2	102	29	and their elven-cloaks faded against the background of the grey-green fields;	かれらの着ているエルフのマントは灰色がかった緑の野に溶け込み	43	6	1	2
2	102	29	Far away to the left the river Entwash, a silver thread in a green floor.	はるか彼方、左のほうに、エント川が緑の床地を縫う銀の糸のように見えています。	43	3	3	2
2	102	30	under the wooded eaves of the White Mountains, now hidden in mist and cloud;	靄と雲に隠れている白い山脈の森の茂った裾のあたりの	44	4	4	1
2	102	30	I fear they have already reached the forest and the dark hills.	かれらは既にあの森、暗い山々に達し	44	14	3	1
2	102	30	I distrust the pale Moon.	あのおぼろな月でさえ信用できないのだ	45	13	4	3
2	102	30	He pointed away over the land of Rohan into the darkling West under the sickle moon.	かれはローハンの国を越えて、三日月の下に夕暮になった黒ずんだ西の方角を指し示しました。	45	13	8	3
2	102	30	It is a red dawn.	朝日が赤い。	45	8	4	2
2	102	30	green slopes rising to bare ridges that ran in a line straight towards the North.	緑の斜面が草気のない尾根に至って、まっすぐ連なって北の方へ通じています。	46	6	3	3
2	102	31	Let us go up on to this green hill! he said.	「この丘を登ってみよう！」と、かれはいった。	47	2	2	1
2	102	31	They were alone in a grey formless world without mark or measure.	目じるしも目盛りも掴めぬ灰色の漠たる世界にいるのでした。	48	14	4	2
2	102	31	Only far away north-west there was a deeper darkness against the dying light;	ただはるかな、北西に一層濃い闇があって、薄れゆく光の中に浮かび上がっていた。	48	14	4	2
2	102	32	under the wooded eaves of Fangorn, and as he sang the white stars opened in the hard black vault above.	霧ヶ山脈の最後の峰、メセドラスの高峰が白い馬の尻尾の形の雲のように見えていました。	48	3	2	7
2	102	32	and as he sang the white stars opened in the hard black vault above.	堅く、黒々とした穹窿には白い星が開き始めるのでした。	48	13	4	2
2	102	32	the white light grew pale and clear.	日の光は白々と澄んできます。	49	14	3	3
2	102	32	North-westward stalked the dark forest of Fangorn.	北西にはファンゴルンの暗い森林が北寄りの気配に広がっていました。	49	5	3	2
2	102	32	and its further slopes faded into the distant blue.	森の向こうに一層の斜面はるか遠くの青色の中にぼやけてきました。	49	2	3	5
2	102	32	Beyond these glimmered far away, as if floating on a grey cloud,	その遥かかなたには、まるで灰色の雲の上に浮かぶように遠くにかげろうように	49	14	4	4
2	102	32	the white head of tall Methedras, the last peak of the Misty Mountains.	霧ヶ山脈の最後の峰、メセドラスの高峰が白い頂きを輝やかせています。	49	6	4	2
2	102	32	Aragorn saw a shadow on the distant green, a dark swift-moving blur	アラゴルンは、はるか遠くの緑野に、ある物影を見ました。	49	14	4	1
2	102	32	Aragorn saw a shadow on the distant green, a dark swift-moving blur	堅く、黒々とした穹窿には白い星が開き始めるのでした。	49	14	6	6
2	102	32	Far behind them a dark smoke rose in thin curling threads.	かれらのずっと後ろには黒い煙が細い糸のように渦を巻いて立ち昇っていました。	49	14	4	3
2	102	33	Yellow is their hair, and bright are their spears.	かれらの髪は黄色く、槍は輝いている。	50	10	4	3
2	102	33	where they might be an easy mark against the pale sky.	頂について、青ずむ空を背にたやすく目につくかもしれぬ	51	14	4	4
2	102	33	after the manner of the children of Men before the Dark Years.	暗黒時代以前の人間の子らの流儀に従って、	51	14	6	5
2	102	33	their grey coats glistened.	灰色の毛衣もきらりと光り、	52	14	7	1
2	102	33	tall and long-limbed; their hair, flaxen-pale, flowed under their light helms.	背が高く、手足が長く、亜麻色の髪が軽い兜の下からあふれ、	53	13	2	4
2	102	34	from his helm as a great a horsetail flowed.	兜の後ろからは背が長い白い馬の尻尾の形の帽子が	54	11	1	4
2	102	35	there is a lady in the Golden Wood, as old tales tell!	昔話にもいわれている、黄金の森にエルフの奥方が厚情い高かったという	56	11	2	1
2	102	35	his hand gripped the handle of his axe, and his dark eyes flashed	その手は斧の柄をしかと握り、暗い眼はぎらぎらと光りました。	56	14	6	1
2	102	35	Are you friend or foe of Sauron, the Dark Lord of Mordor?	きたは、モルドール、冥王、サウロンの味方か、敵か？	58	3	3	2
2	102	35	We do not serve the Power of the Black Land far away.	われらの遥かかなたの暗黒の国の強大力にはお仕えしておりません。	58	13	6	3
2	102	36	that a white flame flickered on the brows of Aragorn like a shining crown.	アラゴルンの額に白い焔が輝く冠のように、ゆらめいているかに見えました。	59	5	1	3
2	102	36	And what was the meaning of the dark words?	そしてまたあのさわらぬなる言葉の意味は何というのですか	60	14	7	4
2	102	36	only children to your eyes, unshod but clad in grey.	あなたの方から見ては子どもしか映りますまい、靴をはかず、灰色の装束をしているのだが。	61	2	2	1
2	102	37	Do we walk in legends or on the green earth in the daylight?	われわれは昔日の中、緑の大地を歩いているのか、伝説に中をうろついているのか？	61	6	1	5
2	102	37	The green earth, say you?	緑の大地、といわれたか？	62	6	3	3
2	102	37	Gandalf the Grey was our leader.	灰色のガンダルフがわれらの指導者でした。	63	2	1	4
2	102	37	Gandalf Greyhame is known in the Mark.	ガンダルフ・グレイヘイムならこの国でも知られております。	63	2	1	6
2	102	37	He fell into darkness in the Mines of Moria and comes not again.	サンダルフはモリアの坑道の暗闇の間に転落して、ふたたび戻ることはありませんでした。	65	14	4	1
2	102	39	It is true that we are not yet at open war with the Black Land.	わが国がかのかの暗黒国と未だ公然たる戦いを開いていないことは事実です	66	3	6	3

資料34

		English	Japanese				
2	102	The Lord of the Black Land whished to purchase horses of us at great price.	暗黒の国の王が吸い大金でわれらの馬を買い入れたいといってきたことがあります。	39	67	3	6
2	102	they carry off what they can, choosing always the black horses;	運ぶことが出来る黒い馬を選んで、盗みだされています。	39	67	3	2
2	102	I must fear, a league between Orthanc and the Dark Tower.	サルマンの白のオータンクと暗黒の塔との同盟かと疑う。	39	68	14	5
2	102	Great Orcs, who also bore the White Hand of Isengard.	わたしの最も恐れていること、それはアイゼンガルドの白い手の印を帯びて、	39	68	14	6
2	102	It is a much part to discern them, as much in the Golden Wood as in his own house.	黄金の森の中で見分けるのは、自分の家の中でと同じくらい難しいものです。	40	70	11	1
2	102	There was great wonder, and many dark and doubtful glances, among his men.	あいまいな疑いと、首をかしげる者が、奇異を発するうちの大勢いました。	41	72	14	2
2	102	A great dark-grey horse was brought to Aragorn.	大きな黒い暗い灰色がアラゴルンのところに連れて来られ、	42	73	2	2
2	102	Low grey clouds came over the World.	灰色の雲が陣地の上を覆って低く垂れこめて来ました。	43	75	2	4
2	102	slowly darkning as the sun went west.	日が沈むにつれ、暗くなって、少しずつかすんでいき、	43	75	14	4
2	102	with dark-feathered arrows sticking in back or throat.	背中や喉元に灰色の矢羽根を持つ矢が突き刺さっていました。	43	76	2	4
2	102	upon its shattered helm the white badge could still be seen.	くだけた兜には白い印だけがまだ見分けられていた。	43	76	2	5
2	102	and yet it still bore many broad brown leaves of a former year.	去年の茶色くなった広葉をまだたくさん着けている	43	77	9	3
2	102	even though the end may be dark.	たとえ先の見通しがくらかろうと	43	77	14	6
2	102	the brown leaves now stood out stiff,	茶色の葉は今やこわばって突き出し立ち	44	79	9	2
2	103	the dark and unknown forest.	この暗い未知の森が、しかもこんなに身近にあるその森	44	79	14	3
2	103	The moon had set, and the light was very dark.	月は既に沈み、ひどく暗くなった	45	82	14	1
2	103	Pippin lay in a dark and troubled dream:	ピピンは暗い不安な夢を見ながら、横たわっていた。	47	84	14	3
2	103	his own small voice echoing in black tunnels.	自分で自分の声が真っ黒なトンネルにこだまして、	47	84	3	4
2	103	Beside him Merry lay, white-faced, with a dirty rag bound across his brow.	白い顔をして、額に汚らしい布切れが巻かれたメリーが、	47	84	14	7
2	103	plucking out an arrow: then darkness fell suddenly.	それから目の前が真っ暗になってしまったのです。	47	86	14	4
2	103	He stooped over Pippin, bringing his yellow fangs close to his face.	かれはピピンの上にかがみ込み、その黄色い牙を顔にぐっと近づけた	48	87	10	3
2	103	He had a black knife with a long jagged blade in his hand.	その手には長いぎざぎざの刃のついた黒い短剣が握られていた。	48	87	3	5
2	103	We are the servants of Saruman the Wise, the white Hand!	おれたちは白の手を持つ賢者サルマンさまの手の者だ!	49	90	1	4
2	103	In the twilight he saw a large black Orc.	薄明かりの中で、ウルクーハイと覚しい大柄の黒オークを見た。	49	91	3	6
2	103	It was the yellow-fanged guard.	斬られた例の黄色い牙を持つ奴の見張り役でした。	50	92	10	5
2	103	black his own knife had snicked his arm.	黒い短剣の刃がかれの腕に切り傷をつけて、手負わされたのであった。	50	92	3	3
2	103	They were on the edge of a cliff that seemed to look out over a sea of pale mist.	今は崖のふちに立っていて、そこからは白い霧の海原が一望されそうであった。	51	94	13	3
2	103	He smeared the wound with some dark stuff out of a small wooden box.	小さな木箱の中から何やら黒っぽい塗り物を取り出して傷になすりつけました。	51	94	14	4
2	103	Merry stood up, looking pale -	メリーは青ざめた顔色をして、一すくっと立ち上がりました。	51	95	13	5
2	103	brown scar to the end of his days.	茶色くなった傷跡は生涯残ることがなかった。	52	95	9	3
2	103	Sit on the grass and wait for the Whiteskins to join the picinc?	ほけーっと草の上にすわって、白肌奴の仲間入りをするのを待ってるのか?	52	96	14	2
2	103	By the white Hand!	いやはや!	52	96		1
2	103	a vision of the keen face of Strider bending over a dark trail.	かれは固く閉じた暗闇が漂っていたその何かを。	53	97	14	3
2	103	A dark smudge of forest lay on the lower slopes before them.	定かでない足跡の上にかがみ込んでいる馳夫の鋭い顔	54	97	14	1
2	103	Mist lay there. pale-glimmering in the last rays of the sickle moon.	かれらの前方の傾斜面の低いところには黒っぽいしみに似た森の陣だった。	54	97	14	2
2	103	If you're afraid of the Whiteskins, run!	白肌どもが恐いなら、逃げろ!	54	101	14	4
2	103	a grim dark band.	荒々しい兇悪な一団	54	101	14	4
2	103	They had a red eye painted on their shields.	その盾には一個の赤い目が描かれていました。	55	102	8	6
2	103	The Whiteskins will catch you and eat you.	白肌どもが捕まえて喰われるぞ	56	103	14	6
2	103	He ate the stale grey forest loaf on the lower slopes before them.	かれは固くなった灰色のパンをひとつかれ自身のにとりだした。	56	103	2	5
2	103	They were flagging in the rays of the bright sun, winter sun shining in a pale cool sky through it was;	日光というにはあまりにも弱々しく淡い冬空を照らす冬の日だったのです。	56	105	13	3
2	103	The forest was dark and close.	森はどす黒く息苦しかった。	56	105	14	4
2	103	The sunset gilded the wood with spears and helmets, and glinted in their pale flowing hair.	没日が馬上のかれらの槍や兜を金色に染め、風になびくかれらの淡い金髪にちらちらと光ります。	56	106	13	6
2	103	in the early darkness the Orcs came to a hillock.	暗くなって間もなくオークたちは小高い丘にやって来ました。	57	107	14	1
2	103	They're not to be killed, unless the filthy Whiteskins break through.	いまいましい白肌どもが切り抜けてこぬ限りは、切り目は別としてだ。	57	108	14	4
2	103	little watch-fires sprang up, golden-red in the darkness.	小さな篝火が暗闇の中にあかあかと金色に燃え、切り目のない暗闇に走る。	57	108	8	5
2	103	little watch-fires sprang up, golden-red in the darkness.	小さな篝火の中にあかあかと金色に燃え	57	108	14	4

資料35

資料36

			English	#	Japanese			
2	103	1	shadowy shapes that glinted now and again in the white light.	57	かれらの黒っぽい影のような姿が、白い月明かりを受けて時折きらきら光りました。	109	1	4
2	103	1	they can see like gimlets in the dark.	58	暗闇でも見透かす目を持っていること。	109	14	4
2	103	1	But these Whiteskins have better night-eyes than most Men.	58	だがあの白鬼どもはな、たいていの人間よりもこういう暗闇に慣れとるんじゃ、心得おいたほうがよいぞ。	109	14	1
2	103	1	but most of them lay on the ground, resting in the pleasant darkness.	58	大部分は地面にごろっと横になって、たいそう暗闇に慣れた人間どもが憩っていました。	110	14	1
2	103	1	It did indeed become very dark again.	58	事実あたりはまたすっかり暗くなっていたのです。	110	14	4
2	103	1	It was a light like a pale but hot fire behind his eyes.	58	その目の背後には青白いしかし熱い光が燃えていました。	111	13	4
2	103	1	Then suddenly in the darkness he made a noise in his throat: gollum, gollum.	59	それから暗闇の中で不意にゴクリ、ゴクリと喉を鳴らしました。	111	14	4
2	103	1	that It's no good groping in the dark	59	闇の中で暗中模索なぞしないってことじゃ	112	14	4
2	103	1	At that very moment the dark form of a rider loomed up right in front of him.	60	するとその折も折、かれの眼の前に一人の騎士の黒い姿が、ぬっと現われました。	114	14	1
2	103	1	they came to the edge of the river, gurgling away in the black shadows under its deep banks.	61	川は高い土手の下の影の暗闇の中をごぼごぼ音を立てながら流れ去っていきます。	117	3	6
2	103	1	For a while they are thoughtful, sitting in the dark.	61	暗闇に坐ったまましばらく考えております	117	3	1
2	103	1	In the East which had remained unclouded, the sky was beginning to grow pale.	61	雲のかかっていない東の空がかすかに白んで来はじめました。	118	13	4
2	103	1	the dark melody of the forest loomed up straight before them.	62	森の黒々とした陰が真っすぐ前方に薄気味悪く姿を現しました。	119	14	3
2	103	1	and the Brown Lands, leagues upon grey leagues away.	62	そして茶色の国の遠かなたへ、灰色にかすむ何百リーグ何百リーグのかなたに。	120	9	6
2	103	1	and the Brown Lands, leagues upon grey leagues away.	62	そして茶色の国の遠かなたへ、灰色にかすむ何百リーグ何百リーグのかなたに。	120	9	3
2	103	1	the Dawn came, red as flame.	62	炎のように赤々と曙光が射し始めました。	120	8	4
2	103	1	the red light gleamed on mail and spear	63	鎧に槍に赤々と曙光がきらめきました。	121	8	4
2	103	1	But one band, holding together in a black wedge, tangled forest allowed.	63	しかし黒っぽい楔形の陣列にまとまった一隊だけが	121	3	1
2	103	1	Meanwhile the hobbits moved with as much speed as the dark	64	一方ホビットたちは、木ぞもつれあう暗い森の中をできるだけ早く進みました。	125	14	6
2	103	1	until they faded away into grey twilight everywhere.	64	どっちの方向を見てももはや夕闇は灰色の黄昏の中にまぎされてしまった。	126	2	4
2	103	1	That was all dark and black, the home of dark black things.	65	あの森林々と黒々として、暗黒なるものの巣窟なるんじゃ。	127	14	3
2	103	1	That was all dark and black, the home of dark black things.	65	あの森林々と黒々として、暗黒なるものの巣窟なるんじゃ。	127	3	3
2	103	1	That was all dark and black, the home of dark black things.	65	あの森林々と黒々として、暗黒なるものの巣窟なるんじゃ。	127	10	4
2	103	1	just then they became aware of a yellow light that had appeared.	65	ちょうどその時、二人は木々のあいだからもう少し黄色い光が現われたのに気がつきました。	127	3	1
2	103	1	Where all had looked so shabby and grey before, the wood now gleamed with rich browns.	65	さっきまではいかにも見すぼらしく灰色に見えた森も、今は濃褐色が、茶色が	128	14	3
2	103	1	Where all had looked so shabby and grey before, the wood now gleamed with rich browns.	65	さっきまではいかにも見すぼらしく灰色に見えた森も、今は濃褐色が、茶色が	128	9	3
2	103	1	and with the smooth black-greys of bark like polished leather.	65	また艶やかな黒灰色と出たかのような木肌のための黒艶のような黒灰色に輝いております。	128	2	1
2	103	1	The boles of the trees glowed with a soft green like young grass.	66	木々の幹はも柔らかい若草の色に染まっております。	128	6	4
2	103	1	tall spires of curling blue smoke went up.	66	黄と黒の螺旋状の煙柱が次々に立ち昇り	129	3	3
2	103	1	I'm afraid this is only a passing gleam, and it will all go grey again.	66	これはほんの束の間の輝きなんで、またすっかりこの灰色となってしまうんじゃないか。	130	6	2
2	103	1	Whether it was clad in stuff like green and grey bark, or whether that was its hide.	66	体に緑だか灰色だかの木の皮すなわちそれの皮なのか、この皮の地肌なのか	130	6	1
2	103	1	Whether it was clad in stuff like green and grey bark, or whether that was its hide.	66	体に緑だか灰色だかの木の皮すなわちそれの皮なのか、この皮の地肌なのか	130	1	5
2	103	1	were not wrinkled, but covered with a brown smooth skin.	66	皺もよらず、滑らかな茶色の皮膚で被われています	130	9	3
2	103	1	The lower part of the long face was covered with a sweeping grey beard.	66	長い顔の下半分は灰色の豊かなひげで被われていて、	130	2	3
2	103	1	They were brown, shot with a green light.	66	色は茶色で、見ようによっては緑色の光を湛えておりました。	131	2	6
2	103	1	They were brown, shot with a green light.	66	色は茶色で、見ようによっては緑色の光を湛えておりました。	131	6	2
2	103	1	Dwarf the delver, dark as night.	67	穴を掘り出すドワーフ、蛇こそ黒かれ	133	14	2
2	103	1	Swan the whitest, serpent coldest.	67	白鳥最も白く、蛇こそ冷たかれ	133	1	2
2	104	2	with a green flicker in his eyes.	68	かれの目ににちらちらと緑の光が閃いていて	135	6	4
2	104	2	I can give you a drink that will keep you green and growing for a long, long while.	70	わしはお前さんたちにそれを飲めば長きにわたってすくすくと青く生育するを飲み物を差し上げられる	139	6	5
2	104	2	Land of the Valley of Singing Gold, that was it, once upon a time.	70	歌う黄金の谷間の国、かつてはそうであった。	140	11	6
2	104	2	Neither this country, nor anything else outside the Golden Wood	70	この国だけでない、黄金の森の外に何ものも	141	11	3
2	104	2	There are still some very black patches.	71	今でもまだ真っ黒な場所が幾ヶ所かあるでなあ	142	14	4
2	104	2	there is some shadow of the Great Darkness.	71	大暗黒の影がいまだにそこここに残っており、いまいましい記憶の残滓が残されている	142	14	6
2	104	2	this country there are hollow dales in this land where the Darkness has never been lifted.	71	この国には依然としてこの暗黒の闇が陰すらなくなうつろな谷間がある	142	14	5
2	104	2	But then the Great Darkness came.	71	だがその時大暗黒が現われてきた。	143	14	6
2	104	2	they had come to the feet of the mountains and to the green roots of tall Methedras.	72	かれらは霧ふり山脈の麓、蛸蛸メセドラスの樹々の根もとにやって来ていました。	144	11	3
2	104	2	the gold and the red and the singing of leaves in the Autumn in Taur-na-neldor!	72	ああ、タウア=ナ=ネルドールの秋の葉の黄金、木の葉の紅葉、風のそよぎよ！	144	11	6
2	104	2	the gold and the red and the singing of leaves in the Autumn in Taur-na-neldor!	72	ああ、タウア=ナ=ネルドールの秋の葉の黄金、木の葉の紅葉、風のそよぎよ！	144	8	3
2	104	2	the wind and the whiteness and the black branches of Winter upon Orod-na-Thôn	72	ああ、オロド=ナ=ソーンに山の上の、冬の風、雪と黒い枝々よ！	144	9	4
2	104	2	the wind and the whiteness and the black branches of Winter upon Orod-na-Thôn	72	ああ、オロド=ナ=ソーンに山の上の、冬の風、雪と黒い枝々よ！	145	14	6
2	104	2	At last the hobbits saw, rising dimly before them, a steep dark land:	72	この国には霧がかかりひっそりと薄暗く翳った根元に霧がかかってぼんやりおろしていました。	145	14	5
2	104	2	there was a long slope, clad with grass, now grey in the twilight.	73	芝草に覆われた長いスロープがあり、今では黄昏の光に灰色にみえますが	145	6	3
2	104	2	and their leaves were dark and polished, and gleamed in the twilight.	73	葉はつややかに色濃く暗く、黄昏の光にかすかにきらめきました、鞘の実となって輝いていました。	146	14	4
2	104	2	pouring in silver drops, like a fine curtain in front of the arched bay.	73	アーチ形の開きの入口の前を立ちふさぐカーテンのように、銀の雫となって降っていました。	146	12	2

		English		Japanese				
2	104	At the back of the bay it was already quite dark.	73	洞穴の奥の方はもう真っ暗でした。	147	14	4	1
2	104	they began to glow, one with a gloden and the other with a rich green light;	74	一つの金色の光、もう一つは豊かな緑色の光でした。	147	11	4	1
2	104	they began to glow, one with a gloden and the other with a rich green light;	74	一つの金色の光、もう一つは豊かな緑色の光でした。	147	6	4	5
2	104	some green, some gold, some red as copper;	74	あるものは緑色に、あるものは金色に、あるものは銅のような赤色に。	148	6	5	5
2	104	some green, some gold, some red as copper;	74	あるものは緑色に、あるものは金色に、あるものは銅のような赤色に。	148	11	5	1
2	104	some green, some gold, some red as copper;	74	あるものは緑色に、あるものは金色に、あるものは銅のような赤色に。	148	8	5	1
2	104	He was immensely interested in everything, in the Black Riders,	75	かれはありとあらゆることに、つまり黒の乗手のこと、	151	3	6	2
2	104	He was chosen to be the head of the White Council.	76	かれは白の会議の議長に選ばれた	154	3	6	5
2	104	And now it is clear that he is a black traitor.	76	今やかれは極悪の裏切者であることがはっきりした。	155	14	7	3
2	104	It is a mark of evil things that came in the Great Darkness	77	大暗黒時代に現われた邪悪なものの特徴の一つは、	155	6	6	5
2	104	That would be a black evil!	77	そうとすると、悪も悪、大悪だ！	156	6	1	2
2	104	There was a flicker like green fire in his eyes.	77	かれの目に緑なす炎のきらめきが走った。	157	6	1	1
2	104	I should like to see the White Hand overthrown.	78	白い手が打ち負かされるのが見たい。	157	8	4	4
2	104	they glinted like red and green sparks.	78	その一瞬一瞬が目にぴかっぴかっと光るように赤や緑の火花のようでした。	157	8	4	5
2	104	they glinted like red and green sparks.	78	その一瞬一瞬が目にぴかっぴかっと光るように赤や緑の火花のようでした。	158	7	4	5
2	104	Only three remain of the first Ents that walked in the woods before the Darkness.	78	大暗黒以前に森の中を歩いた最初のエントのうち残っておるのは三人のこと。	158	6	6	2
2	104	and the green herbs in the waterlands in summer.	79	夏は水辺に夏草を。	160	6	2	5
2	104	Then when the Darkness came in the North.	79	やがて北方に暗黒がやってくる。	161	14	6	5
2	104	After the Darkness was overthrown the land of the Entwives blossomed richly.	79	暗黒が打ち破られた後、エント女たちの土地は豊かに花開き、	161	14	6	3
2	104	Men call them the Brown Lands now.	79	人間たちは、ちはその場所を今では茶色の国と呼んでおる。	161	9	6	3
2	104	For the Entwives were bent and browned by their labour.	80	何故かというと、エント女たちは労働のため腰は曲がり、色は褐色に焼けているからじゃ。	162	14	3	1
2	104	the hue of ripe corn and their cheeks like red apples.	80	実った穀物の色となり、ほおっぺたは赤いリんごのようにもなる。	162	8	3	1
2	104	and out beards are long and grey.	80	わしらの髭は長く伸び灰色となっておる。	162	3	2	1
2	104	When Summer lies upon the world, and in a noon of gold.	80	夏が世にあって、歌を歌って、黄金色の真昼。	164	11	3	3
2	104	Then, when the Darkness came in the North.	81	無事が訪れて、ついに闇のこうと	164	6	4	4
2	104	And dripped dripped, in hundreds of silver drops onto his feet.	81	そしてその粒のしずくが何百もの銀粒のように足元に落ちていった。	164	6	3	2
2	104	When Winter comes, and singing ends, whendarkness falls at last.	82	冬を迎えて、歌が終わり、ついに闇が訪れる時、	164	11	4	2
2	104	Above these the hobbits saw thickets of birch and rowan, and beyond them dark climbing pinewoods.	82	そしてそのまた上に、ぐっそりの稜線が白く紅い山の頂を縁どっていました。	167	14	4	2
2	104	an impenetrable wall of dark evergreen trees.	83	森の暗黒色の常緑樹の、入る中に足を踏み込めない壁のような生垣	169	6	3	4
2	104	they could see the forest falling away down into the grey distance.	83	灰色のかなたに森の縁がつなだれ降るのを見ることができました。	169	14	2	3
2	104	crowned at the rim with the high dark evergreen hedge.	83	黒っぽい常緑樹の大きの生垣で森の器の縁を囲まれている。	169	11	2	2
2	104	except three very tall and beautiful silver-birches that stood at the bottom of the bowl.	83	その器の底に非常に高く美しい三本の銀色がかった白い樺の大木ははかは	169	12	2	3
2	104	Some recalled the chestnut brown-skinned Ents	83	栗の木を思い浮かべるかのようなその肌の色、	170	9	3	4
2	104	Some recalled the ash, tall straight grey Ents	83	とねりこを思い浮かべるのはほっそり背の高い、灰色のエントたち、	170	14	4	2
2	104	and the same same flicker.	84	同じ緑の光を今もなおひらめかせている。	171	6	4	5
2	104	And beyond the first ridge there rose sharp and white.	84	そして一番遠い尾根のむこうに、くっきりと白く鋭い	173	1	3	5
2	104	above the fir-trees of the furthest ridge there rose, sharp and white.	85	その先にある一番遠いもみの林の上に、くっきりと鋭く白く見える。	173	6	6	5
2	104	they could see the forest falling away down into the grey distance.	85	灰色のかなたに森の縁がつなだれ降るのを見ることができました。	173	2	3	1
2	104	Far away there was a pale green glimmer.	85	遥か向こうに薄緑色に光るものが見えた。	174	6	1	4
2	104	It gleamed on the tops of the birches and lit the northward side of the dingle with a cool yellow light.	86	涼しげな黄色い光で谷間の北側の斜面を照らした。	176	10	5	1
2	104	his lips were ruddy, and his hair was grey-green.	86	替は生き生きと赤らみ、髪の色は灰色がかった緑色でした。	176	14	4	5
2	104	nothing more than a mossy stone set upon turves under a green bank.	86	緑の斜面の下の芝生の上に苔むした石が置かれているだけのものでした。	177	8	5	5
2	104	Three hobbits talked for a while as darkness fell on the forest.	86	三人がしばらく話をしている間、森は次第に日が暮れるにつれ、	177	14	1	2
2	104	till the shadow of each was like a green hall.	87	ついには一本一本の木の影が緑の広間のように見えるほどになった。	178	6	6	1
2	104	And red berries in the autumn were a burden.	87	そして秋ともなると、赤い枝の実がたわわに実り、	178	8	2	2
2	104	O rowan mine, upon your hair upon your head white the blossom lay!	87	お前の髪に、何と白い花をつけたことか。	179	1	3	3
2	104	Upon your head how golden-red the crown you bore aloft!	87	お前の頭にいただいた冠の、何という金色赤色のつやぞ！	179	6	3	4
2	104	Upon your head how golden-red the crown you bore aloft!	87	お前の頭にいただいた冠の、何という金色赤色のつやぞ！	179	10	5	5
2	104	O rowan dead, upon your head your hair is dry and grey	87	おお、死んだ今はお前の頭の髪はかさかさ灰色だ	179	8	2	5
2	104	O rowan dead, upon your head your hair is dry and grey	87	おお、死んだ今はお前の頭の髪はかさかさ灰色だ	179	7	2	4
2	104	for the wind was colder, and the clouds closer and greyer.	88	何故なら風は冷たく、雲は多く、それも灰色の雲でした。	180	10	4	2
2	104	sent out long silver beams between the cracks and fissures of the clouds.	88	雲の割れ目や目裂け目から長い銀色の光を放っているでした。	179	5	5	2
2	104	But Trolls are only counterfeits, made by the Enemy in the Great Darkness.	89	大暗黒時代に敵が作りあげたエセモノにすぎんからじゃ。	184	14	6	5

資料37

			English	Japanese			
2	104	as if the green flame had sunk deeper into the dark wells of this thought.	90	まるでかれの思考の暗い井戸の奥底へ、緑の焔の焔が沈んでいくかのようでした。	185	6	5	1
2	104	as if the green flame had sunk deeper into the dark wells of this thought.	90	まるでかれの思考の暗い井戸の奥底へ、緑の焔の焔が沈んでいくかのようでした。	185	14	1	7
2	104	The sun sank behind the dark hill-back in front.	90	太陽は一回り正面の暗い丘向こうへ立つ公園の背後に沈む。	186	14	4	4
2	104	Grey dusk fell.	90	夕闇が訪れました。	186	2	2	1
2	104	but the great grey shapes moved steadily onward.	90	しかし大きな灰色の影たちは歩みはゆるめず彼方へ進んで来ます	186	14	1	6
2	104	At last they stood upon the summit, and looked down into a dark pit:	90	やっとかれらは頂上に着き、暗やみに、即ち山腹の彼方はるかにある大きな闇壁を見下しました。	186	14	4	4
2	91	But for the darkness and our own fear	91	でも、あの夜の暗闇とところを恐怖からのことを心をくれば、	187	14	4	4
2	105	a large pale leaf of golden hue, now fading and turning brown.	92	今は緑褪せ茶色っぽくなっていますが金色の色合いを帯びた葉の薄っぽい葉っぱと	189	13	3	3
2	105	a large pale leaf of golden hue, now fading and turning brown.	92	今は緑褪せ茶色っぽくなっていますが金色の色合いを帯びた葉の薄っぽい葉っぱと	189	11	3	3
2	105	a large pale leaf of golden hue, now fading and turning brown.	92	今は緑褪せ茶色っぽくなっていますが金色の色合いを帯びた葉の薄っぽい葉っぱと	189	9	3	5
2	105	We must not be daunted by Fangorn, since need drove him into that dark place.	93	かれは必要に迫られて仕方なくあの暗い場所に逃げ込むだから。	193	14	4	1
2	105	I catch only the faintest echoes of dark places where the hearts of the trees are black.	94	そこには生えている木の心が黒い場所になっているか細い木霊かすかに聞こえるだけのものの。	194	3	4	4
2	105	I catch only the faintest echoes of dark places where the hearts of the trees are black.	94	そこには生えている木の心が黒い場所になっているか細い木霊かすかに聞こえるだけです。	194	14	2	3
2	105	the forest now looked less grey and drear.	95	森は今はさほど灰色のようにもびびしげにも見えません。	196	2	3	3
2	105		95	汚れた灰色のぼろだけをまとって、	197	2	1	5
2	105	except for the end of his nose and his grey beard	96	見るとところは鼻の光と灰色の頭髯だけだったのです。	199	2	4	3
2	105	too grey for certainty, a quick glint of white.	96	だれだかは確かに見とはいえないくらいの灰色の中、白光がひらめきます。	200	1	4	5
2	105	as if some garment shrouded by the grey rags had been for an instant revealed.	97	まるで包んでいるぼろぼろの衣装がほんの瞬間外に現れたための。	200	2	2	2
2	105	Then his grey cloak drew apart.	97	その時かれの灰色のマントが前にっに割れ	202	2	2	5
2	105	that he was clothed beneath all in white.	97	老人がマントの下に白一色の衣をとっている	202	2	2	4
2	105	His white garments shone.	98	白いな衣が輝きました。	203	1	2	5
2	105	His hair was white as snow in the sunshine; and gleaming white was his robe;	98	その髪は日向に雪のように白く、その長衣は白く輝いています。	203	14	6	3
2	105	His hair was white as snow in the sunshine; and gleaming white was his robe;	98	その髪は日向に雪のように白く、その長衣は白く輝いています。	203	14	6	3
2	105	for I sat in a high place, and I strove with the Dark Tower.	99	わしは高い場所に坐り、暗黒の塔と相手に死力を尽くし続けた	204	2	2	2
2	105	I walked long in dark thought.	99	そしてわしは暗い思いに沈んで長く歩むことを我慢することを重ねたよ。	207	14	4	4
2	105	has not yet entered into his darkest dream.	99	かれとてまだ暗やみの夢の中にさえまだ見るを得ないとはこれ	209	14	1	1
2	105	let us not darken our hearts by imagining the trial of their gentle loyalty in the Dark Tower.	100	暗黒の塔に於いて、かれらの純真な忠節に加えられる試練を想像することで、あたりはがっかり闇とない。	210	14	6	6
2	105	let us not darken our hearts by imagining the trial of their gentle loyalty in the Dark Tower.	100	暗黒の塔に於いて、かれらの純真な忠節に加えられる試練を想像することで、あたりはがっかり闇となない。	210	14	6	3
2	105	two hobbits were taken in the Emyn Muil.	101	しかし冥王はエミン・ムイルで、二人のホビットが捕らえんだ。	211	14	6	2
2	105	unless you are brought alive before the seat of the Dark Lord	103	あんたたちが生きたまま冥王の座席の前に運ばれて行かれば場合は別として	216	14	6	3
2	105	I am Gandalf, Gandalf the White, but Black is mightier still	103	わしはガンダルフじゃ。白のガンダルフじゃ。しかし、黒のほうが依然として強い。	217	14	6	2
2	105	I am Gandalf, Gandalf the White, but Black is mightier still	103	わしはガンダルフじゃ。白のガンダルフじゃ。しかし、黒のほうが依然として強い。	217	3	6	3
2	105	Before him stooped the old figure, white,	104	アラゴルンの息子アラゴルンの白の受身を屈めて立ち、	219	2	2	1
2	105	The Dark Lord has Nine.	104	冥王には九人の組がいます。	219	14	6	1
2	105	But we have One, mightier than they; the White Rider.	104	だが、われわれには一人、かれらよりも力のある白の乗手がいるのです。	219	14	6	1
2	105	Then we plunged into the deep water, and ran as smoothly as a swift stream?	105	それからわしらは深い水の中に飛び込み、あたりは乗手はしっかり闇となった。	220	14	4	4
2	105	He has come for me; the horse of the White Rider.	105	そこでわしのために来たわね、白の乗手の馬のじゃ。	220	14	6	6
2	105	till at last he fled into dark tunnels.	105	じゃが最後かれは暗いトンネルの中に逃げ込んだ	221	14	2	2
2	105	But I will bring his report to darken the light of day.	105	じゃが暗闇が戻りその光を絶やすなとレゴラスはいい	222	14	4	4
2	105	Then darkness took me.	106	次いで暗闇がわしを襲った。	222	14	4	7
2	105	but indeed she sent words to you, and neither dark nor sad.	106	治癒をさそうをしいだして、そしてどにには白に装われた。	224	2	2	5
2	105	Heading I found, and I was clothed in white.	106	また灰色の一行は北方より馬ににして	224	14	6	4
2	105	And the Grey Company ride from the North.	106	それにどこそにと定められた白い樹。	224	2	2	2
2	105	But dark is the path appointed for thee;	107	緑青なるレゴラスよ、そなたは緑の木のアのの暮らしたりしたり、	224	6	2	6
2	105	Legolas Greenleaf long under tree	107	果てしなく続く草のに息を吹きる波はにる白の波でした。	225	14	6	7
2	105	'Dark are her words', said Legolas.	108	「あの御方の言葉はいかにも暗いんだろうな」とレゴラスはいいました。	227	12	5	4
2	105	Does he not shine like silver, and run as smoothly as a swift stream?	108	まるで銀のように輝いていないか、そして速い流れのように走っていないではないか	227	14	1	1
2	105	He has come for me; the horse of the White Rider.	108	かれはわたしのために来たんじゃ、白の乗手の馬はじゃ。	229	2	3	2
2	105	The wind went like grey waves through the endless miles of grass.	108	果てしなく続く草の海を吹き渡る風はまるで灰色の波のようでした。	229	2	6	2
2	105	under the slopes of the White Mountains.	108	かれは今や白の山脈の麓に、	229	1	2	2

資料38

2	105	their steeds seemed to be swimming in a grey-green sea.	229	6	1	2
2	105	far away the riders saw it for a moment like a red fire sinking into the grass.	230	8	5	5
2	105	Low upon the edge of sight shoulders of the mountains glinted red upon either side.	230	8	3	3
2	105	A smoke seemed to rise up and darken the sun's disc to the hue of blood.	7	14	4	4
2	106	Gandalf stood, leaning on his staff, gazing into the darkness, east and west.	7	20	4	4
2	106	a grey shadow before them hardly to be seen.	7	14	2	2
2	106	Slowly in the East the dark faded to a cold grey.	8	14	7	7
2	106	Slowly in the East the dark faded to a cold grey.	8	2	3	3
2	106	Red shafts of loght leapt above the black walls of the Emyn Muila away upon their left.	8	3	4	4
2	106	Red shafts of loght leapt above the black walls of the Emyn Muila away upon their left.	8	3	3	3
2	106	Before them stood the mountains of the Southwhite-tripped and streaked with black.	8	14	3	3
2	106	Before them stood the mountains of the Southwhite-tripped and streaked with black.	8	12	3	3
2	106	and flowed up into many valleys still dim and dark.	8	14	4	4
2	106	About its feet there flowed, as a thread of silver.	9	11	4	4
2	106	they caught still far away a glint in the rising sun, a glimmer of gold.	9	6	3	3
2	106	I see a white stream that comes down from the snows, he said.	9	6	3	3
2	106	Where it issues from the shadow of the vale a green hill rises upon the east.	9	11	3	3
2	106	Many hundreds of men it is since the golden hall was built.	10	6	3	4
2	106	In the midst, set upon a green terrace, there stands aloft a great hall of Men.	10	8	1	3
2	106	It seems to my eyes it is thatched with gold.	10	1	4	4
2	106	Golden, too, as in the posts of its door.	10	8	3	3
2	106	and Meduseld is that golden hall.	11	8	3	5
2	106	The land was green.	12	8	5	5
2	106	Already in this southern land they were blushing red at their fingertips.	12	14	1	1
2	106	the way ran away from it.	13	14	6	6
2	106	Upon their western sides the grass was white as with a drifted snow:	15	14	3	3
2	106	The dark gates were swung open.	15	14	3	3
2	106	Many houses built of wood and many dark door they passed	16	8	4	4
2	106	There stood a high platform above a broad terrace,	16	6	3	3
2	106	Up the green terrace went a stair of stone, high and broad.	18	1	6	6
2	106	Their golden hair was braided on the green shoulders;	16	14	4	4
2	106	Inside it seemed pale and warm after the clear air upon the hill	20	14	4	4
2	106	the sun was blazoned upon the green shields,	16	6	5	5
2	106	Where it in the hand on the harpstring, and the red fire glowing?	17	13	5	5
2	106	Following the winding way up the green shoulders of the hills.	20	11	5	5
2	106	Then Legolas gazed into his hand his silver-hafted knife.	20	11	2	2
2	106	gleaming dully with gold and half-seen colors.	17	11	6	6
2	106	for they come from the Golden Wood and the Lady of Lothlorien gave them to me.	18	6	3	3
2	106	fingering the blade of his axe, and liking darkly up at the guard.	21	14	4	4
2	106	his yellow hair was flying in the wind.	21	10	4	4
2	106	a young man rode a white horse.	21	2	1	1
2	106	The horse's head was lifted, and its nostrils were wide and red as it neighted.	21	6	3	3
2	106	Foaming water, green and white, rushed and curled about its knees.	21	8	3	3
2	106	Foaming water, green and white, rushed and curled about its knees.	21	1	2	2
2	106	but his white hair was long and much	21	3	3	3
2	106	and fell in great braids from beneath a thin golden circlet set upon his brow.	21	11	5	5
2	106	In the centre upon his chair hath a cnnosen-haired Syamendori Siyamondo stood	21	5	5	4
2	117	Behind his chair stood a woman clad in white.	21	1	1	5

資料39

		English	Japanese				
2	106	with a pale wise face and heavy-lidded eyes.	青白い賢い顔に重くかぶさる目を。	21	13	1	3
2	106	leading heavily upon a short black staff with a handle of white bone.	白い骨でできた柄のついた短い黒い杖にどっしりと寄りかかった。	22	3	5	5
2	106	Only Gandalf could be seen, standing white and tall before the blackened hearth.	見えるものは黒くなった煤けの暖炉の前に白一色でどっしりと立つガンダルフの姿だけでした。	22	7	1	5
2	106	leading heavily upon a short black staff with a handle of white bone.	白い骨でできた柄のついた短い黒い杖にどっしりと寄りかかっていました。	23	13	5	3
2	106	'You speak justly, lord,'said the pale man sitting upon the steps of the dais.	「殿よ、まことに御もっともにございます」段のところに腰をおろしていた青白い顔の男がそう言いました。	23	14	6	1
2	106	even now we learn from Gondor that the Dark Lord is stirring in the East.	その今しがた冥王が身動きだしたとゴンドールから知らせのあったばかりではございませぬか。	23	3	2	5
2	106	as he lifted his heavy lids for a moment and gazed on the strangers with dark eyes.	彼らはほんの一瞬の間、悪意のある目を上げて旅人たちに注視しました。	24	2	1	1
2	106	Three ragged wanderers in grey.	灰色のほろを着たこの三人の放浪者は。	24	2	6	5
2	106	Grey is their raiment, for the Elves Clad them	たしかにかれらの身なりは灰色だ。エルフが着せてくれた衣服じゃでな。	24	11	2	2
2	106	you are in league with the Sorceress of the Golden Wood?	あなたがあの森の女妖術師と気脈を通じているというのは真実なのですか？	25	1	1	4
2	106	White is the star in your white hand;	あなたの白い手の白い星は。	25	4	4	2
2	106	White is the star in your white hand;	あなたの白い手の白い星は。	26	14	4	1
2	106	the whole hall became suddenly dark as night.	広間の中が突如として夜のように暗くなりました。	26	1	4	6
2	106	Not all is dark. Take courage, Lord of the Mark!	暗い空ばかりかけっているだけではありませぬ。勇気をお出しなされ。	27	14	4	2
2	106	Very fair was her face, and her long hair was like a river of gold.	すべてが暗いわけではありません、マーク王よ。	27	11	4	1
2	106	Slender and tall she was in her white robe girt with silver.	顔は麗しく美しく、長い髪は金色の川のようでした。	28	1	4	3
2	106	Slender and tall she was in her white robe girt with silver.	銀の帯を腰に固く結んだ白い長い衣をつけた姿は細々としていました。	28	12	3	1
2	106	Rohan, and thought her fair, fair and cold like a morning of pale spring	銀の帯を腰に固く結んだ白い長い衣をつけた姿は細々としていました。	28	13	1	5
2	106	tall heir of kings, wise with many winters, greycloaked.	大昔の王家の世継ぎは幾多霜経たる力を秘め、早春の朝の爽やかな冷たさのように美しいと思いました。	28	2	7	3
2	106	they could see beyond the green fields of Rohan fading into distant grey.	ローハンの緑の野の先ローハンの緑の草原の彼方広がる灰色にかすかになっているのが見えました。	28	6	3	1
2	106	they could see beyond the stream the green fields of Rohan fading into distant grey.	流れの向こうにローハンの緑の野の草原の緑が遠く灰色にかすんでいるのが広がっているのが見えました。	28	3	4	5
2	106	his eyes were blue as he looked in the eastward.	東の方を見始めた時は青い目は空色に澄んでいました。	29	12	4	1
2	106	The Falling showers gleamed like silver, and far away the river glittered like a shimmering glass.	驟雨の銀のようにきらめき、はるか水の川は青白いよろよろ光る鏡のようでした。	29	14	4	2
2	106	The sky above and to the west was still dark with thunder.	空は雷雨のためまだ暗く。	28	14	4	4
2	106	beyond Dark mountains to the Land of Shadow.	雷雲に運んでいる山々を越え。	31	14	5	7
2	106	'It is not so dark here,' said Theoden.	「ここはそう暗くはない」と、セオデンがいいました。	31	14	2	4
2	106	that he caught a glint of white.	ちらりと白いものが光るのを見たように思いました。	34	14	3	4
2	106	From the king's hand the black staff fell clattering on the stones.	王の手から黒い杖が音を立てて敷石の上に落ちました。	38		4	1
2	106	Dire deeds awake, dark is it eastward.	凶事が始まった。東は暗い。	38	11	5	1
2	106	His face was very noble.	下の顔は真に気高かった。	38	6	6	3
2	106	Dark have been my dreams of late.'	ちかごろ見る夢は暗い夢ばかりであった。」	39	11	1	6
2	106	a long sword in a scabbard clasped with gold and set with green gems.	緑の宝石を飾り、黄金の留金つき鞘に収められた長い剣	40	13	4	3
2	106	a long sword in a scabbard clasped with gold and set with green gems.	緑の宝石を飾り、黄金の留金つき鞘に収められた長い剣。	46	12	4	4
2	106	Are none to be left to defend the Golden Hall of your fathers.	ご先祖から伝えられて参りましたこの黄金館を、守りぬく者はだれも居りませぬのか？	46	3	5	4
2	106	He licked his lips with a long pale tongue.	かれは白い長い舌で古びた唇をなめました。	46	6	5	5
2	106	But now I shall ride him into great hazard, setting silver against black:	暗黒の中に白いものが光る姿を見ることになろう。	46	6	6	4
2	106	But now I shall ride him into great hazard, setting silver against black:	その表面には金を留め銀をちりばめた帯金が巻かれ、最上部には白く住房を訳の石が飾られていました。	46	8	5	5
2	106	their bosses were overlaid with gold and set with gems, green and red and white.	盾の表面には金を留め金をちりばめた帯金が巻かれ、最上部には白く輝く宝石の訳の石がはめられていました。	46	1	2	2
2	106	their bosses were overlaid with gold and set with gems, green and red and white.	その盾には緑地に白く疾駆する馬が描かれていました。	46	3	1	4
2	106	It bore the running horse, white upon green.	その盾は緑地に白く疾駆する馬が描かれていました。	46	6	6	5
2	106	'Behold the White Rider!' cried Aragorn, and all took up the words.	「見よ、白の乗手を！」とアラゴルンが叫びました。居並ぶ者もその言葉に応えて金色の鎧がそれを響かせました。	49	14	4	5
2	106	'Our King and the White Rider!'	「われらが王と、白の乗手！」	50	11	6	5
2	106	She was clad now in mail and shone like silver in the sun.	身にはすでに鎖かたびらをまとい、銀のように日に輝いていました。	52	12	1	2
2	106	Then suddenly she threw back his grey cloak.	突如かれは灰色のマントを後ろに跳ねあげ。	52	5	4	4
2	106	her white robes shone dazzling in the sun.	その白い衣装は日の光にまばゆく輝きました。	52	2	1	5
2	106	Gandalf Greyhame, wisest of counsellors.	長く長き助言、灰色のマントを後ろに投げた。	53	1	6	1
2	106	'Our King and the White Rider!'	「われらが王と、白の乗手！」	53		2	6
2	107	There was a beaten way, north-westward along the foot-hills of the White Mountains,	斜光とともに彼らの目に映りました。起伏するローハンの草原もその果ての金色の霞と化しました。	54	11	1	3
2	107	the light of it was a beaten way, north-westward along the foot-hills of the White Mountains.	白の山脈の麓を周る丘陵に沿って北西に踏み固められた道がありました。	54	1	3	3

資料40

				English			Japanese			
54	6	3	1	this they followed, up and down in a green country.	107	2	一行はこの緑を辿って嶮岨な原野の起伏を上手に登り下りていきます	131	6	3
55	14	4	1	there was a growing darkness, as of a great storm moving out of the East.	107	2	次第に暗さを増す闇、それは東から大きな嵐の来襲のようでした。	131	14	4
55	14	4	1	there seemed to be another darkness brooding about the feet of the Misty Mountains.	107	2	まだ別の闇らしいものが霧ふり山脈の麓のあたりに立ちこめているように見えました。	131	14	4
56	3	4	2	I can see a darkness.	107	2	闇のようなものが見えます。	132	3	4
56	14	4	2	It will be a black night.	107	2	「真っ暗の夜になるぞ」	132	14	4
56	8	4	2	In the afternoon the dark clouds began to overtake them.	107	2	午後になると、黒い雨雲が追いついて来始めました。	132	8	4
56	14	3	2	The sun went down, blood-red in a smoking haze.	107	2	太陽は濛々と立ちこめる霧の中で血のように赤く沈んでゆきます。	132	14	3
56	8	2	2	they stood on the northernmost arm of the White Mountains,	107	2	日の出山脈の最北の支脈にまた立っていました。	132	8	2
58	12	2	2	In the last red glow men in the vanguard saw a black speck.	107	2	最後の赤い夕映えの中に一点、黒い馬に乗った忍者がちらと駆けて来る	132	12	2
58	12	2	2	In the last red glow men in the vanguard saw a black speck.	107	2	最後の赤い夕映えの中に一点、黒い馬に乗った忍者がちらと駆けて来る	133	12	2
59	2	6	2	a flash of silver in the sunset.	107	2	夕日にひらめく銀色の閃光とも。	133	2	6
59	6	4	2	That Gandalf Greyhame has need of haste,' answered Hama.	107	2	「灰色のガンダルフは急いでおられるのじゃ」とハマは答えました	133	6	4
59	6	3	1	The tall peaks of Thrihyrne were already dim against the darkening sky	107	2	スリヒルネの高い峰々は次第に暗さを増す宵空にぼうとかすんでしか見えません。	133	6	3
60	6	3	2	on the far side of the Westfold Vale, lay a green coomb.	107	2	西の谷の向う側に大山のように広がる中央に入りこむ緑の谷合があります。	133	6	3
60	14	4	2	it wound, and flowed then in a gully through the midst to a wide green gore.	107	2	広い緑のでり地形に真中を蛇行して流れる狭い急谷を作って流れていきます。	134	14	4
61	2	7	2	As the days darkened with threat to war, being wise,	107	2	戦争の脅威を伴って時代の闇が増加するにつれ、	134	2	7
61	14	4	2	Out of the darkness arrows whistled.	107	2	暗闇の中を矢がうなりをあげて飛んで来ます。	134	14	4
62	14	3	2	'It is dark for archery,' said Gimli.	107	2	白いすぐに暗く、馬上の老人はギムリがいいました	137	14	3
62	14	3	2	Many have seen an old man in white upon a horse.	107	2	白い衣で身を包み、馬上の老人を見かけた者は大勢ございます	137	14	3
63	14	4	2	On through the dark night they rode, ever slower as the darkness deepened	107	2	暗い夜を駆けて行き続けました。闇が濃度を増す度に徐々に速度は落ちてゆきます。	135	14	4
63	14	4	2	On through the dark night they rode, ever slower as the darkness deepened	107	2	暗い夜を駆けて行き続けました。闇が濃度を増す度に徐々に速度は落ちてゆきます。	135	14	4
63	3	3	2	Now they could hear, borne over the dark,	107	2	やがらぬ暗闇の運ばれてくる響きを、彼等を聞くことができました。	135	3	3
63	8	4	2	countless points of fiery light upon the black fields behind, scattered like red flowers.	107	2	後ろの真っ暗な広野に燃え炎か抜、燃える炎の無数の点々となって、あるいは赤い花のように散らばり、	135	8	4
64	14	3	2	countless points of fiery light upon the black fields behind, scattered like red flowers.	107	2	後ろの真っ暗な広野に燃え炎か抜、燃える炎の無数の点々となって、あるいは赤い花のように散らばり、	135	14	3
68	14	4	2	a high shadow beyond a dark pit.	107	2	暗い淵のような深い闇の先に高い影がある。	135	14	4
69	14	3	2	The sky was utterly dark, and the stillness of the heavy air foreboded storm.	107	2	空は真っ暗で、重く沈んだ大気は嵐の訪れを告げていました。	137	14	3
69	1	3	2	between them and the Dike lit with white light:	107	2	間が白から光で照らされているのを見ました	138	1	3
69	3	1	2	it was boiling and crawling with black shapes.	107	2	空濠が開けとその奥の者たちの姿で埋まっていて	138	3	1
69	14	4	2	Ever and again the lightning tore aside the darkness.	107	2	時折稲妻が閃光を引き裂いて閃きました。	138	14	4
70	14	4	2	The dark tide flowed up to the walls from cliff to cliff.	107	2	黒き波濤が崖から岩まで結ごって城壁へ押寄せて来ました	138	14	4
72	1	5	2	as it seemed to them, upon a great field of dark corn.	107	2	彼らには一面の黒い麦畑が見えるのが	138	1	5
72	10	4	2	And'ri rose and fell, gleaming with white fire.	107	2	アンドゥリルは白い火のように明るく光を振り上げられ、振り下ろされた	139	10	4
73	14	3	2	glimmering yellow in the storm-wrack.	107	2	ひしゃげと黄色く軽き始めながら、ぎんぎらがっています	139	14	3
75	14	3	2	But a small dark figure that none had observed sprang out of the shadows	107	2	しかし、それまで誰も気づかなかった小さな黒い姿が暗闇から躍り出しました	140	14	3
79	14	13	2	Orcs sprang up them like apes in the dark forests of the South.	107	2	オークどもは南の暗い森林に躍る猿の如くに彼らを駆け上がり	142	14	13
81	14	1	2	Aragorn looked at the pale stars.	107	2	アラゴルンは光のに淡い星々に目をやり、	142	14	1
81	14	6	2	A host of dark shapes poured in.	107	2	黒っぽい姿の軍勢が流れ込んで来ました。	142	14	6
83	13	3	2	There stood the king, dark against a narrow window, looking out upon the vale.	107	2	そこには、狭い窓に黒い影を映して、王がたった。谷間を見渡しておりました。	145	13	3
86	13	4	2	As he looked forth the eastern sky grow pale.	107	2	そこから外を眺めるやが東の空に銀のような色で見えるのを王は見ました。	145	13	4
89	11	5	2	His horse was white as snow, his shield was long	107	2	その馬は雪のように白く、その盾は銀のように輝きを放ち、	146	11	5
89	11	5	2	His horse was white as snow, his shield was long	107	2	王の乗り物に驚き! ! とアラゴルンは叫びました。	146	11	5
90	6	3	2	'Behold the White Rider!' cried Aragorn.	107	2	『白い乗り物を驚き! ! とアラゴルンは叫びました。	147	6	3
90	6	3	2	The White Rider was upon them.	107	2	白の騎手が彼らに立ち向かいました。	147	6	3
90	14	4	2	Like a black smoke driven by a mounting wind they fled.	107	2	黒い煙が風に追いあげられるように闇は逃走した。	147	14	4
90	8	5	2	King Theoden and Gandalf the White Rider met again upon the green grass ~	108	2	セオデン王と白の乗手ガンダルフは緑の草の上で再会した、朝日を受けて輝いている。	147	8	5
91	1	6	2	King Theoden and Gandalf the White Rider met again upon the green grass ~	108	2	セオデン王と白の乗手ガンダルフは緑の草の上で再会した、朝日を受けて輝いている。	147	1	6
91	3	6	2	Legolas the Elf and Erkenbrand and the lords of the Golden House.	108	2	エルフのレゴラスと、エルケンブランド、そして黄金前の諸卿がありました。	148	3	6
92	11	6	2	The dark night has passed, and day has come again.	108	2	暗い夜は過ぎ、明けたふたたび訪れた。	148	11	6
93	14	4	2					148	14	4

資料41

2	108	You are mighty in wizardry Gandalf the White!	白のガンダルフよ、なんとあなたは魔法に長けておいでなのでしょう！	93	1	6	1
2	108	Some glanced darkly at the wood.	中には憎悪気味に森のほうをちらりと見やる者もいた。	93	14	4	1
2	108	In the dark hour before dawn I doubted, but we will not part now.	夜明け前の暗い時刻には疑ったが、もうあんたとは離れぬ。	95	14	4	2
2	108	The trees were grey and menacing.	木々は灰色をして脅かすように見えた。	99	2	3	2
2	108	dark caverns opened beneath them.	その下には薄暗い洞穴が口をあけて開いていた。	99	14	3	4
2	108	the sky was open above and full of golden light.	頭上には空が開けて、金色の光に満ち満ちていた。	101	2	5	3
2	108	he would pay pure gold for a brief glance!	一目見るためには世辞ひとつなりともの金貨でも支払うだろうに！	101	11	3	3
2	108	And I would good to be excused, said Legolas.	わたしならいちおうのほうと思ってくれても言われなくてもこちらは全ておことわりだ、とレゴラスがいいました。	102	1	2	3
2	108	There are columns of white and saffron and dawn-rose.	白に鮮やかなサフラン色、暁の淡いばら色。	102	14	2	1
2	108	a glimmering world lookes up from dark pools covered with clear glass;	もちらちら光と影を放つ世界が透明なガラスでおおわれた暗い池から上を見ているんだ。	103	1	4	2
2	108	on into the dark recesses where no light can come.	しまいにどんな光も届かぬ奥の奥のほとんどまっ暗にまで続く。	103	14	2	4
2	108	And plink! A silver drop falls.	ポシャン！銀の雫がぽーたり落ちる。	103	12	4	2
2	108	not if diamonds and gold could be got there.	たとえそこでダイアモンドや金が採れようともね。	104	1	4	3
2	108	display far chambers that are still dark, glimpsed only as a void beyond fissures in the rock.	岩の割れ目の向こうを隙いたところではだまだ仄暗い空間としか見えない奥の部屋部屋を露わにするのだ。	104	14	6	2
2	108	'Stay, Legolas Greenleaf!' said Gandalf.	「待て、緑葉のレゴラスよ！」と、ガンダルフはいいました。	106	6	1	6
2	108	seemed to be clad with raiment or with hide of close-fitting grey and brown.	ぴったり身に合った灰色と茶色の衣服にも鎧にも身を包んでいました。	106	2	2	3
2	108	in its cold silver light the swelling grass-lands rose and fell like a wide grey sea.	その冷たい銀色の光に照らされて、起伏する草原が灰色の海の面のようにうねっていました。	106	9	1	2
2	108	their hair was stiff, and their beards grey-green as moss.	髪の毛は強く、顎鬚は苔のように灰色がかった緑色をしていました。	106	14	4	2
2	108	the sky was still red.	空はまだ赤だ。	109	8	4	3
2	108	Dark against it there wheeled and flew many black-winged birds.	そのタ焼空に至くさんの黒い翼の鳥たちが旋回して飛んでいた。	109	14	2	3
2	108	Dark against it there wheeled and flew many black-winged birds.	そのタ焼空に至くさんの黒い翼の鳥たちが旋回して飛んでいた。	109	14	2	3
2	108	They rode now at an easy pace and dark came down upon the plains about them.	かれらは馬をゆるめた足どりで進んで行きました。周りの平野に夜の帳がおりてきました。	110	2	4	3
2	108	in cold silver light the swelling grass-lands rose and fell like a wide grey sea.	その冷たい銀色の光に照らされて、起伏する草原が灰色の海の面のようにうねっていました。	110	2	4	2
2	108	but over the ground there crept a darkness blacker than the night.	その冷たい銀色の光に照らされて、起伏する草原が灰色の海の面のようにうねっていました。	110	2	2	3
2	108	a bare waste of shingles and grey sand.	砂利と灰色の砂が一面に広がっているだけでした。	110	14	3	3
2	108	and shadowfax his horse shining like silver.	銀色の輝きにかれの馬飛陰の影を見ることを奇妙に打たれたのでした。	111	2	3	2
2	108	Dark lay the vale before him.	谷間は黒く、かれらの前に横たわっておりました。	111	12	2	4
2	108	and spread in shimmering billows, black and silver, over the starry sky.	かすかに光ながら波のように広がり、星空を黒と銀色で覆っておりました。	113	3	4	4
2	108	and spred in shimmering billows, black and silver, over the starry sky.	かすかに光ながら波のように広がり、星空を黒と銀色で覆っておりました。	113	14	4	3
2	108	but over the ground there crept a darkness blacker than the night.	しかし夜よりもさらに黒い闇が大地を這っていた。	113	12	3	3
2	108	but over the ground there crept a darkness blacker than the night.	しかし夜よりもさらに黒い闇が大地を這っていた。	114	2	4	4
2	108	the darkness and the rumour passed, and vanished between the mountain's arms	音合いのざわめきがやがて通り過ぎ、山の両腕の間に消えていきました。	114	3	3	4
2	108	Far down into the valley of the Deep the grass was crushed and trampled brown.	合谷の下のほうで広範囲の草原がふみしだかれ、茶色になっていました。	114	15	9	4
2	108	they had returned at night, and had gone far away to the dark dales of Fangorn.	かれらは夜の間にもどってきて、ファンゴルンの暗い谷間に行ったためだったのです。	115	14	3	4
2	108	The light came grey and pale, and they did not see the rising of the sun.	朝の光は灰白く、日の出が見られませんでした。	116	2	4	3
2	108	The light came grey and pale, and they did not see the rising of the sun.	朝の光は灰白く、日の出は見えませんでした。	116	13	4	3
2	108	Once it had been fair and green, and through it, the Isen flowed.	昔は美しい緑野であり、この間を緩慢と流れるアイゼン川は	117	6	3	3
2	108	It was black, and set upon it was a great stone.	柱は黒く、その上には大きな岩石	117	1	3	3
2	108	carved and painted in the likeness of a long White Hand.	長々とした手の形に彫って白く色彩を施したものがあり、	118	6	3	3
2	108	Here throughg the black rock a long tunnel had been hewn.	そこには黒い岩を貫く長いトンネルが穿たれており、	118	8	6	3
2	108	Once it had been green and filled with avenues.	以前はここも緑の青草だったが、	118	15	4	3
2	108	But no green thing grew there in the latter days of Saruman.	しかし、サルマンの時代も後半になると、ここには緑が根をおろすことはなくなりました。	118	6	4	3
2	108	The roads were paved in the latter days with stone-flags, dark and hard;	道はこの暗い時代も後半に入って、暗い固い石畳で舗装され	118	14	3	3
2	108	so that all the open circle was overlooked by countless windows and dark doors.	円形の開かれた広場は無数の窓と薄暗い入口から見おろされることになりました。	119	6	4	3
2	108	lit from beneath with red light, or blue, or venomous green.	地下の明かりで照らされて、赤い、青い、あるいは毒々しい緑色に見えたものでした。	119	6	8	3
2	108	lit from beneath with red light, or blue, or venomous green.	地下の明かりで照らされて、赤い、青い、あるいは毒々しい緑色に見えたものでした。	119	8	4	3
2	108	lit from beneath with red light, or blue, or venomous green.	地下の明かりで照らされて、赤い、青い、あるいは毒々しい緑色に見えたものでした。	119	6	4	4
2	108	A peak and isle of rock it was, black and gleaming hard:	これは岩石の峰であり、黒々と固く輝きを放っており、	119	3	6	3
2	108	The Dark Tower, which suffered no rival, and laughed at flattery.	かの暗黒の塔ほども何者の追随も許さず、へつらいをは一笑に付し、	120	14	6	3
2	108	as he did no thte Riders saw to their wonder that the Hand appeared no longer white.	かれが通り過ぎる下でこの手の色はもはや白ではないことに気付きました。	120	3	1	3
2	108	they perceived that its nails were red.	一層の爪が赤々としていたのです。	120	8	3	3
2	108	a pale sunlight shone.	薄い陽光が射してきて、霞のような光を放っていました。	121	13	4	3
2	108	Still dark and tall, unbroken by the storm, the tower of Orthanc stood.	今もなおまだ黒々と高く、嵐にほとんど砕かれずに、オルサンクの塔が立っているのでした。	121	14	3	3
2	108	Pale waters lapped about its feet.	白っぽい水がその足の足元を洗っていました。	122	13	3	2
2	108	at their ease, grey-clad, hardly to be seen among the stones.	灰色の服を着た彼らの姿は石の間にほとんど見分けがつかないのでした。	122	2	1	5

資料 42

			English		Japanese		
2	108	and sent from his mouth long wisps and little rings of thin blue smoke.	162	口からは幾条も長い青い煙を細長くふかしたり、小さな輪の形にはき出したりしました。	122	5	4	3
2	108	his hair of brown curling hair was uncovered.	162	茶色の捲き毛の頭には頭巾も帽子もなく、	122	9	1	1
2	108	Yes, a tall grey Ent is there, said Legolas	164	本当だ、背の高い灰色のエントがいるよ、と、レゴラスがいいました。	128	14	4	6
2	109	it must once have been dark, for its windows looked out only into the tunnel.	166	以前はさぞ暗かったに違いありません、窓は一方のほうだけが開いていたからです。	132	6	5	2
2	109	I am sorry there is no green stuff	166	残念なことに緑野菜を切らしていまして	133	2	1	5
2	109	He wrapped his grey cloak about him, hiding his mail-shirt,	168	かれは灰色のマントですっかり身をくるんで、鎖かたびらを隠し、	137	2	4	1
2	109	slanting into the valley from among white clouds high in the West.	168	西の空高く浮かぶ白い雲の間から斜めに射し込む白日光でした。	138	1	4	6
2	109	Well, my tale begins with waking up in the dark	168	ええと、ぼくの話は、暗闇で目を覚ますと	139	14	4	1
2	109	The Dark Lord already knew too much, and his servants also;	169	冥王はすでに知り過ぎるぐらい知っているし、かれの召使いも同様だ。	140	8	6	3
2	109	The Red Eye will be looking towards Isengard	169	赤目はアイゼンガルドを向いているんだろう	142	14	6	1
2	109	deep in the darkest dales there are hundreds and hundreds of them , I believe.	170	でも一番暗い谷の奥には、このフオルンが何百何千といるんだと思う	143	14	3	2
2	109	It was very dark, a cloudy night.	170	とても暗くて、雲の多い夜だった。	144	14	4	1
2	109	Most of them were ordinary men, rather tall and dark-haired.	171	どっちかというと背が高い、髪が黒い、普通の人でした。	145	3	6	5
2	109	but whether he was working with the Black Riders, or for Saruman alone,	171	この人が黒の乗手たちと手を携えて活動しているのか、それともサルマンだけのために活動しているのか、	145	3	7	1
2	109	I thought things looked very black for Rohan.	171	ぼくは今や事態はローハンにとって暗澹たるものになったかと思えた。	145	14	3	1
2	109	But, though I could not see what was happening in the grey light.	173	日いぼい人影が一つ、立ち並ぶ柱の暗がりの中をさながら走り去るところだった。	149	13	4	6
2	109	There was a pale figure hurrying away in and out of the stairs to the tower-door.	174	そのオルサンクの人影が一つ、立ち並ぶ柱の暗がりの中をさながら走り去るところだった。	152	2	4	1
2	109	Then they just faded silently away in the grey light.	174	その者たちはみな一様に静かに灰色の光の中に消えていった。	152	2	4	3
2	109	Suddenly a great horse came striding up, like a flash of silver;	175	突如大きな馬が足早に脚を伸ばし大股で、銀の炎のように現われ出た。	153	12	4	1
2	109	It was already dark. and all I could see the rider's face clearly;	175	もう暗くなっていたけど、ぼくには乗手の顔がはっきり見えた。	153	14	4	5
2	109	It seemed to shine, and all his clothes were white.	176	そしてかれの着ているものには一点の闇もなく、	154	1	4	1
2	109	we could see mountain-peaks, miles and miles away, stab out suddenly, black and white.	176	わしらすわったまま口をきくこともなく、顔から血の気を失ったほどじゃ。	157	3	3	3
2	109	we could see mountain-peaks, miles and miles away, stab out suddenly, black and white.	176	わしらは何マイルも何マイルもかなたにある山々の白刃や雪嶺が黒と白の姿をふやみるみる	157	3	3	3
2	109	The Huorn began to fill up with black creeping streams and pools.	176	フォルンの闇谷には、忍び寄る黒い流れと池とが現れ始めた。	157	14	4	1
2	109	Isengard began to fill up with black creeping streams and pools.	176	アイゼンガルドは次第に忍び込んでくる黒い流れや池で満ちていった。	157	3	3	4
2	109	Great white streams hissed up.	157	白い蒸気がシューッと音を立てながら、	157	14	3	1
2	109	he sat and gaped, and his eyes went almost green.	161	馬にすわったまま口をぼかんと開け、眼が半ば緑色に変わったほどじゃ。	161	6	3	5
2	110	and looked up darkly at the great tower.	179	わしすわったまま口をぼかんとあけ、オルサンクの塔の高々とそびえるのを見つめました。	164	6	3	3
2	110	but no figure could be seen at its dark opening.	181	塔の山に上にになって、	167	14	3	2
2	110	stood upon a heap of stones, gazing at the dark rock of Orthanc, and its many windows.	181	黒く焦げたごつごつとしたまでひび割れた岩の窪みにオルサンクの入口が開き、	167	3	3	3
2	110	a wilderness of slime and tumbled rock, pitted with blackened holes.	180	禁木の暗み合った谷間の二つの闇いる腕が両面の岩壁まで長く延びていました。	173	14	3	3
2	110	the green and tangled valley ran up into the dark arms of the mountains.	181	緑の木々が絡み合った谷間の二つの闇いる腕が両面の岩壁まで長く延びていました。	167	14	3	2
2	110	the green and tangled valley ran up into the long ravine between the dark arms of the mountains.	181	緑の木々が絡み合った谷間の二つの闇いる腕が両面の岩壁まで長く延びていました。	167	14	3	3
2	110	the end of the Mark on which Gandalf was driving them.	182	オルサンクの岩は真っ黒で、濡れたようにてらてら光っていました。	170	14	1	3
2	110	hewn by some unknown art of the same black stone.	182	同じ黒い岩を切り出してつくったものですが、その石匠の技がいかなるものかは知られておりませんのです。	170	3	6	3
2	110	A shadow passed over Saruman's face; then it went deathly white.	183	サルマンの顔から一瞬の影が通り過ぎました。それからかれの顔は死人のように蒼白になりました。	171	1	6	5
2	110	Very much in the manner of Gandalf the Grey.	183	灰色のガンダルフとそっくりありさまで。	172	14	4	2
2	110	His face was long, with a high forehead, he had deep darkling eyes.	183	かれの顔は面長で、秀でた額を持ち、深い深い目は測り知れないものでした。	173	1	3	1
2	110	When his eye turns hither, it will be the red eye of wrath.	188	かれの目のこちらを向いた時には、それは怒気に燃えた赤い目となろう	183	8	6	2
2	110	His hair and beard were white, but strands of black still showed about his lips and ears.	184	サルマンの顔と影髯は白く、唇と耳の周りにはまだ黒いものが残っていました。	184	14	3	3
2	110	His hair and beard were white, but strands of black still showed about his lips and ears.	184	サルマンの顔と影髯は白く、唇と耳の周りにはまだ黒いものが残っていました。	184	14	3	3
2	110	Saruman's face grew livid, twisted with rage, and a red light was kindled in his eyes.	188	サルマンの顔は激怒のあまり青ざめ、歪み、目には赤い怒りの炎が燃えていました。	184	14	1	5
2	110	He looked up at the face of Saruman with its dark solemn eyes bent down upon him.	184	片手にはその同じ鍵と杖とを携え。木の髪はいかめ顔でかれを見下ろしていました。	174	14	4	2
2	110	the works of your dark master to whom you would deliver us.	185	そらがわれらをお前さまに引き渡そうであった、お前の暗黒の主のなすのわざ。	175	14	1	6
2	110	I am not Gandalf the Grey.	189	わしは灰色ガンダルフではない。	178	14	6	1
2	110	I am Gandalf the White, who has returned from death.	189	わしは死から戻ってきた白のガンダルフだ。	182	1	4	1
2	110	But the ball was unharmed; as it rolled on down the steps, a globe of crystal, dark,	189	しかし、その球は無傷でした。石段を転げ落ちて、その内部は何もある水晶のように透明な球の味で、	182	14	4	6
2	110	his eye turns livid with rage, and hastily took the dark globe from the hobbit.	188	かれは目のかたきらと見返さんばかりに青ざめ、上擦った声を大急ぎでホビットから取り上げました。	184	14	6	2
2	110	When he went down to meet him and hastily took the dark globe from the hobbit.	188	サルマンは急いで立ちより、手にしたその杖を駆使するかのようにホビットから取り上げました。	184	14	5	5
2	110	His head clutched his heavy black staff like a claw.	188	片手ではそれ重そうな黒い杖を鉤爪のように握りしめていました。	184	2	5	5
2	110	'Hoom, hm! Ah now,' said Treebeard, looking dark-eyed at him.	189	「ふーむ、ふむ！そうですな。」木の髯は暗い目でかれの話を見つめました。	184	1	3	2
2	110	I would not come while I had one dark hole left to hide in.	192	あいつが真っ黒く塗りつぶした穴の一つにでも隠れられるうちは、出てこないだろうがな	193	3	1	7
2	110	His heart is as rotten as black Huorn's.	192	その身を隠すぺき木ブォーンの闇みたいな穴がなくなってから、	194	14	2	4
2	111	but long shadows over Isengard grey ruins falling into darkness.	193	長い影はアイゼンガルドの灰色の廃墟を蔽い、灰色の電棄は暗闇に沈もうとしていました。	196	2	4	1

資料 43

			English		Japanese			
2	111	but long shadows reached over Isengard: grey ruins falling into darkness.	193	長い影がオーセンガルトを覆い、灰色の廃墟は暗闇に沈もうとしていました。	196	14	4	1
2	111	They came to the pillar of the White Hand.	193	一行は白い手の柱のある所に来ました。	197	1	6	4
2	111	Right in the middle of the road the long forefinger lay, white in the dusk.	193	道の真ん中にその長い人差し指が夕闇の中に白く転がっていました。	197	1	1	4
2	111	its red nail darkening to black.	193	その赤い爪は黒ずんでいます。	197	8	1	4
2	111	its red nail darkening to black.	193	その赤い爪は黒ずんでいました。	197	3	1	4
2	111	its red nail darkening to black.	193	その赤い爪は黒ずんでいました。	199	13	1	2
2	111	The moon, now waxing round, filled the eastern sky with a pale cold sheen.	194	丸く満ちてきた月が東の空を青白い冷たい輝きで満たしていました。	199	13	4	4
2	111	The wide plains opened grey before them.	194	目前に広い平原が灰色に広く開けました。	200	2	3	1
2	111	the last hill of the northern ranges, greenfooted, crowned with heather.	248	最後の丘で、麓は緑、頂上はヒースにおおわれていた。	200	6	3	1
2	111	He was Saruman the White.	195	彼はサルマン白のでした。	202	1	6	1
2	111	Gandalf is the White now.	195	今はガンダルフが白だ。	202	1	2	4
2	111	The thought of the dark globe seemed to grow stronger as all grew quiet.	196	あたりがすっかり静まりこむにつれ、あの暗い珠への思いはますます強まるばかりでした。	204	8	6	1
2	111	saw again the mysterious red depths into which he had looked for a moment.	196	ほんのしばらく覗きこんだあの赤い神秘な奥底を再び見るのでした。	204	1	5	5
2	111	The moon was shining cold and white, down into the dell. …	196	白く冷たく輝く月が谷間の中まで射し込み、…	204	1	4	2
2	111	and the shadows of the bushes were black.	196	潅木の茂みが黒々とした影を落としていた。	204	3	3	3
2	111	there was a unmmock, something round wrapped in a dark cloth;	197	黒っぽい布でくるんだ何かがこんもりとおいてありました。	205	14	5	5
2	111	There it stood, a smooth globe of crystal, now dark and dead, lying bare before his knees.	197	すべすべした水晶の球が、今は黒で死に、彼の膝元に置かれ、	205	14	5	5
2	111	He stole away, and sat down on a green hillock not far from his bed.	197	自分の寝場所を遠くない小さな緑の丘に一人離れて座りました。	206	6	3	4
2	111	the globe was dark, black as jet, with the moonlight gleaming on its surface.	197	最初のうちは珠がすぐ真っ暗で、黒玉のように黒く、その表には月の光だけが冷たく冴え渡っており、	206	14	5	1
2	111	the globe was dark, black as jet, with the moonlight gleaming on its surface.	197	最初のうちは珠がすぐ真っ暗で、黒玉のように黒く、その表には月の光だけが冷たく冴え渡っていました。	206	14	5	3
2	111	staring in bewilderment at all the faces round him, pale in the moonlight.	198	月光に青白く浮かび上がり周りのみんなの顔を当惑気にみつめました。	208	13	1	1
2	111	"I saw a dark sky and tall battlements.	198	「ぼくは暗い空と高い胸壁を見ました」	209	14	3	3
2	111	so that he could deal with you in the Dark Tower, slowly.	199	そうすれば闇の塔でおまえをゆっくり相手にすることができるからな、言うまでもなくあとでじゃ。	211	14	4	6
2	111	That dark mind will be filled now with the voice and face of the hobbit and with expectation;	200	暗黒の心は今やホビットの声と顔を頭に止めて、期待をかけつつあるのじゃ。	215	14	1	7
2	111	It will be dark for him than lying in the dark while others sleep.	200	かしにとっても、そのほうが、ほかの者が眠っている闇の中にいるよりは、良いようじゃろう。	215	14	1	4
2	111	A vast winged shape passed over the moon like a black cloud.	201	翼を持った巨大なものが大きな鳥のような黒雲のように月の表を走っていました。	216	3	4	4
2	111	its cold spears lay grey behind them.	201	かれらの背後に冷たい槍が灰色に残されました。	218	2	3	3
2	111	But see how the White Mountains are drawing near under the stars!	202	星空の下に白の山脈がどんどん近づいてくるのではないか!	219	3	3	5
2	111	Yonder are the Thrihyrne peaks like black spears.	202	向こうは黒い槍のようなスリヒルネ三峰だ。	219	3	3	1
2	111	Seven stars and / seven stones / And one white tree.	202	七つの星に、七つの石と一本の白い木一。	219	14	5	5
2	111	on the Tower Hills that look towards Mithlond in the Gulf of Lune where the grey ships lie.	203	灰色の船が碇泊するルーン湾のミスロンドを見下ろす塔丘正陵には	221	2	1	2
2	111	while both the White Tree and the Golden were in flower!	204	そして白の木と金の木ともに花咲く時。	223	2	3	5
2	111	while both the White Tree and the Golden were in flower!	204	そして白の木と金の木ともに花咲く時。	223	11	3	5
2	111	At the moment I was just wondering about the black shadow.	204	しばらくぼくはあの黒い影のことは思ってもみなかったよ。	224	3	6	3
2	111	It was a Black Rider on wings.' said Gandalf	204	'あれは翼に乗ったナズグールじゃ」とガンダルフは言い出しました。	224	3	5	3
2	111	It could have taken yo away to the Dark Tower.'	204	[あれはお前さんを暗闇の塔の場に連れさることもできたのじゃ]	224	14	3	1
2	111	Grey land passed under them.	205	灰色の地が足元を過ぎてゆきます。	226	2	4	1
2	111	The dark shadow yonder is the mouth of the Deeping Coomb.	205	「この黒々とした暗が峡の入口だ」	226	14	4	4
2	111	You may see the first glimmer of dawn upon the golden roof of the House of Eorl.	206	お前さんは後の最初の光がエオルの王家の金色の屋根に映しをみられるかもしれん。	227	11	3	4
2	111	And in two days you shall see the purple shadow of Mount Mindolluin	206	そしてそこから二日で行けば、お前さんにミンドルルイン山の紫の影を、見せてやろう。	227	4	3	1
2	111	and the walls of the tower of Denethor white in the morning.	206	朝日に白く見えるデネスール卿の塔の城壁を	227	1	3	4
2	201	the sickly green of them was fading to a sullen brown.	209	どんよりと見えない緑色が枯れ陰気な茶色に変わってきます。	10	6	3	1
2	201	the sickly green of them was fading to a sullen brown.	209	どんよりと見えない緑色が枯れ陰気な茶色に変わってきました。	10	5	3	1
2	201	a dark line hung, like distant mountains of motionless smoke.	209	動かぬ煙幕の遠くの山脈のように、一条の黒い線が棚引いているのでした。	10	14	4	4
2	201	a tiny red gleam far away flickered upwards on the rim of earth and sky.	209	ずっと遠くの天地のへりに、小さな赤い光が燃え上がりました。	10	6	4	3
2	201	we'd find all that green land a nasty bog.	209	あの青々とした土地が一面の嫌な始末におえぬ沼地だとわかるだろう	10	6	3	1
2	201	staring out towards the dark line and the flickering flame.	209	あの黒い線とちらちらと燃える炎の方をじっと見据えておいでなのだ。	11	14	3	4
2	201	Is it of the Dark Tower that he steers us?'	210	暗闇の塔の意のままに我らをひきつれてゆくのだろうか?	11	14	6	1
2	201	in the cold grey of early morning.	210	早朝のうすら寒い灰色の光の中で	12	2	3	3
2	201	a great grey cliff loomed before them, cut sheer down as if by a knife stroke.	211	灰色の大きな断崖が、ナイフで切り取られたかのように、二人の前に前えていたのです。	15	14	3	3
2	201	It's getting dark early.	212	早めに暗くなりそうだ。	17	14	4	4
2	201	The smorky blur of the mountains in the East was lost in a deeper blackness	213	煙ぽくて霞んでいた東の山脈は、さらに黒々とした深い闇の中に没し、	17	3	4	4
2	201	The hurrying dark, now gathering great speed,	214	霧を急ぐ夕闇は、今や疾足を早めて襲いかかり、	19	14	6	1
2	201	But either the darkness had grown complete,	214	しかし、無明の闇が始まったのか、	20	14	4	4
2	201	All was black about him.	214	あたりは一切、真っ暗闇でした。	20	3	4	4

資料 44

			English	Japanese				
2	2	201	He heard Sam's voice out of the blackness above.	頭上の暗闇からサムの声が聞こえてきました。	20	3	3	1	4
2	2	201	It was dim, certainly, but not as dark as all that.	それは確かに薄暗くはあるけれど、見えないほど暗いわけではないのに。	21	14	14	1	1
2	2	201	a grey forlorn figure splayed against the cliff	ぶざまに崖に張りつかされているような、侘しげな灰色の網かぎの姿で。	22	2	2	5	6
2	2	201	The darkness seemed to lift from Frodo's down.	確かに谷の方にくるくると恐ろしい細のようなものが灰色の網が去り、フロドの目から余分の暗闇が取り除かれたように見えました。	22	14	2	4	2
2	2	201	He could see the grey line as it came dangling down.	フロドはぶらぶらと下ってくる灰色の綱を見ることができました。	22	2	5	4	5
2	2	201	he thought it had a faint silver sheen.	それにはかすかな銀色の輝きをおびているように思えました。	22	12	14	5	4
2	2	201	Now that he had some point in the darkness to fix his eyes upon	かれは暗闇の中で見当となるべき目標を得たので	22	14	4	4	4
2	2	201	Like a Black Rider it sounded-but one up in the air, if they can fly.	黒の乗手みたいに聞こえる—だが宙を舞う、あいつらが宙を飛ぶのではないとすれば空ぽうかが。	24	14	6	3	3
2	2	201	stuck up on this edge with the eyes of the Dark Country looking over the marshes.	あの暗黒国の目が沼地を越えて見張っているところで	24	14	5	3	7
2	2	201	upon which the dark thought of Sauron brooded for a while.	サウロンの暗い思いが、しばらく低迷していたのです	25	15	4	3	2
2	2	201	the reeking marshes the deep blue sky of evening opened once more.	再び夕暮れの深い青空が、この臭気を放つ湿地の上に広がり	25	1	1	2	3
2	2	201	a few pailed stars appeared, like small white holes in the canopy above the crescent moon.	淡青色が暗くなって、ようやく、何—そうね、あの灰色の綱みたいなものが降りてくるように見えます	25	14	14	5	4
2	2	201	I could see nothing, nothing at all, until the grey rope came down.	まったく、何—そうね、あの灰色の綱のようなものが降りてくるまでは	25	14	14	4	4
2	2	201	It does look sort of silver in the dark, said Sam.	「たしかにあれは暗いところでは銀みたいに見えますわ、」と、サムはいいました	25	14	12	5	5
2	2	201	It does look sort of silver in the dark, said Sam.	「たしかにあれは暗いところでは銀みたいに見えますわ、」と、サムはいいました	25	14	3	5	4
2	2	201	until far away the Riders on the plain saw its black towers moving behind the sun.	ついにはるか彼方の黒い乗手らが、太陽の背景にあるその黒い塔の動いているのを見るのでした	25	14	3	3	3
2	2	201	there he slipped and swung out on the silver line.	そこでかれは足をすべらせ、銀色の綱にぶら下がって	26	12	5	5	1
2	2	201	his deep elven-cloak had melted into the twilight.	身の着ているエルフのマントは夕闇にとけこんでしまっているので	27	14	1	3	5
2	2	201	he had not quite Sam's faith in this slender grey line.	この一筋の灰色の細綱に対してはサムほどの信頼を置いていなかったので、かれはそばにひょろりと立っていた金属のようなものを掲げて目を向けました	27	14	3	2	5
2	2	201	and the long grey coils slithered silently down on top of him.	そして長い灰色の綱がしゅるしゅると音も立てずにかれの体の上にくる巻き降りてきました	28	2	5	2	4
2	2	201	The mouth of the gully was a black notch in the dim chill	ぼんやり薄暗い中に、きょうの谷の入口が真っ黒な大きな切れ目になっているのを見るのに足りる光でした	30	3	3	3	4
2	2	201	they came upon a great fissure that yawned suddenly black before their feet.	突然足許に黒ぐろと口を開いている大きな割れ目に行き当たりました	31	3	3	2	4
2	2	201	at any rate white darkness lasted.	ともかく暗い闇が進むかきり	31	14	14	3	2
2	2	201	Its thin white light lit up the faces of the rocks	その薄らい白い光が岩肌を照らし出し	32	1	1	4	4
2	2	201	turning all the wide looming darkness into a chill pale grey scored with black shadows.	広漠たる暗黒夜を、黒い影を点描した冷えびえと青白い灰色の世界に変えてしまいました	32	14	4	4	2
2	2	201	turning all the wide looming darkness into a chill pale grey scored with black shadows.	広漠たる暗黒夜を、黒い影を点描した冷えびえと青白い灰色の世界に変えてしまいました	32	14	13	4	5
2	2	201	turning all the wide looming darkness into a chill pale grey scored with black shadows.	広漠たる暗黒夜を、黒い影を点描した冷えびえと青白い灰色の世界に変えてしまいました	32	2	2	4	2
2	2	201	turning all the wide looming darkness into a chill pale grey scored with black shadows.	広漠たる暗黒夜を、黒い影を点描した冷えびえと青白い灰色の世界に変えてしまいました	32	14	13	4	4
2	2	201	it seemed in the pale moonlight, a small black shape was moving with its thin limbs splayed out.	青白い月の光に照らされてひょろひょろ細い手足を広げ黒い姿が細い手足を張り出し動いていました	32	13	13	4	4
2	2	201	it seemed in the pale moonlight, a small black shape was moving with its thin limbs splayed out.	青白い月の光に照らされてひょろひょろ細い手足を広げ黒い姿が細い手足を張り出し動いていました	33	13	2	4	4
2	2	201	and the hobbits caught a glimpse of two small pale gleaming lights.	青白く光る二つの小さな光がちらりと見えるのでした	33	2	2	1	4
2	2	201	Drawing his grey hood well over his face.	灰色の頭巾を顔の上にまで引っ張り	34	2	2	3	5
2	2	201	The black crawling shape was now three-quarters of the way down.	這っている黒っぽい姿はもう四分の三には降りていました	34	14	13	4	2
2	2	201	His pale eyes were half unlidded.	青白い目は半ば眼けんに閉ざされていた	35	13	13	4	2
2	2	201	and forcing his pale venomous eyes to stare at the sky.	青白い邪気をふくめ目はやおそう空を凝視させられるように	36	13	13	4	4
2	2	201	Find them safe paths in the dim light.	暗いところでも安全な道見つけてくれる	40	14	1	4	4
2	2	201	a faint light of cunning and eagerness flickered for a second in his pale blinking eyes.	まぶしそうにしばたく青白い目に一瞬奸知と貪欲の蒼いかすかな光がよぎりました	43	13	6	1	2
2	2	202	Not under the White Face, not yet.	白い顔の下ではいやだ、まだ白い顔のあるうちは	44	14	14	4	1
2	2	202	Shadows fell down from the hills, and all grew dark	山かげが落ちて、あたりがすっかり暗くなっていた	47	14	14	4	3
2	2	202	Gollum bounded forward into the darkness.	ゴクリは前方の暗闇の中へ跳び込みました	48	15	14	4	3
2	2	202	One ring to rule them all and in the Darkness bind them.	一つの指輪は、すべてを統べ、くらやみのなかにつなぎとめる	50	14	3	4	2
2	2	202	a tall stern shadow, a mighty lord who hid his brightness in grey cloud.	背の高い厳しい影は、その明るさを灰色の雲にぶる偉大な君主と見えました	50	3	3	4	2
2	2	202	They faded swiftly and softly into the darkness.	三人はさっと立ち上がり急ぎつ暗い渓谷を開け広くなるように登り始めました	53	14	14	4	1
2	2	202	there was a black silence.	真っ黒な沈黙が広がっていた	54	14	3	4	4
2	2	202	Sam catching the gleam in the darkness thought it far from pleasant.	暗闇でその光に目をめたサムにはそれはいい具合のとは思えませんでした	54	14	10	4	3
2	2	202	At last the sky above grew faint with the first grey of morning.	とうとう頭上の空は夜明けの白々明けはて	55	10	10	6	6
2	2	202	I will stay here, and they Yellow Face won't see me.	おらはここにいるだ、黄色い顔にはつかまらない	55	10	10	6	1
2	2	202	You are not wise to be glad of the Yellow Face, said Gollum.	黄色い顔を喜ぶおまえさん、くらい頭よくはねえ、」とゴクリはいいました	55	6	6	1	4
2	2	202	At the word shadow, a greenish light was kindled in Gollum's pale eyes.	影が落ちているかという言葉を耳にしただけで、ゴクリの青白い目に凄い薄い光が燃え	55	10	10	4	4
2	2	202	At the word hungry a greenish light was kindled in Gollum's pale eyes.	かれの空は灰明け方のーっつりと明るくなくはなく、ゴクリと青い青い青い薄い光が灯っていました	56	10	6	1	3
2	2	202	the sky above was dim, not lighter but darker	頭上の空は灰明け方のー…明るくなくはなく、むしろ暗くなっていました	59	14	10	4	2
2	2	202	His fingers and face was soiled with black mud.	かれの指も顔も黒っぽい泥に汚れていました	62	3	3	3	4

資料46

2	202	they knew of the coming of day only by the slow spreading of the thin grey light.	232	薄い灰色の光が徐々に広がっていることで、ようやくかれらは朝が来たことを知りました。	63	2	4	1
2	202	Over the last shelf of rotting stone the stream gurgled and fell down into a brown bog	232	水は朽ちかけた最後の岩状の棚からごぼごぼと流れて茶色の泥沼に落ち	63	9	3	2
2	202	Mists curled and smoked from dark and noisome pools.	232	悪臭ふんぷんたる暗い水溜まりからは霧が渦のように過を巻いて立ち昇っていました。	63	14	3	3
2	202	like a black bar of rugged clouds floating above a dangerous fog-bound sea.	232	山々は危険な濃霧にとざされた危険な海の上に浮かぶ一筋の黒い峨々たる雲のようでした。	63	14	4	2
2	202	Not if hobbits want to reach the dark mountains and see Him very quick.	233	ホビットさんたちがあの暗い山々にもっと早く行き着いてあのかたに会いたいというのであればね。	64	14	2	3
2	202	The only green was the scum of livid weed on the dark greasy surfaces of the sullen waters.	233	緑というば、陰うつな水の油ぎった暗い水面に浮かぶどす黒い青黒い青白い水草の泡だけが	66	6	4	2
2	202	The only green was the scum of livid weed on the dark greasy surfaces of the sullen waters.	233	緑というは、陰うつな水の油ぎった暗い水面に浮かぶどす黒い青黒い青白い水草の泡だけが	66	6	5	2
2	202	the Sun was riding high and golden	233	太陽が今金色に輝いて高々と渡っているところだった。	66	11	3	3
2	202	bleared, pale, giving no colour and no warmth.	233	ぼっと霞んで白っぽく、色も温かみも与えてくれないものでした。	66	13	4	2
2	202	squatting like little hunted animals, in the borders of a great brown reed-thicket.	234	茶色く生い茂った広々とした葦原の片すみに、追いつめられた小動物のようにうずくまっていました。	66	14	4	3
2	202	They had come to the very midst of the Dead Marshes, and it was dark.	234	かれらは死者の沼沢地のちょうどまん中まで来たのです。それにすっかり暗くなっていました。	67	14	3	3
2	202	it grew altogether dark;	234	やがてすっかり暗くなってきました。	68	3	4	2
2	202	the air itself seemed black and heavy to breathe.	234	空気自体が真っ黒で息をするのが重苦しいように思えました。	68	3	5	2
2	202	a wisp of pale sheen that faded away.	234	青白いぼっと光る小さなかけらで、それはすぐに消え去ってしまうのです。	68	13	3	3
2	202	dark water was before him.	234	かれの前には暗い水が広がりました	68	14	3	2
2	202	He went some paces back into the darkness.	234	かれは暗がりの中を何歩か戻りました。	69	14	4	1
2	202	Frodo, who was standing lost in thought, looking at the pale lights.	235	フロドが青白い光を見つめたまま、茫然として立っているのです。	69	14	3	2
2	202	so that his face was brought close to the surface of the dark mere.	235	かれの顔が暗い水面ぎりぎりのところまで近よりました。	69	14	6	3
2	202	They lie in all pools, pale faces, deep deep under the dark water.	235	青白い顔だった。暗い水の底の底に。	70	13	1	4
2	202	They lie in all pools, pale faces, deep deep under the dark water.	235	青白い顔だった。暗い水の底の底に。	70	13	1	4
2	202	Many faces proud and fair and weeds in the silver hair.	235	誇り高く美しい顔もいた。その銀色の髪には水草がまつわっていた。	70	12	2	4
2	202	They fought in the plain for ever and ever, so many months and years ago.	235	やつらは黒門の前の原で何日も何日月も何月も何年も戦ったのだ。	71	3	6	4
2	202	Is it some devilry hatched in the Dark Land?	235	暗黒の国でたくらんだ悪い企みなのでしょうか、また妖しげなのか。	71	14	3	3
2	202	Sam looked darkly at him and shuddered again	236	サムは気味悪そうにかれを見て、また身震いしました。	72	14	4	1
2	202	At least they came to the end of the black mere.	236	とうとう三人は黒い沼のはずれまで来ました。	72	14	3	2
2	202	and uncanny memory for shapes in the dark.	236	そして暗闇の中の形の形に対する神秘的ともいえる記憶力。	74	1	6	2
2	202	The night became less dark, light enough for them to see.	237	夜の闇さは薄くなり、どうやら見分けられるくらいの明るさになり	74	3	1	4
2	202	Gollum cowered down, muttering curses on the White Face.	237	ゴクリは身をすくめ、白い顔にぶつぶつ呪いの言葉を浴びせるのでした。	74	3	2	4
2	202	a black shadow loosed from Mordor.	237	モルドールから放たれた黒い、黒々とした影でした。	74	7	2	4
2	202	Curse the White Face!	237	いまいましい白い顔!	76	2	1	6
2	202	hardly noticing the dark could have fallen on his own heart.	238	自分自身の胸の中に暗い影を落としている暗闇とにほとんど気がつかない様子で。	78	14	4	2
2	202	but as grim black towers when viewed against the pale lights.	238	気味悪い薄い明かりを背景にするといかにも陰鬱な黒い城の姿をしているのでした。	78	14	3	2
2	202	While the grey light lasted, they cowered under a black stone like worms.	238	灰色の光が続く間、かれらは抜け出た黒々した黒い石の陰に幅虫のように身を縮めていました。	78	2	2	4
2	202	While the grey light lasted, they cowered under a black stone like worms.	238	灰色の光が続く間、かれらは抜け出た黒々した黒い石の陰に幅虫のように身を縮めていました。	78	3	5	2
2	202	Before them dark in the dawn the great mountains reached up to roofs of smoke and cloud.	239	前方には曙光の中、煙と雲の屋根に届くかの偉大な山々が黒々と聳えていました。	79	14	3	2
2	202	Even to the Mere of Dead Faces some haggard phantom of green spring could come;	239	死者の顔の沼にさえ、緑の春の幻影が訪れることでしょう。	79	6	4	2
2	202	The gasping pools were checked with ash and crawling muds, sickly white and grey.	239	息も絶え絶えに喘ぎあえぎ、乾き切る泥に混まり、胸の悪い黒や灰、過去のいろいろな塊でした。	79	1	3	3
2	202	The gasping pools were checked with ash and crawling muds, sickly white and grey.	239	息も絶え絶えに喘ぎあえぎ、乾き切る泥に混まり、胸の悪い黒や灰、過去のいろいろな塊でした。	79	2	3	3
2	202	the lasting monument to the dark labour of its slaves	239	モルドールの奴隷たちの陰鬱な労働へのその永久の記念碑として。	80	14	2	7
2	202	little squeaking ghosts that wandered among the ash-heaps of the Dark Lord.	239	冥王の灰の堆積の間を歩き回るかすかに響く小さな幽霊として。	80	14	4	1
2	202	and saw strange phantoms, dark riding shapes, and faces out of the past.	240	さまざまな奇妙な幻影を見ました。馬に乗る黒い姿、過去のさまざまな顔、	81	14	2	6
2	202	upon the north the broken peaks and barren ridges of Ered Lithui, grey as ash.	240	北側には灰色の塵のようなエレド・リスイの断崖絶壁の峰々と不毛の尾根があります。	82	13	3	3
2	202	A pale light and a green light alternated in his eyes as he spoke.	240	薄暗い光と緑の光が交互にその目に現れました。	82	14	2	3
2	202	A pale light and a green light alternated in his eyes as he spoke.	241	薄暗い光と緑の光が交互にその目に現れました。	82	6	5	2
2	202	The Dark Lord was He, of course.	242	あいつというのはもちろん冥王です。	85	14	6	1
2	202	The dark shadow had passed, and a fair vision had visited him in this land of disease.	244	暗い影は過ぎ去り、美しい幻がしかの病みの国を訪れているのでです。	86	14	4	6
2	203	ready as a signal to issue forth like black ants going to war.	244	合図があればいつでも蟻軍隊のように打って出る備えができています。	89	14	2	6
2	203	or knew the secret passwords that would open the Morannon, the black gate of his land.	244	あるいはモランノンすなわちその国門を開く、秘密の合言葉を知る者でない限り。	89	2	3	5
2	203	the movement of the black guards upon the wall.	244	城壁の上の黒っぽい見張りたちの動き。	89	14	2	3
2	203	but a furlong from their hiding-place to the black summit of the nearer tower.	244	かれらがかくれている場所から、近い方の塔の黒い頂まで	90	14	3	3
2	203	The Dark Lord had built a rampart of stone.	244	冥王にとっての石の緊壁が築かれた。	90	14	3	3
2	203	Another way, darker, more difficult to find, more secret.	246	別の道だよ、もっと暗くて、見つけにくい、もっと人目につかない通り道だ。	95	14	4	1

2	203	master is going to take it to Him, straight to the Black Hand.	246	日誰かれをそのところに持っていることになる。まっすぐ黒い手に向けて。	96	3	6	1
2	203	He stood gazing out towards the dark cliff of Cirith Gorgor.	247	かれはじっとたままキリス・ゴルゴルのあの暗い断崖に目を向けていました。	97	14	3	4
2	203	In the midst of the valley stood the black foundations of the western watchtower.	247	谷間の真ん中に西の物見の塔の黒い土台が立っていました。	97	13	3	1
2	203	the Gate of Moror could now be clearly seen, pale and dusty.	247	モルドールの城門は、淡くちりっぽくはっきりと見えました。	98	14	4	6
2	203	This was no assault upon the Dark Lord by the men of Gondor.	247	ゴンドールの人間たちが冥王に攻撃を加えようではありませんでした。	98	1	6	1
2	203	Frodo quickly drew up the frail grey hood close upon his head.	248	急いで薄い灰色頭巾を目深にかぶり、小さい谷の中にうずくまっていました。	99	3	3	1
2	203	He would come in time to a crossing in a circle of dark trees.	249	やがて円形の黒いうっぽい森の中にある「字路」にさしかかるはず	101	3	3	3
2	203	but the Yellow Face is very hot there, and there are seldom any clouds.	249	だけど黄色い顔がとっても熱くて、雲からほとんど出ない。	102	14	6	3
2	203	and the men are fierce and have dark faces.	249	そして、人間は荒々しくて黒い顔をしていて出くる。	102	14	3	4
2	203	When it turns round the black rock.	249	黒い岩のところを曲がる所に	102	14	3	3
2	203	and the silver crown of their King and his White Tree:	249	それからかれらの王の銀の王冠と、かれらの白い木の王冠のこと。	103	12	6	6
2	203	and the silver crown of their King and his White Tree:	249	それからかれらの王の銀の王冠と、かれらの白い木の王冠のこと。	103	1	3	3
2	203	they built very tall towers. one they raised was silver-white.	249	かれらはとても高い塔を建てて、その一つはしろがねの銀色で、	103	1	3	5
2	203	there was a stone like the Moon, and round it were great white walls.	249	その塔の周りに大きな白い城壁がありました。	103	1	6	3
2	203	He has only four on the Black Hand.	230	あいつの黒い手に四本しか指がないのだ	103	3	6	3
2	203	the tall forest and the white houses and the wall:	250	その高い塔と白い家々と城壁のことだよ。	103	1	3	1
2	203	until it reaches a dark pass at the top.	250	しまいにてっぺんに暗い峠に着く峠。	103	14	3	3
2	203	He will come out of the Black Gate one day, one day soon.	250	あいつかれらのうちの黒門から飛び出してくるだよ。間もなくだよ、	105	3	3	3
2	203	—his voice sank even lower—a tunnel, dark tunnel.	251	ここまでかれの声はもっと低くなります―トンネルがあるだよ、暗いトンネルだよ。	106	14	6	4
2	203	It was that way Smeagol got out of the darkness.	251	スメアゴルが暗闇から脱けだしたのはこの道からなのだ。	106	14	4	1
2	203	the caught or fancied he caught a green gleam in Gollum's eye.	251	ゴラムの目は緑色の光が閃いたのをかれは見たか、それとも見たような気がしました。	107	6	4	2
2	203	And did you escape out of the darkness, Smeagol?	251	お前は暗闇の国から逃げ出したのかね？	107	13	6	1
2	203	But not for the Black One.	251	だけど黒いやつのためではない	107	3	6	6
2	203	the tall forest rose in power again.	251	頭の上には緑色の葉むらの闇からなる天蓋が高くそびえている	108	14	3	3
2	203	while the Dark Land was still very far away.	108	暗黒の塔では十分承知しているということだよ、きっと背中のように細く、	109	14	6	3
2	203	since the Dark Land rose in power again.	109	暗黒の地はまだ遥か先にあるときだが、	109	14	6	3
2	203	when the Trees of Silver and Gold were still in bloom.	252	宝玉の再み光びをまってこえほ。	110	12	6	3
2	203	when the Trees of Silver and Gold were still in bloom.	252	銀と金の木に花がまだ咲いていた頃	110	11	6	4
2	203	A deep silence fell upon the little grey hollow where they lay.	252	銀と金の木に花がまだ咲いていた頃	110	11	3	3
2	203	Above them was a dome of pale sky barred with fleeting smoke.	252	この小さな灰色の窪地は深い沈黙にとざされていました	110	2	3	4
2	203	under the weight of doom, silent, not moving, shrouded with fleeting smoke.	252	頭の上には円蓋のような蒼ざめた空があって、	110	13	4	3
2	203	its long arms and legs almost bone-white and bone-thin:	253	宿命の重たい重みにめとうまって、黙さとして動かずに、厚い灰色のマントにくるまったままの背中のように、	111	14	2	6
2	203	he saw a black bird-like figure wheel into the circle of his sight.	253	長い手足はもうほとんど骨のように細く、	111	1	6	4
2	203	The same warning fear was on them, same as before, then they can't see much by daylight, can they?	253	かれは黒い鳥のようなものが宇を描きながら自分の視界の円の中にはいりこんでしまうと思うと、	111	3	6	3
2	203	if they are Black Riders, same as before, then they can't see much by daylight, can they?	253	黒の乗り手を目前にした時と同じ感じたあの時と同じ警戒感を覚えました。	112	3	6	3
2	203	It leaped into all their minds that the Black Wings had spied them	253	もしやつらが来たのが前と同じだったらやつらは昼間はあまり見えないっちゅうことこうですね？	112	3	4	3
2	203	Dark faces.	113	やつらの心にふと同じように黒い翼が自分たちを見つけ、	113	3	4	4
2	203	They have black eyes, and long black hair.	254	黒い顔だぞ。	113	14	6	4
2	203	They have black eyes, and long black hair.	254	目は黒く、髪の毛は長くて黒い。	113	3	6	3
2	203	and gold rings in their ears; yes, lots of beautiful gold.	254	目は黒く、髪の毛は長くて黒い。	113	3	6	3
2	203	I wish we had a thousand oliphaunts with Gandalf on a white one at their head.	254	それから耳たぶに金の輪をつけてる。そう、たくさんの美しい金だ。	113	11	5	4
2	203	and some have red paint on their cheeks, and red cloaks, and their flags are red.	254	静かに横になっておれよ、黄色い顔が暗くなるといいなあ。	113	8	1	3
2	204	and darkness filled the hollow.	254	それから頬っぺたに赤いのを塗ってるのもいる。それから赤いマントもだ。それから旗も赤い。	113	8	1	5
2	204	they have round shields, yellow and black with big spikes.	254	それから頬っぺたに赤いのを塗ってるのもいる。それから赤いマントもだ。それから旗も赤い。	114	10	1	5
2	204	they have round shields, yellow and black with big spikes.	254	それから丸い盾を持っている。黄色と黒でたくさん頂がついている。	114	3	5	3
2	204	they have passed on to the Black Gate.	254	それから丸い盾を持っている。黄色と黒でたくさん頂がついている。	114	3	5	3
2	204	Grey as a mouse.	254	やつらは黒門の方に行った。	114	3	6	2
2	204	Men of the South, all in red and gold.	254	鼠のような灰色。	114	2	2	2
2	204	Men of the South, all in red and gold.	255	[南から来たぞ人間たちよ、みんな赤と金を着けてる]	116	2	1	5
2	204	They have black eyes, and long black hair.	255	[南から来たぞ人間たちよ、みんな赤と金を着けてる]	116	11	5	5
2	204	I wish we had a thousand oliphaunts with Gandalf on a white one at their head.	255	白いやつに乗ってガンダルフを先頭に押し立てられたらいいのになあ。	117	10	1	1
2	204	Rest and lie quiet, till the Yellow Face goes away.	255	静かに横になっておれよ、黄色い顔が暗くなるまで。	117	7	2	1
2	204	and darkness filled the hollow.	256	窪地全体を暗闇が満たしました。	118	14	6	3
2	204	they have round shields, yellow and black with big spikes.	256	すると緑緑色の光がその目に浮かびました。	118	6	1	4
2	204	the early light was very dark.	256	やつらはまだ早いうちは、まったくの暗い時間だ。	119	11	4	2
2	204	A single red light burned high up in the Towers of the Teeth.	256	唯一つの赤い光が歯牙の塔の上向こに燃えているだけで、	119	8	4	1

資料 47

		English	Japanese					
2	204	For many miles the red eye seemed to stare at them as they fled.	赤い光の目が、石のごろごろする荒れ地をまろがり足で逃げていく三人を何マイルにもわたって	256	119	8	1	2
2	204	they had turned the dark northern shoulder of the lower mountains	かれらは低い方の山の山並みの暗い北の肩をすでに回り、	256	119	14	3	2
2	204	until the dawn began to spread slowly in the wide grey solitude.	まださらその灰色の光がだだっ広い大な灰色の寂しい地にゆっくりと広がり始めるのを、	256	119	2	3	4
2	204	now bearing away from the black roots of the hills and slanting westwards.	今はもう黒々とした山の根からかなり遠ざかり、西に向かってはおおまか斜めに進んでいました。	257	119	14	3	2
2	204	Beyond it were slopes covered with sombre trees like dark clouds.	道の向こうには暗っぽい雲のような陰鬱な木立が生える斜面があり、	257	119	14	4	1
2	204	that had only been for a few years under the dominion of the Dark Lord	冥王の支配権の及んでからまだ数年にしかならない、	257	119	3	6	3
2	204	that did not forget their danger, nor the Black Gate that was still all too near.	まだ危険が去ったとはいえ、また黒門の任務をどうでもまだ灰色に薄まではいくに、	257	119	14	6	3
2	204	As soon as the land faded into a formless grey coming night.	そしてなるべく夕闇にあたりの土地が模糊とした灰色に薄まるまで中に、	257	121	2	1	3
2	204	larches were green-fingered.	落葉松の緑が糸立ち、	258	123	6	2	2
2	204	sages of many kinds putting forth blue flowers, or red, or pale green;	いろいろな種類のサージも青い、赤い、あるいは薄緑色の花を咲かせており、	258	123	14	6	4
2	204	sages of many kinds putting forth blue flowers, or red, or pale green;	いろいろな種類のサージも青い、赤い、あるいは薄緑色の花を咲かせており、	258	123	5	2	3
2	204	sages of many kinds putting forth blue flowers, or red, or pale green;	いろいろな種類のサージも青い、赤い、あるいは薄緑色の花を咲かせており、	258	123	8	2	2
2	204	Gollum, in any case, would not move under the Yellow Face.	かれはともかく黄色の顔の下では動こうとはしないでしょう。	258	123	6	6	1
2	204	deep green grass beside the pools.	水たまりのそばにはふかふかの緑の草が生えていました。	258	124	2	3	5
2	204	water-lily leaves floated on its dark.	暗い水の表面には睡蓮の葉が浮かんでいて、	259	124	14	3	2
2	204	the newer forms made by the Orcs and other foul servants of the Dark Lord:	オークその他の冥王の下僕どもに召使たちによって作られた新たな道を彼らことができて	259	124	4	6	2
2	204	they found a deep brown bed of last year's fern.	かれらは去年の茶色の茶色のしだの葉がたっぷりたまっている安らかに重なっている床を見つけた。	259	124	9	6	2
2	204	it was a thicket of dark-leaved bay-trees climbing up a steep bank that was crowned with old cedars.	それにこっちもその月桂樹の黒ののの葉を茂みも、古い杉の老樹が冠せる	259	126	10	6	3
2	204	Soon it would look over the dark ridges of the Ephel Duath.	その先は粗悪の月桂樹のまだっかの木立のさなかに奥の木に届きおおせ、近くさもあたる大杉の老樹が冠せる	259	126	14	3	5
2	204	Frodo after a few mouthfuls of lembas settled deep into the brown fern	黄色の顔も遠ざかって、葉も一日は終えてエフェル・ドゥアスの暗い山並みのあたりの嶺への上から眺めることができるでしょう。	259	126	14	3	4
2	204	'Not make the nasty nice tongues,' hissed Gollum.	フロドはレンバスを二三口だべたあと、茶色の羊歯の間に深々と身を沈めた。	260	127	9	2	1
2	204	he saw the sun rise out of the reek, or haze, or dark shadow.	「そのいけすかないやつは百千をここと」ゴクリは歯の間から息を吐いて怒った。	262	131	8	1	1
2	204	it sent its golden beams down upon the trees and glades about him.	遠くの煙、あるいは靄か、何であれ、そちらから太陽が昇ってくるのを見ました。	264	137	11	4	3
2	204	the glare of the Yellow Face is plain to see as it caught the sunlight.	周りの暗い林や空き地にも金色の光を投げていました。	264	137	2	4	5
2	204	a thin spiral of blue-grey smoke, plain to see as it caught the sunlight,	それを受けた目にも鮮かで一条の青み青みをおびた灰色の煙が澄んだ線を描いて立ち昇っている	264	137	2	2	3
2	204	long quivers of long green-feathered arrows.	長い緑の羽根のついたんが矢の入った大きな矢筒と	265	139	6	5	5
2	204	All had swords at their sides, were clad in green and brown of varied hues,	四人とも脇には剣を吊り、色合いの異なる様々な緑茶色の服装で	265	139	9	2	6
2	204	All had swords at their sides, were clad in green and brown of varied hues,	四人とも脇には剣を吊り、色合いの異なる様々な緑茶色の服装で	265	139	9	2	3
2	204	Green gauntlets covered their hands, their faces were hooded and masked with green, except for their eyes,	緑の篭手で手をおおい、顔も髪もかぶり頭も面を覆うて隠さえしているのでした	265	139	6	1	4
2	204	Green gauntlets covered their hands, their faces were hooded and masked with green, except for their eyes,	緑の篭手で手をおおい、顔も髪もかぶり頭も面を覆うて隠さえしているのでした	265	140	6	6	3
2	204	The tall green man laughed grimly.	緑の服を着た背の高い男は厳しい顔をて笑みました。	265	140	14	6	3
2	204	only the servants of the Dark Tower, or of the White.	暗闇の塔の軍勢をともにしておるか	265	140	1	1	5
2	204	only the servants of the Dark Tower, or of the White.	暗闇の塔の軍勢をともにしておるか	265	140	1	6	4
2	204	the Boromir son of Denethor was High Warden of the White Tower.	デネソールの息子ボロミアは白の塔の最高の護衛です	266	142	1	1	5
2	204	Close by, just under the dappling shadow of the dark bay-trees.	かれの腹を抱える、前い月桂樹の木々までの斜めたまらさまの真下には、	267	144	14	6	3
2	204	with green-clad warriors leaping after them, hewing them down as they fled.	赤衣の男たちが山を駆け下り猛者たちを撃ち伏せて走っていく敗兵を切り倒し、	269	144	13	1	6
2	204	he caught a glimpse of swarthy men in red running down the slope some way off	緑の服を着た戦士たちが残した、追っていて、灰色の目に誇り高い頭が飛び出ていました。	269	144	6	5	1
2	204	they were goodly men, pale-skinned, dark of hair, with grey eyes	皮膚の色は清く、髪の色は黒っぽく、灰色の目に誇り高い頭が飛び出ていました。	269	144	6	5	2
2	204	face downward, green arrow-feathers sticking from his neck below a golden collar.	金の首輪の下にはみ出ていて、ところどに緑色の矢羽根が首筋に突き出ていました。	269	144	8	5	2
2	204	face downward, green arrow-feathers sticking from his neck below a golden collar.	金の首輪の下にはみ出ていて、ところどに緑色の矢羽根が首筋に突き出ていました。	269	148	11	5	4
2	204	to swell the hosts of the Dark Tower.	男の群の軍勢をさらにする意なしている役の中、	269	146	14	1	5
2	204	His scarlet robes were tattered.	男の緋色の長衣はずたずたに切り裂かれ	269	147	9	6	1
2	204	hardly visible in their brown and green raiment.	金で中えた黒い編髪は血に染まつて、	269	147	6	1	1
2	204	hardly visible in their brown and green raiment.	金で中えた黒い編髪は血に染まつて、	269	147	10	6	3
2	204	his black plaits of hair braided with gold were drenched with blood.	茶色の手は折れた剣の柄を握りしめており、	269	148	8	6	1
2	204	his black plaits of hair braided with gold were drenched with blood.	茶色の手は折れた剣の柄を握りしめており、	269	148	6	1	1
2	204	His brown hand still clutched the hilt of a broken sword.	茶色の手は折れた剣の柄を握りしめており、	269	148	3	2	1
2	204	Big as a house, much bigger than a house, it looked to him, a grey-clad moving hill.	家ほども、いや家よりもずっと大きく、どんでもなく動物もあり、いやそれにもずっと大きく、	269	148	9	1	3
2	204	his small red eyes raging.	小さな赤い目は怒りに燃えている。	269	149	2	1	2
2	204	Men of both sides Red before him.	角のような形をした上向いた牙は金と真紅の紐で情報で巻かれ、	270	150	11	5	4
2	204	His trappings of scarlet and gold flapped about him in wild tatters.	かれが飾っていた緋色と金色の飾りものもずたずたになってぼろ下がって、体の周りにははためいており、	270	150	7	5	5
2	204	His trappings of scarlet and gold flapped about him in wild tatters.	かれが飾っていた緋色と金色の飾りものもずたずたになってぼろ下がって、体の周りにははためいており、	270	150	11	5	5
2	204	Men of both sides Red before him.	獣の前にいる人間たちはどちらも側の者も逃げを走った。	270	150	8	7	5

資料48

				English	Japanese			
2	205	Doubt was in the grey eyes that gazed steadily at Frodo.	じっとフロドを見据えている灰色の目には疑惑の色が浮かんでいました。	271		2	1	2
2	205	Sam sat down heavily with a red face.	サムは赤い顔をしてどっかりと腰をおろしました。	273	8		2	3
2	205	a great horn of the wild of the East, bound with silver,	それは東の国の野牛の大角であり、銀で巻き、	274	12		2	1
2	205	in the grey dark under the young pale moon.	青白い新月の下の薄闇の中で	274	10	1	4	2
2	205	in the grey dark under the young pale moon.	青白い新月の下の薄闇の中で	274	13		4	2
2	205	a boat floating on the water, glimmering grey.	一隻の小舟が灰色の光を放ちながら	274	10		2	1
2	205	An awe fell on me, for a pale light was round it.	かすかな光がそのあ舟を包んでいたからです	274	13		2	1
2	205	a fair belt, as it were of linked golden leaves.	黄金の木の葉をつなぎ合わせたかのようなもの。	161	11		2	1
2	205	For the golden belt was given to him in Lothlórien by the Lady Galadriel.	あなたにロスロリエンでガラドリエルの奥方から黄金の帯をお召し上にお寄せて下さったからです。	161	2		2	5
2	205	She it was that clothed us as you see in elven-grey.	かれ達は頭も上半身もとそのだから、緑を残し、私の葉との私方の涙みを手で触れました。	161	6		2	1
2	205	He touched the green and silver leaf that fastened his cloak beneath his throat.	かれは頭も上半身もとそのだから、緑を残し、私の葉との私方の涙みを手で触れました。	161	12		2	1
2	205	He touched the green and silver leaf that fastened his cloak beneath his throat.	もし人が黄金の森の中に住んで、しかの奥方に入らわったの意させるとかか。	161	11		6	1
2	205	If Men have dealings with the Mistress of Magic who dwells in the Golden Wood.	流れを渡って、長い小高を登ると、緑の陰の多い森林地帯にいきました。	163	11		6	6
2	205	they crossed the stream, climbed a long bank, and passed into green-shadowed woodlands	「近くからず」と、フロドはいいました、フロド的中心が外れない。	167	3		7	1
2	205	'Near,' said Frodo, but not in the gold.	「近くからず」と、フロドはいいました、フロド的中心が外れない。	168	7		3	1
2	205	and on leaves of silver and gold	金銀の薄片に	170	11		3	1
2	205	and on leaves of silver and gold	金銀の薄片に	170	2		6	1
2	205	"The Grey Pilgrim ?" said Frodo.	「灰色の巡礼者ですか」と、フロドはいいました。	170	6		6	1
2	205	Gandalf the Grey dearest of counsellors.	灰色のガンダルフ、この上もなく大事な助言者。	171	2		1	1
2	205	A fell weapon, perchance, devised by the Dark Lord.	おそらく冥王によって考え出された巧むべき武器であろう。	173	14		6	6
2	205	using the weapon of the Dark Lord for her good and my glory.	またかのの方の命がため冥王の武器を扱って、めれるの栄を利用する者。	173	14		6	6
2	205	I would see the White Tree in flower again in the courts of the kings.	王宮の中庭に白の木が再び花関きし。	174	1		6	2
2	205	and the Silver Crown return, and Minas Tirith in peace.	銀の王座が戻り、ミナス・ティリスが平和をかう顔見られない。	174	2		2	2
2	205	passing like grey shadows under the old trees.	年経た木々の下で灰色の影にしかそって通り過ぎる。	175	6		6	6
2	205	passing like grey and green shadows under the old trees.	年経た木々の下を灰色や緑の影のように通り過ぎる	175	11		6	6
2	205	the sun glistened on the polished roof of dark leaves in the evergreen woods of Ithilien.	陽の光はイシリアンの常緑林の緑の森の緑の葉の光に磨かれた緑の葉に当たっていた。	175	14		3	6
2	205	he thought he caught a brief glimpse of a small dark shape slipping behind a tree-trunk.	黒っぽい小さな姿がちらと背後の樹幹に隠れるところをちらと目にしたように思われた。	176	14		6	6
2	205	overhung with ilex and dark box-woods.	ひいらぎと黒い黄楊の繁みが枝をおいかぶさせていた。	176	14		3	6
2	205	With green scarves the two guards now bound up the hobbits' eyes.	そこで二人の見張りたちは緑色の布でピピンとフロドとの目を縛り、	178	6		5	5
2	205	they learned from guessing in the dark.	暗闇の中で彼らはそれと判ったのでした。	178	14		4	1
2	205	of a rough-hewn gate of rock opening dark behind them.	あたりを荒削りの岩の門の開いている、無骨な石の門、邪悪の記録な・	179	14		1	2
2	205	of a rough-hewn gate of rock opening dark behind them.	あたりを荒削りの岩の門の開いている、無骨な石の門、邪悪の記録な・	179	14		2	2
2	205	the red light was broken into many flickering beams of ever-changing colour.	赤い光が砕けて、無数の明減する、絶えず色の変わっていく光のポーターになった。	179	8		3	5
2	205	curtained with threaded jewels of silver and gold, and ruby, sapphire and amethyst.	金、銀、ルビーにサファイア、それに紫水晶といった宝石類で上等に飾りつけたカーテン	179	12		5	4
2	205	curtained with threaded jewels of silver and gold, and ruby, sapphire and amethyst.	金、銀、ルビーにサファイア、それに紫水晶といった宝石類で上等に飾りつけたカーテン	179	11		4	3
2	205	Others were still coming in by twos and threes through a dark narrow door on one side.	一方の側にある小さな、細く長い入口から二人、三人と休憩できます。	180	14		3	3
2	205	round platters, bowls and dishes of glazed brown clay or turned boxwood, smooth and clean.	丸いお皿にパレイ、釉をかけた茶色の陶器や、黄楊の丸い皿は磨き上げてあぴきれすでした。	181	9		5	5
2	205	a goblet of plain silver was set by the Captain's seat in the middle of the inmost table.	一番奥のテーブルの中央の大尉席には素っばちと銀の酒杯が一つ置かれました。	181	12		2	5
2	205	Yet if soil was a black squirrel, and I was no tail.	しかしもしそこがりすにしても、黒りすらしかった、しっぽはなければ見えませんでした。	182	14		2	1
2	205	It was too dark for sure shooting anyway.	どっちみち暗過ぎて、狙い擇つには暗がりすぎた、	182	14		4	2
2	205	They have black squirrels there. 'tis said.	かの森にはは、黒りすがおるといいますから。	183	3		2	2
2	205	the grey veil of falling water grew dim.	落下する水の灰色のヴェールは薄暗くなり、	183	1		3	3
2	205	A wide copper bowl and a white cloth were brought to Faramir and he washed.	銅製の大きな椀と白いお洗のファラミアに運ばれ、かれは手を洗いました、	185	10		1	2
2	205	to drink pale yellow wine, cool and fragrant.	ひやりといいといとすを飲む	185	8		5	5
2	205	and eat bread and butter, and salted meats, and dried fruits, and good red cheese	パンにパター、一塩漬け肉、そして乾した果実に上等なあ赤チーズ	185	14		5	2
2	205	Many became enamoured of the Darkness and the black arts;	暗黒術の主と魔術に魅せられる者も多かれたが	188	14		6	3
2	205	Many became enamoured of the Darkness and the black arts;	暗黒術の主と魔術に魅せられる者も多かれたが	188	3		2	3
2	205	tall men and fair women, valiant both alike, golden-haired, bright-eyes, and strong.	大兵の男たち、美しい女たちも互に劣らず進敢であり、金色の髪、明るい眼をもち、力も強い、	190	11		3	3
2	205	not from Hador the Goldenhaired, the Elf-friend, maybe.	エルフの友たるドー・ルからの直系ではおそらくないでしょう。	190	11		5	5
2	205	and the Wild, the Men of Darkness.	それから荒野の、すなわち暗闇時代の人間たちです、	190	14		2	1
2	205	But in Middle-earth Men and Elves were estranged in the days of darkness.	だが、中つ国では暗闇時代に、人間とエルフは次第に疎遠になっていった。	192	3		4	2
2	205	for even they, who are foes of the Dark Lord, shun the Elves and speak of the Golden Wood with dread	かの森の主の敵たるかれらは、エルフ族を悪みており、黄金の森のことを恐れをもって口にするからだ。	192	14		6	5
2	205	for even they, who are foes of the Dark Lord, shun the Elves and speak of the Golden Wood with dread	かの森の主の敵たるかれらは、エルフ族を悪みており、黄金の森のことを恐れをもって口にするからだ。	192	14		6	5
2	205	Yet I envy you that have spoken with the White Lady.	そうはいっても、白の奥方とお話しになられた方が羨しゅうござるが、	192	11		6	1
2	205	Sometimes like a great tree in flower, sometimes like a white daffadowndilly.	時には花盛りの大樹のように思うと、時には白水仙のように。	193	1		2	2

資料49

		English		Japanese			
2	205	He stopped and went red in the face.	288	かれはいいやめて顔を赤にしました。	194	8	3
2	205	'Save me!' said Sam turning white, and then flushing scarlet.	289	「しまった」とサムはいうなり血の気が失せ、そして今度は真っ赤に血が上がりました	194	1	3
2	205	'Save me!' said Sam turning white, and then flushing scarlet.	289	「しまった」とサムはいうなり血の気が失せ、そして今度はまた真っ赤に血が上がって	194	1	3
2	205	He stood up, very tall and stern, his grey eyes glinting.	289	その姿は非常に背が高く、いかめしく、灰色の目がきらりと光りました。	195	2	6
2	206	he saw two dark figures, Frodo and a man, grained against the archway which was now filled with a pale white light.	292	かれは今もう仄暗い光の中にアーチ形通路の中に二人の影を見ました。フロドともう一人の男でした。	202	14	1
2	206	he saw two dark figures, Frodo and a man, grained against the archway which was now filled with a pale white light.	292	かれは今もう仄暗い光の通路アーチ形通路の	202	12	4
2	206	The Curtain was now become a dazzling veil of silk and pearls and silver thread;	292	幕は今は絹に真珠に銀糸を織りなした目も絢らんばかりのまばゆい帳とも。	202	3	3
2	206	They went first along a black passage.	292	かれらはまず暗い通路を進み、	202	3	3
2	206	so came to a small flat landing cut in the stone and lit by the pale sky.～	292	岩を平らに刻みこんで造られた踊り場に出ると、灰色の空に開かされていて	202	13	4
2	206	At last they came out of the stony darkness and looked about.	292	ようやく かれらは石に閉ざされた暗闇から脱け出し	202	1	3
2	206	it filled a smooth-hewn channel with a dark force of water flecked with foam.	292	急階下に流れ落ちて、滑らかに岩を削り抜いた水路一杯に泡立つ黒い水流が泡を散らして	202	14	4
2	206	Far off in the West the full moon was sinking, round and white.	293	遥か西の空には満月がまん丸く白く沈みかかっていました。	204	13	4
2	206	Pale mists shimmered in the great vale below: a wide gulf of silver fume.	293	眼下の広大な谷間には白っぽい霧がかすかに光り、銀色の煙幕が	204	12	4
2	206	Pale mists shimmered in the great vale below: a wide gulf of silver fume.	293	眼下の広大な谷間には白っぽい霧がかすかに光り、銀色の煙幕が	204	3	3
2	206	A black darkness loomed beyond,	293	黒々として闇が浮かび	204	14	4
2	206	A black darkness loomed beyond,	293	黒々として闇が浮かび	204	1	4
2	206	white as the teeth of ghosts	293	白く、画面の歯のように白らちらと光っている	204	1	6
2	206	the White Mountains of the Realm of Gondor.	293	ゴンドール王国の白い山脈の峰々でした。	204	1	1
2	206	as he goes from Middle-earth, places upon the white locks of old Mindolluin.	293	かれが中国からたって行き折にミンドルインの山の白の髪を に足を進めるのだ	205	14	3
2	206	He stepped by beside the silent sentinel on the dark edge.	293	彼は暗い縁にちっと黙ちを守っている歩哨の横を過ぎ	205	1	3
2	206	Far below them they saw the white waters pour into a foaming bowl,	293	遥か眼下には白い水の流れが泡立つ円形の滝壺に注ぎこみ、	205	14	4
2	206	and swirl dakly about a deep oval basin in the rocks.	293	ぐるぐるうずをぬいて深い楕円形の岩の中を黒々と回流しているのが見	205	1	4
2	206	Presently Frodo was aware of a small dark thing on the near bank.	293	目なくフロドは近こい岸に小さな黒っぽいものがいるのに気がつきました	205	14	3
2	206	cleaving the black water as neatly as an arrow or an edgewise stone.	293	黒々とした水を切る矢のように又は鮮やかに石の縁で前の水の波切りを作って	205	3	4
2	206	Are there black kingfishers in the night-pools of Mirkwood?	293	闇の森の夜の池にはあ黒い川翡翠がいるのかのう？	205	3	3
2	206	They peered down at the dark pool.	294	一同は暗い池を覗きこみました。	208	14	3
2	206	A little black head appeared at the far end of the basin.	294	池の向こう端に穿た小さな黒い頭が現えました。	208	14	1
2	206	There was a brief silver glint, and a swirl of ripples.	294	一瞬白い銀がちらっと銀色に光り、かすかにうずが渦を作りました。	208	12	2
2	206	and began to gnaw at the small silver thing that glittered as it turned.	294	動くたびにきらりと光る小さな銀色の物をしゃぶり始めました。	208	12	5
2	206	It was now dark and the falls above them sounded cool and harsh, reflecting only the lingering moonlight of the western sky.	295	流れはもう暗く、滝は暗く冷ややかに響いていて仄暗い西の空にひっかかっているうすくなった月の光を反に反射させるだけです	210	14	4
2	206	It was now dark and the falls above them sounded cool and harsh, reflecting only the lingering moonlight of the western sky.	295	池もう暗く、滝は暗く冷ややかに響いていてうすくなった月の光を反射にするだけにのみです	210	13	4
2	206	It was now dark and the falls above them sounded cool and harsh, reflecting only the lingering moonlight of the western sky.	295	池もう暗く、滝は暗く冷ややかに響いていてうすくなった月の光を反射する	210	2	2
2	206	White Face has vanished, my precious, at last, yes.	295	白い顔もとうとう消えたぞ、ようやくにしてな。そう。	211	14	6
2	206	Presently out of the darkness Gollum came crawling on all fours.	296	やがて暗がりの中からゴクリが四つん這いになって出てきました。	213	14	4
2	206	His pale eyes were shining.	296	色の薄い目が輝いています。	213	14	4
2	206	Through the trees, while the Faces are dark.	296	白い顔も黄色い顔も暗いうちに	213	6	4
2	206	A green light was flickering in his bulging eyes.	297	飛び出した目に緑色の光が閃いちらた。	214	6	4
2	206	He spat and stretched out his long arms with white snapping fingers.	297	かれは唾を吐きかけると長い両腕を差し伸ばし、その白い指で	215	3	3
2	206	the great black shape of Anborn loomed up behind him	297	ヨクリはバタパタと足を搔きむしり始めたが、重たいあい血の気のないかけで下でその巨大な黒い姿	215	13	3
2	206	Gollum blinked, hooding the malice of his eyes with his heavy pale lids.	298	ヨクリはバタパタと足を掻きさせ、重たいあい血の気のないその目の邪意を隠してしまいいた、	217	13	4
2	206	All light went out of them, and they stared bleak and pale for a moment	299	光という光が消え失せ、その目は陰気に色をなくした、	218	13	4
2	206	and dark rooms behind them.	299	そしてその後ろには暗い部屋の気配がある。	219	14	3
2	207	The men of the White Mountains use them;	303	白の山脈の人間たちはこの杖を使う。	230	14	2
2	207	He brought me to the Black Gate, as I asked: but it was impassable.	304	緑の園を着りた男わたしがそこへどうしたことに運んそは運かばかりか動かなかった、	232	6	3
2	207	And who has explored all the confines of that dark realm?	305	木の葉を通してさしこむ光が金色に変わって来るのが感じられる。	234	11	6
2	207	Back to the Black Gate and deliver myself up to the guard?	305	門もすぐに、あでこの葉たちに手わたして、あの見るのにはいいんでしょうか？	234	6	3
2	207	But there is the Black Gate terror that dwells in the passes above Minas Morgul.	305	だがミナス・モルグルの上の方たつでのあたいる、黒の森の側のやつ、いくうなっか何日の道かのは	234	14	4
2	207	their lords were men of N'menor who had fallen into dark wickedness;	305	この人間達の主たちは暗黒事事悪の奈落に陥ったヌメノール人の末裔であった。	234	14	4
2	207	They marvelled to see with that speed the greencled men now moved.	305	緑の服の人間たちとりかにで動くのにわたしは大きな驚きがあり。	235	6	2
2	207	and the forth Black Gate and always they would walk in cool green shadow.	305	茶色がかった緑の芽を吹き出した森の陰の中にゆくあり様	235	9	2
2	207	and giant oaks just putting out their brown-green buds.	305	茶色がかった緑の芽を吹き出したばかりの巨大な楢の木も歩歩いていた。	235	6	2

資料 50

	207	6	その周りには長い緑の草地が広がり	About them lay long launds of green grass	305	2	4
2	207	1	そこにはもう今は眠りのためにきちんと白myあの丁キネアネモネが白くまだらに生い茂っている	dappled with celandine and anemones, white and blue, now foled for sleep	305	2	2
2	207	5	そこにはもう今は眠りのためにきちんと白myあの丁キネアネモネが白くまだらに生い茂っている	dappled with celandine and anemones, white and blue, now foled for sleep	304	2	2
2	207	5	谷の向こう側はまた木々が鬱蒼と密集して、陰鬱な夕暮れの空の下に青くか黒く	On its further side the woods gathered again, blue and grey under the sullen evening.	306	5	4
2	207	5	谷の向こう側はまた木々が鬱蒼と密集して、陰鬱な夕暮れの空の下に青くか黒く	On its further side the woods gathered again, blue and grey under the sullen evening.	306	2	2
2	207	2	左側には暗闇があり、そこに立ちそびえるモルドールの長城です	To the left lay darkness: the towering walls of Mordor.	306	14	4
2	207	14	そしてその闇から長い谷間が出ていました。	and out of that darkness the long valley came.	306	14	4
2	207	13	早暁のこちら側には流れる道路がほの白いリボンのようにうねりながら、	beside it on the hither side a road went winding down like a pale ribbon,	236	13	5
2	207	2	沈む日の光一つその谷えさとしで灰色の霧の中に下って	down into chill grey mists that no gleam of sunset touched.	236	2	3
2	207	14	わびしい黒々とした古塔のおよび壊れた山並と尖塔がほうほうたる頂が	the high dim tops and broken pinnacles of old towers forlorn and dark,	236	14	3
2	207	14	かれは骨と皮だけの腕をモルドールの方に振りました。	He waved his skinny arm towards the darkling mountains.	236	14	4
2	207	14	「暗いところに隠れていたためだ、」と、ゴクリはいいました。	"No good hiding in the dark," said Gollum.	237	14	4
2	207	4	それからもうまだ暗闇時間も残り。	There'll still be hours of dark then.	237	14	4
2	289	14	夜がおりてきて、木の下の暗闇はすっかり暗くなりました。	Night fell and it grew altogether dark under the canopy of the tree.	237	14	4
2	207	13	ホビットたちは不意にかれらの薄暗い目の輝きが増した、かれ自らしのほうを見ている	suddenly they were aware of his pale eyes unlidden gleaming at them.	238	13	1
2	207	2	二人はまた同行き、ゴクリの案内で東方に向かって、夕暮の暗闇の中を下って行きました	they went on again with Gollum leading eastwards, up the dark sloping land.	238	14	2
2	207	14	時には深い割れ目と目の藪を回って	sometimes round the lip of a deep cleft or dark pit.	238	14	4
2	207	3	時には藪木のおおわれた黒々としたくぼ地に降り、また出ることもありました。	sometimes down into black bush-shrouded hollows and out again.	238	3	4
2	207	14	暗いながらにその下のさらに暗い夜が一段と横たわっている	a darker night under the dark blank sky.	239	14	2
2	207	14	暗いながらにその下のさらに暗い夜が一段と横たわっている	a darker night under the dark blank sky	239	3	2
2	207	3	東の方には巨大な黒々としたものがどっしりゆっくり姿を現れた、	There seemed to be a great blackness looming slowly out of the East.	239	3	6
2	207	14	だがそれは病的な黄色のかすかな光に縁取られていました。	but it was ringed, and dark with a sickly yellow glare.	239	10	2
2	207	2	もう黄色い花が夕暮の中で輝いている。花は暗闇照り、	and already putting out yellow flowers like the great dark arches of some ruined hall.	239	3	2
2	207	10	ただどんより暗い夜雲の間を通して夜明けのきれぎれの光ながら。	But no day came: only a dead dawn twilight.	240	9	4
2	207	9	モルドールの入り口ゴンドル渓谷の前、あのどっしりとした黒いかたまりのむこう、	In the East there was a dull red glare under the lowering cloud.	240	14	4
2	207	14	モルドールの赤い光ではありませんでした。	it was not the red of dawn.	240	8	4
2	207	8	夜の闇が伯然、居すわってまるで去らないかのように思えました。	black and shapeless lay where night lay thick and did not pass away.	242	14	4
2	207	14	一段層、明るくなるより一段暗くなっていくんだ。	But the day is getting darker instead of lighter: darker and darker.	242	14	4
2	207	14	一段層、明るくなるより一段暗くなっていくんだ。	But the day is getting darker instead of lighter: darker and darker.	242	14	4
2	207	4	あたりからロゴンドールのむこう、モルドールの渓谷の光のかなたに、	Is that the opwning of –of the Morgul Valley, away over there beyond that black mass?	242	3	1
2	207	4	モルドールの赤いかすかな光はすっかり消えていました。	The red glare from Mordor died away.	245	14	2
2	207	2	今はもうほとんど夜明けのようにも思えぬく、	It seemed to be almost dark.	242	8	4
2	207	2	日ざし輝きと闇でなく、闇なりがわりに、灰色からやく日たちを見ることができました。	a keen-eyed beast of the wild could scarcely have seen the hobbits, hooded, in their grey cloaks.	245	2	2
2	207	2	やがすこで巨大な暗々たる目前方に、黒い壁ほどぎ身を起こすこと、	Presently, not far ahead, looming up like a black wall,	246	3	3
2	208	3	灰色な石はそれ自らさながら、目を悪な、足音を殺した獵る匹の姿で	grey as the stones themselves, and soft-footed as hunting cats.	247	2	3
2	208	2	巨大な木立と幹と間の空間は古い荒れ果てた大広間の大きなアーチをなすかのようでした。	the spaces between their immense boles were like the great dark arches of some ruined hall.	247	14	6
2	208	14	それはここで交差して、闇の間の中に消えていました。	crossing passed out eastward into darkness.	248	8	5
2	208	8	額の黄色いほどが大きな赤い目一つになって笑う顔	with one large red eye – in the midst of its forehead	248	12	5
2	208	12	秀でた非険な額の前には、頭上に銀と金の花冠がかぶっていました。	but about the high stern forehead there was a coronal of silver and gold.	248	11	4
2	208	11	秀でた非険な額の前には、頭上に銀と金の花冠がかぶっていました。	but about the high stern forehead there was a coronal of silver and gold.	248	1	2
2	208	1	小さな白い星のような花を付けた蔓草	A trailing plant with flowers like small white stars	248	10	5
2	208	10	そして右の岩びの割れ目には黄色い弁鐘草が光を放っている。	and in the crevices of this stony hair yellow stonecrop gleamed	248	3	2
2	208	3	日ざし輝いていて戻しかもたにやすらかにそれは暗色の顔に微笑のようにな夜を迎え	The Sun dipped and vanished, and as if at the shuttering of a lamp, black night fell.	248	3	1
2	208	3	大地はと空と暗もの前方に、黒い暗境の間にだけ光は昇っていた。	All was dark about it, earth and sky; but it was lit with light.	250	14	4
2	208	14	フロドは背をひねりかれに従ってかれを導きかれは目のない無機物に東の暗闇から出てに注いでいた	Frodo turned his back on the West and followed as his guide led him, out into the darkness of the East.	250	14	4
2	208	14	巨大な灰色なと幹との間の空間は古い荒れ果てた大広間の大きなアーチをなすかのようでした。	the spaces between their immense boles were like the great dark arches of some ruined hall.	250	14	4
2	208	14	岩壁ー孤独な間々や不思議な夜光が頭上に立ちはだかっていた	Black and forbidding loomed above them, darker than the dark sky behind.	250	14	4
2	208	14	岩壁ー孤独な間々や不思議な夜光が頭上に立ちはだかっていた	Black and forbidding loomed above them, darker than the dark sky behind.	251	3	3
2	208	3	エフェル・ドゥーアスの黒々と立ち並ぶ真っ暗な塔などにふと目を向けていくような部分に、	high on a rocky seat upon the black knees of the Ephel Duath.	251	14	4
2	208	14	そのまわりは空も地も暗くひらいたものもがとだけの光にのみ照らされていた。	All was dark about it, earth and sky; but it was lit with light.	251	3	4
2	208	3	内なる生気にみなぎる星座として歩を運び行きなれた歩調にのっている白い橋へと	like countless black holes looking inward into emptiness;	252	1	3
2	208	1	こうしてかれらは静々と白い橋の方に歩いて行った。	So they came slowly to the white bridge.			

資料51

2	208	a black mouth opening in the outer circle of the northward walls.	313	城門は北の面じめぐらされた外側の城壁に黒々と口を開いていた。	252	3	3	3
2	208	Wide flats lay on either bank, shadowy meads filled with pale white flowers.	313	谷川の両岸は広い平地があり、そこにはおぼろな白い花にみちた小さい草地や草地で	252	13	3	3
2	208	Wide flats lay on either bank, shadowy meads filled with pale white flowers.	313	谷川の両岸は広い平地があり、そこには白い花にみちた小さな草地や草地でした。	252	1	2	2
2	208	Frodo felt his senses reeling, and his mind darkening.	313	フロドは五感がくるみ、気持ちが暗くなるのを感じました。	252	14	4	1
2	208	until climbing above the meads of deadly flowers it faded and went dark.	313	かれの前にある破壊は一すじも見えないほどなのでした。	253	14	4	1
2	208	until climbing above the meads of deadly flowers it faded and went dark.	313	やがて死の花の咲く草地より上に登ってくくと、このかすかな光がだれて、暗くなりました。	254	14	4	1
2	208	Then his eyes shone with a green-white light.	314	その目は緑がかった白い光を濡みて光りました。	254	1	1	1
2	208	Of that deadly gleam and of the dark eyeholes	314	あの死んだ光と黒い二眼くぼのきみさなさことは	254	14	4	4
2	208	until it disappeared into the blackness above.	314	しまいにはその上の暗黒の中に消え失せていました。	255	3	4	3
2	208	Then with searing suddenness there came a great red flash.	314	それから、まっくと突然に、大きな赤い閃光があらわれました。	256	8	8	6
2	208	Peaks of stone ridges like notched knives sprang out in staring black	315	塗りこめらたように黒い、暗の中に一瞬ぎざぎざざの上がった	256	3	4	3
2	208	forks of blue flame springing up from the tower	315	ちらばれた青い焔が塔から、	256	5	5	1
2	208	All that hose was clad in sable, as the night.	315	この軍勢は全員夜のやみに黒く波束に身を包んで進軍して	257	3	1	5
2	208	small black figures in rank upon rank, marching swaftly and silently.	315	隊列を組むながらな小さな黒々い影が次々と進み行くのでした。	257	3	1	6
2	208	a Rider, all black, save that on his hooded head he had a helm	315	黒ずくめの一人の乗り手で、ただその頭巾をかぶった頭には	258	3	1	6
2	208	This way and that turned that his dark head helmed and crowned with fear.	315	恐怖の王冠とる冑をつけたい黒い頭が左右に統ました。	258	14	4	3
2	208	all his dark host followed him.	316	かれの率いる暗黒の軍勢もそのあとに続いました。	259	14	4	6
2	208	and behind him still the black ranks crossed the bridge.	316	その背後にはまだ前にまして黒々とした軍隊が橋を渡っていました。	259	3	1	3
2	208	The whole city was falling back into a dark brooding shade. and silence.	317	城塞全体が暗くけむるような陰と沈黙の中に退いていくのでした。	260	14	4	4
2	208	now no more than a grey glimmer across a dark gulf.	317	今はもう暗黒の淵の向こう、かすかに灰白色に光るものとしか見えない	261	2	1	3
2	208	now no more than a grey glimmer across a dark gulf.	317	今はもう暗黒の淵の向こうかすかに灰色に光るものとしか見えない。	261	14	4	3
2	208	Gollum, it seemed, had crawled out along the ledge into the darkness beyond.	317	ゴクリはどうやら、自分だけ小さ張出しから遠い暗やみの中に隠れてしまったのです。	262	14	4	4
2	208	The darkness was almost complete.	317	ほとんど真っ暗やみといってよい闇やです。	262	13	4	4
2	208	Gollum's eyes bone pale, several feet above, as he turned back towards them.	317	ゴクリの目だけが数フィート上かれにいて、かれが二人のほうに振り返る度に青ざ光るものでした。	262	13	4	2
2	208	they became more and more aware of the long black fall behind them.	317	二人の背後には底しれぬ黒い断崖絶壁、続いていることをますます強く意識するのなります。	262	3	3	3
2	208	They were in a dark passage that seemed still to go up before them.	318	それでもこの二人の進みゆく暗い通路は、	264	14	4	3
2	208	there was a chill draught in the dark passage	318	それにしてもこの暗い通路には冷たいような風が通っていました。	265	14	4	4
2	208	or to blow them away into the darkness behind	318	背後の暗闇へ吹き払おうかとも思うような。	265	14	4	4
2	208	Great black shapeless masses and deep grey shadows loomed above them and about them.	319	大きな形のない黒い塊、深い灰色の影が頭上	265	3	2	5
2	208	Great black shapeless masses and deep grey shadows loomed above them and about them.	319	大きな形のない黒い塊、深い灰色の影が頭上	265	3	2	4
2	208	but now and again a dull red light flickered up under the lowering clouds.	319	暗折れきり、たれ込めた雲の下にどんより赤い光がぼんと燃え上がり、	265	8	4	6
2	208	but the ground was now more broken and dangerous in the dark.	319	暗闇ではほんとうに危くなって仕方がありません。	266	14	4	4
2	208	At one point it crawled sideways right to the edge of the dark chasm.	319	かれらの左手には深い崖のりがかすかな光があります。	266	14	4	3
2	208	or read out of a great big book with red and black letters.	321	そしらと赤と黒の字で書かれた大きな本から読み上げるか、	272	3	3	5
2	208	or read out of a great big book with red and black letters.	321	そしらとも黒と赤の字で書かれた大きな本から読み上げるかのようでした。	273	8	3	2
2	208	upon his white forehead lay one of Sam's brown hands.	323	かれの白い額にはサムの日焼けした手の一つが置かれ、	278	6	1	3
2	208	upon his white forehead lay one of Sam's brown hands.	323	かれの白い額にはサムの日焼けした手の一つが置かれ	278	9	4	3
2	208	The gleam faded from his eyes, and they went dim and grey, old and tired.	324	その目の光がうせ、灰色とれみが浮いてそれに疲りを帯びて薄れ、	278	2	3	4
2	208	Gollum withdrew himself, and a green glint flickered under his heavy lids.	324	ゴラムは体をひっこめた、重ったく下のよりに緑の光が閃いた。	279	6	1	2
2	208	Sneaking,' said Gollum, and the green glint did not leave his eyes.	324	まるどさすびやがって」と、ゴクリはいいました。緑の光はたそのから去っていません。	280	6	4	1
2	208	It's dark still.	324	まだ暗いかもしれない	281	3	4	4
2	208	Yes it is dark here.	325	「ええ、ここはいつだって暗いや」	281	14	4	4
2	209	the heavy sky above was less utterly black, more like a great roof of smoke;	326	頭上の重苦しい空の暗さが隠やかに薄れ、むしろ巨大な煙の屋根に似ていました。	283	3	3	2
2	209	while instead of the darkness of deep night.	326	深い夜の闇に代わって	283	14	4	1

資料52

2	209	2	283	a grey blurring shadow shrouded the stony world about them.	326	灰色にかすむ影がかたいピナクルズの石のいう世界を包んでいた。	2	6
2	209	2	283	Some way ahead, a mile or so, perhaps, was a great grey wall.	326	いくらか前方に、多分一マイルかそこいらか、大きな灰色の壁があり、	3	3
2	209	2	283	Darker it loomed up high above them, shutting out the view of all that lay beyond.	326	そこは一際黒く浮かびあがり、近づくにつれつむじ風が高くなって、	4	1
2	209	2	284	as if filth unmanneable were piled and hoarded in the dark within.	326	あたかも名状し難い汚物が積みもてらたかくその暗闇の中にいるかのようです。	4	1
2	209	2	284	In a few steps they were in utter and impenetrable dark.	326	二、三歩進んだだけで、かれらは一寸先も見えない全くの暗闇の中にいました。	4	4
2	209	2	284	Not since the lightless passages of Moria had Frodo or Sam known such darkness.	326	モリアの明かりのない通路を経て以来、フロドにしろサムにしろこんな暗闇に行ったことがありません。	14	2
2	209	2	285	They walked as it were in a black vapour wrought of veritable darkness itself that.	327	かれらはいわば真っ暗闇から作られただれたる黒い蒸気の中を歩いているようなものでした。	3	2
2	209	2	285	They walked as it were in a black vapour wrought of veritable darkness itself that.	327	かれらはいわば真っ暗闇から作られただれたる黒い蒸気の中を歩いているようなものでした。	14	1
2	209	2	285	They were separated, cut of alone it in the darkness.	327	闇の中に閉じこめられ切り離されてひとりぼっちです。	4	1
2	209	2	287	they seemed often in the blind dark to sense some resistance thicker than the foul air.	327	文目も分かぬ暗闇の中に、朽ちた空気よりもなお深い何かの抵抗を感じることが時にありました。	14	1
2	209	2	288	in the dark they could not tell which was the wider way.	328	この暗闇ではどちらが広いのか、さらちらが大事まったくれらの見分けがつきませんでした。	14	4
2	209	2	289	groping and fumbling in the dark.	328	暗闇を手探りで進もうとして、	3	3
2	209	2	289	he thought of the darkness of the barrow whence it came.	328	かれはこの刀が出てきた塚山の暗闇を思い出しました。	14	4
2	209	2	290	Then, as he stood, darkness about him and a blackness of despair	328	こうして暗闇に囲まれ、胸に黒々とした絶望と怒りを抱えながら立っていた	4	1
2	209	2	290	Then, as he stood, darkness about him and a blackness of despair	328	こうして暗闇に囲まれ、胸に黒々とした絶望と怒りを抱えながら立っていた	1	7
2	209	2	290	Then the light became colour: green, gold, silver, white.	329	ついで光は色を帯びました。緑色、金色、銀色、白。	4	1
2	209	2	290	Then the light became colour: green, gold, silver, white.	329	ついで光は色を帯びました。緑色、金色、銀色、白。	6	1
2	209	2	290	Then the light became colour: green, gold, silver, white.	329	ついで光は色を帯びました。緑色、金色、銀色、白。	11	1
2	209	2	290	Then the light became colour: green, gold, silver, white.	329	ついで光は色を帯びました。緑色、金色、銀色、白。	12	1
2	209	2	290	there was a creaking as of some great jointed thing that moved with slow purpose in the dark.	329	暗闇の中で急がず目的を持って動く関節のある何かの大きなものが立てるような軋む音がしました。	14	2
2	209	2	290	A light to you in dark places, she said it was to be.	329	暗い場所に旦那様の明かりになれ、とあれは言ってましたが、まさにそのためのものなんだ、正しい時の見分けもついていたんだよ。	4	2
2	209	2	291	it began to burn, and kinkled to a silver flame.	329	それは種をおとし、銀の炎で燃えました。	12	1
2	209	2	291	the darkness receded from it.	329	暗闇が引き下がりました。	14	5
2	209	2	292	the hand that held it sparkled with white fire.	329	そしてこれを持つ手は白いいっさいで輝きました。	4	1
2	209	2	292	She that walked in th darkness had heard the Elves cry that far back in the ravines of Beleriand where it was forged.	329	いま暗闇を歩くあの女はエルダールが遠いに死の昔にベレリアンドの暗い谷合にこれが鍛えられた時に上げた絶望と死の叫び声を聞いたのです。	14	1
2	209	2	292	but behind the glitter a pale deadly fore began steadily to glow within.	329	しかしその光々の奥深くに、青白い死のような火がしっかりとした燃え始めました。	13	1
2	209	2	293	Sting flashed out, and the sharp elven-blade sparkled in the silver light.	330	つらぬき丸がおどり出ると、鋭いエルフの刃の剣先が銀色の光に輝きました。	5	1
2	209	2	293	Modor had died away in sullen gloom.	330	モルドールのたぎるような赤い光はようやく陰気な噴のかなたに消えたのです。	12	1
2	209	2	293	its cut flashed out, was before him, a dim notch in the black ridge.	330	その切れ先は暗い鞍部の姿だけが目前に、黒々とした岩尾根におおまかな切り込みが見える程度です。	5	1
2	209	2	293	One by one they all went dark.	330	一つずつ明かりが次第に暗くなっていきます。	14	1
2	209	2	294	he saw a greyness which the radiance of the star-glass did not pierce and did not illuminate.	331	目の前に見たものは、星の魔魔の清明が突き通すことも、また照り返すこともしない灰色でした。	2	1
2	209	2	296	Then Frodo stepped up to the great grey net.	331	それからフロドは大きな灰色の巣網のほうで進みました。	2	2
2	209	2	296	A light to you is.	331	青く光る刃は、大暴力を切り取り、	2	3
2	209	2	296	The blue-gleaming blade shore through them like a scythe through grass.	331	これが草枝をなぎ切るかのように切り取ると、	14	1
2	209	2	297	There were webs of horror in the dark ravines of Beleriand where it was forged.	332	エルダールが鍛えられたベレリアンドの暗い峡谷にはさらに恐ろしい蜘蛛の巣などがたくさんあり、	14	3
2	209	2	297	It seemed light in that dark land to his eyes that had passed through the den of night.	332	夜というものの幽谷を通り抜けてきた目には、この暗い国もかなり明るく感じられるほどでした。	8	4
2	209	2	297	the red glare of Mordor had died away in sullen gloom.	332	モルドールの赤々と燃えていた赤光は、ようやく陰鬱な薄闇の中に消えました。	3	3
2	209	2	297	The cleft, Cirith Ungol, was before him, a dim notch in the black ridge.	332	山の裂け目キリス・ウンゴルの峠が目前に、黒々とした岩尾根におおまかな切り込みが見えます。	3	4
2	209	2	297	and the horns of Lufa were darkling in the sky on either side.	332	その両側に鎚角の峰々が空に暗く浮かんでいます。	6	2
2	209	2	298	he kept on glancing back at the dark arch of the tunnel, fearing to see eyes.	332	かれはフロドがもと来たトンネルの暗いアーチをちらちら振り返っては、あの目が見えやしないかと、	4	5
2	209	2	298	so came to Luthien upon the green sward amid the hemlocks in the moonlight long ago.	332	ヘムロックに囲まれた月の光に照らされた緑の草原にいるルシエンの前にやって来たのです。	4	2
2	209	2	298	for all living things ere her food, and her vomit darkness.	332	大暗黒の時代から生きものを喰らってきたさせいで、いとしい話はえたいいのは吐きだすものです。	6	4
2	209	2	299	the darkness could not contain her.	333	暗闇ももはや彼女を押しと止めておくことはできなくなるほどであるからです。	14	1
2	209	2	301	the sword which Frodo still held unsheathed was glittering with blue flame.	334	フロドがまだ身を抜き払ったままで携えている剣が必ずい炎を上げて光っているのを見ました。	5	1
2	209	2	301	though the sky behind was now dark, still the window in the tower was glowing red.	334	まだ背後の空は暗く、塔の窓がやはり赤々と光を放っているのに、	14	1
2	209	2	301	though the sky behind was now dark, still the window in the tower was glowing red.	334	まだ背後の空は暗く、塔の窓がやはり赤々と光を放っているのに、	8	4
2	209	2	302	Red with his own living blood his hand shone for a moment.	334	かれは相次の手は一時赤い血で輝きました。	1	1
2	209	2	302	soon he would be lost to sight in this grey world.	335	間もなくあの灰色の世界に見えなくなってしまうに違いない	2	7
2	209	2	302	issuing from a black hole of shadow under the cliff.	334	崖の下の闇の黒い穴をしとかから出てきて、	3	4
2	209	2	302	its great bulk was black, blotched with livid marks.	334	その胴体は黒く、青黒いあざがまだらに斑点がついていて、	3	4
2	209	2	302	the belly underneath was pale and luminous and gave forth a stench.	334	下になっている腹部は青白くて光を放っている上に、	13	1
2	209	2	306	since that horrible lagth had so unexpectedly appeared in the darkness.	336	あの忌まわしい姿があんな風に思いもよらず暗闇に現われて以来、	14	1
2	209	2	307	he knelt his head to leaps to forcing himself to meet him.	336	かれは頭を垂れ、あの凶悪な刺殺するような怒りと、例の悪臭が押し寄せてくるのをつらくもたぜんたる望みをと迎え出ました。	8	3
2	209	2	307	the stench before him, and the stench came out to meet him.	336	その臭からのにおうと闇が待ちかれたようとコケッと底の悪臭が押し寄せ出てきたのです。	14	4

資料53

			English			Japanese			
2	210	One great eye went dark.		337	大きな種眼の片方は光を失って暗くなりました。	309	14	1	2
2	210	a green ooze trickling from below her wounded eye.		338	傷ついた目から緑の汁がしたたり落ちています。	312	6	1	1
2	210	the glass blazed suddenly like a white torch in his hand.		339	玻璃瓶は突然ぱっと白昼の松明のように手のなかに煌きました。	313	1	5	2
2	210	It flamed like a star that leaping from the firmament sears the dark air with intolerable light.		339	耐えがたいほど蒼く暗黒の大気を星がさすように燃え上がり	313	14	4	4
2	210	she rolled aside and began to crawl, claw by claw, towards opening in the dark cliff behind.		339	鉤爪のある足を一歩一歩すすませて、背後の暗い崖にあいている穴に向かい始めました。	314	14	3	3
2	210	She reached the hole, and squeezing down, leaving a trail of green-yellow slime,		339	緑がかった黄色の粘液の後をのこしたまま、あ穴の中にはいっていてしまいました。	314	10	1	3
2	210	in slow years of darkness healed herself from within, rebuilding her clustered eyes,		339	徐々に過ぎて行く暗闇の中の長い年月の側に、ゆるやかに体内から傷を治し、その複眼ふたたび起こみ上らせ	314	14		3
2	210	He lay now pale, and heard no voice, and did not move.		339	生命の活動は何一つ見いだせず、心臓のかすかな動悸さえ感じられませんでした。	315	13	4	3
2	210	and bending looked at Frodo's face, pale beneath him in the dusk.		340	薄闇の中に青ざめて目の下にあるとろの	315	13	1	3
2	210	Frodo with a pale face lying fast asleep under a great dark cliff		340	大きな暗い崖の下にフロドが蒼い顔をしぐったり眠り込んでいるあのけなげの光景です。	315	13	3	4
2	210	Frodo with a pale face lying fast asleep under a great dark cliff.		340	大きな暗い崖の下にフロドが蒼い顔して眠り込んでいるあのけなげの光景です。	315	14	3	3
2	210	it seemed to him that the hue of the face lived green.		340	顔の色が生気うしみな緑色になったように思われました。	316	6	1	3
2	210	And then black despair came down on him.		340	次いで救いようのない絶望がかれを襲いました。	316	3	1	7
2	210	Sam bowed to the ground, and drew his grey hood over his head.		340	サムは地面に頭を伏して、灰色の頭巾をすっぽりとかぶりました。	316	2	1	6
2	210	When at last the blackness passed,		340	黒い闇が過ぎ去ったとき、	316	3	4	1
2	210	for I'll be always in the dark now		341	これからはずっと暗闇の中にいることになるのでしょう	317	3	1	3
2	210	He thought of the places behind where there was a black brink.		341	後にしてきた場所で出口があり、	317	14	4	1
2	210	pale but beautiful with an elvish beauty.		342	青ざめてはいるものの、あたりをも妙に照唱すぎを鋭い皿こぬけ忍る音の、エルフ的な美しさを備えたエルフ的の一人でした。	321	13	3	3
2	210	Sam turned and hid the light and stumbled on into the growing dark.		342	サムは灯を向けると、光を隠し、次第に濃くなる暗闇の中にさをさすすみながら歩いていきました。	321	14	4	3
2	210	Now the orc-tower was right above him, frowning black, and in it the red eye glowed.		342	今やオークの塔はかれの真上にあって、威圧するように黒々と聳え、そのけには赤い目が煌々と輝いていました。	321	3	3	3
2	210	Now the orc-tower was right above him, frowning black, and in it the red eye glowed.		342	今やオークの塔はかれの真上にあって、威圧するように黒々と聳え、そのけには赤い目が煌々と輝いていました。	321	3	1	2
2	210	Now he was hidden in the black shadow under it.		342	今かれがいるところそのものの暗い影の中で、かれの姿はその中に暗黒されていました。	322	8	1	6
2	210	He saw small red light, torches.		343	かすかな赤い明かり松明です。	323	14	4	3
2	210	The red eye of the tower had not been blind.		343	塔の赤い目は首目ではありません。	323	8	4	3
2	210	All things about him now were not dark but vague;		343	周りの事物はすべて、暗いと言うではないかなりを見やりしていますが、	324	14	4	3
2	210	alone, like a small black solid rock.		343	かれ自身はその灰色のかすかな幻世界に、ただ一人、まるで黒い堅固なかならの存在のように存在していました。	324	2	2	7
2	210	alone, like a small black solid rock.		343	かれ自身はその灰色のかすかな幻世界に、ただ一人、まるで黒い堅固なかならの存在のように存在していました。	324	2	3	3
2	210	the Ring, weighting down his left hand, was like an orb of hot gold.		343	指輪はかの左手をどんりと重くさせる熱した金の球体でもあるかのように感じされました。	324	11	3	5
2	210	You must have seen him: little thin black fellow; like a spider himself		348	お前はちょっと見たそろきげろきで、細身のあこのや、、うくもやつそのもの、	335	4	5	6
2	210	grey distorted figures in a mist, only dreams of fear with pale flames in their hands.		344	霧の中に灰色にゆがんだ姿形が、手に手に青白い火を持つ、	324	2	1	2
2	210	grey distorted figures in a mist, only dreams of fear with pale flames in their hands.		344	霧の中に灰色にゆがんだ姿形が、手に手に青白い火を持つ、	324	13	5	3
2	210	He drew the sword, a flicker of blue in his wavering hand.		345	かれは剣を抜きました。震える手に背い細かちらちらと曙いました。	328	5	5	3
2	210	the last of them vanished into the black hole.		345	一番最後のオークが真っ暗な穴の中に消えさってしまいした。	329	3	5	1
2	210	'Curse the filth!' he said, and sprang after them into the darkness.		345	「くそ、糞ためしけりかけけでいといって、オークスをあわしって暗闇の中へ飛び込みました。	329	14	4	1
2	210	It no longer seemed very dark to him in the tunnel.		345	トンネルの中はかれにはもう、通路特別暗ところの思われませんでした。	329	14	4	4
2	210	and leave you all cold in the dark on the other side.		347	その反対側の暗闇に冷たい真まに放り出すらしい。	332	1	4	3
2	210	You must have seen him: little thin black fellow; like a spider himself		348	お前はちょっと見たそろきげろきで、細身のあこのや、、うくもやつそのもの、	335	4	5	2
2	210	He felt as if the whole world was turning upside down.		350	今やこの真っ暗な全世界が転倒しようとしている感じかしました。	339	14	4	3
2	210	Above it was a dark blank space between the top and the low arch of the opening.		351	右のてっぺんと、通路の低いマーチの間には暗い隙間があるのでした。	342	14	4	4
2	210	He could see them now, black and squat against a red glare.		351	ちらちらと赤い光を向こうから受けて黒くすくすくる動物もみる。	343	3	4	4
2	210	He could see them now, black and squat against a red glare.		351	ちらちらと赤い光を向こうから受けて黒くすくすくる動物もみる。	343	8	4	4
2	210	He was out in the darkness.		352	かれは外の暗闇に残され、	344	14	4	1

資料54

巻	章	原p	原文	訳p	訳	色彩	混色	大分類	小分類
3	101	19	The dark world was rushing by and the wind sang loudly in his ears.	19	暗い世界が走り去り、風が耳もとで激しく鳴りました。	14	14	4	1
3	101	19	and then in the dawn he had seen a pale gleam of gold.	15	夜明けの光の中にかすかに輝く金色が見え、	13	13	4	1
3	101	19	and then in the dawn he had seen a gleam of gold.	15	夜明けの光の中にかすかに輝く金色が見え	11	11	4	1
3	101	19	A light kindled in the sky, a blaze of yellow fire behind dark barriers.	16	暗い山壁の後ろに光る黄色の炎のよう。	10	10	5	3
3	101	19	A light kindled in the sky, a blaze of yellow fire behind dark barriers.	16	暗い山壁の後ろに光る黄色の炎のよう。	14	14	3	2
3	101	19	So the light was not yet and for hours the dark journey would go on.	16	暗い旅はまだ何時間も続くことでしょう！	14	14	4	1
3	101	19	"Look! Fire, red fire!"	19	「ほら！火だ！赤い火だ！」	8	8	5	3
3	101	20	And out of the darkness the answering fire of other horses came.	20	すると暗闇の中からこたえて他の馬たちの嘶きが応じ、	14	14	4	1
3	101	20	he fell into deep dream was a glimpse of high white peaks.	18	高い白峰のつらなりをちらりとその夢に見たことでした。	1	1	3	1
3	101	20	the cold dawn was at hand again, and chill grey mists were about them.	20	冷え冷えとして夜明けが身近に迫ってきて、冷たい灰色の霧が彼らを取り巻いていました。	14	14	4	2
3	101	22	many rills rippling through the green from the highlands down to Anduin.	23	多くの小川が緑の草地をさざ波たてて高地地帯からアンドゥインへ向けて流れていく。	6	6	6	3
3	101	22	who housed in the shadow of the hills in the Dark Years ere thecoming of the kings.	23	王たちの国につかさどる以前、暗黒時代にこれらの丘陵地帯の陰に隠れて暮らしていた。	3	3	2	2
3	101	23	tall men and proud with sea-grey eyes.	23	背の高い誇り高く、海色の目をした人々であった。	2	2	1	1
3	101	23	And there where the White Mountains of Ered Nimrais came to their end	24	そしてエレド・ニムライスの白い山脈が終わるところに、	14	14	5	5
3	101	23	he saw, as Gandalf had promised, the dark mass of Mount Mindolluin,	24	かねてガンダルフが約束した通り、ミンドルルインの巨大な山塊は濃い紫色をたたえ	14	14	3	3
3	101	23	the deep purple shadows of its high glens, and its tall face whitening in the rising day.	26	深い谷間の濃い紫の影をなし、高い峰の面を受けて朝日を白く受けて光っていました。	1	1	4	2
3	101	23	the deep purple shadows of its high glens, and its tall face whitening in the rising day.	24	深い谷間の濃い紫の影をなし、高い峰の面を白く朝日を受けて白く光っていました。	2	2	3	3
3	101	23	the walls passed from looming grey to white, blushing faintly in the dawn.	24	おぼろ気な灰色に浮かぶ城壁が緑の光を朝の明かりを受けて仄かに赤く染まり白く変わっていきました。	14	14	5	5
3	101	23	the walls passed from looming grey to white, blushing faintly in the dawn.	24	おぼろ気な灰色に浮かぶ城壁が緑の光を朝の明かりを受けて仄かに赤く染まり白く変わっていきました。	12	12	5	5
3	101	23	like snow beneath a silver crown and many pointed stars.	24	銀の冠と尖った星の大刀のように切らめきつつ	2	2	4	4
3	101	23	glimmering like a spike of pearl and silver, tall and fair and shapely	24	高く見事に形よく真珠と銀の尖刃のようにきらめいて	12	12	5	5
3	101	23	And there where the White Tree once had grown.	24	かつて白の木が生えていた	1	1	3	3
3	101	23	white banners broke and fluttered from the battlements in the morning breeze.	24	また白の胸壁からは白い旗が朝の微風にひらめき始め、	1	1	3	3
3	101	24	he heard a clear ringing as of silver trumpets.	24	銀の喇叭のような澄んだ響きが聞こえてきました。	12	12	5	5
3	101	24	Quickly Gandalf strode across the white paved court.	24	ガンダルフは足早に白い敷石の広場を横切って行きました。	1	1	3	2
3	101	25	a sward of bright green lay about it;	25	鮮やかな緑の芝生が周りに広がっていた	6	6	6	3
3	101	25	Seven stars and seven stones and one white tree.	25	七つの星に、七つの石、また一本の白木を。	3	3	3	3
3	101	25	The Guards of the gate were robed in black.	28	城壁の門を守る連衛兵たちは黒い服に身を固め	3	3	3	3
3	101	25	Monoliths of black marble.	26	黒大理石の石柱は。	3	3	3	3
3	101	26	the helms glittered with a flame of silver.	28	兜には銀の焔色が光っていた。	12	12	4	4
3	101	26	and far above in the shadow the wide vaulting gleamed with dull gold.	26	暗くてそのずっと上の陰の中には、広い丈夫な天井が鈍い金色に光り、	11	11	3	3
3	101	26	there was a stone chair, black and unadorned.	28	手にて飾りもない石の椅子が据えられていた。	3	3	3	3
3	101	26	Upon the black surcoats were embroidered in white a tree blossoming	26	黒の陣羽織には一本の花の咲いた白い木が縫い取られていた	3	3	4	4
3	101	26	Upon the black surcoats were embroidered in white a tree blossoming	26	黒の陣羽織には一本の花の咲いた白い木が縫い取られていた	1	1	4	4
3	101	27	In his lap was a white rod with a golden knob.	28	彼は金の握りのついた白い杖を膝の上に置いていました。	14	14	5	5
3	101	27	In his lap was a white rod with a golden knob.	28	彼は金の握りのついた白い杖を膝の上に置いていました。	1	1	5	5
3	101	27	I am come with counsel and tidings in this dark hour.	28	この暗黒の時にあたって、忠言と種々の便りをたずさえてまいりました。	14	14	4	4
3	101	27	Pippin saw his carven face with its proud bones and skin like ivory.	32	ピピンは象牙の骨ぐみを象牙のような皮膚の深い彫りの顔貌を見上ると、	15	15	1	1
3	101	27	and the long curved nose between the dark deep eyes.	32	暗色の深くくぼんだ目の間には湾曲した長い鼻があるのを。	14	14	4	4
3	101	28	"Dark indeed is the hour," said the old man.	32	「まことに時は暗いな。」と老人は言いました。	14	14	4	4
3	101	28	less now to me is that darkness than my own darkness.	28	この暗さは私には自身の手目の闇の方に及ばぬ。	6	6	3	3
3	101	28	less now to me is that darkness than my own darkness.	32	冥王の兵たちは森を要撃されたのがどこなのか	14	14	4	4
3	101	28	a wild-ox horn bound with silver.	33	銀で巻いた野牛の角で。	12	12	3	3
3	101	28	Twitching aside his dark grey cloak.	33	暗くて暗い灰色のマントをわきにかき寄せると、	11	11	4	4
3	101	28	A pale smile, like a gleam of cold sun on a winter's evening.	33	冬の夕ぐれの冷たい陽がさしたような薄い微笑が	13	13	3	3
3	101	28	Suddenly he turned his black glance upon Pippin.	34	あの方は木の暗がりもさもさ似たような目をピピンに向けました。	3	3	5	5
3	101	28	he sank beside a tree and plucked a black-feathered shaft from his side.	34	かたわら足もとにある木のそばに腰をおろして、脇腹から一本の黒羽根の矢を引き抜いて、	14	14	6	6
3	101	28	waylaid in the woods by the soldiery of the Dark Lord.	34	この暗さは冥王の兵に森を要撃されたところ	14	14	4	4
3	101	28	He turned his dark eyes on Gandalf.	35	灰色のマントを脱にかけると	13	13	1	1
3	101	29	As he spoke to the old man he glanced at him	36	かれは足もとの木の老人に話しかけつつ、ちらっと老人の方を見つつ	14	14	4	4
3	101	29	and one brought a salver with a silver flagon and cups, and white cakes.	37	一人は銀の酒瓶と盃、それに白い菓子をのせた盆を捧げて来ました。	14	14	5	2
3	101	29	and one brought a salver with a silver flagon and cups, and white cakes.	39	一人は盆に酒瓶と盃、それに白い菓子をのせたシルフを持って来ます。	12	12	5	2
3	101	29		39	灰色のマントを脱にかけると	1	1	5	2

		English	#	#	Japanese		
3	101	with goodly hangings of dull gold sheen unfigured.	1	31	鋭い金色の房を帯びたしみ一つない質の懸けかけの飾りかかっていま	41	1
3	101	Three strokes it rang, like silver in the air and ceased.	2	32	鐘は三度、銀の鈴のような音に空中に鳴り響き、	45	2
3	101	High in the blue air Mount Mindolluin lifted its white helm and snowy cloak.	3	32	青空に高く、ミンドルイン山が白い兜と雪のマントを着けて聳えていま	45	5
3	101	High in the blue air Mount Mindolluin lifted its white helm and snowy cloak.	4	32	青空に高く、ミンドルイン山が白い兜と雪のマントを着けていま	45	5
3	101	Presently he noticed a man, clad in black and white.	5	32	黒と白の服に身を固めた男が一人、	45	3
3	101	Presently he noticed a man, clad in black and white.	6	32	黒と白の服に身を固めた男が一人、	45	1
3	101	no more than a cup of wine and a white cake or two by the kindness of your lord.	7	33	殿下のご厚意による葡萄酒一杯と、白い菓子一つかニつ、それだけです	47	1
3	101	We rise ere the Sun, and take a morsel in the grey light.	8	34	われらは日の出前に起床して、日のかけの光の中で、ほんの一口ほど食べて、	48	2
3	101	you have endured perils and seen marvels that few of our greybeards could boast of.	9	35	あなたはわれらの中の白髭の者たちでさえ自慢できる者はほとんどおらぬ	52	2
3	101	as wisps of white cloud borne on the stiffening breeze from the East,	10	36	東からしだいに強さを増してゆくやや冷たい微風に運ばれる幾条かの白い雲のように、	53	1
3	101	that was now flapping and tugging the flags and white standards of the citadel.	11	36	城塞にひるがえる旗や白い軍旗の飾りを引っ張り、	53	5
3	101	the Great River could now be seen grey and glittering.	12	36	灰白くきらめく大河が見えました。	53	6
3	101	Many roads and tracks crossed the green fields,	13	36	緑の野には数えきれぬほどの道路や轍の跡が交差し、	53	3
3	101	its eastern edge ran a broad green riding-track.	14	36	その東側の縁に沿って、広々とした緑の騎馬道があり、	55	6
3	101	"The Black Riders!" said Pippin, opening his eyes.	15	37	「黒の乗手たちですか？」ピピンは目を丸くしていました	55	14
3	101	and they were wide and dark with an old fear re-awakened	16	37	古い恐怖が呼び覚まされて、両眼が暗く、大きくなり、	55	3
3	101	"Yes, they were black." said Beregond.	17	37	「そう、真っ黒でしたよ」とベレゴンドがいいます。	56	4
3	101	sometimes it seems fainter and more distant; sometimes nearer and darker.	18	37	その光には真向こうそう色もなく、暗闇があるためです	58	14
3	101	It is growing and darkening now:	19	38	かれらの目にはその暗闇がしだいに大きさを増し	59	3
3	101	ever we bear the brunt of the chief hatred of the Dark Lord.	20	39	われらはその冥王の最も激しい憎しみの的であるということを	59	6
3	101	and the Black Riders even in the lanes of the Shire	21	39	ホビット庄の田舎道にさえ出没した黒の乗手たちのことを	60	6
3	101	as though a dark wing had passed across it.	22	39	何か黒い翼を持った者たちが大空をよぎって通り過ぎたかのように	65	2
3	101	Hope and memory shall live still in some hidden valley where the grass is green.	23	41	緑なす草の隠れた谷深いどこかの大きい建物で、潜んで記憶が生き続けるでしょう	70	2
3	101	a large building of grey weathered stone with two wings running back from the street.	24	43	灰色の風化した石造りのあるどっしりした建物で、左右の翼が通りから奥へ向かって走っていて、	70	3
3	101	and between them a narrow greensward,	25	43	その間に狭い緑の芝生が、	70	14
3	101	old and grey-bearded, yet mail-clad and bearing a long heavy spear.	26	43	もう一人の白髭の老人が灰色のよろいに身を包み、長い重い槍を持っていた。	72	6
3	101	old and grey-bearded, yet mail-clad and black-helmed and bearing a long heavy spear.	27	43	もう一人の白髭の老人が灰色のよろいに身を包み、黒の兜をかぶり、長い重い槍を持っていた。	72	6
3	101	That will be the new tidings of the black fleet.	28	43	これは黒船隊のことをもたらせる新しい便りであろう	72	12
3	101	men of the Outlands marching to defend the City of Gondor in a dark hour.	29	43	辺境の諸侯国の男たちが暗黒の時にあたって、	72	2
3	101	Hirluin the Fair of the Green Hills from Pinnath Gelin	30	43	モルソンドの上流地方の高地民たちは	72	14
3	101	with three hundreds of gallant green-clad men.	43	ピンナス・ゲリンから来たところの緑の丘陵の似たヒアルイングは、	72	8
3	101	and night closed down swift and dark.	43	勇ましい武者を三百人ひきつれて、	72	4
3	101	"It is a black night.	44	そして夜の帳がたちまち黒々と降りて、あたりは暗くなりました。	73	4
3	101	all the blacker since orders came that lights are to be dimmed within the City. ―	44	「真っ暗な夜ですからね。	74	3
3	101	The lodging was dark, save for a little lantern set on the table.	45	都の中では明かりは暗くし、――というそう真っ暗夜になってしまったのです	74	3
3	101	The Darkness has begun.	45	待合は暗く、テーブルに上に小さなカンテラがただ一つ置いてあるだけでした。	74	14
3	101	but he escaped into the darkness	46	暗黒が始まった。	75	14
3	101	it is dark before me.	47	前途は不明だ	77	14
3	101	but they saw great shapes coming swiftly on the path from the fords.	47	自分が闇の中に連れ去られ	78	14
3	101	His hand showed white as he held it up, palm outward in token of peace;	47	同時に黒い大馬の影が凄々の方から一団が高速に接近してくるのを認めました。	78	14
3	101	He was tall, a dark standing shadow.	47	和睦のしるしに片手を外に向けてかざして手の平が白くなるのが見えたが、	79	14
3	101	but it was closefurled in a black cloth bound about with many thongs.	48	かれは背が高く、黒い影のようになって立っていました	79	14
3	101	The East grey when they rode up at last from Deeping Coomb	48	黒い布でしっかり包みそれを多くの革紐でぐるぐる縛ってありました。	81	5
3	101	but some dark doubt or care sits on him.	49	夜も果てて東の空が灰色かけるころ、一同はようやく偶然に登り	82	2
3	101	he flung his grey cloak about his shoulders.	49	何か暗い疑念か心痛が彼を捕えて、かれの心を悩ませて離れないようで、	83	14
3	101	"Did she not speak through Gandalf the ride of the Grey Company from the North?"	50	灰色のマントを肩に羽織っていました。	84	2
3	102	and passed the mounds of the fallen on the greensward beside the road.	50	「あのかたはガンダルフを通じて、灰色の一行が北から馳せ参じて来ると語られたんじゃろう？」	84	6
3	102			道路脇の緑の芝生にある戦死者の墳墓を過ぎ、	85	6

資料56

			English			Japanese			
3	102	The Dúnedain already stood there, black and tall and stony,	50	死の丘がすでにそこに築かれていました。黒々として高く岩々しけでした。	3	4
3	102	and drawing from its black sheath his small bright blade.	50	黒鞘からかさくとも鋭く光って切る刃を抜き放ちました。	3	5
3	102	laying his long old hands upon the brown hair of the hobbit.	51	年老いたその長い両手をホビットの茶色の頭髪の上に置いて。	5	1
3	102	where the Riders were assembling on the green.	51	縫みの芝生に騎士たちが集合するところに降りて行きました。	6	4
3	102	They were clad in cloaks of dark grey.	51	黒っぽい灰色のマントに身を包み	3	1
3	102	There was no gleam of stone or gold,	51	宝石や金のきらめきはどころか、何一つ美しい飾りは付いていませんでした。	5	5
3	102	save only that each cloak was pinned upon the left shoulder by a silver shaped like a rayed star.	51	ただどのマントにも左肩の留具として放射状の光を持つ形をかたどったピンが留めてあるばかりでした。	12	4
3	102	and halbarad bearing the great staff close-furled in black.	51	それからハルバラドは黒い布に包んだ長大な杖をたずさえておりました。	11	5
3	102	that few could tell them apart: dark-haired, grey-eyes,	51	そして彼らを見分けられる者はほとんどいないくらいでした。暗い髪、灰色の目。	14	1
3	102	that few could tell them apart: dark-haired, grey-eyes,	51	朝はエルフのように美しく、銀灰色のマントの下にほとんど一種、一様に同じような鎖帷子を着ていました。	2	5
3	102	Grim was his face, grey-hued and weary.	51	その顔はきびしく、土気色で疲労の色が浮かんでいました。	2	3
3	102	the faces of the Riders that sat within hearing turned pale at the words.	52	このくだりの聞こえる範囲にいた騎馬たちの顔からその言葉にしたとたんに血の気がさっと退いてしまうのでした。	13	6
3	102	What has happened since we came back to this grim place in the grey morning?	53	灰色の薄明の時にあのいまわしい所に戻って以来、何事が起こったというのでしょうか。	14	2
3	102	but in this dark hour the heir of Isildur may use it..	53	しかしこの暗き時にあたって、イシルドゥアの後継者は、一足もそれを使うことになるかもしれないのです。	14	5
3	102	Over the West there lies a long shadow / westward reaching wings of darkness.	54	長き影、地を覆みなし、闇領域の翼、西の方へとどく。	2	5
3	102	Who shall call them from the grey twilight, the forgotten people?	54	かれを呼ぶ者はだれぞ。たそがれ時の薄明の中に、忘れられし民を呼ぶは。	4	4
3	102	_Dark ways, doubtless,_ said Gimli.	55	『暗い道でしょう。きっと』とギムリは言いました。	14	4
3	102	_but no blacker than these staves are to me._	55	『だけどこの謎めかれたこうした詩行ヴァースよりは暗くはないですよ。』	14	4
3	102	For at Erech there stands a black stone that was brought.	55	なぜならエレヒには、ヌメノールが落ちていた時代にイシルドゥアがヌメノールから持って来た	6	3
3	102	for they had worshipped Sauron in the Dark Years.	55	なめらかれたちは暗黒時代にはサウロンを崇拝していたからだ。	14	6
3	102	And if the West prove mightier than thy Black Master.	98	そして西方がおまえの主人たる黒の主よりも強いことが明らかと時は。	3	3
3	102	On the green there waited, still and silent, the hooded Rangers.	98	芝生にはじっと無言のまま、頭巾をかぶった野伏たちが待っていました。	6	2
3	102	the Grey Company passed swiftly over the plain.	99	灰色の一行はたちまち平原を渡り	2	4
3	102	so came to Dunharrow as darkness fell.	99	とっぷり暮れる頃にはダンハロウへと着きました。	14	4
3	102	For she was clad in white; but her eyes were on fire.	102	姫は白い服に身をつつみながら、その眼は、炎のごと、日と燃えていました。	3	1
3	102	until they passed into the shadows under the black Dwimorberg, the Haunted Mountain.	106	一行が黒き山影、ドゥイモルベルグ、すなわち霊山の下の暗がりのなかへ行くまで	3	5
3	102	Let them go where they belong, into the dark places, and never return.	107	暗いところへ、そしてもう二度と戻って来ないように。	14	4
3	102	The light was still grey as they rode.	107	夜明けの光はまだうす灰色でした。	14	1
3	102	for ever we come through this darkness.	108	この暗闇を通り抜けられたとすれば	2	6
3	102	all the paths behind were thronged by an unseen host that followed in the dark.	109	背後の道はことごとく、闇の中にあとを追って来ると見える群衆に埋められているのです。	11	4
3	102	Gimli Glóin's son would have been the first to run to the gleam of gold.	110	グローインの息子ギムリが例えた、たちまち黄金の輝き出す相手になって駆け出すところだろうが、	14	4
3	102	You will not need to ask hereafter who comes its name: Blackroot men call it.	110	かれのペルも主も栃根川である。	11	1
3	102	His belt was of gold and garnets.	111	九つの棺と七つの塚山と白き木の山を、天の高みに向かいて	6	5
3	102	Nine mounds and seven there are now green with grass.	111	かれのペルは金と柘榴石でできていた。	14	4
3	102	rich with gold was the helm upon his bony head face downward on the floor.	112	背景の変わる見だけかれらの前を通る暗闇のなんぴ山の上の方に向かっていました。	14	4
3	102	but the Grey Company in their haste rode like hunters.	113	しかし灰色の一行は疾きことは狩人のごとく	6	4
3	102	a sound hard and clear as a stone falling in a dream of dark shadow.	113	暗い影の悪夢の中に石がコーンと落ちてきたような硬く澄んだ音	14	4
3	102	and in a darkness as black as the caverns in the mountains.	113	そして山の中の洞穴のような暗い闇の中を	14	4
3	102	and in a darkness as black as the caverns in the mountains.	113	そして山の中の洞穴のような暗い闇の中を	14	4
3	102	the sky was dark, and in it small stars glinted.	114	空は真暗で、その空にはちさな星がきらめいていました。	12	5
3	102	They rode in file, and evening came on and a deep blue dusk.	114	夕暮れが始まり、深い藍色の薄靄が立ちそめる中を一列縦隊で進んで行きました。	13	1
3	102	and pale banners like shreds of cloud, and spears like winter-thickets on a misty night.	115	そしてちぎれ雲ような白い色をした旗や、夜霧の立ちそめる中の冬の木立ちのような槍の穂先	3	4
3	102	but all was grey in that hour, for the sun had gone,	115	この時間にはどこも灰色でした、なぜなら太陽は没し、道も灰色でしたが、	4	6
3	102	but the Grey Company in their haste rode like hunters.	115	しかし灰色の一行は疾きことは狩人のごとく	2	6
3	102	turning back and speaking to the whispering darkness behind.	116	背後のささやき声に満ちた暗闇のようにひそひそと黒くつぶやく闇の中	14	4
3	102	For up the top stood a black stone.	116	暗い岡の上には黒い石が立っていました。	12	5
3	102	Then Elrohir gave to Aragorn a silver horn.	116	エルロヒアがアラゴルンに銀の角笛を渡した。	3	1
3	102	it was black, and if there any device upon it, it was hidden in the darkness.	117	真っ黒な石でありました。なんらかの模様がついていたとしても、それは暗闇に隠されて見えませんでした。	13	3
3	102	it was black, and if there any device upon it, it was hidden in the darkness.	117	真っ黒な石でありました。なんらかの模様がついていたとしても、それは暗闇に隠されて見えませんでした。	3	5
3	102	it was cold as ice, cold and pale. Aragorn rose in haste,	117	それから冷たく指先さえ冷たれが身震いをして、アラゴルンは急ぎ身を起こしました。	13	4
3	102	But when the dawn came, cold and pale.	117	しかし夜明けが訪れると直ちに、それは冷たく青ざめて	2	5
3	102	the Grey Company passed on into the darkness of the Storm of Mordor.	118	灰色の一行はモルドールの暗黒の嵐の中にはいっていきました。	2	5

資料 57

					Japanese	English			
3	102	118	14	4	灰色の一行はモルドールの嵐の暗闇の中にはいって行って、	the Grey Company passed on into the darkness of the Storm of Mordor.		4	1
3	103	119	14	4	ざわめく樅の木の下にはすでに暗闇が忍び寄っていました。	Darkness had already crept beneath the murmuring fir-woods		4	2
3	103	120	6	3	清流雪川からいくつもの小さな流れを集め、	There the white Snowbourn, joined by the lesser stream,		3	2
3	103	120	14	3	ここからエドラスへ、さらに緑の丘陵地帯へ、そして平野部へと流れ落ちていくのです。	turning on the stones, down to Edoras and the green hills and the plains.		3	1
3	103	120	5	4	東に青い影を帯び、西は夕陽に赤く染まって、かすかな樅の林をみせていた。	blue-shadowed upon the East, red-stained by the sunset in the West.		4	2
3	103	120	8	3	blue-stained by the sunset in the West の訳。	blue-shadowed upon the East, red-stained by the sunset in the West.		4	2
3	103	120	14	2	水の音、暗い林のさわぎか、	listening to the noise of water, the whisper of dark trees.		3	2
3	103	121	1	6	大きな白馬にまたがったローハン王の二人が	the hobbit on his little shaggy grey pony.		2	1
3	103	124	14	2	こうしてセーデン王自らの山脈の麓にある馬草谷の地から、西なるドラモルドラを通過していくのです。	beneath the feet of the White Mountains.		6	3
3	103	125	2	4	怪鳥の影をした空高く舞い飛ぶ姿があった。	a flying darkness in the shape of a monstrous bird, passed over Edoras that morning.		2	5
3	103	126	14	3	霧吹きかけた平岡にほのぼの、広がっていました。	Flats and meads of rough grass, grey now in the falling night.		4	1
3	103	127	6	3	歳月化と、今も忍じけて見かけるの緑の麓で、	Some in the wearing of the years had lost all features save the dark holes of their eyes		3	4
3	103	127	3	4	between which shone the grim black wall of the Dwimorberg.	between which shone the grim black wall of the Dwimorberg.		4	2
3	103	127	14	6	この道を救おうとする者があれば、やがてモルヘルベルグの暗い黒の下にかがやかの死に至ろう。	Those who dared to follow that road came soon to the black Dimholt under Dwimorberg.		6	3
3	103	128	14	3	小暗い馬塚野と呼ばれているのはここでは一つ働いているところでした。	Such was the dark Dunharrow.		3	2
3	103	128	3	4	ここ暗黒時代に、かれらはここではたと働いているところでした。	Here they laboured in the Dark Years.		3	1
3	103	130	6	4	どれも傷れ、黒ばかりだった、	they were worn and black;		3	4
3	103	131	14	3	王の彼らに就いてのこの先の暗闇においていかなければならない騎兵の変わらぬを思いただきます。	he hoped the king was not going to follow them into the darkness beyond.		4	4
3	103	132	2	5	戦いの野から野から追われてかしましてようやなってきました。	for it is long since war has been driven us from the green fields;		6	4
3	103	132	12	3	東面に黒々なさそり立つのはかすかな銀色の閃光のようになっていた。	looking at the mountains dark against the East and South.		5	4
3	103	137	14	3	かれはだんだんと暗くなっていくさとそのドウィモルベルグの方を指していた。	He pointed away along the darkening lines of stones towards the Dwimorberg.		6	5
3	103	137	8	3	東はただ暗く閉ざされている。	but the East was dark and blank.		6	3
3	103	138	8	3	「赤の矢だ！」セオデン王は叫んだ、	'The Red Arrow!' said Théoden, holding it, ~		6	4
3	103	138	2	6	その先端が赤く染められて光るのだった！	'The Red Arrow has not been seen in the Mark in all my years!'		4	6
3	103	139	2	6	マークでは、赤い矢は私の代にはほとんど目にはいりませんでした！	'Dark tidings,' said Théoden.		6	7
3	103	140	14	1	灰色ガンダルフも立ってかれらとともにおられた。	Gandalf the Grey has been among us.		4	3
3	103	141	1	3	いまや冥王の権力はとても強くなり、われらは白都市の門前の戦いに応じることすら難しいほど。	So great a power is the Dark Lord seems now to wield well might contain us		4	4
3	103	142	14	3	オークや褐色族たちが侵攻かたくの城市の酒造の門かから、俺いはいていたたうだけの余もこ追わせされるかもしれません。	disturb the Orcs and Swarthy Men from their feasting in the White Tower.		4	4
3	103	142	14	5	まだしも暗くなるように新しいと思いました。	It still seemed very dark there.		4	3
3	103	142	9	4	外の世界は暗くなっていた。	The world was darkening.		4	1
3	103	146	1	4	空気さえも茶色がかっていた、	The very air seemed brown,		2	2
3	103	146	14	2	そしてあたりのものもどこか薄く見えて、黒ずんで、影を失っていた。	and all things about were black and grey and shadowless;		4	4
3	103	147	2	6	そしてあたりのものもどこかうすく見えてあって、黒ずみで、影を失っていた。	and all things about were black and grey and shadowless;		4	4
3	103	147	14	2	岩だらけの雪乃が川に沿って、かれは灰色の道を下っていきました。	On down the grey road they went beside the Snowbourn rushing on its stones;		4	4
3	103	148	14	4	そして悲しげな顔がいくつも暗い戸口からのぞいていた。	where many sad faces of women looked out from dark doors;		4	1
3	103	148	11	4	小暗い二つの朝、暗い影の中からから、	From dark Dunharrow in the dim morning		4	4
3	103	149	14	4	それにこの暗さはさらに増さるとなる。	and this darkness is yet darker.		4	2
3	103	150	14	5	滅びの闇は彼らに向かっている。	Doom drove them on. Darkness took them.		2	1
3	103	151	2	1	そして大きな灰色の葦毛の馬、風のウィンドフォラにまたがっていましたが、	and great grey steed Windfola made little of the burden;		2	1
3	103	152	14	4	ゴンドールの国境に近い暗いハリフィリエンの森の影となる	under the shades of dark Halifirien by the borders of Gondor.		4	4

資料58

3	103	All the lands were grey and still;	78	一帯の地はどこも灰色の静まり。	152	2	3	4
3	104	There Denethor sat in a grey gloom.	79	広間にはデネソールが灰色の陰がかりの中に坐っていました。	154	2	3	3
3	104	Pippin soon found himself arrayed in strange garments, all of black and silver.	80	ピピンは黒と銀ずくめの見慣れない衣装に身を飾った自分を見いだしました。	156	3	1	5
3	104	Pippin soon found himself arrayed in strange garments, all of black and silver.	80	黒と銀ずくめの見慣れない衣装に身を飾った自分を見いだしました。	156	12	5	5
3	104	Its rings forget of steel, maybe, yet black as jet;	80	黒玉のように黒い黒で。	156	3	5	5
3	104	Above the mail was a short surcoat of black,	80	鎖帷子の中央には銀の星がふんだんにきらめいています。	156	12	5	4
3	104	with a silver star in the centre of the circlet.	80	鎖帷子の上には黒い短かい陣羽織をつけています。	156	12	2	1
3	104	but broidered on the breast in silver with the token of the Tree.	80	が、その胸には銀で〈白の〉木の紋章が縫い取りされているということで。	156	14	1	3
3	104	but he was permitted to keep the grey cloak of L'Orien,	80	ロリアンの灰色のマントは改めなくてもよいということで。	157	3	6	3
3	104	It was dark and dim all day.	80	一日じゅう暗くかすんだ日でした。	158	9	3	4
3	104	Far above a great cloud streamed slowly westward from the Black Land.	80	はるか上空では大きな雲が、戦いの嵐に運ばれて黒の国から西の方に流れていました。	158	2	3	5
3	104	they were brown and drear.	81	野は茶色にくすんだ寂しげでした。	158	3	4	5
3	104	He turned his tired gaze away from the darkling fields below and yawned.	81	かれは疲れた視線を眼下の薄暗い野辺からそらせ、あくびをしました。	159	14	1	7
3	104	The very air seems thick and brown!	81	空気さえも薄っ茶色に見えます。	159	1	6	5
3	104	he sends to darken hearts and counsel.	81	人の心を暗くし、智恵を鈍らせる!	159	3	6	5
3	104	if he will ever come back across the River out of the Darkness?	81	あの方が果たしてこの暗黒を抜け、大河を渡って戻ることがあるだろうか。	160	3	6	5
3	104	'Black Riders!' muttered Pippin.	82	「黒の乗手たちだ!」と、ピピンは呟きました。	160	12	2	1
3	104	Black Riders of the air!	82	空飛ぶ黒の乗手たちだ!	161	14	3	3
3	104	Dark little things.	82	黒い小さなものたちだ。	162	3	6	6
3	104	At that moment he caught a flash of white and silver coming from the North.	83	ちょうどその時かれは白銀の光が北の方からぱっと閃いたのを目に出しました。	162	12	5	4
3	104	At that moment he caught a flash of white and silver coming from the North.	83	ちょうどその時かれは白銀の光が北の方からぱっと閃いたのを目に出しました。	162	14	4	3
3	104	down on the Pelennor it seemed for a while less dark.	83	ペレンノール野はしばしの間その陰の翳をうすめられたように見えました。	162	1	4	4
3	104	a pale light was spread about it	83	灰白い光が広まりたりして。	162	14	6	1
3	104	He always turns up when things are darkest.	83	もっとも望みがなくなった時という時に姿を現われる人だ。	162	4	4	4
3	104	Go on Go on, White Rider!	83	「ああ、それ、行ってくれ、白の乗手よ!」	162	4	1	2
3	104	But now the dark swooping shadows were aware of the newcomer.	83	しかしさっと黒い急降下で来る黒い影どもは今やこの新参者に気がつきました。	163	14	6	5
3	104	he raised his hand, and from it a shaft of white light stabbed upwards.	83	かれはさっと手を差し伸ばすと、一つの白い光の閃が矢のように上空に放たれるのを見ました。	163	6	2	4
3	104	he would follow, even under the shadow of the black wings.	84	かれは黒い翼の影の下であろうとも、ベレンミアにつき従って行こうとする大将の型でした。	164	3	1	3
3	104	When Faramir had taken white bread and drunk a draught of wine.	84	ファラミアは白パンを取り、葡萄酒を一飲みほど飲み合い。	165	1	2	2
3	104	White they seemed now and very old.	85	その手は白っぽく、そしてとても老人に見えます。	166	1	6	4
3	104	But the darkness is not due to their venture.	85	この闇は冒険旅行のせいではないのだ。	167	14	1	3
3	104	As the dark drew on I knew that haste was needed.	85	暗さが迫ってくるにつれ、わたしは急がねばならないことを悟ったのです。	168	14	4	3
3	104	Nay, it should have been kept, hidden, dark and deep.	87	持って隠すか、暗闇の中深く隠しておくのだ。	171	14	4	4
3	104	as the darkness grows.	87	闇黒が濃くなるとき。	173	1	4	6
3	104	Outside there was a starless blackness.	88	外は星もない暗闇夜。	175	3	1	4
3	104	the other, clad all in green, slowly swaying a little	89	次の日は茶色っぽい薄明かりのある朝でしたが、自分の陰鬱な心持を示すでもなく始まりました。	177	9	4	4
3	104	The next day came with a morning like a brown dusk.	89	次の日は茶色っぽい薄明かりのある朝でした。	178	3	6	4
3	104	Faramir has told us, of great strength drawing ever to the Black Gate.	90	ファラミアの話では、黒門に大層な力の勢力が集まっているということです。	180	8	6	1
3	104	At best the Red Arrow cannot have reached him more than two days ago.	90	一番早く見積もっても、赤い矢印が届くのはせいぜい二日前。	181	14	6	6
3	104	But the Black Captain leads them once again.	90	この時の総大将が今また、かれらをひきいて来るのです。	181	14	4	4
3	104	The next day, though the darkness had reached its full and grew no deeper.	91	次の日は、暗闇がすでに頂点に達してはいて、それ以上濃くなることはなかったのですが。	181	14	6	6
3	104	but the spirits of men felt the oppression more.	91	しかしわれらの総大将はかれが心の総大将です。	182	14	4	4
3	104	a mockery was made of the unlightened dark.	91	光の闇を明りのない闇黒のものにあざけるかのよう。	182	8	4	4
3	104	Now ever and anon there was a red flash.	91	今度は時折赤い閃光が瞬きながら閃めく。	183	1	1	1
3	104	The Lord of the City sat now in a high chamber above the Hall of the White Tower	91	都の総大将は白の塔の広間の上にある高い部屋に。	183	3	6	6
3	104	he bent his dark eyes.	91	そのかがみ込んだ黒い目。	183	3	2	5
3	104	'not-not the Dark Lord?' cried Pippin, forgetting his place in his terror.	92	「まさか――まさか冥王ですか?」恐ろしさのあまり、自分の立場を示すでもなくピピンは叫びました。	184	3	1	4
3	104	He stood up and cast open his long black cloak.	92	かれは立ち上がって、長い黒マントをさっと開きました。	184	3	6	6
3	104	and girt with a long sword, great-hilted in a sheath of black and silver.	92	黒と銀の鞘にはいった柄の大きな長剣を見に帯びています。	184	3	5	5
3	104	and girt with a long sword, great-hilted in a sheath of black and silver	92	黒と銀の鞘にはいった柄の大きな長剣を見に帯びています。	184	12	5	5

資料 59

		English	Japanese					
3	104	I have long known who is the chief captain of the hosts of the Dark Tower.	子としては暗黒の塔の首領が誰であるのかとっくにわかっておったのじゃ。	184	14	6	6	3
3	104	Another army is come from the Black Gate, crossing from the north-east.	黒門から来た別の軍勢が北東から大河を渡して来ました。	185	3	6	6	5
3	104	Then from many points little rivers of red flame came hurrying on.	次いであちこちから赤い炎の小さな川が残路を辿るようにあたふたと進んできた。	186	8	4	5	5
3	104	wild Southron men with red banners.	赤い旗を持った荒蛮な南方国の人間たち。	187	8	5	4	2
3	104	with their Prince and his blue banner at their head.	かれらの先頭には大公の青い旗を先頭にした。	188	5	4	4	1
3	104	for their Captain was not yet come to challenge the white fire of his foe.	かれらの首領はまだ来ておらず、仇敵の白い光に挑みかけてはいなかったからです。	188	1	4	4	3
3	104	Even as the Nazgûl had swerved aside from the onset of the White Rider,	ナズグルが白の乗手の攻撃を受けてよけたように、	189	1	5	5	3
3	104	had saved him from the red southland swords that would have hewn him as he lay.	この時味方かれを切り倒されてしまうところを救ったのは、	189	8	5	4	5
3	104	The Prince Imrahil brought Faramir to the White Tower.	イムラヒル大公はファラミアを白の塔に連れて来て、	190	13	3	1	4
3	104	The numbers that had already passed over the River could not be guessed in the darkness.	すでに大河を渡って来た暗闇の中では見当もつきませんでした。	191	14	1	1	2
3	104	The plain was dark with their marching companies.	平原は進軍してくる敵軍で黒ずんでいました。	191	14	6	6	2
3	104	all about the beleaguered city great camps of tents, black or sombre red.	包囲された城市の周りに一面、黒や暗い野原のテントの大きな野営地が出現しています。	191	3	5	5	5
3	104	all about the beleaguered city great camps of tents, black or sombre red.	包囲された城市の周りに一面、黒や暗い野原のテントの大きな野営地が出現しています。	191	7	5	5	3
3	104	as the city walls, like to the Tower of Orthanc, hard and dark and smooth.	その外側の城壁はまるでオルサンクの塔のように、堅くて黒くつるつるしていました。	192	14	3	3	2
3	104	or ridden in upon a holiday from the green vales in the hills.	休日に丘陵地帯の緑の谷間からやって来たのでした。	196	6	3	3	1
3	104	The Lord of the Dark Tower had dread and despair.	暗黒の塔の主は恐怖と絶望でした。	196	14	6	6	1
3	104	and as their Dark Lord now grew and put forth his strength.	かれらの主ナズグルがやや力をつけてきたので、	196	14	6	6	2
3	104	letting their weapons fall from nerveless hands while into their minds a blackness came.	力の抜けた手からばらりと武器を落とし、そのうちに一種の暗幕がかれらを襲った。	197	3	3	4	2
3	104	During all this black day Faramir lay upon his bed in the chamber of the White Tower.	この暗い一日をファラミアは白の塔の控えの間に置かれたベッドの上に横たわりました。	197	4	4	4	3
3	104	During all this black day Faramir lay upon his bed in the chamber of the White Tower.	この暗い一日をファラミアは白の塔の控えの間に置かれたベッドの上に横たわりました。	197	4	4	4	2
3	104	No hours so dark had Pippin known.	このような暗い時をピピンは知ってはいませんでした。	197	14	6	6	1
3	104	Follow whom you will, even to the Grey Fool, though his hope has failed.	お前は誰について行きたい者について行くとも、たとえ灰色の愚か者にせよ、	198	2	6	6	3
3	104	they passed out of a dim day of fears into the darkness of a desperate night.	おぼろな日の暗い恐怖を経て、絶望的な夜の暗闇へとはいってきました。	199	14	3	3	3
3	104	Slowly the great siege-towers built in Osgiliath rolled forward through the dark.	オスギリアスで建造された巨大な攻城用の暗幕をゆっくりと進んできた。	199	14	4	4	3
3	104	Messengers came panting into the chamber in his frenzy.	白の塔の控えの間にあえぎあえぎ使いの者がやってきました。	200	1	2	2	3
3	104	It was dark on the climbing road.	坂道は暗かった。	202	14	4	4	2
3	104	between pale domes and empty halls.	白っぽい丸屋根の建物の人気ない間を。	203	13	3	3	2
3	104	'The Lord Denethor or the Grey Wanderer?'	デネソール卿ですか、それとも灰色の放浪者ですか？	205	2	6	6	2
3	104	'The Grey Wanderer or no one, it would seem.	「灰色の放浪者か、でなきゃなしと言うわけになるんだな。」	205	3	6	6	1
3	104	The Lord does not permit those who wear the black and silver to leave their post	その夜、いかなる事情があってもかれの命令に定めつけた黒い銀の印のついたマントを身につけている者を	206	12	6	6	5
3	104	The Lord does not permit those who wear the black and silver to leave their post	その夜、いかなる事情があってもかれの命令に定めつけた黒い銀の印のついたマントを身につけている者を	207	1	4	4	3
3	104	There came great beasts, like moving houses in the red and fitful light.	ちらちらと明滅する赤い光に照らされて巨大な家がそのまま動くような巨大な獣がやって来ました。	207	14	5	5	4
3	104	Long had it been forging, in the dark smithies of Mordor.	これはモルドールの暗い鍛冶工場の中で長い間かかって鍛えられ、	208	14	5	5	4
3	104	its hideous head, founded of black steel,	黒い鋼の土台がついた怪異のない頭が、	208	3	3	3	1
3	104	a horseman, tall, hooded, cloaked in black.	馬に乗って、背が高く、頭巾をかぶり、黒いマントを着ていました。	209	13	3	3	2
3	104	He halted and held up a long pale sword.	かれは立ち止まり、微かな光を放つ長い剣を振り上げました。	210	14	4	4	3
3	105	A great black shape against the fires beyond the gate loomed up.	その時、黒の総帥が現われて足をかけていた、恐ろしい巨大な黒い影が門の向こうに見えていた煙のような炎を背景に、膨れ上がったように姿をあらわしました。	210	14	4	4	2
3	105	But now the Black Captain rose in his stirrups and cried aloud in a deadful voice.	ここに黒の総帥は鐙の上で立ち上がり、恐ろしい声で叫び始めました。	212	14	6	6	2
3	105	Men nearby began to move uncertainly in the dark.	近くにいた男たちが暗闇の中で何やらオロオロと動き始めました。	214	14	4	4	3
3	105	but now their fear lest the Dark Years be returning.	かれらの心の恐れは、暗黒時代が戻ってくるのではないかと心配しているのでした。	215	14	6	6	4
3	105	was hanging from a bough and cast a pale circle of light below.	枝から吊り下がっていて、その下におぼろげな光の輪を投げかけていました。	216	13	6	6	5
3	105	I count many friends that lay in sky. leaves on trees, men in the dark.	老人はかれの平たい顔と暗い目に暗く険しい表情を見せませんが、	217	14	4	4	2
3	105	Then you will kill gorgûn and drive away bad dark with bright iron.	そこでおまえらが光る鋭でゴルグン殺す、悪い暗闇使用戻す。	218	14	4	4	1

資料 60

						English			Japanese					
3	105	But if you live after the Darkness, then leave Wild Men alone in the woods	107	しかし、あんたがたがこの暗闇のあとも生きていたら、森の野人かまわないでくれ。	14	219	6	5
3	105	It is all dark, but it is not all night, said Ghân.	107	いつも暗い、でもいつも夜の暗いでない、と、ガンがいいました。	14	220	4	1
3	105	and the Riders passed in long files like dark shadows of men and horses	108	そして騎士たちは人馬の暗い影のような長い列になって通って行きました。	14	220	1	6
3	105	It was late in the afternoon when the leaders came to wide grey thickets stretching	108	広大な灰色の低木林にやって来たのは午後も遅くなってからでした。	2	221	3	3
3	105	they spread out and passed to camping-places under the grey trees.	108	灰色の樹木の下の野営地に分散して行きました。	2	221	3	3
3	105	he waved his arm west towards the black beacon.	108	かれは黒い峰火台の方に向けて西の方に振り動かしました。	3	222	3	3
3	105	gorg'n knock them down with earththunder and with clubs of black iron.	108	ゴングたちは地雷と黒鉄の棒で叩き倒します。	3	222	4	3
3	105	The accursed darkness itself has been a cloak to us	109	この呪わしい暗闇そのものがわれらにマントの役目を果たしてくれている。	14	222	3	3
3	105	Drive away bad air and darkness with bright iron!	109	光と鉄で悪い空気、悪い暗闇を追い払え	3	223	4	3
3	105	'The scouts have found naught to report beyond the grey wood, lord,' he said.	109	「斥候たちは、この灰色の森の外には何一つ報告すべきことを見つかりませんでした、主君」と、かれはいいました。	14	224	3	3
3	105	At least his hand still clasped the Red Arrow.	109	少なくとも、かれの手にはなおも赤い矢が握られているのでありました。	2	224	6	5
3	105	there was a red glow under the black sky	110	黒々とした空の下で赤く光と照り映えているものがありました。	8	225	6	1
3	105	there was a red glow under the black sky	110	黒々とした空の下で赤く光と照り映えているものがありました。	3	225	4	2
3	105	in the darkness was moving steadily forward.	110	暗がりの中大きな山の山脈が黒い郭として浮き上がっていました。	3	226	4	2
3	105	Forth now, and fear no darkness!	111	暗闇を恐れず、今こそ進め!	14	227	3	3
3	105	a sword-day, a red day, ere the sun rises!	111	剣の日だ、赤き日だ、日の出に先立ちて!	14	227	4	4
3	105	for it was still deep dark, whatever change Wīdfara might forebode.	111	ウィドファラがいうようにそれは少しはましにはなるにしろ、あたりはまだまだどっぷりと暗かったからです。	14	228	3	3
3	105	He could make out little more on the dark plain.	111	この暗い戦場ではそれ以上のことをかれは見分けられませんでした。	1	228	3	3
3	105	But the mind and will of the Black Captain were bent wholly on the falling city.	112	しかし、黒の総大将の心も意志も今ならくつつある陥落寸前の都市に傾けれていて、	2	229	3	6
3	105	in the South the clouds could be dimly seen as remote grey shapes.	112	ずっと南の方では雲が遠き灰色の形として目立たぬ形の中に漂く見てとれるようになりました。	2	230	4	4
3	105	For a searing second it stood dazzling far off in black and white.	112	焦げるかと思われた一瞬、それは遠く白黒まざまで目も眩むように光しました。	3	230	1	4
3	105	For a searing second it stood dazzling far off in black and white.	112	焦げるかと思われた一瞬、それは遠く白黒まざまで目も眩むように光しました。	4	230	4	4
3	105	as the darkness closed again there came rolling over the fields a great boom.	112	そのあと再び暗闇が閉じ込めた頃、大轟音が野を渡って轟きわたりました。	14	230	4	4
3	105	Behind him his banner blew in the wind, white horse upon a field of green.	112	王の背後には、緑野の白馬の旗旗が風に翻っています。	1	232	3	3
3	105	Behind him his banner blew in the wind, white horse upon a field of green.	113	その時、緑野に白馬の旗旗が風に翻っています。	6	232	3	3
3	105	Eomer rode there, the white horsetail on his helm floating in his speed.	113	エオメルは総大将の疾駆のあとを駆けつけ王家の白い馬の尾飾りを前のめりに傾けながら、	2	232	5	4
3	105	the grass flamed into green about the white feet of his steed.	113	乗馬の白い足のめぐりも一面、草が緑を燃え、	3	233	3	3
3	105	the grass flamed into green about the white feet of his steed.	113	乗馬の白い足のめぐりも一面、草が緑を燃え、	14	233	5	4
3	105	darkness was removed, and the hosts of Mordor wailed.	113	暗闇が取り除かれ、モルドールの軍勢は泣きわめき、	6	233	2	2
3	106	a sword-day, a red day, ere the sun rises!	114	剣の日だ、赤き日だ、日の出に先立ちて!	14	234	3	1
3	106	suddenly in the midst of the glory of the king his golden shield was dimmed.	114	王の絶頂にあるさなかに、突然その金の盾の光が鈍ってきたのです。	5	234	2	5
3	106	Dark fell about him.	115	暗闇が王の周りに垂れ込めました。	8	235	4	5
3	106	Up Eorlingas! Fear no darkness!	115	「エオルの家の子よ!暗闇を恐れるな!」	3	235	5	5
3	106	and displaying his standard, black serpent upon scarlet.	115	緑色の地に黒い蛇を描いた旗を掲げ、ひしめき合う手下たちを率い、	7	235	4	5
3	106	and displaying his standard, black serpent upon scarlet.	115	緑色の地に黒い蛇を描いた旗を掲げ、ひしめき合う手下たちを率い、	5	235	2	2
3	106	he came against the white horse and the green with great press of men;	115	かの白馬と緑野の王旗に向かって大軍を率いてやって来ました。	6	235	3	5
3	106	he came against the white horse and the green with great press of men;	115	かの白馬と緑野の王旗に向かって大軍を率いてやって来ました。	1	235	1	7
3	106	but the white fury of the North-men burned the hotter.	115	しかし北の国の人間の白い怒りがいっそう激しく燃え、	14	236	2	5
3	106	and the black serpent foundered.	115	黒い蛇は地にまみれました。	3	236	2	2
3	106	suddenly in the midst of the glory of the king his golden shield was dimmed.	116	王の絶頂あるさなかに、突然その金色の盾の光が鈍りました。	11	236	4	5
3	106	He will bear thee away to the houses of lamentation, beyond all darkness.	116	「わしをお前が連れ去れば、幽閉にたえてよう喜びました。	14	236	4	5
3	106	If thou livest, or dark undead, I will smite you.	116	もしお前が生きるにせよ、生けっ身でなく、幽閉にたえるように喜びました。	14	237	5	5
3	106	He opened his eyes and the blackness was lifted from them.	116	目を開くと、真っ暗闇が目から取り除かれました。	3	237	3	1
3	106	and all seemed dark about it.	116	そしてその周りは何もかも暗いかに見えました。	3	237	4	5
3	106	Her bright hair, released from its bonds, gleamed with pale gold upon her shoulders.	116	その娘の髪は束縛から解き放たれて、ぬばきの金色になって肩にここにに落ちかかっていました。	14	237	5	6
3	106	Her eyes grey as the sea were hard and fell.	116	かれは暗闇が消失し、怪物と姿を呼び出して、ふたたび空に戻りました。	14	238	3	3
3	106	a shape, black-mantled, huge and threatening	116	大きな形のものがまっ黒い外套をかぶて、ものものしい気に使いました。	14	238	3	5
3	106	Upon it sat a shape, black-mantled, huge and threatening.	116	その上には、まっ黒い外套に身を包んだ、デル巨大で恐ろしい気があるように思えました。	3	238	4	4
3	106	To the air he had returned, summoning his steed ere the darkness failed.	116	谷のりと、真の暗闇が消失しないうちに、手を身をうとしました。	14	239	4	3
3	106	A great black mace he wielded.	116	かれは前からがっしりと大物の大鎚を手に取りました。	3	239	3	4
3	106	And the Dark Lord took it.	115	黒い蛇は地にまみれました。	3	239	3	1
3	106	out the Black Captain, in doubt and malice intent upon the woman before him.	116	その娘に、黒の総大将が経営を悩と抱きながら、眼前のなでしこの敵意のたけをどうけていて、	2	239	5	5
3	106	Out of the wreck rose the Black Riders, tall and threatening.	117	怪鳥の残骸から、黒の乗手が身を起こしました。背が高く、脅かすように、	3	240	6	5
					3	242	6	1

資料61

3	106	Merry's sword had stabbed him from behind, shearing through the black mantle.	117	メリーの剣がかれの背後から黒いマントのつぎ目を刺し貫いたのです。	242	3	1	5
3	106	I felled the black serpent.	118	私は彼を討ち倒した。	243	11	2	2
3	106	A grim morn, and a glad day, and a golden sunset!	118	陰鬱な夜明け、晴れてうれしい昼、やがて金色の夕暮れが訪れよう！	243	14	4	2
3	106	For my eyes darken, and I would see him ere I go.	118	もう目が暗くなってきた、この世を去る前にあれにあわねばならぬ。	244	6	1	5
3	106	the white swan of Éomer led the great front of the Rohirrim,	118	ロヒルリムの最前線は、かれの白い騎士の中の白鳥が先頭に立ち、	245	14	5	5
3	106	and the silver swan of Dol Amroth was borne in the van.	118	ドル・アムロスの銀色の白鳥がその先頭に立ち、	245	12	2	3
3	106	and then his face went deathly white.	119	それからかれの顔は死人のように白色に変わりました。	246	1	6	3
3	106	and stooped to pick up the green shield that Éowyn had given him,	120	エオウィンからもらった緑の楯を拾いあげると、それを背に掛け直しました。	248	6	3	5
3	106	Green and long grew the grass on Snowmane's Howe,...	120	雪の鬣の塚には長い緑の草が生えていました……	249	6	6	3
3	106	but ever black and bare was it where the beast was burned.	120	かの獣が焼かれた地面はいつまでも黒く裸のままです。	249	2	1	3
3	106	all things wept for Théoden and Éowyn, quenching the fires in the City with grey tears.	120	すべてのものがセオデンとエオウィンのために涙で城内の火をも消してしまう。	250	1	3	3
3	106	he with the white crest in the van.	120	白い前立てを風になびかせて先陣をきるあの方です。	250	13	5	3
3	106	though her face was pale and cold.	121	その顔が血の気を失って冷たくなってからでも。	251	6	6	6
3	106	the crown jewel of Imrahil: it was a gem as a lily of many petals.	121	証言隊のピアモリン、それは何枚もの花弁を持った百合のような、色をもたらすハンドローのマリアクタたち、	251	7	6	5
3	106	Variags of Khand, Southrons in scarlet.	121	ハンドのヴァリアタたち、紅色を身にまとった南方人たち、	252	3	1	2
3	106	and out of Far Harad black men like half trolls with white eyes and red tongues.	121	そして遠いハラドから来た白い目と赤い舌を持った半分トロルのような黒いような人間たちがかかり来ます。	252	8	1	2
3	106	and out of Far Harad black men like half trolls with white eyes and red tongues.	121	そして遠いハラドから来た白い目と赤い舌を持った半分トロルのような黒いような人間たちがかかり来ます。	252	8	1	6
3	106	for black against the glittering stream they beheld a fleet borne up on the wind:	122	あざらき水の流れに黒々とその姿を際立たせた艦隊を風に乗ってやってくるのを見たからです。	253	3	1	5
3	106	and black sails bellying in the breeze.	122	黒い帆を風にはらませていたのです。	253	3	1	5
3	106	All too well they could see for themselves the black sails.	122	かれ自身の目で見ていかにもはっきり黒い帆をみることができた。	253	3	1	5
3	106	So he rode to a green hillock and there set his banner.	122	そこでかれは緑の小山にも馬を駆り、そこに旗印を立てました。	254	6	3	1
3	106	and the White Horse ran rippling in the wind.	122	白馬の旗が風にたなびくようになびきました。	254	14	4	5
3	106	*Out of doubt, out of dark to the day's rising*	122	迷えるから出、暗闇から出て、日の上るまで	254	6	3	5
3	106	*Now for wrath, now for ruin and a red nightfall!*	122	今は怒りの時、滅びの時、赤き夜半の時。	254	8	3	4
3	106	even as he laughed at despair he looked out again on the black ships.	123	かれは絶望を嘲笑いながらもあえて黒船艦隊を眺めました。	255	5	1	2
3	106	There flowered a White Tree.	123	そこには白き木の花が咲いておりました。	255	6	6	1
3	106	And the crown was as a helm and they shone in the morning for it was wrought of mithril and gold.	123	そして王冠は朝日に薔薇のように輝きました。ミスリルと黄金でできていましたから。	255	11	3	3
3	106	a black dread fell on them, knowing that the tides of fate had turned against them	123	彼らには恐怖にかられました。運命の潮の流れはおれたちに不利な方向に変わり	257	3	1	3
3	106	the grass of the Pelennor lay red in the nightfall	124	ペレンノールの草は黄昏時に赤く広がっていました。	257	8	3	3
3	106	All were slain save those who fled to die, or to drown in the red foam of the River.	124	逃げて死ぬ以外の者は、大河の赤く泡立つ流れに溺れるほかなかった者は、全員殺されました。	257	8	3	4
3	106	*to his golden halls and green pastures*	124	北方の黄金の館に、緑なす牧場に、	259	11	6	2
3	106	*to his golden halls and green pastures*	124	北方の黄金の館に、緑なす牧場に、	259	3	3	4
3	106	*Derufin and Duilin to their dark waters,*	125	大商人デルフィンとドゥイリンは、その故郷の暗い川の、	259	14	2	2
3	106	*Grey now as tears, gleaming silver,* / *red then it rolled, roaring water.*	125	涙のように白く、時に銀色にきらめく水、時には赤く渦巻き、鳴動する水、おおう鳴った。	260	8	6	6
3	106	*Grey now as tears, gleaming silver,* / *red then it rolled, roaring water.*	125	涙のように白く、時に銀色にきらめく水、時には赤く渦巻き、鳴動する水、おおう鳴った。	260	12	4	5
3	106	*Grey now as tears, gleaming silver,* / *red then it rolled, roaring water.*	125	涙のように白く、時に銀色にきらめく水、時には赤く渦巻き、鳴動する水、おおう鳴った。	260	8	4	5
3	107	*red fell the dew in Rammas Echor.*	125	ランマス・エホーの露は赤く滴った。	260	8	2	1
3	107	When the dark shadow at the Gate withdrew Gandalf still sat motionless.	126	城門にいた暗い影が遠ざいたあとも、ガンダルフはまだじっと身を動かさずに座っていました。	261	14	6	6
3	107	those who wore the black and silver must stay in the Citadel, unless their lord gives them leave?	126	城内では、黒と銀の制服を着用しているものは、主君の許しがない限り、城塞内に留まっていなければならない？	261	6	3	6
3	107	those who wore the black and silver must stay in the Citadel, unless their lord gives them leave?	126	城内では、黒と銀の制服を着用しているものは、主君の許しがない限り、城塞内に留まっていなければならない？	261	12	3	5
3	107	The Black Rider is abroad, and he will yet bring ruin on us.	126	黒の乗手が出歩いている、そのためにわれらはさらに破滅をもたらすだろう。	262	8	6	5
3	107	"Darkness is passing," said Gandalf.	126	「暗闇は去っていく。」と、ガンダルフはいいました。	264	14	4	1
3	107	the tall columns and carven figures beside the way went slowly by like grey ghosts.	127	道の脇の高い柱や彫り像が灰色の幽霊のようにゆっくり過ぎ去りました。	265	2	6	6
3	107	clad in the black and silver of the Guard;	127	黒と銀の近衛の制服を着けた	265	12	4	1
3	107	clad in the black and silver of the Guard;	127	黒と銀の近衛の制服を着けた	265	12	4	5
3	107	for his coming was like the incoming of a white light into a dark place.	128	なぜならかれが暗い場所に白い光がはいって来るように来たからで、	266	14	1	4
3	107	for his coming was like the incoming of a white light into a dark place.	128	なぜならかれが暗い場所に白い光がはいって来るように来たからで、	266	14	1	5
3	107	even as the light of the Lord was hidden under his grey mantle.	128	灰色のマントの下にかれの力の光がある点隠れていたので、	267	2	6	5
3	107	And only the heathen kings, under the domination of the Dark Power, did thus,	128	ただ異教の蛮王たち、暗黒の力の支配下にあった者たちだけがこのようなことをしたのです、	268	14	6	6
3	107	so that the lean face of the Lord was lit as with a red fire,	128	そうして執政の痩せた顔は燃えるような火の光を浴びだしたかのように見え、	268	14	6	6
3	107	and it seemed cut out of hard stone, sharp with black shadows.	129	そして硬い石を刻んだ彫像かと思われ、鋭く黒い影を帯びていたのでした。	269	3	6	1
3	107	"Didst thou think that the eyes of the White Tower were blind?	129	あんたは白の塔の目が節穴だと思うのか。	269	8	6	6
3	107	I have seen more than thou knowest, Grey Fool.	129	手がわしの知る以上のものを見てきたぞ、黒い影の愚者アデルよ。	269	2	6	1
3	107	for the wind of thy hope cheats thee and wafts up Anduin a fleet with black sails.	129	あんたの希望を揺さぶる風は、あんたを欺き、黒い帆の艦隊をアンドゥインの川を遡らせて今見えるのだ。	269	3	5	1

資料62

			English	Japanese			
3	107	1	Faramir, Captain of the White Tower, would now also be burned	白の塔の大将ファラミアも殺すと今は焼かれてしまったのである。	274	1	6	3
3	107	1	and about them was a garden and a greensward with trees,	そして建物の周囲には庭園と樹木の植わった緑の芝生が広がっていた	275	6	3	1
3	107	1	as they had not known since the darkness came out of the East;	不気味な闇が東方から押し寄せてくる前では	276	14	4	5
3	107	1	there in a figure carven in white he stood in the new sun and look out.	そこでかれはまだ印に輝かん朝日の光の中に立って像が刻んであるのを眺めていた。	277	1	6	5
3	107	1	'I known that here in the White Tower, as at Orthanc, one of the Seven Stones was preserved.	「この白の塔にはセつの見石にされたいるうちものの少なくとも一つが保存されていたと思うんだが。	277	14	6	2
3	107	1	He was too great to be subdued on their way that the wind blowing a grey rain.	輪の勢力の前にまったくはきにされるところでは、灰色の雨を運んできたが、	279	2	4	1
3	107	1	And even as they hastened on their way the wind blowing a grey rain.	二人が道を急いでいるちょうどその時、風が灰色の雨を運んできました。	280	2	5	3
3	108	1	the king's body covered with a great cloth of gold.	王の亡骸は大きな金色の布をかけ、	280	13	5	5
3	108	1	their flames, pale in the sunlight, were fluttered by the wind.	その炎は日の光を受けて色が消え、風に揺らぎました。	281	14	4	1
3	108	1	he was walking in a darkness;	かれは暗闇を歩いていました。	282	14	4	3
3	108	1	Help me, Pippin! It's all going dark again.	助けてくれ、ピピン!まだ何もかも暗くなっていく	285	3	6	3
3	108	1	they called it the Black Shadow.	かれらはこの病を黒の影と呼びました。	285	14	4	5
3	108	1	But soon they began to fall down into the darkness.	しかしまもなく二人とも暗闇の中へ落ちようとしていた。	285	14	4	3
3	108	1	as the Black Shadow deepened the sky darker over their faces.	太陽が西に傾くと、かれらは灰色の影が次第に深くなって、かれらの顔におい始めていました。	285	2	4	3
3	108	1	till at last the red sunset filled all the sky.	遂に赤い夕陽が空をいっぱいに満たし。	285	8	4	2
3	108	1	till at last the red sunset crept over the fields.	遂に赤い夕陽がうちりばめた紅しの光が野もを覆い始めていました。	287	2	4	3
3	108	1	while ash-grey evening crept over the fields.	灰白色の夕暮がひそやかに西野をおおい始めていた。	287	2	5	3
3	108	1	And the hangings of the bed were of green and white.	寝台の掛け布は緑と白でした。	288	6	5	2
3	108	1	And the hangings of the bed were of green and white,	寝台の掛け布は緑と白だった。	288	1	5	3
3	108	1	but upon the king was laid the great cloth of gold up to his breast.	その上に王の胸のあたりまで大きな金色の布がかけられ、	288	11	5	3
3	108	1	The light of the torches shimmered in his white hair like sun in the spray of a fountain.	松明の灯はかれの白い髪の毛の上に、日の光が吹く噴水の白いしぶきに反射するように映え、	288	1	1	3
3	108	1	And there came Gandalf on foot and with him one cloaked in grey;	そこへガンダルフが歩いてやって来ました。かれとは灰色のマントを身にまとった人が連れ立っていた。	289	2	6	2
3	108	1	it was Aragorn, wrapped in the grey cloak of Lothlórien above his mail,	それはアラゴルンで、鎧兜の上にロリエンの灰色のマントを着ていました。	290	2	5	2
3	108	1	than the green token than the green tone of Galadriel.	ガラドリエルの緑の贈よりほかに何の飾りも身に帯びていませんでした。	290	6	5	3
3	108	1	I guessed it was you in the black ships.	ぼくは黒船に乗っているのはあなたじゃないかと思うんだ。	291	3	5	2
3	108	1	He lifted from his breast cover the white linen of the sheet.	かれは胸の上にかけてあった緑の石を持ち上げました。	291	14	4	1
3	108	1	they sank into the deadly darkness.	二人は死のように暗い水に沈んでいきました。	292	14	6	3
3	108	1	'Weariness, grief for his father's mood, a wound, and over all the Black Breath.'	「疲労と、父上の不幸に対する悲しみ、それに傷、それから何よりも黒の息が原因です。」	295	4	1	3
3	108	1	Slowly the dark must have crept on him.	そこへ暗い闇がゆっくりかれの体をつつんでいたに違いない。	295	14	1	3
3	108	1	When the black breath blows	黒い息吹かれたらば	296	3	1	2
3	108	1	For Aragorn's face grew grey with weariness;	アラゴルンの顔は疲労のため灰色に紛いになっていました。	297	3	3	2
3	108	1	as if Aragorn himself were removed from them and walked afar in some dark vale.	まるでアラゴルン自身が彼らから切り離され、どこか遠い谷間を歩いているようでした。	297	14	3	1
3	108	1	as it seemed to me that I saw a white flower standing straight and proud.	ぼくにはまるで百合のような白い花が真っ直ぐに誇り高く、立っているのを見るような気がして、	301	1	4	1
3	108	1	But who knows what she spoke to the darkness, alone.	しかし姫はただ一人暗闇に向かってどのようなことを口にされたかは誰が知ろう	302	14	2	2
3	108	1	'I have, maybe, the power to heal her body, and to recall her from the dark valley'	「わたしには多分、姫の体を癒し、暗い谷間から姫を呼び戻す力はあるだろう。」	303	1	3	1
3	108	1	so that her breast rose and fell beneath the white linen of the sheet.	その胸はシーツの下で静かに上下し始めました。	303	14	2	2
3	108	1	from shores of silver far away washed by seas of foam.	白い泡の寄せる海の向こう側の銀色の岸辺から。	304	12	2	4
3	108	1	The shadow is gone and all darkness is washed clean!	影は過ぎ去り、暗闇はすっかり洗われてきれいになった!	304	14	4	1
3	108	1	Nay, but that was only the dark voices in my dream.	いえ、あれは夢の中で聞いた暗い声がないでした。	305	14	1	3
3	108	1	in the dark days, when it seemed that the House of Eorl was sunk in honour less than any shepherd's cot.	暗黒の時代にあってどんな羊飼いの家よりも朽ち落ちたかに思われたほどにエオルの家を名誉において復活させる若者を	305	14	3	5
3	108	1	the banner of Dol Amroth, a white ship like a swan upon blue water, floated from the Tower.	青い水の上を白鳥のように浮かんだ船の描かれた、ドル・アムロスの大公の旗が塔から翻っていました。	306	2	3	1
3	108	1	a greyness was in his face, as if a weight of years of sorrow lay on him.	灰色のように長年の悲しみの重荷が、かれの面に宿しているかのように、	307	14	4	1
3	108	1	but it will not daken like his heart, it will teach him wisdom.	しかし、それはかれの心のように晦暗にはなるまい。	307	9	3	3
3	108	1	they went and sat upon the wall with the greensward of the Houses of Healing behind them;	二人は城壁のところに行って、癒やしの家の緑の芝生に背を向けた	309	14	4	3
3	108	1	passing his hand gently through the brown curls.	茶色の巻き毛をやさしく撫でた。	309	14	4	1
3	108	1	nor eaten since the dark before dawn.	夜明け前の暗い時から何も食べていません。	309	14	6	5
3	108	1	their friends whose lives were in peril through hurt or wound, or who lay under the Black Shadow.	瀕死を負ったり傷ついた友人たち、黒い影に襲われて倒れたも者たちを心配している。	312	14	6	5
3	108	1	And they named him Elfstone, because of the green stone that he wore.	そしてかれらは長年の緑の石を名付けたエルフストーンと呼んだのでこの名がついた。	312	6	1	2
3	109	1	the banner of Dol Amroth, a white ship like a swan upon blue water, floated from the Tower.	青い水の上を白鳥のように浮かんだ船の描かれた、ドル・アムロスの大公の旗が塔から翻っていました。	312	1	5	5
3	109	1	into the wide flats and green haze of Lebennin and South Ithilien.	緑にかすむレベンニンと南イシリエンの広漠とした平地な流れ込んでいるのでした。	316	6	6	4
3	109	1	saw the sea-birds beating up the River.	白い海鳥が大河の上を河を遡って飛んでいくのをかれらは見ました。	316	1	2	3
3	109	1	I do not wish to recall out of the darkness.	しかし今やかれにとっては暗闇の中から呼び戻したくない記憶がいろいろあるのだ。	318	14	4	2
3	109	1	and the dark tryst at Erech.	エレシュでの暗夜の会合のこと、	319	1	4	2
3	109	1	we rode from the Black Stone.	黒い石から馬を進めて	319	3	6	4

資料63

			English	Japanese				
3	109	And lo! in the darkness of Mordor my hope rose;	150	すると、どうじゃ! モルドールの闇の中で、わしの望みの星が強まってきたのじゃ。	319	14	4	1
3	109	when the Grey Host had passed.	151	灰色の軍勢が通り過ぎたあと。	320	12	6	2
3	109	Silver flow the streams from Celos to Erui	151	銀に川は流れる、ケロスからエルイへ。	321	3	3	5
3	109	In the green fields of Lebennin!	151	レベンニンの緑の野を!	321	6	6	5
3	109	Tall grows the grass there, In the wind from the Sea / The White lilies sway.	151	海よりの風に、白百合はゆれる、	321	3	6	4
3	109	And the golden bells are shaken of mallows and alfirin	151	またマルロスとアルフィリンの、黄金な鈴をふり振る、	321	11	5	3
3	109	In the green fields of Lebennin.	151	レベンニンの緑なす野に。	321	6	3	4
3	109	Green are those fields in the song of my people,	151	わが国人たちの歌の中では、レベンニンの野は緑なす	321	14	4	2
3	109	but they were dark then, grey wastes in the blackness before us.	151	その時は暗く、われらの前の闇はしいた闇に広漠たる灰色の地だった。	321	14	3	4
3	109	but they were dark then, grey wastes in the blackness before us.	151	その時は暗く、われらの前の闇にしいた闇に広漠たる灰色の地だった。	321	2	6	3
3	109	but they were dark then, grey wastes in the blackness before us.	151	その時は暗く、われらの前の闇にしいた闇に広漠たる灰色の地だった。	321	14	3	3
3	109	for wide was the water in the darkness.	151	闇黒の中に広がる水は広く。	321	14	4	2
6	109	By the Black Stone I call you!	152	わが七日に、われらははなしたる汝らを召し出すぞ!	322	6	6	6
3	109	Green are those fields in the song of my people.	151	わが国人たちの歌の中では、レベンニンの野は緑なす	321	6	3	3
5	109	but it was like the echo of some forgotten battle in the Dark Years long ago.	152	それはまで一昔前らかたかな古ぼけた小競戦部隊が灰色の闇の餘炎のように押し寄せて、	322	2	3	4
5	109	Pale swords were drawn.	152	あたかも遠い昔の暗黒時代の忘れられた合戦のこだまとのようだった。	324	2	6	3
5	109	Pale swords were drawn.	152	薄白い剣が抜かれた。	324	13	5	2
5	109	Ere that dark day ended none of the enemy were left to resist us:	152	その暗い日が終わるまでには、われわれに立ち向かう敵は一人も残っていなかった。	324	14	4	3
6	109	the designs of Mordor should be overthrown by such wraiths of fear and darkness.	152	モルドールの企みがこのような恐怖と闇黒の亡霊たちによって覆されることとは。	325	3	1	4
3	109	hardly to be seen, save for a red gleam in their eyes	152	考えてごらん、黒の軍勢の大艦隊はすべてのかれの気持ちを変容することにより、	325	3	6	1
2	109	swiftly the whole grey host drew off and vanished like a mist that is driven back by a sudden wind:	153	赤くきらめく目の光を除いてはほとんど見えなかったが、	325	8	6	1
2	109	for the rumour of that name had run like fire in the dark.	153	たちまち灰色の大軍は一人残らず突風に追い払われた霧のように撤退して消え失せた。	325	2	2	2
3	109	When night came it did but deepen the darkness.	153	その名のうわさは燎原の火のごとくに伝わっていくのだからね。	326	14	5	2
4	109	we saw a red glow under the cloud.	153	夜がくると、闇黒がただ深さを増すばかりだった。	327	3	4	4
2	109	until dawn whitened the foam at our horses.	153	赤々と燃える、雲の下にに認められたからだ。	327	8	4	4
4	109	said Legolas, and for the Lord of the White Tree.'	154	夜明けにはわれらの馬の口くつわが白くなるまで。	327	1	2	3
4	109	we ourselves shall perish utterly in a black battle far from the living lands;	156	とレゴラスはいった。「そして白の木の主への愛のために。」	328	1	6	2
4	110	to assail the mountains and the impenetrable gate of the Black Land!	334	多分われらは生きる国から隔たった絶望的な戦いですっかり全滅することになるからな。	334	3	3	3
6	110	So might a child threaten a mail-clad knight with a bow of string and green willow!	338	かの山々の黒の国の鋼鉄の門を攻めようとて出陣する!	338	3	6	5
6	110	If the Dark Lord knows so much as you say, Mithrandir.	338	子供が弦と緑の柳の小枝の弓で、甲冑の鎧をすこしのがしておどすようなものだ!	338	6	2	2
6	110	you will come here or wherever the black tide overtakes you.	338	スランディアよ、もし冥王がおまえのいわれるほど何もかもご存知ならば、	338	14	6	6
4	110	The darkness had been dispelled, and far away westward sunset was on the Vale of Anduin.	341	ここにおまえたちは、あるいは黒い潮が汝らをのみこむ所で、目にあることになるね。	343	3	6	4
4	110	And to the white peaks of the mountains blushed in the blue air;	343	闇黒は追い払われていた。はるか西の空の彼方では夕焼けがドゥインの谷間を黒く見ていた。	343	14	4	2
4	110	the white peaks of the mountains blushed in the blue air;	343	そして白の山脈の白い頂は青い大気の中で赤く染まっていた。	343	5	3	3
2	110	still crowned with white and golden flowers.	343	そして白の山脈の白い頂は背後の金色の光の中で赤く染まっていた。	343	14	4	2
2	110	still crowned with white and golden flowers.	343	その頭には今もなおまだ白と金色の花が冠のようにまといついていた。	343	11	2	2
6	110	the pass above will prove an easier way of assault upon the Dark Lord	344	くその上の峠に通じている道を使うほうが、冥王を襲うのにはたやすくて。	344	14	6	2
6	110	It was dark and lifeless.	344	この都は暗く生気があった。	344	3	4	6
4	110	set red flames in the noisome fields and departed	345	いやな臭いのする野原に大きな火を燃え立ててから、ここを立ち去りました。	345	8	5	3
6	110	for there lay dark thicket.	345	前方には暗い茂みがあった。	345	14	6	4
6	110	At its head there rode a tall and evil shape, mounted upon a black horse.	348	先頭に背の高い邪悪な姿が、真っ黒い馬に乗ってやって来ました。	348	1	4	4
6	110	the Captains of the West came at last to challenge the Black Gate and the might of Mordor.	349	西の国の大将たちが最後に黒門とモルドールの軍勢に挑戦するため、ほとんど何を見るこ ともできませんでした。	349	3	4	6
6	110	the white crescent was shrouded in the mists of Mordor.	349	白い三日月もモルドールの霧にかき包まれて、	349	1	4	4
6	110	the Black Gate amidmost, and the two Towers of the Teeth tall and dark upon either side.	349	その真ん中に黒門があり、両側に並い立つ二つの歯の塔々の塔がありました。	349	6	6	6
6	110	the Black Gate amidmost, and the two Towers of the Teeth tall and dark upon either side.	349	その真ん中に黒門があり、両側には高く聳え立つ二つの歯の塔の塔がありました。	349	3	6	6
6	110	The two vast doors of the Black Gate under their frowning arches were fast closed.	349	間しく威圧するようなアーチの下の黒門の二つの巨大な扉はぴったりと閉ざされていた。	349	3	3	3
3	110	and stood forlorn and chill in the grey light of early day overhead.	350	侘しく凍える早朝の灰色の光の中に立ち、	350	2	4	6
3	110	Let the Lord of the Black Land come forth!	350	「暗黒の国の王を、ここへいいわい!	350	3	2	6
3	110	thereupon the middle door of the Black Gate was thrown open with a great clang.	351	黒門の真ん中の扉が突然ガラガラという高い音をたてて押し開かれ、	351	14	6	6
3	110	and out of it there came an embassy from the Dark Tower.	351	中からは暗黒の塔の軍勢が現われました。	351	8	6	6
3	110	At its head there rode a tall and evil shape, mounted upon a black horse.	351	先頭には背の高い邪悪な姿が、真っ黒い馬に乗ってやって来ました。	351	14	4	4
3	110	The rider was robed all in black, and black was his lofty helm;	351	乗り手は頭一色で身を包み、丈の高い兜も黒、	351	3	1	6
3	110	The rider was robed all in black, and black was his lofty helm;	351	乗り手は頭一色で身を包み、丈の高い兜も黒、	351	3	5	6
3	110	he was a renegade, who came of the race of those that are named the Black Númenóreans;	352	かれは黒きヌメノール人と呼ばれる人種の出身で、	352	3	6	1
3	110	he entered the service of the Dark Tower	352	この男は暗黒の塔がはじめて再建された時に、	352	14	6	3

資料64

3	110	and with him came only a small company of black-harnessed soldiery,	164	かれとともにやって来たのは黒の野の甲冑に身を固めた兵士たちの小隊と、	352	3	5
3	110	and a single banner. black but bearing on it in red the Evil Eye.	164	かの邪悪な目を赤で描いた黒の軍旗一本だけでした。	352	3	5
3	110	and a single banner. black but bearing on it in red the Evil Eye.	165	かの邪悪な目を赤で描いた黒の軍旗一本だけでした。	352	8	1
3	110	Then thou art the spokesman, old greybeard?	165	では、なんじが代表者だな、灰色鬚は？	354	3	5
3	110	Then thou art the spokesman, old greybeard?	165	では、なんじが代表者だな、灰色鬚は？	354	2	1
3	110	he came forward bearing a bundle swarthed in black cloths.	165	その男は黒い布でくるんだ包みを一つ持って前に出て来ました。	354	3	5
3	110	he held up from a short sword such as Sam had carried, and next a grey cloak with an elven-brooch.	165	かれは手ずから小剣を一つ取り出しました。サムが持っていたような短剣を。次に、エルフのブローチのついた灰色のマントを、	355	3	2
3	110	A blackness came before their eyes.	165	一同は皆目の前が暗くなりました。	355	3	4
3	110	but he saw their faces grey with fear and the horror in their eyes.	166	かれは一同の顔が恐怖で灰色になり、目に恐怖の色が浮かぶのを見て、	356	2	1
3	110	He cast aside his cloak and a white light shone forth like a sword in that black place.	167	黒を背にしたその場所から、一条の白光が剣のように抜き放たれました。	358	4	3
3	110	He cast aside his cloak and a white light shone forth like a sword in that black place.	167	黒を背にしたその場所から、一条の白光が剣のように抜き放たれました。	358	4	4
3	110	The great doors of the Black Gate swung back wide.	167	黒門の大きな扉が勢いよく開け放たれました。	359	6	3
3	110	all about the grey mounds where they stood.	167	かれらが立っている灰色の小山の周りにはすっかり。	360	2	3
3	110	by stood the banners of Rohan and Dol Amroth, White Horse and Silver Swan.	167	ローハンとドル・アムロスの旗印が立っています。白い馬と銀色の白鳥です。	360	12	6
3	110	by stood the banners of Rohan and Dol Amroth, White Horse and Silver Swan.	168	ローハンとドル・アムロスの旗印が立っています。白い馬と銀色の白鳥です。	360	2	6
3	110	and through a threatening haze it gleamed, remote, a sullen red,	168	陰鬱な雰囲気のもれる赤い光はかすかながらきらめく、一条の険しい光に目を留めませんでしょうか。	362	8	4
3	110	and the intertwining shapes of red and gold;	168	そして赤と金の絡み合った形をそのに目を留めました。	362	3	5
3	110	and the intertwining shapes of red and gold;	168	そして赤と金の絡み合った形をそのに目を留めました。	362	11	5
3	110	I wish I could see cool sunlight and green grass again!	168	涼しい陽の光と緑の草をもう一度見たいなあ！	362	6	3
3	110	but they bore round bucklers huge and black	169	かれらはとても大きくて黒い丸形の丸盾を持っており、	362	3	5
3	110	his black blood gushing out.	169	黒い血が噴き出しました。	363	3	1
3	110	Blackness and stench and crushing pain came upon Pippin.	169	真っ暗闇と悪臭とを砕くような痛みがピピンを襲いました。	363	4	3
3	110	and his mind fell away into a great darkness.	169	そしてかれはふっと気が遠くなって、大きな暗闇の中に落ちていきました。	363	4	4
3	201	He was in the deep dark outside the under-gate of the orcs' stronghold;	173	かれはオークの要塞の、地下門の外の真っ暗闇の中にいたのです。	9	14	4
3	201	His head ached and his eyes saw phantom lights in the darkness.	173	頭は頭が痛み、目には闇の中にまぼろしの明かりが見えていました。	9	14	4
3	201	Slowly he groped his way back in the dark along the tunnel.	173	かれはトンネルの中の暗闇の中を手探りしながら戻っていきました。	10	14	4
3	201	He was in a land of darkness where the days of the world seemed forgotten.	173	かれがいるのは、塵世の別れたこの世界の時間が忘れられてしまったような暗黒の地でした。	10	14	3
3	201	even now Aragorn was leading the black fleet from Pelargir,	173	ちょうどアラゴルンがペラルギアから黒の艦隊を率い、	11	14	4
3	201	For cold they were now, and sore of heart, nor could even the noisome darkness behind;	174	いやな匂いのする暗闇を後にして、この微風も深い暗闇を思えばそれよりはるかに良い！	11	14	4
3	201	The light was no more than that of dusk at a dark day's end	174	外気は暗い一日の終わりの夕闇ほどの明るさしかなく、	11	8	2
3	201	a great welter of cloud and smoke now lit again beneath with a sullen glow of red.	174	うっとうしくも大きな雲と煙が重苦しく赤い赤黒く明かりを放って揺めいているのが見えました。	12	14	4
3	201	and suddenly form its narrow windows light stared out like small red eyes.	174	狭い窓から小さな赤い明かりがなにやら赤い目でいるようにきょろきょろと睨みつけるようです。	12	8	1
3	201	across a wide lake of darkness dotted with tiny fires.	174	道の両側の岩壁は闇でも通じるような湖のような暗闇の縁に。	13	14	2
3	201	The rocky walls of the path were pale.	175	その下の方は黒ずんだ谷間で、	13	2	3
3	201	in great cliffs down into a dark trough.	175	大きな崖の下の暗い谷底の、	14	14	5
3	201	dusky red at the roots, black above	175	くすぶり染み出す色が暗闇の中のシルクール峰を越えて夕闇を染めていました。	14	3	5
3	201	that stood out black against the red light behind them:	175	背後からされる赤い光にくっきりと黒ぐろと浮かび上がる。	14	14	4
3	201	not even the red light behind them.	176	かの赤ぐらされる赤い光からもえ、色に色いて、色濡れる。	14	8	4
3	201	not even the red glow could reach.	176	かの赤ぐらされる赤い光のも届かない。	15	14	4
3	201	Its white light quickened swiftly, and the shadows under the dark arch fled.	177	今紀数えの光は、弾き出される炎のように色濃い色の暗い闇の外で暗く、黒い色の暗い地のようで、	17	8	4
3	201	he saw Samwise the Strong, Hero of the Age, striding with a flaming sword across the darkened land.	177	かれは今紀の戦士、弾き出された人、サムワイズが、炎ある剣を手に闇に閉ざしてゆくる映る姿を見ました。	18	14	4
3	201	And then all the clouds rolled away and the white sun shone.	177	そしてそのすべての雲が、目くるくる遠くに沈み去って、白い太陽が射す。	18	14	2
3	201	when out of the dark gateway into the red glow there came two orcs runing.	178	暗い門の口から二人のオーク人が赤い光の中に走り出て来ました。	20	14	4
3	201	But the orders of the Dark Tower were at present Frodo's only protection.	178	しかし今はこれらの命令はそれがフロドの命を守ってるただ一つのしたものなのです。	21	14	6
3	201	Its white light quickened swiftly, and the shadows under the dark arch fled.	179	玻璃瓶の白い光はすばやく速さを増し、暗いドアの下の影は逃げ散りました。	22	14	4
3	201	Its white light quickened swiftly, and the shadows under the dark arch fled.	179	玻璃瓶の白い光はすばやく速さを増し、暗いドアの下の影は逃げ散りました。	22	14	4
3	201	For a moment Sam caught a glitter in the black stones of their eyes.	179	一瞬でサムはかれらの目の黒い石にきらりと光るものを捉えました。	23	5	3
3	201	Sting glittered blue in his hand.	179	つらぬき丸はかれの手で青い光を放ちました。	23	14	4
3	201	The stones were slippery with dark blood.	179	敷石は黒ずんだ血で滑りました。	23	14	6
3	201	Two liveries Sam noticed, one marked by the Red Eye.	179	サムはことお仕着せに気がつきました。一方には大きな赤い眼のしるしがあり、	23	8	4
3	201	and a red light came through a large orc lay dead upon the threshold with blood;	180	そこから赤い光が射しています。敷居前に一人の大柄なオーク人の死骸が、じめじめとした黒い壁、	24	3	1
3	201	the dank black walls in the torchlight seemed to drip with blood;	180	松火の明かりで見ると血みどろに見えるような、	24	3	3

資料65

			English	#	Japanese				
3	3	201	Leaping out of a dark opening at the right.	180	なぜかふきぬけがそれを胸許え右の闇へ通路から跳び出してくると	25	14	3	3
3	3	201	it saw a great silent shape, cloaked in a grey shadow.	180	灰色の影に身を包んだ、物言わぬ大きな姿が	25	2	1	6
3	3	201	it was dark save for an occasional torch flaring at a turn.	181	ゆらめいている松明がたどるところどころはほかは真っ暗でした。	27	14	4	1
3	3	201	Eastward Sam could see the plain of Mordor vast and dark below.	181	東の方にはモルドールの平原が茫と暗き広がっているをが分かり、	28	14	4	3
3	3	201	the light of the tower-top with a red glare.	181	それらのむこう川の彼方に映える赤い光が、赤さらめく塔の頂の照らしているのです。	28	8	4	1
3	3	201	It was open but dark, and from just within its shadow the voices came.	181	ドアは開いていましたが、中は暗く、例の声はちょうどその暗がりの中間きこえてくるのでした。	28	14	4	2
3	3	201	The Black Pits take that filthy rebel Gorbag!	182	けがらわしい謀反人のゴルバグめ、やつは黒淵行きになるぞ!	29	3	6	3
3	3	201	News must get through to Lugburz, or we'll both be for the Black Pits.	182	どうしてもルグブルズに知らせるをかなえば、さもなくばおれたちは二人とも黒淵行きになるぜ。	29	3	2	3
3	3	201	I'll put red maggot-holes in you belly first.	182	お前の腹へ赤い蛆虫穴をあけてくれるぞ	31	3	3	5
3	3	201	the other hugged a large black bundle.	182	もう一方の奴は大きな黒い包みをかかえこんでいました。	31	8	2	6
3	3	201	In the red glare Sam, cowering behind the stair-door.	182	階段部屋の戸の陰に身を縮めていたサムは、赤いぎらぎらする光の中で	31	8	4	2
3	3	201	with his right claw drew out a long red knife and spat on it.	183	右爪で長い赤いナイフを抜くと、	31	8	5	1
3	3	201	In opened with darkness.	184	戸口は暗闇の中かわいていました。	34	14	4	3
3	3	201	that led to another stairway, dark and narrow.	184	その階段は暗く狭く	34	14	4	1
3	3	201	one of the red eyes that Frodo and Sam had seen from down below by the tunnel's mouth.	184	かってフロドとサムが下のトンネルの口際から見た赤い目の一つだったのです。	34	8	4	2
3	3	201	the passage dark save for the glimmer of the torch and the red glare from out filtering through the window-slit.	184	廊下は松明のかすかな光と窓あらはいってくる外からの赤い光に照らされているほかは真っ暗で、	35	14	4	4
3	3	201	the passage dark save for the glimmer of the torch and the red glare from out filtering through the window-slit.	184	廊下は松明のかすかな光と窓あらはいってくる外からの赤い光に照らされているほかは真っ暗で、	35	8	4	3
3	3	201	he felt the darkness cover him like a tide.	184	かれは暗闇が潮のように彼身を包むのを感じていました。	35	14	4	4
3	3	201	His voice sounded thin and quavering in the cold dark tower.	184	かれの声は冷えびえとした狭い塔の中にかぼそく震えながら響きました。	36	14	3	5
3	3	201	the Elven stars as jewels white / amid their branching hair.	185	白い宝石のように輝くエルフの星を、生い茂る若枝の間に抱く彼の白き	36	14	3	1
3	3	201	Though here at journey's end I lie / in darkness buried deep.	185	どうしても身はここ旅程の果てに側れ、暗闇の底に理もれていようとも、	37	14	5	2
3	3	201	A red lamp hung from the westward window-slit was high and dark.	186	赤いランプが一つ天井から下がり、西側に高く狭い窓が見えました。	38	8	8	3
3	3	201	A red lamp hung from this roof, the westward window-slit was high and dark.	186	赤いランプが天井から下がり、西側に高く狭い窓がありました。	38	14	5	4
3	3	201	but over it a black orc-shape was straddled.	186	オークの黒い姿がまたもまた振り振りあげたが、	39	3	1	1
3	3	201	And I fell into darkness and foul dreams, and woke and found that waking was worse.	187	そしておじは暗闇といまわしい夢の中に落ちていきした。目がさめると前より真っ暗で	42	14	4	6
3	3	201	his naked skin was scarlet in the light of the lamp spirits lined it dark.	187	かれの巨体はランプの赤い光に照らされて真っ赤で	43	7	6	1
3	3	201	You can't go walking in the Black Land in naught but your skin, Mr Frodo.	187	皮膚のままに何も着ずに黒の国の中を歩かれるわけにはいかないでございますよ、フロドの旦那	43	3	3	5
3	3	201	Sam unclasped his grey cloak and cast it about Frodo's shoulders.	189	サムは自分の灰色のマントの留金をはずし、フロドの肩に大切なってやります。	46	2	4	1
3	3	201	Then he got up, drew the grey elven-cloak about him.	189	やがて立ちあがり、灰色のエルフマントを身にまといます。	47	2	2	3
3	3	201	it feels to me as if one of those foul flying Riders was about, up in the blackness	189	かれらの姿の見えなくどこか暗い高くにいるあの冷ましい、そんな気がします。	48	3	4	3
3	3	201	it a darkness it was answered.	189	鉄のような音の輪のついた鞭が響き	49	3	3	3
3	3	201	Far up above him in the darkness	189	はるか上空の暗闇でそれに応えがあっても、鞭が…				
3	3	201	eather upon which the Evil Eye was painted in red above the beakilke nose-guard.	189	その兜にはくちばしのような鼻覆いの上に、電光のあるれて落ちあがら災いの目が描かれていました。	49	8	8	3
3	3	201	He put a large black cloak round Frodo's shoulders.	190	かれはフロドの肩に大きなマントをまとわしかけました。	49	14	4	5
3	3	201	and cast another black cloak about his shoulders.	190	扉はフロドと同じく黒いマントをひっかけ	50	14	5	3
3	3	201	The stair was dark, but on the roof-top the glare of the Mountain could still be seen.	191	階段は真っ暗でしたが、屋上にはまだオロドルインの山の口から彼に、ぎらぎらするが照り返し見られました。	52	14	4	5
3	3	201	though it was dark going down now to a sullen red.	191	もっともそれが今はしだいに弱まって、陰気な赤い色になって	52	8	4	1
3	3	201	black silent shapes on either side of the gate through.	191	門の両側にあるかるものを言わぬ黒々とした姿の影から	53	3	3	1
3	3	201	his faithful brown hobbit-hand that had been such deeds.	191	かつな行為をしとげるかれらの茶色く日に焼けた実直な忠実なホビットの手を	53	9	6	3
3	3	201	and the sung that drove away the Black Rider in the trees.	192	そしてまた森の中の黒の乗手を追い払ったこどもの歌を	54	14	4	3
3	3	201	Far up above him in the darkness it was answered.	192	はるか上空の暗闇でそれいらの応答がありました。	54	14	6	4
3	3	201	Out of the black sky there came dropping like a bolt a winged shape.	192	その真っ黒な空から翼ある者が、一羽の矢のように落下して来ました。	54	3	1	4
3	3	201	they glanced back and saw the great black shape upon the battlement.	193	ちらと後を見ると城壁の上には一つの巨大な黒い姿をとして黒竈が	55	3	3	6
3	3	201	falling in cliff and precipice into the black trough that lay between them and the inner ridge.	193	この山脈と内側のもう一つの尾根との間に横たわる黒々とした谷間に落ち込むたっなっていました。	56	14	4	1
3	3	201	Down in the dark through, cut off from the dying glare of Orodruin.	193	オロドルインの消え行くような光からさえぎられたこの暗い谷間にあって、	57	14	3	3
3	3	201	but it was too dark for them to guess the depth of the fall.	194	しかし今はあまり暗くて二人にはどれほどでこの下に降りていけるのか見当がつきませんでした。	57	14	4	4
3	3	201	but here all was still dark as night.	194	ここではしかしまだ夜のように暗く、	58	14	6	1
3	3	202	"There's a Black Rider over us," he said.	195	かれは声にやばやいうので、白夜のかけて空中の姿の…ように思うへん。	60	14	4	4
3	3	202	I don't like to think of you with naught but a bit of leather between you and a stab in the dark.	195	開きにこさな一刃薄いかに、旦那、頭ははった一枚の皮なちなぞいらのから、それをも防ぐことが出来ると思うと	60	2	4	1
3	3	202	But this blind dark seems to be getting into my heart.	195	しかしこの一寸先も見えない暗闇が、おれの心の中にまではいり込んでるような気がするので、	62	14	4	3
3	3	202	they peaks and high ridges of the great range began to appear dark and black.	196	焼けつく峰と尾根がようやくもっと暗い色としていくつかかの黒として眼に映えて、くその黒として目分となく現れ出してくるからです。	62	3	3	1
3	3	202	now only to be guessed as a deeper blackness against the black sky.	196	峰々も今は黒々とした空はここに浮かんで、その黒々を色はして現れ出ていて、	62	14	4	3
3	3	202	the peaks and high ridges of the great range began to appear dark and black.	196	焼けつく峰々と高き尾根が、目にも黒く黒々と現れ始めました。	62	2	4	2
3	3	202	now only to be guessed as a deeper blackness against the black sky.	196	峰々も今は黒々とした空に対してもっと黒い色として際立ったせて、	62	14	3	3
3	3	202	swept the fumes and smokes towards the dark land of their home.	196	水蒸気や煙をその発生の地である暗黒の国に向けて運んでいるのです。	62	14	3	4

資料66

3	202	Under the lifting skirts of the dreary canopy dim light leaked into Mordor like pale morning	196	かすかな光が辺境の幕屋の垂れ下った端から白みかけた朝日の射るように	62	13	4	1
3	202	His darkness is breaking up out in the world there.	196	あいつの暗闇はあちらの外の世界で砕けて散っているんだ。	63	14	4	1
3	202	only a black speck against the glimmering strip above the mountain-tops.	196	山々の頂の上に細長くかすかに明るんで浮いている空間に黒い斑点としか見えなかった	63	3	3	2
3	202	but growing until it plunged like a bolt into the dark canopy and passed high above them.	196	しだいに大きくなり、遂には稲妻のように暗黒の幕屋の中に飛び込むのです	63	14	4	3
3	202	it was a cry of woe and dismay, ill tidings for the Dark Tower.	196	これは悲しみと落胆の叫びであり、暗黒の塔にとっては凶報をもたらすものでした。	63	3	6	3
3	202	The light, though no more than a grey dusk.	197	明るいといっても、灰色の薄明かりにすぎないものでした。	64	3	4	3
3	202	it looked as if the black cliff had been cloven by some huge axe.	197	黒の断崖はどこか巨大な斧で断ち割られたかのように	66	3	3	5
3	202	but ill-fated to fall at last upon the walls of the Black Land	198	とうとう黒の国の城壁であるに当って	66	14	6	2
3	202	they came upon dark pools fed by threads of water	198	二人は黒ずんだ水たまりに行き遇うまで	67	2	3	3
3	202	coarse grey-tussocks fought with the stones.	198	まばらに茂った灰色の草が石めるかに抗うて伸びています。	68	2	3	1
3	202	Flies, dun or grey, or black, marked like orcs with a red eye-shaped blotch.	198	蠅、灰色の蠅、褐蠅、黒蠅もいて、みなオーク同様赤い目の形をした斑点のしるしをつけ、	68	3	2	1
3	202	Flies, dun or grey, or black, marked like orcs with a red eye-shaped blotch.	198	灰褐色の蠅、灰色の蠅、黒蠅もいて、みなオーク同様赤い目の形をした斑点のしるしをつけ、	68	3	2	3
3	202	Flies, dun or grey, or black, marked like orcs with a red eye-shaped blotch.	198	灰褐色の蠅、灰色の蠅、黒蠅もいて、みなオーク同様赤い目の形をした斑点のしるしをつけ、	68	8	2	2
3	202	It's getting darker.	199	また暗くなってきました。	70	4	4	1
3	202	Far there, the Ephel Dúath in the West the night-sky was still dim and pale.	199	西の方エフェル・ドゥーアスの連山と空の彼方では一層で夜はまだ暗くほのかな明るさが残っている	70	13	4	1
3	202	There, peeping around the cloud-wrack above a dark tor high up in the mountains.	199	この山並の中にこの黒々と高く聳え立つ岩山の真上に	70	14	4	3
3	202	Sam saw a white star twinkle for a while.	199	サムは白い星が一つ雲の切れ目から見るのです。	71	2	4	2
3	202	They came to a cleft between two dark crags.	200	黒々とした二つの峨々とした岩山の間の裂け目に出ると二人は、そこを通り抜け	72	14	3	1
3	202	but still only a grey light came to the dreary fields of Gorgoroth.	200	しかし荒涼としたゴルゴロスの高地にはまだわずかに灰色の光が届かねばそうもありません	72	2	4	2
3	202	The Dark Power was deep in thought.	200	暗黒の力は深く思いを沈め	72	14	6	5
3	202	along it many lines of small black shapes were hurrying.	200	そしてその道筋を小さな黒い姿の列がいくつも急いでいる先の見えました。	73	3	1	3
3	202	beyond the fumes of the Mountain by the dark sad waters of Lake Núrmen.	201	火の山の噴煙の向こうで、ヌルメン湖の暗くわびしい水のほとりに	74	14	6	2
3	202	here the Dark Power, moving its armies like pieces on the board.	201	盤上の駒のように軍隊を動かすは暗黒の力はこの地に反乱を集結させているのです。	74	3	2	3
3	202	a wall and a cluster of stone huts set about the dark mouth of a cave.	201	洞窟の暗い入口の周りに、防壁をめぐらしてその周辺に石造りの小屋が群れていました。	76	14	4	1
3	202	Quickly they slunk out of sight behind a brown and stunted bush.	202	大急ぎで二人は茶色のしいけた茂みの陰に逃げ込んで姿を隠しました。	75	9	3	5
3	202	One was clad in ragged brown and was armed with a bow of horn:	202	一人はぼろぼろな茶色の服を着て、角製の弓で武装し	76	3	3	1
3	202	it was of a small breed, black-skinned, with wide and snuffing nostrils:	202	この方はオーク小さな種族で、皮膚が黒い、鼻を嗅ぐような大きな鼻の穴を持ち	76	3	1	5
3	202	But what's the black sneak got to do with it all?	202	だがあの黒いこそこそ野郎にはどうしてこうしてかかわりがあるんだと思うのだ	78	3	1	6
3	202	until it has gone quite dark.	203	すっかり暗くなるまで、ここから外へ出かけないことにしよう	80	14	6	1
3	202	It's dark, and we cannot use the Lady's glass.	204	暗いし、奥方のガラス瓶も使うわけにもいかない	81	14	4	2
3	202	When a grey light crept back over the western heights.	204	西の山々の上に再び灰色のかすかな光が立ち戻ってきた	82	14	4	2
3	202	It was just not quite dark again.	205	まだすっかり暗くなってしまいません。	83	14	4	1
3	202	At the first hint of grey light under the skirts of the canopy of shadow	205	暗い夜を被う蓋のふちのあたりに灰色の光をかすかな兆しを見え始めると、	83	2	3	4
3	202	they hid themselves again in a dark hollow under an overhanging stone	205	二人はまた突き出した岩の下の暗い窪みに体を隠すのでした。	83	14	3	1
3	202	it there stretched out from the grey and misty northern range of Ered Lithui a long jutting arm;	205	灰色と霧に蓋われた北部の山脈エレド・リスイから長く突き出た腕が伸び	84	2	4	3
3	202	the Servants of Mordor had made for the defence of the Black Gate of their land:	205	モルドールの召使らが自らの国の黒門の防衛のために作り出した	84	3	3	6
3	202	he found a tiny stream of dark water that came out from the hillside	207	暗い水の色をしたごく小さな流れが見つかりました。	87	14	3	2
3	202	he caught a glimpse of a black form or shadow flitting among the rocks away ~	206	ちらっとその時から暗い人影か影がかい岩の間を少し離れたところに身を隠すよう	87	3	3	2
3	202	Mordor-dark had returned, and the watch-fires on the heights burned fierce and red.	207	モルドールの暗黒が戻り、山の上の篝火が猛々しく赤々と燃えるとき、	89	14	4	5
3	202	Mordor-dark had returned, and the watch-fires on the heights burned fierce and red.	207	モルドールの暗黒が戻り、山の上の篝火が猛々しく赤々と燃えるとき、	89	8	4	1
3	202	He ran to the other side and looked over the brink into a dark pit of gloom.	207	かれは反対側に走っていって道のふちから覗くとそこは深い闇陥ちているような暗闇でした。	90	14	4	1
3	202	On they came, red flames in the dark, swiftly growing.	208	暗闇の中に燃える赤い炎は先はぐんぐん大きくなる。	90	8	5	2
3	202	They came; a gang of the smaller breeds being driven unwilling to their Dark Lord's wars;	208	やってきたのは比較的小さい種族からなる一団でいやいやながら暗黒の主人の戦にかり立てられて行くの一団でした。	91	14	6	1
3	202	the Dark Lord was speeding his forces north.	209	冥王がその兵力を急いで北に移動させているのです。	91	14	6	1
3	202	in the dark beyond the light of the watch-fires on the wall.	209	そこは城壁の篝火の光もとどかぬ暗がりです。	93	14	6	1
3	202	It had a high kerb but, sloping down both with the grey robe of Lorien,	209	この道の両脇には、真ん中がやや落ちくぼんで縁が高くなっていましたが	93	3	4	2
3	202	It was too dark to seek for cover.	209	暗すぎて隠れ場所が探せません。	94	14	3	1
3	202	and covered them both with the grey robe of Lorien.	210	ロリアン灰色のマントで二人の体にかけ	95	2	3	4
3	202	Morning came again with a grey light	210	朝になってもまた灰色の光がさすばかりで	96	2	3	2
3	202	In the morning, a dim, grey light came again.	210	朝になってまた薄い灰色の光がさすだけで	96	2	3	2
3	203	But down on the stones behind the fences of the Black Land	210	しかし、暗黒の国を取り囲む防壁の裏側にあたるこの界隈の石の上では	96	3	4	5
3	203	South-eastward, far off like a dark standing shadow.	210	東南の方向には、はるかに遠く、一団の立つ黒い亡霊たちか灰色の塵影のように、	96	14	5	5
3	203	the foothills of the Ashen Mountains stood like sombre grey ghosts.	210	灰の山脈の山脚が黒い亡霊か薄気味悪い灰色の幽霊のように立ち並んでいました。	96	2	6	6
3	203	the misty northern heights rose like a line of distant cloud hardly darker than the lowering sky.	210	その背後にはさらにかなたに北の霧かかった山脈の黒く並ぶその山脈をまとう暗雲を背にして黒い、	96	2	4	6

資料 67

3	203	and as he worked things out, slowly a new dark thought grew in his mind.	209	新たな暗い考えが徐々にその心に芽生え始めました。	96	14	1	7
3	203	hugging the skirts of the mountains, away into a wall of black shadow far ahead.	212	山裾にへばりつきながら、遠い前方の黒の壁のようにたちふさがった暗闇の中に消えていきます。	99	3	4	3
3	203	Neither man nor orc now moved along its flat grey stretches;	212	今は冥王と彼のその灰色の道を歩いている者は人一人として存在していません。	99	14	3	3
3	203	for the Dark Lord had almost completed the movement of his forces,	212	なぜなら冥王はその軍勢の移動をほとんど完了しているからです。	99	14	6	1
3	203	this is the hard cruel road that led to the Dark Tower itself.	212	これはあの冥き黒き鋼鉄の塔に通じる道でした。	100	14	6	6
3	203	and when night fell they vanished into the darkness of Mordor.	212	夜になると、二人はモルドールの闇の中に姿を消しました。	100	14	4	4
3	203	brooding in deep thought and sleepless malice behind the dark veil about its Throne.	212	王座の周りに黒きヴェールの陰で深い思案に沈み、眠ることのない害意を凝らして伴っている。	101	14	1	1
3	203	Nearer and nearer it drew, looming blacker.	212	いよいよ黒く繁闇を増みがら近づいて近くなっていく夢のようでした。	101	3	4	4
3	203	but the time lay behind them like an ever-darkening dream.	212	あとにして時間はいや増しに暗くなっていく夢のようでした。	101	14	1	1
3	203	Now as the blackness of night returned Frodo sat.	213	さて真っ暗な夜が戻ってくると、フロドは膝の間に頭を埋めて座っているました。	101	3	1	2
3	203	he turned to his own dark thoughts.	213	彼は自分にかけて自分自身の暗い思いに心を向けました。	102	14	1	7
3	203	He saw lights like gloating eyes, and dark creeping shapes.	213	かれはほくそえむ目のような火と、忍び寄る黒っぽい姿の者たちを見ました。	103	14	1	2
3	203	he would start up to find the world all dark and only empty blackness all about him.	213	見出すものかれは自分を取り巻む世界を、自分を取り巻く周りにはほの暗い空っぽの闇にすぎないに過ぎ気づくために飛び起きました。	103	3	3	1
3	203	he would start up to find the world all dark and only empty blackness all about him.	213	見出すものかれは自分の周りに闇の世界と、自分を取り巻む空っぽの闇しかないのでした。	103	3	3	1
3	203	he could still see pale lights like eyes;	213	やっぱり目のような青い光が見えたかのような感じがすることがあるためです。	103	13	6	3
3	203	while on his hands the heavy chain seemed to drag.	214	暗黒の塔からはかサウロンから送りなす影のヴェールの奥がきゅっと動き寄ってきたからです。	104	14	6	3
3	203	Then pulling off the grey cloak he undid the heavy belt and let it fall to the ground.	214	それからあの灰色のマントを脱ぎ，重い皮帯をほどいて地面に落ちるに任せました。	105	2	1	5
3	203	The shreds of the black cloak he tore off and scattered.	214	ぼろぼろの黒いマントはばらりに取り外し，ばらばらに砕いて散らばりました。	105	3	6	2
3	203	I am naked in the dark, Sam.	215	わたしはもうほんの衣もないこのやみの中に裸でいるんだ，サム。	106	14	1	4
3	203	as they fell down into the dark there was a death-knell in his heart.	215	真っ暗な次の闇の中に放り込まれたのはかれの胸の中の鐘のように響くものでした。	107	2	4	3
3	203	he cut a short piece of rope to bind the grey cloak close about his waist.	215	灰色のマントを腰の周りでちょっと縛るとできた縛ることを縛るように。	107	2	3	1
3	203	Of all the slaves of the Nazgûl	215	冥王の奴隷たちは全員の中で，ナズグールたちだけでした。	108	14	6	1
3	203	But the Nazgûl and their black wings were abroad on other errand.	215	しかしナズグールたちと黒い翼のその鳥たちは，ほかの用事があったため国外に出ていたのです。	108	3	2	2
3	203	and hither and thither the thought of the Dark Tower was turned.	215	暗黒の塔の思いはあちらこちらの方に向けられていたのでした。	108	14	6	3
3	203	under green willow-shades or twinkling in the sun.	216	緑の柳の蔭を流れたり，さらさらと日に照らされたりしながら。	109	6	4	3
3	203	There was a brief red flame that flickered under the clouds and died away.	217	ただ赤くめらめらの炎がかすかに雲の下で赤い火焔が束の間明滅しましただけで消えました。	111	14	1	5
3	203	It remained dark, not only because of the smokes of the Mountain:	217	夜が明けても暗かった。火の山の煙のためだけではありません。	111	3	5	4
3	203	and away to the south-east there was a shimmer of lightnings under the black skies.	217	そして南東の方には，ほんにちらちらと暗く光っているただのでした。	111	14	2	4
3	203	Sam began to wonder if a second darkness had begun and no day would ever reappear.	217	さらば第二の闇が始まっていて、夜明けが一度も訪れないのではないかとサムは思い始めました。	112	14	1	6
3	203	He raised his eyes with difficulty out of the dark slopes of Mount Doom towering above him.	216	かれはやっとの思いで目をあげ，自分の上にそそり立つ滅びの山の山肌の暗い斜面に目を向けました。	113	14	1	3
3	203	his long gray slopes, though broken, went not sheer.	218	この長い灰色の斜面は，はげしく崩れてはいるものの，それほど絶壁にまではなっていません。	114	2	1	2
3	203	under the red glare came.	220	一閃する赤い光がほっとびくびくにと見えていきでした。	116	14	3	6
3	203	Out from the Dark Tower's huge western gate it came over a deep abyss by a vast bridge of iron.	219	暗黒の塔の大きな西門を抜け，深い山谷の上に巨大な鉄の橋を渡り，	116	14	6	2
3	203	to a dark entrance that gazed back east straight to the Window of the Eye.	219	上部の火山壁の両方にひとしく真の東端へ，目瞭の目窓口に通じています。	117	2	2	2
3	203	So foot by foot, like small grey insects, they crept up the slope.	219	そこでフィーティーと，まるで灰色の小さな虫のように，	117	3	2	1
3	203	There was a shimmer of lightnings under the black skies.	219	黒とそそり立つのを，その周囲の広大な暗がりからさらに暗，さらに暗くそそり立つのを！	117	3	3	6
3	203	he saw, rising black, blacker and darker than the vast shades amid which it stood.	219	黒とそそり立つのを，その周囲の広大な暗がりからさらに暗，さらに暗くそそり立つのを！	117	3	4	5
3	203	he saw, rising black, blacker and darker than the vast shades amid which it stood.	219	黒とそそり立つのを，その周囲の広大な暗がりからさらに暗，さらに暗く他さらに暗くそそり立つのを！	117	14	3	5
3	203	there stabbed northward a flame of red, the flicker of a piercing Eye;	220	一閃の赤い光は北に向かって刺されました。突き通すような目の赤い光でした。	117	8	3	5
3	203	like a small piece of black stone that had toppled off as he passed.	119	この通り寄せもとぼらくげで山りついて落ちてきた一個の黒い小さな石のように見えました。	119	3	6	1
3	203	a figure robed in white, but at its breast it held a wheel of fire.	221	いかにも真白な衣の人物、しかもその胸に抱きしめているのは火の輪のように。	120	1	1	1
3	203	black against the glare, tence, erect,	222	山肌にある暗いに入口に達して立っていました。	123	8	5	1
3	203	striking his head to beat against the stony floor, as a dark shape sprang over him.	223	何とかかれが石ずたれ床の上に頭を打ちつけては，鳴り声ざわかめて，ふたたびその黒い姿が彼の顧に襲いかかり、	124	14	5	6
3	203	a dull bleared disc of red;	222	鈍くぶさんだ赤い円盤が	123	3	5	1
3	203	It was dark and hot, and a deep trembling shook the air.	222	中は暗く熱く，深い鳴動が空気をふるわせていました。	123	14	1	3
3	203	but the roar of it came hoarsely in the dark.	222	しかしかれの轟きはそれでも耳をいまだ暗闇の中ではまだしびれくて色を失っているのです。	123	14	1	4
3	203	threw no light into that stifling dark.	222	この息つまる暗がりの中をはうようにこの足音の進もう投げかけてはいませんでした。	124	14	6	1
3	203	Fearfully he took a few uncertain steps in the dark.	222	かれは恐る恐る暗がりの中に向かってぎごちない足取りでこの二，三歩ととほどを踏み出しました。	124	14	4	4
3	203	there came a flash of red that leaped upward, and smote the high black roof.	222	一閃の赤い光が上に向かって跳ね上がり，高い黒き天井を打ち，高い黒き天井を打ちました。	124	8	4	1
3	203	there came a flash of red that leaped upward, and smote the high black roof.	222	一閃の赤い光が上に向かって跳ね上がり，高い黒き天井を打ち，高い黒き天井を打ちました。	124	8	4	3
3	203	now leaping up, now dying down into darkness;	222	赤い閃光はそこから下まで出ていました。	124	8	4	4
3	203	a figure robed in white. but at its breast it held a wheel of fire.	222	光はまたもや高く跳び跳ねおどって降り、次には消えて、もとの暗闇に戻るのでした。	124	14	4	1
3	203	striking his head to beat against the stony floor, as a dark shape sprang over him.	222	さらにもう一度暗い光の中に浮き出た影は胸を突き出しその腰はぴんと直立し、	124	1	1	6
3	203	The fire still burns, he cried aloud to him.	223	右の床に頭を打ちつけました。フロドの上に黒い黒っぽい姿が襲いかかってきたからです。	125	14	4	1
3	203	The Dark Lord was suddenly aware of him.	223	冥王はにわかにフロドに気づきました。	125	14	6	1
3	203	but his fear rose like a vast black smoke to choke him.	223	一方恐怖が息をもうもうとふたつ黒煙のように高まってきました。	125	3	5	1

資料68

3	203	The fires below awoke in anger, the red light blazed.	224	下方の火は怒って目覚め、赤い光がぱっと燃え立ち、	126	8	4	1
3	203	his white fangs gleamed, and then snapped as they bit.	224	白いきばがきらっと光り、それからぱちっとかむ音がして運がかみ込みました。	127	1	1	3
3	203	And upon the dark threshold of the Sammath Naur,	224	エニヤマス・ナウアの暗い入口のきわで、	127	14	3	2
3	203	Down like lashing whips fell a torrent of black rain.	224	振りおろされる鞭のように黒い雨が滝のようなとなって降り下ろしました。	128	13	3	4
3	203	And there was Frodo, pale and worn, and yet himself again;	224	あお白く衰弱して憔悴していながらも、しかしふたたび自分自身にもどったフロドです。	128	13	1	2
3	204	The sun gleamed red, and under the wings of the Nazgûl the shadow of death fell dark upon the earth.	226	日差しは赤く輝き、ナズグルたちの翼の下では、あたりの地面には、死の影が暗く落とされたのでした。	131	8	4	6
3	204	The sun gleamed red, and under the wings of the Nazgûl the shadow of death fell dark upon the earth.	226	日差しは赤く輝き、ナズグルたちの翼の下では、死の影が暗く落とされたのでした。	131	14	4	3
3	204	he was white and cold and no shadow fell on him.	226	かれは白一色で冷たく、その上には影がかかりません。	131	3	3	3
3	204	he turned, looking back north where the skies were pale and clear.	278	そして頭をめぐらして、空が蒼然と澄んでいた北の方を振り返りました。	131	13	1	5
3	204	bearing a sudden terrible call out of the Dark Tower,	226	暗黒の塔から突如たる怖ろしい呼び声が発せられて、	132	14	4	4
3	204	for their hearts were filled with a new hope in the midst of the ruin of darkness.	226	荒廃と闇黒のただなかで、新たな望みがかれらの心を満たしたからです。	132	14	4	3
3	204	Then rising swiftly up, far above the Towers of the Black Gate,	227	黒門の塔より遙か高く、	133	3	5	6
3	204	a vast soaring darkness sprang into the sky, flickering with fire.	227	ちらちらと火を明滅させながら、莫々たる暗闇が空高く、ぽっと空中に上がってきました。	133	3	6	3
3	204	it seemed to them that, black against the pall of cloud,	227	雲のとばりより遙かに高く、	133	3	4	2
3	204	or fled wailing back to hide in holes and dark lightless places far from hope.	229	のぞみのないまっくらで穴ぐら暗い光のない場所に隠れようと哭き叫ぶ残骸のように砕け散った。	134	14	4	1
3	204	as the cold blast, rising to a gale, drove back the darkness and the ruin of the clouds.	229	その間にしだいに勢いを増して強さを増す疾風となって暗闇と雲の残骸を押し戻しました。	143	3	3	4
3	204	two small dark figures, forlorn, hand in hand upon a little hill.	229	二つの小さな黒い人影は、寄るべなげに小さな丘の上で手をつなぎ合う。	143	6	3	2
3	204	The wanderers were lifted up and borne far away out of the darkness and the fire.	229	三人の旅人たちは持ち上げられ、暗闇と火から離して遠くへ運び去られます。	138	14	4	2
3	204	through their young leaves sunlight glimmered, green and gold.	229	若葉を通じて、緑色と金色に、ちらちらと日の光が射し込んできます。	138	6	4	4
3	204	through their young leaves sunlight glimmered, green and gold.	229	若葉を通じて、緑色と金色に、ちらちらと日の光が射し込んできます。	138	11	4	4
3	204	With that Gandalf stood before him, robed in white.	229	かれの前にはサンダルフが立っていました。白い長衣を着て。	140		4	1
3	204	Even the orc-rags that you bore in the black land, Frodo, shall be preserved.	230	前に黒の国で、あんたが身につけたオークのぼろきれさえ、大切に保存されることになるだろう。	143	3	3	5
3	204	and passed on to a long green lawn, glowing in sunshine.	231	その先は長い緑の草地に進んでいきます。草地は日に照り映じて、	143	6	3	4
3	204	bordered by stately dark-leaved trees laden with scarlet blossom.	231	深緑の花の咲きこぼれる濃い緑の葉をしたすくすくとした木々が明るかれています。	143	14	3	2
3	204	bordered by stately dark-leaved trees laden with scarlet blossom.	231	深緑の花の咲きこぼれる濃い緑の葉をしたすくすくとした木々が明るかれています。	143	7	3	2
3	204	until it came to a greensward at the lawn's foot	231	小川は草地の緑の岸まで下りていく。	143		3	1
3	204	knights in bright mail and tall guards in silver and black standing there.	231	二人騎士姿を着た騎士たちに、銀と黒の制服に身を固めた背の高い近衛兵たちが立っていて、	144	12	5	5
3	204	knights in bright mail and tall guards in silver and black standing there.	231	二人騎士姿を着た騎士たちに、銀の制服に、白鳥の船首をつけた船が海を行く。	144	5	5	5
3	204	upon the right was a banner, white upon blue, a ship swan-prowed faring on the sea,	231	右手にあるのは青地に銀の旗印で、白鳥の船首をつけた船が海を行航している。	144	12	5	5
3	204	upon the left was a banner, silver upon blue, a ship swan-prowed faring on the sea,	231	左手にあるのは青地に銀の旗印で、白鳥の船首をつけた船が海を行航している。	145	5	5	5
3	204	there a white tree flowered upon a sable field beneath a shining crown and seven glittering stars.	231	そこには黒地に白い木が一本、輝く王冠と七つの星の下に枝を開いています。	145	14	1	2
3	204	So they came to a wide green-sward by a great river.	232	皆そうしてかれは広い緑地帯にやって来ました。	145	6	4	1
3	204	And beyond it was a broad river in a silver haze.	232	その先にあるのは銀色の霧のかかった幅広い大きな川の流れです。	145	14	4	1
3	204	And so the red blood blushing in their faces and their eyes shining with wonder.	232	歓びの声と涙の相手をしながら、頬を紅潮させ、眼を輝かせながら、	145	8	1	4
3	204	amidst the clamorous host were set three high-seats built of green turves.	232	緑の草に覆われた高い座席が三つしつらえてあるのが見えます。	145	14	3	3
3	204	Behind the seat upon the right floated, white on green, a great horse running free;	233	右の座席の後ろには、緑地に白で大きな馬が自由に駆けている	147		4	1
3	204	Behind the seat upon the right floated, white on green, a great horse running free;	233	右の座席の後ろには、緑地に白で大きな馬が自由に駆けている	148	6	3	1
3	204	Mr. Bilbo gave it to you, and it goes with his silver coat;	233	ビルボ旦那があなたに下さったもので、あの方の銀の鎖かたびらについてきたもんですよ。	148	12	4	1
3	204	he set circlets of silver upon their heads.	234	かれの頭には鎖の飾り輪をさずけ、	148		4	4
3	204	one was clad in silver and sable of the Guards of Minas Tirith, and the other in white and green.	234	一人はミナス・ティリスの近衛兵の黒地に銀の制服を着、もう一人は白と緑の服を着た、	149	12	5	5
3	204	in the midst of their merriment and tears the clear voice of the minstrel rose like silver and gold.	234	歓びの声と涙の相手をしているうちに、吟遊詩人の歌声が金銀をつらね、高らかに、	149	12	1	2
3	204	one was clad in the silver and sable of the Guards of Minas Tirith, and the other in white and green.	233	一人はミナス・ティリスの近衛兵の黒地に銀の制服を着、もう一人は白と緑の服を着た、	149	6	4	1
3	204	galloping riders, and glittering caves, and white towers and golden halls.	234	疾駆する騎士たち、燦然と輝く洞窟、立ち並ぶ白い塔と金色の館、	150	1	5	5
3	204	galloping riders, and glittering caves, and white towers and golden halls.	234	疾駆する騎士たち、燦然と輝く洞窟、立ち並ぶ白い塔と金色の館、	150	11	3	3
3	204	*To the Sea, to the Sea! The white gulls are crying,*	234	海に行こう、海に！白いかもめが叫ぶ鳴く。	152	1	5	5
3	204	*The Wind is blowing, and the white foam is flying.*	234	風が吹き、白い水しぶきが。	152	1	5	5
3	204	*Grey ship, grey ship, do you hear them calling,*	234	船よ、灰色の船よ、あのさけび声を聞いたか。	152	2	2	5
3	204	they came to the green fields of the Pelennor and saw again the white towers under tall Mindolluin.	235	ペレンノールの緑の野原に帰り着き、聳えたつミンドルルイの下の白い塔。	154	6	3	4

資料69

資料70

				English		Japanese		
3	204	they came to the green fields of the Pelennor and saw again the white towers under tall Mindolluin.	154	1	235	ペレンノールの緑の野に帰り来って、巍々たるミンドルルインの下なる白い塔を、	3	3
3	204	that had passed through the darkness and fire to a new day.	154	14	235	暗黒と炎火を経て新しい時代に漕ぎ得た	4	1
3	205	in the night was gone again to a war with powers too dark	155	14	236	ちっと強つに斯まりにも邪悪で恐ろしき力なのに	7	2
3	205	when the Dark Lord gathers armies?	157	14	236	冥王が軍隊を集めている時に。	6	1
3	205	Were I permitted, in this dark hour I would choose the latter.	157	1	237	もし許されるなら、このいまわしい暗黒時にあたって後者を選びたいのでございます。	1	3
3	205	Tall and there, her eyes bright in her white face.	161	13	237	丈高いその立ち姿、頰の白さとうらはらに、東に向った眼からは烈しい光が見られるのでした。	1	1
3	205	and a colour came in her pale face.	161	1	238	頰のある御白に	5	1
3	205	It may be that only a few days are left ere darkness falls upon our world.	163	4	238	暗黒がわれらの世界を襲うまでに、おそらく数日の猶予が残されているにすぎないでしょう。	4	1
3	205	she was clad all in white, and gleamed in the sun.	163	6	239	白いいでたちに身を包んだ彼女の姿は陽光にきらめいていました。	1	3
3	205	They walked on the grass or sat under a green tree together, now in silence, now in speech.	163	6	239	緑の木陰に並んで腰を下ろしたりしました。	1	5
3	205	no tidings had yet come, and all hearts were darkened.	164	2	239	まだ何一つ消息はなく、みなの心はますます暗くなるばかりでした。	3	4
3	205	but the lands about looked grey and drear.	164	2	239	四辺の土地も色あせてものわびしく見えるのです。	3	3
3	205	over all the Lady Eowyn wore a great blue mantle of the colour of deep summer-night.	164	14	240	そしてエオウィン姫は盛夏の夜の色をした青いマントを召っておりました。	3	5
3	205	it was set with silver stars about hem and throat.	164	12	240	このマントはまわりと襟のところに銀の星をちりばめられていました。	5	3
3	205	she looked northward, above the grey hither lands.	164	2	240	北方を眺めて、	3	1
3	205	'Does not the Black Gate lie yonder?' said she.	165	3	240	「黒門はかなたにあるのではございませんか？」とかの女は言いました。	6	5
3	205	because none may know the fear and doubt of this evil time are grown dark indeed.	165	14	240	わたくしの足許にあるこの深淵同は酷い	4	3
3	205	it is utterly dark in the abyss before my feet.	165	3	240	巨大な黒々とした深淵が口を開きます。	2	1
3	205	another vast mountain of darkness rose.	166	14	240	そしてまた一つの広大な暗黒が	1	3
3	205	and of the great dark wave climbing over the green lands above the hills.	166	3	240	緑の陸地をおおいつくしてはるか丘の上まで迫ってきた黒い大浪のこと、	3	4
3	205	and of the great dark wave climbing over the green lands above the hills.	166	3	240	緑の陸地をおおいつくしてはるか丘の上まで迫ってきた黒い大浪のこと、	4	4
3	205	and coming on, darkness unescapable.	166	14	240	逃れられない暗黒が	1	3
3	205	It was then that she began to weep.	166	14	240	それでは彼女は大暗黒が来るとおっしゃるのですか？	6	5
3	205	'Then you think that the Darkness is coming?' said Eowyn.	167	14	240	「それでは彼女は大暗黒が来るとおっしゃるのですか？」とエオウィンは言いました。	6	4
3	205	'Darkness Unescapable?'	167	14	240	「逃れられぬ大暗黒か？」	1	5
3	205	Eowyn, Eowyn, White Lady of Rohan.	167	3	241	エオウィン、エオウィン、ローハンの白い姫君よ。	2	3
3	205	I do not believe that any darkness will endure!	167	14	241	この時、わたくしにはどんな暗黒も長続きするとは信じられないのです！	4	2
3	205	their hair, raven and golden, streamed out mingling in the air.	167	14	241	二人の連れの鴉色と黄金色の髪があいなびいて風を打ち流した。	1	5
3	205	and the waters of Anduin shone like silver.	167	11	241	アンドゥインの水は銀のように輝きました。	6	1
3	205	and the Dark Tower is thrown down.	168	14	241	暗黒の塔は投げ倒された	6	3
3	205	'The Black Gate is broken,' / 'and your King hath passed through,' / 'and he is victorious.'	168	3	241	「黒門は破れ、王は大勝して、勝利を得たまえり。」	1	3
3	205	and her face grew pale again.	169	13	242	その顔からはしだいに血の気が失せてきました。	4	2
3	205	A hush fell upon the host then.	169	1	242	その時、	6	1
3	205	'Yet I will wed with the White Lady of Rohan, if it be her will.'	172	6	243	それでもわたしはしだいにローハンの白い姫君にもしその気持ちがあればやがて娶ろうと思う。	1	6
3	205	All things will grow with joy there, if the White Lady comes.	173	1	243	白い姫君がおいでになれば、かの地ではすべてのものがよろこんで育ちましょう。	2	3
3	205	there were players upon vils and upon flutes and upon horns of silver.	174	12	244	そのほかヴィオルや、笛や、銀の角笛を手にした楽師たちも来ました。	5	6
3	205	and upon the White Tower of the citadel of the standard of the Stewards.	174	1	244	そして城塞の白の塔の上には	6	3
3	205	flashing and glinting in the sunrise and rippling like silver.	174	12	244	銀のように煌いています。	1	6
3	205	there stood men at arms in silver and black with long swords drawn.	175	12	244	銀と黒の制服を着けた兵士が抜身の長い剣を抜いて立っていました。	4	1
3	205	there stood men at arms in silver and black with long swords drawn.	175	12	244	銀と黒の制服を着けた兵士が抜身の長い剣を抜いて立っていました。	7	1
3	205	A hush fell upon all as out from the host stepped the Dunedain in silver and grey.	175	12	244	軍勢の中から銀と灰色のいでたちのドゥネダインが進み出て、	1	1
3	205	A hush fell upon all as out from the host stepped the Dunedain in silver and grey.	175	3	244	軍勢の中から銀と灰色のいでたちのドゥネダインが進み出て、	1	5
3	205	He was clad in black mail girt with silver.	175	12	244	彼は銀の帯で巻いた黒の鎧に身を包み、	5	1
3	205	He was clad in black mail girt with silver.	175	12	244	彼は銀の帯で巻いた黒の鎧に身を包み、	5	1
3	205	and he wore a long mantle of pure white clasped at the throat	176	3	244	純白の長いマントを羽織り、	6	3
3	205	with a great jewel of green that shone from afar	176	14	244	その襟元は、遠くからでもきらりと光るような緑の大きな宝石でとめられており、	5	4
3	205	his head was bare save for a star upon his forehead bound by a slender fillet of silver.	176	11	244	その頭には、額の上に星一粒が細い細い銀のひもでとめられているほかは何もかぶっていません。	6	7
3	205	and Gandalf robed all in white, and four shining figures that many men marvelled to see.	177	1	244	ガンダルフは真白に装って、	1	1
3	205	Why, cousin, one of them with only his esquire into the Black Country and set fire to his Tower.	—	—	244	「ねえ、あんた、あの中の一人は、従者一人だけで冥王の国に入り込んで、	5	5
3	205	and fought with the Dark Lord by himself, and set fire to his Tower.	—	—	244	冥王自身と闘って、	—	—
3	205	but he has a golden heart, as the saying is.	—	—	245	この四人の男たちは、銀でできた黒いレバシロンの大きな箱を銀で運んできました。	—	—
3	205	they bore a great casket of black lebethron bound with silver.	—	—	245	この四人の男たちは、銀でできた黒いレバシロンの大きな箱を銀で運んできました。	—	—
3	205	'And he held out a white rod.'	177	1	245	そしてかれは白い杖を差し出しました。	1	5
3	205	it was all white, and the wings at either side were wrought of pearl and silver	178	1	245	全体が白で、両側の翼は海鳥の翼に似て、真珠と銀とで作られていました。	5	5
3	205	it was all white, and the wings at either side were wrought of pearl and silver	178	12	245	全体が白で、両側の翼は海鳥の翼に似て、真珠と銀とで作られていました。	5	5

3	205	Aragorn knelt, and Gandalf set the White Crown upon his head, and said:	246 アラゴルンは跪き、ガンダルフはその頭上の白い冠を置いて、いいました。	179	1	6	4
3	205	its streets were paved with white marble.	246 街路は白い大理石で舗装されました。	180	1	3	3
3	205	for you are appointed to the White Company, the Guard of Faramir, Prince of Ithilien.	247 なぜならあなたは、イシリアンの王子ファラミーアの近衛隊、白の部隊に配属されたのだから。	182	6	6	5
3	205	Since the day when you rose before me out of the green grass of the downs I have loved you,	247 あなたが丘陵地の緑の草の中からわたしの前に現われた日以来、わたしはあなたが好きでした。	183	6	3	1
3	205	to remove all the scars of war and the memory of the darkness.	248 戦いの傷あとや闇黒時代の記憶を取り除くために。	184	14	1	7
3	205	they saw the towers of the City far below them like white pencils touched by the sunlight.	249 白く細塔の林のような、かなり眼下に比べる都の細塔を見ました。	186	9	5	3
3	205	Upon the one side their sight reached to the grey Emyn Muil.	249 片側を見ると、視界は灰色のエミン・ムイルまで達し、	186	11	4	3
3	205	Turn your face from the green world, and look where all seems barren and cold!	249 緑の世界から顔を転じ、すべてがかに冷たく見えるところに目を向けて見よ!	187	2	3	4
3	205	Already it had put forth young leaves long and shapely, dark above and silver beneath,	250 長くて形のよい若葉を、表が暗緑色裏が銀色で、	188	14	2	2
3	205	Already it had put forth young leaves long and shapely, dark above and silver beneath.	250 長くて形のよい若葉を、表の黒は暗く、裏の葉は銀色。	188	12	2	2
3	205	it bore one small cluster of flowers whose white petals shone like the sunlit snow.	250 そこには小さな花が一つ咲いており、その白い花弁は陽に照る雪のように輝いていました。	188	1	2	5
3	205	when the sky was blue as sapphire and white stars opened in the East,	250 空がサファイアのように青み緑のように、東の空には白い星々が開き、	190	5	2	4
3	205	when the sky was blue as sapphire and white stars opened in the East.	250 空がサファイアのように青み緑のように、東の空には白い星々が開き。	190	2	2	5
3	205	but the West was still golden.	250 西の空はまだ黄金色。	190	11	2	5
3	205	First rode Elrohir and Elladan with a banner of silver,	250 最初に馬を進めてくるのは銀色の旗をもったエルロヒアとエルラダン、	190	12	5	2
3	205	riding upon white steeds and with them many fair folk of their land.	250 たくさんの美しい中の民たちとともに、白馬車に乗ってやって来た。	190	1	2	2
3	205	grey-cloaked with white gems in their hair.	251 灰色のマントを着用で、髪には白い宝石を飾った。	190	2	1	1
3	205	grey-cloaked with white gems in their hair.	251 灰色のマントを着用で、髪には白い宝石を飾った。	190	11	5	5
3	205	upon a grey palfrey rode Arwen his daughter, Eveningstar of her people.	251 婦人用の乗馬に乗るのは、かれの娘であり、その宵の明星であるアルウェンで。	190	2	2	2
3	206	she took a white gem like a star that lay upon her breast hanging upon a silver chain.	253 かの女は銀の鎖の胸につけるその胸飾りを下げとり外し、その白い宝石を持って	194	1	5	4
3	206	she took a white gem like a star that lay upon her breast hanging upon a silver chain.	253 かの女は銀の鎖の胸につけるその胸飾りを下げとり外し、その白い宝石を持って	194	14	3	2
3	206	When the memory of the fear and the darkness troubles you, she said.	253 「恐怖と闇の記憶があなたを悩ます時、」とかの女はいいました。	194	14	4	1
3	206	For there were certain rash words concerning the Lady of the Golden Wood that lie still between us.	195 黄金の森の奥方のことで、今日はおたしらの間で多な論ながらそのままになっていること。	195	11	6	2
3	206	they bore away King Theoden upon a golden bier, and passed through the City in silence.	253 それから、彼の骨台のセオデン王を運び、沈黙の時々を静かに通り過ぎました。	196	11	2	2
3	206	they came to the Grey Wood under Amon Din.	254 それからアモン・ディンの麓の灰色の森にやって来ました。	197	2	6	3
3	206	the wain of King Theoden passed through the green fields of Rohan	254 セオデン王の柩を載せた馬車は、ローハンの緑の草原を通過した。	197	11	6	3
3	206	the Golden Hall was arrayed with fair hangings	254 黄金館は立派な壁飾りで飾られ、	197	1	1	3
3	206	over him was raised a great mound, covered with green turves of grass and of white evermind.	254 その上に大きな塚が築かれ、緑の芝と白い忘れな草で蔽われてありました。	197	6	1	5
3	206	over him was raised a great mound, covered with green turves of grass and of white evermind.	197	1	2	3
3	206	the Riders of the King's House rode round about the barrow	255 その上で、王家直属の騎士たちが塚の回りを馬で馳け巡り、	198	1	2	1
3	206	until the Darkness came and King Theoden arose	256 形よく赤い金のように、全体が美しい銀で巧みに作られており、緑の飾帯がついていました。	198	12	6	2
3	206	until the Darkness came and King Theoden arose	256 形よく赤い金のように、全体が美しい銀で巧みに作られており、緑の飾帯がついていました。	198	14	2	6
3	206	and the white mantle of Aragorn was turned to a flame.	257 そしてアラゴルンの白いマントは一粒の炎に叩えました。	198	6	6	5
3	206	But Merry stood at the foot of the green mound.	255 しかしメリーは緑の塚の麓の際で。	199	6	3	2
3	206	he gathered to the Golden Hall for the great feast and put away sorrow.	255 黄金館に集まり、悲しみを忘れ盛大に祝宴をやり、	199	11	6	4
3	206	Then Aragorn took the green stone and held it up.	260 その時アラゴルンはその緑色の石を取り、これを高く上げました。	212	6	6	5
3	206	like sentinels at the beginning of a green-bordered path	261 まるで番兵のように縁取りに通じる緑を縁取る、その道筋の入り口に立っているかのように、	212	6	5	5
3	206	those eviltey'd-blackhanded-bow-legged-flint-hearted-claw-fingered-foul-bellied-blood-thirsty	257 あの凶眼の・黒手の・曲り脚の・薄情の・鉤爪の・腹黒の・吸血の	213	6	5	6
3	206	he was like a pale shadow.	258 かれは灰色の・・・それも色が多すぎるかもしれません。	213	1	3	1
3	206	two great black keys of intricate shape	259 一本の模様を入れた大きな二つの黒い鍵を、	207	13	1	5
3	206	Elfstone, through darkness you have come to your hope.	208 エルフストーン、そなたは暗黒の中をくぐり抜けて望みを得た。	3	5	4	
3	206	Eowyn Lady of Rohan came forth, golden as the sun and white as snow,	212 ローハンの姫君エオウィンが進み出ました。	212	8	4	2
3	206	Eowyn Lady of Rohan came forth, golden as the sun and white as snow.	260 日のように金色で雪のように白い、ローハンの姫君エオウィンが進み出た、	212	2	11	2
3	206	small but cunningly wrought all of fair silver with a baldric of gold,	260 形は小型でしたが、全体が美しい銀で巧みに作られており、金の飾帯がついていました。	203	6	5	5
3	206	small but cunningly wrought all of fair silver with a baldric of green;	260 形は小型でしたが、全体が美しい銀で巧みに作られており、緑の飾帯がついていました。	203	6	5	5
3	206	and the white mantle of Aragorn was turned to a flame.	257 そしてアラゴルンの白いマントは一粒の炎に。	203	1	3	6
3	206	and there came a green fire from his hand.	261 するとその手から緑の炎の火が燃え出しました。	204	2	1	1
3	206	he was clothed in rags of grey or dirty white.	261 かれは灰色の・・・それも色が多すぎるかもしれません。	213	1	5	5
3	206	It will be a grey day, and full of ghosts.	262 灰色で、幽霊がいっぱい乗るでしょう。	215	2	2	5
3	206	where no men now dwelt, though it was a green and pleasant country.	263 そこは快く豊かな山地でしたが、今はだれも住んではいませんでした。	218	6	4	2
3	206	September came in with golden days and silver nights.	263 金色の昼と銀色の夜を伴って九月が始まりました。	218	11	2	2

資料71

		English	Japanese				
3	206	September came in with golden days and silver nights.	金色の昼と銀色の夜を伴って9月が始まりました。	263	12	4	2
3	206	Far to the west in a haze lay the meres and eyots through which it would its way to the Greyflood	はるか西の方は、靄の中に湖沼や小島の様子が、川を下って灰色川に沿っています。	263	2	6	2
3	206	so pass by the Redhorn Gate and down the Dimrill Stair to the Silverlode and to their own country.	それから赤角の門を通って、おぼろ谷の下り、銀筋川に出て、かれらの国に戻って行くのです。	263	12	6	2
3	206	so pass by the Redhorn Gate and down the Dimrill Stair to the Silverlode and to their own country.	それから赤角の門を通って、おぼろ谷の下り、銀筋川に出て、かれらの国に戻って行くのです。	263	2	1	6
3	206	he saw grey figures, carved in stone.~	かれはただ石に彫られた灰色の像を一見ると思った。	263	2	2	5
3	206	the grey-cloaked people of Lórien rode towards the mountains;	山かいに向かって馬を進めて行く灰色の衣のロリアンのエルフたちは、	263	2	6	3
3	206	and the cobwebs were like white nets.	くもの巣がうす絹のように見えるのに気がつきました。	264	11	2	3
3	206	the Shire and the Golden Wood and Gondor and kings' houses	ホビット庄もあるし、黄金の森もあるし、ゴンドールもあるし、王宮もある	265	11	5	5
3	206	he had made at various times, written in his spidery hand, and labelled on their red backs:~	かれが折にふれて作ったものを書くような蜘蛛で書いていて、赤い背にラベルがはってあります:~	265	8	5	5
3	206	To Sam he gave a little bag of gold.	サムには金色のたっぷりと入った袋を与えられました。	265	12	6	5
3	206	two beautiful pipes with pearl mouth-pieces and bound with fine-wrought silver.	棒めの細工の頭口で美しい二本の美しい煙管を取り出しました。	265	11	5	3
3	206	Aragorn's affairs, and the White Council, and Gondor, and the Southrons, and oliphaunts	アラゴルンの仕事とか、白の会議とか、ゴンドールとか、南方人とか、騎士人とか、じゅうとか	225	7	6	3
3	206	and caves and towers and golden trees.	洞窟とか、塔とか、金色の木とかも。	225	11	3	2
3	207	when the leaves are gold before they fall, look for Bilbo in the woods of the Shire.	木の葉が金色の冬寒前に色をつくろうとする頃、ホビット庄の森にビルボを探すがよい。	228	11	3	3
3	207	and the memory of darkness is heavy on me.	そしてあの暗闇の記憶がわたしを苦しめるのです。	229	14	2	5
3	207	as merry as if he did not remember the blackness of the day before.	まるで前日の暗闇などなかった気持ちを記憶にも留めていないかのように快活さでした。	230	3	4	5
3	207	the leaves were red and yellow in the autumn sun.	秋の日の下に赤く黄色く木の葉が照り映える	230	8	2	3
3	207	the leaves were red and yellow in the autumn sun.	秋の日の下に赤く黄色く木の葉が照り映える	230	10	3	2
3	207	it was then darwing towards evening and the shadow of the hill lay dark on the road.	その時はもうたそがれ近く、この丘の影が街道の上にも暗く伸びていました。	230	14	2	3
3	207	it blew loud and chill, and the yellow leaves whirled like birds in the air.	風は激しく寒々と吹き、黄色の木の葉が鳥のように空中を舞いました。	230	10	4	2
3	207	in the darkening sky low clouds went hurrying by.	暗くなりつつある空には低い雲が急ぎ過ぎていきました。	231	14	4	1
3	207	there were lights behind the red curtains in the lower windows.	下の窓の赤い窓帷の後ろには灯りがともっていました。	232	8	5	3
3	207	the black scowl on his face changed to wonder and delight.	陰鬱な渋面は一転させて満面の驚きと喜びの色を浮かべました。	232	3	6	7
3	207	and all those Black Men about.'	黒人やら何やらうろうろしていたようでしたから。	233	3	6	1
3	207	It all comes of those newcomers and gangrels the began coming up the Greenway last year.	去年からほうぼうで緑ばたの道の上って来始めたよそ者やのらつきせいですぜます。	236	6	6	5
3	207	And Gandalf, too, was now riding on his tall grey horse.	ガンダルフもまた、今は丈高い灰色の愛馬に跨り	239	1	1	5
3	207	all clad in white with a great mantle of blue and silver over all.	全身を白い衣に包み、その上に青と銀の大きな外套をまとい、	239	5	2	5
3	207	all clad in white with a great mantle of blue and silver over all.	全身を白い衣に包み、その上に青と銀の大きな外套を羽織り、	239	12	2	5
3	207	And drinking wine out of a golden cup.	そして多くさの杯で葡萄酒を飲みに通っている路でせぜます。	239	12	2	2
3	207	of the horn!	金の杯を持ってます!	240	14	2	2
3	207	Then the Greenway will be opened again.	そうなれば緑道もふたたび開かれる。	240	3	6	6
3	208	There is room enough for realms between Isen and Greyflood.	アイゼン川と灰色川の間には、一 王国がいくつも入れるほど余地があいておる。	241	2	2	2
3	208	a hundred miles or more from there to the far end of the Greenway.	そこから百マイルかそれ以上、緑道の向こうの果てまでだ。	241	6	6	3
3	208	all clad in white with a great mantle of blue and silver over all.	全身を白い衣に包み、その上に青と銀の大きな外套を羽織り、	242	11	2	3
3	208	Him with a crown and all and a golden cup!	王冠かぶって金色の杯をおおち持って方!	243	11	5	2
3	208	at Sandyman's his white beard, and the light that seemed to gleam from him.	サンディマンが白い生業げが見ると、身体から輝きを出るようだった、	245	1	2	6
3	208	as if his white mantle was only a could over sunshine.~	青い外套が入帯光の地を覆うはに白白が吹きだし始めるみ、	245	5	1	6
3	208	the sun began to sink towards the White Downs far away on the western horizon	太陽は遠か西の地平線の白丘陵に向かって身を沈みすれば、	248	6	4	4
3	208	It was pouring out black smoke into the evening air.	その晩時は黒々と煙を吐き出しているのでした。	249	6	2	4
3	208	When they reached The Green Dragon, the last house on the Hobbiton side.	ホビット村より最寄りの建物、今は緑の龍の宿に達して、	251	14	4	4
3	208	'Of course we can't read the notice in the dark,' Sam shouted back.	「こんな暗闇でもちらちら読むがにゃか分かるはないほどよ」サムがやり返しました。	251	14	4	4
3	208	the ruffian flung it at his head and then darted out into the darkness	ならず者はばかんに頭めがけて置きつけると、驚そのごと、闇夜に姿消してどった	254	14	2	4
3	208	The wind had dropped that the sky was grey.	風が落ちていました。空は灰色だった。	258	6	2	4
3	208	it was built of rough, pale bricks, badly laid.	それに、見苦しい生煉瓦が下手に積んであるのでした。	263	13	2	4
3	208	I'll wait for you outside The Green Dragon, if you havent forgotten where where that is.	あの場所を忘れたりしていなけらいで、あの場所でお待ちしょう。	265	6	6	2
3	208	the sun began to sink towards the White Downs far away on the western horizon	太陽は遠か西の地平線の白丘陵に身を沈み始めている。	265	3	2	6
3	208	It was pouring out black smoke into the evening air.	その晩時は黒々とした空に、もくもくと黒い大を出していた。	266	3	5	6
3	208	When they reached The Green Dragon, the last house on the Hobbiton side.	ホビット村より最寄りの建物、今は緑の龍の宿に達して、	266	14	2	6
3	208	The Dark Tower have fallen, and there is a King in Gondor.	これは暗黒塔が崩壊し、ゴンドールには王がおられる。	268	14	2	6
3	208	The King's messengers will ride up the Greenway now.	かのち国王の使者が緑道を上って来るだろう	269	6	6	3
3	208	the silver and sable of Gondor gleamed on him as he rode forward	銀と黒のゴンドールの制服の砲身の騎身におられると、彼のつけるとは乗り出してくる	269	12	1	6
3	208	they've got those deep holes in the Green Hills the Great Smials and all.	緑丘陵にあんな深穴いる、大きなスマイアルをもっているから、	280	14	6	4
3	208	In the dark on the edge of the firelight	焚火の光のどく外側で、	282	14	4	4
3	208	But it's dark now.	しかしもう暗くなった。	284	1	4	4
3	290	chasing Black Men up mountains from what my Sam says.	サムの話じゃ、黒い男どもを山のつつかけて行きなすったそうな、	290	3	6	1

資料72

			English	Japanese					
3	6	208	a hundred strong, from Tuckborough and the Green Hills with Pippin at their head.	ピピンを先頭に、トゥックボロウ郷と緑郷山丘陵から総勢百人の部隊が	293	6	6	2	2
3	6	208	the only battle since the Greenfields, 1147, away up in the Northfarthing.	1147年に北領ガーの圧縁郷で行われた以後ただ一つの戦いだ。	295	8	6	2	2
3	1	208	it has a chapter to itself in the Red Book.	それは赤表紙本の中の一章を占む。	295	3	6	1	4
3	1	208	He was grimy-faced and black-handed.	うす汚れた顔に真っ黒な手をしている	296	7	5	1	5
3	5	208	Then lifting up his silver horn he winded it, and its clear call rang over the Hill;	そこでかれは銀の角笛を手に持ち上げて吹き鳴らしました。	299	12	1	5	2
3	1	208	He drew himself up and stared at them darkly with his black eyes.	かれは背を伸ばして真っ直ぐに立ち、その黒い目で連気味悪く村人たちを見つめました。	302	14	1	3	4
3	1	208	He drew himself up and stared at them darkly with his black eyes.	かれは背を伸ばして真っ直ぐに立ち、その黒い目で連気味悪く村人たちを見つめました。	302	3	1	1	2
3	1	208	but their knuckles whitened as they gripped on their weapons.	みんなの指の関節は武器を握りしめるほど白くなるほどでした。	304	1	1	2	3
3	5	208	A look of wild hatred came into Wormtongue's red eyes.	凶猛な憎しみの色がヘビの舌の血走った目に浮かびました。	305	8	3	1	2
3	1	208	about the body of Saruman a grey mist gathered.	サルマンの亡骸の周りに灰色の霧がただよってきた。	306	2	4	2	2
3	1	208	as a pale shrouded figure it loomed over the Hill.	蒼ざめておおわれたおぼろな人の姿をとっておおの丘の上にぼうっと浮かび出たのです。	306	13	3	1	6
3	1	209	when they rescued her from a dark and narrow cell.	暗くて狭い房から救い出された時	309	14	5	5	5
3	6	209	Inside it was filled with a grey dust.	壺の中には灰色の細かい灰色の粉末がいっぱい詰まっていました。	313	2	2	5	2
3	6	209	soft and fine. In the middle of which was a seed, like a small nut with a silver shale.	そこでかれは、銀の殻をもった一つの木の実のような、一粒の種子が収まっていました。	313	12	2	2	3
3	6	209	it had silver bark and long leaves and burst into golden flowers in April	その木は銀の木肌と長い葉を持ち、四月になると、金色の花になりました。	314	12	2	2	2
3	6	209	it had silver bark and long leaves and burst into golden flowers in April	その木は銀の木肌と長い葉を持ち、四月になると、金色の花になりました。	314	11	2	2	2
3	1	209	and most of them had a rich golden hair that had before been rare among hobbits.	子供たちの大部分が至黄色ピ金色のかかった一度にはあまり類を見なかったような金髪の持主でした。	315	11	1	3	1
3	1	209	he was clutching a white gem on a chain about his neck	かれは首に下げている鎖に下がっている白い宝石を握りしめて、	316	4	5	3	1
3	1	209	'It is gone forever,' he said, 'and now it is dark and empty	永遠に失くなったんだ、そしてここは今ではすべてが闇で空虚になりました。	316	14	1	3	3
3	1	209	'It's not that, Mr. Frodo,' said Sam, and he went very red.	そのことじゃねえんだ、フロドの旦那、とサムは言うとそうっとあの色に赤くなりました。	317	8	1	1	3
3	1	209	except that when there was need they both wore long grey cloaks.	必要な時は長い灰色のマントを着るのだけれ。	318	2	5	3	4
3	1	209	Mr. Frodo wore always a white jewel on a chain that he often needed his finger.	フロドの旦那は折々白い宝石をかけていて、終始おきさを指でさわっていました。	318	1	1	5	2
3	1	209	face was pale and his eyes seemed to see things far away.	顔から血の気が失せ、目は遠くにあるものを見ているようでした。	319	13	3	3	2
3	1	209	Two years before on that day it was dark in the dell under Weathertop.	二年前のその日、風見が丘の山陰の小谷は昼闇でした	319	4	4	2	2
3	5	209	you remember the little golden flower in the grass of Lothlorien?	ロスロリアンの芝生に咲いていた少さな金色の花を覚えているかね?	321	11	5	2	2
3	1	209	There was a big book with plain red leather covers;	飾りのない赤い革表紙の大きな本が一冊ありました。	322	3	5	2	5
3	1	209	It was a fair golden morning.	よく晴れた金色の朝でした。	324	11	6	2	2
3	1	209	They camped in the Green Hills.	緑丘陵で野宿し。	324	6	5	2	1
3	6	209	when the Black Rider first showed up, Mr. Frodo!	あの日の旦那!黒の乗手が初めて現れた時です	324	2	6	1	1
3	1	209	Elrond wore a mantle of grey, and had a star upon his forehead.	エルロンドは灰色のマントを羽織り、額に星を一つつけていた	326	2	1	1	2
3	3	209	a silver harp was in his hand, and upon his finger was a ring of gold with a great blue stone.	手に銀の竪琴を持ち、指には大きな青い石のついた金の指輪をはめていた。	326	12	5	1	5
3	3	209	a silver harp was in his hand, and upon his finger was a ring of gold with a great blue stone.	手に銀の竪琴を持ち、指には大きな青い石のついた金の指輪をはめていた。	326	11	5	3	5
3	4	209	a silver harp was in his hand, and upon his finger was a ring of gold with a great blue stone.	手に銀の竪琴を持ち、指には大きな青い石のついた金の指輪をはめていた。	326	5	5	3	2
3	2	209	Galadriel sat upon a white palfrey and was robed all in glimmering white.	ガラドリエルは貴人用の白い乗馬に乗り、かすかな光を放つ白い長衣に身を包んでいました。	326	1	1	2	2
3	5	209	Galadriel sat upon a white palfrey and was robed all in glimmering white.	ガラドリエルは貴人用の白い乗馬に乗り、かすかな光を放つ白い長衣に身を包んでいました。	326	5	2	2	1
3	1	209	that bore a single white stonethickering like a frosty star.	霜夜の星のように、きらきらと光り輝き白い石かただ一つかがやく白いとりつけていた。	326	3	1	1	2
3	1	209	Riding slowly behind on a small grey pony, and seeming to nod in his sleep.	小さな灰色の小馬に乗り、どうやら居眠りをしているように見えて、ゆっくりやって来る	326	2	2	4	5
3	1	209	and Frodo-lad will come, and Rose-lass, and Merry, and Goldilocks, and Pippin;	フロドぼやもやって来るし、ローズ一娘やも、メリーも、サンも、ピピンも、	328	11	2	1	1
3	1	209	you will read things out of the Red Book.	あんたはこの赤表紙本の中からいろんなことを読みあげて、	328	8	6	6	4
3	1	209	or there were some wanderer in the dark who saw a swift simmer under the trees.	あるいは夜の暗闇の中を歩く旅人たちに、	329	14	1	4	1
3	1	209	going due south down the skirts of the White Downs, they came to the Far Downs.	白色丘陵の南の許裾を通り、向かわる遥遠に至る。	329	1	6	1	3
3	1	209	and they rode down at last to Mithlond, to the Grey Havens in the long firth of Lune.	とうとう一行はミスロンド、ドゥネの長い入江にある灰色港に降りて来ました。	329	3	6	1	3
3	1	209	he was grey and old, save that his eyes were keen as stars;	かれは老いよぼれた背が高く、その瞳輝眠は長く、その目は星のように輝く光を湛えておりました。	329	2	2	3	5
3	1	209	there was a white ship lying.	そこには白い船が一隻係留されています。	329	2	1	1	5
3	1	209	The quay stood a figure robed all in white awaiting them.	波敷石の上に、全身を白い長衣に包んだ人物が一人、かれらを待っていました。	329	1	1	4	1
3	1	209	and the stone upon it was as fire.	それについている石は次の火のように燃えていました。	329	8	5	5	3
3	1	209	and slowly the ship slipped away down the long grey firth:	船はゆっくりと長い灰色の入江を下りながら流れをやって下ります。	330	1	3	3	4
3	1	209	the grey rain-curtain turned all to silver glass and was rolled back.	灰色の雨の帳がすっかり銀色のガラスに変わり、またそれも巻き上がって、	331	2	4	1	2
3	1	209	the grey rain-curtain turned all to silver glass and was rolled back.	灰色の雨の帳がすっかり銀色のガラスに変わり、またそれも巻き上がって、	331	12	2	1	2
3	1	209	and he beheld white shores and beyond them a far green country under a swift sunrise.	かれの目の先には白い岸辺と、その先にはるかに速い朝日に見えるかなる朝日の下に見えの	331	1	6	1	3
3	1	209	and he beheld white shores and beyond them a far green country under a swift sunrise.	かれの目の先には白い岸辺と、その先にはるかに速い朝日に見えるかなる朝日の下に見えの	331	6	3	4	1
3	1	209	But to Sam the evening deepened to darkness as he stood on the Haven.	しかしサムの方は、夕闇がだんだんと深まるのを、じっと岸にやたずみながら	331	2	4	4	1
3	1	209	and as he looked on the grey sea he saw only a shadow on the waters	そこで灰色の海に目を凝らすと、見えるのはただ海上一点の影だけだった	331	2	3	4	2
3	1	209	but each had great comfort in his friends on the long grey road.	長い灰色の道を行く、めいめいが友人たちの存在に大きな慰めを得たのです。	331	2	3	3	3

資料 73

209) And he went on, and there was yellow light, and fire within;

311) いよいよ家路につきますと、家の中には黄色い明かりがまたたき、暖炉の火が燃え、

『指輪物語』色彩語別個数

巻	white	grey	black	purple	blue	green	scarlet	red	brown	yellow	gold	silver	pale	dark	others	総計
「旅の仲間」	174	136	176		37	131	2	60	28	32	112	103	76	394	3	1464
「二つの塔」	135	120	152	2	15	101	3	70	27	21	65	38	64	382		1195
「王の帰還」	126	119	190	1	13	72	4	72	9	4	46	57	27	304	1	1045
総計	435	375	518	3	65	304	9	202	64	57	223	198	167	1080	4	3704

資料75

『指輪物語』巻別・章別 色彩語別頻数

巻「旅の仲間」

部・章／色彩	white	grey	black	purple	blue	green	scarlet	red	brown	yellow	gold	silver	pale	dark	others	総計
101	3	3	3	2		3	1	6		1	13		4	6		43
102	6	2	2	4	2			1			6	2		34		61
103	5	5	5	19		8		6	1		3		2	20		72
104	1		1	11		5		1			5		3	8		34
105	4		10		1	1	1	1			1		2	10		29
106	5		8	1	4	5				6	2	2	2	13		52
107	14	8	2		7	15		3	3	8	5	3	3	12		84
108	6	4	6		6	16		1	1	4	9	2	9	22		89
109	6	3	3			7		1	2			4	2	10	3	38
110	1					2		1			2		1	8		28
111	6	7	19		1	4		3	3	1	1	6	6	18		74
112	13	10	14			1		1	1		2	1	1	17		69
201	1	1	6			6		3			6		3	8		67
202	13	6	6			4			3	1	4	6	3	16		85
203	19	9	13		2	6		13	1		2	4	12	24		94
204	12	7	14			3		4	1		2	8	4	25		98
205	2	6	7					7	1		5	9	8	51		49
206	6	1	11		7	13		4			2	1	9	18		120
207	13	15	2		2	9				4	18	18	10	20		87
208	17	12	5		5	12		4	2	1	5	11	4	18		91
209	5	11	2		1	1			3	2	19	13	13	12		80
210	2	3	9		1	3		1		1	1	2	2	29		20
計	174	136	176	37	15	131	2	60	28	32	112	103	76	394	3	1464

巻「二つの塔」

部・章／色彩	white	grey	black	purple	blue	green	scarlet	red	brown	yellow	gold	silver	pale	dark	others	総計
101	5	4	4	4		2		4			6		2	6		31
102	12	15	8	1	2	12		2	2	2	3	2	9	26		95
103	11	2	7					2	2	3			7	21		56
104	7	14	8			18		4	1		8	3	1	24		98
105	13	10	2		1	2		6			1	1		20		53
106	20	8	6		2	14		2			15	6	5	21		104
107	9	1	6			5		6			2	1	2	17		53
108	5	7	6		2	7		4	3		5	4	5	9		62
109	3	2	4			3		1				1	2	12		24
110	4	2	2			1		2					3	12		27
111	9	5	7		1	2		2			2		6	12		42
201	3	11	11			2		1		3		3	6	23		59
202	3	4	8			4		2		1	1	1	6	17		55
203	6	5	18			2	2	3			4	2	1	14		61
204	2	2	2		1	1		7		3	4		2	15		43
205	5	9	3			12	1	4	5		5	6	6	21		59
206	8	1	8			4		4		1	9	4	4	15		43
207	3	4	1		2	4		2	2		2	1	2	21		55
208	4	3	16		1	3		7	1		5	1	2	24		61
209	2	2	6			2		4				3	2	29		57
210	1	5	8	2		3		5			1		5	15		41
計	135	120	152	2	15	101	3	70	27	21	65	38	64	382		1195

資料76

部・章 / 色彩	巻	white	grey	black	purple	blue	green	scarlet	red	brown	yellow	gold	silver	pale	dark	others	総計
王の帰還	101	18	12	16		1	1	8		2		1	4	9	23	1	98
	102	2	15	13		1	4			1			1	2	22		67
	103	6	10	6			4			3				1	21		55
	104	14	6	23		1	2			9			6	6	31		100
	105	4	4	5			2			3				1	20		39
	106	8	3	18			6	2		7		5		2	11		63
	107	5	4	5			1			1				2	6		24
	108	6	7	5		1	4			1	1	2	2	1	13		42
	109	4	4	6						2		1	1	1	11		36
	110	5	5	20		1	1			4		2	2	1	8		47
	201	3	3	18		1		1		17				1	29		74
	202	1	8	16						3	1			2	30		62
	203	2	8	17			1			2	2		3	3	30		67
	204	9	3	5		1	8	1		2				1	12		52
	205	18	6	6		2	5			6		3	5	7	17		73
	206	8	6	3			8			3		5	11	12	4		49
	207	2	3	3		2	4			2	2			5	25		25
	208	2	2	4			6			2			2	2	7		27
	209	9	10	1		1	2			4		1	6	5	5		45
計		126	119	190	1	13	72	4	72	9	4	46	57	27	304	1	1045
総計		435	375	518	3	65	304	9	202	64	57	223	198	167	1080	4	3704

資料77

『ナルニア国年代記物語』

【ナルニア国年代記物語】全7巻

部	章	原文	原文p	訳	訳p	色彩	混色	大分類	小分類
1	1	He himself was a very old man with shaggy white hair	3	先生はもじゃもじゃの白髪でふさふさした、とても年とった人で。	9	1		1	1
1	1	after that that was a room allhung with green.	6	そのつぎの部屋は、ぐるりの壁の掛け物が全部みどりでした。	13	6		3	3
1	1	It was almost quite dark in there	6	そこはもうまっくらなものでしたが。	15	14		4	5
1	1	She looked back over her shoulder and there, between the dark tree-trunks,	8	ルーシーは黒い木々のみきのあいだから、ふりかえってみました。	17	14		2	4
1	1	and he carried over her shoulder an umbrella, white with snow.	8	雪のふりつもった白いかさをさしていました。	18	1		5	5
1	1	but his legs were shaped like a goat's(the hair on them was glossy black)	10	その両足はヤギの足そっくり（足にはえている毛は、黒くてつやつやしています）。	18	3		1	1
1	1	He had a red woollen muffler round his neck and his skin was rather reddish too.	10	そののどには、赤いまっかなマフラーをまきつけていました。赤らがおでもありました。	18	8		1	1
1	1	He had a red woollen muffler round his neck and his skin was rather reddish too.	10	そののどには、赤いまっかなマフラーをまきつけていました。赤らがおでもありました。	18	8		1	1
1	1	In the other arm he carried several brown-paper parcels.	10	もういっぽうの手には、茶色の紙包みをいくつかかかえていました。	18	9		5	5
1	1	It was a little, dry, clean cave of reddish stone	14	赤い岩の、小さい、乾いた、きれいなほら穴で。	25	8		3	3
1	1	and above that a picture of an old Faun with a gray beard.	14	そのうえには白ひげをはやした年よりフォーンの肖像がかかっています。	25	2		1	5
1	2	There was a brown egg.	15	やがてうでた茶色の卵がめいめいに一つずつ出ました。	26	1		5	2
1	2	about long hunting parties after the milk-white stag	16	まっ白なシカを追って。	26	1		1	1
1	2	and treasure-seeking with the wild Red Dwarfs in deep mines and caverns	16	森の地下ふかくの金鉱の穴や洞穴に住む赤小人たちといっしょに。	26	8		1	1
1	2	and then about summer when the woods were green	17	森じゅうが緑だったたのしい夏の日は。	27	6		3	3
1	2	and for the Faun's brown eyes had filled with tears	17	というのは、フォーンの茶色の目にみるみる涙があつまって。	28	9		5	6
1	2	Taken service under the White Witch	20	白い魔女におつかえしているんです。	31	1		1	1
1	2	"...That's what I am. I'm in the pay of the White Witch."	20	「それが私の正体なの。わたしは、白い魔女に使われている者です」	31	1		1	1
1	2	"The White Witch Who is she?"	20	「白い魔女？ それ、だれなんですか？」	31	1		1	1
1	2	all for the sake of lulling it asleep and then handing it over to the White Witch?	20	いろいろとあやしてねむらせておいてから、白い魔女にその子どもをわたす。	32	1		1	1
1	2	"What do you mean?" cried Lucy, turning very white.	21	それ、どういうこと？」 ルーシーはまっさおになって、さけびました。	32	14		4	4
1	2	"I had orders from the White Witch"	21	白い魔女からいいつけられているからです。	32	1		1	1
1	2	Mr. Tumnus kept to the darkest places.	22	タムナスさんは、暗いところばかりえらんでいきます。	35	14		4	4
1	3	Lucy grew very red in the face and tried to say something.	28	ルーシイは、顔をまっ赤にしました。	41	8		1	1
1	3	and a smell of mothballs, and silence, and no sign of Lucy.	28	しょうのう玉のにおいがして、暗くて静かで、ルーシイのけはいがありません。	43	14		4	4
1	3	Then he began feeling about for Lucy in the dark.	28	それから、くらがりの中でルーシィを手さぐりでさがしはじめました。	43	14		4	4
1	3	stepping out from the shadow of some thick dark fir trees	29	こんもりしたもみの木のくらげからぬけでて。	44	14		4	2
1	3	Overhead there was a pale blue sky, the sort of sky one sees on a fine winter day in the morning.	29	頭の上には、冬晴れの朝日がのぼるころのような、青みがかった空がひろがっていて。	45	5		4	4
1	3	he saw between the tree-trunks the sun, just rising, very red and clear.	29	木々のあいだから日がのぼるところで、それはそれはあざやかな朝日でした。	45	8		1	1
1	3	their hair was so white that even the snow hardly looked white compared with them.	31	そのかみは、暗いところほど雪よりもまっ白で。	47	1		2	2
1	3	Their harness was of scarlet leather and covered with bells.	31	タイをつけ、雪もおよばぬくらい白く。	47	1		2	2
1	3	Their harness was of scarlet leather and covered with bells.	31	からだにつけているおもむきは、暗くて、ルーシィのけはいがありません。	47	7		2	2
1	3	on his head he wore a red hood with a long gold tassel hanging down from its point;	31	長い金色の糸の飾りをたらしてつくった赤い頭巾を頭にかぶるとかふり。	47	8		1	1
1	3	on his head he wore a red hood with a long gold tassel hanging down from its point;	31	長い金色の糸の飾りをたらしてつくった赤い頭巾を頭にかぶるとかふり。	47	11		5	5
1	3	and held a long straight golden wand in her right hand and wore a golden crown on her head.	31	右手には金色のまっすぐな魔法のつえをもち、頭に金の冠をいただいています。	47	11		5	5
1	3	and held a long straight golden wand in her right hand and wore a golden crown on her head.	31	右手には金色のまっすぐな魔法のつえをもち、頭に金の冠をいただいています。	47	11		5	5
1	3	She also was covered in white fur up to her throat...	34	くびだけが、白い、ひとすじまっ白で。	47	1		1	1
1	3	and instantly there appeared a round box, tied with green silk ribbon,	36	そのとたんに、緑色の絹のリボンでしばった箱があらわれ。	54	6		3	5
1	4	While he was Prince he would wear a gold tassel hanging down for him for letting me go.	39	王子ならば、金の房をつけないで、口を指で、ぴちゃぴちゃと赤ちゃんぼう。	57	11		5	5
1	4	His face had become very red and his mouth and fingers were sticky.	41	その顔はまっ赤になって、口も指も一緒にべたべたになっていなかったようです。	57	8		1	1
1	4	and the White Witch has done nothing to him for letting me go.	42	わたしを逃がしたけど、白い魔女はべつにどうこうしなかったよ。	61	1		1	1
1	4	"The White Witch?" said Edmund, "who's she?"	44	「白い魔女なの、だれなの？」	61	1		1	1
1	4	"Who told you all that stuff about the White Witch?" he asked.	53	だれが白い魔女のことを、あんなに赤い魔の胸をなぐさめるのでしょう。	62	1		6	6
1	4	But when they had got out into the Green Room and beyond it.	53	そしてかれらはその部屋の外へでろう、また向う側を通りぬけ。	77	6		3	3
1	4	All four of them bundled inside and sat there, panting, in the dark.	56	四人はどやどやと中へはいってこしをおろし、くらやみの中でぜえぜえと息をしました。	78	14		4	4
1	6	There were heavy darkish clouds overhead	57	頭の上には黒雲がかかっていて。	82	14		6	6
1	6	Inside, the cave was dark and cold and had the damp feel	57	洞穴のなかは、暗くて寒く、しめっぽくて。	84	14		6	6
1	6	Snow had drifted in from the doorway and was heaped on the floor, mixed with something black.	59	雪がいりまじっていた、白い魔女はなかにたいだんぷりなえぶんの木の下の黒いものでした。	84	3		6	6
1	6	she's a horrible witch, the White Witch.	59	おそろしい魔女なの、白い魔女は。	86	1		1	1
1	6	"Only in a last of a robin dying, anyway, even the redbreast"	60	あらしのことだけで、あんなに赤い魔の胸を見て。	88	8		2	2
1	6	This is just a robin's chest, or a brighter eye.	60	これはまっ赤な胸と、訴えかけるようなきれいな目をもった小鳥の。	88	8		2	3
1	6	a robin with a redder chest or a brighter eye.	60	みんなをつにしていた。	88	8		2	3
1	6	Only when it led them into a dark spot	65	みんなをうつにしんだところ。	96	14		4	4

資料80

1	7	where four trees grew so close together that their boughts met and the brown earth	国本の木が四本々とよりそって枝をかっすかせてね、一松葉と茶色の土が見える場所でした。	96	9	3	4
1	7	With these words it held up to them a little white object.	そういいながら、みんなに小さな白いものをさしだしました。	97		5	5
1	7	of course, a level floor of dark green ice.	もちろんそれは、一面のひらたいこと深い緑色の氷の層でした。	101	6	3	2
1	7	which the White Queen had pointed out to him	白い魔女の街灯がさしたところで別れた。	101		6	1
1	7	and a great big lump of deep yellow butter in the middle of the table	濃い黄色のバターの大きなかたまりがテーブルのまんなかに出ていて、	106	10	5	1
1	8	He'll settle the White Queen all right.	あのかた、白い女王のことをきっと、さばいてくれるのでしょう。	111		6	1
1	8	then it will be the end not only of the White Witch's reign but of her life.	白い魔女の時代はおわるばかりか、魔女のいのちもまっにになるというのです。	117		6	1
1	8	the green ice of the pool had vanished under a thick white blanket	川の淵の水のあおい緑色は白くあつぼったい毛布の下に消えたり、	118	6	3	2
1	8	the green ice of the pool had vanished under a thick white blanket	川の淵の水のあおい緑色は白くあつぼったい毛布の下に消えたり、	118		6	1
1	8	"He's gone to her, to the White Witch.	あの女のところへーん、白い魔女のところへいったんです。	120	1	6	1
1	8	"She has already met the White Witch,	ドラムは、前日白い魔女に会って、その味方について、	121		6	1
1	8	"Go to the White House?" said Mrs. Beaver.	「白い魔女のやかたへんですか？」	122	1	6	6
1	9	Mr. Beaver had begun telling them that the White Witch wasn't really human at all	そしてビーバーさんが、白い魔女はほんとの人間ではなくて、	126		6	2
1	9	he really knew that the White Witch had had cruel.	心の底では、いくらそんでも歩けなかったのでしょう。	127		4	2
1	9	he saw what must be the White Witch's House.	白い魔女のやかたにちがいないと思われるものが見えました。	128	14	6	4
1	9	It was growing darker every minute	大きな赤い口をあけて、こうえいました。	130	14	4	4
1	9	so that he could not have managed it at all in the dark.	（つかれてげっとうな声で、）	130		4	1
1	9	opened a great, red mouth and said in a growling voice:	やがてその灰色オオカミ、魔女の秘密警察長官モーグリムが、	136	8	6	2
1	9	and presently the gray wolf, Maugrim, Chief of the White Witch's Secret Police,	とうとうエドマンドは、先生とい大きな宮殿の中で、一大きなおにとまりました。	137		2	2
1	9	Edmund remembered what the others had said about the White Witch turning people into stone.	ランプのそばに。白い魔女からしかけていました。	132	1	6	2
1	9	and close beside this sat the White Witch.	ランプのそばに、白い魔女がこしかけていました。	138		1	1
1	10	at the white masses of the tree-tops	木々のてっぺんに白かたまりにたいして。	144		1	2
1	10	said peter's voice. sounding tired and pale in the darkness.	ピーターの声が、くらやみの中で、つかれて白くひびいて、	145	13	2	2
1	10	said peter's voice. sounding tired and pale in the darkness.	ピーターの声が、くらやみの中で、つかれて白くひびいて、	145		4	4
1	10	I hope you know what I mean by I mean by a voice sounding pale.	（つかれて白びがった声。）	145	13	4	1
1	10	and they were not white but brown.	トナカイの色はいろいのではなく、さし色でした。	146	14	4	4
1	10	and presently the gray wolf handed roun in the dark	何かの飾りをみんなにまきました。	149		2	2
1	10	and they were not white but brown.	トナカイの色はしろいのではなく、さし色でした。	149	9	2	1
1	10	He was a huge man in a bright red robebright red as hollyberries)	ピイラキの実に赤なきがみためている大きな人が着ていて、	149	8	5	5
1	10	and a great white breard that fell like a foamy waterfall over his chest.	滝のように胸にながれるくらい、まっ白ないげを生やした。	151	12	2	1
1	10	said the color of silver and across it there ramped a red lion.	たては、銀の色で一頭のライオンが赤くで立ちあがっている形です。	151	8	4	4
1	10	said the color of silver and across it there ramped a red lion.	たてには、銀の色で一頭のライオンが赤くで立ちあがっている形です。	151	8	4	3
1	10	The hilt of the sword was of gold	剣のつかは金色でで	162	14	5	8
1	11	a bow and a quiver full of arrows and a little ivory horn.	ひと張りの弓と、矢いっぱいのえびらと、小さな象牙の角笛と。	164	14	5	5
1	11	The White Witch rose and went out, ordering Edmund to go with her.	白い魔女は立ちあがり、エドマンドについていくようにしいつけて、出ていきました。	164	6	4	2
1	11	for the first time since he had entered Narnia he saw the dark green of a fir tree.	ナルニアに入ってからはじめて、エドマンドはもみの木の深い緑を目にしました。	165	6	4	2
1	11	the shot away into the snow and darkness, as quickly as a horse can gallop.	そりは走り出して、うま馬のかけるはやさで、雪とやみのなかにどんどん走りこんでいきました。	165	6	2	1
1	11	the Witch drove out under the archway and on and away without the white cheek.	魔女とエドマンドはアーチ形の門をくぐり、雪のおもてに乗りて、白いしきをあとにぬけ出しました。	158		6	1
1	11	the Witch bite her lips so so so so that a drop of blood appeared on her white cheek.	魔女がくちびるを噛んだので、線の汚く白かった、血のもどう小玉にが浮かべました。	162	14	2	3
1	11	sitting there all the silent days and all the dark nights.	星日ずっと、夜はどっとさまっとてからも、白い仕掛けの土のところから白魔の土すますましたが、	162		2	2
1	11	for the first time since he had entered Narnia he saw the dark green of a fir tree.	ナルニアに入ってからはじめて、エドマンドはもみの木の深い緑を目にしました。	164	14	2	2
1	11	for the first time since he had entered Narnia he saw the dark green of a fir tree.	ナルニアに入ってからはじめて、エドマンドはもみの木の深い緑を目にしました。	164	6	4	2
1	11	patches of green grass were beginning to appear in every direction.	緑の草むらが、いたるところに顔をのぞかせはじめました。	165	6	2	1
1	11	what a relief those green patches were after the endless white.	魔女とエドマンドはアーチ形の門をくぐり、雪とやみの中を、緑のみどり色があらわれる気持ちがおおきいした。	165		4	1
1	11	or the black prickly branches of bare oaks and beeches and elms.	はだかになったくすのえの枝とかって、線のつばにぶすめきました。	166		2	1
1	11	overhead you could see a little patch of blue sky between the tree tops.	頭の上は高い木々のちずのあいだに、青空が少しのぞめました。	167	5	2	1
1	11	Coming suddenly round a corner into a glade of silver birch trees	とつぜん、かどを曲がるとから樺の木のいちにらしゃりと出ました。	167		2	2
1	11	Edmund saw the ground covered in all diriections with little yellow flowers-celandines.	エドマンドは、その地面をいたるところ小さな黄色い花でおおいつくすのを見ました。	167	10	2	2
1	11	instead of white shapes you saw the dark green of firs	見えるかわりにように、もみの深い緑色。	167	1	5	1
1	11	instead of white shapes you saw the dark green of firs	見えるかわりに、もみの深い緑色。	168	11	2	2
1	11	or the black prickly branches of bare oaks and beeches and elms.	はだかになったくすとんれとかしのえだ、白い花とばかりがめ	168	3	6	2
1	11	growing round the foot of an old tree-gold and purple and white.	くすぎた出ている古い木のねに、金色、紫色、白の花でです	167		2	2
1	11	growing round the foot of an old tree-gold and purple and white.	くすきが出ている古い木のねに、金色、紫色、白の花です。	168	11	2	2
1	11	The sky became bluer and bluer.	空はいよいよ青くすみ、	168	5	4	2
1	11	The sky became bluer and bluer.	空はいよいよ青くすみ、	122		2	2

資料 81

#	Ch	English	Japanese	p			
1	11	and now there were white clouds hurrying across it from time to time.	ときどき白い雲があわただしく走りすぎるばかりです。	168	1	4	2
2	11	The larches and birches were covered with green, the laburnums with gold.	カラマツとかバの木は、新緑におおわれ、キンダツリは金色にまみれました。	169	6	2	2
3	11	The larches and birches were covered with green, the laburnums with gold.	カラマツとかバの木は、新緑におおわれ、キンダツリは金色にまみれました。	169	11	2	6
4	11	As the travelers walked under it, the light also became green.	その下を歩くと、日の光も緑くなりました。	169	6	4	1
5	12	While the Dwarf and the White Witch were saying this,	小人と魔女がこんなことをいっているあいだに、	170	1	6	4
6	12	green thickets and out again into wide mossy glades	すずしい緑の雑木林を通り、	170	6	2	2
7	12	a wonderful roaring, thundering yellow flood-	すさまじくごうごう、どどうをおんおんと赤く、	172	10	3	1
8	12	the sun got low and the light got redder	もう日が低くおち、光がしだいに赤く、	172	8	4	3
9	12	They were on a green open space	さわびろとした緑の前で、	172	6	3	1
10	12	It was a great grim slab of gray stone supported on four upright stones.	四柱の大石の上に立つ、黒ぐろとした大きなすごい石の平板なのでこ、	173	2	5	3
11	12	with sides of what looked like yellow silk and cords of crimson and tent pegs of ivory.	黄色の絹のような幕と、深紅のひもと象牙のくいでできた。	173	15	3	5
12	12	with sides of what looked like yellow silk and cords of crimson and tent pegs of ivory.	黄色の絹のような幕と、深紅のひもと象牙のくいでできた。	173	15	3	5
13	12	with sides of what looked like yellow silk and cords of crimson and tent pegs of ivory.	黄色の絹のような幕と、深紅のひもと象牙のくいでできた。	173	15	5	1
14	12	and on it at last again upon a pole a banner which bore a red rampant lion	そのとに空高く、うしろの足で立ちあがっているライオンの旗をつけた旗ざお	173	8	4	8
15	12	For when they tried to look at Aslan's face they just caught a glimpse of the golden mane —	子どもらはアスランの顔を見ようとして、白い魔女の姿がかいまみえるとああ見るばかりで	176	11	3	2
16	12	has tried to betray them and joined the White Witch.	あの若は、みんなを裏切って、白い魔女の味方になっていた。	177	1	6	1
17	12	winding away like a silver snake, the lower part of the great river.	大きな川の下流にあたる銀色のくがしくかけ、すをのる。	179	12	3	2
18	12	her short legs would carry her and her face was as white as paper.	一ひきの黒い正体のわからないかがでいるのでいる。	180	2	2	1
19	12	followed by a huge gray beast.	あとの黒いずうたいのわからない大ものをつれている。	181	2	2	8
20	13	so of the swiftest creatures disappeared into the gathering darkness.	追うとその早い動物たちから、せきって、みるみるやみのかなをすがたがかくしました。	183	14	4	3
21	13	the witch in a dark valley all overshadowed with fir trees and yew trees.	ところうとしたもみとイチイの木におおわれていて暗いきりあいだ、	185	14	4	1
22	13	it was so dark in this valley under the dark trees.	この木の下はどとしく暗い谷間では、	188	14	4	8
23	13	it was so dark in this valley under the dark trees.	この木の下はどとしく暗い谷間では、	188	14	4	2
24	13	Her arms were bare underneath it and terribly white.	マントの下から飛き出た彼の腕たるや、そのみの悪いことはどど白いといってく、	188	8	4	4
25	13	Because they were so very white he could see them.	黄金色にかがやく顔と真白い面が、	188	1	4	1
26	13	— the golden face and the dead-white face —	黄金色にかがやく顔と死人のような白い顔が、	194	11	3	8
27	14	And still the talk between Aslan and the White Witch went on.	それでもアスランと魔女の話しあいは、つづきました。	194	1	1	5
28	14	turn over just beside her in the darkness.	やみの中ねがそばでそろうの姿をええます。	198	1	6	3
29	14	On and on he led them, into dark shadows and out into pale moonlight.	暗いかげの中がらうくれ、青い月光のなかあられれたり、魔女のゆくこにくついていて	203	14	4	4
30	14	On and on he led them, into dark shadows and out into pale moonlight.	暗いかげの中がらうくれ、青い月光のなかあられれたり、魔女のゆくこにくついていて	205	14	4	4
31	14	On and on he led them, into dark shadows and out into pale moonlight.	暗いかげの中がらうくれ、青い月光のなかあられれたり、魔女のゆくこにくついていて	205	13	3	1
32	14	which burned with evil-looking red flames and black smoke.	おそろしい赤い火のおとと黒い煙の気味わるい焔をあげていました。	208	8	5	8
33	14	which burned with evil-looking red flames and black smoke.	おそろしい赤い火のおとと黒い煙の気味わるい焔をあげていました。	208	3	4	1
34	14	"Bind him I say!" repeated the White Witch.	「それ、あいつを、しばれ、おとつかわかりたに」と、魔女はさけびました。	209	1	6	8
35	14	Snip-snip-snip went the shears and masses of curling gold began to fall to the ground.	じょきじょきじょきと、はさみがなって、金色のたでがみのひどが、落ちはじめました。	211	1	4	2
36	15	a blackness of vultures and giant bats.	見あるそびいし姓もどなどことする色ものになる。	216	3	3	2
37	15	(for their fingers were cold and it was now the darkest part of the night)	(さにしろ指がかじかんでいましたし、興奮の夜のことです)	217	4	4	4
38	15	One was that the sky on the east side of the hill was a little less dark	一つは、山の東がわの空が、かすかに前より、白みだしました。	218	4	4	1
39	15	They were little gray things.	小さな黒っぽい者たちでした。	218	2	1	6
40	15	Each of the girls noticed for the first time the white face of the other.	女の子たちは、はじめて、おたがいの顔に青白かわきをかけました。	220	1	4	3
41	15	The sky in the east was whitish by now and the stars were getting fainter	東の空は、もう白っぽくなり、星はだんだんに薄れ、	220	1	4	1
42	15	The country all looked dark gray	見わたすひろいい土地がどとどとどとすい色でした、	221	1	2	4
43	15	at the very end of the world, the sea showed pale.	この世のはてにつづく海の水平線が、白みだしました。	221	13	3	3
44	15	The sky began to turn red.	空は、赤くなりはじめました。	221	2	4	2
45	15	the red turned to gold along the line	赤は金色となり、	221	8	4	2
46	15	Aslan stopped his golden head and licked her forehead	アスランは、その金色の頭をさげて、スーザンのひたえをなめました。	224	11	8	1
47	15	into the stillness, and the darkness before Time dawned.	この世がはじまる前の、静けさとやみをさえをえたかそぞつな日なけおっつて	224	14	4	8
48	15	And he crouched down and the children climbed onto his warm, golden back.	アスランがからかだ、子どもらは、その暖かい金色の背中にありました。	226	14	3	2
49	15	Then imagine instead of the black or gray	馬の黒または灰色の背中のかわりに、	227	3	2	1
50	15	Then imagine instead of the black or gray	馬の黒または灰色の背中のかわりに、	227	3	2	1
51	15	chestnut back of the horse the soft roughness of golden fur,	金色のほむしり毛皮に。	227	11	2	1
52	15	through wild orchards of snow-white cherry trees,	雪のようにまっ白に咲きこぼれたサクラの野、	228	5	2	2
53	15	wild valleys and out into acres of blue flowers.	あらあらしい谷間、青い花の咲くどの野、	231	11	3	3
54	16	Then a tiny streak of gold began to run along his white marble back	金色のしすじをなすか、ちようちようどまっ白い大理石の背中に走って、	231	3	3	3
55	16	Then a tiny streak of gold began to run along his white marble back	金色のしすじをなすか、ちようちようどまっ白い大理石の背中に走って、	231	2	3	2
56	16	Then imagine instead of the black or gray	馬の黒または灰色の背中のかわりに、	231	8	1	1
57	16	Then he stretched open a great red mouth,	大きな赤い口を一ひらいて、	232	1	3	4
58	16	Instead of all that deadly white the courtyard was now blazed of coulors;	今まで真白のように白一色だった中庭の今にあらゆる色でもいどりの渦となりました。	232	1	3	4

資料82

		English	Japanese	p	l	s
1	16	indigo horns of unicorns.	168 一角獣の濃い青の角。	232	1	1
1	16	reddy-brown of foxes, dogs and satyrs, of yellow stockings and crimson hoods of dwarfs	168 キツネやイヌやサテュロスの赤茶色、小人たちの黄色いくつしたとまっ赤なずきん頭巾。	232	15	2	5
1	16	reddy-brown of foxes, dogs and satyrs, of yellow stockings and crimson hoods of dwarfs	168 キツネやイヌやサテュロスの赤茶色、小人たちの黄色いくつしたとまっ赤なずきん頭巾。	232	8	1	5
1	16	reddy-brown of foxes, dogs and satyrs, of yellow stockings and crimson hoods of dwarfs	168 キツネやイヌやサテュロスの赤茶色、小人たちの黄色いくつしたとまっ赤なずきん頭巾。	232	9	2	5
1	16	reddy-brown of foxes, dogs and satyrs, of yellow stockings and crimson hoods of dwarfs	168 キツネやイヌやサテュロスの赤茶色、小人たちの黄色いくつしたとまっ赤なずきん頭巾。	232	15	2	5
1	16	reddy-brown of foxes, dogs and satyrs, of yellow stockings and crimson hoods of dwarfs	168 キツネやイヌやサテュロスの赤茶色、小人たちの黄色いくつしたとまっ赤なずきん頭巾。	232	10	2	5
1	16	and the birch-girls in gresham transparents green.	169 それにシラカバたちの銀色、ブナとシラカベたちのあざやかな緑。	232	12	2	2
1	16	and the birch-girls in silver, the beech-girls in gresham transparents green.	169 それにシラカバたちの銀色、ブナとシラカベたちのあざやかな緑。	232	6	2	2
1	16	and the larch-girls in green so bright tat its was almost yellow.	169 カラマツたちの黄色に近いあざやかな青葉。	232	6	2	2
1	16	and the larch-girls in green so bright tat its was almost yellow.	169 カラマツたちの黄色に近いあざやかな青葉。	232	10	2	2
1	16	they all rushed and for several minutes the whole of that dark.	171 やがてしかも思いきって しばらくの間は暗くておそろしい。	235	14	4	2
1	16	The light and the sweet spring air flooding in to all the dark	171 光とかんばしい春の空気が 一気に 吹きこんできた 場所にあふれるようにじわっと流れこんできたからです。	236	14	4	2
1	16	and the blue hills beyond that and beyond them they sky.	172 そのむこうにある青い山々と、そのおくにひろがっている大空が。	238	5	4	3
1	16	so that when she saw him solemnly rubbing it to and fro across his great red face.	173 ルーシーは、八郎さんがとっ てもまじめな顔つきをして、あの大きな赤ら顔で、なめかけたり、なめしたりするのを見ると。	239	8	1	3
1	16	the great beast flung himself upon the White Witch.	177 この偉大なけものは、白い魔女に身をおどらせて 跳びかかりました。	244	1	6	1
1	17	and the seemed so much older.	178 その顔は血の気がなく、するどくのびきり、いつもよりずっと年をとってきたように見えました。	245	13	1	3
1	17	his mouth was open and his face a nasty green color.	179 口はひらき、顔は土気色をしていました。	246	6	1	3
1	17	while she was still looking eagerly into Edmund's pale face wondering	179 ルーシーが、エドマンドの白いかおの気をなくした顔を気づかうな がら。	246	13	1	3
1	17	the smell of the sea and long miles of bluish-green waves breaking for ever and ever on the beach.	181 磯の香がただよって、緑の波の砕けるのが海岸にあまりにも流されるようにひびくのでした。	249	6	1	3
1	17	In the Great Hall of Cair Paravel- that wonderful hall with the ivory roof	181 ケア・パラベルの大広間では—すばらしい大広間で、展望の塔もある。	249	15	1	3
1	17	and gold flashed and wine flowed.	182 金のかがやきを放ち、ブドウ酒があふれ。	251	11	1	4
1	17	At first much of their time was spent in seeking out the remnants of the White Witch's army	183 そのはじめ 大部分の時間は、白い魔女の残党をさがし、足をとどこおりなく 黒髪の優しい女になりました。	251	1	1	6
1	17	And Susan grew into a tall and gracious woman with black hair that fell almost to her feet	183 スーザンは、これも背の高い、足をとどこおりなく 黒髪の優しい女になりました。	252	3	1	1
1	17	she was always gay and golden-haired.	184 けれどもルーシーはというと、いつも快活で金ばなでありました。	252	11	1	1
1	17	rode a-hunting with horns and hounds in the Western Woods to follow the White Stag.	184 角笛をならし、犬をしたがえてほら吹きの大白鹿を追って、西の森に狩りする。	253	1	1	5
1	17	we shall lightly return to our horses and follow this White Stag no further.	186 もう今日はこの白鹿を追いするこ となく、いまはざわりを黒く塗り暗い馬のところにかえろうではないか。	253	1	1	5
1	17	that the White Stag had once more appeared in his parts..	184 じぶんの森にまたあの白鹿が現れた知らせでした。	253	11	1	5
2	1	Everyone noticed that all the other's faces had gone very white.	6 みな、おたがいの顔が真っ青なことにこ気がついたのです。	256	1	1	6
2	1	because it was made of pure gold:	18 純金でできているのです。	17	1	1	6
2	2	It's exactly like one of the golden chessmen	19 じゅうたんを織るときの、まるで古い金のおうだ。	19	5	3	2
2	2	She pointed to a long, silvery, snake-like thing that lay half hidden in the dimply pool	22 何かが持ち出そうとこの砂浜の上に光るものでした。	23	14	5	3
2	2	a great big black hole that anything might come out of.	19 ルーシーが指さしたのは、流れが上っている、銀色のうなぎのようなものでした。	40	3	4	5
2	2	They dropped on their knees by the first brown, dimply pool	22 何かが飛び出そうな、いまにも口を開けそうな暗い穴が一つ。	24	9	3	5
2	2	that was heavy with large yellowish-golden apples	23 はじめて出てきた、茶色の小さな水たまりのそばの下にひざまずきました。	27	11	1	4
2	2	only level grass and daisies and ivy. and gray walls.	27 ひらっすらに延びた草むらと、ひなぎくと、つたあおつ、暗い灰色の堵。	28	2	3	3
2	2	--necklace and arm rings and finger rings and golden bowls and dishes and long tusks of ivory.	24 首飾りや腕輪や指輪、黄金の鉢や皿、長い象牙。	44	1	1	5
2	2	--necklace and arm rings and finger rings and golden bowls and dishes and long tusks of ivory.	24 首飾りや腕輪や指輪、黄金の鉢や皿、長い象牙。	44	14	1	5
2	2	stepped through it into a great of darker and bigger trees	25 さらに一段進めていくと、いままでよりももっと暗くてしげった森にあらわれました。	44	15	1	5
2	2	brooches and coronets and chains of gold.	25 ブローチ類、宝冠、金鎖。	44	11	1	5
2	2	the bow was still there, and the ivory quiver, full of well-feathered arrows.	26 りっぱな矢羽のついた矢の詰まった矢の箱もありました。	46	15	5	1
2	2	the day we were hunting the White Stag.	27 おまえたち、白鹿を狩ったあの日以来じゃないか。	47	11	3	1
2	2	the shield with the great red lion on it.	29 大きな赤いライオンの大きな楯	48	8	3	1
2	3	He turned and saw that the sea was very pale	33 ピーターがふり返ってみると、青ざめていました。	56	13	6	1
2	3	an immense beard and whiskers of coarse red hair feet little of his face to be seen	35 あらけずりの赤ひげをおひげとが、彼の顔をかくしていました。	57	3	3	8
2	4	except a beak-like nose and twinkling black eyes.	35 鳥のくちばしのような鼻と、きらきら光る黒い目以外は。	57	6	2	1
2	4	his aunt, who had red hair and was called Queen Prunaprismia.	41 おば、赤ひ三角くしていた女王さま、プルナプリスミアさまです。	66	8	1	2
2	4	Once there was a White Witch and she made herself Queen of the whole country.	43 むかし白い魔女がいて、この国の女王になりました。	68	1	1	3
2	4	He had a long, silvery, pointed beard which came down to his waist.	45 銀色のひげをこしのところまで生やしています。	71	12	1	3
2	4	and about the White Witch?	47 それとも白い魔女のことです?	76	14	6	4
2	4	Doctor Cornelius unlocked it and they began to climb the dark winding stair of the tower.	48 ふたりも マントをとりながら、コルネリウス博士はそれをぶち、いきなる階段を登りはじめました。	76	14	6	4
2	4	" "Do you mean in the Black Woods? Where all the--you know, the ghosts live?" "	49 「ではない魔女ですか?」	84	8	6	1
2	4	"Do you mean in the Black Woods? Where all the--you know, the ghosts live?"	54 「黒い森のところですか? あの、みんなおばけ がいるところですか?」	84	3	6	8
2	4	"Their reign was the Golden Age in Narnia"	54 「四人の王さまの治世は、ナルニアの黄金時代でした」	85	6	2	1
2	4	This is a little purse of gold	61 これは金のお財布です	94	11	5	4

資料 83

2	5	when she vanished from Narnia at the end of the Golden Age.	あの黄金時代のおわりに、女王陛下がナルニアから消えさられた時に、	95	11	6	5
2	5	He looked about him and saw on every side unknown wood, wild heaths, and blue mountains.	あたりを見れば、どこも見知らぬ森、人気のないヒースの原、かなたに青い山なみばかりなので、	96	5	3	1
2	5	From every ridge he could see the mountains growing bigger and blacker ahead.	すこし頭上にはなみが、いよいよ大きく黒々とそびえてきえました。	97	13	3	3
2	5	And now they entered a dark and seemingly endless pine forest,	そして今スピアンは、暗い松林がかぎりなくつづく場所にはいっていきました。	97	14	4	6
2	5	A dark shape approached the bed.	横かげはベッドに、白いすがたが近づいてくるのがわかりました。	100	14	1	1
2	6	and there were odd white patches on each side of it.	横かげはベッドに、白いすがたが近づいてくるのがわかりました。	101	1	6	3
2	6	The Dwarf who had wanted to kill Caspian was a sour Black Dwarf	カスピアンを殺そうといったドワーフは、にがりやの黒ドワーフ族で、	102	3	6	6
2	6	—(that is, his hair and beard were black, and thick and hard like horsehair)	(つまりその髪の毛もひげも黒で、うんと毛深くて、馬のような毛の色をしていました。)	102	3	1	1
2	6	The other Dwarf was a Red Dwarf with hair rather like a Fox's	もうひとりのドワーフは、赤ドワーフで、その髪の毛はキツネの毛の色ににていました。	102	8	6	6
2	6	and onto their sunny slopes where once again they looked across the green wolds of Archenland.	日のあたる草の斜面におり立ちましたが、そこからふたたび、アーチェン国の緑の森のかなたがながめられました。	110	6	2	2
2	6	and a sort of door opened and out came three brown bears.	戸とびらがひらいて、三びきの茶色のクマたちが出てきました。	112	5	4	4
2	6	he was just above their heads, came the most magnificent red squirrel that Caspian had ever seen.	一同は上にうつり、カスピアンが見たこともなぐらい立派な赤いリスでした。	112	11	4	2
2	6	Anyone or anything, Asian or the White Witch, do you understand?	するとそのまたうえに、もっともろのダイーフの――カスピアンが見たこともなぐらい立派な赤い風にでてきました。	114	14	4	3
2	6	Caspian found himself descending a dark stairway into the earth,	カスピアンは暗い階段がさいごに大地へおりていくのをおぼえ、	114	8	6	5
2	6	another was holding a piece of red-hot metal on the anvil with a pair of tongs.	もうひとりは、あかりとやけた鉄の棒をトング（大きなやっとこ）でもっています。	115	8	6	4
2	6	seve brothers (who were all Red Dwarfs!) promised to come to the feast at Dancing Lawn.	七ひきの兄弟（ぜんぶ赤ドワーフ族）は、森の踊りの野原の宴の集まりに来ると約束してくれました。	115	3	6	6
2	6	A little farther on, in a dry, rocky ravine they reached the cave of five Black Dwarfs.	一同はさらに進んで、水気のない岩だらけの谷間ので、五ひきの黒ドワーフ族のあなにつきました。	116	9	1	3
2	6	they came away from the cave of the Black Dwarfs.	黒い小人たちの洞あなから出てきたときに、	116	1	6	1
2	6	Anyone or anything, Asian or the White Witch, do you understand?	だれでもどんなときでも、アスランであろうが、白い魔女であろうが、同じことで。	117	8	1	2
2	6	the beard that covered his broad chest was golden-red.	ひろい胸をおおっているひげは、赤金色でした。	119	8	3	3
2	6	There Truffelhunter called at the mouth of a little hole in a green bank	トリュフ料理の上手のでかくれていたが、緑の土手にあいた小さな入り口によびかけました。	123	13	1	1
2	7	the upper part of their bodies gleamed naked in the pale light	月光をあびて白い半身は、	126	11	5	1
2	7	with meals laid out on gold and silver dishes in the anteroom.	控えのあいだの金と銀の皿にごちそうをならべ	126	12	5	5
2	7	with meals laid out on gold and silver dishes in the anteroom.	控えのあいだの金と銀の皿にごちそうをならべ	127	8	6	6
2	7	Bulgy Bears and Red Dwarfs and Black Dwarfs, Moles and Badgers,	三びきのふとっちょぐまに、赤と黒の小人のなかまたち、モグラにアナグマ、	127	8	6	2
2	7	Bulgy Bears and Red Dwarfs and Black Dwarfs, Moles and Badgers.	三びきのふとっちょぐまに、赤と黒の小人のなかまたち、モグラにアナグマ。	127	8	2	3
2	7	and others whom he had not yet seen--five Satyrs as red as foxes.	会ったことがなかったほか五ひきの――キツネのように赤いサテュロスの大かたのサテュロスたちは	129	3	6	6
2	7	"Well settle un," said a Black Dwarf grimly, fitting a shaft to his bowstring.	「かたづけてやるぞ」と、黒小人のひとりが弓矢を手にしていいました。	129	8	2	2
2	7	It was certainly an awesome place, a round green hill on top of another hill.	そこはたしかにおどろおどろしい場所で、ある山のうえにさらにこわい丸い緑の丘にありました。	137	6	1	1
2	7	on which stood a rude clay lamp lighting up their pale faces	ランプのあかりが、みんなの青白い顔をうらすく、	142	13	5	5
2	7	"Oh, as for me," said the Red Dwarf who had been listening with complete indifference.	その赤い小人は、まるで関係ないといって話をしていなかったよが、	142	8	1	4
2	7	"That sometimes has an effect in operations of White Magic."	「それは、よい魔法のひろこうに効きめがあることもなくないのです。」	147	1	6	6
2	8	left behind all weapons but my dagger, and took to the woods in the gray of the morning.	短剣のほかは何もつけずに、朝のうちに森にはいり。	148	2	2	2
2	8	"You mean you think we're no good," said Edmund, getting red in the face.	「つまり、ぼくたちはだめだといっているんだね」と、エドマンドが顔をまっ赤にしていいました。	153	8	3	4
2	8	including Trumpkin, went down the steps again into the dark coldness	トランプキンをふえて、一同はふたたび階段をおりて、暗く冷たい地下室にはいりました。	154	14	2	1
2	8	there was gold on the hilt of the sword."	柄のつかには金の飾りがはめこまれてありました。	154	11	5	6
2	8	"You mean the yellow one near the middle of the arch?"	「門中のアーチの、まんなかの近くにある黄色いれっこのことかい？」	159	10	5	4
2	8	"The red one up above--over the battlement."	そのうえの赤いリンゴ、ほら、城壁のはるか上にかがやいているやつでしょう？	159	8	4	3
2	8	If we start at once, we can be at the head of Glasswater before dark, get a few hours sleep.	すぐに出かければ、暗くなる前に入江について、五時間眠れるし、	165	14	1	1
2	8	And soon the green, wooded coast of the island was falling away behind them.	まもなくぼくらは、うすぼんやりとかすみと、葉も葉もの黒ずんだ海岸線の、遠ざかっていくのを、	166	13	6	1
2	9	a grim-looking gray bear lying dead with Trumpkin's arrow in its side.	海は緑一色の細い目からなく、遠くあきは青く	166	5	6	3
2	9	The sea began to grow bigger around them and, in the distance, bluer.	近くは緑色にあわだっているが、	166	8	3	3
2	9	but close round the boat it was green and bubbly.	そうなん。エドマンドが言うように、エドマンドが言うようにいくと、	167	13	3	3
2	9	Lucy turned crimson.	ルーシィは一本のシラカバのすがたをみて、	167	4	2	3
2	9	She looked at a silver birch;	つぎの朝、一回の目をさましましたが、寒さとうすぼろしい黒ずんだ朝の、雨のけわいに、	173	12	2	2
2	9	It was a cold and cheerless waking for them all next morning, with a gray twilight in the wood	大きな星をたたえます。こと、鳥の鳴き声一つきこえず、その流れは、うしろのほうへ、遠くへひくくとおざかっていくに	175	2	1	4
2	9	in places even a dangerous climb over slippery rock with a nasty drop into dark chasms.	岸ボートをさえぎったにくにくらにくらよう、うしろのはるか、遠くへくらくなっていくよ	179	14	2	2
2	10	—rumbling waterfalls, silver cascades, deep amber-colored pools.	とどろきたちる滝、銀の色で流れ、こはく色の深いふち。	189	15	1	1
2	10	Well, it's just this, said Edmund, speaking quickly and turning a little red	「そうなん、エドマンドが早口にいいましたが、その顔はごく赤らんでいました。	190	8	3	3
2	10	the huge Lion, shining white in the moonlight, with his huge black shadow underneath him.	おおきなライオンが、月の光を浴びて、ごく白くおどって、足もとに黒いかげをおとして、	194	13	6	6
2	10	between it and them the broad silver ribbon of the Great River.	あのライオンが、月の光を浴びて、ごく白くおどって、足もとに黒いかげをおとして、	195	14	3	3
2	10	with dark trees growing all round it.	月の光と大川の銀の帯がある、	196	16	3	4
2	10	The sea is emerald all round it.	暗くうるみおいそろしい木々がかり囲んでいる、	207	10	3	4
2	10	the huge Lion, shining white in the moonlight, with his huge black shadow underneath him.	あのライオンが、月の光を浴びて、ごく白くおどって、	207	11	4	2
2	11	The bottom, mostly pure, pale sand	音を流す、しかし静かにうずまく滝	224	2	2	2
2	11	but with occasional patches of purple seaweed, could be seen beneath them.	ところどころに紫色の海苔のような岩があって、色あざめた闇ですがたがはっきりとっている。	225	2	1	3
2	11	camp men woke, stared palely in on eanother's faces.	兵隊たちが目をさまして、色あざめた闇のなかにたがいに白いかがやきになっている。	231	13	1	3

資料84

2	11	Far away on the northern frontier the mountain giants peered from the dark gateways of their castles.	156	はるかかなた北の国ざかいでは、山の巨人たちが、城の門をあけて、子どもをかかげました。	14	3	4
2	11	saw them as a dark something coming to them from almost every direction across the hills.	157	こちらをめがけてはるぞらをななめ斜めのあらゆる方向から、何か黒いものが近づいてくるのを見かけました。	3	4	4
2	11	It looked first like a black mist creeping on the ground.	157	それは、はじめ、地面をはう黒い霧のようでした	3	4	3
2	11	then like the stormy waves of a black sea rising higher and higher as it came on.	157	つぎには、嵐の海の波のようにしだいに高まってきて、	14	3	4
2	11	(dark themselves, but their wives all bright with berries)	157	（少女の黒さはそのままに、少年の赤さがいちだんと鮮やかに映えて）	13	1	6
2	11	Pale birch-girls were tossing their heads,	157	ブナの少女たちは頭をふっていて、	2	1	3
2	11	something dark was nodding their ears.	159	耳のあたりが、なにやらうなずくかっこうになっていた	3	1	3
2	12	Meanwhile Trumpkin and the two boys arrived at the dark little stone archway	161	いっぽう、トランプキンとふたりの男の子たちは、一同いない小さな石の門にさしかかりました	14	3	3
2	12	(the white patches on their cheeks were all Edmund could see for them)	161	（そのほおについた白いペイントが、エドマンドには見分けがつくのでした）	14	2	3
2	12	Trumpkin took the torch and went ahead into the dark tunnel	161	トランプキンがたいまつを持って、先頭に立ち、トンネルのなかにむかいました。	14	2	1
2	12	It was a cold, black, musty place.	239	さむく、くらく、つめたいところ。	2	1	5
2	12	"You'd better have shoved your gray snout in a hornets' nest.	243	（じぶんの男らしさをスズメバチの巣につっこんだほうがよい）	3	5	2
2	12	what right has that old dotard in the black gown	243	また、あの黒い服を着たろくでなしに、なんの権利があるというのか	2	5	8
2	12	A dull, gray voice was nodding in his ears.	245	それにこたえて、にぶい灰色の声がひそかにこたえた。	3	1	1
2	12	"The White Witch!" cried three voices all at once.	249	「白い魔女は！」三人がいっせいに叫びました。	1	5	3
2	12	Peter had a glimpse of a horrible, gray, gaunt creature, half man and half wolf.	252	ピーターは、おそろしい灰色やせた、半分人間半分オオカミの恐ろしい姿を目にしました。	2	6	3
2	12	her dirty gray hair was flying about her face	252	あたたかい上品な灰色の髪が、顔にかかっていた	2	1	3
2	12	The little flame showed his face, looking pale and dirty	253	小さな炎が、いっぱんぽくあおじろく、汚れた顔を浮かびあがらせる。	2	6	1
2	12	They breakfasted at last in one of the dark cellars of Aslan's How.	255	一同は、ようやくアスランの塚の暗い地下の一つに朝ごはんをとって、	13	1	8
2	12	he had written such things long ago in Narnia's golden age.	258	むかし、ナルニアの昔黄金の時代にいったようにむかしに書いた	4	4	3
2	13	See, they carry green branches.	261	ほら、緑の枝をかかげている。	11	7	2
2	14	Caspian and Edmund grew white with sickening anxiety	264	おばさんの色に病的な青ざめ、胸の気分に血の気がなくなってきた	2	1	3
2	14	Peter came outside the ropes to meet them, his face red and sweaty, his chest heaving.	279	ピーターの顔は赤く、汗をかき、胸は波を打っていた。	11	4	1
2	14	but could still be seen moving away toward Aslan's How in a dark mass.	282	とても大きなかたまりをなしてアスランの塚のほうへ動いていくのを見ることができました。	8	5	2
2	15	marching, dashing, foaming, in rolling waves of changing green;	289	まだ、スラマー海のほうも、ざんざら、きらきら光る緑のかがやきのうねりとなっていた	14	5	6
2	15	the walls became a mass of shimmering green,	293	教室の壁はちらちら光る緑のかたまりとなり、	6	6	2
2	15	Some of the Black Dwarfs, who had been of Nikabrik's party, began to edge away	301	ニカブリクの仲間だった黒小人たちのうちには、そこからそっと離れて逃げ出すものもあり	1	6	1
2	15	Then three or four of the Red Dwarfs came forward whit their tinder boxes	309	そこへ、赤小人が、四人、ほくち箱を持ってでてきて、	8	5	3
2	15	and clear red ones like red jellies liquefied.	310	ゼリーのように赤い酒もあり、	8	6	2
2	15	the color came back to her white face	310	たちまちおおどろしかった顔に血の気がかえり、	8	5	3
2	15	They began with a rich brown foam that looked almost exactly like chocolate;	310	木々の葉ははじめにはまさしくチョコレートのような茶色になった、	9	5	2
2	15	the trees turned to an earth of the kind you see in somerset, which is almost pink.	310	ついで、ゼミセットの土地によく見られるピンクに近い土になった。	8	5	2
2	15	and then went on to delicate confections of the finest gravels powdered with choice silver sand.	311	それから、砂のいい細麗を混ぜるとおいしい砂糖の上に銀のいり菓子にするような細工ものになりました。	15	5	3
2	15	shone like a beacon in the dark woods,	311	暗い森の中ののろしのように光がかがやきました。	12	4	4
2	15	what with silk and cloth of gold.	312	絹や錦など、	14	3	1
2	15	which silver mail shirts and jeweled sword-hilts,	315	銀のくさりかたびら、すこし青ざめながら、前へ進みでた	12	3	5
2	15	The living and strokable gold of Aslan's mane outshone them all.	315	アスランのたてがみの生き生きとした金色は、いるすの輝きをもそやかにしのぎました。	11	4	8
2	15	One was the mouth of a cave opening into the glaring green and yellow of an island in the Pacific.	320	その男は、すこし青ざめながら、前へ進みでた	13	6	1
2	15	One was the mouth of a cave opening into the glaring green and yellow of an island in the Pacific.	325	太平洋上の島の、目くるめくまばゆい緑と黄の光のさしこまれた洞窟の出口だった	6	4	1
2	15	Narnia's golden and blue of an island in the Pacific.	325	太平洋上の島の、目くるめくまばゆい緑と青の光のさしこまれた洞窟の出口だった	5	2	2
2	15	Then came a rush of cool air.	325	アナーマの口ほとには涼しい空気が流れこんできました。	1	1	4
3	1	But the first (which rapidly swallowed up the other two) was the gray,	326	三つ目は(ほかの二つの明るいはからみのみこむ)、いるすの塗のかすかなやかな紫色です。	8	2	2
	6	had only one mast and one large, square sail which was a rich purple.	19	ただ一本のマストに、四角いりっぱな帆があるのは、鮮やかな紫色です。	4	5	3

資料85

			English		Japanese					
3	1	The sides of the ship ~ were green.	6	船の両がわは、一線色です。	19	6	5	3	2	5
3	1	She had just run up to the top of one glorious blue wave.	6	船はいま、ぐん青い大波のてっぺんをつきあげるところです。	19	6	5	3	2	5
3	1	and the water on that side was full of greens and purples.	7	右がわからましこみ、それとの海は一面に緑と紫です。	20	6	3	3	2	2
3	1	On the water on that side was full of greens and purples.	7	右がわからましこみ、それとの海は一面に緑と紫です。	20	4	3	3	2	3
3	1	On the other, it was darker blue from the shadow of the ship.	7	左がわは、船のかげになって、ずっと濃い青になっています。	22	6	3	3	2	3
3	1	He turned rather green and tried another look.	8	少し青ざめて、もう一度ながめようとしました。	26	6	3	3	2	3
3	1	and just as they thought they had got their balance a great blue roller surged up round them.	9	今度こそ体の自由が利くと思っているうちに、青い大浪が襲いかかりました。	27	5	7	3	2	1
3	1	she saw its green side towering high above them.	9	見上げると、その緑色の腹がとても高いのです。	27	5	1	3	2	6
3	1	A white figure diving which her face had got blue	12	白くダイビングする人影が青くなった顔で	28	11	2	3	2	3
3	1	— a golden — headed boy seemed a very long delay during which her face got blue	12	金髪の少年、の前に長い時間、顔を青くしていた	28	11	2	3	2	3
3	1	blue waves flecked with foam, and paler blue sky.	13	泡のちる青い波、それよりうすい青色の空です。	29	5	3	3	2	3
3	1	blue waves flecked with foam, and paler blue sky.	14	泡のちる青い波、それよりうすい青色の空です。	29	5	4	3	2	3
3	1	Rynelf returned with the spiced wine streaming in a flagon and four silver cups.	14	ライネルフが、香料入りの葡萄酒と銀のコップ四つを持ってもどりました。	30	7	1	3	2	5
3	1	A thin band of gold passed round his head under one ear and over the other	15	ひとすじの細い金のくさりが、片方の耳の下、もう片方の耳の上を通して頭の上にまかれている。	31	11	3	3	2	3
3	1	in this was stuck a long crimson feather.	15	そこに長い真紅の羽根が一本さしてあった。	32	15	2	3	2	2
3	1	As the Mouse's fur was very dark, almost black.	15	このネズミの毛の色が、黒に近い濃い色でしたから。	32	14	2	3	2	2
3	1	As the Mouse's fur was very dark, almost black.	16	このネズミの毛の色が、黒に近い濃い色でしたから。	32	3	3	3	2	2
3	1	the three square windows that looked out on the blue.	17	この三角の窓が、青い波をさかのぞく	34	3	5	3	2	5
3	1	the swinging silver lamp overhead	17	天井には銀のつりランプやら	34	12	3	3	2	5
3	1	the flat gold passed round his head Aslan the Lion on the forward wall above the door.	17	ドアの上の欄間際には、ライオンのアスランをあらわした金の模様がついている。	34	11	5	3	2	1
3	1	all birds and beasts and crimson dragons and vines	18	鳥やけものや赤い竜やぶどうの木の絵がです	36	15	5	3	2	5
3	1	A dark-haired man went down on one knee and kissed her hand.	19	黒い髪の人が、片ひざをついて、ルーシィの手にキスをしました。	37	14	5	3	2	3
3	1	as the Mouse was alternately golden with sunlight and dim green with the sea.	25	船がゆれるたびに、陽の光で金色になったり、海水でほとんど暗い緑色になったりしました。	47	11	5	3	2	3
3	1	as the Mouse pitched they were alternately golden with sunlight and dim green with the sea.	25	船がゆれるたびに、陽の光で金色になったり、海水でほとんど暗い緑色になったりしました。	47	6	5	3	2	5
3	1	So they stretched out, and it was dark.	26	それでさられると、やはりまっ暗でした。	48	6	4	3	2	5
3	1	Eustace, very green in the face.	26	ユースタスは青のまっ青に。	48	16	5	3	2	5
3	1	the whole western sky lit up with an immense crimson sunset.	29	西空が一面に、入り日をうっけてあわやかな金色に染まっていました。	52	15	4	3	2	5
3	1	he at once got out a little black notebook and a pencil and started to keep a diary.	30	ユースタスはすぐ小さな黒い手帳を鉛筆を出して日記をつけはじめたのです。	52	3	5	3	2	2
3	1	"Draw and fight or I'll beat you black and blue with the flat."	34	「剣をぬいて、戦え。さもないと、剣の平たいので、あざになるまでたたくぞ。」	59	3	3	3	2	4
3	1	"Draw and fight or I'll beat you black and blue with the flat."	34	「剣をぬいて、戦え。さもないと、剣の平たいので、あざになるまでたたくぞ。」	59	3	2	3	2	3
3	1	It might have been red-hot by the feel.	35	それでさわられて、やけどしそうなしました。	60	8	5	3	2	3
3	1	the sky very pale and the sea very dark blue with little white caps of foam.	36	空はうす暗く、海は白い波がしらがたち、小さい白い波頭をもらしています。	62	13	4	3	2	3
3	1	the sky very pale and the sea very dark blue with little white caps of foam.	36	空はまっ暗で、海はまっ黒の中に、小さい白い波頭をもらしています。	62	5	5	3	2	1
3	1	the sky very pale and the sea very dark blue with little white caps of foam.	36	空はまっ暗で、海はまっ黒の中に、小さい白い波頭をもらしています。	62	7	2	3	2	2
3	1	like a low green hill in the sea.	36	海の中の低い緑の丘のような	62	2	1	3	2	3
3	1	the gray slopes of its sister Doorn.	38	そのとなりのドーン島という、灰色のおかげ、黒い点々一と前に見えている。	63	1	6	3	2	3
3	1	They weren Narnian before our time—in the days of the White Witch.	38	あれはナルニアの昔、白い魔女の時代の、私たちの先祖なんですよ。	63	7	2	3	2	2
3	1	The little town of Narrowhaven on Doorn was easily seen.	40	ドーン島の中心、ニローヘブンというところの小さな町は、あざやかに見えました。	67	6	2	3	2	3
3	1	In the green valley to which they were descending six or seven rough-looking men.	40	いまさがっている緑の谷に、あらくれだった男が六、七人、すわっている。	67	6	3	3	2	5
3	1	— a big black-haired fellow—shouted out.	43	黒髪の男が、仲間にどなった。	68	3	5	3	2	4
3	1	when the black-haired man nodded to his companions.	45	一同は、人夫に船のまわりをぐるっと取り巻かれ、奴隷船の方へ連行されてしまいます。	69	9	2	3	2	4
3	1	they were rowed out in a long, rather dark place.	50	やや暗く、ちょっと暗いところに入りこんでいます。	75	4	4	3	2	4
3	1	But after that Bern sent a messenger over by boat.	56	それからすぐ、ベルンがボートで一人の使いをやり、船に案内をします。	82	14	4	3	2	5
3	1	with hair that had once been red was now mostly gray.	56	髪はむかし赤毛だったのが、いまは白のまだらになっています。	89	8	4	3	2	4
3	1	with hair that had once been red was now mostly gray.	56	髪はむかし赤毛だったのが、いまは白のまだらになっています。	89	2	3	3	2	4
3	1	there was not wind enough to spread the flag out and make the golden visible.	58	風もなく、旗はたれたままで、描かれた金色のドラゴンの絵もはっきり見えなかったのです。	92	11	5	3	2	4
3	1	at a sea which was a brighter blue each morning and drink in an air	62	朝はいっそうにあざやかな青色を見せています。	97	14	5	3	2	4
3	1	The Calormen have dark faces and long beards.	62	カロールメンの人たちは、みな、黒い顔に長いひげを生やしています。	97	14	5	3	2	5
3	1	They wear flowing robes and orange-colored turbans.	62	ひろやかなマントをまとい、頭にはだいだい色のターバンをまいています。	98	15	4	3	2	4
3	1	weather-beaten men with short grey beards and clear blue eyes.	64	短くかったましらがのあごひげをはやし、すんだ青い目の色をやけた。	100	5	4	3	2	3
3	1	weather-beaten men with short grey beards and clear blue eyes.	64	短くかったましらがのあごひげをはやし、すんだ青い目の色をやけた。	100	5	4	3	2	3
3	1	the appalling sight of the speed with which they were rushing into the dark.	66	船がゆかるたびに、船はすさましい速さで、暗やみに飛びこんでいくような感覚があります。	102	4	4	3	2	5
3	1	Then a gap was torn in it and a yellow sunset poured through the gap.	68	そしてたこてもよりいっそう明るく、そこから黄色い夕日がさしこんで。	104	4	5	3	2	4
3	1	The sea was a drab or yellowish color like dirty canvas.	68	海は灰色のにごった汚れたカンバスの色をしていました。	105	10	5	3	2	4
3	1	A great gray hill of water, far higher than the mast, rushed to meet them.	68	波の大きな灰色の山が、マストよりも高くはねあがって、船におそいかかります。	105	10	4	3	2	4
3	1	her purple sail still flapping idly.	69	やや小かぜがあって、ぶどう色のほは、いまものろのろと動揺をゆすります。	106	2	4	3	2	5
3	1	So I just got up and took my cup and tiptoed out of the Black Hole we slept in.	73	だから、おきあがってコップを持ち、ねどこから抜け出して	108	14	6	3	2	3
3	1	That idiot Caspian wouldn't let us go ashore because it was getting dark	75	あほうのカスピアンが、上陸をさせないが、暗くなるし、	112	14	4	3	2	1

資料86

		English	Japanese				
3	5	When morning came, with a low, gray sky but very hot,	つぎの朝になりますと、ひくいくもり空のまま、あつくなりました。	115	2	4	2
3	5	behind the vague darkness of mountains which ran into dull-colored clouds	さらにそのうしろは、ぼうっとわからない、にぶい色がかった	116	14	4	1
3	5	there with lines of white which everyone knew to be waterfalls,	ところどころ白いながれがついていて、だれの目にも滝だとはわかりました。	116	13	3	2
3	5	–lean, pale, red-eyed from lack of sleep.	やせて、青白くて、よく眠っていないせいで目を赤くして、	118	8	1	6
3	5	–lean, pale, red-eyed from lack of sleep.	やせて、青白くて、よく眠っていないせいで目を赤くして、	118	8	1	1
3	5	how very silent and warm and dark green the wood became.	あたりが、なんと静かすぎて、もっとも、うすぐらい緑の森になってしまったか	120	6	3	3
3	5	There is something dark ahead.	前のほうになにか黒いものがある。	123	14	5	4
3	6	black burnt patches like those you see on the sides of a railway embankment	あちこちに、黒い焼けあとがあり、一直線の鉄道のもり土の両がわにあるように、	124	3	3	2
3	6	a long green spit of landm horribly steep and narrow,	おそろしくけわしくてせまい、一すじの緑の舌のような土地が出しについて、	125	6	3	4
3	6	At the bottom of the cliff a little on its left hand was a low, dark hole	いましたところ、ちょっとて、上にいちばん低い、くらい洞くつが一つありました。	126	14	3	4
3	6	And the loose stones beneath the dark hollow were moving	その暗いくぼみの下にある地面のころがり動いていた、	126	14	5	2
3	6	as if something were crawling in the dark behind them.	穴のなかのくらやみで、何かがはっているようだった。	127	14	3	4
3	6	Then fill my pockets with diamonds–that's easier than gold.	「俺のポケットにはダイヤを詰めていいって、金より楽なものね。	128	8	2	3
3	6	"He's nowhere that I could have heard that," said Lucy with a white face.	「額は、青くなり、と、角度の色を使いながら、ルーシィが小刀鋏を上げて言いました。	132	1	1	1
3	6	He saw two thin columns of smoke going up before his eyes, black against the moonlight;	目の前に、月光に黒々と、二すじのかすかなけむりのぼるのが見えました。	134	3	5	3
3	6	There was such a clatter and rasping , and clinking of gold.	がらがら、ちゃらりと金の音が宝石箱に、やがて鈴をふる音がしました。	136	11	5	4
3	6	He noticed too that the red fire had gone out of its eyes.	その赤い輝きが瞳から消えているのにも気がつきました。	140	12	3	2
3	6	He could see the bay like a silver slab	一枚の頭板のように入江が、	143	14	4	2
3	6	And endless hours seemed to pass before the darkness thinned	もう時間がたったように思われたが、いつしらに、そろそろくらやみがうすれ	144	11	5	5
3	6	but it could not dislove the gold.	でもその足元に、金の腕輪をはめて、しかも夜気が金色のないものでもでしたが。	146	11	1	2
3	7	"Look at the device on the gold," said Caspian.	「金具をよくごらんなさい」とキャスピアン。	147	11	5	4
3	7	"All dragons collect gold."	「あらゆるりゅうぞくみんな、黄金を集めるのだ。	148	11	5	2
3	8	so that they could wheeling below them the green slopes,	ぐるぐる飛びながら下を見て、緑の山腹、	151	6	3	5
3	8	to the eastward a spot of darker blue on the blue horizon	それは低い緑の島のように、青くすんだ水平線に浮かぶ一点の濃い青い青色のそれで、	151	5	5	3
3	8	to the eastward a spot of darker blue on the blue horizon	それは低い緑の島のように、青くすんだ水平線に浮かぶ一点の濃い青い青色のそれで、	151	5	5	3
3	8	It was just getting gray so that you could see the tree-trunks	まだうす暗くて、大きな林のあかい木のみきはどうやらくらがみから見分けがつきました。	154	2	3	4
3	8	he thought he saw a dark figure moving on the seaward side of the wood.	森の海ぎわを、黒く動く人かげが見られた気がした。	154	14	1	5
3	8	He came down softly to the edge of the wood and the dark figure was still there.	エドマンドは、ずっと森のきわまで出てみました。その黒い人かげは、まだそこにいました。	155	14	3	1
3	8	while the sky got paler and paler	空の色いよいよ、空ははっきり白みはじめ、	156	13	4	4
3	8	while the sky got paler and paler	空のあいだに、空はいよいよ白み	156	13	4	4
3	8	only ever so much thicker, and darker, and more knobbly-looking than the others had been.	ただ、いままでのより、はるかに太く、黒く、ごつぼつんだしたという見えたところがありました。	162	6	1	3
3	8	It was a low green island inhabited by nothing but rabbits and a few goats,	それは低い緑の島でありちほう、ウサギやヤギばかりすんだところでした。	168	3	3	4
3	8	but from the ruins of stone huts, and from blackened palces where fires had been,	石小屋のあとがあったり、火のたえた黒ずんだ堂など	168	3	4	2
3	8	It was all greens and vermilions with purple blotches	紫いろのぽつぽつのついた緑と朱色になりました	171	6	6	4
3	8	It was all greens and vermilions with purple blotches	紫いろのぽつぽつのついた緑と朱色になりました	171	15	4	4
3	8	I don't believe the statue is gold at all.	あの像は、金じゃないと思うよ。	171	14	2	4
3	8	"They look it yellow," began Eustace.	「すこし黄色いね」とユースティス。	177	6	3	3
3	8	"They're gold, solid gold," interrupted Edmund	「ここは金なんだよ、純金だ」エドマンドはその言葉をさえぎりました、	183	10	1	2
3	8	"They're gold, solid gold," interrupted Edmund	「ここは金、金だよ、純金だ」	183	5	1	3
3	8	That water turns things into gold.	この池は、金にかわるんだ。だから金になるんだ。	184	11	3	3
3	8	At least, it's really gold –solid gold-till he far too heavy to bring up.	あれが本当にいぼつの金だ。純金だけど、重くてどうしてもあげることができない、	184	11	3	3
3	8	At least, it's really gold –solid gold-till he far too heavy to bring up.	あれが本当にいぼつの金だ、金だけど、重くてどうしてもあげることができない、	185	11	5	4
3	8	and it turned the toe-caps into gold.	そしてつま先をきて金になったようすが、金に変えられました。	185	11	5	5
3	8	what he drew out of it was a perfect model of heather made of the purest gold, heavy and soft as lead.	大海原を熱心に見つめる人間のような、人の高さの純金銀像ができてることに	185	11	5	3
3	8	It shall be called Goldwater Island.	荒々しく、けわしい白みの緑の島の入江の入口で、	186	11	5	4
3	8	Across the gray hillside above them–gray, for the heather was not yet in bloom–	一面の上の黒い灰色がかった山腹をわたって(黒っぽいのは、ヒースがまだ色がついていないからです)	186	11	5	5
3	8	Across the gray hillside above them–gray, for the heather was not yet in bloom–	一面の上の黒い灰色がかった山腹をわたって(黒っぽいのは、ヒースがまだ色がついていないからです)	187	11	6	3
3	8	Across the gray hillside above them–gray, for the heather was not yet in bloom–	一面の上の黒い灰色がかった山腹をわたって(黒っぽいのは、ヒースがまだ色がついていないからです)	188	3	3	1
3	8	Across the gray hillside above them–gray, for the heather was not yet in bloom–	一面の上の黒い灰色がかった山腹をわたって(黒っぽいのは、ヒースがまだ色がついていないからです)	188	2	3	1

資料 87

3	9	they now caught sight of a house-very long and gray and quiet looking in the afternoon sun.	131	午後の日ざしのなかに、たいへん細長い黒っぽい家が静まりかえっていました。	192	2	3	4
3	9	Go upstairs in the dark?	142	やみ夜中に二階にいけなんて、じょうだんじゃない。	208	14	1	1
3	9	But the boys, who had all been afraid quite oftenm grew very red.	143	けれども、ちょいちょいこわいと感じることのある男の子たちは、すっかり顔を赤くしました。	209	8	1	3
3	10	Getting dark now; always does at night.	146	そして、夜になるということは。	212	14	4	1
3	10	Lucy could not help looking at the dark yawning entrance to the foot of the staircase	146	ルーシィは、一階にあがる階段の下にぽっかり大きく口をあけているほら穴のような入り口から目をはなすことができませんでした。	212	14	1	3
3	10	there had been strange signs painted in scarlet on the door	148	そして、ドアには赤いみょうなものが、なにやら印が描いてありますが、	215	7	1	5
3	10	They were cores for wartsdry washing your hadns in moonlight in a silver basin)	151	だとえば、いぼをとるまじない（月光のかげで銀の洗面器に手をあらうこと）	220	12	5	5
3	10	the golden bees which were dotted all round the fourth spell looked for a moment	152	四つ目のまじないのまわりにはいまのまじないの点々と金のみつばちが、ちょっとの間	221	11	2	3
3	10	It was painted such a bright gold that it seemed to be coming toward her out of the page;	155	ページからルーシィのほうへ出てくるかと思われるほどあざやかな黄金色の塗りでありました。	224	11	3	5
3	11	It was about a cup and a sword and a tree and a green hill. I know that much.	157	なんでも、さかずきと、剣と、木と、緑の山の話だわ。	228	6	3	5
3	10	this was all gold and blue and scarlet.	158	ここには、すべて黄金色と青と朱の色があわされました。	229	5	1	5
3	10	this was all gold and blue and scarlet.	158	ここには、すべて黄金色と青と朱の色があわされました。	229	5	1	5
3	10	this was all gold and blue and scarlet.	158	ここには、すべて黄金色と青と朱の色をあしらっていました。	229	7	1	5
3	11	an old man, barefoot, dressed in a red robe.	161	そのかみ、はだしで、真っ赤なマントをはおっていると定にさせるかぶ	233	8	1	5
3	11	His white hair was crowned with a chaplet of oak leaves.	161	老人の頭には、かしわの葉をあしらった冠をつけ	233	5	1	1
3	11	at a round from the old man the tablecloth, silver, plates, glasses and food appeared.	163	魔法つかいのおまじないによって、テーブルの上、コップや食べ物が、あらわれました	236	12	1	1
3	11	an omelette, piping hot, cold lamb and green peas.	163	はかほかあつあつのオムレツ、カシミアのひやロースト肉にグリンピース、	236	6	6	4
3	11	"Visibe we are," said one in a tasseled red cap who was obviously the Chief Monopod.	168	「見えるぞ、見える」ちばきにちかに一本足のおいちがちゅけた帽子かぶった	243	8	1	5
3	12	so they judged that the golden man they had seen lying in Deathwater must be the Lord Restimar	175	それで一同は、あの死水島で見た地に横たわっていた黄金の男は、レスティマール王と考えます。	253	11	3	1
3	12	sighted what looked like a ground dark mountain rising out of the sea on their port bow.	176	海の左へさき大きな黒い山のようなものが立っているのを見つけました。	254	13	1	3
3	12	The dark mass lay ahead, much nearer and larger.	177	くらやみかたまりが、ゆくてにあって、ずっと近くに、大きくなっているのです。	254	14	6	4
3	12	It was a Darkness.	177	それは、まっくらやみだったのです。	255	5	1	5
3	12	they would vanish altogether into smooth, solid blackness.	177	すっぱりと、濃いまっくらやみのなかに、それは消えてしまいます。	255	4	6	6
3	12	For a few feet in front of their bows they could see the swell of the bright greenish-blue water.	177	へさきのさき数メートルのあたりには、あかるい線と青の海のうねりがあらわれます	255	5	3	1	1
3	12	they could see the water looking pale and gray as it would look late in the evening.	177	水面がおそくなった夕方のように見えます。	255	13	6	3
3	12	they could see the water looking pale and gray as it would look late in the evening.	177	水面がおそいタ方のように見えます。	255	14	3	4
3	12	But beyond them again, utter blackness as if they had come to the edge of moonless and starless night	177	けれど、その先はまっくら闇。月のない星の出ていない夜のようなくらやみ。	255	14	6	4
3	12	Behind them was the sea and the sun, before them the Darkness.	179	船のうしろには、海が日が太陽があるが、船の先まえは、まっくらやみばかり。	256	14	4	5
3	12	because they were afraid of the dark.	179	くらやみがおそろしいからです。	257	7	4	6
3	12	"How long this voyage into the darkness lasted, nobody knew.	180	「どのくらい、くらやみの旅がつづくものか、だれにも見当がつきませんで。	257	13	1	3
3	12	A wild, white face appeared in the blackness of the water.	182	一つの青ざめた白い顔が、海のくらみのなかから、あらわれました。	258	13	4	4
3	12	A wild, white face appeared in the blackness of the water.	182	一つの青ざめた白い顔が、海のくらみのなかからあらわれました。	263	3	1	1
3	12	Though he did not otherwise look very old, his hair was an untidy mop of white.	183	さほどの老年とも見えませんのに、髪は長く自髪蓬蓬と振り乱し、	258	14	4	3
3	12	The darkness did not grow any less, but she began to feel a little- a very, very little-better.	186	くらやみ島より見えずともいません。少しは少し気分が軽くなるような気がはじめました。	269	14	1	1
3	12	behind everyone lay his black, sharply edged shadow	186	どの光の見のうしろに、黒々としっくら影をひいています。	269	4	6	6
3	13	In a few moments the darkness turned into a grayness ahead.	187	いくつかたつと、くらやみは空にやみでした。	270	14	3	1
3	13	In a few moments the darkness turned into a grayness ahead.	187	いくつかたつと、くらやみは空にかすりでした。	270	14	4	4
3	13	they had shot out into the sunlight and were in the warm, blue world again.	187	日の光のあかるいところを進み、ふたたび暖かい、青い、青の世界に出ました。	270	14	5	7
3	13	the darkness would cling to the white and the green and the gold in the form of some grime or scum.	188	船の白いところ、緑色の部分、金色のところにもごみやあかのようなくらやみがからみつき	270	14	4	4
3	13	the darkness would cling to the white and the green and the gold in the form of some grime or scum.	188	船の白いところ、緑色の部分、金色のところにもごみやあかのようなくらやみがからみつき	270	6	4	4
3	13	the darkness would cling to the white and the green and the gold in the form of some grime or scum.	188	船の白いところ、緑色の部分、金色のところにもごみやあかのようなくらやみがからみつき	270	14	4	4
3	13	But they saw only bright blue sea and bright blue sky.	188	けれども、一同の目にはるのは、あかるい青い海と、あかるい青い空ばかりでした。	272	5	3	2
3	13	But they saw only bright blue sea and bright blue sky.	188	けれども、一同の目にうつるのは、あかるい青い海と、あかるい青い空ばかり。	272	5	3	2
3	13	The dark Island and the darkness had vanished for ever.	188	くらやみ島とくらやみは、まったく消えてなくなりました。	272	14	5	4
3	13	The dark Island and the darkness had vanished for ever.	188	くらやみ島とくらやみは、まったく消えてなくなりました。	272	14	3	4
3	13	when the sunset behind them was so crimson and purple and widely spread	190	船のうしろにしずんでいく日の深紅と紫の色とを帯びるようでる、それが広々と高々となって見え、	274	15	4	4
3	13	black against the red sky and sharp as if it was cut out of cardboard,	191	夕焼け空を背景にして、厚紙を切り抜いたようにくっきりと高々と見え、	275	2	4	4
3	13	black against the red sky and sharp as if it was cut out of cardboard,	191	夕焼け空を背景にして、厚紙を切り抜いたようにくっきりと高々と見え、	275	8	4	4
3	13	what Lucy called "a dim, purple kind of smell."	191	ルーシィが、「ほんのり、紫色のにおい」という。	275	4	4	4

資料88

			English			Japanese		
3	3	2	13	a wide oblong space flagged with smooth stones and surrounded by gray pillars but unroofed.	277	2	192	かなり広い長方形の土地に、スカしゃ石を敷つめ、黒でない柱が取りまかこんだ、屋根のない場所で。
5	5	15	13	And from end to end of it ran a long table laid with a rich crimson cloth	277	15	192	そこの端から端まで、長いテーブルが一台あって、あかいテーブルかけがかかっていました。
5	5	11	13	There were flagons of gold and silver and curiously-wrought glass;	278	11	193	金銀の酒びんまで変わった細工のコップもあり、
2	2	15	13	between jeweled cups and pyramids of fruit and ivory salt-cellars.	278	15	193	金銀の酒びんなど変わった細工のコップのあいだには、宝石をはめた杯や果物のくだもの、象牙の塩つぼのあいだをぬうて走りました。
1	1	2	13	He ran right up to the mysterious gray mass at the end.	279	2	193	宝石をはめた杯などをたえびみつかの前まで行きました。
2	2	2	13	His hair, which was gray, had grown over their eye till it almost concealed their faces.	279	2	194	まっ黒なその日の毛まで日にかぶさっての髪、日に小さかかりとうはとんどいうていました。
4	4	14	13	so that you would see them less and less as the night grew darker,	280	14	194	夜が暗くなるにつれて、はとんど三人も見にくくなり、
5	4	11	13	It was almost dark now by now and almost dark.	285	11	198	そのころはもう十時ごろで、はとんどまっくら、ほとんど三人も見にくくなり。
1	1	3	13	The sky was very black except for the faintest possible grayness in the east	286	3	198	夜空は、やはり、まっくろでした、ことのすかに東の方にもあるかと思われるほそかな白。
4	4	4	13	The sky was very black except for the faintest possible grayness in the east	286	4	198	夜空は、やはり、まっくろでした、ほんのかすかに東の方に、もしかしたかと思われるほそかな白。
1	1	5	13	it was a tall girl, dressed in a single long garment of clear blue which left her arms bare.	287	5	199	それは背の高い、たけのみじかい女のこで、前腕を出した、そこに、まっすくな長いそれをすけています。
3	3	12	13	She was barefooted and her yellow hair hung down her back.	287	12	199	頭はなにもかぶらず、背の高いその女のこからだは、まっすぐにかけています。
5	5	14	13	His silver beard came down to his bare feet in front	287	14	199	その銀色のかげは、はだしの足もちまでさけつけて。
5	5	11	13	The light which shehad been carrying was a tall candle in a silver candlestick	287	11	199	テーブルの上の金のランプの銀のろうそくで一人はあかりを持っていました。
6	6	14	14	Gold and silver on the table shone in its light.	290	12	201	それはしっとり、白い魔女が昔のマラスンの教し石の上に置いたものに似たものでしたね。
5	5	11	14	Gold and silver on the table shone in its light.	291	11	201	テーブルの上の金もうそくの銀もうそくも彼光の下に光っていました。
4	4	1	14	It was a knife like it that the White Witch used when she killed Aslan at the Stone Table long ago.	293	1	203	まっ白い光のすじが、東の方に、しだいに空にあらわれていたのです。
1	1	4	14	The Mouse, standing on the table, held up a golden cup between its tiny paws	293	4	203	まっ白い光のすじが、東の方に、しだいに広がり。
2	2	12	14	great gaps of white light were appearing in the grayness of the eastern sky.	294	12	204	その銀色のひげは、はだしの足もちまでさけつけて。
1	1	12	14	great gaps of white light were appearing in the grayness of the eastern sky.	294	12	204	銀色の髪は、背からかかりとまでたれて。
1	1	8	14	His silver beard came down to his bare feet in front	294	8	205	まとっている長いすそは、銀色のヒッジのモフダンに思っているきました。
2	4	11	14	And long afterward that those who sang all the time) the east began to turn red	294	11	205	その衣は、とうているうちに、そのうしろにあらわれた日の光が白くなり。
5	5	12	14	his robe appeared to be made from the fleece of silver sheep.	295	12	205	その水がしだいに白光する方になっていい、ついにごろのそこ、まっ白になり。
3	3	2	14	And as they sang the gray clouds lifted from the eastern sky	295	2	205	白い光の中には、しだいに広がり。
4	4	1	14	its long level ray shot down the length of the table on the gold and silver and on the Stone Knife.	295	1	205	白い光の中には、しだいに広がり。
2	2	4	14	its long level ray shot down the length of the table on the gold and silver and on the Stone Knife.	296	4	205	滝とそれは、大きな鳥と、まっ白なもの。
4	5	5	14	the white patches grew bigger and bigger till it was all white.	309	5	206	なんとそれは、大きな鳥と、まっ白なもの。
4	5	11	14	the white patches grew bigger and bigger till it was all white.	309	11	214	そのうちものを日をまとじつけて、一度すべるものがきまっかれとうで。
7	7	12	14	and the sea began to shine like silver	310	12	215	その身のほそくみたいたくの日はまごがしましたなは夜のうちに生えていたところ。
3	4	1	15	They were birds, large and white.	310	12	215	そのランドウドウの、その火のましろにもとたのだは、一一両のあのルーフの二百ある目の北の人の知の位のいくきをしてもなりました。
2	2	1	15	they not only made everything white but blurred and blunted all shapes.	314	1	218	昼間でもあかるむほ光がまわしたるなり、星の光の光のまわりをしてにくに関えはしたのが。
5	5	3	15	he shall have either gold or lead enough to make him rich all his life.	315	3	219	あの大きな白い平の列が鳴と方でもとあれていた白いまよっていかりませ。
5	5	3	15	Ramandu stood behind him and laid both his hands on Rhoop's gray head.	315	3	219	その黒い小さくまっ黒いものにいて、それはあたかに向かって面すれおもにくいたのが。
1	1	3	15	Even in daylight a faint silver light came from the hands of the star.	315	3	219	パンのかけらは、白いものにぶつけようとしたのです。
3	3	3	15	the huge white birds, singing their song with human voices in a language no one knew.	316	6	219	黒いものだけが、突然、そのもとうよく大きくなり、また同じスピードて野原を走っていきました。
4	4	12	15	The first thing that she noticed was a little black object.	316	12	220	じぶんの来っている列車のかけげか、汽車と同じスピードて野原を走っている。
4	4	2	15	And the bit of bread looked as if it were going to collide with the black thing.	316	2	220	その自分のからだがおおきくなったのではほとんどない。とは見かめえたです、ルーフの灰色の頭に両手をあてた。
4	4	14	15	Then Lucy now saw that the black thing could not be on the surface.	316	14	220	ラマンドゥは、そのうしろの縁色のからだをみたまとこのなかは、日かな面かりのように思われて。
4	4	14	15	the black shadow of your own coach running along the fields at the same pace as the train.	317	13	220	昼間でもあかるむほ光がまわしたる。
6	6	3	15	once more the black shadow had gone back to its normal size	317	13	220	白いかげも、緑がかた別の白い一筋と繋ぐあがり。
4	4	15	15	the great silvery expanse which she had been seeing (without noticing)	318	6	221	そのはほどがその、あるかわのあたかに、あるそのめちんと同じ緑色の一度けにつけているでたた。
5	5	15	15	they were passing over a mass of soft purple green, with a broad,	318	15	221	自の見るところは、まるやま牲野原でした。
4	4	14	15	winding strip of pale gray in the middle of it.	318	14	222	真珠めだたったらおそらくは、きの色だったのかもしれ。
1	1	11	15	that all sorts of darker or brighter patches were not lights and shadows on the surface	319	11	222	ルーフは、そのなかにはまっすく金網のものを見つけました。
2	1	3	15	the meaning of this big, black thing which had come between them and the sun.	319	3	223	ルーフは、そのなかには頭に金鉱色のものを見つけました。
5	5	3	15	streamers of emerald or orange-colored stuff fluttered from their shoulders in the current.	319	3	223	いんだちは日光のかもしかいもんには、このいろとは異ってものいもいます。
1	1	15	15	of a pearly, or perhaps an ivory. color.	322	3	224	眞珠のかいふか、くすんだ象牙色。
			15	the darker and colder it gets, and it is down there.	322	15	225	からだの色は、くすんだ象牙色、黒い点に変わります。

資料89

		English	Japanese	Page			
3	15	Their bodies were the color of old ivory, their hair dark purple.	からだの色は、くすんだ象牙色、髪の毛は、黒っぽい紫色です	322	4	1	1
3	15	everyone could see the black blob in the water which was Reepicheep.	だれの目にも、水のなかにリーピチープが黒い点になっているのが見えました	326	3	2	1
3	16	I see whiteness.	白いものが見えます。	337	1	2	2
3	16	The whiteness did not get any less mysterious as they approached it.	白いものは、近づくにつれて、ふしぎな感じをへらすことはありませんでした。	337	1	2	2
3	16	she was broadside on to the current and rowed a little way southward along the edge of the whiteness.	潮流にむかって真横になり、白いもののふちにそって南へこぎ進むことにしました。	338	1	2	2
3	16	And still no one could make out what the white stuff was.	それでも、まだだれも、その白いものの仲間なのかわかりません	338	1	2	2
3	16	the boat pushed right in amidst the whiteness.	ボートが白いものの中におしいっていき	339	1	2	2
3	16	the boat came rowing back there seemed to be plenty of the white stuff inside her.	ボートがもどってきたとき、その中に白いものがいっぱいあるようだと見えました。	339	1	2	2
3	16	She held up her wet arms full of white petals and broad flat leaves.	ルーシーが、ぬれた両手にいっぱいのせて見せてくれたのは、白い花びらと、平たい広葉でした	340	12	3	2
3	16	began to glide eastward through the Lily Lake or the Silver Sea	ユリの池、あるいは銀の海を東にむかってすすみはじめました。	340	12	3	2
3	16	(they) tried both these names but it was the Silver Sea that stuck	同じ一つのものをあらわしましたが、いまそのピアノの上図にしのびよっているのは、銀の海です	340	6	2	2
3	16	the open sea which there was nothing to be seen was leaving was only a rim of blue on the western horizon.	船があとにしたなにもない海面は、まもなく西の水平線に細い青いすじになってしまいました。	340	11	5	2
3	16	Whiteness shot with faintest color of gold, spread round them on every side,	花の白さは、ほのかな金色をこめて、まわりにまきちらされ、	340	6	1	2
3	16	Whiteness shot with faintest color of gold, spread round them on every side,	花の白さは、ほのかな金色をこめて、四方八方にひろがり、	340	6	1	2
3	16	an open lane of water that shone like dark green glass.	水だけの道ができまして、いまもそれはピアノの曲線にしのびよっているのです。	340	1	1	2
3	16	the sun on all the whiteness-especially at early morning when the sun was hugest	まっ白の花々にさすこの日光は、ことに大陽のいちばん大きな早朝には	346	4	1	2
3	16	he was white and there were tears in his eyes.	顔はまっ白で、目には涙があふれ	346	1	1	2
3	16	But the wave lion's head on the wall came to life and spoke to me.	この壁にある金のライオンの頭が動いて、わたしにむかって話しかけたのです。	347	11	2	3
3	16	The light, the tingling smell of the Silver Sea	この銀の海のあのきらきらとした匂いが、	348	12	3	3
3	16	with a brightness you or I could not bear even if we had dark glasses on	なんともすてきでした。黒く色をつけたメガネをかけていても、わたしやあなたなら、	349	14	5	3
3	16	a greenish-gray, trembling, shimmering wall	緑がかっ灰色の、ふるえながらきらきらかがやいている壁でした。	350	7	3	3
3	16	these were warm and green and full of forests and waterfalls however high you looked.	暖かそうな緑におおわれ、森と滝のみちたいかにも高くかがやく緑でした。	351	6	1	3
3	16	the current caught it and there were, very black against the lilies	ネズは流れにさらわれて、ユリに対してまっ黒に見えます	352	3	1	3
3	16	But no lilies grew on the wave; it was a smooth green slope.	波の幕にはスイレンがさいていません。そこはほどほどなめらかな緑の野でした。	353	5	2	3
3	16	The wave remained but there was only blue sky behind it.	波の幕はまだ残っていましたが、ただ青空ばかりとなり	353	4	1	3
3	16	level with the Silver Sea	スイレンの海と高さがそろっています。	354	12	6	3
3	16	a blue wall, very bright, but real and solid.	とても明るくあざやかでありながら、その上で、せもたれないという	354	5	2	3
3	16	the foot of the sky there was something so white on the green grass	緑の草原の上、空の前面に、黒っぽいほど真っ青な地形にしるしいほど高さでした。	354	3	1	3
3	16	the foot of the sky there was something so white on the green grass	緑の草原の上に、何だかとても白いものがさかやかな青の中にうかぶのです。	354	6	3	3
3	16	but as he spoke his snowy white flushed into tawny gold and his size changed	雪のように白い色に、うす茶を帯びた金色に染まってきて、身体の大きさにうつり変わって、	356	11	5	3
3	16	and the Lion himself a child he said, 'You are,' I am!'	雪の山のようにぶかぶかの大きさからチビケンタイプにかわり、その子を見つめ、	356	5	2	3
3	16	a terrible white light from beyond the sky.	青い空間の彼方(かなた)からさしこむ。	358	5	2	3
3	16	Scrubb felt terribly awkward as he said this and got very red in the face.	スクラブは、こういうと、大変やりにくさから、はあっと流れが湧いて、頰を赤くしました。	21	8	4	4
3	12	They had expected to see the gray, heathery slope of the moor	ふたりは、目の前に、黒っぽいヒースの茂ったさるビーターの荒れた地が広がると思いましたが、	28	2	3	4
3	12	a blue sky and, darting to and fro, things so bright	青空が見え、そこをあちらこちらとびかうもめのがあるのです。	28	2	2	4
3	15	level turf, darting birds with yellow, or dragonfly blue.	矢のようにとびかう黄色とかかげトンボとか	32	10	2	4
3	15	but as he spoke his snowy white flushed into tawny gold and his size changed	雪のように白い色は、うす茶を帯びた金色に染まってきて、	32	5	1	4
3	15	or rainbow plumage, blue shadows, and emptiness.	虹色の羽の鳥たち、青いかげ、それに何もつないなり	32	5	2	4
3	15	Right ahead there was only blue sky.	まっすぐ前には、一本の真っ青だけの空でした。	32	5	2	4
3	15	When she saw how very white he had turned, she despised him.	スクラブがそっと青くなって震えているのを見て、男の子をばかにしました。	33	4	1	4
3	15	Scrubb had some excuse for looking white.	しかにスクラブがまっ青になるだけのことがあるのです。	33	2	1	4
4	17	little white things that might, at first glance, be mistaken for sheep.	はじめ目をあてば、ヒツジと見間違うほどの白いものが、	36	3	1	4
4	16	They were clouds--not little wreaths of mist but the enormous ones.	霧のわずかなかたまりではなく、巨大な白い雲でした。それはぐっくりとしたもので	36	3	1	4
4	22	a tiny black speck floating away from the cliff and slightly upward	目の下はるかかなた、小さな黒い点が、ゆっくりと動いてもうちょっとうえに飛びかって	41	11	6	4
4	27	It was deeper, wilder, and stronger, a sort of heavy, golden voice.	もっと深く、もっとあらあらしく、ましてもっと強くあり、なんだかずしりと重々しい金色の声といった感じでしょうか	50	7	1	4
4	29	What it looked like was an enormous, very dark blue plain.	それは、大きくて、ベらぼうに、こい青の大平原です。	52	5	1	4
4	29	but there were biggish white things moving slowly across it.	平原の上をゆっくりと横ぎっている一本の白い大きな影のようなものです。	52	5	1	4
4	30	Staring at the blue plain below her,	目の下の青い平原を見つめているうちに、	53	13	5	5
4	30	there were little dots of brighter, paler color in here and there.	やがてそのうちに、もっと明るい色で、小さな点があちこちに出てきているのに気づきました。	53	5	3	5
4	30	Then, later on, she began to see that they were little wrinkles on the blue flatness:	やがて、スクラブはその平面の青ところに、小さな細かいちぢれが見られ	53	14	5	5
4	30	all along the horizon there was a thick dark line	みるみるうちに水平線に、一本の平く黒い線がうかんで	54	5	4	5
4	30	which grew thicker and darker so quickly	それがどんどん太く、ますます黒くなっていくのがわかるほどで	54	6	2	5
4	2	a great white cloud came rushing toward her.	大きな白い雲がベらぼうにものすごい勢いで、自分のほうにつっこんでくるではありますまいか。	55	6	2	5
4	2	a smooth, green lawn, a ship so brightly colored	なめらかな緑の芝生があり、きよらかに明るい色どりをした船がいて、	55	6	2	5
4	31	a crowd, gay clothes armor, gold, swords, a sound of music.	ひとびとの群れ、はなやかな服、よろい、金色、剣があり、さらに音楽がひびいていました。	55	11	5	5

資料90

		English		Japanese			
4	3	There was a thin circlet of gold on his head.	58	頭には金のうすい冠をつけています。	11	1	5
4	3	On the near side was a quay of white marble, and moored to this, the ship.	57	芝生の手前の方には、白大理石でできた波止場の岸壁で、そこに船がとまっています。	15	5	4
4	3	A tall ship with high forecastle and high poop, gilded and crimson.	57	船首楼と船尾楼が高くなっていて、船縁は金と紅色で飾られた船体に、船体全部金と紅に塗られた船が見たて係留してあります。	12	5	5
4	3	A row of shields, bright as silver, along the bulwarks.	58	舷墻にずらりと楯をならべて、銀色に光る盾が並めてあります。	12	1	5
4	3	He wore a rich mantle of scarlet which opened in front to show his silver mail-shirt.	58	その美しい真紅のマントを前で開くようにはおって、銀の鎖帷子が見えるようにしている。	7	1	5
4	3	He wore a rich mantle of scarlet which opened in front to show his silver mail-shirt.	58	その真紅の立派なマントを前で開くようにはおって、銀の鎖帷子が見えるようになっている。	12	5	3
4	3	His beard, white as wool, fell nearly to his waist.	63	そのヒゲは、ウールのように白くロングひげは、ほとんど腰のところまで伸びていた。	1	5	5
4	3	a large white object--Jill thought for a second that it was a kite--came gliding through the air	63	一つの大きな白いもの―ジルはその時たこだと思いましたーがすーっと空をすべってきて、	12	2	4
4	3	It was a white owl, but so big that it stood as high as a good-sized dwarf.	68	それは白いフクロウで、でもずいぶん大きくて、ちょうど小人くらいの背丈があります。	12	5	5
4	3	All this time now handed him a silver ear-trumpet.	71	鋼でできた耳のラッパを小人が渡しました。	7	1	3
4	3	And he saw the red remains of the sunset still glowing behind distant mountains.	71	ラッパを組み合わせた大半から、銀のできるラッパがあります。	12	6	4
4	3	and Jill saw the red remains of the sunset still glowing behind distant mountains.	75	ただ白いやつしげの遠い山脈のうしろに夕日のうすどめて燃えるような空をながめました。	7	7	3
4	3	in the Golden Age when Peter was High King in Cair Paravel.	77	ピーターが大ピーターでケーヤ・パラベルにいた黄金時代にあたる。	11	6	3
4	3	She got up, pulled the curtain, and at first saw nothing but darkness.	78	ジルはすぐにおっきて、カーテンを引きあけ、そこもはじめは闇ばっかり見えました。	14	4	2
4	3	the bit of the night which you saw through the window looked less dark—no longer black, but gray.	81	窓の外に通り、夜の色は、まっくらではなく、うす明るくて、うす暗く見えます。	14	4	2
4	3	the bit of the night which you saw through the window looked less dark—no longer black, but gray.	81	窓の形に通り、夜の色は、まっくらではなく、うす明るく見えます。	4	4	2
4	3	the bit of the night which you saw through the window looked less dark—no longer black, but gray.	81	窓の形に通り、夜の色は、まっくらではなく、うす明るく見えます。	4	4	3
4	3	one patch of watery silver showed where the moon was hiding above the clouds.	82	おぼろな白いあたりに、雲間の月が見えかくれがあります。	12	4	4
4	3	The fields beneath her looked gray, and the trees black.	82	見おろす広野は、うす暗く、立木は黒く目につきます。	2	3	3
4	3	The fields beneath her looked gray, and the trees black.	82	見おろす広野は、うす暗く、立木は黒く目につきます。	3	2	3
4	3	Jill thought that she could see the white reflection of the Owl in the water beneath her.	83	ジルは、白いフクロウがうつった、下の川の水にうつるのが見えるように思いました。	1	6	3
4	3	black-looking object was looming up toward them.	83	前のはうに黒々とした大きなものがおおうぬにあらわれました。	3	1	2
4	3	out of the fresh, gray night into a dark place inside the top of the tower.	83	さわやかなすがかしい夜の大空から、塔のてっぺんの暗い場所に入れられるのでした。	14	3	4
4	3	"Tu-whoo! Tu-whoo!"	84	「ホー、ホー！」といいました。	14	3	4
4	3	And when voices began saying out of the dark air in every direction "Tu-whool Tu-whoo!"	84	そしていろいろな方から、闇夜のあちらこちらから、あちらこちらから声が聞こえ始めて、	14	1	4
4	3	one patch of watery silver showed where the moon was hiding above the clouds.	92	ベッドいろいろぶるぶるって、黒い淋一輝いている、毛ふかの青き色、	6	4	6
4	3	It was great, shining, and as green as poison, and wrapped in a flame-colored garment as green as poison.	95	大きくしまなごって、毛の毛より暗い色の手織き、一面に緑いうのような緑いろの衣をまといている、	6	2	5
4	3	she was tall and great, shining, and wrapped in a flame-colored garment as green as poison.	95	その女は、あのヴりドィーンの城のあの緑のような緑色の着物の女は、悪い魔物のような身なりをしていました。	6	4	4
4	3	a White Witch came out of the North	97	白い魔女が北から来て、	14	6	5
4	3	that even here in the ruined tower it was't nearly so dark as it had been when they began.	98	このこわれた塔の中さえ、会議場はほとんど前ほど暗くはない、	14	4	4
4	3	lying on bare boards in a dusty belfry sort of place, completely dark.	99	まっくらむれた鐘楼のようなこびりついた床に寝ていて、	3	6	5
4	3	It was uncanny to hear two voices in the dark air a little distance away.	100	十ニくらい離れた闇の中から二人の声がぼこもとく聞こえ、ぶしぎな感じです。	14	4	4
4	3	they were lying very dry and very warm, on beds of straw in a very dark place.	103	とてもよきにうしてので、暖かの、乾いていて、暗いところで、暖かくわらの寝床に、	13	4	5
4	3	To the North there were low pale-colored hills, in palaces bastioned with rock.	104	北方には、色の低い山並みがあるが、とろのところは岩づくりの壁で要塞になっている。	14	3	3
4	3	if it could be called hair.	106	大きな耳の毛のようなもの。、黒っぽい緑色で、髪の毛があれば、	13	3 1	5
4	3	rivers rose out of echoing gorges to stony heads, muffled in clouds that hung over his large ears rose green-gray.	106	そしてうるちよりこきり唱のから、ひびきをかえしながらおりだして、のりの山岳の奥にもか、川	7	4	5
4	3	It was very dark, and Scrubb coughing	109	滋はまっ暗で、	6	3	4
4	3	Then she saw Scrubb's face, which had turned rather green.	114	それでセジルは、スクラブの顔が黒いからいしていました。	3	5	5
4	3	Puddleglum had a good many sips out of a square black bottle	118	ドロンドがえさんは四角い黒ビンからお酒を、いっぱりきたと見ると。	3	3	5
4	3	His armor and his horse were black	122	よろいも馬もまっ黒でした。	13	4	5
4	3	The other was a lady on a white horse.	123	もうひとりは、白馬にまたがった貴婦人でした。	1	4	4
4	3	But the lady, who rode side-saddle and wore a long, fluttering dress of dazzling green.	128	けれども、横すわり用の鞍にかけてまぶしいくらい緑色の長く風ひらめる緑の衣を着ている貴女は、	14	3	5
4	3	that she of the Green Kirtle salutes them by you.	133	緑のきるの女から、あなたのよろしくと申しあげ、	1	6	3
4	3	beyond these, a country of mighty mountains, dark precipices, stony valleys.	136	そのさき、巨大な山と、暗い絶壁、石の谷の国。	6	6	2
4	3	they were traveling widened out and dark fir woods rose on either side.	142	両側に黒いもみの木の森がある道が、次第に広くなり、	14	3	4
4	3	Overhead was a sunless sky, muffled in clouds that hung over his large ears rose green-gray.	144	雲とざされて日があたらない、どんよりした暗い重い空、	3	1	2
4	3	In twenty minutes the ground was noticeable white.	144	十分もするとまわりにがはっきりわかるほど白く雪におおわれ、	3	3	4
4	3	slid down the road, and found herself to her horror sliding down into a dark, narrow chasm	148	一メートルばかり辷ってしまい、ゆがてぎくっとして、まっくらで狭い割れ目のような溝にすべり落ちていくと。	14	1	4
4	3	It happened that Jill had the same feeling about twisty passages and dark places undergoground.	150	ジルもまたまがりくわ通路と地下の暗い場所が、むのすごくいやに思う気持ちが同じでした。	14	1	2
4	3	He had bristly red hair, a leather jerkin	158	その頭は、ごわごわした赤毛で、	8	6	4
4	3	The Lady of the Green Kirtle salutes the King of the Gentle Giants.	158	緑のきぬの女のあなたが、やさしい巨人の王様によろしくと申しあげ、	6	6	2
4	3	"Blue face."	158	青っぽい。	5	1	5
4	3	"Out faces are only blue with cold," said Jill.	158	「おっちらの顔は、寒さで青くなっているだけです」ジル。	3	3	5
4	3	He produced a black bottle very like Puddleglum's own.	160	そしてふだしたものが、ドロンドさんのとそっくりの、黒いびんを出しました。	3	5	5

資料 91

	English	Japanese					
7	The silver will keep on getting over here, and it's not may fault.	銀のうつわは、こちらにころがっていくでしょうが、それはおいらのせいじゃないや。	106		4	5	5
8	If you please, Sire, the Lady of the Green Kirtle salutes you by us	緑衣の方のご歓んが、わたしたちを通して、陛下によろしく、	110		4	6	3
8	but his tongue was so very large and red.	王の舌は、ばかでかく赤くて大きい。	111		4	5	5
8	a very thick crimson carpet on the floor.	だいへんあつみのあるまっ赤なじゅうたんが床にしいてあり、	113		4	6	5
8	I suppose if that woman in the green kirtle comes here, they must be used to guests of our size.	緑衣の女の人がここに来たりすると、その大きいろは、うちらくらいの大きなお客さんがあることに慣れているのだ。	116		4	1	5
8	saw the fire, sunk low and dark, and in the grile(ight of the great wooden horse.	ほのおの低くなって、うすぐらいおきますすの中に、うつぶった大きな木馬を音がみていました。	116		4	5	1
8	To crown all, in large, dark lettering across the center of the pavement.	とどのつまりは、ふろの石だたみの中央に、大きな黒い文字で書かれていました。	124		4	1	5
8	The silly old creature was all got up in green and had a horn at her side.	このばかなおぼあさんは全身、どこからも緑色ずくしで、腰の角笛をひっさげていました。	128		4	5	2
8	his face(ahad gone so back — a soft, muddy, sort of pale colour — that you could see the paleness under the natural muddiness of his complexion.	混濁にくわえると、もともと泥のような顔色の下に、ほかのはかろうは、はっきりわかって青くなりました。	130		4	13	5
9	out at last into the pale sunlight of a winter afternoon.	冬の午後のうす日の青いろの日ざしの中にとび出した。	133		4	13	2
9	Jill wore a vivid green robe, rather too long for her.	ジルは、なまなましい緑衣の長い衣を、そいて、ちょっと彼女には長すぎ、	133		4	6	6
9	and over what a scarlet mantle fringed with white fur.	そのうえに白いかわのふちどりの緋色のマントをはおっていた。	133		4	6	3
9	and over what a scarlet mantle fringed with white fur.	そのうえに白いかわのふちどりの緋色のマントをほおっていました。	133		4	1	1
9	Scrubb had scarlet stockings, blue tunic and cloak, a gold hiltered sword.	スクラブは、緋色の長くつ下に、青い胴衣と青いマント、金のつかの刀。	133		4	6	1
9	Scrubb had scarlet stockings, blue tunic and cloak, a gold hiltered sword.	スクラブは、緋色の長くつ下に、青い胴衣と青いマント、金のつかの刀。	133		4	5	5
9	Fill up the opening, came Puddleglum's voice in the darkness beside her.	泥足にかえるくんの声が、ジルのすぐ横のくらやみから聞こえました。	136		4	11	1
9	Scarcely did she begin.	ジルはうろうろしながら、まったく口の中で、	136		4	4	4
10	except for the gray light in the opening	一か所だけ灰色のすんたいりぐちから、赤っぽい光がさしこんでいるほかは、	136		4	14	3
10	Scrubb's small hand and the Marsh-wiggle's big frog-like hands black against the light.	暗闇のなかでの両のてを見ていたいたい手がらたんたんどとらかくなっていきました。	136		4	3	3
10	but it took them quite a long time to find one another's hadns in the darkness.	暗闇のなかでのてを見つけるのは、だいぶん時間をくいました。	137		4	3	3
10	they began groping their feet and strumpstones forward into the darkness ahead.	足で、ちったをさぐりながら、闇の前のなかへずんずん進みはじめました。	137		4	3	3
10	The question is... Came Puddleglum's voice out of the darkness.	「問題はこだ」と泥足にかえる、声をかけていう声がきこえました。	138		4	14	14
10	The darkness was so complete that it made no difference at all thether you had your eyes open or shut.	どこもかも、真の暗で、目をあけていても、しばっていても、すこしも変わりがなんはどでした。	139		4	14	2
10	It was a dark, flat voice—almost, if you know what that means.	それは、暗く平べったい声で——分か一つていたらけどうかおしれませんが、	139		4	1	8
10	a pitch-black voice.	真の闇声とでもいうのでしょうか。	206		4	14	3
10	immediately a cold light, gray with a little blue in it.	すぐにふかす青みのまじる灰白っぽい光が、あたりのなかに流れました。	208		4	2	4
10	immediately a cold light, gray with a little blue in it.	すぐにふかす青みのまじる灰白っぽい光が、あたりのなかに流れました。	208		4	5	5
10	all were dreadfully pale.	いずれも青い顔がおそろしく青い。	208		4	4	13
10	It was worse for Jill than the others, because she hated dark, underground places.	ジルは、暗いところが好きでないしらから、ほかの者たちのよりもいっそうこたえました。	210		4	14	3
10	and stepped into a little dark crack.	小さな暗い裂けめのなかへはいっていきました。	212		4	3	3
10	The light (a greenish gray) seemed to come both from them and from the moss.	あかり、(緑みがかった灰白)は、その植物からも床のコケからも出てくるようでした。	212		4	6	6
10	The light (a greenish gray) seemed to come both from them and from the moss.	あかり、(緑みがかった灰白)は、その植物からも床のコケからも出てくるようでした。	212		4	10	10
10	and to wonder whether sun and blue skies and wind and birds had not been only a dream.	そしてのもう、太陽や青空や風も鳥も、ちょうとアリのみた、黒い蟻王けた。	215		4	12	5
10	A pure, silver light(to one saw where it came from) rested upon him.	まざりけのない銀色の光が(どこから来るのかわかりませんが)大人の上にかかっていました。	216		4	2	10
10	Then they passed into a cave so wide and dark	それは、暗く平べったい声で——ひろくて暗い洞穴にはいいました。	216		4	14	11
10	that right in front of them a strip of pale sand ran down into still water.	ただ目の前にひとすじのうす青いずなの高洲が、静かな水きわにつづって見えるだけでした。	217		4	13	8
10	Many have taken ship at the pale beaches. replied the Warden.	「この白いすなはまの船に乗った者は多く」と見人がこたえました。	217		4	3	4
10	Then the pale lantern was hung up amidships.	あの青いランプが船のまんなかにつられました。	218		4	14	3
10	they could see nothing but smooth, dark water.	たたなだらかな暗い水面が、何も見えないです。	218		4	3	3
10	fading into opaque blackness.	いっさいまっくらなやみのなかにきえていってしまって。	218		4	14	14
10	the ship still gliding on, still dead blackness ahead.	船はあいかわらずすべるように進み、行くてにはあいかわらすやみばかり、	218		4	3	3
10	you began to feel as if you had always lived on that ship, in that darkness.	いつもいつもこの船のこの闇のなかに住んでいるような気がしはじめるのです。	219		4	5	5
10	and to wonder whether sun and blue skies and wind and birds had not been only a dream.	そしてもう、太陽や青空や風も鳥も、ちょうと夢にすぎないではないかと。	220		4	3	3
10	the honest, yellowish, warm light of such a lamp as humans use.	人間の使うランプのほどんど正直な、黄色い暖かいあかりでした。	221		4	10	10
11	I was and whence I came into this Dark World.	だれかどこから、あんな夢くらい世界に入るにしたか。	223		4	11	14
11	The lamplight shone golden through thin curtains on the table.	テーブルの上の赤でのりせすかして、ランプの光がとても金色に輝いていました。	223		4	3	4
11	And we don't like all those dark places very much.	だいぶ、くらいところは、あんなりよくないんです。	223		4	8	4
11	they were pleased to see, not into darkness but into a lighted corridor.	三人は見られたことに、暗闇ではなくて、あかりのともった廊下に出たのでした。	223		4	14	4
11	He was dressed in black and altogether looked a little bit like Hamlet.	若者は、黒い服を着ていて、見たところハムレットに似たのろのでは？	236		4	14	14
11	"Oh'—you were the black knight who never spoke?" exclaimed Jill.	「ああ……では、おかしな形のお声すにこしかけて」、叫びました。	237		4	3	3
11	His face was as pale as putty.	その顔は、パテの色のように青かった。	238		4	13	2
11	Dragged down under the earth, down into the sooty blackness	地下に深く、べったりと黒いやみの中に引きずりおろされ、	240		4	6	2
11	all green and below them, deep, very deep, the blue sky.	水は線にそまり、その奥に、ふかい、ふかいと青空のとなりとものです。	241		4	2	2
11	all green and below them, deep, very deep, the blue sky.	水は線にそまり、その奥に、ふかい、ふかい、青空のおおきなのだ。	241		4	5	2

資料92

4	11	"You first!" he cried and fell upon the silver chair.	168	まずはきさまだ！」と鋭く叫びながら、銀のいすにどっかりおろしました。	247	12	5	5
4	11	The silver gave way before its edge like string.	168	銀のいすが、剣の前に糸のようにまっぷたつに切られてしまうほどでした。	247	12	6	5
4	12	the Lady of the Green Kirtle, the Queen of Underland	171	緑のきぬの貴婦人、地下の国の女王であったのです。	252	6	6	1
4	12	the silver chair destroyed.	171	こわれた銀のいす。	252	12	5	3
4	12	She turned very white.	171	女王の顔は、すごくまっ白になりました。	252	1	1	3
4	12	it was the sort of whiteness that comes over some people's faces ~	171	この白さはある種のときにある人々の顔にあらわれる白さなんだと、思いました。	254	14	4	5
4	12	it you grant me and my friends safe conduct and guide through your dark relam.	173	どうかわたしとなかまたちに、この暗い中を通る安全の保証をあたえ案内をしてくださるように。	255	6	3	5
4	12	and took out first a handful of a green powder.	173	まずひとつかみの緑の粉をとり出しました。	262	10	5	4
4	12	It's more like a jude's wig. And terrifically strong.	176	どうやら魔法使いのほうきみたいにつくようで、とてもにおいが強いけれどのです。	260	6	5	4
4	12	Suppose this black pit of a kingdom of yours is the only world.	178	あなたの王国のこんなまっくらなところで、この世でただ一つのこうしいる世界が	262	10	3	3
4	12	setting out in the dark to spend our lives looking for Overland.	182	その上に長くその上が地上の国をさがそうとして、一生を暗の中をさまようかもしれまい。	268	3	3	4
4	12	The long green train of her skirt thickened and grew solid…	183	長いスカートの緑の長いすそは、上からしだいに太くなり、固くなって…	269	6	1	5
4	12	and green pillar of her interlocked legs.	183	からみあった組まれた足の緑の柱のようになってきるようにみえました。	270	6	1	4
4	12	Witch have become, green as poison.	183	あの緑のような緑の柱はくるくると動きだして、ゆれなだして、	270	6	2	3
4	13	"An hour ago it was black and without device, and now, this."	188	一時間の前まではまっ黒で、何の模様もなかったのですが、いまはこれはう？」	276	3	3	4
4	13	And what is that red light over there?	188	そしてむこうに赤くついている光の場所は、どんなに小さかろうか？	276	3	4	5
4	13	The very first thing they noticed was a great red glow.	188	その前にきただから、一面のすばらしい赤くひろがった世界がありました。	276	8	5	3
4	13	Its reflection made a red patch on the foor of the Underworld thousands of feet above them.	189	あの灯りがはるかに下から、この地上世界の壁を赤くそめだしている	276	14	4	3
4	13	which perhaps have been hidden in darkness ever since	189	ここがかくれたひっそりとした暗闇中、その上には上まなところに真っ白の岩山があって、	277	4	3	3
4	13	so that many buildings, grim and great, stood out blackly against it.	189	陰気で大きなたくさんの建物が、それにうかぶ緑のかすかな光にさらされて黒々とぞみえます。	278	4	3	2
4	13	"And what is that red light over there?"	189	あの赤い光はなんでしょう？	278	8	4	5
4	13	The Prince led them, aiming always in the direction of the glowing red light	191	王子は先頭に立って、たえず赤い光をめざして光のほうへ	280	3	5	1
4	13	who had been so cowardly about going through a black hole	191	あらゆるものの代わりになった黒かったですが、いまではどうですか？	280	12	5	8
4	13	and fireworks of all sorts rose in the dark air.	196	あらゆる形の花火が夜の国に出ていました。	280	6	4	4
4	13	the city was partly lit up by the red glow	196	都はその一部は真っ赤にそまっていました。	282	8	3	5
4	13	those places were jet-black.	196	そういうところは、うるしのようにまっ黒です。	282	2	5	3
4	13	would dive away into the darkness.	196	暗闇のなかにとびこんでしまうのです。	283	6	4	2
4	13	The gray doleful lamps were still burning	192	青白いもの悲しげなランプは、まだもうひとつ	282	8	4	1
4	13	a fat whitish creature with a very pigilike face	192	アザラシのような顔をした、太った男が	283	6	4	4
4	13	A magnificent rocket had risen from somewhere beyond the castle walls broken into green stars.	199	目もくらむような一つのロケットが城の壁のかなたからあがって、緑色の星にくだけてちりこぼしました。	284	14	3	2
4	14	Then everyone turns and sees the great red glow yonder.	200	それからみんなは、ふりかえって、そのむこうに赤い大きな光がみえました。	287	8	4	4
4	14	There were blues, reds, greens, and whites, all jumbled together.	205	その世界は、青、赤、緑、白、いろいろな色がまじって見えません。	300	5	7	4
4	14	But that's where you get dead gold, dead silver, dead gems.	216	どうしてそんなところでも実はあらゆる色のもの、死んだ金、死んだ銀、死んだ宝石もある？	300	8	7	2
4	14	But that's where you get dead gold, dead silver, dead gems.	205	その世界は、青、赤、緑、白、いろいろな色がまじって見えません。	300	6	7	3
4	14	till their brightness almost blotted out the fiery river	208	とうとうそのはげしいひかりは生きた炎の春を消すばかりになりました。	300	1	7	2
4	14	Underworld which now looked far blacker than before.	208	旅人たちは、前よりも黒さを見る地下の国にのこしないで残りました。	300	3	2	2
4	14	Pale, dim, and dreary the lamps marked the direction of the road.	208	青白く、うすぐらく、陰気に、地下国ランプは、道のゆくえをしめすばかりなぐないふちた色ですので	301	1	1	6
4	14	but the pale lamps which went up and up as far as the eye could reach.	209	青白いランプがほのどこまでもどこまでも、目のとどくかぎりつづいていくでしょう。	302	11	5	4
4	14	Soon there would be total darkness everywhere expect on the road they were following.	206	「みんなをがける」と白熊のまんぞくにそみ出ているようになります。	302	8	4	5
4	14	"I could show you real gold, real silver, real diamonds."	206	「あげるかいの、ほんとの金、ほんとの銀、ほんものダイヤモンドを、おめにかけましょうよ	303	11	4	4
4	14	"I could show you real gold, real silver, real diamonds."	206	「みせるあげるので、ほんとの金、ほんとの銀、ほんもののダイヤモンドを、おめにかけましょうよ	303	1	4	4
4	14	It looked round on the four travelers with its twinkling, red eyes.	206	それから四人をぎらぎらと赤い目で見まわしました。	305	3	4	5
4	14	"But they're greener too."	211	「それでも、いまは色はずいぶん緑になった」	309	6	3	2
4	14	That was how Jill noticed the growing darkness.	212	そのためにジルは、だいた暗くなっていくことに気がついたのです。	310	14	4	3
4	14	The faces of the others looked strange and ghastly in the green glow.	212	だれの顔も、まっくらな中のあかりのうちの中ではもう、見分けもつかずにおばけのように見えました	310	14	4	4
4	14	Then they were in absolute darkness.	212	こうして、四人は、まっくらやみのなかにとり残されました。	311	14	4	1

資料 93

4	14	"It's only a cold blue sort of light."	213	「冷たい青いあかりだから。」	312	5	4	1
4	15	The patch of light did not show up anything down in the darkness where they were standing.	214	小さな光あかりは、一回の立っている暗闇まで開きし出してはくれませんでした。	313	14	2	1
4	15	they looked up and soon they saw the black shape of Jill's head against the patch of light.	214	それからみな見あげますと、すぐ光のぬけあなのところにジルの頭の黒いかげがうかんで見えました。	313	3	1	6
4	15	then much more of her came into sight against the grayness of the opening.	215	つぎにジルのからだが、穴の出口のうす明かりにうかびあがって見えました。	314	3	4	7
4	15	"Don't paint in too black, Sir," said Puddleglum.	216	「そんなにひどく言わないでおくれ」と沼むっつりが口に言いかけた。	316	3	4	1
4	15	She had been so long in the dark	216	それまであまり長いあいだ暗闇にいたのです。	316	14	4	5
4	15	The air seemed to be deadly cold, and the light was pale and blue.	216	空気はひどくつめたく、光は、ほの白くて青みがかっています。	316	5	4	5
4	15	The air seemed to be deadly cold, and the light was pale and blue.	216	空気はひどくつめたく、光は、ほの白くて青みがかっています。	316	5	4	5
4	15	Everying was very white.	216	どこもかも、まっ白でした。	316	1	5	5
4	15	Then it came over her like a thunderclap that the pale, blue light was moonlight	217	ほの白くて、青みがかった光は、じつは月の光。	317	13	4	5
4	15	Then it came over her like a thunderclap that the pale, blue light was moonlihgt	217	ほの白くて、青みがかった光は、じつは月の光。	317	13	4	5
4	15	and the white stuff on the ground was really snow.	217	地面のところどころにある白いものまでは、じつは雪だというとでした。	317	1	3	3
4	15	There were the stars staring in a black frosty sky overhead.	217	頭の上の黒々とした霜夜の空には、星がきらきらしているし、林でした。	317	3	3	2
4	15	and golden tassels with fur-lined hoods	217	金のふさがつき、毛皮のうちがえのついたしらの大きな深長靴というやつもでした、それでした。	318	7	3	3
4	15	Those were the white things Jill had seen flying through the air	218	ジルの見た、空中をとびまわっている白いものがたくさんとびまわっているのは、それでした。	318	11	1	5
4	15	the air was very white.	219	ほか、空が一面にたちこめた暗闇にとり残されて、	318	3	5	1
4	15	that the others, down in the dark.	220	月の光のもと、	320	14	3	1
4	15	Eustace's face, very pale and dirty, projecting from the blackness of the hole.	221	まっくらな穴から突き出した穴の顔が、まっ青で泥だらけで、	323	13	1	3
4	15	Eustace's face, very pale and dirty, projecting from the blackness of the hole.	221	まっくらな穴から突き出した穴の顔が、まっ青で泥だらけで、	323	13	4	1
4	15	And from down below he didn't see that the pale, bluish light was moonlight.	221	そして穴の下のほうからは、月の白い、青みおびた光はすっかり月の光だとは気がつきませんでしたから、	323	13	3	4
4	16	Then Jill scrambled up the bank and put her head out at the dark opening	222	それからジルが、壁をはいあがって頭が穴から暗い外に出し入れ頭をつっこみました。	325	14	4	4
4	16	if all their dangers in the dark and heat and general smotheriness of the earth	223	暗闇のなかのいろいろな危険も、大地のなかの熱さも見分けたまでに、	326	14	3	1
4	16	they had opened a great black chasm in the hillside.	224	山腹にほっかりと大きなすきまを開く、までに、	327	3	3	2
4	16	And out from the blackness into the moonlight	224	そしてその暗闇のあたりから、月光のなかへ、	327	3	3	5
4	16	Pale though he was from long imprisonment in the Deep Lands, dressed in black.	225	王子は地下の夜の国で長いあいだとらわれていて青白くなり、黒い服はまとい、	328	13	1	3
4	16	Pale though he was from long imprisonment in the Deep Lands, dressed in black.	225	王子は地下の夜の国で長いあいだとらわれていて青白くなり、黒い服はまとい、	328	13	2	1
4	16	doubtless the same kind as that White Witch who had brought the Great Winter on Narnia long ago	226	むかしナルニアに長い冬をもたらした白い魔女と同じ魔女の一族で	330	1	6	1
4	16	glancing at the white bundle of fluffy feathers	229	ふわふわした白い羽のかたまりを見て、	333	1	4	5
4	16	The two Centaurs, one with a black and one with a golden beard	232	ひとりは黒いひげ、ひとりは金色のひげをはやしたふたりのケンタールが、	337	3	5	2
4	16	The two Centaurs, one with a black and one with a golden beard	232	ひとりは黒いひげ、ひとりは金色のひげをはやしたふたりのケンタールが、	337	11	1	4
4	16	They came down to the river, flowing bright and blue in winter sunshine.	234	一同は青あおと輝く冬の日の下を流れる川まで来ます。	340	5	3	3
4	16	A Lord with a pale face came ashore and knelt to the Prince and to Trumpkin.	234	青白い顔をした貴族がひとり、上陸してきて、王子とトランプキンの前にひざまずきました。	341	8	3	3
4	16	It was the old King on a bed, very pale and still.	234	その寝床に、赤ら顔の老王が、青ざめて動かずにおります。船上には彼の家来の王が	341	6	4	3
4	16	which it at the snug, red-roofed little town of Beruna	234	屋根の赤い、こぢんまりしたべルーナの町まで着きました。	341	3	5	3
4	16	All the court were once more assembled on the green	234	芝生に宮中のみなが一同に集まりました。	341	3	3	4
4	16	Rilian, who had changed his black clothes and was now dressed in a scarlet cloak over silver mail,	234	リリアンは、いままでの黒い服を脱いて、銀の輪をつないだよろいの上に赤ちゃけたマントをまとい、	341	7	4	3
4	16	Rilian, who had changed his black clothes and was now dressed in a scarlet cloak over silver mail,	234	リリアンは、いままでの黒い服を脱いて、銀の輪をつないだよろいの上に赤ちゃけたマントをまとい、	341	3	5	5
4	16	Rilian, who had changed his black clothes and was now dressed in a scarlet cloak over silver mail,	234	リリアンは、いままでの黒い服を脱いて、銀の輪をつないだよろいの上に赤ちゃけたマントをまとい、	341	12	2	3
4	16	A flourish of silver trumpets came over the water from the ship's deck	234	銀のラッパのひびきがようようとなって、船上でどきどき、ふたりの目の前から水をわたってひびきます。	342	12	5	3
4	16	A Lord with a pale face came ashore and knelt to the Prince and to Trumpkin.	235	上陸してきた顔が色白の貴族がひとり、王子とトランプキンの前にひざまずきました。	342	3	4	3
4	16	It was the old King with the golden Lion on it was being brought down to half-mast.	236	それは、青金色ライオンの紋のついた金旗が、半マストまで降ろされているのが見えました。	342	13	3	1
4	16	the great banner with the golden Lion on it was being brought down to half-mast.	236	黄金ライオンの紋のついた大きな軍旗が、一時にして色をなくし、半分のあたりまで降ろされるところでした。	343	11	7	8
4	16	that everything else began at once to look pale and shadowy compared with him.	237	そのためにまるで顔を見ただけで、威厳ある金色のマスクをつけに、あたりの背ばと頭とがいっきに影となって見えるほどでした。	344	13	1	3
4	16	the Lion drew them toward him with his eyes, and bend down and touched their pale face with his tongue	236	ライオンさんは、目つきでふたりをぐっと自分にひきよせた、足をかかめて、ふたりの青ざめた頬になめらかな舌をさりました。	344	13	5	4
4	16	And there, on the golden gravel of the bed of the stream.	237	そしてその流れの川底の金色の砂利の上に、	346	1	4	3
4	16	His long white beard swayed in it like water-weed	238	王の長い白ひげは、水草のようにゆれていました。	346	1	5	3
4	16	And there came out a great drop of blood, redder than all redness you have ever seen or imagined	238	血の大きなしずくがにじみ出てきたが、いままで見たこともなく思いもかけないほど赤くて、どんな赤さよりも赤く、にじみ出てきた	347	8	4	3
4	16	And there came out a great drop of blood, redder than all redness you have ever seen or imagined	238	血の大きなしずくがにじみ出てきたが、いままで見たこともなく思いもかけないほど赤くて、どんな赤さよりも赤く、にじみ出てきた	347	8	4	3
4	16	His white beard turned to gray, and from gray to yellow, and got shorter and vanished altogether.	238	王の白ひげは灰色がかってきて、灰色から黄色くなり、短くなってすっかり消えてしまいました。	347	2	5	4
4	16	His white beard turned to gray, and from gray to yellow, and got shorter and vanished altogether.	238	王の白ひげは灰色がかってきて、灰色から黄色くなり、短くなってすっかり消えてしまいました。	347	7	3	3
4	16	His white beard turned to gray, and from gray to yellow, and got shorter and vanished altogether.	238	王の白ひげは灰色がかってきて、灰色から黄色くなり、短くなってすっかり消えてしまいました。	347	4	3	3
4	16	turned his golden back to England.	241	イギリスのほうに背を向け、	347	10	7	1
4	16	singing, on the cool, dark underground sea.	243	ひんやりとした地下の海で歌をうたう	352	11	4	3
5	1	that happened in Narnia and Calormen and the lands between, in the Golden Age	3	黄金時代に、ナルニアとカロールメンとその間の土地で生まれた地方であった。	354	14	6	2
5	1	with flowing mane and tail and his stirrups and bridle were inlaid with silver	5	そのあぶみに、たてがみとしっぽを、あぶみと手づなには、銀をちりばめた白い馬にまたがり、	15	11	5	5
5	1	His face was dark, but this did not surprise Shasta ~	5	その男の顔の色は黒くて、シャスタはそれを少しもおどろきませんでしたが、	18	12	1	1
5	1	what did surprise him was the man's beard which was dyed crimson.	5	シャスタがびっくりしたのは、そのひげのが、それがなんと真紅にそめられ、	18	15	1	3

資料94

		English		Japanese			
5	1	Arsheesh knew by the gold on the stranger's bare arm	5	アルシーシュは、その見知らぬ人ののむき出しの腕に黄金の輪がはめられている	18	11	4
5	1	for your cheek is as dark as mine but the boy is fair and white like the accursed	7	おまえの頬は、わしと同じように黒っぽいが、あの少年は色白で美しく、	21	1	6	1
5	1	for your cheek is as dark as mine but the boy is fair and white like the accursed	8	おまえの頬は、わしと同じように黒っぽいが	21	1	6	1
5	1	Do not mock may gray beard, Tarkaan though you be.	9	いくらもう老よりサルカーンだろうと、わしの髭の白いのをばかになさいますな	23	2	1	3
5	1	"Then I'd better run away," said Shasta, turning very pale.	12	「じゃあ、ぼく、逃げだしたほうがよさそうだな」とシャスタが青ざめて言いました。	29	13	1	3
5	1	It was a good deal darker now	15	もうあたりは、かなり暗くなっています。	32	14	4	1
5	2	Shasta had ever known--had sunk out of sight in the gray summer-night darkness.	17	シャスタがいままで見なれていなかった夏の夜のほの暗い薄暗がりの中にぼえてしまっていました。	36	2	4	1
5	2	Shasta had ever known--had sunk out of sight in the gray summer-night darkness.	17	シャスタがいままで見なれていなかった夏の夜のほの暗い薄暗がりの中にぼえてしまっていました。	36	14	4	1
5	2	Before them the turf, dotted with white flowers, sloped down to the brow of a cliff.	20	前方には、白い花々がてんてんと咲く芝原の地面は、ゆるくくだって、その先は崖で	40	14	1	2
5	2	at the points you could see the white foam running up the rocks.	20	白い波飛沫が岩にあたって、くだけ散るのが見えます。	40		2	2
5	2	a meat pasty, only slightly stale, a lump of dried figs and another lump of green cheese.	21	ちょっとだけ(チーズが)古いパンペストリーと、ほしいちじくの固まりと、緑のチーズの固まり	41	6	5	2
5	2	It appeared to me that the sun would be dark to me if I did not marry her at once	26	はじめて見かけたのがこのお方にあったようで、もしも、あの娘との結婚をしなければ、日の光もやみとなりましょう	49	14	4	1
5	3	because an appalling noise had suddenly risen out of the darkness ahead.	26	目の前の暗闇から、ひどい物音が急にきこえだしたのです。	49	14	3	3
5	3	until the sun appeared dark in her eyes as long as I lived in my father's house.	36	わたしが父の家にともにすむかぎり、太陽も暗く見えるだろうというほどに	63	14	4	2
5	3	When this news was brought to me the sun appeared dark in my eyes	37	この知らせをうけるや、わたしには太陽さまも暗になったような気がして	64	6	4	3
5	3	I was come to a certain open place in a certain wood	37	人気のない、とある森の中のある空地にきまして	64			3
5	3	It appeared to me that the sun would be dark to me if I did not marry her at once	41	愛情はほの暗く、すぐにも結婚しなければ、この身は暗し思いました。	71	14	4	1
5	3	a meat pasty, only slightly stale, a lump of dried figs and another lump of green cheese	43	ちょっとだけ(チーズが)古いパンペストリーと、ほしいちじくの固まりと、緑のチーズの固まり	73	8	5	3
5	3	But in spite of the semi-darkness and cold fingers all was done in the end.	49	うす暗がりの中から、しかじかの指でも、どうにか言い終えることができました	81	14	4	4
5	3	because an appalling noise had suddenly risen out of the darkness ahead.	52	目の前の暗闇から、恐ろしい音がきこえてきたのです。	84		1	3
5	3	the great silver-plated dome of the temple flashed back its light.	52	大寺院の銀ぶきの大円屋根がその光を反射させるので。	84	1		3
5	3	until they rose and saw the white walls of innumerable houses	52	無数の家々が白壁からなる町が目にみえるまで歩きだしていきます。	84			1
5	3	plodding on a level road with white walls on each side and trees bending over the walls.	52	両がわに白壁がつづく白塀から木の枝がはみだしている平らな道の上を	85		1	3
5	4	And through the arched gateways of many a palace Shasta caught sight of green branches.	56	宮殿の大豪邸のアーチ形の門を通って、緑の枝が	90	6	1	3
5	4	Way for the White Barbarian King, the guest of the Tisroc (may he live forever)!	57	ディスロック王(みとことしえに!)のお客、白い野蛮面の王さまのお通りだ	91		1	5
5	4	Their tunics were of fine, bright, hardy colors--woodland green, or gay yellow, or fresh blue.	58	上着は、森の緑、明るい黄色、目のさめる青がど	92	6	1	5
5	4	Their tunics were of fine, bright, hardy colors--woodland green, or gay yellow, or fresh blue.	58	上着は、森の緑、明るい黄色、目のさめる青がど	92	10	1	5
5	4	Their tunics were of fine, bright, hardy colors--woodland green, or gay yellow, or fresh blue.	58	上着は、森の緑、明るい黄色、目のさめる青がど	92	5	1	3
5	4	Instead of turbans they wore steel or silver caps.	58	頭には、ターバンのかわりにはがねかがねの兜をかぶる	92	12	1	3
5	4	Queen Susan's eyes are red with weeping because of you.	58	また頭には、ターバンのかわりに白銀から鉄の兜をかぶっている。	94	8		2
5	4	he was given iced sherbet in a golden cup to drink and told to keep very quiet.	63	金のコップに冷たいシャーベットをすすめ、静かにするようにといわれたのです	97	14	2	5
5	4	then up another to a wide doorway in a white wall with two tall, dark cypress trees.	64	あなたをしたがあの黒い細の騎士ラバダーシュ王子と結婚なさるのか、ならぬのか、	97	14	1	1
5	4	whether you will marry this dark-faced lover of yours, this Prince Rabadash, or no?	64	あなたをしたがあの黒い細の騎士ラバダーシュ王子と結婚なさるのか、ならぬのか、	97	14	1	1
5	5	And as soon as it is quite dark--	72	すっかり暗くなったら、	97	14	1	3
5	5	There was also a little flagon of the sort of wine that is called "white" though it is really yellow.	76	ほんとうは黄色いのに、「白」と呼ばれている葡萄酒の入った、ひとびんがあって	100	8	1	5
5	5	There was also a little flagon of the sort of wine that is called "white" though it is really yellow.	76	ほんとうは黄色いのに、「白」と呼ばれている葡萄酒の入った、ひとびんがあって	101	14	5	1
5	5	There was also a little flagon of the sort of wine that is called "white" though it is really yellow.	78	この葡萄酒は黄色いのですが	102	14	1	1
5	5	the four white walls which surrounded the lawn were covered with climbing roses.	78	芝生をかこむ四方の白い壁に、つるバラがおおわれている	113	14	3	5
5	5	He was led rapidly across the garden and then into a dark doorway.	79	庭園を横切って暗い戸口へつれだされました。(街の節かがりになっている暗闇を)	118	10	1	2
5	5	His skin was rather red	80	その顔の肌は、赤味をおびていて、	118		3	4
5	5	he was not particularly like anyone for he had the finest black eye you ever saw.	82	あなたが見たこともないような黒眼のもちぬしでした。	121		4	1
5	5	It was getting dark by now.	82	あたりは、暗くなってきた。	122	14	1	1
5	6	It'll be no good with all those bruises and black eye.	83	そのあざに傷だらけの目つきじゃ、それを、ためすみ	123	14	1	1
5	6	there was something that he had never seen the like of-- great yellowish-gray thing.	85	その少年は、これまでに見たこともない黒の黄色がかった灰色の長身であった	124	3	1	4
5	6	On the far side of it were huge blue things.	86	あたりは月明りに黒く見えますが…	127	14	3	2
5	6	lumpy but with jagged edges, some of them with white tops.	88	ごつごつしてでこぼこし、あるものは大きくて青い山の頂がある	128	5		1
5	6	They looked very black and grim, for the sun was now setting right behind them.	89	夕日が前の夕日のように真うしろに沈むにあたり、黒々として見せていてものがあります	128		1	1
5	6	each with a low arched doorway that opened into absolute blackness.	84	そのどれもが陰気なほどに黒くなっており、ぽっかりと開いたドアからは黒い闇の節かがりと見えます	130	3	1	5
5	6	staring with not of countenance with its big, green, unwinking eyes, was the cat:	85	その一つに、弓形としてありました。(街の節かがりくらい黒いでありました。)	130	3	4	1
5	6	The Tombs	88	墓は一月の光であざやかに見える	136	1	1	1
5	6	it was getting darker every minute	88	あたりは刻一刻と暗くなってきます	133	14	1	1
5	6	in gray robes that covered their heads and faces.	88	とっぷり、夢のローブが、頭と顔をすっかり覆っている	136	1	1	1
5	6	To go back through the Tombs would mean going past those dark openings in the Tombs.	89	墓地をもどっていくと、あのお墓に大きくあいた入口をいくつかぬけなければいけません	137	14	3	3
5	6	the desert was blindingly white and	89	砂漠は月光で目ましそうに白く	138	6	1	1
5	6	He particularly noticed one blue height	90	青々としたひときわ目立つ青一点の山を	139		1	1
5	6	"And soon it would be dark again, and he would have another night just like last night."	92	今すぐにふたたびみたたび夜と。言わ明けなどができなければ、夜をさけることが、おこりうるのは	140	6	3	1
5	6	till it was dark	92	とうとう暗くなるまで	142	14	4	1

資料 95

							#	Japanese	#	English		
5	5	5	6	5	4	5	146	銀の鈴をちりんちりんとならし、通りじゅうに香料と花のかおりをふりまいていました。	7	all a-jingle with silver bells and which scented the whole street with perfumes and flowers.	5	5
5	4	6	1	4	7	12	155	暗くなってから、あなたが引きぐるまれているあいだに、出るほうがだいちくらい、できないはずはないかい。	7	Why shouldn't I slip in with you, after dark, and let you out by the water-door?	5	4
6	3	4	2	3	2	14	159	ふたりは、すでに黒大理石の広間にはいりました。	7	They passed at once into the Hall of Black Marble.	5	6
1	6	4	3	2	3	14	160	すでにあたりはほとんど真っ暗でした。	7	It had already grown almost quite dark	5	4
1	1	5	4	5	2	14	161	黒かげの二人の男が暗やみからうしろ向きになりながら扉から出てくるのが見え、扉はまたなかばしまっていて、暗うかがやきました、あとひとり、のっぽのせのたかい。	7	the dark shapes of two men walking backward and carrying tall candle.	5	4
2	1	3	5	4	3	14	161	ふたりは、なかばにはいって、そっと扉をすばやく閉めました。そして脇にはみずからぬきみちすべらせる。	7	They went in, drew the door softly behind them, and found themselves in pitch darkness.	5	4
2	1	2	5	3	2	15	164	頭に羽根かざり、宝石をきかがやかせて、腰に象牙のこしらえの三日月刀をおびた、	7	jeweled turban on his head and an ivory-sheathed scimitar at his side.	5	4
1	1	3	2	3	4	3	167	あの女のかざりしさのために、夜も眠れず、食べものも味わいがなく、目の光がまだ一時で	7	false, proud, black-hearted daughter of a dog that she is!	5	1
2	2	4	4	2	7	4	172	だされ、ナルニアに攻めいろうとは、のみなさんがいには見えないいしだくがおうものでし。	8	Therefore the attacking of Narnia is a dark and doubtful enterprise.	5	7
3	4	3	4	3	4	14	172	朝の太陽もわが目はほとんど	8	my food has no savor and my eyes are darkened because of her beauty.	5	4
1	3	3	2	1	4	14	183	部屋はふたたびまっ暗になって、ふたりの少女はもうひとりのびきをみました。	8	Every morning the sun is darkened in my eyes	5	4
3	2	4	2	3	3	2	186	アラビスも灰色の芝生や、一（何年かたってから思い出したのですが）	9	the room was once more totally dark. and the two girls could breathe freely again.	5	3
3	2	5	1	3	2	14	186	その長い高いイトスギの木の黒いかげしか、	9	Aravisthough she remembered them years later) had only a vague impression of gray lawns.	5	2
4	3	3	3	4	3	6	188	岸にあがると、地面が暗くなっていて、あたりはまだ暗かった。	9	the long black shadows of cypress trees.	5	4
3	4	3	2	3	4	12	188	左手を（シャスタと同じように）見ますと、黒い大きな塔のように、おおきな銀の盆のような三日月が見えました。	9	When she stepped ashore she found herself in darkness for the rise of the ground,	5	4
4	3	3	3	4	3	12	191	きらきら光るなにかが大きな平地を乗りなべったように思えました、	9	and looked (like him) to her left and saw the big, black Tombs.	5	5
4	3	3	3	4	3	14	191	みえる、まっ暗闇のなかを何時間も何時間も乗っているように思えました、	9	gleamed in the dead darkness for hours and hours.	5	4
3	2	3	2	3	3	3	192	そして、ゆっくりと、林の間ゆっくりと、ほんやりとしためぐみちの大きな平地が目に見えてきました	9	They seemed to ride in the dead darkness for hours and hours.	5	5
4	4	3	2	5	3	2	192	シャスタが右のほうをよくみると、地平線に近いところに、再度の線の長い一本ずす灰色の光がありました。	9	And out of the darkest recess among the trees.	5	3
3	2	3	2	3	3	8	192	そして、ひとすじに赤い線。	9	after hours of rideing, far away on his right there came a single long streak of paler gray.	5	3
1	3	3	3	5	3	10	195	茶色の流しそうな川が流れる、	9	Then a streak of red.	5	3
3	3	3	4	3	4	14	194	灰色の砂は黄色に変わって、ダイヤモンドでもちりばめたように、もちらもちらと光りました。	9	The gray sand turned yellow as as if it was strewn with diamonds.	5	4
2	4	3	2	2	3	9	199	灰色の砂は黄色に変わって、ダイヤモンドでもちりばめたように、もちらもちらと光りました。	9	The gray sand turned yellow as as if it was strewn with diamonds.	5	3
2	2	2	2	3	4	14	204	子供たちの顔は青ざめていました。	9	The children were pale.	5	4
5	4	3	3	5	2	5	205	「ブルー、フーン」と、北の馬ブリーがいいました。	10	"Broo-hoo-hoo, the North, the North neighed Bree:	5	3
3	4	3	2	3	3	12	206	ひくい丘のつらなるほうは、一ほとんどシャスタとアラビスとシャスタがみていたことよりも、最終のいかなりみずぎしいほどに見えました。	10	certainly the lower hills looked greener and fresher than anything that Aravis and Shasta. ~	5	4
3	1	5	3	3	3	6	207	オーク、ブナ、シラカバ、ナナカマド、それにクリの木などが見えました。	10	be was seeing oaks, beeches, silver birches, rowans, and sweet chestnuts.	5	5
2	5	3	4	6	2	12	207	みんなもついに沙漠ぬけてきた小さな緑の裂け目のほかは、まるで砂漠のなかのありのようによい、	10	the whole of that green enclosure was filled, like a great green cup.	5	4
2	2	2	4	4	3	6	209	アリのように黒くうごくかたまりを見るばかりでした。	10	a dustdound well out in the desert he now saw a black, moving mass rather like ants.	5	3
2	2	2	3	2	3	8	210	プレーの目は血走り、耳は頭にぴったりとくっついていました。	10	His eyes gleamed red and his ears lay flat back on his skull.	5	4
4	4	3	2	3	2	15	210	ものすごく大きな黄褐色のけだものが、	10	A huge tawny creature.	5	3
2	2	2	2	2	2	9	211	三メートルほどの高さの緑色のかべがかかり、	10	Their way was barred by a smooth green wall about ten feet high.	5	2
2	2	2	3	3	3	14	214	まるい、やっとひろきとを見てそこは、緑か緑の生垣のつい地でした、ひろいまくまるい、	10	He turned and raced for the gate in the green wall	5	3
2	3	6	3	4	4	3	215	一回のいみおとうがめにも、緑のありのやや色の塞いの入口をめざして、ひらひまんまるい形のかおあいのなかに。	10	turned and a wide and perfectly circular enclosure, protected by a high wall of green turf.	5	4
2	2	2	2	3	3	14	221	暗くなってきたようです。	10	It seems to be getting dark.	5	4
2	2	2	2	3	3	14	221	「これは夜のつらでないかし」と、かれはしばりしぼっていいました、	10	"This is not the darkness of night. " he said presently	5	4
2	4	3	4	4	3	6	222	緑のかこいのなかは、まるで緑色の大きなコップで	10	the whole of that green enclosure was filled, like a great green cup.	5	5
2	2	2	5	5	3	6	222	女たち、黄金、宝石、武器、緑の酒、	10	all gentlemen in green hunting-dress, with their horses.	5	4
2	2	2	6	2	6	6	226	暑くてもうしい狩の日で、ハエがふつうの二倍もいるように思えるほどでした。	10	It had become one of those hot, gray days when there seem to be twice as many flies as usual.	5	2
2	2	2	2	3	6	6	227	みんな緑色の狩りの服を着た男たちが、馬にまたがって、かけてのぼっていく。	11	all gentlemen in green hunting-dress, with their horses.	5	4
2	2	2	1	2	2	6	230	そして、そのおちくぼんだ灰色の目は、うえきっているような色になり、	11	almost a hungry expression, in his straty gray eyes.	5	2
4	3	2	2	4	2	2	232	ぼうやりとした灰色のものが、くらくし流れるようにちゅうにうちました。	11	only a vague grayeness, rolling down toward them.	5	4
2	2	2	3	5	2	15	232	あたりー面が灰色ばっかりになりました。	11	The world became gray.	5	4
4	2	2	4	2	14	14	232	シャスタは、雲のうちぶからどんなに冷たく、濡った暗やみがでるのだとは知りませんでした。	11	Shasta had not realized how cold and wet the inside of a cloud would be; nor how dark.	5	4
2	3	11	3	3	5	14	236	もうすっかり夜の暗さになっていて、	11	The gray turned to black with alarming speed.	5	5
5	6	14	3	3	3	14	236	暗でもますます暗く、そのうえ、角をぐんぐん曲がるので、空気もいっそうひぶれたくなってしまいました。	11	And now it was quite dark and they seemed to have given up blowing that horn.	5	4
2	2	11	3	4	3	14	237	暗くてももすすむすすめ、鉄は、黄金、宝石の輝きを失い、ブドウ酒の色ざめ。	11	the women, the gold, the jewels, the weapons, and the wine.	5	4
2	2	14	2	3	5	14	238	あたりはまるっで暗闇で、なにも見えなくなりました。	11	all dark and dripping, and to cloder and colder air.	5	4
1	2	14	3	3	5	6	239	それから、しこそこのためい息が、そばのくらやみのなかからふっときこえるのですす。	11	there suddenly came a deep, rich sigh out of the darkness beside him.	5	4
4	4	11	2	3	2	3	244	霧は黒から灰色も、おどろくほど灰色の色かかるはやさで、そして灰色から白に変わって。	11	The mist was turning from black to gray and from gray to white.	5	4
4	3	11	2	3	2	2	244	霧は黒から灰色も、おどろくほど灰色の色かかるはやさで、そして灰色から白に変わって。	11	The mist was turning from black to gray and from gray to white.	5	4
2	2	14	4	3	4	2	244	霧は黒から灰色も、おどろくほど灰色の色かかるはやさで、そして灰色から白に変わって。	11	The mist was turning from black to gray and from gray to white.	5	2

資料96

		English	Japanese				
5	11	The mist was turning from black to gray and from gray to white.	霧は黒から灰色に、そして灰色から白に変わってきました。	244	1	4	2
5	11	the whiteness around him became a shining whiteness;	ジャスタのまわりの白い霧は、いちめんにかがやく白になって来ました	244	1	4	2
5	11	the whiteness around him became a shining whiteness;	ジャスタのまわりの白い霧は、いちめんにかがやく白になって来ました	244	1	4	2
5	11	A golden light fell on them from the left.	黄金色の光が、ただ射してきました。	244	1	4	2
5	11	the pale brightness of the mist and the fiery brightness of the Lion rolled themselves together	霧のあわい明るさと、ライオンのもえるような赤々たかがやきがーつになって	245	13	4	1
5	12	He was alone with the horse on a grassy hillside under a blue sky.	ジャスタは背中の下の草原で山腹に、馬一取り残されていたのでした。	245	5	3	3
5	12	It was a green valley-land dotted with trees	そこは木立ちの多い緑の谷間の国でした。	247	6	3	3
5	12	prickly person with a dark face who had just come out from among the trees.	木のまから黒い顔と、とげとげしい小さなジが出て来ました。	248	14	1	3
5	12	in that golden age when the Witch and the Winter had gone and peter the High king ruled at Cair Paravel.	魔女も冬も去くなり、大ピーター大王がケー・バラベル城で統治をおこなっている黄金時代に	251	5	7	3
5	12	One was a Red Dwarf whose name appeared to be Duffle.	ひとりは赤小人（つまり赤毛の赤い小人）で、名まえはダフルといえるかりました。	251	8	6	1
5	12	and in a moment his white stem had disappeared among the remoter trees.	あのという間にその白いしっぽは、ずっと速くの木の葉に消えてしまいました。	252	2	1	2
5	12	It looks pretty green.	だいぶ緑さめてるぞ。	252	6	1	3
5	12	He didn't even know what the slices of brown stuff were.	ジャスタは、キッチ色のものがかさなって切ったのがなにを知りませんでした。	254	9	4	2
5	13	He didn't know what the yellow soft thing they smeared on the toast was.	トーストにぬってあるあのやわらかな黄色のかがなにかも知りませんでした	254	10	4	2
5	13	And the house itself was quite different from the dark.	それに、家そのものが、アルジーンのそのずいぶん違い、	256	14	4	1
5	13	On the walls they could see little white dots, the faces of the defenders.	城壁の上には、町を守る兵士たちの顔が、白い点として見えます	269	5	3	3
5	13	he wanted to know what was going on in the world outside the green walls of his hermitage.	仙人はずいぶん昔の世のライオンから切り離されているそのをけひして世界のおこなっていることがを知るたろうとすて	271	2	4	3
5	13	and a tall Tarkaan with a crimson beard―	それから真っ赤なひげの背の高いタルカーン引きと	273	15	4	1
5	13	The whole ridge up on the east, is black with horsemen.	東のほうの尾根の上には騎兵たちで黒々しい	276	3	4	3
5	13	It's the red lion.	赤いライオンの旗じゃ。	276	3	4	3
5	14	Bree was standing with his back to the green wall while he said this.	このときブレーは、緑のつい壁に背をむけてこう話しており、	291	6	3	3
5	14	balance itself on top of the green wall	緑のかべの上にとまる重心をとり	291	6	3	8
5	14	only it was in a brighter yellow and it was bigger and more beautiful and more alarming	アンバードの城よりもずっと明らかる黄色で、もっと大きく、そしてもっと美しく、けれどもっとおおしい気	291	10	5	3
5	14	his fair hair was encircled with a very thin band of gold, hardly thicker than a wire.	ちょうしさっと針金ほどのほそい黄金のかぶり紅の輪が、その金髪をきしめていました。	297	11	4	3
5	14	a tall tunic which was of white cambric, as fine as a handkerchief.	若者は、頭にはにほとんどハンカチーフのような細い白の麻の裾が輪のおしいい長い上衣があしており、				
5	14	so that the bright red tunic beneath it showed through.	下に着ているおかい赤い上着が、すけて見えていました。	297	8	4	3
5	14	Shasta all at once turned very red and began speaking very quickly.	ジャスタは、たちまち顔を赤くそそいて、大急ぎで話しはじめて。	298	8	3	3
5	15	across green lawns, sheltered from the north wind by the high wooded ridge at its back.	開き並ぶ緑の蔭の間の、しんから、北風をさまえる裏高い森の後ろの坂の横の	308	6	3	4
5	15	It was very old and built of a warm, reddish-brown stone.	アンパードの城はいかにも古めかしく、はばたぐい暖かい赤茶石のおろりていた。			3	4
5	15	They grew longer and more pointed and soon were covered with gray hair.	耳はだんだん長く、ピンとなっていき、灰色の毛でおおわれて、	317	2	4	4
6	1	and a dark place behind it which you could get into by a little careful climbing.	そのうしろに暗い場所があるとのどに、かなり注意を入りぼ入りこめる複数のの壁があり、	20	14	4	4
6	1	The dark place was like a long tunnel beneath it showed through.	暗い場所は、長いトンネルのようにしていて、夜には行は着けません。	24	14	4	4
6	1	I expect someone lives there in secret, only coming in and out at night, with a dark lantern.	ここに人が住むでは、夜だけこっそりかくし電灯を持ちながら、出たり入ったりするんじゃない。	25	14	4	3
6	1	what she noticed first was a bright red wooden tray with a number of rings on it.	ボリが一番にはじめにきかついたのは、はでな赤い木のおぼんにいくつかの指輪を	28	8	5	4
6	1	They were in pairs--a yellow one and a green one together, then a little space,	それは、ついがなってあり、一色の黄色と緑の指輪がお組み、すこしおいて、	28	10	5	4
6	1	They were in pairs--a yellow one and a green one together, then a little space,	それは、ついがなってあり、一色の黄色と緑の指輪がお組み、すこしおいて、	28	10	5	4
6	1	"Not a pair," said Uncle Andrew.	緑の暗い場所に「ちがっ！！」と、アンドルーおじさん。	28	10	5	4
6	1	I'm afraid I can't give the green ones away.	くらい角灯とあげるわけにはいかなくて、	34	6	5	4
6	1	But I'll be delighted to give you any of the yellow ones.	まだ、黄色のぼうは、どれでもこころよくしあげますよ。	34	6	5	4
6	2	That was what turned my head gray.	ひどくちらりを見る目も、きれいに白い指でした。	30	2	3	3
6	2	He had very long, beautifully white, fingers.	髪の毛をしんなと白くかえたそれが、そのだ。	31	1	1	3
6	2	At last I succeeded in marking the rings; the yellow ones.	ずいぶん長くして、指輪をひとつおけることのおはい、成功した。はじめにあの黄色い指輪	33	6	5	4
6	2	"Do you mean one of those yellow or green ones?" said Polly.	「あの黄色と緑の指輪ですって？」と、ボリー。	33	6	5	4
6	2	"Do you mean one of those yellow or green ones?" said Polly.	「あの黄色と緑の指輪ですって？」と、ボリー。	33	6	5	4
6	2	that a touch would send any creature that touched it into the Other Place.	どつと黄色い指輪にさわると、さわるおのを何でも、別の世界にとばしってしまいにちがいさしかねない、	46	10	5	4
6	2	But Polly hasn't got a green ring.	あの緑の指輪は	48	6	5	4
6	2	But Polly hasn't got a green ring.	あの緑の指輪は	48	6	5	4
6	2	wearing a yellow ring himself and taking two green rings.	じぶんは黄色い指輪をはめ、緑のを二つもっていくんだが、	49	10	5	4

資料 97

#	English	#	Japanese				
2	wearing a yellow ring himself and taking two green rings.	26	じぶんは黄色い指輪をはめて、緑の実を二つひろった。	49	6	5	4
2	His cheeks had gone very pale.	27	ほおがたいそう青ざめていた。	49	13	1	3
2	you are not given to showing the white feather.	27	わたしとしては、おまえさえ怖気などをふきはなえるだろう。	49	6	1	7
2	The moment you touch a yellow ring, you vanish out of this world.	29	黄色い指輪に手をふれたとたん、おまえはこの世界から消えてしまう。	52	10	5	4
2	that the moment you touch a green ring you vanish you come back to this world	29	緑の指輪に手をふれたとたんは、おまえはこちらの世界から消えそり。	52	6	4	4
2	I take these two greens and drop them into your right-hand pocket.	29	この緑の指輪を二つ、おまえの右のポケットにいれておくからね。	52	6	5	4
2	Remember very carefully which pocket the greens are in.	29	どちらの指輪のポケットに緑の指輪が入っているか、よくおぼえておくんだ。	52	6	5	4
2	G for green and R for right.	29	緑だから "み"、右だから "み"。	52	6	4	4
2	G R, you see: which are the first two letters of green.	29	どちらも "み"、ではとまるんだ。	52	6	5	4
2	And now you pick up a yellow one for yourself.	29	では今度、黄色い指輪を自分でひろいあげる。	53	10	5	1
3	Digory had almost picked up the yellow ring when he suddenly checked himself.	29	ディゴリーは、黄色い指輪をとりあげようとして、にわかにためわった。	53	6	5	4
3	there was a soft green light coming down on him from above, and darkness below.	31	上のほうからは緑の光がかれいい光としておちてきて、下のほうはまっ暗だった。	55	10	4	1
3	there was a soft green light coming down on him from above, and darkness below.	31	上のほうからは緑のやわらかい光がさしていて、下のほうはまっ暗だった。	55	14	4	4
3	all the light was green light coming through the leaves.	32	すべての光は、はっぱをこして緑の光でした。	55	6	4	4
3	for this green daylight was bright and warm.	32	それはともかく、緑の光の実は、明るく、しかも暖かかった。	56	6	4	4
3	there ran a tape, and tied to it by the flake, was a bright yellow ring.	35	でも子どものすじにむすびつけられていたのが、きらきら光る黄色い指輪でした。	60	10	5	4
3	It was full of the reflection of the green, leafy branches.	36	池にはしげった緑の枝がうしすめられに映っていた。	62	6	3	4
3	they were still standing, hand in hand, in that green wood.	36	ふたりとも、手に手をつないで、緑の林のなかに立っていて、まだどこへでもありませんでした。	63	6	3	4
3	We're still wearing our yellow rings.	37	ぼくたち、黄色い指輪をはめたんだもの。	64	10	5	4
3	the reflection of the yellow rings.	37	緑の水がある。	64	6	3	4
3	Put your yellow ring in your left.	37	黄色の指輪は、左のポケットにいれるんだ。	64	6	4	4
3	I've got two greens.	37	ぼくは、緑の指輪を二つもっている。	68	6	5	5
3	They put on their greens and came back to the pool.	39	ふたりは緑のところを、また近くの緑の池にもどりました。	68	10	4	5
3	After a good deal of arguing they agreed to put on their green rings	39	そんなふうにいいあっただあげく、ふたりは緑の指輪をはめることにしました。	68	6	4	5
3	"Green for safety."	39	緑色は、安全の青信号だ。	69	10	3	2
4		40	ふたりとも、緑の指輪をはめだすで、黄色い指輪をはめるのたい。とにしておきました。	69	3	5	5
4	They would slip off their greens and put on their yellows.	40	ふたりとも、緑の指輪をはずして、黄色い指輪をはめようと。	68	10	5	4
4	They put on the green rings, took hands, and once more shouted.	40	ふたりははじめて、緑の指輪をはめ、手をつないで、もう一度叫びました。	69	3	4	4
4	At first there were bright lights moving about in a black sky.	40	はじめのうちは、まっ暗の空に、明るい光が、ちらちらと動いていました。	70	9	1	3
4	the green light above grew stronger and stronger.	40	頭の上の緑の光がますます強くなってきて。	70	6	5	3
4	And there was new pool about them, as green and bright and still as ever.	41	あたりは林のように、もとどおり明るい緑色に、しんと静まりかえっていた。	71	10	4	5
4	to turned quite white as they realized the dreadful thing	41	どんなに恐ろしいことがわかったかに、ふたりの顔が、まっ青になりました。	71	10	4	5
4	The yellow ones weren't "outward" rings and the green ones weren't "homeward" rings.	42	黄色いの "出かけ" 指輪ではなくて、また、緑色の "帰り" 指輪ではないのです。	72	6	5	4
4	The soil (which smelled nice) was of a rich reddish brown and showered up well against the green.	42	地面の黒 (ずいぶんかぐわしいかおり)、赤みを帯びた黒っぽいものが、緑の緑にたいしてよくりうきっている。	72	5	5	4
4	The soil (which smelled nice) was of a rich reddish brown and showered up well against the green.	42	地面の黒 (いいにおいがする)、ほとんどは赤茶色で、空の色の緑のにとてもよく決だっている。	72	14	5	4
4	The stuff in the green rings had the power of drawing you into the wood;	42	緑の指輪のなかにあるものは、そのがそから林から出てゆくようが感覚がある。	72	6	4	4
4	the stuff in the green rings is stuff that is trying to get out of its own place:	42	緑の指輪のなかにあるものは、この林のなかから、よその世界へ出てゆこうとしているものだ。	72	10	4	4
4	so that a green ring would take you out of a world.	42	だから、緑の指輪は、この林のなかから、よその世界へ出てゆくだろう。	72	6	4	4
4	they decided to try their green rings on the new pool, just to see what happened.	43	どういうことになるかだめしてみることに、緑の指輪をこの池で使ってみることにしました。	73	6	4	4
4	when they had both put on their greens and come back to the edge of the water,	43	赤みがかった黄色、それから、ぐろぐろ回る、赤い日のように。	74	8	4	2
4	He said yellow for the outward journey.	43	ディゴリーも、もうどっちを使えばいいか、ちゃんとしていません。	74	14	4	2
4	It was a dull, rather red light, not at all cheerful.	44	まず闇のなかを、それからぼんやりした赤い日のようなもののなかをくぐる。	75	14	5	4
4	first through darkness and then through a mass of vague and shirting shapes	45	黄色のほうも暗く、空も黒くほとんど黒だった。	75	6	4	4
4	The sky was extraordinarily dark-a blue that was almost black.	45	空はとてもくらく、空の色もほとんど黒、空も黒になる。	75	6	4	4
4	The sky was extraordinarily dark-a blue that was almost black.	45	空は暗い、空ほとんど黒、空のほうもほとんど黒だった。	75	14	4	4
4	Let's take off our green rings and put them in our right-hand pockets.	47	緑の指輪をはずして、右のポケットにいれておこう。	76	8	3	4
4	All we've got to do is to remember that our yellow are in our left-hand pockets.	47	あとは、黄色いの花の指輪のなかにあって、黄色いは左のポケットにいれておけばいいんだ。	79	10	5	4
4	But don't put it in or you'll touch your yellow and vanish.	47	指輪に手を入れるね、その黄色にふれて消えてしまうから。	79	6	4	4
5	they saw it was not so dark inside as they had thought at first.	48	そうして見ると、あまり中はくらくはありません。	79	14	4	4
5	yawning blackly like the mouths of railway tunnels.	50	ディゴリーも、もうどちらの指輪を使えばいいのか。	82	6	5	4
6	even Digory was thinking they had better put on their yellow rings	50	ディゴリーも、いまいちど黄色の指輪にしたほうがいいとおもいはじめた。				
6	and get back to the warm, green, living forest of the In-between place.	50	暖かい、いきいきとした緑の林にもどったほうがいいかなと。	82	6	3	1

					English	Japanese		
6	4	5	4	82	when they came to two huge doors of some metal that might possibly be gold	ふたりは金と思われる金属製の大きなドアがあるところにやってきました。	5	5
6	4	1	15	83	their robes were of crimson and silvery gray and deep purple and vivid green	マントは深紅のものもあり、銀灰色のものもあり、濃い紫のものもあり、あざやかな緑のものもありました。	5	1
6	4	1	2	83	their robes were of crimson and silvery gray and deep purple and vivid green	マントは深紅のものもあり、銀灰色のものもあり、濃い紫のものもあり、あざやかな緑のものもありました。	5	1	1
6	4	4	4	83	their robes were of crimson and silvery gray and deep purple and vivid green	マントは深紅のものもあり、銀灰色のものもあり、濃い紫のものもあり、あざやかな緑のものもありました。	5	4
6	4	5	6	83	their robes were of crimson and silvery gray and deep purple and vivid green	マントは深紅のものもあり、銀灰色のものもあり、濃い紫のものもあり、あざやかな緑のものもありました。	5	4
6	4	5	11	86	on it there rose a little golden arch from which there hung a little golden bell;	その上に、小さな金のアーチが渡され、そこから小さな金の鈴が下がっていました。	4	3
6	4	4	11	86	on it there rose a little golden arch from which there hung a little golden bell;	その上に、小さな金のアーチが渡され、そこから小さな金の鈴が下がっていました。	4	3
6	4	3	11	86	and beside this there lay a little golden hammer to hit the bell with.	そしてそのそばに、鐘をたたくための小さな金の槌がありました。	2	4
6	4	4	9	90	for he saw Polly's hand moving to her pocket to get hold of her yellow ring.	ポリーの手がポケットの中のあの黄色い指輪をつかもうとするのが、彼には見えったからです。	4	3
6	4	4	11	91	he leaned forward, picked up the hammer, and struck the golden bell; a light, smart tap.	それから、からだを前にのり出して、槌をとりあげ、すばやく、軽く、金の鐘を一打ちしました。	2	3
6	4	5	10	95	"You!" said the Queen, laying her hand on his shoulder-a white, beautiful hand.	「おまえ」と女王はディゴリーの肩に片手を置きました——白い美しい手です。	3	1
6	4	3	3	98	And now that she's got my hand I can't get at my yellow ring.	それに今は、右手を握られてしまっているので、黄色い指輪にさわることもできない。	4	1
6	5	3	3	100	The doors were dead black, either ebony or some black metal which is not found in our world	そのドアはまっ黒で、こくたん製か何か、わたしたちの世界にはないどこか黒い金属でできているかでした。	4	3
6	5	3	3	100	The doors were dead black, either ebony or some black metal which is not found in our world	そのドアはまっ黒で、こくたん製か何か、わたしたちの世界にはないどこか黒い金属でできているかでした。	4	3
6	5	4	8	102	near the horizon hung a great, red sun, far bigger than our sun.	地平線近くに、ディゴリーの世界の太陽よりもはるかに大きな赤い大陽が低くかかっていました。	4	4
6	5	2	14	102	Those were the only two things to be seen in the dark sky.	暗い空に見えるものといったら、ただこの二つだけです。	4	4
6	5	4	2	103	and it was now only a wide ditch of gray dust.	いま焼けあとは、白っぽい塵のひろいみぞとなるばかりです。	3	3
6	5	3	8	104	when the roar of battle went up from every street and the river of Charn ran red.	戦いのわめきが、いずこの通りにもあがり、チャーンの川が赤く染まったものであった。	4	3
6	5	3	10	108	"So big, so red, and so cold."	「こんなに大きくて、赤くて、冷たいって——」	1	1
6	5	1	8	108	Yes, it's smaller and yellower.	ええ、もっと小さく、黄色っぽいのです。	4	4
6	6	3	10	110	Digory got very red in the face and stammered.	ディゴリーは、顔をまっ赤にして、どもりながら言いました。	4	3
6	6	4	6	113	They were rushing upward and a warm green light was growing nearer overhead.	暖かい緑の光が、頭の上のほうにだんだんと近づいて見えてきます。	4	4
6	6	4	13	115	She was much paler than she had been; so pale that hardly any of her beauty was left.	前よりもずっと青ざめて、その美しさも、ほとんど失われていたほどです。	4	3
6	6	4	13	115	She was much paler than she had been; so pale that hardly any of her beauty was left.	前よりもずっと青ざめて、その美しさも、ほとんど失われていたほどです。	4	3
6	6	5	7	116	He took his eye-glass, with the black ribbon.	黒いひもをつけた片めがねをとって、目にあてると、	4	4
6	7	1	2	121	she crossed the room, seized a great handful of Uncle Andrew's gray hair	女王は、ドアンドルー叔父さんの白髪をがばとつかみ、	2	1
6	7	5	8	124	"I will say spells on you that anything you sit down on will feel like red hot iron —	「おまえに魔法をかけてやる。そうすれば、おまえが腰かけるものはみな、焼けた鉄のように熱く、	5	5
6	7	3	8	127	It's Mr. Ketterley who's going to sit on red hot chairs —	赤く焼けたイスに座るのはケタリーさんなのです、	4	2
6	7	4	14	127	that dark place among	はりのむきだされたあのうす暗いところでは	4	1
6	7	4	6	129	He put on a white waistcoat with a pattern on it and arranged his gold watch chain across the front.	それから、もようのはいった白いチョッキを着て、時計の金のくさりを胸のあたりにぶら下げました。	4	5
6	7	5	9	129	He put on a white waistcoat with a pattern on it and arranged his gold watch chain across the front.	それから、もようのはいった白いチョッキを着て、時計の金のくさりを胸のあたりにぶら下げました。	5	5
6	7	2	3	129	"Quick," said Polly, with a look at Digory: "Greens!"	「急いで」ポリーは、ディゴリーに目くばせをしていいました、「緑のほうよ！」	2	2
6	7	5	10	139	Instead, the whole party found themselves sinking into darkness.	「もし、みんなが、ふたたびいっしょになった時には、暗い中にしずんでいるようでした。	4	4
6	8	4	10	140	"But why's it so dark? I say, do you think we got into the wrong Pool?"	「あんなに暗いでしょう？ねえ、ぼくらちがう池にはいってしまったのじゃないかな？」	4	4
6	8	2	14	144	It was so dark that they couldn't see one another at all	あたりがまっ暗で、おたがいの姿もまるで見えないほどだった	4	4
6	8	3	10	146	In the darkness something was happening at last.	いよいよ闇の中で、何かが起ころうとしているのです。	4	2
6	8	4	8	148	but far lighter up the scale: cold, tingling, silvery voices.	音のはうはずっと高くて、冷たい、銀の鈴のような声でした。	5	3
6	8	3	3	148	The second wonder was that the blackness overhead	ふたつめのおどろきは、頭上の闇が、	3	1
6	8	1	14	151	One moment there had been nothing but darkness.	さきほどまでは、あたりはなにもかもまっ暗でした。	5	3
6	8	5	10	155	Yellow, remember.	黄色だ。いいね。	1	4
6	8	6	14	157	Close beside Digory in the darkness.	死神のように闇の中にしずかに浮かぶディゴリーのすぐそばに。	6	4
6	8	4	6	158	their heads came out into the warm, green sunshine of the wood.	ふたつの頭は、あの林の、暖かい緑の日の光に出てしまいました。	4	3
6	8	5	13	158	she turned pale and bent down till her face touched the mane of the horse.	魔女は、しだいに青ざめ、ついに一度あり、その一緒に顔をつけまでなって、まっ青になって、	3	4
6	8	4	6	159	"Quick," said Polly, with a look at Digory: "Greens!"	「急いで」ポリーは、ディゴリーに目くばせをしていいました、「緑のほうよ！」	4	4
6	8	5	14	159	Instead, the whole party found themselves sinking into darkness.	「もし、みんなが、ふたたびいっしょになった時には、闇の中にしずんでいるようでした。	4	4
6	8	3	10	160	They all, in that one place, grew slow and streadily paler.	あんたらそろってこんな所できるの？ねえ、みんなへんな池にはいってしまったのじゃないかな？	4	4
6	8	6	14	163	You could see shapes of hills standing out dark against it.	その一かたや、地平線近くに、闇をはいするようにかがやいている丘の輪郭を見ることができました。	5	2
6	8	6	12	164	The eastern sky changed from white to pink and from pink to gold.	東の空は、白から赤へ、赤から金色へと変わっていきました。	6	3
6	8	3	14	164	The eastern sky changed from white to pink and from pink to gold.	東の空は、白から赤へ、赤から金色へと変わっていきました。	3	1
6	8	2	13	165	The eastern sky changed from white to pink and from pink to gold.	東の空は、白から赤へ、赤から金色へと変わっていきました。	5	4
6	8	4	1	167	The eastern sky changed from white to pink and from pink to gold.	東の空は、白から赤へ、赤から金色へと変わっていきました。	4	2
6	8	4	15	167	The eastern sky changed from white to pink and from pink to gold.	東の空は、白から赤へ、赤から金色へと変わっていきました。	4	2
6	8	4	11	167	The eastern sky changed from white to pink and from pink to gold.	東の空は、白から赤へ、赤から金色へと変わっていきました。	4	2

資料 99

		English		Japanese			
6	9	And as he walked and sang the valley grew green with grass.	112	ライオンが歩きながら歌をうたうにつれ、谷間は草で青々としてきました。	171	6	3	1
6	9	The highter slopes grew dark with heather.	112	山の頂きに近い斜面はヒースのために黒っぽく見えます。	171	14	3	1
6	9	Patches of rougher and more bristling green appeared in the valley.	112	谷間には、もっとごわごわしていかにもとけとげしい感じの緑が、点々とあらわれました。	172	6	3	4
6	9	It was a little, spiky thing that threw out dozens of arms and covered these arms with green	112	それはちいさなとげとげしたやつで、何本もの腕をつき出し、その腕には緑におおわれていました	172	6	3	1
6	9	because he still thought the green rings were "homeward" rings.	113	のは、おじさんはいまでも緑の指輪は「うちに帰るための」指輪だと思っていたからなのです。	172	6	5	8
6	9	They stood on cool, green grass, sprinkled with daisies and buttercups.	114	みんなの立っているところは、すずしげな緑の芝生で、ひなぎくとキンポウゲが咲いておりました。	174	6	3	6
6	9	When a line of dark firs sprang up on a ridge about a hundred yards away	115	百メートルほど向こうの尾根に、黒々としたモミの木が一列につっ立ったときのことなど	174	14	3	3
6	9	Its huge red mouth was open, but open in song not in a snarl.	116	その大きな赤い口があいているのは、うなり声をあげてではなしに、うたっているからでした。	177	18	5	1
6	9	he didn't want to get too far away from the green rings or too near the Lion.	121	緑の指輪からあまり遠ざかりたくないし、ライオンに近づくのもいやだったからでした。	184	6	1	8
6	9	It made Digory hot and open.	121	ディゴリーの顔はあつくほてりました。	185	8	1	4
6	10	Far overhead from beyond the veil of blue sky which hid them the stars sang again;	126	はるか頭上の青空の奥にかくれているものたちが、ふたたびうたいだしました。	191	5	5	2
6	10	you used to tie a horrid black thing behind me and then hit me to make me run.	133	いつもわたしのうしろに、いやな黒いものをゆわえつけて、わたしをはしらせるために、たたたきましたわ。	201	3	5	5
6	10	and however far I ran this black thing would always be coming rattle-rattle behind me.	133	そしてその黒いものはどこまで走っても、いつもがらがらと、あとからくっついてきたのよ。	201	3	5	5
6	10	I was always running in front, pulling you and the black thing.	133	その黒いものと人をひっぱって、前を走っていたの。	202	7	5	5
6	10	I was always running in front, pulling you and the black thing.	134	その黒いものと人をひっぱって、四人は、なにか白いかたまりをもっていて、わたしにくれたんだ。	203	1	5	1
6	10	"You don't happen to have a bit of that white stuff about you I suppose?"	135	「おまえさん、ひょっとしてあの白いかたまりをちょっぴり前の方にもっちゃいないかい？」	204	6	5	3
6	11	long ago it was already quite dark.	136	ずいぶん長いまえに、あたりはもうすっかり暗くなっておりました。	206	14	4	3
6	11	Mightn't the whitish hair thing at his end be a sort of face?	142	このいちばんたしの方にある白っぽいかみの毛のようなものも、顔の一種かもしれませんね。	216	1	1	1
6	11	Several animals said his legs must be his branches and therefore the gray.	144	いくひきかの動物たちは、アンドルーおじの足が枝にちがいない、したがって灰色の	218	2	2	1
6	11	Aslan was bigger and more beautiful and more brightly golden and more terrible than he had thought.	146	アスランは、ディゴリーが考えていたよりもなお大きく、美しく、まばゆいほど金色に、そして恐ろしく感じていた。	223	1	2	8
6	11	And then turning very white, "I mean, I woke her.	147	それから、またひどく青くなっていいなおしました。	228	2	2	3
6	12	The Cabby opened his mouth in astonishment, and his wife turned very red.	151	馬車屋はびっくりして、目をあんぐりあけました。奥さんは顔をまっ赤にそめました。	233	15	3	3
6	12	For the tawny face was looking down near his own	154	黄褐色の顔が、ディゴリーの顔に近々とすぐそばに	235	6	5	1
6	12	And beyond the cliff there are high green hills with forests.	155	崖のむこうは、かなり高い山で、こんもりした緑林がしげっています。	236	6	3	3
6	12	And beyond those there are higher ranges that look almost black.	155	さらにそのむこうには、もっと高いけれど、ほとんど黒に見えるはどの高い山なみがあります。	236	6	3	3
6	12	till you find a green valley with a blue lake in it.	155	そうすれば、氷河のある緑の谷にでます。青い湖のある緑の谷間がみられましょう。	236	6	5	3
6	12	till you find a green valley with a blue lake in it.	155	そうすれば、氷河のある緑の谷にでます。青い湖のある緑の谷間がみられましょう。	236	6	5	3
6	12	At the end of the lake there is a steep, green hill.	157	その湖のはずれに、けわしくそぼりたつ緑の緑の丘があります。	238	15	2	1
6	12	The feathers shone chestnut color and copper color.	157	その羽は栗色と銅色にかがやきました。	238	15	2	1
6	12	The feathers shone chestnut color and copper color.	157	その羽は栗色と銅色にかがやきました。	238	15	2	1
6	12	When there were green fields, and sugar.	158	緑の原っぱがあり、それに砂糖もあります。	239	6	2	1
6	12	Look just for the valleys, the green places, and fly through them.	158	谷間や、緑のあるところを見つくして、そこを通ることだよ。	240	6	3	1
6	12	even Aslan himself was only a bright yellow spot on the green grass.	159	アスランでさえ、緑の草の上にきらきら光る黄色い一点としか見えません。	241	10	8	8
6	12	even Aslan himself was only a bright yellow spot on the green grass.	159	アスランでさえ、緑の草の上にきらきら光る黄色い一点としか見えません。	241	10	8	8
6	12	a glimpse of the southern lands that lay beyond them, looking blue and far away.	159	そのむこうにある南の国の姿が、はるかかなたに青くかすんで見えます。	241	5	3	4
6	12	They were flying over a wild country of steep hills and dark forests, still following the course of the river.	161	人は険しい山々と、はの黒い森との荒々しい地方のあたりを、さっきのから川の流れにそって、なお飛んでいるのです。	244	14	4	2
6	12	till the western sky was all like one great furnace full of melted gold;	162	西の空はいちめんにどろどろの溶けた黄金を一大溶鉱炉のようです。	245	11	4	2
6	12	snowy heights, one of them looking rose-red in the reflections of the sunset,	162	まわりの峰をみおろしていて、なかの一つはタ日をうけてパラ色の木さとくらいでした。	246	8	3	7
6	12	the blue lake and the hill with a garden on top of it.	163	青い湖と頂上に果樹園のある丘。	249	5	3	1
6	13	she had seen a tall, dark figure gliding quickly away in a westerly direction.	166	ポリーは、背の高い黒っぽいすがたがだだだするすると速やかに	251	14	6	6
6	13	Fledge stayed awake much longer moving his ears to and fro in the darkness	166	天馬のほうは長く目をさまして、暗闇のなかであちこち動かしたり、	251	14	5	3
6	13	that is running in shallow cataracts over red and blue and yellow stones with the sun on it?	167	日をあびて、赤、青、黄色な石の浅瀬を勢いよく流れている	252	7	2	2
6	13	that is running in shallow cataracts over red and blue and yellow stones with the sun on it?	167	日をあびて、赤、青、黄色な石の浅瀬を勢いよく流れている	252	7	2	2
6	13	the grass was gray with dew and the cobwebs were like silver.	167	草は露をふくんで灰色、蜘蛛の巣が銀色に光っています。	252	8	5	2
6	13	the grass was gray with dew and the cobwebs were like silver.	167	草は露をふくんで灰色、蜘蛛の巣が銀色に光っています。	252	12	5	2
6	13	Just beyond the cataracts was a low cliff of red rock pierced with caves.	167	一面の滝のむこうに、赤い洞穴だらけの低い切り岸があって、十坪、十坪、坪の十、一大鍾乳洞のような感じです。	252	14	4	1
6	13	The leaves were whitish and rather papery, like the herb called honesty.	168	その葉は白っぽい紙っぽい葉をつけていて、薬草中でもアンゲラか印のあかばらがね色の木にそっくり。	252	6	3	1
6	13	all the streams which tumbled down from the glaciers into the main river were so blue.	169	一つの川に流れこむ、あく、まで青いが、	254	6	3	1
6	13	For a heavenly smell, warm and golden.	169	暖かい、こがね色の、えもいえぬかおりが、	254	11	4	3
6	13	There's a green thing growing. It's a green hill at the end of the lake.	169	湖のはずれにあるだろう、みどりの丘のあたりで。	254	5	3	1
6	13	And look how blue the water is.	169	やあ、あの水の青いこと！	254	5	3	2

資料100

			English	Page	Line	Japanese	Page		
6	13	1	The steep green hill was rushing toward them.	256	6	けわしくそびえる緑の丘が、こちらにぐんぐんせまってきます。	170	3	1
6	13	2	All round the very top of the hill ran a high wall of green turf.	256	6	丘の頂上には、緑の芝でおおわれた、高い高い壁のようなものがそびえていました。	170	3	1
6	13	3	their leaves showed not only green but also blue and silver when the wind stirred them.	256	6	その葉は緑ばかりはなく、風でそよぐたびに、あい色にも、銀色にも見えました。	170	3	2
6	13	4	their leaves showed not only green but also blue and silver when the wind stirred them.	256	6	その葉は緑ばかりはなく、風でそよぐたびに、あい色にも、銀色にも見えました。	170	3	2
6	13	5	their leaves showed not only green but also blue and silver when the wind stirred them.	256	5	その葉は緑ばかりはなく、風でそよぐたびに、あい色にも、銀色にも見えました。	170	5	3
6	13	6	they walked nearly all the way round it outside the green wall before they found the gates:	256	6	なにかはいる門を見つけるために、緑のかべをほとんどひとまわりしてしまったところでした。	170	3	3
6	13	7	high gates of gold, fast shut, facing due east.	256	12	その金色をした高い門は、真東に向かって、ぴたりとしまっていました。	170	3	3
6	13	8	When he had come close up to them he saw words written on the gold with silver letters.	257	11	門に近づいた時、ディグリーはその金の門のとびらに銀の文字が書いてあるのを見ました。	171	5	3
6	13	9	When he had come close up to them he saw words written on the gold with silver letters.	257	12	門に近づいた時、ディグリーはその金の門のとびらに銀の文字が書いてあるのを見ました。	171	5	3
6	13	10	Come in by the gold gates or not at all.	257	11	黄金の門より入れ、さもなくば、入ることなかれ。	171	3	3
6	13	11	Come in by the gold gates or not at all.	258	11	黄金の門より入れ。	171	3	3
6	13	12	and partly because the great silver apples	259	12	またその木になっている大きな銀のリンゴが、	172	5	2
6	13	13	its head crested with scarlet, and its tail purple.	260	7	まっ赤なとさかをいただき、紫の尾羽をつけていました。	172	2	2
6	13	14	its head crested with scarlet, and its tail purple.	260	4	まっ赤なとさかをいただき、紫の尾羽をつけていました。	172	4	2
6	13	15	The juice was darker than you would expect and had made a hurried stain round her mouth.	262	14	リンゴの汁は思いがけないほど濃くて、魔女の口のまわりにきたない赤い色がついていたのです。	174	5	3
6	13	16	but her face was deadly white, white as salt.	262	1	その顔を見たら、まるで塩のようにまっ白だったら、恐ろしい死の白さになっていたからです。	174	1	3
6	13	17	but her face was deadly white, white as salt.	262	2	その顔を見たら、まるで塩のようにまっ白だったら、恐ろしい死の白さになっていたからです。	174	2	3
6	13	18	to where the woods of Narnia were darkened by the shadow of the mighty cliff.	269	14	あの高い崖が今ナルニアの森を暗い影でおおいかけるところです。	179	3	3
6	13	19	when the sky was growing red with sunset behind them.	270	8	一行の背にタ日はしずか夕日をともともえるかえようとしています。	179	4	4
6	14	1	One was a young tree that seemed to be made of gold.	274	12	一つは全てこがねでできている若木で、	182	4	3
6	14	2	"the second was a young tree that seemed to be made of silver.	274	3	もう一つはこがね銀でできているような若木でした。	182	3	3
6	14	3	More Dwarfs than you could dream of rushed forward to the Golden Tree.	279	14	想像できないほどたくさんの小人たちが、金の木におしよせてきました。	186	6	3
6	14	4	it did not merely look golden but was of real, soft gold.	279	11	ディゴリーは、その木がただ金色に見えるばかりでなく、やわらかい純金そのものでできていることを知りました。	186	3	1
6	14	5	it did not merely look golden but was of real, soft gold.	279	11	その同じ気持ちで、その銀の木を見たら、まるで本物のやわらかい純銀でできている事を知りました。	186	3	2
6	14	6	just as the silver had grown up from the real silver.	280	12	そして、銀の木も同じように本物の銀から育ったのです。	186	3	3
6	14	7	to where the fire was blazing, the bellows were roaring, the gold was melting.	280	5	火が赤々と燃え、ふいごをふき、金がとけただすとこすました。	187	3	5
6	14	8	and silver apples peeped out like stars from under every leaf.	282	12	銀のリンゴがてんでに葉うらから星のようにちらちら見えていました。	187	5	3
6	14	9	she will live on here, growing stronger in dark Magic.	282	14	魔女はここで生きつづけて、ますます黒い魔法を用いて、ますます強くなっていくだろう。	189	5	1
6	14	10	scattering golden gleams of light from his mane as he did so)	284	11	すると、たてがみから金色の光がきらきらとおちました。	189	6	8
6	14	11	"Oh-Aslan, sir," said Digory, "I forgot to tell you.	291	8	「ああ、アスラン、実はぼうとは、あの黄色いことろを…」	189	3	5
6	14	12	A good deal of Puzzle's gray nose and face could be seen through the open mouth of the lion's head	291	11	でもドドの鼻と顔の大部分は、正直でかわいらしい口のなかから少しだけみえていました。	194	2	2
6	15	1	He had blue eyes and a fearless, honest face.	294	2	彼の目は青く、こわいものを知らず、すっとしています。	291	1	3
6	15	2	with its neck bent round polishing its blue horn against the creamy whiteness of his flank.	294	5	首をまげ、じぶんのクリーム色の白い体に青い角をこすりつけるようにして、まっ白な石に青色を塗ろうとでもいうふうに。	32	5	1
6	15	3	with its neck bent round polishing its blue horn against the creamy whiteness of his flank.	294	13	首をまげて、じぶんのクリーム色の白い体に青い角をこすりつけるようにして、まっ白な石に青色を塗ろうとでもいうふうに。	32	1	1
6	15	4	snatched the gold circlet of Tirian's head	294	5	見るなり大きく、うなるような声をして、やはり彼女の青い水色のねをならした。	294	5	1
7	2	1	And Mother's pretty, pale blue dressing jacket	5	1	それにおかあさんの、銀のあるこい、うすい水色の上ばかげ	13	6	5
7	2	2	That yellow thing that's just come down the waterfall.	15	10	彼が投げ出てつながら返べや、光のあるゆを使って、その黒ずんだ指の先が池の中を指さし、	15	10	4
7	3	1	as they looked at Caldron Pool Shift suddenly pointed with his dark, skinny finger	27	5	いまくしがり、滝のふもと、あの黄色いあれを	45	12	3
7	3	2	his eyes were dark, bearded met from Calormen.	46	8	カロルメンから来た、色のあさ黒い髭顔たちあわせました。	45	4	4
7	3	3	It is as if the sun rose one day and were a black sun.	51	3	ある日、日が赤白に昇ってそみます、黒い太陽になってあるとものようなものだ。	46	4	3
7	3	4	the dark men came down from in a thick crowd.	52	5	首を曲げ、じぶんのクリーム色の白い体にも、十重二十重にふえたとりまきにとりまかれていました。	51	5	2
7	3	5	their white eyes falshing dreadfully in their brown faces.	52	9	日色の顔にまっ白白目がちらりと光らせたり、	52	1	6
7	3	6	their white eyes falshing dreadfully in their brown faces.	52	11	日色の顔にまっ白白目がちらりと光らせたり、	52	3	3
7	3	7	The Tisroc, as he sat, wore a scarlet jacket which did not fit him very well.	53	5	目に血走っかかるところよう、ひげのある黒ずんぶった浅黒いの美しい手をしてニブトレーを、むしゃむしゃぶるのでした。	53	4	3
7	3	8	He was wearing a scarlet jacket which did not fit him very well.	53	8	まずじぶんに合っているとはいえないまっ赤な上っぱりを着ていました。	54	1	5
7	3	9	And he also kept on pulling up the scarlet jacket to scratch himself.	54	7	そのうえ、ひげをがりがり血色の赤いうわっぱりを前へ引き寄せ、ぼりぼりからだをかいている人間のタロルメンの商人でありました。	54	5	1
7	3	10	"Here, Sir," said a red squirrel, coming forward and making a nervous little bow.	55	8	「ここにおります主よ、」と言いながら、ぴくひくとおかを震わせて、ややひかえめに、そっ色りっかわいいおじぎをしました、カロルメンの赤い小麦色のリスがでました。	59	2	4
7	4	1	When it was almost dark Tirian heard a light pitter-patter of feet	68	14	ほとんど暗くなったころ、チリアンは、ぱたぱたという軽く小足な音を耳に		4	1

資料101

#		English	Japanese	Page	Line		
7	4	Both these were carrying little bags on their backs which gave them a curious look in the dark	それぞれひきに、青い袋をしょっていて、そのために暗閣でなおかしらしからないように見えたものです。	68	14	4	1
7	4	the wood seemed darker and colder lonelier than it had been before they came.	森は、動物たちがやってくる前よりも、ずっと暗く、さびしくなったように思われました。	74	14	3	2
7	4	Far away there appeared a red light.	はるかかなたに、ぽっと赤いあかりがあらわれました。	74	8	5	5
7	4	Then he could see dark shapes going toand fro on this side of the light	そのうちに王様、あかりのこちらがわにいろいろと動いている黒い影を見ることができました。	74	8	1	5
7	4	all lit up in the red glow	赤い炎にあかあかと照らしだされて、	76	10	5	2
7	4	but he could see that it was yellow and hairy.	けれども王様、それが黄色くて毛むくじゃらであることは見てとりました。	77	10	2	2
7	4	The Ape put his head close up to the yellow thing's head	猿は、頭をその黄色いものの頭にくっつけ、	77	10	2	3
7	4	Then the yellow thing turned clumsily round and walked	さらにその黄色いものは、ぶきようにくるりとむきをかえて、うろたえたどり	77	14	4	3
7	4	Tirian was once more alone with the cold and the darkness.	チリアンはふたたび、寒さと暗闇のなかにとり残されました。	77	14	3	4
7	4	in the dark caves beneath the land of the Northern Giants.	北方の巨人国の地下の深くくらい洞穴のなかにとじこめられていたのです。	78	1	6	4
7	4	For then they had defeated the terrible White Witch, and ended the Hundred Years of Winter,	それらの王は、恐ろしい白い魔女をうちやぶって、百年にわたる冬を終わらせ、	78	11	7	2
7	4	but great King and lovely Queens wnet that region had then began the golden age of Narnia	りっぱな王様と美しい女王たちとによって、ナルニアの黄金時代をきずいたからです。	78	11	4	3
7	4	But the darkness and the cold and the quietness wnet on just the same.	けれども、闇と寒さと静まりは、同じようについていました。	79	14	4	3
7	4	an old man with a white beard and an old woman with wise, merry, twinkling eyes.	ひとりは白いひげをはやしたおじいさん、もうひとりはかしこくて陽気で、かがやくようにいきいきとしている目をしたおばあさんでした。	80	9	1	3
7	4	who sat at the old man's right never moved without the other.	油に灰も煤もまぜないでもこの器と灯火とは同じナルメーラにどんとあたりました。	81	13	1	6
7	5	Nothing but oil and ashes welled up stuff out of the locker	チリアンは、戸だなからなにやら白いものの長くまるまっているものをとり出し	82	13	3	3
7	5	The wood was full of the pale, dreary light that comes before sunrise,	森は、明日の夜明け前の、うす明るいもの悲しい光に満ち、	82	13	3	2
7	5	Not many yards away gray battlement rose above the treetops.	何メートルとはなれないところに、木々のこずえを抜いて、黒ずんだ胸壁がそびえていました。	94	1	5	3
7	5	he wore inside his hunting-fredd on a narrow silver chain that went round his neck	彼は、首のまわりにかけた幅のせまい銀のくさりにぶらさげて、	95	12	1	5
7	5	for they were golden and finely ornamented.	金の鎧がうつくしい、かざりの多くのついたものだったからです。	95	11	2	3
7	5	It was rather dark and smelled very damp.	少しうす暗くて、湿っぽいにおいがします。	96	14	5	4
7	6	Not a drop of the coldness or the rest's	少しうす暗くて、とても冷たくも同じようでした。	98	9	1	3
7	6	when we have rubbed it on our hands and faces, will make us brown as Calormenes.	油にこすりつければ、わたしたちの顔やからを、カロールメーンの人のように褐色にいろどりとまります。	99	1	4	4
7	6	Tirian took long rolls of some white stuff out of the locker	チリアンは、戸だなから長くまるめた白いものをまるごととり出した	99	1	4	4
7	6	Of course it was pitch dark inside and smelled like any other stable	もちろんそれのなかは、すっかりまきこんで夜空にうかんでいます。	105	2	5	3
7	6	Two black shapes rose against it.	二つの黒い影が、夜空にうかんでいます。	105	2	3	1
7	7	it had been knocked crooked during his journey through the dark wood.	暗い森を通りぬけて、くっつけられていました。	108	3	3	4
7	7	Though it was dark Tirian could see the white shape of Jewel at once.	そこは暗かったのですが、チリアンにはすぐかたわらの白いかがやくジュエルが見てとれました。	110	14	4	2
7	7	Though it was dark Tirian could see the white shape of Jewel at once.	そこは暗かったのですが、チリアンには白いかがやくジュエルがどうしたかすぐ見てとれました。	110	14	2	1
7	7	his face was deadly pale.	木のしたは、ばかりとしました。	111	14	4	2
7	7	"Well," said the Black Dwarf (whose name was Griffle).	「それでは」と、黒いこびと、グリフルという名のこびとが、いいました。	116	14	4	4
7	7	He had not been pale when he was frightening but he was pale now.	チリアンは、戦っていたときはまっ青でなかったが、このときはまっ青になりました。	122	14	4	4
7	7	He had not been pale when he was frightening but he was pale now.	チリアンは、戦っていたときはまっ青でなかったが、このときはまっ青になりました。	122	14	3	4
7	8	goes with the drum-beat, and off they tramped into the darkness.	太鼓をたたいて足ならをそろえ、暗闇のなかに消えていきました。	125	3	6	1
7	8	"But before I got to the place where I'd been sitting (it was black as pitch there)	けれどもわたくしがいたばかりの場所にもどったとき(そこはまっ暗闇でした)	126	13	4	3
7	8	for it was gray and you could see things through it.	というのは、うす黒くて、そこを通して、金色のいろいろな品のかたかいな部屋をちらちら見ることができたからです。	129	14	4	2
7	8	(very white when she began speaking and then suddenly very red and then white again)	(いいはじめにはうす青白がかった顔は、そうなったと思うとまっ赤になり、それからまっ青白くなりました)	136	2	4	4
7	8	The one on the left was black, and solid diamonds for eyes.	そのひとたちのうちひとりは、目にかがやくダイアモンドがはめこんであり、むりに笑おうとしました。	140	2	4	5
7	8	"A-all right," taking their hands away from her pale face and trying to smile.	「よろしい」と、うす青白い顔から両手をどけ、むりに笑おうとしました。	142	11	5	2
7	8	when at last his large gray head peered cautiously out of the doorway	トカゲの大きなうす青いあたまがを、気をつけて戸口からのぞいて、	142	2	2	2
7	8	Then they went back to the Tower with red, shiny faces.	赤くなってぴかぴかの顔をして、三人は塔にもどりました。	143	2	2	2
7	8	He spoke of Swanwhite the Queen who had lived before the days of the White Witch and the Great Winter	それは大昔、白い魔女や大寒の時代より前にいた白鳥姫という女王は	148	8	6	1
7	8	He spoke of Swanwhite the Queen who had lived before the days of the White Witch and the Great Winter	それは大昔、白い魔女や大寒の時代より前にいた白鳥姫という女王は	151	1	1	1
7	8	It was small and looked black against the blue.	それは青空にくっきりと黒く見えます。	151	9	8	1
7	8	It was small and looked black against the blue.	それは青空にくっきりと黒く見えます。	153	3	3	1
7	8	Twenty great ships of Calormen put in there in the dark of the night before last night.	二十そうのカロールメーンの軍艦があおとといの晩の夜の暗間にあそこにはいってきていました。	153	5	4	4
7	9	(very white when she began speaking and then suddenly very red and then white again)	(いいはじめにはうす青白かった彼女の顔は、そうだと思うとまっ赤になり、それから青白になりました)	156	1	1	1
7	9	(very white when she began speaking and then suddenly very red and then white again)	(いいはじめにはうす青白かった彼女の顔は、そうだと思うとまっ赤になり、それから青白になりました)	159	8	8	1
7	9	-till after dark.	暗くなるまでは	159	14	1	2
9	9	"That's right, Darkies, you've got it.	「まえたちのいうとおりだよ、黒人大将、おまえらは知っている。	160	14	4	2
10	10	Its big green eyes never blinked.	その大きな緑色の眼は、ぴくりともまばたきをしませんでした。	177	6	6	1
10	10	Its eyes were like saucers of green fire:	目は、緑色の火の大きな皿のように見ひらかれていて、	183	6	1	2
10	10	where the glare of the fire made it look rather black.	そのあかりのおかげでかなり黒っぽく見えますが、	184	14	4	1
10	10	Tirian thought he could hear the Cat purring as it walked into the dark doorway	チリアンは、おうへいなタシュランらしい闇のうきの一種をのどをごろごろ鳴らしている音を聞いたと思いました。	187	3	4	1
10	10	haughty, Calormene way.	あとぐろい、おうへいなタシュランらしい	183	14	1	5
10	10	and even rather beautiful in the dark.	あとぐろい闇のなかでかえって、うつくしいくらいに見える男	188	14	1	5

資料102

	#	English	Japanese	p.			
7	10	Emeth opened the door and went in, into the black mouth of the stable.	ユーメスは、戸を開いて、うまやのまっくらな入り口にはいりました。	191	3	3	3
7	10	Come along, Darkies.	やれやれえ、黒い大がら	190	14	6	6
7	11	and hurled the Ape through into the darkness.	毛ザルを暗闇のなかへほうりこみました。	195	5	4	1
7	11	a blinding greenish-blue light shone out again.	目をくらます緑がかった青い光がまたかがやきでて、	195	14	4	3
7	11	his blood run so cold as that line of dark-faced bright-eyed men.	ユースチスは、この黒っぽい顔に白い目をやたらに光らす兵たちの戦列ほど、血をこおらせるもの	200	14	1	1
7	11	"Darkies?" they yelled	「だっぷり、こちらをごちゃごちゃ、黒ちゃんや、小人たちがはやしました。	203	14	6	6
7	11	"Had enough, Darkies!"	かわいそうな黒ちゃん!	203	1	1	1
7	11	You see a great rock that gleams white like marble in the firelight.	大理石のように白くかがやいている大岩が一つ見えるね。	208	1	3	3
7	11	go back to the white rock and wait.	あの白岩にもどって、待っているのです。	208	1	3	4
7	11	As soon as I call Back, they rush to join Jill at the white rock.	わたしが、もどれ!と声をかけるとすぐ、白岩に出かけているジルといっしょに	208	11	3	3
7	12	She saw something big and black darting into the faces of the Calormenes.	カローメン兵たちの白岩のうえに、大きくて黒いものが出て来るのを見る。	209	3	1	2
7	12	Jill ought to have been back at the white rock already	ジルはもう白岩のところにもどっていなければならなかったのです	212	1	1	1
7	12	Thirty of you keep watch on those fools by the white rock.	三十人、白岩にいるおろか者どもを見張っておれ。	214	1	6	6
7	12	We don't want Darkies any more than we want Monkeys—or Lions—or Kings.	おれたちには、サルもいらない、ライオンも王様もいらない見方。それ以上に、黒ちゃんはいらない	214	14	1	3
7	12	The fire had sunk lower; the light it gave was now less and of a darker red.	火は、ずっと低くしずんで、前より暗い赤色になっていました。	215	8	5	4
7	12	that dark doorway and the door had been shut again,	つぎからつぎへと、その〇〇らい戸口に投げ上げられました。	215	14	4	4
7	12	There were no gray hairs on her head	頭には白髪がない。	226	2	1	1
7	13	The little party by the white rock watched these doings and whispered to one another.	白岩よりダーカンたちは一しきり、ぎょうぎょうしたがいにひそひそ話を	226	11	4	4
7	13	Rishda Tarkaan turned his back on the stable and walked slowly to a place in front of the white rock.	リシダ・タルカーンは、うまやに背をむけ、ゆっくりと白岩の前に歩みよりました。	229	5	3	3
7	13	he couldn't keep to the position which he had started, under the white rock.	じぶんのもっとうた場所、白岩の下を守ろうとしていました。	229	11	5	2
7	13	that we shall all, one by one, pass through that dark door before morning.	わたしたちも朝までには、ひとりひとりあの黒い戸口をくぐるのでしょう。	229	10	5	2
7	13	It was not dark, the stable, as he had expected	まやのなかは、思ったように暗くありません。	229	4	5	2
7	13	wiping the last traces of the fruit from his golden beard.	金色のひげから木の実のつぎあとをぬぐい、	233	8	5	4
7	13	At first he could see nothing but blackness	はじめのうちは、まっくらしか見えませんでした。	235	2	4	4
7	13	the deep blue sky was overhead	青空が頭上にひろがっています。	235	5	4	4
7	13	he saw the dull red glow of a bonfire that was nearly going out, and above that, in a black sky, stars.	ほとんど消えかかったたき火のにぶい赤色の、一本の実がかがやき、その上の黒い空には星が見えました。	235	11	3	1
7	13	he saw the dull red glow of a bonfire that was nearly going out, and above that, in a black sky, stars.	ほとんど消えかかったたき火のにぶい赤色の、一本の実がかがやき、その上の黒い空には星が見えました。	235	11	5	2
7	13	he could see dark figures moving about or standing between him and the fire	あちこち動きまわっている黒い人影が見えるようになり、それと火のあいだには黒い影がいる。	235	14	5	2
7	13	he was looking out through the stable door into the darkness of Lantern Waste	そのこうきから外を、じぶんの使っている戸口から、あすっこの暗やみと野と朝らの明けをながめている	236	14	4	4
7	13	There was the blue sky overhead.	頭の上は青空ばかり。	236	5	4	4
7	13	(we saw darkness through the doorway when it did)	(開いた戸口から外をむかうと、暗やみがあるようにしか見えないけれど)	237	14	4	4
7	13	He turned very pale and bowed down before the Monster?	さっと青くなって、怪物の前にひれふせって一礼しました。	238	3	1	1
7	13	"In this pitch-black, poky, smelly little hole of a stable."	「このこの真っ暗な、ちいさいくさいうまやのなかでな」	243	13	3	3
7	13	"Ain't we all blind in the dark?" said Diggle.	「こんな暗やみのなかじゃ、だれだってみんなめっぱじゃんか」ビグル。	243	14	4	4
7	13	"But it isn't dark, you poor stupid dwarfs," said Lucy.	「でも暗くなんかないわよ、かわいそうなおばかさんのこびとさんたち」ルーシー。	243	14	3	3
7	13	how can I see you any more—when you've been beaten and shoved into this pitch darkness?)	このどの真っ暗のなかで、あなた方はなぐられけり込まれたりしたことにおならは気がつかなかったわ	245	14	1	1
7	14	And now—even now—when you've been beaten and shoved into this black hole.	そしてとうどう、殴られけられて、こんなまっくらな穴におしこめられても、	245	14	4	3
7	14	Trying to make us believe we're none of us shut up, and it ain't dark.	おれたちがとじこめられているとか、暗いとかはおらが思ってやらない。	245	14	1	1
7	14	"There is no black hole save in your own fancy, fool."	「黒い穴などないぞえ、そなたたちの頭にあるものをのぞくほかはな、この馬鹿めが」	248	8	3	2
7	14	There stood his heart's desire, huge and real, the golden Lion, Aslan himself.	ドリアンのほしがっていたものが目にうつった。息のつうまるような巨大な本物の、黄金色のライオン	248	3	3	3
7	14	when Aslan had roared yet again, on their left they saw another black shape.	アスランがもうきくなつるようにほえると、銀の雨のあるように、またこちらの左に別の黒い形が見え	246	11	4	4
7	14	"Well done, last of the Kings of Narnia who stood firm at the darkest hour."	「よくぞ何たりと、最も暗い時にもゆくあきごくナルニアの最後の王よ」	246	14	6	6
7	14	and hundreds, till it was like silver rain and went on and on.	そして何百と、そり銀の雨のようにあつめられるまで、ずっとつづきました。	248	11	5	5
7	14	there was another dark shape against the sky as well the giant's.	巨人の前と同じように空をさえぎる黒い影が、もう一つあるのに、ルーシーは気づきました。	248	14	4	4
7	14	They could see this by the change of the black shape he made against the stars.	とにか、ぞの影には、星がそのうつってかわりと見えないで、まっ黒なのです。	251	14	1	1
7	14	At any rate, there were no stars there; just blackness.	どこにしてやらず、空の四分の一は雲と見えぬなり。	253	3	6	6
7	14	And presently a quarter of the whole sky was black.	そしてすぐに、空の四分の一は暗くなり、	253	12	6	6
7	14	The spreading blackness was not a cloud at all.	ひろがっていた暗闇は、雲ではなかったのです。	253	3	4	1

資料 103

			English	Japanese			
7	14	The black part of the sky was the part in which there were no stars left.	空の空の黒いところは、星々がなくなってしまったところでした。	173	3	4	2
7	14	all with long hair like burning silver and spears like white-hot metal,	もえる銀のような長い髪をたなびかせ、白熱の金属のような槍をかまえて、	173	3	1	1
7	14	rushing down to them out of the black air.	落ちより暗い空から	173	3	4	2
7	14	everything would have been completely dark	星たちの群れが、一同に出り立って、一面の白い光としての、漁形のおしらに濃い影をひいてい	173	14	4	1
7	14	the crowd of stars behind them cast a fierce, white light over their shoulders.	星たちの群れが、一同に出り立って、一面の白い光としての、漁形のおしらに濃い影をひいてい	254	3	4	1
7	14	Every bush and almost every blade of grass had its black shadow behind it.	どのしげみも、どのくさはも、木の影黒い影をひいていました。	254	1	3	8
7	14	disappeared in this huge black shadow.	アスランのよな黒い影の中へすがたを消してしまいました。	257	3	4	1
7	14	Jewel learned his snowy white head over the King's shoulder and the King whispered in Jewel's ear.	だから石は、雪のような白い頭をあげて、王様をその馬のように起こしかけ話していた。	260	1	2	1
7	14	At last something white—a long, level line of whiteness that gleamed in the light of the standing stars	そのしたに白いもの—こちこちなっている白いものがあり、時の巨人にも、青くそまり、赤く	260	1	4	1
7	14	At last something white—a long, level line of whiteness that gleamed in the light of the standing stars	その上にちょっと、白いもの—こちこちなっている白いものがあり、時の巨人にも、青くそまり、赤く	260	1	4	1
7	14	It was three times—twenty times—as big as it ought to be. and very dark red.	太陽は、ふつうの三倍、いやその二十倍。とても大きく、そしてとても暗い赤でした。	262	8	4	8
7	14	As its rays fell upon the great Time-giant, he turned red red too:	その光が時の巨人の前に落ちあたると、時の巨人も、青くそまり、赤く光るのでした。	262	8	4	1
7	14	she also looked red.	月も赤く見えました。	263	8	1	1
7	14	like whiskers or snakes of crimson fire, toward her.	へびのような、大きくうねる黒っぽい紅の炎を、月へ投げかけました。	263	15	5	1
7	14	Then he stretched out one arm—very black it looked.	それから片手を伸ばして—その腕が黒く	263	3	1	4
7	14	And instantly there was total darkness.	たちまち、世界が真っ暗闇になりました。	263	14	4	1
7	15	Peter, shivering with cold, leaned out into the darkness and pulled the Door to.	ピーターは、寒さでふるえながら、闇のちょっとのあいだに、指がかじかんで、目にかけました。	264	14	4	4
7	15	(for some reason it looked dark from outside.	(なにしろ、ほとんど中みたいに、目のくかにあるドアのようににいなんで、金色のとりました。	264	1	5	4
7	15	he took out a golden key and locked it.	黄金の鍵をとり出して、目に鍵をかけました。	264	11	4	8
7	15	the blue sky above them.	頭上には青空。	264	5	4	2
7	15	lashed himself with his tail and shot away like a golden arrow.	からだをかがめて、しっぽでびしりとからだをうちながら、金の矢のように走っていきました。	264	11	3	1
7	15	then the world became dark in my eyes.	この世はまっくらに見えました。	270	14	4	4
7	15	the Monkey brought not forth the yellow thing	その黄色いもやをさらそうとまた。	272	10	5	1
7	15	though the inside of the hovel had looked dark from outside.	3 まその外から、まじないのための暗い音にかくし物を見るわけに。	273	1	4	1
7	15	his hair was like pure gold and the brightness of his eyes like gold that is liquid in the furnace.	たてがみも、まじりけのない黄金のごと、やがあるんとし目のかがやきもし、目のきにかがやく青金のごと、目のくに黄金の海のことに。	274	11	4	8
7	15	his hair was like pure gold and the brightness of his eyes like gold that is liquid in the furnace.	たてがみも、まじりけのない黄金のごと、やがあるんとし目のかがやきもし、目のきにかがやく青金のごと、目のくに黄金の海のことに。	274	11	4	8
7	15	But the Glorious One bent down to the golden head	しかしは、この大えらしきライオンは、その黄金色の頭を下に。	274	11	3	1
7	15	he turned him about in a storm and flurry of gold and was gone suddenly.	ぐるりと輝きを、金色のはげしくとうなりながら、ほうり上げ、消えてしまいました。	276	5	2	1
7	15	a graceful creature on four feet. all silvery-gray	四つ足の、たおやかくすいしげ、この動物でした。	278	2	1	3
7	15	a beautiful donkey with such a soft, gray coat and such a gentle.	なめかきな灰色の毛皮をまとい、やさしいで面をした美しいロバでした。	278	11	2	1
7	15	You couldn't get a blue like the blue on those mountains in our world.	ぼくたちの世界では、あの山脈の背中のようなを見ることがありないでしょう。	280	5	3	1
7	15	You couldn't get a blue like the blue on those mountains in our world.	ぼくたちの世界では、あの山脈の背中のようなを見ることがありないでしょう。	280	5	3	1
7	15	the nice woody ones and the blue ones behind—aren't they very like the Southern border of Narnia?	みごとな森ある山は、まじないのあののうしろ、あの青と深いところは、十六のナルニア国南の境界の山みたいにしないかい？	281	2	5	1
7	15	his beard was gray instead of golden.	デイゴリ一先生のひげはは、いまや金色でなく、灰色でした。それに色がいきました。	284	2	2	3
7	15	his beard was gray instead of golden.	デイゴリ一先生のひげはは、いまや金色でなく、灰色でした。それに色がいきました。	284	11	2	3
7	16	there was a window that looked out on a lovely bay of the sea or a green valley	その豊かな美しい江か、山やかに色づく緑の谷間が見えるようにしました。	285	6	6	1
7	16	till at last at the far end of one long lake which looked as blue as a turquoise.	さいごに、トルコ石のように青いと、みえる、細長い湖のはずれにつきました。	292	5	5	3
7	16	flashing like diamonds in some places and dark, glassy green in others, the Great Waterfall.	あるところはダイアモンドのように光り、あるところは、濃緑の草色にくろんで、見えながら、	292	14	3	1
7	16	flashing like diamonds in some places and dark, glassy green in others, the Great Waterfall.	あるところはダイアモンドのように光り、あるところは、濃緑の草色にくろんで、見えながら、	287	14	3	3
7	16	She saw something white moving steadily up the face of the Waterfall.	何かの白いものこのうえばっていくのを見つけました。	287	3	3	4
7	16	they saw a smooth green hill.	なめらかな緑の丘が	289	1	2	3
7	16	That white thing was the Unicorn.	白いあのは、一角獣でした。	289	6	2	3
7	16	one came to the lovely, smooth green curve	気持ちのいい、なめらかな緑の曲がり	290	6	6	3
7	16	till at last at the far end of one long lake which looked as blue as a turquoise.	さいごに、トルコ石のように青い、みえる、細長い湖のはずれにつきました。	292	5	5	3
7	16	flashing like diamonds in some places and dark, glassy green in others, the Great Waterfall.	あるところはダイアモンドのように光り、あるところは、濃緑の草色にくろんで、見えながら、	292	14	3	3
7	16	flashing like diamonds in some places and dark, glassy green in others, the Great Waterfall.	あるところはダイアモンドのように光り、あるところは、濃緑の草色にくろんで、見えながら、	292	12	3	3
7	16	round the very top of it ran a green wall.	頂上のまわりは、緑の築地のなりました。	292	11	3	3
7	16	the wall rose the branches of trees whose leaves looked like silver and their fruit like gold	築地の上から、木々の枝がのびて、その実は金のように、	293	6	3	4
7	16	the wall rose the branches of trees whose leaves looked like silver and their fruit like gold	築地の上から、木々の枝がのびて、その実は金のように、	293	6	3	4
7	16	the grass was smooth as a bowling green, no one slipped.	芝は木境遊びの芝生のように生えていて、だれもすぐり、ません。	293	11	3	3
7	16	Straight in front of them they found themselves facing great golden gates.	正面に大きな黄金の門がたつのを見ていました。	293	11	3	3
7	16	a little, sleek, bright-eyed Talking Mouse with a red feather stuck in a circlet on its head	巨人たちの赤いマントを頭にまって、こちらに戻ってくる赤い布地をむす、巨人も群れでいた。	293	5	5	3
7	16	when they brought him home pale and wounded from his fight with the giant.	ひとびとが巨人の戦いに戦れて、ますかって流血し、元気なく帰ってきた時でした。	295	13	1	1
7	16	when he was a springy-headed warrior.	白髪まじり武者だったは、ほとぼしってむらを歩いていたとき。	295	2	2	2
7	16	walking on springy turf that was all dotted with white flowers.	白い花をきらちらい、ほすぼしった芝生の上を歩いていたとき	295	2	2	3
7	16	So all of them passed in through the golden gates.	そこでー同、黄金の門をとおり。	296	11	3	3
7	16	a little, lower world looked no bigger than grains of green salt.	そこの低い地の木々は、ひとにぎりの緑色の塩のつぶほどの大きさにしかみせませんでした。	298	6	6	3
7	16	there were forests and green slopes and sweet orchard flashing waterfalls,	森と緑の斜面、かぐわしい果樹林を、ほとばしる滝があり、	302	6	3	1

資料104

『ナルニア国年代記物語』 色彩語別頻数

巻	white	gray	black	purple	blue	green	scarlet	red	brown	yellow	gold	silver	pale	dark	others	総計
『ライオンと魔女』	60	7	7	1	6	19	1	22	6	6	18	4	7	29	6	199
『カスピアン王子のつのぶえ』	16	12	17		5	10		21	4	3	14	8	8	23	4	146
『朝びらき丸 東の海へ』	31	20	27	7	26	23	2	10		4	37	19	8	42	11	267
『銀のいす』	29	12	39		18	26	5	19		5	14	17	21	45	2	252
『馬と少年』	19	17	13		7	21		11	3	5	7	6	3	40	4	156
『魔術師のおい』	15	9	14	2	10	58	1	18	2	31	22	8	6	28	6	230
『さいごの戦い』	27	10	27	1	12	10	2	14	2	6	24	4	8	47	1	195
総計	197	87	144	12	84	167	11	115	17	60	136	66	61	254	34	1445

資料 105

[ナルニア国年代記物語] 巻別・章別 色彩語別頻数

[ライオンと魔女]

章/色彩	white	gray	black	purple	blue	green	scarlet	red	brown	yellow	gold	silver	pale	dark	others	総計
1	2		1			1		2	1					2		9
2	7	1				1		2	2						1	14
3	5				1		1	4			3		1	3		18
4	3					1		1			1					6
5														1		2
6	1		1					2						2		6
7	2					1			1							6
8	6					1										7
9	5	1						1						2		9
10	3							2	1		1	1	2	2	1	13
11	7		1		3	7		3			3			4		28
12	3	2	1			2		2			1			1	2	16
13	4								2		1			3		8
14	1	1														7
15	3	3	2		1			2	2		4		1	3		19
16	3		1		1	2		3	3	2				2	2	18
17	5					2			1		2		2	2		13
計	60	7	7	1	6	19	1	22	6	6	18	4	7	29	6	199

[カスピアン王子のつのぶえ]

章/色彩	white	gray	black	purple	blue	green	scarlet	red	brown	yellow	gold	silver	pale	dark	others	総計
1	1	1	1			1							1			6
2	1							1	1		4			3	2	12
3			1									1				3
4	2		3					1			1			2		9
5	1		2		1	2		4		1	2			2		10
6	1		2					3			1		1	2		13
7	1		2			2		1						1		10
8		1			1			2			1		1		1	12
9	1	2	1					1					2			5
10	1		2	1										2		6
11		1				1								4		10
12	3	6	3											3		17
13											1			1		2
14	3				1			3			2	2		1		9
15	1		1			1		4	1	2	2		2	2	1	22
計	16	12	17	1	5	10		21	4	3	14	8	8	23	4	146

[朝びらき丸 東の海へ]

章/色彩	white	gray	black	purple	blue	green	scarlet	red	brown	yellow	gold	silver	pale	dark	others	総計
1					7	4					3		2	1	2	23
2	3		2			2		1			1			1	1	9
3	3		1		1	2								1		12
4		2			1				1					1	1	7

資料106

章・色彩	white	gray	black	purple	blue	green	scarlet	red	brown	yellow	gold	silver	pale	dark	others	総計
5	1			1										4		15
6	1	2	1	3		1					2		1	5		17
7		1			2								2	3		11
8		2		1	1	3				1		4		1	1	23
9												2				3
10					1	1								2		10
11	1					1										6
12	3	2	6	2	5	1		1				3		14		34
13	2	5	2		1	1		2				1	2	2	3	25
14	4	2	1		1	3		1				3	6	4		15
15	1		8		2			2				2		2	3	32
16	14	1	1		4	4		4				1		4		25
計	31	20	27	7	26	23	2	10			4	37	19	8	42	11	267

[顔のいす]

章・色彩	white	gray	black	purple	blue	green	scarlet	red	brown	yellow	gold	silver	pale	dark	others	総計
1	4			1	4	1						2				12
2	2			2									4		2	11
3	5	3	3	2		1	1	1				3		1		17
4	2		2	2	3	3								5		8
5	1		2			3							1	3		10
6	1	1	2		2									2	1	10
7	1					3								1		7
8			4	1	1	1		1			1		2	5		18
9	1	2	5	1			2						4	6		24
10			1		1	1		2					1	3		10
11	1		4		1	6					2	1	3	1		16
12	2					3		8					2		5	19
13	1		4		2	3							2			28
14	2		8		1	1		1			4	1		5		25
15	5	1				3		3					2	5		27
16	3	2	2		3		1				5	4	2	4	2	45
計	29	12	39		18	26	5	19			14	17	21	45	2	252

[馬と少年]

章・色彩	white	gray	black	purple	blue	green	scarlet	red	brown	yellow	gold	silver	pale	dark	others	総計
1	2				1							2		4	1	12
2			2								1			2		5
3	5				1								1	1		6
4	2		2		2	2								3		17
5	2		3		2									4		7
6			2											4		7
7					1											15
8								1								5
9		4	2	1	1			1					1	4		15
10	3		2		1	8		2					1	2		15
11	3	7	2	1	1	3		3				2		5		22
12	2		1					1					1	2		13
13	1				2										1	7

章	white	gray	black	purple	blue	green	scarlet	red	brown	yellow	gold	silver	pale	dark	others	総計
14	14	1						2		1	1					7
15	15						2									3
計	19	17	13		7	21		11	3	5	7	6	3	40	4	156

巻 [魔術師のおい。]

章／色彩	white	gray	black	purple	blue	green	scarlet	red	brown	yellow	gold	silver	pale	dark	others	総計
1	2	1				5		1		4				4		16
2	1	1				8			1	6			1			17
3	1		1			20		2		9	5				1	33
4	1	1	2	1		3		4		4	1			4	1	24
5	1	1	2			1		2		2	1		2	1		12
6	1		1													10
7			2			2				3						7
8	1	1	1		1	6		2		1		1	1	7	2	19
9														2		11
10	2	2	3					1			1			1		6
11	4							1	1							9
12	1	4			3	6		2		1	5	4		3	3	19
13		3	1		4		1					3		3		32
14						1					6		1	1		11
15	3										2					4
計	15	9	14	2	10	58	1	18	2	31	22	8	6	28	6	230

巻 [さいごの戦い。]

章／色彩	white	gray	black	purple	blue	green	scarlet	red	brown	yellow	gold	silver	pale	dark	others	総計
1	1				2			1			3		1			3
2	2	1							1		1	1		2	1	11
3	1												1	2	2	9
4	2	2						1		1	3		1		2	17
5	2							2				3			3	7
6			1												1	7
7			2		1			1		3				3	3	8
8	2	2	3											3	2	10
9	2					2								1	1	5
10			2												3	7
11	3							1	3		1			3	4	9
12	5	1	6	1	2			3				5		4	4	12
13			11					3				2	1		7	26
14	5				2			1				5		5		30
15	3	3			3	1				1				2	2	15
16			1		1	7					3		1	1	1	19
計	27	10	27	1	12	10	2	14	2	6	24	4	8	47	1	195

| 総計 | 197 | 87 | 144 | 12 | 84 | 167 | 11 | 115 | 17 | 60 | 136 | 66 | 61 | 254 | 34 | 1445 |

＊本資料では、以下の文献を使用した。
『指輪物語』
J. R. R. Tolkien, *The Fellowship of the Ring* (1954). Second Edition. BostonHoughton Mifflin Company, 1982.

J. R. R. Tolkien, *The Two Towers* (1954). Second Edition. Boston: Houghton Mifflin Company, 1982.

J. R. R. Tolkien, *The Return of the King* (1955). Second Edition. Boston: Houghton Mifflin Company, 1982.

(日本語訳)
J. R. R. トールキン『新版　指輪物語　1 旅の仲間 上1』、瀬田貞二，田中明子訳、評論社、1992年。

J. R. R. トールキン『新版　指輪物語　2 旅の仲間 上2』、瀬田貞二，田中明子訳、評論社、1992年。

J. R. R. トールキン『新版　指輪物語　3 旅の仲間 下1』、瀬田貞二，田中明子訳、評論社、1992年。

J. R. R. トールキン『新版　指輪物語　4 旅の仲間 下2』、瀬田貞二，田中明子訳、評論社、1992年。

J. R. R. トールキン『新版　指輪物語　5 二つの塔 上1』、瀬田貞二，田中明子訳、評論社、1992年。

J. R. R. トールキン『新版　指輪物語　6 二つの塔 上2』、瀬田貞二，田中明子訳、評論社、1992年。

J. R. R. トールキン『新版　指輪物語　7 二つの塔 下』、瀬田貞二，田中明子訳、評論社、1992年。

J. R. R. トールキン『新版　指輪物語　8 王の帰還 上』、瀬田貞二，田中明子訳、評論社、1992年。

J. R. R. トールキン『新版　指輪物語　9 王の帰還 下』、瀬田貞二，田中明子訳、評論社、1992年。

『ナルニア国年代記物語』
C. S. Lewis, *The Lion, the Witch and the Wardrobe* (1950). New York: HarperCollinsPublishers, 1994.

C. S. Lewis, *Prince Caspian* (1951). New York: HarperCollins Publishers, 1994.

C. S. Lewis, *The Voyage of the 'Dawn Treader'* (1952). New York: HarperCollins Publishers, 1994.

C. S. Lewis, *The Silver Chair* (1953). New York: HarperCollins Publishers, 1994.

C. S. Lewis, *The Horse and His Boy* (1954). New York: HarperCollins Publishers, 1994.

C. S. Lewis, *The Magician's Nephew* (1955). New York: HarperCollinsPublishers, 1994.

C. S. Lewis, *The Last Battle* (1956). New York: HarperCollins Publishers, 1994.

(日本語訳)
C. S. ルイス『ライオンと魔女』、瀬田貞二訳、岩波書店、2000 年（新版）。
C. S. ルイス『カスピアン王子のつのぶえ』、瀬田貞二訳岩波書店、2000 年（新版）。
C. S. ルイス『朝びらき丸　東の海へ』、瀬田貞二訳、岩波書店、2000 年（新版）。
C. S. ルイス『銀のいす』、瀬田貞二訳、岩波書店、2000 年（新版）。
C. S. ルイス『馬と少年』、瀬田貞二訳、岩波書店、2000 年（新版）。
C. S. ルイス『魔術師のおい』、瀬田貞二訳、岩波書店、2000 年（新版）。
C. S. ルイス『さいごの戦い』、瀬田貞二訳、岩波書店、2000 年（新版）。

著者紹介
川原有加（かわはら・ゆか）
日本大学文理学部卒業。日本大学大学院総合社会情報研究科博士前期課程、同 博士後期課程修了。博士（総合社会文化）。専門は文学テクストの色彩表現研究。

〈著書〉
『「ホビット」を読む―「ロード・オブ・ザ・リングズ」への序章』（かんよう出版、2013）
『C.S.ルイスの贈り物』（共著、かんよう出版、2013）

〈主要論文〉
「『ナルニア国年代記物語』における鳥のシンボリズム」（『日本大学大学院総合社会情報研究科紀要』第7号、2007）、「『ナルニア国年代記物語』に見る色彩表現の機能と効果―風景描写を中心に―」（『日本大学大学院総合社会情報研究科紀要』第11号、2010）、「色彩表現から見た『指輪物語』における「戦い」」、（『国際情報研究』第7号、2010）、「色彩表現から見たC. S. ルイス『ナルニア国年代記物語』――アスラン・魔女・子どもたちを中心として――」（『比較生活文化研究』第17号、2011）、「『ナルニア国年代記物語』における食」（『比較生活文化考』、西田司・島岡宏編、ナカニシヤ出版、2012）他。

『指輪物語』と『ナルニア国年代記物語』における色彩表現

2016年12月11日　初版第1刷発行　　　　　　　　©Yuka Kawahara

著　者　川原有加
発行者　松山　献
発行所　合同会社　かんよう出版
　　　　〒550-0002　大阪市西区江戸堀2-1-1 江戸堀センタービル9階
　　　　電話 06-6225-1117　FAX 06-6225-1118
　　　　http://kanyoushuppan.com　info@kanyoushuppan.com
装　幀　堀木一男
印刷・製本　有限会社 オフィス泰

ISBN978-4-906902-77-4　C0098　　　　　　　　　　　　Printed in Japan